英文日記寫作句典

English Diary Representation Dictionary

Mayumi Ishihara
石原真弓

附中英對照MP3

笛藤出版

前言

我開始用英文寫日記是1991年9月16日的事，正值高中畢業到美國留學的期間。時至今日，我仍然每天都會寫英文日記。

雖然我發現寫日記對英文學習有幫助，不過當初並不是因為這樣才開始的，而是因為留美之前收到「五年日記本」，於是便把它帶去美國，以「既然來留學了，就用英文寫寫看吧」這種輕鬆愉快的心情去寫。那時我的英文程度處於無法正確傳達想說的、對方講的又無法理解的狀態，儘管如此，我依然不在意，長期持續這個習慣，或許是因為**「又沒有要給別人看，寫錯也沒關係」**才堅持下去的。

回頭重讀以前的內容，會發現文法或單字有錯，看了之後忍不住會笑出來，也有只寫了一句I'm tired.（我累了。）的情況。**隨著時間的累積，我逐漸掌握正確的英文，也能夠確實表達自己的想法了**。

寫英文日記還有其他優點。因為習慣記錄發生的事，和別人對話時很容易就能脫口而出，或是和朋友談話時糾正自己的錯誤，以及練習電視上聽到的說法等，利用**輸入**與**輸出**的方式讓英文天線更加敏銳。一段時間後回過頭看，就算每天只寫一句簡單的英文，只要持續下去，一定會進步。

我寫「五年日記本」已邁入第五本了，身邊笑著向我報告「已經寫〇年了」的人也漸漸增加中。另一方面，還是有「我還有很多不知道如何表達的句子」、「寫到最後大同小異，沒有進步」的情況。

因此，如果有一本**蒐集了日常生活中各種情境的句典**，多多少少能解決這些煩惱吧！所以才出版了這本書。本書除了有大量的例句表現，還收錄了有助寫英文日記的文法或句型、多數學習者共通的易錯重點。希望這本書可以成為讀者寫英文日記時的幫手，若能經常放在桌上成為必備書的話就更是我的榮幸了。

如果讀者覺得突然用英文寫日記很難，不妨照著本書的例句寫，或者某一段用英文書寫都是不錯的方法。請讀者不要太在意，試著用自己的步調專注在英文日記上。**只要抱著愉快的心情並持續下去，一定能提升英文能力。**

我相信當讀者不經意地回頭看過去寫的日記，一定會感受到英文有進步的。

石原真弓

本書特色

本書收錄了有助於寫英文日記的文法、單字片語和句型。讀者可以邊寫邊參考本書，一定能愉快地持續下去。

1章 有助於寫英文日記的文法

本章將詳細說明基本文法，讀者若想複習文法，或確認所寫的英文是否正確時，就可以拿出來翻閱。

這個時候～

▶ 想複習英文文法。
▶ 對文法正確與否感到迷惑…

2章 英文日記常用句型

本章收錄日常生活中常見的74個句型，希望讀者能透過豐富的例句及解說，充分了解各種句型的用法。只要習慣了各式各樣的句型，寫出來的日記就能有豐富的變化。

這個時候～

▶ 想複習常用的句型。
▶ 想讓日記有點變化。

3章 容易弄錯的重點

精選31個寫作時容易犯錯的重點，推薦給想確認使用的英文是否正確的讀者。只要看過，就能學會正確的用法。

這個時候～

▶想減少文法上的錯誤。

▶想寫正確的英文。

4章 英文日記句典

收錄日常生活中各種情境短句，讀者可以直接拿來套用，就算照抄也能寫出很棒的日記。本章也有聊天或電子郵件會用到的句子，請讀者放在手邊隨時參考。

這個時候～

▶想馬上寫一篇英文日記。

▶想寫出更流暢的英文。

▶想進一步提升會話能力。

就從今天開始

寫英文日記吧！

英文日記寫作句典

3章 容易弄錯的重點⋯⋯ 167

4章 英文日記句典 …… 211

寫英文日記之前

❶ 英文作文的基本規則

句首大寫

英文作文中，句首第一個字要大寫。此外，不管出現在何處，I（我）一定要大寫。為了方便閱讀，單字和單字中間會空一個字母的空格。

例 我去上學。
I went to school.
句首大寫　單字和單字間空一格

標點符號

分隔名詞或句子時要加上逗號（comma = ，）；句子結束時要加上句號（full stop/period = .），若句子很短，不用特別加上逗號也無妨。直接疑問句的句尾要加上問號（question mark = ?）。表達感嘆或驚訝時，句尾可用驚嘆號（exclamation mark = !）

例 因為身體不舒服，所以我待在家。
I was sick, so I stayed at home.
分隔句子　句子結束

不過於拘泥正確性

寫英文日記時，偶爾會不確定某個單字怎麼拼。雖然停下來查字典是最好的，但是先一氣呵成寫下去也沒關係。先養成每天用英文書寫的習慣吧。

用拼音也OK

台灣或日本等各國節慶活動、習俗、特有食物等，有時候不容易找到貼切的英文，不知道怎麼寫而感到困擾時，直接用拼音也沒關係。

例 我中午吃了豆皮烏龍麵。
I had kitsune udon for lunch.

② 日期與時間

英文的日期，通常是照「月+日+逗號（,）+年」的順序。若只寫日期，順序則是「星期幾+逗號（,）+月+日」。「月」和「星期」也很常用下方表格的縮寫來表示。

有別於24小時制，英文通常用12小時制來表達時間。至於如何判斷早上或晚上？請在時間後面加 a.m. / p.m.（早上/晚上），如10 a.m.（早上10點）、2 p.m.（下午2點）。a.m. 或 p.m. 也可以寫成 am/A.M./AM。因為是寫給自己看的日記，習慣24小時制的人不用強迫自己轉成12小時制。

例 2012 年 8 月 12 日→ **August 12, 2012**（或 **Aug. 12, 2012**）
10 月 11 日　星期一→ **Monday, October 11**（或 **Mon., Oct. 11**）
14 時 30 分→ **2:30 p.m.**

「月」的寫法

1 月	**January（Jan.）**
2 月	**February（Feb.）**
3 月	**March（Mar.）**
4 月	**April（Apr.）**
5 月	**May**
6 月	**June**
7 月	**July**
8 月	**August（Aug.）**
9 月	**September（Sep./Sept.）**
10 月	**October（Oct.）**
11 月	**November（Nov.）**
12 月	**December（Dec.）**

「星期」的寫法

星期一	**Monday（Mon.）**
星期二	**Tuesday（Tue./Tues.）**
星期三	**Wednesday（Wed.）**
星期四	**Thursday（Thu./Thur.）**
星期五	**Friday（Fri.）**
星期六	**Saturday（Sat.）**
星期日	**Sunday（Sun.）**

※（ ）內英文為縮寫，後面必須加上縮寫點「.」。
5～7月沒有縮寫。

③ 可以這樣寫

英文日記和中文日記一樣，沒有特別的限制，可以記錄一天發生的事、預定的計畫、內心的想法等，隨心所欲的寫就OK了。首先，請練習每天寫一到三句話吧。最重要的是，務必帶著愉快的心情每天持續下去。

以下的例子，就算是英文不好的人，應該也能堅持下去。

❶ Sunday, Sep.23
❷ sunny

❸ I bought a bag.
It was 70 percent off!
I was ❹ soooo happy. ❺ ☺

❻ 

翻譯 我買了一個包包。打了七折！超開心～

❶日期。
❷文字或插圖記錄天氣。
❸參考第4章「英文日記句典」練習寫寫看。
❹so寫成soooo，有強調的意思。
❺❻ 加上表情符號或插圖也很棒。

使用哪種日記本都OK！

無論是特地挑選的日記本，或是普通的筆記本都沒關係，選一本好寫的即可。順道一提，作者使用可以連續寫五年的「五年日記本」已經超過二十年了。因為每一頁並排著五年份的欄位，過去的這一天做了什麼一目了然，非常有趣。

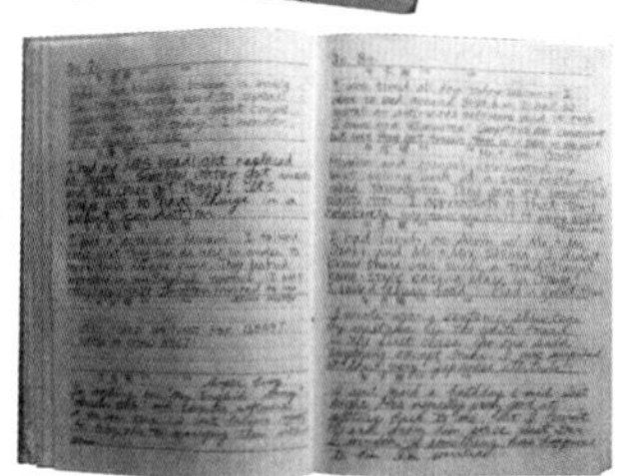

◀作者愛用的「五年日記本」，已經寫到第五本了。

④ 不知道要寫什麼內容

相信有很多人會煩惱日記的內容，覺得「今天沒什麼好寫的」。其實不用硬擠出特別的事，就算只是記下天氣、飲食或做了什麼事，好好的組合在一起，也能寫出充實的日記。

下面示範的「飲食日記」、「健康日記」、「育兒日記」，就是簡單又能持續的主題。另外，也可以寫「幸運日記」記錄每天發生的好事，或是用英文筆記食譜，變成「食譜日記」等，任何點子都可以寫進日記裡 。請試著發現能愉快地堅持下去的事。

飲食日記　記錄每天的飲食，順便檢查是否攝取足夠的營養 ！

I had some toast and coffee for breakfast.
I went to a Chinese restaurant for lunch.
I had curry with rice and some salad for supper.

翻譯 我早餐吃了吐司和咖啡。中午去中式餐廳吃飯。晚餐吃咖哩飯和沙拉。

健康日記　記錄身高、體重、體脂肪等身體狀況或每日的運動。

Weight : 55kg (↑ 0.5kg)
Waist : 72cm
Pedometer : 6238 steps

I had some cookies late at night.
Oh NOOOOO!!!

翻譯
體重：55 公斤 (↑ 0.5 公斤)
腰圍 ：72 公分
步數：6238 步

我在半夜吃了一些餅乾。好嘔！

育兒日記　記錄哺乳、孩子的成長、接送小孩去上學等事情。

I took Maiko to the preschool at 8:30 a.m.
I picked her up around 5 p.m.
She went to bed around 9:30 p.m.

翻譯 早上八點半我帶麻衣子去幼兒園。下午五點半去接她。她大約九點半上床睡覺。

本書使用說明

・本書以美式英語為主。為求順暢，中文有時候不會照英文字面上的意思直翻。

・本書列出的句子，請依照自己的情況更換例句裡的單複數、冠詞（a/an、the）、時態（現在式、過去式、未來式）、人稱代名詞（I、you、we、they、he/she）、特定名詞等。

例 She is kind. → He is kind.
（她很體貼。） （他很體貼。）

I borrowed some books. → I borrowed a book.
（我借了幾本書。） （我借了一本書。）

・為方便書寫，數字和單位量詞直接用「阿拉伯數字＋單位符號」即可。

例 three kilos → 3kg
ten centimeters → 10cm
20 degrees Celsius → 20℃

・因為語言的差異，有時會出現中文和英文時態看起來有所出入的情況。

例 他現在能自己抬頭了。 He can now hold his head up.

・「兒子…」、「女兒…」除了用 My son... 和 My daughter...，也可以換成人稱代名詞的 He... 和 She...。

・寫日記時為了強調而把 so 寫成 soooo，或用符號取代句號都是很常見的。

・本書為了方便閱讀，有時候會省略英文句子結尾的句號。

・部分單字加上音標，供讀者參考。

・中英對照發聲MP3可搭配書本或單獨使用。

1 章

有助於寫英文日記的文法

本章將詳細解說有助於英文寫作的基本文法。
若能將這些規則記起來，寫日記時一定會更加得心應手。

文法 1 複數名詞

無論是 two oranges（2顆橘子）或是 20 students（20位學生），只要是兩個以上的可數名詞，字尾一定要加上 -s 或 -es 等變化（**複數名詞**）。複數名詞的變化有好幾種，大部分的複數名詞是在**字尾加上-s**，但也有其他不同的變化，請參考表格。

或許有讀者對複數名詞感到很頭痛，其實只要小心不犯錯，慢慢就能養成習慣。此外，字典通常會標出單字的形態變化，所以若有疑惑，最好的方法就是查字典。

■複數名詞的變化

說明	例
●加 -s 大部分的名詞是在字尾加 **-s**。	 **book**（書）→ **books** **CD**（CD）→ **CDs** **month**（月）→ **months** **idea**（想法）→ **ideas** **orange**（橘子）→ **oranges** **place**（場所）→ **places**
●加 -es 以 **-s**、**-x**、**-ch**、**-sh** 結尾，以及部分以 **-o** 結尾的名詞，要在字尾加上 **-es**。	 **bus**（公車）→ **buses** **box**（盒子）→ **boxes** **watch**（手錶）→ **watches** **dish**（盤子）→ **dishes** **tomato**（蕃茄）→ **tomatoes**

● -y → -ies

以〈子音 + y〉結尾的名詞，要將 **-y** 變成 **-i**，後面再加上 **es**。

city（城市）→ **cities**
country（國家）→ **countries**
story（故事）→ **stories**
dictionary（字典）→ **dictionaries**

● - f / - fe → - ves

以 **-f** 或 **-fe** 結尾的名詞，要將字尾改成 **-ves**。

leaf（葉子）→ **leaves**
half（一半）→ **halves**
knife（刀子）→ **knives**
wife（妻子）→ **wives**

● 不規則變化與單複數同形的名詞

除了上述幾種情況，還有不規則變化與單複數相同的名詞。

man（男人）→ **men**
woman（女人）→ **women**
child（小孩）→ **children**
foot（腳）→ **feet**
deer（鹿）→ **deer**
fish（魚）→ **fish**

文法 2

冠詞

冠詞指的是 **a、an 及 the**，通常放在**名詞之前**。當名詞為可數名詞，且數量為一（單數）的時候會使用 a，例如 a dog（一隻狗）、a pencil（一隻鉛筆）。

an 和 a 的使用條件相同，用於**發音以母音開頭的單字**之前，例如 an apple（一顆蘋果）。不過，像 an hour（一小時）這種開頭是子音字，發音卻是母音開頭（[aʊr]）的情況，就要用 an。

正確使用 a/an 與 the

a 或 an 主要用於**「不特定的、一般的事物」**。反之，若要説明**「特定事物」**就要用 the。例如，「（住家附近的）那家咖啡店」，要用 the café；「（昨天讀過的）那本書」是 the book。此外，the 後面所接的名詞不論是一個（單數）或二個以上（複數）皆適用。

■冠詞的基本原則

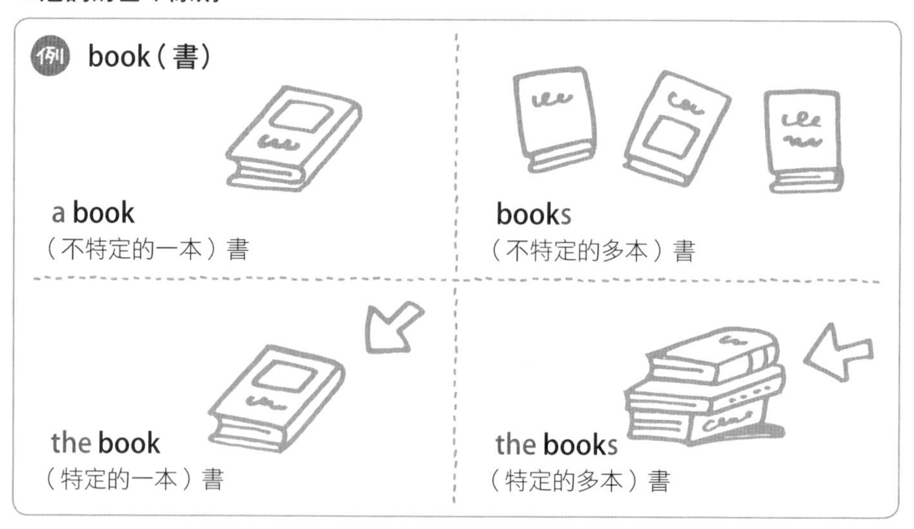

我買了一本書。那是一本有關德蕾莎修女的書。

I bought a book. The book is about Mother Teresa.

這裡指的是「（書店裡眾多書中的其中一本）書」（不特定）。

指的是前面已出現過的「（在書店買的）那本書」（特定）。

我喜歡書。

I like books.

因為是各式各樣的書，此處使用複數，不加冠詞。

我把那些書還給圖書館後又借了一本英文書。

I returned the books to the library and borrowed an English book.

因為歸還的是「（曾借過的）那些書」，指特定書籍，所以用 the。

新借的一本英文書屬於可數名詞，加上 English book 開頭是母音字，因此冠詞用 an。

a/an、the 還有其他種用法，要全部記住並不容易，請先熟悉上述的基本規則。另外，請不要太過拘泥冠詞是否正確，先用輕鬆愉快的心情來寫英文日記吧。

文法 3
介系詞

英文當中有補充「在何時」、「在何地」、「和誰」等要素的**介系詞**。介系詞的用法為〈**介系詞+名詞**〉。首先，先把寫英文日記時常用的介系詞記起來吧！

表示場所的介系詞

at ～ 【在～（商店或火車站等具體場所）】	我在咖啡店遇到他。 I met him at the café.
in ～ 【在～（某國、某地、建築物或房間裡面）】	他在岩手縣長大。 He grew up in Iwate.
to ～ 【到～（目的地）】	香織去了溫哥華。 Kaori went to Vancouver.
for ～ 【往～（方向、目的地）】	我去了香港。 I left for Hong Kong.
into ～ 【進入～之中】	她進了更衣室。 She went into the fitting room.
from ～ 【從～】	我昨天從和歌山回來了。 I came back from Wakayama yesterday.
near ～ 【在～附近】	這家餐廳在火車站附近。 The restaurant is near the station.
by ～ 【在～旁邊】	他站在入口旁。 He was standing by the entrance.
in front of ～ 【在～之前、在前面（表示位置關係）】	市政府前發生了一起車禍。 There was a car accident in front of the City Hall.
behind ～ 【在～之後、在後面（表示位置關係）】	波奇躲在沙發後面。 Pochi hid himself behind the sofa.

■表示時間的介系詞

at ～ 【在～（時間）】	我晚上7點離開辦公室。 I left the office at 7 p.m.
on ～ 【在～（日期、星期、特定的時間點）】	珮琪在3月7日抵達日本。 Peggy arrives in Japan on March 7.
in ～ 【在～（年、月、季節、上午、下午）】	我打算7月去新加坡。 I' m going to go to Singapore in July.
from ～ 【從～開始】	我從星期一開始將在新的辦公室上班。 I' m going to work in the new office from Monday.
from ～ to ... 【從～到…】	我明天要從早上9點工作到晚上7點。 I have to work from 9 a.m. to 7 p.m. tomorrow.
until ～ / till ～ 【直到～（終點為止一直）】	我準備這份簡報到今天早上4點。 I prepared for the presentation until 4:00 this morning.
by ～ 【～（期限）之前】	我必須在星期五前交報告。 I have to submit the report by Friday.
for ～ 【（動作或狀態）持續的時間】	我今天念了兩個小時的英文。 I studied English for two hours today.
during ～ 【在～（特定）期間】	暑假時我待在泰國。 I stayed in Thailand during the summer vacation.
in ～ 【從現在到～之後】	兩天後我就可以見到美香了！ I can see Mika in two days!
within ～ 【在～以內】	我必須在三天內做出決定。 I have to make the decision within three days.
before ～ 【在～之前】	明天我想在晚上8點前回家。 I want to get back home before 8 p.m. tomorrow.
after ～ 【在～之後】	下班後我們去喝了一杯。 We went for a drink after work.

其他介系詞

with ～ 【和～一起】	我和翔子一起吃晚餐。 I had dinner with Shoko.
for ～ 【為了～（目的、理由）】	我努力做這份簡報。 I worked hard for the presentation.
by ～ 【利用～（交通工具、方法）】	我搭公車去阿姨家。 I went to my aunt's house by bus.
from ～ 【從～（事物的起點）】	我收到亮太寄來的e-mail。 I got an e-mail from Ryota.

不用加介系詞的情況

英文句子中，也有不用介系詞就能表達場所或時間的情況。下方表格列出經常使用的字，我們稱為副詞（副詞片語）。

【表達場所】

here　在這裡、去這裡

there　在那裡、去那裡

home　在家裡、回家

abroad / overseas　在國外

總有一天我要去那裡。

I want to go there someday.

＊為了清楚表達 here、there、home 的意思，有時也會和介系詞同時出現。

例： It was hot in there.（此處的 there＝[那裡面] 非常熱。）

【表達時間】

today　今天

yesterday　昨天

tomorrow　明天

tomorrow ～
（例如：tomorrow evening [明天傍晚]）

this ～（例如：this morning [今天早上]）

that ～（例如：that afternoon [那天下午]）

last ～（例如：last night [昨天晚上]）

next ～（例如：next year [明年]）

明天我想去購物。

I want to go shopping tomorrow.

文法 4 動詞變化

英文的動詞必須隨著主詞人稱與時態做變化。

例如「我住在東京」這種表達現在式的句子，在中文裡動詞「居住」並不會因為主詞是「我」或「他」而改變，但英文的動詞卻會隨著主詞而有不同。

例 **I live in Tokyo.**（我住在東京。）

He lives in Tokyo.（他住在東京。）

動詞的第三人稱單數現在式

當主詞是 he、she、it（第三人稱代名詞）或單數名詞，且時態是現在式時，需在動詞字尾加上 -s 或 -es。動詞的變化請參考下方表格。

第三人稱單數現在式的規則

動詞	規則	例子
下方動詞以外的動詞	加上 -s	**live**（住）→ **lives** **work**（工作）→ **works**
字尾為 -s、-x、-ch、-sh 的動詞	加上 -es	**pass**（經過）→ **passes** **wash**（洗滌）→ **washes**
字尾為〈子音 + y〉的動詞	將 y 改成 i，再加上 -es	**try**（嘗試）→ **tries** **study**（學習）→ **studies**
字尾為〈子音 + o〉的動詞	加上 -es	**go**（走）→ **goes** **echo**（迴響）→ **echoes**

過去式

要表示過去時態，**需在動詞之後加上 -d 或是 -ed（也有不規則的變化）**。此外，無論主詞為何，動詞的過去式均相同。以「走了5公里」為例，不論是「我走了五公里」，或是「媽媽走了5公里」，過去式均為「 walked 」。

 **I walked 5km.**（我走了 5 公里。）

My mother walked 5km.（媽媽走了 5 公里。）

過去式的動詞變化，請參考下表。寫日記時，通常是以過去式記錄當天發生的事，若能記住日常生活中經常使用的動詞過去式，書寫上會更加方便。

過去式的變化規則

動詞	規則	例子
下方動詞以外的動詞	加上 -ed	walk（散步）→ walked work（工作）→ worked
字尾為 –e 的動詞	加上 -d	live（居住）→ lived like（喜歡）→ liked
字尾為〈1 個母音 + 1 個子音〉的動詞	重複字尾的子音字，再加上 -ed	stop（停止）→ stopped plan（計劃）→ planned
字尾為〈子音 + y〉的動詞	將 y 改成 i，再加上 -ed	cry（哭泣）→ cried study（學習）→ studied
其他動詞	不規則	make（製作）→ made take（拿走）→ took see（看見）→ saw write（寫）→ wrote cut（切斷）→ cut put（放置）→ put

過去分詞

過去分詞是用來表達現在完成式（參照p.58）或被動式（參照p.63）時會使用的動詞時態。大多數的過去分詞與過去式相同，但也有完全不同的不規則變化，例如 see-saw-seen（看見）或 write-wrote-written（寫）。

請參考p.38～45的「日記常用動詞表」或市面上販售的字典，並將常用動詞的過去分詞牢記，書寫時會更方便。

進行式-ing

動詞加上 -ing 可以表達「正在做～」的進行式，同時也有「做～」的意思。例如 Yoko is cooking.（陽子正在做飯）或 I like driving.（我喜歡開車）。 -ing 時態的變化方式請參考下表。

■進行式 -ing 的變化規則

動詞	規則	例子
下方動詞以外的動詞	加上 -ing	**play**（玩）→ **playing** **cook**（作菜）→ **cooking**
字尾為〈子音＋e〉的動詞	去 -e 加上 -ing	**make**（做）→ **making** **drive**（開車）→ **driving**
字尾為〈1 個母音 ＋ 1 個子音〉的動詞	重複字尾的子音字，再加上 -ing	**run**（跑）→ **running** **get**（得到）→ **getting**
-ie 結尾的動詞	將 -ie 改成 y，再加上 -ing	**die**（死亡）→ **dying** **tie**（打結）→ **tying** **lie**（躺臥）→ **lying**

也許有人會認為動詞變化規則瑣碎，例外又多，要牢記很辛苦，其實只要放輕鬆，一點一點慢慢記，一定沒問題。從下一頁開始，請讀者邊參考「日記常用動詞表」，邊持續寫下英文日記，將這些變化自然而然地記在腦子裡吧。

日記常用動詞表

此處統整了常用的動詞變化，書寫時若有疑惑，可以參考此處的表格。

	意思	現在式
ㄅ	幫助	help
	變成	become
ㄆ	跑	run
	烹調	cook
ㄇ	磨光、擦亮	polish
	買	buy
	買食品雜貨	go grocery shopping
	慢跑	jog
ㄈ	發現	find
	複習	review
ㄉ	打敗	beat
	打電話	call
	打盹	take a nap
	打掃	clean
	得到	get
	得到～的消息	hear from ~
	帶來	bring
	到達～	get to ~
	讀書	study
	等待～	wait for ~
	遞交～	hand in ~
	丟垃圾	take out the garbage
ㄊ	躺下	lie down
	燙頭髮	get a perm
	燙衣服	do the ironing
	聽到	hear
ㄋ	拿去	take
ㄌ	來	come

※此處僅收錄動詞的部分時態變化。

主詞為 she、he	過去式	過去分詞	進行式
helps	helped	helped	helping
becomes	became	become	becoming
runs	ran	run	running
cooks	cooked	cooked	cooking
polishes	polished	polished	polishing
buys	bought	bought	buying
goes	went	gone	going
jogs	jogged	jogged	jogging
finds	found	found	finding
reviews	reviewed	reviewed	reviewing
beats	beat	beat, beaten	beating
calls	called	called	calling
takes	took	taken	taking
cleans	cleaned	cleaned	cleaning
gets	got	got, gotten	getting
hears	heard	heard	hearing
brings	brought	brought	bringing
gets	got	got, gotten	getting
studies	studied	studied	studying
waits	waited	waited	waiting
hands	handed	handed	handing
takes	took	taken	taking
lies	lay	lain	lying
gets	got	got, gotten	getting
does	did	done	doing
hears	heard	heard	hearing
takes	took	taken	taking
comes	came	come	coming

	意思	現在式
	離開家鄉、出門	leave home
	聊天	have a chat
	遛狗	walk my dog
	練習	practice
ㄍ	給 …～	give ... ~
	過得很快樂	have a good time
	歸還	return
	逛街、購物	go shopping
	工作	work
	工作過度	overwork
ㄎ	開始	begin
	看電影	go to the movies
	看見	see
	看醫生	see a doctor
ㄏ	和～說話	talk with ~
	(生病或身體)好轉	get better
	耗費(時間)	spend
	化妝	do my makeup
	獲勝	win
	回家	get (back) home
	回信給～	reply to ~
ㄐ	加班	work overtime
	(無薪)加班	work off the clock
	結束	finish
	(用車子)接送	pick up
	借	lend
	借(免費)	borrow
	教 …～	teach ... ~
	剪頭髮	get a haircut
ㄑ	期待～	look forward to ~

主詞為 she、he	過去式	過去分詞	進行式
leaves	left	left	leaving
has	had	had	having
walks	walked	walked	walking
practices	practiced	practiced	practicing
gives	gave	given	giving
has	had	had	having
returns	returned	returned	returning
goes	went	gone	going
works	worked	worked	working
overworks	overworked	overworked	overworking
begins	began	begun	beginning
goes	went	gone	going
sees	saw	seen	seeing
sees	saw	seen	seeing
talks	talked	talked	talking
gets	got	got, gotten	getting
spends	spent	spent	spending
does	did	done	doing
wins	won	won	winning
gets	got	got, gotten	getting
replies	replied	replied	replying
works	worked	worked	working
works	worked	worked	working
finishes	finished	finished	finishing
picks	picked	picked	picking
lends	lent	lent	lending
borrows	borrowed	borrowed	borrowing
teaches	taught	taught	teaching
gets	got	got, gotten	getting
looks	looked	looked	looking

	意思	現在式
	傾聽～	listen to ~
	請求、詢問	ask
	起床	get up
	起床	wake up
	去～	go to ~
	去～旅行	go on a trip (to ~)
	去喝酒	go (out) for a drink
ㄒ	喜歡	like
	洗澡	take a bath
	洗衣服	do the laundry
	洗碗盤	do the dishes
	下車	drop off
	寫	write
	寫信	write
	寫電郵	e-mail
	卸妝	take off my makeup
	修理	fix
	尋找～	look for ~
	享受	enjoy
	向～道歉	apologize to ~
ㄓ	製作	make
	照顧～	take care of ~
	暫住、停留	stay
	住院	go into the hospital
	準備	prepare
ㄔ	吃	eat
	吃太多	overeat
	持有、擁有	have
	唱歌	sing
	出院	get out of the hospital

主詞為 she、he	過去式	過去分詞	進行式
listens	listened	listened	listening
asks	asked	asked	asking
gets	got	got, gotten	getting
wakes	waked, woke	waked, woken	waking
goes	went	gone	going
goes	went	gone	going
goes	went	gone	going
likes	liked	liked	liking
takes	took	taken	taking
does	did	done	doing
does	did	done	doing
drops	dropped	dropped	dropping
writes	wrote	written	writing
writes	wrote	written	writing
e-mails	e-mailed	e-mailed	e-mailing
takes	took	taken	taking
fixes	fixed	fixed	fixing
looks	looked	looked	looking
enjoys	enjoyed	enjoyed	enjoying
apologizes	apologized	apologized	apologizing
makes	made	made	making
takes	took	taken	taking
stays	stayed	stayed	staying
goes	went	gone	going
prepares	prepared	prepared	preparing
eats	ate	eaten	eating
overeats	overate	overeaten	overeating
has	had	had	having
sings	sang	sung	singing
gets	got	got, gotten	getting

	意思	現在式
	穿戴	wear
ㄕ	試穿	try on
	申請～	apply for ~
	上床睡覺	go to bed
	上網	surf the Net
	生孩子	have a baby
	輸給～	lose to ~
	說	say
	說、傳達	tell
	睡覺	sleep
	睡過頭	sleep in
	順路去	stop by
ㄖ	認為～	think (that) ~
ㄗ	租（需付費）	rent
	做	do
	做瑜伽	practice yoga
ㄘ	從…訂購～	order ~ from...
	參加～	take part in ~
	辭職	quit
ㄙ	散步	walk
	送行	see ~ off
ㄧ	游泳	swim
ㄨ	外出用餐	eat out
ㄩ	遇見、（初次）見面	meet
	預習	prepare (for) my lesson
	預約	book
	閱讀	read
	運動	exercise
	（在家）用餐	dine in
	用吸塵器打掃	vacuum

主詞為 she、he	過去式	過去分詞	進行式
wears	wore	worn	wearing
tries	tried	tried	trying
applies	applied	applied	applying
goes	went	gone	going
surfs	surfed	surfed	surfing
has	had	had	having
loses	lost	lost	losing
says	said	said	saying
tells	told	told	telling
sleeps	slept	slept	sleeping
sleeps	slept	slept	sleeping
stops	stopped	stopped	stopping
thinks	thought	thought	thinking
rents	rented	rented	renting
does	did	done	doing
practices	practiced	practiced	practicing
orders	ordered	ordered	ordering
takes	took	taken	taking
quits	quit	quit	quitting
walks	walked	walked	walking
sees	saw	seen	seeing
swims	swam	swum	swimming
eats	ate	eaten	eating
meets	met	met	meeting
prepares	prepared	prepared	preparing
books	booked	booked	booking
reads	read[rɛd]	read[rɛd]	reading
exercises	exercised	exercised	exercising
dines	dined	dined	dining
vacuums	vacuumed	vacuumed	vacuuming

文法 5 常用連接詞

寫日記時，只是把每句話寫下來，卻沒有任何轉折，文章會變得平淡乏味。若能使用下表的「常用連接詞」，就能提升整體流暢度。請參考右頁範例並試著使用看看。

常用連接詞

first	首先、一開始
at first	最初、起先
then	之後、然後
after that	後來、在那之後
in the end	最後、結果
but	但是
and yet	可是、然而、即使是
still	仍然、話雖如此
on the other hand	另一方面
also	並且
besides	此外、更
actually	實際上
anyway	總之
come to think of it	這麼説來、試想
as I thought	和我想的一樣、果然
as A said	如同A所説
surprisingly	令人驚訝地
or	要不然、否則
if possible	可能的話
I don' t know why, but	我也不知道為什麼，但～
as a result	結果、因此

你可以這樣寫！

I had a busy day today. First, I went to the
首先
dentist. Then, I visited my uncle in the hospital.
然後
After that, I went to a department store to
後來
look for a present for Miyuki. At first, I didn't
一開始
know what to buy, but in the end I found a
最後
pretty pearl necklace. It was a bit expensive.
Anyway, I hope she'll like it.
總之

今天真是忙碌的一天。首先，我去看牙醫，然後去醫院探望叔叔。後來為了找美雪的生日禮物，我去了百貨公司。一開始我不知道要買什麼，但最後我發現了一條漂亮的珍珠項鍊。有點貴呢！總之，我希望她會喜歡。

文法 6 現在發生的事【現在式】

寫日記時，若碰到下列的情形，動詞要用現在式。

❶此刻的心情或狀態

❷現在的習慣

❸諺語

❶此刻的心情或狀態

所謂「此刻的心情或狀態」，如下所示。

【表達此刻心情的句子】

例 **I want a car.**（好想要一台車。）

I feel lonely.（[覺得]好寂寞。）

I'm happy.（我很高興／幸福。）

【表達此刻狀態的句子】

例 **I know he's right.**（我知道他是對的。）

My son lives in Kyoto.（我兒子現在住在京都。）

It's cold today.（今天很冷。）

上面的例子中，用 want（想要）、 feel（覺得～）等字來表達「此刻的心情」；另一方面用 know（知道）、 live（居住）等字表達「此刻的狀態」。

am 或 is 等 be 動詞，很常用來表達「心情」或説明「狀態」，如 I'm happy. / It's cold today.。此處的 I'm 和 It's 分別是 I am 和 It is 的縮寫。

你可以這樣寫！

My computer is slow. I want a new one.
我的電腦速度很慢，好想要一台新的。

It's cold every day. I don't want to get out of bed in the morning.
每天都好冷。早上都不想離開被窩。

❷現在的習慣

書寫有關現在的習慣或反復發生的事，時態上均使用現在式。

Mika always dresses beautifully.
（美香總是穿得很漂亮。）

Kayo brings her lunch to work every day.
（佳代每天帶便當去上班。）

I don' t eat out so often.
（我幾乎不太外食。）

這個原則不只用在與人有關的事，和物品相關的事也一樣（例如 The bus is usually on time. =這班公車通常很準時。），只要是屬於習慣性的事，動詞就必須使用現在式。

此外，為了表達事情發生的頻率或次數，常會在句子裡加入「頻率副詞」。

● **頻率副詞**

always 總是	**never** 從不
often 常常	**every day** 每天
usually 通常	**every other day** 每隔一天
sometimes 有時	**every~(星期)** 每個星期幾
rarely 很少	**every year** 每年

你可以這樣寫！

Rie takes English lessons every Sunday. She really is hardworking.

理惠每週日都去上英文課。她真的很認真。

Takeshi is always five minutes late. Why doesn't he get up a little early?

武總是遲到五分鐘。為什麼他不早點起床？

❸諺語

書寫諺語或格言也要用現在式來表達。想要引用諺語或格言時，就算全文的時態為過去式，諺語或格言中的動詞也不需改變時態，用現在式即可。時態一致的規則（請參考p.75）在這裡並不適用。

例 **He said actions speak louder than words.**

主要動詞（過去式）⟶ 諺語的動詞（現在式）

不受時態一致性的規範

（他說坐而言不如起而行。）

●英語諺語

Time is money.（時間就是金錢。）

Birds of a feather flock together.（物以類聚。） ＊a feather＝同類。 flock＝聚集

When in Rome, do as the Romans do.（入境隨俗。）

Two heads are better than one.（三個臭皮匠，勝過一個諸葛亮。）

No pain, no gain.（不入虎穴，焉得虎子。） ＊gain＝獲得～。

Where there's smoke, there's fire.（無風不起浪。）

No news is good news.（沒有消息就是好消息。）

Even Homer sometimes nods.（智者千慮必有一失。）
＊Homer＝荷馬（古希臘盲眼詩人）。 nod＝打瞌睡。

A cheap purchase is money lost.（便宜沒好貨。）

Failure teaches success.（失敗為成功之母。）

Practice makes perfect.（熟能生巧。）

The early bird catches the worm.（早起的鳥兒有蟲吃。） ＊worm＝蟲。

Slow and〈but〉 steady wins the race.（事緩則圓。）

你可以這樣寫！

I woke up around 5:00 and saw Hugh Jackman on TV! As the saying goes, the early bird catches the worm.

我早上 5 點起床，看到休傑克曼出現在電視上！真是俗話說的：「早起的鳥兒有蟲吃」。 ＊ saying = 諺語。

過去發生的事［過去式］

碰到下面幾種情況時，動詞請用過去式（p.36）。日記通常是寫下「做過的事」或「已經發生的事」，使用過去式的頻率很高。

❶做過的事

例 I weeded my yard today.（今天我除了院子裡的草。）
I called my father.（我打了通電話給爸爸。）

❷已經發生的事

例 My mother sent me some apples.
（媽媽寄了些蘋果給我。）

There was a car accident near the office today.
（今天辦公室附近發生一起車禍。）

❸過去時間點的情感

例 I was happy.（那時我很開心。）
It was a shame.（當時很可惜。）

❹（回顧一整天）今天的天氣或自己的情況

例 It was really hot today.（今天真的好熱。）
I was very busy.（我好忙。）

你可以這樣寫！

I had a job interview today. I was very nervous.
今天我面試了一個工作，（當時）好緊張。

文法 8 未來的事 [be going to、will 等]

日記上也會寫有關預定、計畫、對某事的心情等未來的事情。表達未來的事的句型有好幾種，必須根據「可能實現的程度」以及「什麼時候決定的計畫」等情況來使用。

表達未來的事的句型

表達的事情	英文的表示方式
❶已經決定日期的行程或依據時刻表確立的計畫	動詞的現在式
❷已經決定的計畫或依狀況判斷事情應該會變成那樣	be going to + 動詞原形 be + 動詞 -ing
❸邊寫日記邊做決定	～'ll + 動詞原形
❹「一定會～」的強烈意志	will + 動詞原形 be going to + 動詞原形 be + 動詞 -ing

※ ❷❸❹的「動詞原形」指的是動詞未經變化的「原形」。 be 動詞（ is、am、are 等）的原形是 be。
❸的「～'ll」是 will 的縮寫。

❶已經決定日期的行程或依據時刻表確立的計畫

根據年度行事曆決定的事，或根據時刻表確認大眾運輸工具的時間等未來的事，要用現在式來表達。這類句子通常不是自己能決定的計畫，而是有關公眾的事情與活動。

The new term **starts** next Monday.
（下星期一開始新的學期。）

My flight **leaves** at 9:10 tomorrow.
（我的班機明天早上 9 點 10 分起飛。）

●常用現在式來表達未來的動詞

【表達行動的開始或結束】	【表達大眾運輸工具出發與抵達的動詞】
start 開始	**go** 去
begin 開始	**come** 到達
finish 結束	**leave** 出發
end 結束	**depart** 出發、起飛
open 開始、開店	**arrive** 抵達
close 結束、打烊	**get** 到達

你可以這樣寫！

The winter sale starts tomorrow. I'm so excited!

冬季折扣明天開始，我好期待！

❷已經決定的計畫

已經決定日期與時間，自己也打算這麼做（例：I'm going to write my New Year's greeting cards this weekend. = 我打算這個週末寫賀年卡。），或依狀況判斷事情應該會變成那樣（例：It's going to snow. = 好像要下雪了）等，都可以用〈 **be going to +動詞原形**〉來表示。

個人預定要做的具體事項如「何時、何地、和誰、做什麼」，也可以用〈 **be +動詞-ing**〉來表示（I'm writing my New Year's greeting cards this weekend. = 我打算這個週末寫賀年卡）。此外，依情況或人的不同，有時會用〈～'ll be +動詞-ing〉來表示已經決定的計畫。

I'm going to visit my sister's family the day after tomorrow. What should I take?

我打算後天去拜訪姊姊一家人。我該帶什麼去呢？

❸邊寫日記邊做決定

和❷已經決定的計畫不同，邊思考邊決定「就這麼做」、「就這樣」的情況，要用 will 的縮寫〈～'ll +動詞原形〉來表示。舉例來說，看到庭院裡雜草叢生，便起了 I'll weed my yard tomorrow.（我明天要除草。）的念頭，或是聽到天氣預報說明天會下雨，就決定 I'll stay home tomorrow.（我明天要待在家）。

為了方便讀者理解〈be going to +動詞原形〉和〈 ～'ll +動詞原形〉的差異，請試著比較下面兩個例句。

We'**re going to have** Hiro's birthday party on Saturday.
（我們預定在星期六為阿宏開慶生會。）

Oh, tomorrow is Hiro's birthday! I'**ll give** him a present.
（啊，明天是阿宏的生日！我要送他生日禮物。）

你可以這樣寫！

My room is so messy. OK, I'll clean my room this Sunday.

我的房間亂七八糟的。好吧，這個星期天來打掃房間。

* messy = 混亂的。

❹「一定會～」的強烈意志

will 可以用來表達強烈的意志，此時**不用縮寫的「～'ll」，而是「will」**。例如收到落榜的通知，誓言 I will study harder to pass the exam next time.（為了通過下次考試，我一定更加用功。），或是 I will absolutely invite you to my new house.（我一定邀請你來我的新家。）等強烈的意志，用 will 是最貼切的。在日記上，講述自己要振作或寫下新年新希望等決心時，請讀者試著使用看看。

表達強烈意志的寫法還有**〈be going to + 動詞原形〉**或**〈be + 動詞 -ing〉**，因為是事先決定的事情，所以有下定決心「一定要～」的幹勁。

你可以這樣寫！

I failed the exam again. Next time I will absolutely pass it!

我又考不及格了，下次一定要考過！ * fail =（考試等）不及格。

will 的其他用法

除了表達強烈的意志，will 還可以用來表達下列情況。

●「可能會～」說話者高度確信的推測

例 **She will probably be late.**（她可能會遲到。）
＊she will 可替換成 she'll。

●「將～」習慣、傾向、必然性

例 **Accidents will happen.**（會發生意外。）

●「無論如何都～」很執著某事

例 **My boss will go his own way.**
（我的老闆只照自己的意思去做。）

My daughter won't listen to me.
（女兒都不肯聽我的話。）

●請求的疑問句

例 **Will you do me a favor?**（可以請你幫我一個忙嗎？）

Will you wait for me here?（可以請你在這裡等我嗎？）

文法 9 到目前為止發生的事
[現在完成式]

現在完成式〈have/has + 動詞的過去分詞〉有三個主要用法（有關動詞的過去分詞請參考p.37）。此外，I have 很常縮寫成 I've。

❶持續　「一直做～」

❷完成　「完成～」

❸經驗　「做過～」

❶表達「持續」的用法

「…的期間一直～」、「從…一直～」這種從過去某個時間點至今持續的狀態，可以用〈have/has +動詞的過去分詞〉。若是否定句「…的期間一直沒有～」、「從…一直沒有～」，就用〈haven't/hasn't +動詞的過去分詞〉。此外，使用 be 動詞的句子如 be busy（很忙），可以寫成〈have/has been ～〉。

表達「持續」的現在完成式中，〈for +一段期間〉可表達「～的期間，狀態一直持續著」（例：for five years = 五年來）；〈since + 起點〉則是「從某個時候開始，就是這個狀態」（例：since yesterday = 從昨天開始）

【for + 一段期間 的例子】		【since + 起點 的例子】	
for three days	三天來	since yesterday	從昨天開始一直
for a week	一個禮拜來	since last Sunday	從上星期天開始一直
for a few months	好幾個月來	since last week	從上禮拜開始一直
for ten years	十年來	since this morning	從今早開始一直
for a long time	很長一段時間來	since I was in high school	從高中以來一直
for ages	很長一段時間來	since then	從那時候開始一直
for years	很多年來		

since 和 ago 不能同時使用

想表達「從四天前」，千萬不要寫 since four days ago（×），因為 since 和 ago 不能同時使用。這種情況下，可以用 for four days（四天來）。

除了 for 和 since 之外，也有像 all day（整天）或 all afternoon（整個下午）等說明時間的語句可以使用。

你可以這樣寫！

Aiko has been absent from school for three days.

愛子已經三天沒來上學了。

Kanae and I have known each other for almost eight years.

佳苗和我已經認識快八年了。

It has been raining since last week...

從上禮拜開始就一直下雨…。

It has been over 20 years since I started writing in my diary in English.

我開始用英文寫日記已經超過二十年了。 ＊ write in one's diary = 寫日記

❷表達「完成」的用法

表達「完成」的現在完成式用於「雖然是過去發生的事，其結果卻對現在有所影響」。很多人都覺得很難區分現在完成式和過去式，不過說穿了，現在完成式其實就是扮演銜接過去和現在的橋樑。

例如 I lost my wallet 是「我的錢包不見了」，這句所表達的是過去發生的事，至於錢包有沒有找到我們無從得知。另一方面，若使用現在完成式寫成 I've lost my wallet. 就變成「**我的錢包不見了，現在還沒找到**」，帶有「**真希望快點找回來，好困擾哦。**」的心情。

現在完成式表達「完成」的情況，多半會和下面的副詞一起使用。

●「完成」的用法中常用的副詞

just　剛剛完成～、正好～

already　早已、已經（做完～）

yet　〈否定句〉還（沒）～

需要注意的是「**表達過去某個時間點的情況不能使用現在完成式**」。只要加上「表達過去某個時間點」的字，如～ ago（～之前）或 yesterday（昨天），焦點就會變成過去所發生的事。現在完成式是想表達「（過去發生的事情影響）現在的狀況或心情」。

例如「今天早上我的錢包不見了」可以用過去式 I lost my wallet this morning. 來表達。因為 this morning（今天早上）屬於過去的某個時間點，所以不能用現在完成式。

事實上，也有以英文為母語的人為了方便，把現在完成式的句子用過去式來表現。或許有人會想「現在完成式好難，倒不如都用過去式吧」，但是應該用現在完成式時，還是用現在完成式來呈現才是最理想的。

你可以這樣寫！

The plates that I ordered have arrived! I'm happy.

我訂的餐盤送到了！真高興。

I've just finished my report. Whew.

我剛剛才把報告寫完。呼～

I haven't written my New Year's greeting cards yet. What should I do?

我還沒寫賀年卡，怎麼辦？

❸表達「經驗」的用法

要表達到**目前為止的經驗**，也就是「做過～」時，用〈**have/has +動詞的過去分詞**〉。否定句「一次也沒有做過～」則加上 never（一次也沒有～），變成〈**have/has never + 動詞的過去分詞**〉。

要表達「去過某地」時，不能用 go（去）的過去分詞 gone，而是應該用 be 的過去分詞 been，寫成〈 have/ has been to + 地方〉才對，請特別留意。

此外，和「完成」的用法相同，雖然表達「經驗」可以用現在完成式，但**不可和表達過去某個時間點的字一起使用**。例如若將「他在孩提時代去過美國」這句寫成 He has been to America when he was a child. 就是錯的（×）。因為 when he was a child（當他還是個孩子的時候）是說明「過去某個時間點」，因此應該用過去式 He went to America when he was a child.。

其他像是16 years ago（16年前）、in 2009（2009年）或 in my college days（我大學的時候）等，也不能和現在完成式同時使用。不過，**before（以前）所代表的過去範圍較廣**，因此可以和現在完成式一起使用。請讀者試著確認下一頁的例句。

他在孩提時代去過美國。

✕ He has been to America when he was a child.

○ He went to America when he was a child.

他以前去過美國。

○ He has been to America before.

表達「經驗」的現在完成式，常和下面幾個字一起使用。

●常見於「經驗」用法的字

【置於句末】

once 一次

twice 兩次

a few times 幾次

many times 很多次

before 以前

【直接置於 have 或 has 之後】

never 從未

你可以這樣寫！

Ryo has lived in Paris, London and New York. Lucky him!

阿良住過巴黎、倫敦和紐約。他真是幸運！

Ayuko has been to Disneyland many times, but I've never been there.

步子去過好多次迪士尼了，我卻一次也沒去過。

文法 10 表達「被～」[被動式]

表達「被～」、「已經被～」這種**被動意思**用**〈be + 動詞的過去分詞〉**（有關過去分詞請參照 p.37），例如 This sweater is made in France.（這件毛衣是在法國被做成的[=法國製]）就是這個情況（made 是 make 的過去分詞）。否定句則是在 be 動詞後面加上 not，若是表達過去的事， be 動詞也要跟著變過去式。

「這件毛衣是法國製的」這句話當中，「毛衣到底是誰做的」並不重要，不需要加以敘述。至於被動句中若**想明確寫出「誰做的」**，要加上**〈by + 人、物〉**，如 The cake was made by Aki.（這個蛋糕是亞紀做的）。

被動式有許多種句型。完成式的被動句用**〈have[has/had] + been + 動詞的過去分詞〉**來表示，例如My bike has just been repaired. = 我的腳踏車才剛修理過。進行式的被動句則是**〈be + being + 動詞的過去分詞〉**，例如 The wall is being painted. = 這面牆正被漆上油漆。含有助動詞的被動句，其形態為**〈助動詞 + be + 動詞的過去分詞〉**，例如 This novel can be read in many languages.（這本小說可以用各種語言來閱讀）。

你可以這樣寫！

These cookies **are made** from okara. They're nice!

這些餅乾是用豆渣做的，真是美味！

I **was invited** to Kenji's birthday party!

我受邀參加健二的生日派對！

文法 11 助動詞的用法

助動詞會讓動詞語意有所不同。**助動詞一定要放在動詞之前，緊跟著的動詞為原形動詞。**

請讀者試著比較有與沒有助動詞時，語意上的不同。

例 **I ski.**（我滑雪。）

I can ski.（我會滑雪。）

I do my homework.（我寫功課。）

I should do my homework.（我應該寫功課。）

He has a cold.（他感冒了。）

He may have a cold.（他應該感冒了。）

●務必牢記的助動詞

will	～吧、一定會 [未來或推測、意志]
can	可以、可能、（否定句）不可能 [能力或可能性]
may / might	也許、可以 [可能性或允許]
should	～做的話比較好、大概、應該 [義務性很低，或提議、推測]
must	必須、一定要 [必要性或推測]

下一頁的例句中，可以看到這些助動詞的具體用法。

Tetsu can speak English fluently.

阿哲能說一口流利的英語。

Yuki should be on the airplane now.

小雪現在大概已經在飛機上了。

My car may〈might〉 break soon.

我的車也許快壞了。

I must leave home at 6:00 tomorrow morning. I should go to bed early tonight.

我明天早上必須六點出門。我今晚應該早點睡。

不能連續使用兩個助動詞

像 will can （×）這樣連續使用兩個助動詞是不行的。要呈現兩個助動詞才有的意思時，可以用下面的表現方式。

「（將來）可以～」

✕ will can ～

○ will be able to ～

例 I'll be able to move into my new house next month.
（我下個月就可以搬進新家了。）

「有可能會～」

✕ may must ～

○ may have to ～

例 He may have to change jobs.
（他有可能會換工作。）

表達有關過去的推測或確信的情況

使用助動詞來表達有關過去的推測或確信，可用〈助動詞 have + 動詞的過去分詞〉（有關過去分詞請參照p.37）。下表中 could have、 should have、 must have 的縮寫 could've、 should've、 must've 也很常見。

●對於過去的事情表示推測的助動詞

can have / could have	可能～[推測]
should have	應該～[當然、確信] 要是～的話就好了[後悔]
may have / might have	可能～[推測]
must have	一定是～[確信]

你可以這樣寫！

The coat I bought last week is now 30% off. I should have waited for a week.

我上禮拜買的大衣在打 7 折。要是我多等一個禮拜就好了。

Shinji was kind of quiet today. He might have been tired.

伸二今天特別安靜，他可能是累了。

文法 12 不定詞的用法

不定詞是to+動詞原形，它的用法有很多種。此處收錄的是寫日記時常用的不定詞用法。

❶表達動作的目的

I went to the library.（我去圖書館）這個句子，這樣寫當然沒問題，不過到底是去借書或還書？還是去念書？若想要把目的更明確的表現出來，可以用〈 to + 動詞原形〉來表現。

例 **I went to the library to borrow some books.**
（我去圖書館借書。）

I went to the library to return the books.
（我去圖書館還書。）

I went to the library to study English.
（我去圖書館念英文。）

你可以這樣寫！

I went to the beauty salon to get a perm.
我去美髮沙龍燙頭髮。

I went to a department store to buy a present for my mother.
我去百貨公司買要送給媽媽的禮物。

❷做為名詞的說明

I have some books.（我有一些書）這個句子，多數人會把它想成「我有一些書要看」。不過若是作家的話，則會認為這句指的是「我有一些書要寫」。因此到底是「要看的書」還是「要寫的書」，全都因人而異。

這種情況下，在名詞之後加上〈 to + 動詞原形〉可以為名詞做解釋，讓內容更加清楚。

例 **I have some books to write.**（我有一些書要寫。）

I have some books to throw away.（我有一些書要丟掉。）

I have some books to give Yuki.（我有一些書要給小雪。）

你可以這樣寫！

I have a lot of things to do. (Sigh)

我還有好多事要做。（唉）

I have friends to rely on. I'm grateful.

我還有朋友可以依靠，我很感激。

❸表達情感的原因

不論是 I was happy.（我很高興。）或 I was sad.（我很悲傷。）等表達情感的句子後接〈 to + 動詞原形〉，可以表達情感的原因，如「因～而高興」、「因～而悲傷」。

例 **I was happy to hear from Mike.**（我很高興和麥克連絡上。）

I was sad to lose my favorite pen.（我最喜歡的筆不見了，好難過。）

這些不定詞都是在表達和自己有關的行為時才會使用，若想表達自己對別人行為的感覺時，可以像 I'm happy (that) he passed the exam.（他考試及格了，真為他高興。）一樣用〈(that) + 句子〉。

你可以這樣寫！

I was excited to watch Nadeshiko Japan's game.
我很興奮能夠去看日本國家女子足球隊的比賽。

I was delighted to meet a lot of great people.
我很高興能夠見到那麼多了不起的人。

❹表達「很～（很容易、很難）」之意

形容詞之後若放不定詞，有表達「很～」、「是～」的意思。例如 easy 有「輕鬆的、簡單的、容易的」等意思，不過這裡加上〈 to + 動詞原形〉後，就能清楚表達出「到底是什麼地方」很輕鬆。

例 **Professor Ishii's class is easy.**（石井教授的課很輕鬆。）

Professor Ishii's class is easy to understand.
（石井教授的課在理解上很輕鬆[=容易理解]。）

●常和不定詞一起使用的形容詞

easy 簡單的	safe 安全的	necessary 必要的
important 重要的	dangerous 危險的	pleasant 愉快的
difficult 困難的	comfortable 舒服的	fun 好玩的
hard 困難的、艱苦的	convenient 方便的	
tough 困難的、艱苦的	impossible 不可能的	＊fun 雖然是名詞，卻很常和不定詞一起使用，請牢記。

此外，〈 It's + 形容詞〉後面接〈 to + 動詞原形〉的話，有「做～是…」的意思，在這個情況下，to 後面才是主要的句子。

例 It's important to practice **every day.**（每天練習是很重要的。）

It's **not so** hard to play **the guitar.**（彈吉他並不難。）

你可以這樣寫！

He doesn't smile. He's hard to please.

他都不笑，要取悅他真難 [＝很難相處的人]。

Haruka is friendly, flexible and easy to deal with.

春香人很親切、個性靈活，而且相處上很輕鬆 [＝很好相處]。

It's important to fix the furniture to the wall and ceiling.

把傢俱固定到牆壁和天花板上是很重要的。

❺表達「被（某人）要求去做～」之意

說「被（某人）要求去做～」或「被（某人）拜託做～」時可以用〈to + 動詞原形〉。下面介紹常用在日記中的句型，請務必記熟。

●「被（某人）要求去做～」的句型

A told me (not) to ～	A 要求我去（別）做～ ＝我被 A 要求去（別）做～
I was told (not) to ～	我被要求去（別）做～
A asked me (not) to ～	A 拜託我去（別）做～ ＝我被A 拜託去（別）做～
I was asked (not) to ～	我被拜託去（別）做～

＊「別去做～」可以用 not to～ 的形態表示

你可以這樣寫！

My boss told me to go to Indonesia next week.
我老闆要我下禮拜去印尼一趟。

I was asked to translate the document by this Friday.
我被要求在星期五前把這份文件翻譯好。

He told me not to call him anymore. Why?
他要我別再打電話給他了。為什麼？

文法 13 關係代名詞的用法

所謂的關係代名詞，指的是 who、 which、 that 等「想對名詞做詳細解釋時的接著劑」。

名詞可以加上形容詞做為說明，例如 book（書）可以寫成 thick book（很厚的書）、 expensive book（很貴的書）。但是要表達「肯推薦的書」或「石原真弓所寫的書」，只用形容詞並不足以說明，這時候就要使用關係代名詞。

例 **a book** which〈that〉 Ken recommended
（肯推薦的書）

a book which〈that〉 was written by Mayumi Ishihara
（石原真弓所寫的書）

如同上面的例子，使用關係代名詞的部分是以〈名詞 + 關係代名詞 + 說明〉的形態來表示。此處的名詞是 book（書），**當名詞是「物品」，關係代名詞用 which 或 that**（日常情況下大多選擇使用 that）；**當名詞是「人」，用 who 或 that**。

因為「書」是物品，所以後面接的關係代名詞是 which 或 that，然後再接上「肯推薦的（Ken recommended）」才算完成，整句話變成 a book which〈that〉 Ken recommended（肯推薦的書）。

「石原真弓所寫的書」這句話也一樣， book 後面接的關係代名詞是 which 或 that。而「石原真弓所寫的」必須用被動式（be +動詞的過去分詞，請參考p.63）來表示；「～所寫的」要用 by～，所以是 was written by Mayumi Ishihara，最後放在 which 或 that 後就完成了，整句話變成 a book which〈that〉was written by Mayumi Ishihara。如果覺得被動式很難，那就換個說法，寫成 a book which〈that〉 Mayumi Ishihara wrote（石原真弓寫的書）也行。

關係代名詞之後應該接什麼

關係代名詞後面可以接〈主詞+動詞〉或〈動詞〉，首先來看例句。

■關係代名詞後加上〈主詞 + 動詞〉

the friend who I met in Montreal （我在蒙特婁遇到的朋友）

the teacher who I respect （我尊敬的老師）

the PC which my sister gave me （姊姊買給我的電腦）

the digital camera which I bought yesterday （我昨天買的數位相機）

■關係代名詞後加上〈動詞〉

the friend who lives in Montreal （我那個住在蒙特婁的朋友）

the teacher who taught me English （教我英文的老師）

the PC which was made in China （中國製造的電腦）

the digital camera which takes great pictures （可以拍出好照片的數位相機）

想表達「人做～行為（的名詞）」時，〈名詞+關係代名詞〉後面接〈主詞+動詞〉。

想表達「做～（的名詞）」或「被～（的名詞）」，〈名詞+關係代名詞〉後面接〈動詞〉。

關係代名詞的省略

關係代名詞後面接〈主詞+動詞〉時，可以省略關係代名詞，這在口語中是很平常的。

（肯推薦的書）

a book which〈that〉 Ken recommended

= a book Ken recommended

（石原真弓寫的書）

a book which〈that〉 Mayumi Ishihara wrote

= a book Mayumi Ishihara wrote

使用關係代名詞的句子

接下來請試著把關係代名詞構成的語句和其他句子放在一起。例如「肯推薦的書很好看。」可以寫成 The book（which /that）Ken recommended was very good.，此處將「肯推薦的那本書」統整成 **The book Ken recommended**。

「我讀了石原真弓寫的書。」可以寫 I read a book which〈that〉was written by Mayumi Ishihara.，這裡也是把 **a book which〈that〉was written by Mayumi Ishihara** 整合成一句話。

你可以這樣寫！

The hairdryer (which/that) I bought last year already broke.

我去年買的那支吹風機已經壞了。

I've found the watch (which/that) I lost. I'm very happy.

我已經找到弄丟的手錶了，真高興。

A newcomer who graduated from B University came to my section.

從 B 大學畢業的新人進到我們部門。

文法
14 時態的一致

何謂時態的一致？

一個句子中有時會出現兩個以上的動詞，例如 I thought (that) she was older.（我認為她比我年長。）這句話裡出現了 thought 和 was 這兩個動詞與 be 動詞。在這種情況下，**若句子的主要動詞是過去式，that 後面的動詞（助動詞）也必須用過去式或過去完成式**。也就是說，此處的 think 是 thought 的過去式，因此 that 之後的動詞不能寫 is，而要用過去式 was，這種規則就叫做**時態的一致**。

讓我們再來看些具體的例子。例如「阿哲說他很累」，很多人會覺得 Tetsu said that ～（阿哲說～）後面要寫成 he is tired（他很累），不過因為主要動詞是過去式 said，所以 that 之後的動詞也必須是過去式，正確的句子為**Tetsu said (that) he was tired.**。

再舉一個例子。請用英文寫出「他曾經告訴我他去過美國」這句話。He told me that ～（他以前說過～）後面接 he has been to America（他去過美國），看起來沒什麼問題，但 that 後面的動詞 has been（現在完成式）應該改成had been（過去完成式），寫成 **He told me (that) he had been to America.** 才對。

簡單來說，當句子的主要動詞是過去式時，that 後面的子句若是現在式，請改成過去式；that 後面的子句本來就用過去式或現在完成式時，請改成過去完成式（had + 動詞的過去分詞）。

此外，以英語為母語的人碰到句子的主要動詞是 heard （聽到～）或 said（說過～）時，多半會在非正式的英語場合中忽略時態的一致。對此不習慣的我們就算無法理解也無妨。

「我聽說艾力克斯今年春天來日本了。」

△ **I heard (that) Alex is coming to Japan this spring.**

○ **I heard (that) Alex was coming to Japan this spring.**

「麻里說她願意試試看。」

△ Mari said (that) she will try it.

○ Mari said (that) she would try it. ＊would 是 will 的過去式。

「他說他是從兒子那裡聽來的。」

△ He said (that) he heard from his son.

○ He said (that) he had heard from his son.

若主要動詞是現在式，that 子句後的動詞不受時態一致的限制。

例 I think (that) she is older.（我認為她年紀比我大。）

I know (that) he loved her.（我知道他愛著她。）

時態一致的例外

諺語、自然現象等不變的真理、即使現在也不會改變的事實或習慣、歷史上的事實，這些都不受時態一致的限制。（例：He said the earth goes around the sun. = 他說地球繞著太陽轉。）

你可以這樣寫！

Kaoru told me (that) she was pregnant.

薰告訴我她懷孕了。

Eriko said (that) she could come to my birthday party.

惠理子說她可以來參加我的生日派對。

2章

英文日記常用句型

本章收錄日常生活中經常使用的74種句型。
即使是用英文也能寫出內容豐富的日記。

句型1 我必須～。 I have to～.

強制・必要・義務

* 可以這樣用 *

I have to～（**動詞原形**）有「我必須～」的意思。特別是因為受到來自周遭的希望或指示，或是根據情況而判斷出「非～不可」、「～也是沒辦法的事」，表達出**「基於某種原因」而必須～**，隱含著「雖然有點麻煩」、「雖然不太情願」的意思。

例如被父母親提醒「趕快把功課寫完」而寫下 I have to do my homework（我必須寫作業）；被醫生提醒「再這樣下去，你一定會有肥胖病」，而寫下 I have to go on a diet（我一定要減肥）。另外，因遵守規定而「不得不做某事」時也可以使用have to～，如 I have to go back to my dorm by 11:00.（我一定要在11點前回宿舍）。

否定句型為 **I don't have to～**（不～也可以），過去式用 **I had to～**（過去我必須～）、**I didn't have to～**（過去我不～也可以、過去沒有～的必要）來表示。

* 可以這樣寫 *

1. **I have to get up early tomorrow.**
我明天早上必須早起。

2. **I have to make a haircut appointment.**
我必須預約剪髮。
※ haircut 指的是「剪頭髮」，讀者可根據狀況填入 perm（燙髮）、hair coloring（染髮）、hair dye（將白髮染色）等。

3. **I have to finish my graduation thesis by the 10th.**
我必須在10號以前完成畢業論文。

4. **I had to work overtime again today.**
我今天又得加班了。

5. **I had to reply to 80 e-mails.**
我必須回覆八十封電子郵件。

6. **I don't have to make lunch for Hana tomorrow.**
我明天不用幫小花帶便當。

7. **I didn't have to go to school today.**
我今天不用上學。

POINT

- have to ～ 表達「基於某種原因」而必須～。
- 否定句型為 I don't have to ～，有「不～也沒關係」的意思。
- 過去式為 I had to ～、I didn't have to ～。

強制 · 必要 · 義務

句型 2 我必須～。I must ～.

＊可以這樣用＊

I must ～（動詞原形）是以說話者去思考，覺得「有～的必要」、「無論如何都必須～」時所使用的句型。因為帶有**十分強烈的意志**，因此像 We must solve our environmental problems.（我們必須解決環境的問題。）這種句子，在演講或論文中經常使用。如果用 must 表達「我必須去買東西。」、「不餵強尼吃飼料不行。」，反而會給人誇張的印象。

否定句型 I mustn't ～ **的意思並不是**「不～也可以」，而是有禁止意思的「不許～」（mustn't 的發音是 [`mʌsnt] ），請讀者注意。若想表達「不～也可以」，請使用句型1的否定句，寫成 I don't have to ～（動詞原形）。

must **沒有過去式**，因此想表達「過去必須～」，可用 I had to ～（動詞原形）來代替。

＊可以這樣寫＊

1. I must **help Reiko find her dog.**
我一定要幫玲子找到她的狗。

2. I must **find a job.**
我必須找工作。

3. I must **think about my future seriously.**
我必須認真思考我的未來。

4. I mustn't **spend so much time playing games.**
我不能再花這麼多時間打電動了。

必要．義務

我必須～。
I need to～.

可以這樣用

I need to ～（動詞原形）有「不得不～」、「有做～的必要」的意思，和 have to 一樣用來表達**「必要性」**或**「義務」**，但 need to 沒有「強制」的感覺。

否定句型為 I don't need to ～，意思是「不～也行、沒有～的必要」。此外，要表達過去的事，可以用 I needed to ～（過去我必須～）、I didn't need to ～（過去不用～真是太好了、過去沒有～的必要）。

可以這樣寫

1. I need to **pick up my clothes from the cleaners.**
我必須去乾洗店把衣服拿回來。

2. I need to **cut my bangs.**
我該剪瀏海了。

3. I need to **explain it to her tomorrow.**
我明天必須和她解釋一下。

4. I needed to **cancel my dental appointment.**
我要取消跟牙醫的預約看診。

5. I didn't need to **work overtime today.**
我今天不用加班。

必要・義務

句型 4 我必須～。 I've got to ～.

可以這樣用

I've got to ～（動詞原形）也是「我必須～」的句型。 I've 是 I have 的縮寫。I've got to ～ 比句型 3 **更口語化**，大多用於表達**情感上覺得某事逼近**，因此不適合用在「我一定要搭每天早上 6 點半的公車。」等表達習慣性的句子上。

此句型不只用在會話，日記、關係緊密的人之間所往來的 e-mail、非正式的文書等都能使用。非正式的用語中有時也會寫成 **I've gotta ～（動詞原形）**， gotta 的發音為 [`gɑtə]。

表達否定或過去式時會改用 have to 來代替。否定形用 **I don't have to ～**（不～也可以）來表示，過去式則用 **I had to ～**（過去我必須～）、 **I didn't have to ～**（過去不～也可以、過去沒有～的必要）。

＊可以這樣寫＊

1. **I've got to return the books.**
我必須去還書。

2. **I've got to go on a diet.**
我必須減肥。

3. **I've got to wash the bath towels.**
我必須洗浴巾。

4. **I've got to call my grandchildren tomorrow.**
明天必須打電話給孫子。

5. **I've got to go to the office early tomorrow.**
明天必須早點到辦公室。

6. **I've got to put together a report.**
我必須彙整一下報告。

7. **I just remembered that I've got to apply for the TOEIC!**
我現在才想起來，我必須報名 TOEIC！

POINT

- I've got to ～ 是「我必須～」的非正式表現。
- I've got to ～ 用於表達情感上覺得某事逼近。
- 再更口語一點，就會使用 I've gotta ～（動詞原形）來呈現。

必要・義務

應該～比較好。I should ～.

＊可以這樣用＊

雖然我們將 should 翻譯成「應該～」，實際上沒有那麼強烈的意思。**I should ～**（動詞原形）是以 I 為主語，表達**「應該～比較好」等基於自身判斷的微弱義務**。它的另一種形態 **Maybe I should ～**（～比較好、不如～吧、～說不定會比較好）也很常用。

當主詞換成其他人稱，如 You should ～ 或 He should ～ 時，可以表達向某人**提出建議**「我覺得你（他）應該～比較好」。不過依據說話者跟對方的關係，有時也有忠告或責備「應該做～！」之意。

否定句型為 I shouldn't ～「不～比較好」。

＊可以這樣寫＊

1. **I should eat more vegetables.**
我應該多吃點蔬菜（比較好）。

2. **I should see a doctor tomorrow.**
我明天應該去看醫生（比較好）。

3. **I should buy a good English-Chinese dictionary.**
我應該買本英漢字典（比較好）。

4. **Maybe I should send her a thank-you letter.**
我應該寫封感謝信給她（比較好）。

5. **Maybe he should quit his job.**
他應該辭掉工作（會比較好）。

6. **I shouldn't hold a grudge against him.**
我不應該對他懷恨在心（會比較好）。
※ hold a grudge against ～ 對～懷恨在心。

7. **I shouldn't worry too much.**
我不要太擔心（會比較好）。

8. **We shouldn't see each other anymore.**
我覺得我們不應該再見面（比較好）。

POINT

- I should ～ 是基於自身判斷的微弱義務。
- 主詞換成其他人稱時，則有提出建議之意。
- Maybe I should ～ 的形式也很常見。

必要・義務

句型 6 我最好～。I'd better ～.

* 可以這樣用 *

I'd better 是 I had better 的縮寫，有時在非正式的會話裡會省略 had（= 'd），變成 I better。

許多人將 had better 翻譯成「～比較好」，但其實這僅限於主詞是 I 或 We 的情況，例如 I'd〈We'd〉 better ～（動詞原形）就有「最好～、必須～」之意。

如果主詞換成其他人稱，如 You'd〈He'd〉 better ～，就變成「絕對該做～、做～吧」**這種聽起來強烈命令的口氣**。又依情況不同，也有像「做～的話是為你好、不做～的話不知道會變怎樣」這種帶有恐嚇的意思，因此 **had better 最好不要用在自己以外的人身上**。能夠對別人用 had better 的，僅限老師對學生、父母對子女、老闆對員工這種上對下的關係，讀者若不看場合隨便使用，可是會被討厭的哦。

它的否定句型是 I'd better not ～，意思是「我最好不要～」（ I 或 We 以外的主詞，則有「不要做～、做～的話不知道會變怎樣」之意）。

＊可以這樣寫＊

1. **I'd better think twice.**
我最好再想一想。
※ think twice 有「仔細思考」之意。

2. **I'd better stay home this weekend.**
這個週末我最好待在家。

3. **I'd better stay away from him.**
我最好離他遠一點。

4. **I'd better start working on the project now.**
我最好現在開始做專案。

5. **I'd better report it to the police.**
我最好向警察檢舉。
※ report 有「向～（警察等）告發」之意。

6. **I'd better not sell the stock now.**
我最好不要現在把股票賣掉。

7. **I'd better not say anything.**
我最好什麼都不要說。

POINT

■ I'd〈We'd〉 better ～ 有「我最好～」之意。
■ 主詞為其他人稱時，就帶有強烈命令的口氣，應多加注意。
■ 否定句型為 I'd better not ～。

未來・預定或計畫

我打算（預定）～。
I'm going to ～.

＊可以這樣用＊

用 be going to ～ 的 I'm going to ～（動詞原形）表達的是一種從前就已經決定的事。已經決定了時間、地點，但細節尚未確定也沒關係，只要是預定的事就可以使用。在會話中， going to 的部分會縮寫成 gonna [`gɔnə]，變成 I'm gonna ～。

依狀況來判斷而推測「（照這樣子）會～吧、會變成～吧」，也會使用 be going to ～。例如支持的球隊晉級下一輪比賽，如果繼續這麼順利的話，就可以使用像 They're going to win the championship.（他們會得冠軍吧。）這樣的句子。

此外， be going to ～ 用在事前決定的事，所以也能用來敘述強烈的意志「我要～囉」。

否定句型為 I'm not going to ～，意思是「我不打算～」，用於明確表達沒有做某事的計畫。過去式是 I was going to ～，有「我本來打算～（可是實際上沒有做、做不到）」的意思。

可以這樣寫

1. I'm going to **have a BBQ this Sunday.**
這個週六我要去參加 BBQ。

2. I'm going to **have a baby soon.**
再過不久我就要有小孩了。

3. My sister's family is going to **come see us this summer.**
妹妹一家人打算今年夏天來看我們。

4. I'm going to **buy a house this year!**
我打算今年買房子！

5. I'm not going to **change jobs.**
我不打算換工作。

6. I was going to **clean my room this afternoon, but I didn't.**
我本來打算今天下午打掃房間，後來我沒有。

7. I was going to **buy a black coat, but I bought a brown one instead.**
我本來打算買一件黑色外套，後來卻買了咖啡色的。

POINT

- I'm going to ～表達從前就已經決定的事。
- 從狀況來判斷而推測情況「（照這樣子）會～吧、會變成～吧」；或是用來敘述強烈的意志「我要～囉」。
- 否定句型為 I'm not going to ～，而過去式是 I was going to ～。

未來・預定或計畫

我打算（預定）～。
I'm ～ing.

＊可以這樣用＊

咦，〈be 動詞+動詞 -ing〉不是現在進行式嗎？的確是這樣，句型 8 在形態上和現在進行式相同，不過如果是表達「未來的時態」，一定是近期內預定要做的事。語意和 I'm going to ～ 幾乎一樣，論實際執行的機率，I'm ～ing 比較高。此外，I'm going to ～ 用在細節還沒有確定的情況，而 I'm ～ing 則是以人、事、時、地、物等都已確定為前提，因此句子裡通常會出現「何時」等「未來的時間點」。

否定句型為 I'm not ～ing，過去式則是 I was going to ～。

＊可以這樣寫＊

1. I'm having **dinner with Reo tomorrow night.**
明天晚上我要和雷歐共進晚餐。

2. I'm helping **my sister move tomorrow.**
明天我打算幫妹妹搬家。

3. Yoko and I are going **to the movies this Saturday.**
這禮拜六我打算和陽子一起去看電影。

4. I'm not going **to the party this Sunday.**
我不打算參加這個星期日的派對。

未來．預定或計畫

句型 9 我正在考慮～。 I'm thinking about 〈of〉 ~ing.

＊可以這樣用＊

事情雖然尚未決定，卻已經有「就這麼做吧」的想法時，就可用 I'm thinking about ～（動詞-ing）。about 也可以換成 of，I'm thinking of ～（動詞-ing形態）。至於要用 about 還是 of，about 用於有縝密思考的情況，of 則是稍微地想過。因此 I'm thinking about ～ 有「我正在考慮～」之意，而 I'm thinking of ～ 則有「要～嗎」，在語意上有些微的不同，請讀者記住。依情況不同，有「正在考慮～」或「到底要不要～」的意思。

否定句型為 I'm not thinking about〈of〉～ing，而過去式是 I was thinking about〈of〉～ing。

＊可以這樣寫＊

1. I'm thinking about learning Japanese.
我考慮學日文。

2. I'm thinking of getting an iPhone.
我考慮買支iPhone。

3. I'm not thinking about going to school in America.
我不考慮去美國留學。

4. I was thinking about renting an apartment, but decided to buy a house.
我考慮過租房子，結果還是決定買房子。

未來・預定或計畫

我計畫～。
I'm making plans to ～.

＊可以這樣用＊

表達為執行某目標而處於計畫階段的事可用 I'm making plans to ～（動詞原形）。比起句型 9 的 I'm thinking about〈of〉 ～ing（我正在考慮～），句型 10 適用於計畫具體化的情況。也因此除了「我計畫～」之外，也有「我打算～」的語意。

I'm planning ～（名詞）為「我正在計畫～」，用在像 I'm planning a birthday party for her.（我正在計畫她的慶生會。）的句子。

＊可以這樣寫＊

1. I'm making plans to **go to Canada this winter.**
   我計畫今年冬天去加拿大。

2. I'm making plans to **buy a condo next year.**
   我計畫明年買下一戶大樓。
   ※ condo（condominium的簡稱）是「各戶擁有獨立產權的公寓」，而 apartment 是「出租公寓」。

3. We're making plans to **remodel our kitchen this spring.**
   我們計畫今年春天改建廚房。

4. I'm making plans to **have my teeth straightened.**
   我計畫去做牙齒矯正。

5. She's making plans to **open a café.**
   她計畫開一間咖啡館。

有條件的未來

如果～，我就…。
If ～, I'll...

＊可以這樣用＊

有可能實現的事，想寫「如果～，我就…」時，可用 If ～, I'll ...。If 後面接「如果～」這種具有條件的句子，雖然是未來的事，時態卻必須用現在式來表示。

後半段的 I'll ...，可接真的發生時要採取行動的動詞原形。且根據情況不同，也可以將 I'll ～ 改成 I should ～（應該～比較好）或 I may〈might〉～（或許～）。

＊可以這樣寫＊

1. **If the price goes down, I'll buy it.**
   如果降價，我就買。

2. **If she goes to the BBQ, I'll go, too.**
   如果她去BBQ，我就去。

3. **If I don't hear from him by tomorrow night, I'll call him.**
   如果明天晚上他還沒有跟我連絡，我就打電話給他。

4. **If the typhoon is coming to this area, I shouldn't go out.**
   如果颱風接近這個地區，我應該不要出門（會比較好）。

5. **If he says sorry from the bottom of his heart, I may forgive him.**
   如果他打從心底道歉，我或許會原諒他。

末來

～即將到來。
～ is coming up soon.

可以這樣用

即將到來的紀念日或活動等可以用～（名詞）is coming up soon 來表示。～請放入生日、婚禮、考試等名詞。此處的 come up 有「（事件或某段期間）逼近」之意，時態上以簡單式、進行式（be 動詞 + coming up）表示，而 soon 常被省略。

若想具體表示時間，可以將 soon 換成 this weekend（這個週末）、 in three days（三天後）等詞彙。

可以這樣寫

1. **Valentine's Day** is coming up soon.
   情人節即將到來。

2. **The election** is coming up soon.
   選舉即將到來。

3. **The mid-terms** are coming up.
   期中考快到了。

4. **My 60th birthday** is coming up **in five days.**
   再過五天就是我六十歲生日。

5. **My son's graduation ceremony** is coming up **next week.**
   下禮拜就是我兒子的畢業典禮。

句型 13

未來

～快要到了。
～ is just around the corner.

可以這樣用

此處和句型 12 的 ～ is coming up soon（～即將到來）相同，～（名詞）is just around the corner 也用於再過不久就是紀念日或活動的情況。

around the corner 直譯是「就在（那個）轉角處」，因此有「～馬上就到了」的語意。 just 也可以換成 right，不論哪個字都強調紀念日或活動等迫在眉梢。此句型不可和 in three days（三天後）或 next month（下個月）等表達「具體時間」的詞彙一起使用。

順便補充，此句型的用法不限於活動，像是 Success is just around the corner.（成功就在眼前。）或 Happiness is just around the corner.（幸福唾手可得。）等情況也可以使用，請記起來。

可以這樣寫

1. **The TOEIC test is just around the corner.**
多益考試馬上就到了。

2. **My son's wedding is right around the corner.**
我兒子的婚禮快到了。

3. **The Olympics are just around the corner.**
奧運快到了。

4. **My daughter's violin recital is right around the corner.**
我女兒的小提琴獨奏會就快到了。

未來

句型14 距離…還有～天。
～ more day(s) before ...

＊可以這樣用＊

書寫預定要做的事或活動、紀念日等「距離…還有～天」時，可以用 ～（數字） more day(s) before ...（名詞）來表示。這個句型省略了 There is/are ～ more day(s) before ... 中的 There is / are。 more 前加上所剩天數，而 before 後可以接活動或事情的名詞，或是和下一頁的例句7一樣放〈主詞+動詞〉。此外，只要是和興奮、緊張有關的事都可使用。

值得注意的是，正確的句型是 ～ more days（還有～天、再過～天），但依照中文的說話順序容易誤寫成 more ～ days（×），請注意不要犯錯。

「還有一天」會寫成 one more day，把 day 以單數表示。而「還有兩週」或「還有一個月」等則是視情況變化成 day(s)、 week(s)、 month(s)，如 two more weeks 或 one more month。

＊可以這樣寫＊

1. **Four more days before my graduation.**
距離我的畢業典禮還有四天。

2. **Ten more days before our ninth wedding anniversary.**
距離我的九週年結婚紀念日還有九天。

3. **Two more days before the complete medical checkup.**
再過兩天就要做全身體檢了。
※ checkup 有「檢查、健康檢查」之意。

4. **Three more days before the National Center Test.**
距離大學入學考試只剩三天了。

5. **Two more weeks before the oral exam.**
距離面試只剩兩週。
※ oral 有「口頭」之意。

6. **One more week before the test result announcement.**
再一個禮拜就要公佈考試成績了。

7. **Five more days before I can see him!**
還有五天我就能見到他了！

POINT

- ～ more day(s) before ...句型中... 放入數字，～放入表示活動的詞彙。
- days（天）可替換成 weeks（週）、 months（月）。
- 讀者切勿被中文牽著走，避免寫成 more ～ days（×）。

句型 15 我以前經常～。
I used to ～.

＊可以這樣用＊

如果要寫「我以前經常～」，可以寫成 I used to ～（動詞原形）。但如果要寫「以前我曾經～」的話，則是用 I used to be ～（形容詞或名詞）。這個句型暗示著現在已經不這麼做了，因此後面不需再接 but I don't do it anymore（但是我現在已經不這麼做了）或 but now I'm not（但是現在不一樣）之類的內容。

「我以前不曾～」的否定句可以用 I didn't use to ～ 來表達。若想用 never（從來沒有～），來強調 I never used to ～（我以前從來沒有～）也可以。

值得一提的是 used to 的發音是 [`justə]，畫底線的地方發音並非 [z]，而是 [s]，會話時請特別留心。

＊可以這樣寫＊

1. I used to **stay up all night.**
   我以前經常熬夜。

2. I used to **play the guitar.**
   我以前常常彈吉他。

3. I used to **be popular.**
   我以前很受歡迎。

4. I didn't use to **cook.**
   我以前沒煮過飯。

句型 16

希望・願望

我想要～。
I want ～.

＊可以這樣用＊

對於想要的東西，可以用 I want ～（名詞）來表示。至於 want 後面可以加入各種名詞，如 a dog（一隻狗）、 an electronic dictionary（一台電子辭典）、 some nice coffee cups（幾個漂亮的咖啡杯）等。

若主詞換成其他人稱，則有「…很想要～、…說想要～」之意。

遇到「我真的很想要～」、「我真的對～想要的不得了」這類強調的情況，會在 want 之前加上 really（很、非常）變成 I really want ～。否定句型「我不想要～」是 I don't want ～。

＊可以這樣寫＊

1. **I want a digital single-lens reflex camera.**
我想要一台數位單眼相機。

2. **I want enough time to get a good night's sleep.**
我想要足夠的時間讓我好好睡一覺。

3. **I really want a girlfriend.**
我真的很想交女朋友。

4. **I don't want a boyfriend for a while.**
我暫時還不想交男朋友。

5. **My son wants a unicycle for his birthday.**
我兒子說他想要一台單輪車當生日禮物。

希望・願望

句型 17 我想要～。／我想試試～。 I want to ～.

＊可以這樣用＊

「我想要～、我想試試～」這種希望或願望的句型，可以用 I want to ～（動詞原形）來表示。要強調「非常～」的時候請在 want to 前加上 really（很、非常）。口語會話或文章常將 want to 說成 wanna [ˋwɑnə]。至於否定句型「我不想做～」、「我不要做～」可以用 I don't want to ～ 來表示。

＊可以這樣寫＊

1. I want to **lose weight.**
   我想要減肥。

2. I want to **be taller.**
   我想要再長高一點。

3. I want to **get a driver's license.**
   我想拿到駕照。

4. I want to **visit Egypt someday.**
   總有一天我要去埃及。

5. I don't want to **give a presentation.**
   我不想上台做簡報。

6. I didn't want to **break up with him.**
   我不想和他分手。
   ※ break up with ～ 是「和～（情人等）分手」之意。

希望・願望

句型 18 我想做到～。 I want to be able to ～.

＊可以這樣用＊

想表達「（到目前為止還不會的事）希望將來可以做到～」，可以寫成 I want to be able to ～（動詞原形）。

be able to 和 can 一樣有「會～」的意思，但 want to 之後不能接 can 變成 want to can（×），因此必須寫成 want to be able to ～。

以前不會的事現在已經學會的情況可以寫作 Now I'm able to ～（動詞原形）或 Now I can ～（動詞原形），有「（現在）已經會～」之意。

＊可以這樣寫＊

1. I want to be able to **speak English well.**
   我想講一口流利的英文。

2. I want to be able to **put on a kimono on my own.**
   我希望能夠自己穿和服。

3. I want to be able to **watch movies without subtitles.**
   我希望能夠不靠字幕看懂電影。

4. Now I'm able to **use Excel.**
   現在我已經會用Excel了。

5. Now I can **finally read hangul.**
   現在我已經看得懂韓文了。

希望．願望

句型

19 我希望～可以…。I want ～ to ...

＊可以這樣用＊

句型17的 I want to ～（我想要～）是敘述自己願望的表現，然而此處的「我希望～可以…」則是**對他人的期望或願望**，可以用 **I want ～（人）to ...（動詞原形）**來表示，want 之後接期待或希望的對象，to 後面則是接想要對方做的行為。此外，這個句型不限定用在人身上，像 I want the summer to end soon.（我希望夏天趕快結束）這樣針對「事」、「物」的情況也可以用。

否定句型「我不希望～做…」為 **I don't want ～ to...**。

＊可以這樣寫＊

1. I want **my parents** to **stay healthy.**
我希望父母親可以永保健康。

2. I want **my wife** to **always be presentable.**
我希望老婆可以永保好身材。
※ presentable 有「（在外人面前是）漂亮的」之意。

3. I want **my husband** to **help with the housework sometimes.**
我希望老公偶爾幫忙做點家事。

4. I don't want **Shinji** to **quit his job.**
我不希望伸二辭職。

5. I didn't want **it** to **happen.**
我不希望事情變成這樣。

我希望能～。 I hope to ～.

希望・願望

* 可以這樣用 *

此句型和句型17的 I want to ～（我想要～）一樣， I hope to ～（動詞原形）也可以表達願望。這句話有「**如果能～就好了**」的意思，表示對有可能實現的事情抱持期待。相反地，對於不可能或實現可能性很低的事，請參考句型22的 I wish ～（如果～就好了）。

* 可以這樣寫 *

1. I hope to **get an interpreter job.**
我希望能找到口譯的工作。

2. I hope to **get promoted.**
我希望能夠升遷。

3. I hope to **move to Australia someday.**
我希望有一天能搬去澳洲。

4. I hope to **meet someone nice this year.**
我希望今年能遇到不錯的人。

5. I hope to **have a Labrador.**
我希望能夠養一隻拉布拉多。

6. I hope to **win a lot of money in the lottery.**
我希望樂透可以贏大錢。

希望．願望

句型21 我希望～。 I hope ～.

* 可以這樣用 *

句型20的 I hope to～（我希望能～）是在書寫時想到若自己能怎樣的話就好了，I hope ～（句子）則是指**「其他人或事如果也這樣就好了」**的心情表現。若是用 I hope I can ～（動詞原形）這樣的句型，則和 I hope to ～ 一樣，表達的是有關自己的願望「（自己）能～就好了」。

hope 後面的 that 常被省略。如果是日記或非正式的對話，將主詞的 I 省略，以 Hope 開頭的情況也很常見。此外，和 I hope to ～ 一樣，這個句型也是用在對**有可能實現的事情抱持期待**的情況。

要寫有關未來的事情時，I hope ～ 後面用未來式的時態。不過，現在式的時態也很常用。

「我希望明天天氣變暖和」的寫法有：

- I hope it'll be warm tomorrow.
- I hope it's warm tomorrow.

可以這樣寫

1. I hope he's happy.
我希望他幸福。

2. I hope she's having a good time.
我希望她（現在）很快樂。

3. I hope she will like〈likes〉 the present.
我希望她會喜歡這個禮物。

4. I hope it won't 〈doesn't〉 rain tonight.
我希望今晚不會下雨。
※ won't 是 will not 的縮寫。

5. Hope he can get the ticket.
我希望他能拿到票。

6. I hope she will come back〈comes back〉 safe and sound.
我希望她能平安回來。
※ safe and sound 有「安然無恙」之意。

7. I hope I can finish the report by the deadline.
我希望能在截止日前完成報告。

- I hope ～（句子）有「我希望～」的意思。
- 表達出「其他人或事如果也這樣就好了」的願望。
- 表達對於有可能實現的事情抱持期待。

希望・願望

要是～就好了。 I wish ～.

可以這樣用

句型20的 I hope to ～（我希望能～）或句型21的 I hope ～（我希望～）都是對有可能實現的事抱持期待，而 **I wish ～（過去式的句子）是對不可能實現、希望渺茫的事**帶有期望的句型。用在「**（實際上不是這樣，但）要是～就好了**」這類與現實相反的期望，或是表達「**（明知不可能，卻希望）若能～就好了**」、「**（一開始就不可能卻希望）要是能～真是太好了**」這種無法實現的願望。 wish 後面的 that 被省略了。

不管是現在或未來的事，請注意 **I wish ～ 後面必須放過去式的句子**。例如像「（實際上根本不能去）那場音樂會要是能去就好了」，可以先寫 I can go to the concert（我可以去音樂會），然後再把時態換成過去式，變成 I wish I could go to the concert。又或者實際上是已婚人士，卻說出「要是單身的話該有多好」這種願望時，可以寫成 I wish I was single.，或 I wish I wasn't married.

事實上，正確的文法中不管主詞是誰， be 動詞一定要用 were，如 I wish I were single. 或 I wish I weren't married.。但現在當主詞是 I、 he、 she、 it 時，使用 was **也是很常見的**。

此外，回想過去「**（當時實際上不是這樣，但）要是～就好了**」的情況，可以用 **I wish ～（過去完成式句子）**來表示。過去完成式指的是 〈 had + 動詞的過去分詞〉。

＊可以這樣寫＊

1. I wish I had **a big brother.**
要是我有哥哥就好了。

2. I wish I made **more money.**
要是我賺更多錢就好了。

3. I wish he didn't have **a girlfriend.**
要是他沒有女朋友就好了

4. I wish I was〈were〉 **ten years younger.**
要是我能再年輕十歲就好了。

5. I wish I didn't have **to work on New Year's Eve.**
要是我不必在除夕工作就好了。

6. I wish I could go **back to my college days.**
要是我能再回到大學時代就好了。

7. I wish I could win **300 million dollars in the lottery.**
要是我可以中樂透贏得三億元就好了。

8. I wish I had studied **much harder in my school days.**
要是我在學生時代用功一點就好了。

POINT

■ I wish～（過去式句子）是對不可能實現、希望很渺茫的事表達出期望的心情。
■ I wish ～ 的「～」中不管是現在或未來的事，一律放入過去式的句子。

希望・願望

我有想做～的心情。
I feel like ～ing.

＊可以這樣用＊

書寫「我有想做～的心情」時，可以用 I feel like ～（動詞-ing）來表示，和句型17的 I want to ～（我想要～）一樣，有表達希望或願望的感覺。

想表達過去「曾經想做～的心情」，可將 feel 改成過去式 felt，變成 I felt like ～ing。

否定句型可以寫成 I don't feel like ～ing（我不想～）或 I didn't feel like ～ing（我以前不想～）。

＊可以這樣寫＊

1. I feel like having some fun.
   我只想找點樂子。

2. I feel like eating chocolate ice cream.
   我想吃巧克力口味的冰淇淋。

3. I don't feel like seeing friends.
   我不想見朋友。

4. I felt like drinking.
   我想喝一杯。

5. I didn't feel like doing anything today.
   今天我什麼都不想做。

期望・期待

句型 24 我期待～。 I'm looking forward to ～.

＊可以這樣用＊

期待某事可以用 **I'm looking forward to ～（名詞或動詞-ing）**。若想寫「我期待～」，「～」中請放名詞；要寫「我期待做～」則是在「～」中放入動詞-ing。

雖然 to 後面接動詞原形的表達方式很多都是正確的，不過 I'm looking forward to 之後接上動詞原形卻是錯的，因為這個句型中的 to 並非不定詞，而是介系詞，因此 to 後面要放帶有「做～」意思的**動詞-ing（動名詞）**。

「我很期待去義大利。」的英文：

○ I'm looking forward to going to Italy.

✕ I'm looking forward to go to Italy.

強調等不及的心情可用 I'm really looking forward to～，或是 I'm very much looking forward to ～。

＊可以這樣寫＊

1. **I'm looking forward to my payday.**
我期待發薪日。

2. **I'm really looking forward to my daughter's homecoming.**
我真的很期待女兒回家。

3. **I'm looking forward to going out with her this Sunday.**
我很期待這個禮拜天和她約會。

期望・期待

句型 25 我等不及～。 I can't wait ～.

可以這樣用

對於期待的事情，也可以用 I can't wait ～ 來表示。直譯的話是「無法等待～」，進而帶有「等不及～、期待～、好想趕快～」的意思。

「期待某事或活動」的情況，可在 I can't wait 之後加上 for ～（名詞）；如果是「期待做～」的情況，則可在 I can't wait 之後加上 to ～（動詞原形）。此外，I can't wait for A to ～ 的寫法，則表示有著「盼望Ａ做～」的心情。

- **I can't wait for ～（名詞）** 「我等不及～」
- **I can't wait to ～（動詞原形）** 「我等不及要做～」
- **I can't wait for A to ～（動詞原形）** 「我等不及Ａ做～」

此句型加上 hardly（幾乎不～），會變成如下表達方式，直譯是「幾乎不能等」。

- **I can hardly wait for ～（名詞）** 「我等不及～」
- **I can hardly wait to ～（動詞原形）** 「我等不及要做～」

hardly 的意思是「幾乎不～」，帶有否定意味，因此不能再接 can't，必須改成 can。請注意不要寫成 I can't hardly～（×）。

＊可以這樣寫＊

1. I can't wait for my bonus.
我期待領到獎金。

2. I can't wait for the New Year's holidays.
我期待元旦假期。

3. I can't wait to drive my new car.
我等不及要開新車。

4. I can't wait to receive my order.
我好想趕快收到訂購的商品。

5. I can't wait for spring to come.
我期盼春天的到來。

6. I can't wait for my grandchildren to come see me.
我盼望孫子來看我。

7. I can hardly wait for our wedding ceremony.
我期盼婚禮的到來。

8. I can hardly wait to go out in the outfit I bought the other day.
我迫不及待想把之前買的衣服穿出去。

- I can't wait for ～（名詞）可用來表示「我等不及～」。
- I can't wait to ～（動詞原形）可用來表示「我等不及要做～」。
- 也可以用 I can hardly wait for/to ～。

期望・期待

句型 26 我很期待～。I'm excited ～.

＊可以這樣用＊

因為高興而有心噗通噗通的興奮心情，可以用 I'm excited ～來表示。直譯是「心噗通噗通地跳、興奮」，隱含有「～等不下去（般地興奮）」或「非常期待（感到興奮）～」之意。若事先記下來，寫日記時便可以拿出來用。

- I'm excited to ～（動詞原形）「我很興奮要做～」
- I'm excited about ～（名詞）「我對～很興奮」
- I'm excited (that) ～（句子）「對～我很興奮」

excited 之前可以加上 so、 really、 very 等字，強調「非常期待、十分興奮」的心情。

此外， thrilled（興高采烈的）可以代替 excited 寫作 I'm thrilled to ～（動詞原形）／ I'm thrilled about ～（名詞）／I'm thrilled (that) ～（句子）。

＊可以這樣寫＊

1. I'm excited to **visit Mont Saint-Michel.**
我對要去參觀聖米歇爾山感到很興奮。

2. I'm excited to **meet Peggy tomorrow!**
我很興奮明天能見到珮琪！

3. I'm excited about **her homemade cooking.**
我很期待嚐到她親手做的料理。

4. I'm **so** excited about **tomorrow's game.**
我十分期待明天的比賽。

5. I'm **so** excited about **the announcement of the Summer Jumbo winning numbers.**
我十分期待 Summer Jumbo 公佈中獎號碼。

6. I'm excited **my house will be completed this summer.**
我很期待今年夏天新家落成。

7. I'm **so** excited **I'm going to be a grandma this April.**
我非常期待今年四月要當奶奶。

8. I'm **very** excited **Lady Gaga is coming to Taiwan.**
我非常期待 Lady Gaga 來台灣。

POINT

- I'm excited ～ 有「我很期待～（以興奮的心情）」的涵意。
- excited 後面可加上〈 to + 動詞原形〉、〈 about + 名詞〉、〈句子〉。

放心・喜悅

句型 27 我很高興～。I was glad ～.

可以這樣用

因為狀況或結果，寫下「（覺得當時）太好了、很高興」時可以用 I was glad 來表示。I was glad ～隱含「放心、鬆一口氣」的意思，此句型的用法如下：

- I was glad to ～（動詞原形）「我很高興～」
- I was glad(that) ～（句子）「我很高興～」

「（覺得現在）真好、很高興」的情況，請用現在式 I'm glad ～ 來表示。此外，若想強調「真是太好了、真的非常開心」，可以在 glad 前面加上 so、 very 或 really。

可以這樣寫

1. **I was glad to finally meet him.**
我很高興終於見到他了。

2. **I was glad it didn't rain.**
我很高興（當時）沒有下雨。

3. **I was so glad my husband got promoted.**
我真的很高興老公升官了。

4. **I'm glad we're both in the same class.**
我很高興我們同班。

放心

句型
28 ～我鬆了一口氣。
I was relieved ～.

＊可以這樣用＊

「鬆了一口氣」或「放心了」可以用 I was relieved ～ 來表示。句型27的 I was glad ～（我很高興～）也隱含「鬆了一口氣、安心了」的意思，但 I was relieved ～ 又更明確的表達這份心情。此句型的用法如下：

- I was relieved at ～（名詞）「～我鬆了一口氣」
- I was relieved to ～（動詞原形）「～我鬆了一口氣」
- I was relieved (that) ～（句子）「～我鬆了一口氣」

「（現在）總算鬆了一口氣、放心了」的情況可用現在式寫成 I'm relieved ～ 作為表示。若要強調「真的鬆了一口氣」的情況，可在 relieved 的前面加上 so、very、 really。

＊可以這樣寫＊

1. **I was relieved at the success of his operation.**
他手術成功讓我鬆了一口氣。

2. **I was relieved to hear he had arrived safe and sound.**
聽到他平安抵達讓我鬆了一口氣。
※ safe and sound 有「安然無恙」之意。

3. **I was relieved to learn I barely passed it.**
知道自己勉強過關時，我鬆了一口氣。
※ barely 有「好不容易」之意。

4. **I'm really relieved my daughter decided to get married.**
女兒決定結婚這件事真的讓我鬆了一口氣。

喜悅・滿足

句型 29 我很高興～。／我很滿意～。 I'm happy〈satisfied〉～.

＊可以這樣用＊

對結果感到「（現在）滿足、高興」，可以用 I'm happy ～ 或 I'm satisfied ～ 來表示。

- I'm happy〈satisfied〉with ～（名詞）「我很滿意～」
- I'm happy〈satisfied〉to ～（動詞原形）「我很高興～／我很滿意～」
- I'm happy〈satisfied〉(that) ～（句子）「我很滿意～」

要強調「非常滿足、很高興」，可以在 happy 或 satisfied 前面加上 so、really、 very 等字。

否定句型 I'm not happy〈satisfied〉～，有「我不滿意～、我無法理解～」的意思。

＊可以這樣寫＊

1. **I'm happy〈satisfied〉with my score.**
   我很滿意我的成績。

2. **I'm really happy〈satisfied〉with my pay.**
   我非常滿意我的薪水。

3. **I'm not happy〈satisfied〉to just stay home all day.**
   我不喜歡一整天都待在家。

4. **I'm very happy〈satisfied〉my sons grew up to be fine young men.**
   看到兒子們變成優秀的年輕人讓我非常高興。

句型 30

喜悅

托～的福，讓今天變成美好的一天。 ～ made my day.

＊可以這樣用＊

～ made my day 直譯是「～組成了我的一天」，因此衍生出「**托～的福，讓今天變成美好的一天**」的意思。就和節慶或聖誕節等活動一樣，你會想在日曆上為特別的日子寫下「my day」，這句話帶有對美好的一天高興不已的意思。所以當收到禮物、聽到好消息、不自覺地笑開時，使用這個句型是最貼切的。

～ made my day 的「～」若放「人」，那麼意思就變成「托～的福，讓今天變成美好的一天」；若放的是「事、物」，就有「～給了我美好的一天、～讓我覺得很開心」的意思。

＊可以這樣寫＊

1. **He made my day.**
托他的福，讓今天變成美好的一天。

2. **My children made my day.**
托孩子的福，讓今天變成美好的一天。

3. **Her smile made my day.**
她的笑容讓我很開心。

4. **His kindness made my day.**
他的親切給了我美好的一天。

5. **Her consideration made my day.**
她的體諒讓我很開心。

驚訝・感嘆

多麼～！／怎麼這麼～！ How ～！

＊可以這樣用＊

想表達「多麼～！」、「怎麼這麼～！」這種帶有強烈情緒的驚訝或感動，可用 How ～！來表示， how 後面可以接形容詞。至於為了具體表示誰的事、什麼事，〈 How＋形容詞〉的後面會接〈主詞＋be動詞〉（例句❹）。

此外，例句❺和❻都是〈 How＋副詞〉的後面接〈主詞＋動詞〉。

＊可以這樣寫＊

1. How **lucky!**
多麼幸運啊！

2. How **weird!**
真是不可思議（奇妙）！

3. How **selfish!**
怎麼這麼自私！

4. How **delicious the curry was!**
這個咖哩怎麼這麼好吃！

5. How **unfriendly he is!**
他怎麼這麼冷淡！

6. How **fast he spoke!**
他講話速度真快！

驚訝・感嘆

句型32 多麼～！／怎麼這麼～！ What ～！

＊可以這樣用＊

想表達「多麼～！」、「怎麼這麼～！」這種**帶有強烈情緒的驚訝或感動**，也可以用What ～！來表示。

句型31 的 How ～！後面放形容詞（或副詞），但 What ～！**常會放名詞或〈形容詞＋名詞〉**，遇到可數名詞時，單數是〈What a/an ～！〉，複數則是〈What ～s!〉。此外，為了具體表示誰的事、什麼事，後面也常接**〈主詞＋動詞〉**（例句5）。

＊可以這樣寫＊

1. **What a surprise!**
真讓人驚訝！

2. **What a coincidence!**
怎麼這麼巧！

3. **What a shame!**
真可惜！

4. **What cute puppies!**
好可愛的小狗！

5. **What a beautiful house she lives in!**
她住的房子怎麼這麼漂亮！

驚訝

句型 33 我很驚訝～。I was surprised ～.

＊可以這樣用＊

對於感到驚訝的事，可以用 I was surprised ～ 來表示。這個句型的用法如下：

- I was surprised at〈by〉～（名詞）「我對～很驚訝」
- I was surprised to ～（動詞原形）「我很驚訝～」
- I was surprised (that) ～（句子）「我很驚訝～」

若是「（現在）我很驚訝」的情況，請用現在式 I'm surprised ～ 來表示。要強調「非常驚訝、很驚訝」，可以在 surprised 前面加上 so、 really、 very 等字。

＊可以這樣寫＊

1. I was surprised at〈by〉 the rent of the apartment.
   那棟大樓的租金讓我很驚訝。

2. I was surprised at〈by〉 his selfishness.
   我對他的自私感到很驚訝。

3. I was surprised to get a call from my ex-girlfriend.
   我很驚訝居然接到前女友的電話。

4. I was really surprised to hear that she broke her leg.
   聽到她摔斷腿我真的很驚訝。

5. I'm surprised she has five children.
   我很驚訝她有五個小孩。

失望

句型34 我對～感到失望。I was disappointed ～.

＊可以這樣用＊

對於沮喪或覺得可惜的事，可以用 I was disappointed ～ 來表示。這個句型的用法如下：

- I was disappointed with〈at〉～（名詞）「我對～感到失望」
- I was disappointed in ～（人）「我對～（人）失望」
- I was disappointed to ～（動詞原形）「～讓我很失望」
- I was disappointed (that) ～（句子）「～讓我很失望」

若是「（現在）我很失望」的情況，請用現在式 I'm disappointed ～ 來表示。要強調「非常失望、很失望」，可以在 disappointed 前面加上 so、really、very 等字。

＊可以這樣寫＊

1. I was disappointed with〈at〉 the ending of the drama.
   我對這齣戲的結局很失望。

2. I was really disappointed in the new mayor.
   我真的對新任市長很失望。

3. I was disappointed to hear she didn't pass〈hadn't passed〉 the exam.
   聽到她沒有通過這次考試讓我覺得很可惜。

4. I'm disappointed I didn't get any chocolate for Valentine's Day.
   沒有拿到半個何情人節巧克力讓我很沮喪。

心煩

我悶悶不樂～。／我對～感到心煩。 I was upset ～.

可以這樣用

I was upset ～有「（莫名的懊惱又沮喪而）悶悶不樂、心煩、慌亂、浮躁」之意，此句型的用法如下：

- I was upset about ～（名詞）「我對～感到心煩」
- I was upset to ～（動詞原形）「我對～感到心煩」
- I was upset (that) ～（句子）「我因～感到心煩」

「（現在）覺得悶悶不樂」請用現在式 I'm upset ～ 來表示。要強調「非常～」，可在 upset 前面加上 so、 really、 very 等字。

可以這樣寫

1. I was upset about **his attitude.**
我對他的態度感到心煩。

2. My children were upset to **transfer to another school.**
孩子們對轉學感到悶悶不樂。

3. I was **really** upset **nobody believed me.**
沒有人相信我，讓我非常不高興。

4. I'm **always** upset about **the way my boss makes decisions.**
老闆做決定的方式總讓我感到心煩。

後悔

句型 36 我很後悔做了 ～。 I feel bad about ～ing.

＊可以這樣用＊

為自己做過的事感到後悔可以用 I feel bad about ～（動詞-ing），直譯是「對於做了～有不好的感覺」，因此有「我很後悔做了～，覺得很抱歉」的意思。相反地，若想寫「我很後悔沒做～，覺得很抱歉」，可以在動詞-ing 形態前放 not，變成 I feel bad about not ～ing。

回想過去的心情，而想寫「（當時）我很後悔做了～」，請用 feel 的過去式 felt，變成 I felt bad about～ing。

要強調「非常～」，可在 feel 前加上 really。如果前面已經說明後悔做了某事，也可以只寫 I feel bad about it.（對那件事感到後悔）。

＊可以這樣寫＊

1. I feel bad about **being late.**
很抱歉我遲到了。

2. I **really** feel bad about **taking it out on my wife.**
我很後悔向太太亂發脾氣。
※ take it out on ～ 有「拿～出氣」之意。

3. I **really** feel bad about not **inviting her.**
我真的很後悔沒有邀請她。

4. I felt bad about **lying to him.**
我很後悔當時對他說謊。

後悔

句型 37 早知道我就～。I should've ～.

可以這樣用

對於沒有做的事感到後悔可以用 I should've ～（動詞的過去分詞）來表示，有「**早知道我就～、我早該～**」的意思。 should've 是 should have 的縮寫。

相反地，對於做過的事感到後悔是 I shouldn't have ～（動詞的過去分詞），意思是「**早知道我就不要～**」，而 shouldn't 是 should not 的縮寫。

可以這樣寫

1. I should've **made a reservation.**
早知道我就先預約（車子或飯店等）。
※向美容院或牙醫診所等預約，用的是 appointment 這個字。

2. I should've **waited one more day.**
早知道我就再多等一天。

3. I should've **gone to bed early last night.**
早知道我昨天晚上就早點睡。

4. I shouldn't have **bought it.**
早知道我就不要買。

5. I shouldn't have **gone out on such a cold day.**
早知道天氣這麼冷我就不出門了。

6. I shouldn't have **drunk that much in front of her.**
早知道我就不在她面前喝那麼多酒。

感謝

句型 38 我為…感謝～。 I thank ～ for ...

可以這樣用

雖然「謝謝」的英文是 thank you，但 thank 原本就具有「向～感謝」之意（過去式為 thanked）。thank 後面接〈人 + for + 名詞〉，意思是「**我為某事感謝某人**」；若 thank 後面接〈人 + for + 動詞-ing〉，則是「**我為某人做的事而感謝（某人）**」。

要強調「由衷感謝」，可以在 thank 之前加上 really。

可以這樣寫

1. **I thank him for his kindness.**
我很感謝他的親切。

2. **I thank her for her consideration.**
我很感謝她的體諒。

3. **I really thank them for their advice.**
我真的很謝謝他們的建議。

4. **I thank them for giving me this opportunity.**
我謝謝他們給我這個機會。

5. **I thank her for helping me with the project.**
我謝謝她來幫忙這個案子。

6. **I thanked her for her help.**
我感謝她的幫忙。

感謝

句型 39 我很感謝～。I'm grateful ～.

＊可以這樣用＊

感謝的心情除了句型 38 的 I thank ～ for ...（我為…感謝～。）之外，還可以用 I'm grateful ～ 來表示。若想強調感謝的程度，可在 grateful 之前加上 so 或 really。此句型的用法如下：

- I'm grateful to～（人）for ...（名詞）　「我為…（某事）感謝～（某人）」
  ※常會省略 to～（人）。
- I'm grateful to ～（人）for ...（動詞-ing）　「我為…（某事）感謝～（某人）」
- I'm grateful (that) ～（句子）　「我很感謝～」、「我覺得很幸運～」

＊可以這樣寫＊

1. **I'm grateful to them for all their support.**
   我感謝他們的支持。

2. **I'm grateful to her for telling me the truth.**
   我感謝她告訴我實話。

3. **I'm so grateful to my wife for taking care of me while I was in the hospital.**
   我好感謝老婆在我住院時照顧我。

4. **I'm really grateful I have hardworking subordinates.**
   能有認真的下屬我覺得很感謝。

感謝

句型 40

我很感謝～。
I'm thankful ～.

＊可以這樣用＊

對於幸運、恩賜或命運等，想表達「**感謝之意**」時，可以寫 I'm thankful ～。若要強調感謝的心情，可以在 thankful 之前面加上 so 或 really。此句型的用法如下：

- I'm thankful for ～（名詞）　「我對～覺得很感謝」
- I'm thankful to ～（人）「我很感謝～」
- I'm thankful to ～（動詞原形）　「我很感謝～」
- I'm thankful (that) ～（句子）　「我很感謝～」

＊可以這樣寫＊

1. I'm thankful for **my good health.**
   身體健健康康的讓我很感謝。

2. I'm **so** thankful for **a good harvest.**
   我非常感謝有個大豐收。

3. I'm **really** thankful to **all the people who support me.**
   我真的很感謝所有支持我的人。

4. I'm thankful to **be friends with her.**
   我很感謝能和她成為朋友。

5. I'm thankful **nothing bad happened today.**
   我很感謝今天沒發生什麼壞事。

想法．感想

句型 41 我覺得～。 I think ～. / I'm sure ～. 等

＊可以這樣用＊

以下的句型全部用於「我覺得～」，請讀者依據確定的程度或有無根據來使用。不論哪種句型，皆可在「～」內用句子表達自己的想法。「～」前的 that 已被省略。

- I think ～　「我覺得～」最普遍的說法。
- I'm sure ～ / I bet ～　有「一定是～、絕對是這樣」程度自信的「我覺得～」。
- I believe ～　某種程度確定的「我覺得～」。
- I assume ～　雖然沒有証據，但根據事實推論的「我覺得～（是理所當然的）」。
- I guess ～　依相關的情報推測，或說對了的時候使用「（我覺得）應該是～吧」。在非正式的會話場合，也可以用 I suppose 來代替。
- I suppose ～　雖然不太確定，但假設事情就是這樣，有「我覺得（大概）是～、我總覺得是～」之意。
- I feel ～　很籠統的「我覺得～、我感覺、我想～」。
- I have a feeling ～　「我感覺～、我有種～的感覺」的預感。

可以這樣寫

1 I don't think he is cut out for the job.
我不覺得他適合這份工作。
※ cut out for ～ 有「（有天賦）適合～」之意，多用於否定句。 I don't think 的用法請參照 p.210。

2 I'm sure he will pass the exam.
我確定他會通過考試。

3 I believe she's telling the truth.
我相信她在說實話。

4 I assume he is under great stress.
我覺得他壓力很大。

5 I guess she's not so interested in sports.
我想她對運動沒興趣吧。

6 I suppose it's going to snow.
我覺得快下雪了。

7 I feel he's avoiding me.
我覺得他在躲我。

8 I have a feeling something nice will happen.
我有預感好事會發生。

POINT

- 表達「我覺得～」的句型有很多，請讀者依據確定的程度來使用。
- 最普遍的說法是 I think～。
- 不論哪種句型，皆可在「～」內用句子表達自己的想法。

想法・感想

句型 42 不知道～。 I wonder ～.

* 可以這樣用 *

屬於自己問自己「不知道～」的**輕度疑問或想法**，可用 I wonder ～ 來表示。

像「不知道明天是不是晴天」或「不知道他們累了沒」這種可用 yes / no 來回答的問題，都可以寫成 I wonder if ～（句子）。

問題裡包含理由、時間、地點等情況時，可用 I wonder why ～（不知為什麼～）、I wonder when ～（不知何時～）、 I wonder where ～（不知在何地～）來表示，無論用哪一個，必定要是〈 I wonder + 疑問詞 + 句子〉的形態。

同樣地，「不知是誰～」可以寫作 I wonder who ～，而「不知是什麼～」是 I wonder what ～。另外還有像下一頁的例句❾或❿，把疑問詞變主詞的情況也是有的。

以下彙整出 I wonder 的各種變化形態：

● I wonder if ～（句子）「不知是否～」
● I wonder why ～（句子）「不知為什麼～」
● I wonder when ～（句子）「不知何時～」
● I wonder where ～（句子）「不知何地～」
● I wonder who ～（句子）「不知是誰～」
● I wonder who ～（動詞）「不知是誰～」
● I wonder what ～（句子）「不知是什麼～」
● I wonder what ～（動詞）「不知是什麼～」
● I wonder ～（以 how 為起始的疑問詞 + 句子）「不知道～」

＊可以這樣寫＊

1. I wonder if it'll be sunny tomorrow.
不知道明天是不是晴天。

2. I wonder if they were tired.
不知道他們累了沒。

3. I wonder why she always acts like that.
不知道為什麼她總是那種態度。

4. I wonder when I'll get a raise.
不知道我什麼時候才能加薪。

5. I wonder where he's from.
不知道他從哪裡來的。

6. I wonder who he's seeing.
不知道他和誰在交往。
※ see 有「和～交往、往來」之意。

7. I wonder who told her that.
不知道是誰告訴她的。

8. I wonder what I should get him for his birthday.
我不知道該送他什麼生日禮物。

9. I wonder what would be the best way to solve this problem.
不知道什麼才是解決這個問題最好的方法。

10. I wonder how old he is.
不知道他到底幾歲。

我最好還是～。
I might as well ～.

＊可以這樣用＊

「雖然不高興，不過最好還是～」、「算了，即使～也沒什麼不好」等表現出控制自己情緒時，可以用 I might as well ～（動詞原形），亦可用 may 來代替 might。

＊可以這樣寫＊

1. **I might as well go with them.**
（雖然不情願，但）我最好跟他們一起去。

2. **I might as well take charge of our high school reunion.**
（雖然可能會很累，但）我最好還是負責高中的同學會。
※ take charge of ～有「負責～」之意。

3. **I might as well ask for his opinion.**
我最好還是問問他的意見。

4. **I might as well save my breath.**
（講了也沒用）我還是省省力氣好了。
※ save one's breath 有「沈默、不多說廢話」之意。

5. **I might as well let her study abroad.**
（雖然很擔心，不過）我最好還是讓女兒出國念書。

6. **I might as well sell my car and use car sharing.**
（有車雖然好，但）我最好還是把車賣掉，利用共乘好了。

想法・感想

句型 44 我覺得～。 I found it ～.

＊可以這樣用＊

書寫感想「我覺得～」時，可以用 I found it ～（形容詞或名詞）來表示。這裡的 found 是 find（覺得～、發現）的過去式。

it 可置入其他的代名詞（ him、 her 等）或是具體的名詞，或是以 I found (that) ～（句子）的形式來表現亦可。

＊可以這樣寫＊

1. I found it **interesting.**
   我覺得很有趣。

2. I found it **a little expensive.**
   我覺得有點貴。

3. I found the class **a lot of fun.**
   我覺得這堂課很好玩。

4. I found him **friendly.**
   我覺得他很友善。

5. I found it **impossible to live with him.**
   我覺得不可能跟他住在一起。

6. I found **she was a sensible woman.**
   我覺得她是個明理的女人。

想法・感想

A不如我想的～。
A wasn't as ～ as I thought.

＊可以這樣用＊

要寫與想像、期待或預測相比「**不如所想的～**」時可用 A wasn't as ～（形容詞）as I thought，wasn't 是 was not 的縮寫。 not as ～ as... 有「沒有～到…的程度」的意思，此處的「…」放入 I thought（我所想的），變成「不如我所想的～」。

I thought 可用 I expected（我期待的）來代替，因此也可以寫成 A wasn't as ～ as I expected。

＊可以這樣寫＊

1. **The movie** wasn't as **good** as I thought.
   這部電影不如我想的好看。

2. **Okinawa** wasn't as **hot** as I thought.
   沖繩不如我想的熱。

3. **The amusement park** wasn't as **large** as I thought.
   遊樂園不如我想的大。

4. **The restaurant** wasn't as **expensive** as I thought.
   這家餐廳不如我想像中的貴。

5. **The party** wasn't as **formal** as I thought.
   派對並不如我想的正式。

想法・感想

A比我想的還要～。A was ～ than I thought.

＊可以這樣用＊

與想像、期待、預期比較，而想要寫「**比我想的還要～**」的時候，可以用 A was ～（**形容詞的比較級**）than I thought 來表示。〈形容詞的比較級 + than...〉有「比…還更～」之意，此處「…」置入 I thought（我所想的），用來表示「比我想的還要～」。

I thought可用 I expected（我期待的）來代替，變成 A was ～ than I expected。

若要強調「比我所想的～的多」，可以用 A was much ～ than I thought。值得一提的是，並沒有 A was very ～ than I thought（×）的說法，請讀者注意。

＊可以這樣寫＊

1. **Her new house** was **larger** than I thought.
   她的新家比我想的還要大。

2. **The exhibition** was **more crowded** than I thought.
   這個展覽比我想的還要擁擠。

3. **Their prices** were **lower** than I thought.
   他們的價格比我想的還要便宜。

4. **His new book** was **less interesting** than I thought.
   他的新書比我想的還要無聊。

5. **Finland** was **much colder** than I thought.
   芬蘭比我想的冷很多。

斷定・推測

～一定是…沒錯。
～ must be... /～ must ...

＊可以這樣用＊

不管是現在或未來的事，雖然沒有確切的證據，但恐怕錯不了，這種有把握的事會用 ～ must be ...（名詞、形容詞、動詞-ing）或 ～ must ...（動詞原形）來表示。

這裡的 must 有「～一定是…、～一定不會錯…」之意。不過在「…」裡放入動詞原形的情況下，通常會放 know（知道～）或 love（愛～、喜歡～）等表示狀態的動詞。

此外，「～絕不是…、～不可能會…」可用 ～ can't be ... / ～ can't ... 來表示。must 的否定形為 mustn't「不能～」，有禁止的意味，請特別注意。

＊可以這樣寫＊

1. **They must be brothers.**
   他們一定是兄弟。

2. **He must be stressed.**
   他一定遭受到很大的壓力。

3. **He must know me.**
   他肯定懂我。

4. **She must still love him.**
   她必定還愛著他。

5. **It can't be true.**
   這不可能是真的（＝不可能會這樣）。

斷定・推測

～以前一定是…。
～ must've been... / ～ must've ...

＊可以這樣用＊

對於過去的事雖然沒有確切的證據，但恐怕錯不了，這種有把握的事可以用～ must've been ...（名詞、形容詞），或～ must've ...（動詞的過去分詞）來表示，有「～以前一定是…、～以前一定…」之意。 must've 是 must have 的縮寫，發音為 [`mʌstəv]。

「～以前絕不是…、～以前不可能會…」要用～ can't have been ... / ～ can't have ... 來表示。 can't 可以換成 couldn't，意思相同。

＊可以這樣寫＊

1. **He must've been a teacher before.**
他以前一定是老師。

2. **Her necklace must've been expensive.**
她的項鍊一定很貴。

3. **He must've graduated from a prestigious university.**
他一定畢業於有名望的大學。
※ prestigious 有「有聲望的」之意。

4. **They must've broken up.**
他們一定分手了。

5. **It can't have been a real diamond for that price.**
那個價格不可能是真的鑽石。

可以這樣用

對於現在或未來的事，雖然不是十分有信心，但推測有這個可能時便可用～might...（動詞原形）來表示。

這裡的 might 有「可能…」之意。 might 雖然是 may（可能…）的過去式，但此處並沒有表示過去的意思，不管用 may 或 might 意思都一樣。

遇到「可能不…」的否定句時，可用～might not ... 或～may not ... 來表示。

可以這樣寫

1. It might snow tomorrow.
明天可能會下雪。

2. My daughter might give me some chocolate on Valentine's Day.
我女兒可能會在情人節送我巧克力。

3. There might be a better way.
或許有更好的方法。

4. He might not like me.
他可能不喜歡我。

5. I might not be able to get a seat if I don't hurry.
如果我不快一點，可能就沒位子了。

推測

句型50 ～以前可能…。 ～ might have ...

＊可以這樣用＊

對於過去的事，推測或許有這個可能性時便可用 ～ might have ...（動詞的過去分詞），有「～以前可能…」之意。和句型49的 ～ might... 相同，might 可用 may 作為代替。

像「～以前可能不…」的否定句，可用 ～ might not have ... 或 ～ may not have ... 來表示。

＊可以這樣寫＊

1. **I might have insulted her.**
我以前可能傷害了她。
※ insult 有「侮辱～」之意。

2. **He might have known everything.**
他或許知道一切。

3. **She might have been at the concert, too.**
說不定她也有去演唱會。

4. **He might have spent a lot of time on that.**
他也許花了很多時間在上頭。

5. **Something might have happened to her.**
她也許發生過什麼事。

6. **He might not have said that.**
他也許沒這麼說過。

印象

句型 51 彷彿像～。It was like ～.

＊可以這樣用＊

聽到、看到或發生某件事，而寫下「彷彿像～」的印象或感想時，可用 It was like ～（名詞或動詞-ing），這裡的 like 是「像～」的意思。「～」放入名詞有「彷彿像～」的意思，若放入動詞-ing，就變成「彷彿在做～」。 like 前面加上 just 變成 It was just like ～，有強調「就像～一樣」之意。

＊可以這樣寫＊

1. It was like a dream.
彷彿像一場夢。

2. It was just like a movie.
就像電影一樣。

3. It was like a maze.
宛如一座迷宮。
※ maze 有「迷宮」之意。

4. It was like listening to foreign music.
彷彿在聽外國音樂。

5. It was like being in New York.
彷彿置身在紐約。

6. It was like relaxing in my own living room.
彷彿身處自家客廳般輕鬆自在。

句型 52 傳聞

根據～。
According to ～, ...

＊可以這樣用＊

According to ～, ... 是對於聽到的內容明確表示資訊來源而使用的句型，通常會放在句首。「～」裡可以是天氣預報、報紙、文獻、電視、收音機、調查結果、人等任何來源。這句話有「**根據～好像…、聽～說…**」之意。

＊可以這樣寫＊

1. According to **the weather forecast**, **it'll be cloudy tomorrow.**
根據氣象預報，明天是多雲的天氣。

2. According to **her**, **grapefruit is good for burning body fat.**
聽她說葡萄柚有助於燃燒體脂肪。

3. According to **statistics**, **business picks up at this time every year.**
根據統計，每年的這個時候景氣都會好轉。
※ statistics 有「統計」之意。

4. According to **the salesperson**, **it's the best-selling item at their shop.**
根據店員的說法，這是他們店裡賣最好的東西。

5. According to **Shelly**, **David is making plans to open a restaurant.**
聽雪莉說， 大衛打算開一家餐廳。

傳聞

句型 53 聽說～。 I heard (that) ～.

＊可以這樣用＊

轉述聽來的事情時，可以用 I heard (that) ～（句子）。句型52的 According to ～, ...（根據～）是很明確地指出消息來源，而此句型僅呈現聽到的內容。 heard 是 hear（聽到～、聽說～）的過去式，～內可放聽到的內容，後面的 that 亦可省略。

以文法來說， that 後面句子的時態必須和 I heard ～ 一樣是過去式（有關時態的一致請參照 p.75），如果 I heard 後面接的是 it will be ～ 或 she has ～ 的情況，就必須把它變成過去式 it would be ～或 she had ～。但是，很多以英文為母語的人常忽略時態的一致性，甚至將 I heard ～ 以現在式 I hear ～ 來表現的也不少，因此在這種情況下就不再受時態一致性拘束了。

＊可以這樣寫＊

1. I heard their sweets were〈are〉 really good.
聽說他們的甜點很棒。

2. I heard his son entered A University.
聽說他兒子考上了A大學。

3. I heard there would〈will〉 be a convenience store across the street.
聽說過了這條街有家便利商店。

4. I heard the amount of cedar pollen in the air this spring was〈is〉 expected to be the highest ever.
聽說今年春天的雪松花粉量預期會成為歷年之最。

謠傳～。
Rumor has it that ～.

＊可以這樣用＊

Rumor has it that ～（句子）和句型53的 I heard (that) ～（聽說～）一樣，用於把聽到的事情寫下來，帶有「**謠傳著～、我聽到～的謠傳、據傳～**」的意思。也有 There's a rumor that ～ 或 The rumor is that ～ 的寫法。

＊可以這樣寫＊

1. **Rumor has it that the store will be closed.**
   謠傳這家店快要關門大吉了。

2. **Rumor has it that Yamada-san is moving to Hokkaido.**
   據傳山田快要搬到北海道去了。

3. **Rumor has it that Mamoru became a professor.**
   謠傳守變成教授了。

4. **Rumor has it that Mi-chan built a mansion.**
   謠傳小美蓋了一棟豪宅。
   ※ mansion 有「豪宅」之意。

5. **Rumor has it that Ms. Sato is in the hospital.**
   謠傳佐藤老師住院了。

6. **Rumor has it that Ikumi is getting married in September.**
   謠傳育美即將在九月結婚。

決心

句型 55 我決定～。 I've decided to ～.

＊可以這樣用＊

「已經決定～」可以用 I've decided to ～（動詞原形）來表示。此句型也可以用過去式 I decided to ～。

請特別注意否定句型「已經決定不要～」中 not 的位置。 I've decided not to ～（動詞原形），not 要放在 to 之前。

此句型可以和 on second thought （考慮很久、經過再次考慮）或 in the end（結局、最後、總算）等片語一起使用。

＊可以這樣寫＊

1. **I've decided to tell her how I feel.**
   我決定告訴她我的想法。

2. **I've decided to take over my father's business.**
   我決定接手父親的事業。

3. **I've decided to drive to Osaka.**
   我決定開車去大阪。

4. **On second thought, I've decided to accept the transfer to Tokyo.**
   經過再次考慮，我決定接受轉調到東京。

5. **In the end, I've decided not to quit my job.**
   最後我決定不要把工作辭掉。

決心

無論如何我都會～。
No matter what, I will ～.

＊可以這樣用＊

像「無論如何我都會～」這種強烈的意志，可以用 No matter what, I'll ～（動詞原形）來表示。No matter what 是 No matter what happens（無論發生什麼、無論有什麼事情）的縮寫。

若是否定句「無論發生什麼事，我都不會～」，可用 No matter what, I'll not～（動詞原形）來表示。再者，若用 never 代替 not，變成 No matter what, I'll never ～（動詞原形），則有強調「無論發生什麼事，我絕對不會～」之意。

＊可以這樣寫＊

1. No matter what, I will **stand by him!**
   無論如何我都會支持他！

2. No matter what, I will **love her forever.**
   無論如何我會永遠愛她。

3. No matter what, I will **become a lawyer.**
   無論如何我都會成為律師。

4. No matter what, I will **lose 10kg!**
   無論如何我都會減掉10公斤。

5. No matter what, I will never **lose to him!**
   無論如何我絕對不會輸給他！

目的

為了～、為了做～ (in order) to ～

可以這樣用

像「為了吃壽司到築地去」中的「為了吃壽司」，帶有「為了～、為了做～」的目的時，即可用 to ～（動詞原形）或 in order to ～（動詞原形）來表示。 in order to ～有強調「為了做～」的意思。

可以這樣寫

1. I went to Tsukiji to eat sushi.
   我去築地吃壽司。

2. I went to Denver to see Peggy.
   我去丹佛見珮琪。

3. I went to the library to return the books.
   我去圖書館還書。

4. My boyfriend called me to say he loves me.
   男友打電話來跟我說愛我。

5. I stopped by the gas station to check the air pressure of the tires.
   我把車停在加油站檢查輪胎的胎壓。

6. I sold my car in order to save money.
   我為了省錢把車子賣掉。

* 可以這樣用 *

就像句子「考試因為下雨而延期」中的「因為下雨」一樣，「因為～」可以用 because of ～（名詞）或 due to～（名詞）來表示。

雖然兩種說法意思相同，但 because of～ 較口語化，在任何情況下都能使用。而 due to ～ 較常成為交通運輸公司發佈誤點的理由或無法出席會議的理由，在表達上較正式。

* 可以這樣寫 *

1. **The game was postponed because of the rain.**
   比賽因雨延期。

2. **I was late because of him.**
   都是他害我遲到。

3. **We lost the match because of me.**
   都是因為我害我們輸掉這場比賽。

4. **The train stopped for about 30 minutes due to the earthquake.**
   電車因為地震停駛三十分鐘。

5. **I couldn't attend the meeting due to other commitments.**
   我因為其他的約無法參加會議。
   ※ commitment 有「（不能破壞的）諾言」之意。

原因．理由

句型 59 因為～ because ～ / as ～ / since ～

＊可以這樣用＊

像「因為我很累，所以一整天都待在家」這種，想用**「因為～」來表明理由**的句子可以用 because ～（句子）、as ～（句子）、since ～（句子）來表示。

because ～ 是強調理由的表現。 because 前不需加逗號，一般出現在句子後半，在**結果後直接加上 because**（請參照下一頁例句❶～❸）。回應詢問理由的疑問句時，通常也是以 Because 開頭。（例： Why are you mad at him? 你為什麼生他的氣？ Because he forgot my birthday. 因為他忘了我的生日。）。

as ～ 和since ～ 同樣是表示理由的句型，不過**一般多置於句首**（請參照下一頁例句❹～❼）。就像 As ～ 或 Since ～ ，**闡述完理由後需加上逗號，再接上結果**。

as ～ 有「因～緣故」的意思，帶有一點正式的感覺，而 since 則不管是什麼情況都可以使用，美式英語中很常見這種用法。

可以這樣寫

① **I stayed home all day because it was too hot.**
因為天氣太熱，所以我在家待了一整天。

② **I broke up with him because he cheated on me.**
我跟他分手了，因為他背著我劈腿。
※ cheat on ～ 有「背叛～」之意。

③ **I did all the household chores today because it was my wife's birthday.**
我包辦了所有家事，因為今天是老婆的生日。
※ do the household chores 有「做家事」之意， chore 的發音為 [tʃor]。

④ **As the plane was delayed, I missed the meeting.**
因為飛機誤點，導致我無法出席會議。

⑤ **As the party was canceled, we had some free time.**
因為派對取消了，所以我們多出了一些自由時間。

⑥ **Since I was full, I gave my dessert to Julia.**
因為我很飽，就把甜點給了茱莉亞。

⑦ **Since it was expensive, I decided not to buy it.**
因為太貴，所以我決定不買了。

- 理由可用 because ～（句子）、as ～（句子）、since ～（句子）來表示。
- because ～ 一般是在表示結果的句子後直接加上 because。
- as～、since ～ 多置於句首。

原因 · 理由

因為～（情感上的原因）to ～

＊可以這樣用＊

如同「能見到面讓我好高興」，要表達「因為做～（而感到高興、驚訝、失望）」這類情感上的原因可用 to ～（動詞原形）來表示。

＊可以這樣寫＊

1. **I was happy to meet her.**
我很高興能遇到她。

2. **I was sad to lose the key ring Aki gave me.**
我很難過把亞紀給我的鑰匙圈弄丟了。

3. **I was surprised to hear his mother went to New York by herself.**
我很驚訝聽到他的母親自己去紐約。

4. **I was disappointed to hear they lost the game.**
聽到他們比賽輸了，我感到很失望。

5. **I was so excited to shake hands with Maria Sharapova.**
我很興奮地去跟莎拉波娃握手。

6. **I was upset to learn he quit his job.**
聽到他辭職的事讓我很心煩。

句型 61 我忙著～。 I'm busy ～.

忙碌

＊可以這樣用＊

書寫忙碌的理由，可以用 I'm busy ～ 來表達。其使用方式如下：

- I'm busy with ～（句子）「我因～而忙碌」
- I'm busy ～（動詞 -ing）「我忙著～、我做～很忙」

回顧一天，若想在日記上寫下「今天我因為（做～）～很忙」，可用 I was busy with ～ 或 I was busy ～ing 等過去式來表示。至於「這陣子因為（做）～很忙」這句話，想要強調的是持續忙碌了一段時間，因此用現在完成式 I've been busy with ～ 或 I've been busy ～ing 來表示。

＊可以這樣寫＊

1. **I'm busy with the housework.**
   我忙著做家事。

2. **I'm very busy with my club activities.**
   俱樂部的活動真的很忙。

3. **I was busy with the report all day today.**
   今天一整天我都在忙（寫）報告。

4. **I've been busy packing my suitcase.**
   這陣子我忙著打包行李。

5. **We've been really busy preparing for our wedding.**
   這陣子我們為了準備婚禮的事真的很忙。

忙碌

因為～讓我很忙。
～ keeps me busy.

可以這樣用

～（名詞） keeps me busy 是把忙碌的理由當成主詞的句型。一直以 I 為主詞寫日記感到單調時，可以試著改用這個句型。

至於～中不管要放「人」和「物」均可。若是人的情況，則有「因為～的關係讓我很忙、照顧～讓我很忙」的意思；若是物，則有「我因為～很忙」之意。若置入的名詞是複數，句型要變成 ～ keep me busy。

如果是暫時性的忙碌，可以用現在進行式 ～ is〈are〉 keeping me busy 來表示。若是書寫關於過去的事「之前因～而忙碌」，可把 keep 改成過去式 kept，變成 ～ kept me busy。

可以這樣寫

1. **My job keeps me busy.**
   工作讓我很忙。

2. **Housework keeps me busy every day.**
   家事讓我每天都很忙。

3. **My grandchildren keep me busy.**
   （照顧）孫子讓我很忙。

4. **My farm work is keeping me very busy.**
   農事讓我非常忙碌。

5. **PTA meetings kept me busy last year.**
   去年的家長教師會讓我很忙。
   ※ PTA 是 Parent-Teacher Association 的縮寫。

句型 63

辦不到

A太…而不能～。
A was too ... to ～.

＊可以這樣用＊

想寫「A 太…而不能～」，可以用A was too ...（形容詞）to ～（動詞原形）。

此外，to ～之前若放〈 for ＋人〉，則有「對（某人）而言A 太…而不能～」的意思（請參照例句⑤）。

＊可以這樣寫＊

1. **I was too tired to cook tonight.**
   我太累了，所以今晚沒做飯。

2. **We were too busy to see each other last month.**
   我們太忙了，以致於上個月沒辦法見面。

3. **I was too sleepy to go walking this morning.**
   我太想睡了，所以今天早上沒去散步。

4. **The chair was too dirty to sit on.**
   這張椅子太髒了沒辦法坐。

5. **The jeans were too tight for me to wear.**
   這條牛仔褲（對我來說）太緊了穿不下。

句型 64

辦不到

我無法～。I couldn't ～.

可以這樣用

「我無法～」可用I couldn't ～（動詞原形）來表示。 couldn't 是 could not 的縮寫，而 could 是 can 的過去式。

對於「原本已計畫要做，心裡也這麼想著，卻無法做到」時，可用 I was going to～, but I couldn't （我原本打算～卻無法做到）或 I wanted to～, but I couldn't（我原本想～卻無法如願）來表示。不管是哪一種， couldn't 後面都省略了 do it。

可以這樣寫

1. I couldn’t get the ticket.
我買不到票。

2. I couldn’t sing very well.
我唱得不好。

3. I couldn’t explain it well.
我無法好好解釋。

4. We couldn’t get in the art museum because it was closed.
我們進不去美術館，因為它已經閉館了。

5. I was going to answer all the questions, but I couldn’t.
我本來打算回答所有問題，卻沒辦法做到。

6. I wanted to see the polar bears, but I couldn’t.
我原本想去看北極熊，但我沒看到。

句型65 我在～上不充裕。I can't afford ～.

辦不到

可以這樣用

想寫「（時間上、金錢上）～並不充裕」時，可以用 I can't afford～ 來表示，～可放名詞或〈to + 動詞原形〉。～放名詞時，可以把它想成動詞的補充形態。例如 I can't afford a new car. 直譯是「我在新車上並不寬裕」，於是就像「我在買新車方面並不寬裕」句中的「買～」，一旦把它做為補充翻譯，就比較容易理解。

此外，根據情況不同，會有「不允許～」或「不能～」的意思（例句❹、❺）。to 之前加上 not 就變成 I can't afford not to ～（動詞原形），意思是「必須～」。

可以這樣寫

1. **I can't afford a new PC.**
我買不起新電腦。

2. **I can't afford to buy a house.**
我買不起一間房子。

3. **I can't afford time to travel.**
我沒時間旅行。

4. **I can't afford to fail on this project.**
這個企畫絕對不許失敗。

5. **I couldn't afford not to accept the conditions.**
我必須接受這個條件。
※ accept 有「接受～」之意。

專長

可以這樣用

在書寫「～對…很擅長、～精通…」等有關人的興趣或專長時可用～（人） is good at ...（名詞或動詞-ing）來表示。

要強調「～對…真的很擅長、非常精通」，可以使用 ～ is really good at ... 或 ～ is great at ...。

相反地，若是「～對…很不擅長」的話，則用 ～ isn't so good at ... 來表示，而 so 亦可用 very 來代替。此外，～ is poor at ... 是直接的表示「～在…方面很差」。

可以這樣寫

1. Nobuko is good at cooking.
   敦子精通料理。

2. Masako is really good at drawing.
   雅子真的很會畫畫。

3. Tetsu is good at all sports.
   阿哲對所有的運動都很擅長。

4. Naomi is great at impressions of celebrities.
   直美十分擅長模彷藝人。

5. I'm not so good at singing karaoke.
   我卡拉OK唱的不好。

～很容易。It was easy to ～.

＊可以這樣用＊

想寫「～很容易、做～是很容易的」時，可用 It was easy to ～（動詞原形）來表示。相反地，若想寫「～很難、做～是很不容易的」時，可以變成 It was hard to ～（動詞原形）。

若在寫日記時有這樣的感覺，可以用現在式 It's easy〈hard〉 to ～ 來表示， It 的部分也可以用具體的名詞或人來代替。

＊可以這樣寫＊

1. It was easy to **use.**
   很容易使用。

2. It was easy to **understand.**
   很容易了解。

3. It was easy to **remember.**
   很容易記住。

4. Michelle's English is easy to **understand.**
   蜜雪兒的英語很好懂。

5. Kaoru is easy to **talk to.**
   薰很健談。

6. His house was hard to **find.**
   他家很難找。

一段時間以來第一次～。 I ～ for the first time in ...

＊可以這樣用＊

要寫隔了一段時間才做某事，可以用 I ～ for the first time in ... 來表示。「～」裡可以放動詞的過去式，「... 」裡請放相隔的期間。

for the first time 意思為「**第一次**」。「事隔…」用英文表示是 for the first time in ...（…期間來第一次），例如「事隔兩年」可以寫成 for the first time in two years（兩年來第一次）；若想寫「**很久以來第一次**」，可以用 for the first time in ages。ages 有「很長一段時間」之意，寫成 an age 或 a long time 也ok。

隔了一段時間之後要做某事，想寫「**事隔…才要做～**」，可用I'm going to ～ for the first time in ... / I'm ～ing for the first time in ... 來表示。

＊可以這樣寫＊

1. I did my laundry for the first time in three days.
我三天來第一次洗衣服。

2. I had okonomiyaki for the first time in two months.
我隔了兩個月才吃御好燒。

3. My husband and I ate out for the first time in a month.
老公和我這個月第一次出外用餐。

4. I took my children to Disneyland for the first time in five years.
五年來我第一次帶小孩去迪士尼樂園玩。

5. I listened to Shania Twain's CD for the first time in ages.
事隔多年我第一次聽仙妮亞・唐思的 CD。

6. My co-workers and I went bowling for the first time in a few years.
隔了好幾年我才又和同事去打保齡球。

7. I'm meeting Diane this weekend for the first time in ten years.
事隔十年我才要和黛安在這週末見面。

POINT

■「事隔…（期間內）」可用 for the first time in ... 來表示。
■「…」內可放 two years（兩年）、five months（五個月）等。
■「很久以來」可用 for the first time in ages 來表示。

時間的經過

…以來已經～（期間）。
It's been ～ since ...

＊可以這樣用＊

回想過去，對於「（從那時起）～已經過了一段期間」而感到懷念、驚訝時間飛逝時，可用 It's been ～ since ... 來表示。 It's been ～ 是 It has been 的縮寫。「～」內放入用來表示經過多久時間的句子，有「變成～期間、經過～時間」之意。

since... 有「（從）…以來」之意，…內雖然可以放簡單式、過去式的句子，但也有人放像 graduation（畢業）之類的名詞（請參照下一頁的例句❻）。

若是書寫「從…以來，明天正好是～（一段期間）」的情況，可用 It'll be ～ tomorrow since... 來表示。

★可以這樣寫★

1 It's been three years since we started seeing each other.
我們開始交往到現在已經三年了。

2 It's been 30 years since we got married.
我們已經結婚三十年了。

3 It's been a year since I quit smoking.
我已經戒煙一年了。

4 It's been almost 15 years since we moved here.
我們搬到這裡已經快十五年了。

5 It's been only eight months since I started working for this company.
我開始在這間公司上班（到現在）也才八個月。

6 It's already been 40 years since graduation.
畢業至今已經四十年了。

7 It'll be five years tomorrow since I opened my restaurant.
明天是我開餐廳的第五年。

POINT

- It's been ～ 的「～」可放用來表示經過多久的時間的句子。
- since 後面接過去式的句子。
- since 後面也可以接名詞。

從上次…已經～（期間）。
It's been ～ since I last ...

＊可以這樣用＊

句型69的 It's been ～ since ...（…以來已經～）是回想過去某天發生某事的句型。It's been ～ since I last ... 是以某動作最後發生的時間點為起點一直到現在的回顧，適用於「好久沒有～」的情境。「... 」中若放行為動詞的過去式，那麼「～」之中就必須放沒有做動作的一段期間。直譯 since I last ...意思是「自我上次做…之後」，而此句型的意思為「自我上次做…之後已經過了一段時間」，亦即隱含有「～（期間）我已經沒有…」之意。

書寫「自從我上次…，到明天就滿～（期間）」，是 It'll be ～ tomorrow since I last ...。

＊可以這樣寫＊

1. It's been a few years since I last went to the movies.
我上次去看電影已經是兩、三年前的事了。

2. It's been three weeks since I last aired my futon.
我上次曬棉被已經是三個禮拜前了。

3. It's been several years since my wife and I last went on a trip.
我和老婆已經好幾年沒有一起去旅行了。
※ several years 的定義因人而異，通常是7、8年左右。

4. It'll be three months tomorrow since we last met.
距離我們上次見面，到明天就滿三個月了。

忘記事情

忘記做～。/忘了～。
I forgot to ～. / I forgot about ～.

＊可以這樣用＊

「原本想著一定要做某件事，結果卻忘了」，可以用 I forgot to ～（動詞原形）來表示。forgot to ～ 有「忘記～、忘了做～事」之意。請注意 I forgot ～ing，會變成「忘記做過～（實際上有做過這件事）」之意。例如 I forgot to buy a present for her. 是「我忘記買禮物給她」，但如果是 I forgot buying a present for her. 就變成「我忘記已經買好她的禮物了」。

I forgot about ～（名詞或動詞-ing），有「（不小心）忘記～」之意。I totally forgot about ～ 或 I completely forgot about ～，有強調「把～忘得一乾二淨」之意。

＊可以這樣寫＊

1. **I forgot to say thank you to Shizuko.**
   我忘記跟靜子道謝。

2. **I forgot to take my suit to the cleaners.**
   我忘記把衣服拿去送洗。

3. **I forgot to return the pen to Keita again.**
   我又忘記把筆還給慶太。

4. **I forgot about the three-day weekend!**
   我忘了這禮拜連放三天假！

5. **I totally forgot about babysitting for my niece on Friday.**
   我完全忘了星期五要照顧侄女這件事。

結果

句型 72 我忍不住～。 I couldn't help ～ing.

＊可以這樣用＊

help 雖然有「幫忙、幫助」之意，用在 I couldn't help ～（動詞-ing）就變成了「我忍不住～、我不禁～、我情不自禁～」的意思。

另一種用法 I couldn't help but ～（動詞原形）意思和 I couldn't help ～ing 相同。

＊可以這樣寫＊

1. I couldn't help worrying about her.
   我忍不住為她擔心。

2. I couldn't help telling him about it.
   我忍不住告訴他這件事。

3. I couldn't help complaining.
   我忍不住抱怨。

4. I couldn't help boasting that I shook hands with Ryo-kun.
   我忍不住吹噓起和阿良握手的事。

5. I couldn't help but cry when I saw her photo.
   看到她的照片我不自覺地哭了。

最後卻～。
I ended up ～ing.

＊可以這樣用＊

想要書寫和意志或預定計畫相反「**最後卻～**」的情況，可以用 **I ended up ～（動詞-ing）**來表示。這個句型隱含有「本來沒有打算這麼做的，結果受不了誘惑就～」、「本來沒有打算這麼做的，等到發現時已經～」、「本來不想這麼做的，終究導致～」之意。

「**終究還是沒有～、最後沒有～就結束了**」可用 I ended up not ～ing 來表示，請留意 not 的位置。

＊可以這樣寫＊

1. I ended up **eating too much.**
   結果我吃太多了。

2. I ended up **speaking Japanese at the international party.**
   最後我居然在國際交流的派對上講起了日文。

3. **I was going to just take a nap but** I ended up **sleeping until morning.**
   我本來只打算小睡片刻的，最後卻一覺到天亮。

4. I ended up **buying the pot set.**
   結果我買了一組鍋子。

5. I ended up not **eating soki-soba in Okinawa.**
   我終究沒在沖繩吃到排骨麵。

習慣

我終於習慣～。
I've finally gotten used to ～.

＊可以這樣用＊

書寫迄今為止雖然還未能做到，但「習慣了之後已經可以做到」，或對於新環境「已經慢慢習慣」時可以寫 I've finally gotten used to ～（名詞或動詞-ing），而 I've 是 I have 的縮寫。「～」裡若放名詞，就是「習慣～」；若放動詞-ing，就有「習慣做～」。用過去式 I finally got used to ～來表示也可以。

若想寫「對～習慣中、慢慢習慣～」，可用 I'm getting used to ～ 來表示。此外否定句型「還不習慣～」，可用 I haven't gotten used to ～ yet 來表示。

＊可以這樣寫＊

1. I've finally gotten used to **my new job.**
   我終於習慣新工作了。

2. I've finally gotten used to **speaking English.**
   我終於習慣講英語了。

3. I've finally gotten used to **commuting by train.**
   我終於習慣搭電車通勤了。

4. I'm getting used to **living alone.**
   我漸漸習慣一個人住。

5. I haven't gotten used to **British English** yet.
   我還不習慣英式英語。

3章

容易弄錯的重點

本章介紹寫英文日記時容易弄錯的地方。
同時也收錄了許多重點，有助於寫出正確的英文。

POINT 1

吃了～

例 今天吃咖哩飯。

✕ Today was curry and rice.

○ I had curry and rice today.

能不能用等號來做連結是重點

Today was curry and rice 並不是正確的英文，因為 today（今天）和 curry and rice（咖哩飯）這兩者並**不能畫上等號**。

如同下面的例句，當兩樣東西可以畫上等號時，就能用 be 動詞（過去式為 was、were）做連結。因此個別來看，today = my birthday、today = my payday、today's dinner = curry and rice 這種關係才成立。

- **Today** was **my birthday**.（今天是我的生日。）
- **Today** was **my payday**.（今天是發薪日。）
- **Today's dinner** was **curry and rice**.（今天的晚餐是咖哩飯。）

吃東西要用I had ～ 來表示

若要以更自然的英語為目標，請試著寫 **I had** curry and rice toady.（今天我吃了咖哩飯）。have（過去式為 had）的意思和 eat（吃～）或 drink（喝～）相同，因此經常被拿來使用。用 eat 的過去式 ate 寫成 **I ate** curry and rice today. 也 ok。

在餐廳點餐時，講 I'm coffee. 是錯的，這麼一來就變成 I = coffee 了。這種時候應該要說 I'll have coffee.（請給我咖啡）才對。

描述天氣

例 今天是雨天。

✗ It was rain today.

○ It rained today.

天氣可用動詞或形容詞來表示

表達天氣時，中文常用「雨」或「雪」等名詞來表示，例如「今天是雨天」。但是在英文中，**較常用 rain（下雨）或 snow（下雪）等動詞來表達**。

把「今天是雨天」換成「今天下過雨」來思考，就會變成 It **rained** today.，這裡的 it 指的是**「表示天氣的 it」**。

若是書寫明天的天氣、或是寫日記時（現在）的天氣，其時態變化如下：

- It's **going to snow** tomorrow.（明天會下雪吧。）
- It's **raining** now.（現在正在下雨。）
- It's **snowing** now.（現在正在下雪。）

此外，使用 **rainy**（下雨的）或 **snowy**（下雪的）等形容詞，能夠表達以下的天氣狀態：

- It was **rainy** today.（今天是雨天。）
- It's going to be **snowy** tomorrow.（明天會下雪吧。）

POINT

3 ～很親切

例 他很親切。

× He is kindness.

○ He is kind.

kindness 指的是「親切感」

或許是因為用英文字典查「親切」這個字時，寫著 kindness 的關係，導致很多人都會把「他很親切」寫成 He is kindness.。但是 kindness 是名詞，指的是「親切感、好意」。若想寫有關人的性格或行為「很親切、親切的」，要用形容詞 **kind**（親切的、溫柔體貼的），寫成 He is **kind**. 才對。

以下例句講述的都是有關 kindness「親切感」的用法，請讀者試著感受它與 kind 用法上的差異。

- Thank you for your **kindness**.（謝謝你的好意。）
- I'll never forget your **kindness**.（我不會忘記你的仁慈。）
- He just did it out of **kindness**.（他這麼做是基於好意。）

sickness 指的是「疾病」

同樣地，「我兒子生病了」不該寫成 My son is sickness.（×），而要用 My son is **sick**. 來表示。sickness 是「疾病」的名詞，若寫成 My son is sickness.（×），聽起來就像「我兒子是疾病」。所以要寫生病或不健康時候請用 **sick**（有病的、身體垮下來）這個形容詞來表達。

非常～

例 吉田課長非常生氣。

✕ Mr. Yoshida was **angry very much.**

○ Mr. Yoshida was **very angry.**

very 修飾形容詞，very much 修飾動詞

很多人會將 very 和 very much 混淆。很常看到像 He was angry very much.（×）或 I very like it.（×）這樣的句子，無論哪一句都是錯的。very 是用來修飾**形容詞**，至於 very much 則是用來修飾**動詞**。請試著從正確的例句中區分 < very + 形容詞> 和 <動詞 + very much> 的不同。

- He was **very** angry.（他非常生氣。）
- It's **very** cold today.（今天很冷。）
- She's **very** pretty.（她很漂亮。）

- I like it **very much**.（我非常喜歡。）
- I enjoyed it **very much**.（我玩得很開心。）
- I regret it **very much**.（我非常後悔。）

POINT 5

失望

例 我很失望。

✕ I was disappointing.

↓

〇 I was disappointed.

-ed/-ing 形態的形容詞使用上的區別

I was disappointed. 能夠表達「我很失望」的心情，若寫成 I was disappointing. 意思就變成「我是讓別人失望的人」。**disappointed 是「（人）感到失望」，而 disappointing 則是「（讓人）感到失望」**，兩個乍看之下很像，因此搞混這兩個字也是有可能的。

事實上，disappointed 是動詞 disappoint（使～失望）的過去分詞形態。過去分詞有表達被動之意，因此 disappointed 的意思是「（人）被迫感到失望」，進而有「（人）感到失望、覺得失望」之意。另一方面，disappoint 的 -ing 形態是 disappointing，有「（讓人）感到失望、出乎意料之外」的意思。

- The movie **disappointed** me.（這部電影讓我失望。）
  ※ 此處 disappointed 是動詞 disappoint（使～失望）的過去式。
- I **was disappointed** with the movie.
  （我對這部電影被迫感到失望＝很失望。）
- The movie was **disappointing**.
  （這部電影真是讓人失望。）
- It was a **disappointing** movie.
  （這是部讓人失望的電影。）

表達感情的時候用 -ed 形態

像這種同時擁有-ed形態及-ing形態的形容詞，除了disappointed/disappointing之外還有很多（請參照下表）。若在區分上感到困惑，可以想想**「-ed形態是用來表達人的感情或心情」**、**「-ing形態是讓人有那樣的心情」**這個原則。

請試著比較以下的例句：

- My children were **tired**.（孩子們累了。）
- The trip was **tiring**.（這趟旅行很累人。）

- I was **surprised** by his letter.（我對他的來信感到驚訝。）
- The results were **surprising**.（這個結果真令人驚訝。）

- I'm so **excited** about going to Italy.（我對於即將去義大利感到很興奮。）
- His stories are always **exciting**.（他的故事總是很刺激。）

同時擁有 -ed / -ing 的形容詞

-ed 形態 （人）感到～	-ing 形態 （讓人）～的
amazed　吃驚的	amazing　令人驚訝的
bored　無聊的	boring　令人無聊的
confused　混亂的、慌張的	confusing　令人困惑的、讓人慌張的
disappointed　失望的	disappointing　令人失望的
embarrassed　困窘的	embarrassing　令人不好意思的
excited　興奮的	exciting　令人興奮的
interested　感興趣的	interesting　有趣的
shocked　震驚的	shocking　驚嚇的、衝擊的
surprised　驚訝的	surprising　令人驚訝的
tired　疲倦的	tiring　累人的、麻煩的
touched　感動的	touching　動人的

POINT 6 ～的…

例 我去拜訪仙台的親戚。

✕ I visited Sendai's relatives.

○ I visited my relatives in Sendai.

「仙台的」用介系詞 in 來表示

講「A 的 B」時，可以用 A's B 來表示，如 Hitomi's pen。這裡的 A 指的是人或物，適用於A 擁有 B 的情況。

- my uncle's house（叔叔的房子）
- the cat's tail（貓的尾巴）

若將「仙台的親戚」寫成Sendai's relatives，聽起來就像是「仙台這個都市擁有親戚」，所以這時候不能用 ～'s 來呈現。

像「仙台的親戚」這種具有「住在、存在～（場所）」或「屬於～（機關等）」意思的「～的」，必須用 **in 或 at 等介系詞**來表示，因此這個情況下必須寫成 my relatives in Sandai。介系詞的使用方法請參考p.32。

- a clock **on** the wall（牆上的時鐘）
- a student **at** G University（G大學的學生）
- a roof **of** my house（我家的屋頂）

如果把 A 換成 today 或 next week 等表示時間的詞彙時，還是可以使用 **A's B** 的形態。

- today's paper（今天的報紙）
- next week's game（下禮拜的比賽）

我和A～

例 我和由美還有小敏一起打保齡球。

✕ I, Yumi and Toshi went bowling.

↓

○ Yumi, Toshi and I went bowling.

我要放在主詞的最後

當主詞為複數且包含自己，如「我和 A」、「我和 A 和 B」時，**要把自己（I）放在最後**。例如「我和由美還有小敏」的書寫順序是 Yumi, Toshi and I，and 只能放在 I 之前。同樣地，若主詞是「我和他」，必須寫 he and I。

順帶一提，像「今天下午我和美優打網球」雖然可以寫成 I played tennis with Miyu this afternoon.，但也有人會像下面例句一樣，把 Miyu and I 一起當成主詞來表示。

- I played tennis **with Miyu** this afternoon.（今天下午我和美優打網球。）
  → **Miyu and I** played tennis this afternoon.

再舉一個情況為例，像 Me and my brother played tennis today.（今天我和弟弟打網球）這種主詞不是 I 而是 me，並且將 me 放在句首的情況也很常見。只不過各位讀者必須先把～ **and I** 這種基本句型牢記才行。

POINT

8 我有工作

例 明天我有工作。

✕ I have a job tomorrow.

↓

○ I need to work tomorrow.

「我有工作」可以用 work 來表示

或許有人想把「我有工作」寫成 I have a job，不過一旦這樣寫，會變成「我有一份工作」。「明天我有工作」的情境若用英文來表達，可以把它想成「明天我必須上班」。「工作」可以用 **work**（工作、做事）或 **go to work**（去公司上班、去工作）來表示。「必須～」則可用 need to ～（動詞原形）或 have to ～（動詞原形）來表示。

- **I need to work** tomorrow.（明天我必須工作。）
- **I have to go to work** tomorrow.（明天我必須去上班。）

job 是「工作、職業」的名詞，並不具有動詞「工作、做事」的意思，請特別留意。

名詞 work 及 job 的使用區別

work 也可以當名詞，有「工作、職業」的意思。或許有人會因此感到迷惑，但事實上很多時候 work 和 job 是通用的，它們最大的差別是 **work 為不可數名詞，而 job 為可數名詞**。因此，就算是相同的句子，**work 之前不能加 a 或 an，而 job 則必須加 a 或 an（根據上下文可加 the）**。

- 我正在找工作。
  I'm looking for **work**. / I'm looking for **a job**.
- 我找到工作了。
  I got **work**. / I got **a job**.
- 我失業中。
  I'm out of **work**. / I'm out of **a job**.
- 我工作繁忙。
  I'm busy with **work**. / I'm busy with **the job**.

即使用 tough（困難的）、easy（輕鬆的）等形容詞來表達時，work 之前也不能加 a 或 an，但 job 就必須加 a 或 an 了。

- 艱難的工作
  tough **work** / **a** tough **job**
- 輕鬆的工作
  easy **work** / **an** easy **job**
- 有意義的工作
  challenging **work** / **a** challenging **job**
- 薪水優渥的工作
  high-paying **work** / **a** high-paying **job**

主要著眼在「勞動」或「技術操作」的情況，多用 work 來表示。

- 我今天有很多工作要做。
  I had a lot of **work** to do today.
- 我還有很多工作沒完成。
  I have a lot of unfinished **work**.
- 我還沒完成我的工作。
  I haven't finished my **work** yet.

POINT 9

打掃廚房

例 我打掃了廚房。

✕ I cleaned a kitchen.

○ I cleaned the kitchen.

a 所指的是複數東西裡的其中一樣

I clean a kitchen. 就文法而言並沒有錯，只不過寫成 a kitchen 的話，聽者或讀者可能會想成「是有兩間以上廚房的大房子」。因為 a 指的是複數東西中不特定的其中一樣。

所以廚房或是車庫等，通常家裡只會有一間的情況時會使用 the。此外，若要表現出「我的」或「我家的」，也可以寫成 I cleaned my kitchen.。

但也有像 take a bath（洗澡）或 go to bed（上床睡覺）這種例外。這些句子有的加上 a (a bath)、有的沒有加冠詞 (bed)，請讀者先記下來。

順便補充一下，像 I fed a hamster.（我餵一隻倉鼠吃飼料）就有一種不協調感，因為這句話給人「雖然養了其他隻倉鼠，不過我只有餵一隻吃飼料」的感覺。如果要表達只有養一隻倉鼠，而且有餵牠吃飼料，可以寫成 I fed my hamster.。

或許有讀者會覺得很難區分 a /an 或 the、 my ，請慢慢去習慣英文的語感。

吃午餐

例 我去義大利餐廳吃午餐。

✕ I had a lunch at an Italian restaurant.

○ I had lunch at an Italian restaurant.

have lunch 不需再加 a/an 或 the

lunch（午餐）、breakfast（早餐）、supper / dinner（晚餐）、brunch（早午餐），都是表達吃飯的字。事實上這些字不用加冠詞 a/an 或 the，例如「吃午餐」可以用 have lunch 來表示。另外，像 for breakfast（早餐）或 go out for dinner（出去吃晚餐）也一樣，都不用加上 a/an 或 the。

- I had a sandwich **for breakfast**.（我早餐吃三明治。）
- I **went out for dinner** at 7:30.（我七點半出去吃晚餐。）

和例句一樣，I had a lunch ～（×）是錯的。< have + 三餐>、< for + 三餐>、< go out for + 三餐>在寫日記時經常使用，若能先熟記，使用時會更方便。

在三餐前面加上 a/an 或 the 的情況

若是具體表現「吃飯的內容」，或是特定情況如「當時的那頓飯」，那麼會在表達吃飯的字前加上 a/an 或 the。

- I had **a big breakfast** this morning.（今天早上我吃了很豐盛的早餐。）
- I had **a light lunch**.（我午餐吃輕食。）
- It was **an expensive dinner**.（這是一頓很高級的晚餐。）
- I had **the lunch Keiko made**.（我吃了景子為我做的午餐。）
- **The dinner we had at Rouge** was excellent.
（我們在 Rouge 吃的那頓晚餐真是太棒了。）

POINT 11 交通方式

例 我今天開車上班。

× I went to work **by my car** today.

○ I went to work **by car** today.

交通方式是 <by + 單數名詞>

想表達汽車、火車、公車、飛機、腳踏車等各種**交通方式**，或電子郵件、信件、傳真、電話等**連絡方式**，用 **<by +單數名詞>**。這個時候，名詞之前不須加上 a/an 或 the、my 等，也就是説「開車」要寫成 **by car**，by a car（×）或 by my car（×）都不對。因為在這裡，車只是一種手段，並非具體的東西，所以前面不能加冠詞或代名詞（的所有格）。所以想把「開自己的車」寫成 by my car（×）是錯的。

表達交通方式、連絡方式的慣用語

by car	開車	by air	寄航空信
by train	坐火車	by mail	寄信
by bus	坐公車	by e-mail	寄電子郵件
by plane	搭飛機	by fax	用傳真
by bike	騎腳踏車	by phone	打電話

想寫「我的車」的時候

想具體寫出「（不是別的車而是）開自己的車」，又該如何表達呢？像這種情況，介系詞就不該放 by，而要改成 in，如 I went to work **in my car**。同樣地，若是「開兩台車」的話，要寫 **in two cars**。

此外，**具體表達有關火車或腳踏車時**，請使用**on**。「要搭9點10分的火車」要寫作 **on the 9:10 train**；「騎妹妹的腳踏車」則是 **on my sister's bike**。

那如果是「走路」的話要怎麼表達呢？這個時候用 **on**，然後寫成 **on foot**。請注意沒有 by walk（×）這種說法。

用動詞來表示移動方式◎

至於其他不用 < by ＋ 交通方式>來表達，而是像 drive（開車～）或ride（騎～）等**用動詞來表示移動方式**的例子也很多，這在日常生活中很常用。「走路」會使用 walk（步行）這個動詞。

● I went to work **by car** today.（我今天開車去上班。）
＝ I **drove (my car)** to work today. [drove 是 drive（開車～）的過去式]

● I went to the airport **by train**.（我搭火車去機場。）
＝ I **took a train** to the airport. [took 是 take（搭乘～）的過去式]

● I go to school **by bike**.（我騎腳踏車去上學。）
＝ I **ride my bike** to school.
＝ I **bike** to school. [此處的 bike 為動詞，有「騎腳踏車去」的意思]

● I went to the station **on foot**.（我走路去車站。）
＝ I **walked** to the station.

POINT 12 成對的物品

例 我買了兩件牛仔褲。

✕ I bought two jeans.

○ I bought two pairs of jeans.

成對的物品要用 pair of ～計算

中文中表達牛仔褲時會用「一件、兩件…」來計數，或許有人會以為英文也是用one jeans（×）、two jeans（×）來表示。不過像牛仔褲這種左右成對的物品，英文是用 **pair of ～** 來計算。例如一條牛仔褲的寫法是 **a pair of jeans** 或 **one pair of jeans**，兩條則是 **two pairs of jeans**，把 pair 也變成複數。其他像手套或鞋子等成雙才能使用的東西，或是褲子、眼鏡等左右對稱的物品，都是用 pair of ～來計算（請參照下表）。

要特別注意的是，**這些名詞多以複數形態出現**，例如為了讓它左右成對，即使是一付手套、一雙襪子也會寫成像 **a/one pair of gloves**、**a/one pair of socks** 的複數形態，至於兩雙、三雙…，pair 也要變成複數，如 two pairs of gloves、three pairs of gloves。

順便補充，像手套或襪子等只有「一隻」的話，會用單數 a glove 或 a sock 來表示。因此如果要寫「我有一隻手套不見了」，可以寫成 I lost a glove. 或 I lost one of my gloves.

用 pair of ～ 來表示的名詞

pants	褲子	gloves	手套
socks	襪子	mittens	棒球手套
shoes	鞋子	glasses	眼鏡
heels	高跟鞋	sunglasses	太陽眼鏡
boots	靴子	chopsticks	筷子

POINT 13 去購物

例 今天下午我去買東西。

✕ I went to shopping this afternoon.

↓

○ I went shopping this afternoon.

「去～」是 go ～ing

「買東西」是 shopping，而「去了～」是 went to ～，因此「下午去買東西」可能有人會寫成 I went to shopping this afternoon.（×），但這是錯誤的。**「去買東西」要用 go shopping** 來表示，**不須加 to**。整句正確的寫法是 I went shopping this afternoon.，**go ～ing 是「去～」**的表示。

其他用 go ～ing 的字請參考下表。

go ～ing（去～）的例子

go swimming	去游泳	go hiking	去健行
go fishing	去釣魚	go bowling	去打保齡球
go jogging	去慢跑	go camping	去露營
go skiing	去滑雪	go horseback riding	去騎馬
go ice-skating	去溜冰		

當這些字伴隨著場所出現時，可以和 in、at、on 等一起使用。

- go shopping **in** Shinjuku（去新宿買東西）
- go shopping **at** the mall（在購物中心買東西）
- go fishing **in** the river（去河邊釣魚）
- go ice-skating **on** the lake（在湖上溜冰）

POINT

14 去那裡

例 我好想再去那裡。

✕ I want to go to there again.

↓

○ I want to go there again.

there 或 here 之前不需加 to

有許多人都是記「去～ = go to ～」，～ 可放入 Kanazawa（金澤）、 Florida（佛羅里達州）等地名，或是 my sister's house（妹妹家）、 the temple（寺廟）等名詞。

因此，要寫「去那裡」時很容易把 to 加進來，變成 go to there（×）。可是 **there 具有「向那裡、在那裡」**之意，**單字裡已經包含了「去～」、「在～」**，沒有必要再加上 to，所以 go there 才是正確的寫法。 **here（來這裡、在這裡）**也一樣，已包含「來～」、「在～」的意思，所以不寫 come to here（×），而是 come here 才對。

「惠理子來這裡。」

✕ Eriko **came to here.**

○ Eriko **came here.**

也要留意 come home 和 go home

come home（回到家）、go home（回家）裡的 **home有「回家、在家」**之意，它和 there 或 here 相同，包含了「來～」、「在～」的意思，因此 come to home （×）或 go to home（×）都是錯的。請把 come home / go home 當成一組來記。

順帶一提，讀者知道如何區分 come home（回到家）和 go home （回家）嗎？**在家寫日記**時想著「回到家」可用 come home。另一方面，若人在辦公室或在投宿飯店等地，**出門在外寫日記**時就可以想成「回家」，而寫成 go home。

在家的情況

● I **came home** late today.（我今天很晚回到家。）

● My husband hasn't **come home** yet.（丈夫還沒有回家。）

外出的情況

● I'm **going home** tomorrow.（明天我會回家。）

● I wish I could **go home** early.（真希望能早點回家。）

abroad 或 overseas 也不用加 to

表達「到國外、在國外」的 abroad 或 overseas 前面也不需加 to 或 in 等介系詞。例如 I want to study **abroad**.（我想出國留學。）、I want to live **overseas**.（我想住在國外。）等情況。

不過，foreign country 只有「外國、海外」之意，並不包含「去～」、「在～」的意思，因此若是 I want to go to a foreign country.（我想出國）的情況，就必須使用 to 來表達。

此外，去「某人家」的情況也必須加上 to，如 go to Naoko's home（去直子家）或 go to my parents' home（回爸媽家）。

POINT 15 和～結婚

例 春樹和加奈子結婚。

✕ Haruki **married with** Kanako!

○ Haruki **married** Kanako!

「和～結婚」是 marry ～

要寫「和～結婚」時，好像很多人都會寫 marry with ～（×），那是因為他們把中文的「和～」想成 with ，不過這種寫法是錯的。**marry** 是「和～結婚」的意思，已經包含了「和～」，後面只要直接加上「結婚對象」即可。亦即「春樹和加奈子結婚」要寫成 Haruki married Kanako.。

- I want to **marry** him.（我想跟他結婚。）
- Will you **marry** me?（你願意跟我結婚嗎？）
- My sister **married** a doctor.（姊姊嫁給醫生。）

「結婚」是 get married

像「何時」、「何地」結婚呢？這種具體陳述的情況，使用 **get married**（結婚）是最方便的。

- They **got married** yesterday.（他們昨天結婚了。）
- They **got married** in Tahiti.（他們在大溪地結婚。）
- When did you **get married**?（你什麼時候要結婚？）

表達「和誰」結婚的時候，可以寫作 **get married to** ～（人）（用with ～是錯的），例如 My sister **got married to** her high school sweetheart today.（妹妹今天和她高中時就喜歡的人結婚了。）

與結婚有關的各種表現

有關結婚還有其他種寫法，be married 是表達「已婚的」狀態，此外 marriage 是名詞，意思是「結婚、婚姻生活」。

- She's **married**.（她已經結婚了＝她是已婚者。）
- She **was married** until last year.
  （她到去年都還是結婚的狀態＝她現在已經離婚，處於單身狀態。）
- She's **married** with three children.（她已經結婚，還生了三個小孩。）
- We've **been married** for two years.（我們已經結婚兩年了。）

- We have a happy **marriage**.（我們結婚後過著快樂的日子。）
- Their **marriage** didn't last long.（他們的婚姻並不長久。）

順道一提，把「已經結婚」寫成 marriaged（×）也是常見的錯誤。因為 marriage 是「結婚」的名詞，而非動詞，所以不能加上 -d 來表達過去式，請特別注意。

POINT 16 ～天後

例 阿宏將在兩天後來拜訪我們。

✕ Hiroshi is visiting us **after** two days.

○ Hiroshi is visiting us **in** two days.

「從現在起～後」用 in 來表示

或許有人想把「兩天後」寫成 after two days（×），但實際上在**敘述有關未來的事情時，「～後」用的英文不是 after 而是 in**。這裡的 in 有「從現在開始～後、再～後」的意思，因為「阿宏將在兩天後來拜訪我們」是未來的事，所以應該用 in 來表示，寫成 Hiroshi is visiting us in two days.。請讀者看看下面的例句。

- The job interview is coming up **in a week**.（我一週後有面試。）
- I can see him **in two hours**!（再兩個小時就能見到他！）

另一方面，after ～ 是以特定的日期為基準，用於「～之後」的情況。

- I proposed to her six months **after I met her**.
（遇到她六個月之後，我向她求婚了。）
- Two days **after the job interview**, I got a call from the company.
（面試完兩天後，我接到公司的來電。）

以上兩個例句，都是以「和她相遇的那天」、「面試那天」的特定時間為基準，因此用「～之後」來表示。慢慢抓住 in 和 after 的語感了嗎？

POINT 17

告訴～

例 麻里子告訴我她的電子郵件地址。

✕ Mariko **taught** me her e-mail address.

○ Mariko **gave** me her e-mail address.

表達「告訴」的各種動詞

無論是學問或技術等專門知識，或電子郵件地址、電話號碼、店名等小事，各式各樣的事情在中文裡都可以用「告訴」這個字，不過英語卻有使用上的區分。

teach 是在學校教授教科書、讓人習得技術或知識、讓人理解道理或教誨等的時候使用。

至於把電子郵件地址或店名、人名等**資訊傳遞出去的情況，用的是 give** 這個字，像例句中用的就是有「傳遞資訊」意味的「給」，所以 Mariko gave me her e-mail address. 用 gave（give 的過去式）來表達是正確的。

利用口頭說明用的是 tell（過去式為 told）這個字，因此 Mariko told me her e-mail address. 這句也可以這樣用。另一方面，**一邊畫圖一邊實際示範可用 show 這個字**，例如不知道如何使用工具，請對方一邊示範一邊教導，即可寫成He **showed** me how to use it.（他教導我使用方法＝做一遍讓我看）。

請讀者多加留意 tell 和 show 的不同。例如「這個女人把如何到車站的路告訴我」的情況下，若寫成 The woman **told** me the way to the station. 的話，表示是用口頭敘述；另一方面若是 The woman **showed** me the way to the station. 的情況，那麼則是實際帶領走到目的地，或是在紙上畫出地圖的表達方式。

POINT 18 在～之前…

例 我必須在10點前到辦公室。

✕ I need to be at the office **until** 10:00.

○ I need to be at the office **by** 10:00.

by 是「在～之前」、until 是「一直到～」

很多人會把 by 和 until 的用法搞混。它們的意思不同，故在此稍微統整一下。**by 是「在～前完成某個動作」；until 則是「直到～之前，某個狀態一直持續著」。**

因此上面的例句一旦寫成 I need to be at the office until 10:00，它的意思就成了「我到 10 點之前都必須待在辦公室」。如果要表達「我必須在 10 點之前到辦公室」的情況，請用 by。

● I need to be at the office **by** 10:00.
（我必須在10點之前到辦公室。
＝10點之前 be at the office [在辦公室] 必須完成這個動作。）

● I need to be at the office **until** 10:00.
（我到10點之前都必須待在辦公室。
＝到10點之前 be at the office [待在辦公室] 這個狀態一直持續著。）

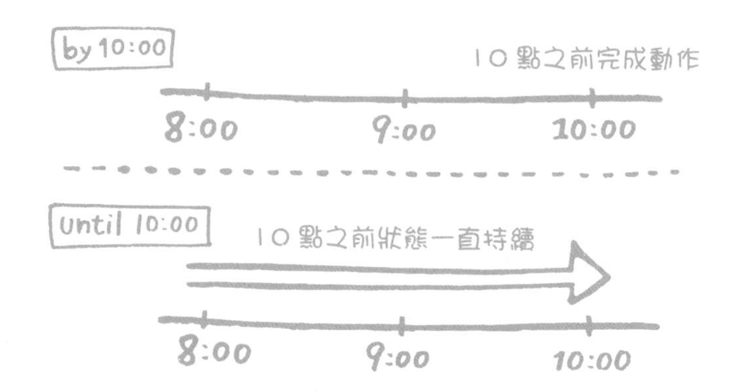

常和 by、until 一起使用的動詞

動詞中，有較常和 by 一起使用的動詞，也有較常和 until 一起使用的動詞。通常 **by** 會和 finish（結束～）等表示**「動作結束」的動詞一起使用**；而 **until** 則是較常和 sleep（睡覺）等表示**「持續性動作或狀態」的動詞一起使用**。

常和 by 一起使用的動詞		常和 until 一起使用的動詞	
finish	結束～	sleep	睡覺
return	返回～	stay	停留
get to work	去上班	continue	持續～、使繼續
leave	出發～	wait	等待
let ～(人) know	讓～知道		

- I need to **finish** my homework **by** 3:00.
（我必須在3點前完成作業。）
- I **stayed** at the hotel **until** October 5.
（我在飯店住到10月5日。）

「在～之前」和「直到～才」的相關用法

有關「在～之前」和「直到～才」，請先記住以下幾點。

首先，像「在爸爸回家之前」這句話，「在～之前」裡頭放<主詞 + 動詞>的情況時不用 by，而是 **before** 或 **by the time**，變成 I made dinner before <by the time> my father came home.（我在爸爸回家前做晚餐）。另一方面，until 是「直到～才」，也可用於<主詞 + 動詞>的情況。例如 I slept until my husband came back home.（我一直睡到老公回家才醒過來）。

此外，和 until 意思相同的還有 till，以英語為母語的人覺得「until 發音比較重，till 發音比較輕」，不過基本上用哪一個都可以。

因為～

例 我因為肚子餓，所以吃鯛魚燒。

✕ I was hungry **because I ate a taiyaki.**

↓

○ I ate a taiyaki **because I was hungry.**

原因放在 because 之「後」

像「因為～所以…」這種提及原因和結果的情況，其用法如下：

❶ 表示結果的句子 + because + 表示原因的句子
❷ 表示原因的句子 + so + 表示結果的句子

原則上 **because 後面接的是表達原因的句子**，而 **so 之後加上的是表達結果的句子**。以上面的例句來說，I was hungry（我餓了）是原因，I ate a taiyaki（我吃了鯛魚燒）是結果，把這兩句正確連接在一起，變成如下所示。

❶ I ate a taiyaki **because** I was hungry.
❷ I was hungry, **so** I ate a taiyaki.

because 後面放結果，或者 so 後面接原因，都會讓語意變得很奇怪。例如寫成 I was hungry because I ate a taiyaki.（×），或 I ate a taiyaki, so I was hungry.（×），意思是「我因為吃了鯛魚燒，所以餓子餓」，不合邏輯。

再來，雖然像 Because I was hungry, I ate a taiyaki. 這樣，把 <because + 表達原因的句子> 置於句首也可以，不過還是比較常放在句子的後半。

POINT 20
樂在其中

例 我很享受。

✕ I enjoyed.
↓
○ I enjoyed it.

enjoy 的後面要接受詞

有人把「我很享受」寫成 I enjoyed.（×），這是錯的。enjoy 是具有「享受～」之意的動詞，因此後面**必須接相當於「～」的詞彙（受詞）作為接續**。

例如，想在 I went skiing.（我去滑雪。）後面加上一句「我樂在其中」，可以把滑雪（skiing）換成代名詞（it），變成 **I enjoyed it.**。enjoy 後面也能接 myself（我自己），如 I enjoyed myself.，**enjoy oneself 有「盡興、玩得十分愉快」**的意思。

順道一提，餐廳裡的服務生為客人上菜時，有時候也會說 Enjoy!（盡情享用！）這樣的話，這是因為 Enjoy your meal!（請享用您的餐點！）這句話省略了 your meal 的緣故，屬於例外的用法。請記得一般的情況「enjoy 後面必須接受詞」。

其他像 **like（喜歡～）**、**love（喜愛～）**、**hate（討厭～）**等動詞**後面也必須直接接受詞**。對話的時候詢問對方 Do you like it?（你喜歡嗎？）很常聽到像 Yes, I like.（×）這種沒有加受詞的錯誤回答，此時必須回答 Yes, I do.，或 **Yes, I like it.** 才是正確的說法。使用這類動詞時，請讀者特別留意。

POINT 21 借～

例 我在圖書館借了一本小說。

✕ I **rented** a novel from the library.

○ I **borrowed** a novel from the library.

用付費或免費做為區分

「借～」這個意思的單字有 borrow 和 rent，不同的是付費與免費的差別。若是向朋友、家人、圖書館借書的情況，可以用 **borrow（免費）借～**，句型 borrow A from B 有「向 B 借 A」之意。

另一方面，**rent 用在（付費）租借**的情況，例如到DVD或滑雪板等出租店租借商品、支付房租的情況等。句型 rent A from B 也有「向 B 租 A」之意。

補充一點，borrow 是以「借了之後帶走」為前提才會使用的單字，若是借筆或借字典等**當場借用一下**，或者在公共電話或付設廁所等地方**借用無法帶走的東西**時，就要使用use。

此外，「**（免費）出借～**」可以用 **lend** 或 **lend out** ～，它的句型有<lend+物+to+人>或<lend +人+物>，有「出借～給…」之意，而 lend out ～ 則是「借出去～」之意。若是「（收費）出租～」，則是用 **rent out** ～ 來表示。

請參考例句來確認「借～」或「出借～」的表現方式。

- I **borrowed** a book from the library.（我跟圖書館借了一本書。[免費]）
- I **rented** a car for two weeks.（我租了兩個星期的車。[要付費]）
- Can I **use** the bathroom?（我可以借用一下廁所嗎？）
- I don't want to **lend out** my computer.（我不想出借我的電腦。[免費]）
- I planning to **rent out** my apartment while I work overseas.
（當我在外國工作時，我打算把房子租出去。[收費]）

borrow
（免費借用）

rent
（付費才能租用）

use
（免費借用，僅限該場所使用）

POINT 22 聽～

例 我在火車上聽音樂。

✕ I listened music on the train.

↓

○ I listened to music on the train.

「聽～」是 listen to ～

listen 有「（注意）聽、聆聽」之意，不管是「聽收音機」、「聆聽他說話」，只要與聽到的內容或聽到誰的談話有關，都要用 **listen to** ～（聽～）來表示，如「聽收音機」是 **listen to** the radio；「聽他說話」是 **listen to** his words。上面的例句「我在火車上聽音樂」也一樣，要寫成 I **listened to** music on the train，記得要加上 to。

listen to ～和 hear 的差別

listen to ～或 hear 都是「聽～」的意思，但 **listen to** ～ 用於自己有意識的想要聽或側耳聆聽；**hear** 則是和自我意志無關，用於聲音很自然地就進到耳朵裡的情況。hear 也有「聽到～」的意涵，因此 hear 經常被用在聽到謠言、聲響的情況。請確認以下例句。

- I enjoyed **listening to** his jokes.（聽到他的笑話讓我很開心。）
- I **heard** someone knocking on my door.（我聽到有人敲門。）

POINT 23 我期待～

例 我好期待收到它（訂購的商品）。

✕ I'm looking forward to receive it!

↓

○ I'm looking forward to receiving it!

look forward to 後面要接動詞-ing

一定有很多人聽過「to 不定詞」的説法吧，所謂的 to 不定詞指的是<to + 動詞原形>的形態，請參考下面例句。

- I was glad **to meet** him.（我很高興見到他。）
- I have no time **to watch** TV.（我沒時間看電視。）
- I bought a sewing machine **to make** clothes.（為了做衣服，我買了一台縫紉機。）

像這種 to 不定詞的情況，to 後面接的是動詞原形，因此具有「期待（做）～」意味的 look forward to ～ 這句片語，很多人也會加上動詞原形，但這是錯誤的。look forward to ～ 的 to 不是不定詞的 to，而是**介系詞的 to**。

所以，**look forward to ～後面應該放名詞或動詞-ing**，這裡的動詞-ing 指的是具有「做～（事情）」意味的動名詞，但作用上卻是名詞。以上面的例句來説，它用的是動詞 receive（收到～）的-ing 形態，因此正確的寫法是 I'm looking forward to **receiving** it.。

順道補充，請注意具有「習慣（做）～」意味的片語 **be used to ～**。這個 to 一樣是**介系詞**，因此 to 後面必須接名詞或動詞-ing，請參考下面例句。

「我習慣在大都市開車了。」

✕ I'm used to **drive** in the big city.

○ I'm used to **driving** in the big city.

POINT

24 開車去接～

例 下班後我開車去接她。

✕ I picked up her after work.

↓

○ I picked her up after work.

必須注意代名詞的擺放位置

pick up 有「開車去接～」的意思，至於去「接誰」雖然有寫清楚的必要，不過此時必須注意「接誰」的擺放位置。若是像 her（她）、him（他）、me（我）之類的代名詞，那麼要把它放在 pick 和 up 中間，亦即 pick ～(代名詞) up。

另一方面，若「接誰」是 girlfriend（女朋友）之類的名詞，或是綾香等人名的情況，無論寫 pick up ～或 pick ～ up 都沒問題，也就是說「我開車去接女朋友」可以寫成 pick my girlfriend up 或 pick up my girlfriend。

下面整理了正確和錯誤的用法：

「開車去接她」

✕ pick up her

○ pick her up

「開車去接女朋友」

○ pick up my girlfriend

○ pick my girlfriend up

「開車去接綾香」

○ pick up Ayaka

○ pick Ayaka up

必須注意代名詞位置的片語

除了 pick up，其他要注意代名詞位置的常用片語如下：

● drop off（讓～<從車上>下車）

「我讓他<兒子>在車站下車」

✕ I **dropped off him** at the station

○ I **dropped him off** at the station.

○ I **dropped off my son** at the station.

○ I **dropped my son off** at the station.

● turn on（打開～<電視等>的開關）

「我打開它<電視>」

✕ I **turned on it**.

○ I **turned it on**.

○ I **turned on the TV**.

○ I **turned the TV on**.

● look up（查詢～<單字或電話號碼等>）

「我用字典查它<單字>」

✕ I **looked up it** in my dictionary.

○ I **looked it up** in my dictionary.

○ I **looked up the word** in my dictionary.

○ I **looked the word up** in my dictionary.

● put off（延期～）

「因為下雨，不得不把它<棒球賽>延期」

✕ We had to **put off it** because of the rain.

○ We had to **put it off** because of the rain.

○ We had to **put off the baseball game** because of the rain.

○ We had to **put the baseball game off** because of the rain.

其他要注意代名詞位置的片語已整理於下一頁的表格，請加以確認。

必須注意代名詞位置的片語

carry out	實現～	put on	穿上～
drop off	讓～下車	take off	脱掉～
figure out	理解～	turn down	把～（溫度或音量）關小
look up	查詢～（單字）	turn up	把～（溫度或音量）調高
pick up	開車去接～	turn off	關掉～（電視等）的開關
put away	處理掉～	turn on	打開～（電視等）的開關
put off	延期～		

做～比較好

例 我認為他應該去看醫生比較好。

✕ I think he **had better** see a doctor.

○ I think he **should** see a doctor.

had better 是「最好～」

應該很多人把 had better 記成「做～比較好」，不過要是真的相信它是這個意思而加以使用，會寫出很沒有禮貌的句子，請多加留意。

had better 屬於比較強烈的建議「最好～」，帶有輕微命令語氣。根據情況不同也會聽到**「你一定要～」（=若不照我說的去做，你就慘了）這種帶有警告意味**的句子。

像 I had better go now.（我差不多該走了。）這種用在包括自己（I）在內的複數（We）絕對沒有問題，但是對別人說話時用 had better，如 You had better take a train. 就有上對下命令「你給我坐火車去。」的感覺。這種情況就算是對不在場的第三者說話時也一樣。

另一方面，很多人都知道 should 是「應該～」的意思，但其意義不限於此。**should「～比較好」用來表達溫柔的提議或輕微的義務**，相較於 had better，有比較穩重的感覺。

- You **should** go to bed early tonight.
  （你今晚應該早點睡覺比較好。）
- I **should** be more careful next time.（下次我應該更加小心。）

前面的例句講述的是別人的事，所以用 had better 就顯得有些不禮貌。請改用 should，變成 I think he **should** see a doctor.。

POINT 26 停止～

例 我爸已經戒酒了。

✕ My father stopped to drink.

↓

○ My father stopped drinking.

「停止～」是 stop ～ing

stop（停止～）後面接動詞時，會因為 stop to ～（動詞原形）或 stop ～（動詞-ing）而有完全不同的意思。

stop to ～是「為了做～停下來、停下來去做～」。而 **stop ～ing是「停止做～」**。前者是「為了做接下來的事而停止某項行為」，後者則是「停止正在做的行為」，意思截然不同。

My father stopped to drink. 是「我爸為了喝酒而停下來」，若想表達「我爸戒酒了」， 寫成 My father stopped drinking. 才是正確的。

其他後面加上 to ～ 和 ～ing 之後，意思完全不同的動詞如下：

● **forget**

forget to ～「忘記做～」

forget ～ing「忘記已經做了～」

● **remember**

remember to ～「記得去做～、不會忘記去做～」

remember ～ing「記得已經做了～」

● **regret**

regret to ～「後悔去做～、可惜的是～」

regret ～ing「後悔做了～」

花了多久時間

例 織這件毛衣花了兩個星期。

✕ I took two weeks to knit this sweater.

↓

○ It took two weeks to knit this sweater.

花時間用 It took ～來表示

在什麼事情上花了多久的時間，用 it 為主詞，以 **It took ～（時間） to ...（動詞原形）**來表示，因此有「做…花了～時間」之意。若想寫「織這件毛衣花了兩個星期。」，那麼～中可放 two weeks（兩星期）、…可放 knit this sweater（織這件毛衣），整句寫成 **It took** two weeks **to** knit this sweater.。

若像 I took two weeks to knit this sweater. 以 I 為主詞，意圖強調花費的時間，有「我整整花了兩個星期織這件毛衣」的意思。這句話文法上雖然沒有錯，語意上仍有些微差異。

順道一提，took 後面接「人」，有「<人>做…花了～時間」之意。

● **It took me** two weeks **to** knit this sweater.
（我花了兩個星期織好這件毛衣。）

POINT 28 決定不～

例 我決定不換車了。

✕ I didn't decide to change my car.

↓

○ I decided not to change my car.

「決定不～」時請注意 not 的位置

把「做～」的句子改成「不做～」的否定句時，通常會像下面一樣把一般動詞變成 <didn't + 動詞原形 > 來表示。

● I **studied** for the exam.（為了考試我努力念書。）[肯定句]
→ I **didn't study** for the exam.（我沒有念書準備考試。）[否定句]

然而使用有「**決定做～**」意味的 **decided to ～（動詞原形）**時，若要**表達「決定不～」的時候，必須注意 not 的擺放位置**。

例如「我決定要換車」的英文是 I decided to change my car.，如果想表達「我決定不要換車」的話，又該怎麼表示呢？若加上 didn't，變成 I didn't decide to change my car.（✕），會變成「我還沒決定要不要換車」，因為 didn't 這個否定詞遇到 decide（決定）這個動詞，意思就成了「還沒有決定」。

然而這裡並非「還沒有決定」，而是「決定不要換車」，所以否定的不是 decide，而是 to change my car 的部分，因此 not 要放在 to change my car 之前，整個句子變成 I decided not to change my car.。時態用 I 或 I've 均可。

「決定不做～」是 **decided not to ～**，請熟記 **to** 的前面要加**not**。

● I **decided to change** my car.（我決定換一台車。）
→ I **decided not to** change my car.（我決定不換車。）
→ I **didn't decide to** change my car.（我還沒決定要不要換車。）

請注意 not 在句中的位置

並非要否定主要動詞（此處指的是 decide），而是要在附加句（此處指的是 to change my car）加上 not 形成否定句的情況，也出現在下面例句。請留意 not 的位置，並試著比較這些句子的意思。

● **try to ～**　「試著努力～、努力做～」
I'm **trying not to** eat too much.（我試著不要吃太多。）
I'm **not trying to** eat too much.（我沒有打算吃太多。）

● **tell ...（人）to～**　「告訴…去做～」
I **told him not to** push himself too hard.（我告訴他不要把自己逼得太緊。）
I **didn't tell him to** push himself too hard.（我沒有要他把自己逼緊一點。）

● **ask ...（人）to～**　「拜託…去做～」
I **asked her not to** leave the door open.
（我請她不要讓門開著。）
I **didn't ask her to** leave the door open.
（我沒有拜託她把門打開。）

POINT 29 沒有人～

例 沒有人相信那個傳言。

✕ Everyone didn't believe that rumor.

↓

○ No one believed that rumor.

「沒有人～」用 no one ～ 來表示

要將「大家都不相信那個傳言」這句話翻譯成英文時，「大家」用 everyone、「不相信」是 didn't believe，整句話應該是 Everyone didn't believe that rumor 吧，但是在英文中並不會這樣表達。用英文來表示「大家都不～」，可**以把 no one（沒有人～）當成主詞，然後再加上動詞的肯定形態**。因此上面的例句寫成 No one believed that rumor 比較自然。no one 有時也會以 **nobody** 這種說法呈現。

no one 和 he、she 同樣都是單數，因此遇到要接 be 動詞的情況時要用 is/was，一般動詞的現在式要加 -s 或 -es。此外 no one 不僅能當主詞，也能當受詞。

- **No one** knows her phone number.（沒人知道她的電話號碼。）
- **No one** was surprised.（沒有人感到驚訝。）
- **Nobody** knows how old he is.（沒有人知道他到底幾歲。）
- He helped **no one**.（他誰都不幫。）

「什麼都沒有」用 nothing

遇到人的情況用 no one 或 nobody，遇到物或事情的情況則用 nothing（什麼都沒有）。

- **Nothing** can stop me .（沒有事情可以阻擋的了我。）
- I bought **nothing.**（我什麼也沒買。）
- I had **nothing** to do today.（我今天沒什麼事做。）

此外，若不用 no one 或 nothing，也可以用否定的形態來表示。在這個情況下，可將 no one 改成 **not anyone**、nothing 改成 **not anything**。no one 或 nothing 比 not anyone 或 not anything來得更強烈。

- 「我今天誰都不想見。」
  I feel like seeing **no one** today.
  →I **don't** feel like seeing **anyone** today.

- 「他什麼話都沒說。」
  He said **nothing.**
  →He **didn't** say **anything.**

POINT 30 經常～

例 高田先生經常犯錯。

✕ Mr. Takada **makes often** mistakes.

○ Mr. Takada **often makes** mistakes.

請注意頻率副詞的位置

often（經常、頻繁）或 sometims（有時）這些**表示頻率的副詞，放在一般動詞之前、be 動詞之後、助動詞（can 等）之後**。上面例句中，often 放在一般動詞 makes 之前（不過有時為了加以強調，會例外地置於開頭或句尾）。

請確認例句中副詞的擺放位置。

- She **sometimes** calls me.（她時常打電話給我。）[一般動詞之前]
- He is **always** busy.（他總是很忙。）[be動詞之後]
- I can **never** go home without working overtime. [助動詞之後]
（我從來沒有不加班就回家的。）

頻率副詞的意思

表達頻率的副詞，如下所示。愈往下代表頻率愈低（因上下文或個人而異，感覺不盡然相同）。

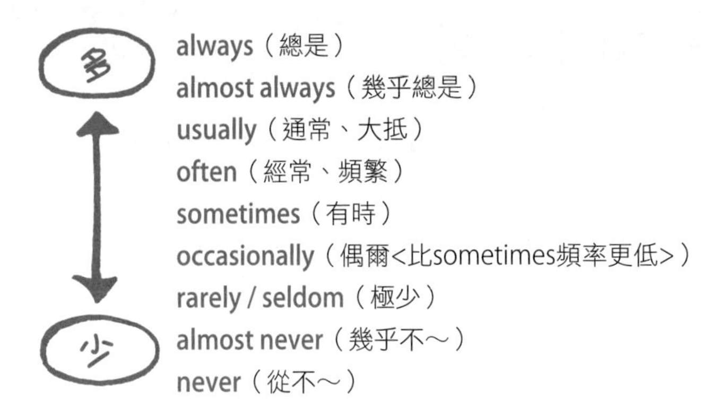

最後，根據作者自身的感覺，將上述的副詞拿來表示「做菜的頻率」，會變成下列句子。

- I always cook.（ 我每天都會做菜。）
- I almost always cook.（我幾乎每天做菜。）
- I usually cook.（我每個月大概做菜24天以上。）
- I often cook.（我每個月大概做菜20天以上。）
- I sometimes cook.（我每個月我大概做菜3～7天。）
- I occasionally cook.（我每個月大概做菜1～2天。）
- I rarely cook. / I seldom cook.（我好幾月才做菜一次。）
- I almost never cook.（我好幾年才做菜一次。）
- I never cook.（我從不做菜。）

POINT 31

我不認為～

例 我認為正也不喜歡看電影。

△ I think Masaya doesn't like movies.

↓

○ I don't think Masaya likes movies.

通常用 I don't think ～ 來表示否定

用中文表達自己意見的時候，經常會說「我覺得～」、「我覺得不～」，偶爾也會聽到語氣較為強烈的否定說法「我不認為～」。

另一方面，英文中很少用<I think + 否定句>，通常會以**<I don't think + 肯定句>**來表示，也就是說「我不認為～」通常會用 I don't think ～ 來表示。因此若想寫「我認為正也不喜歡看電影」，可以把 **I don't think** 和 Masaya likes movies（正也喜歡看電影）接起來，以 I don't think Masaya likes movie. 來表示。I think Masaya doesn't like movies. 在文法上雖然沒有錯，但相較之下 I don't think ～ 的說法比較自然，請記下來。

請試著從以下例句比較英文和中文的差異。

● I **don't think** it **will rain** tomorrow.
（我認為明天不會下雨。[＝我不認為會下雨。]）

● I **don't think** he'**s** in charge of this project.
（我認為他不是這個案子的負責人。[＝我不認為他是負責人。]）

● I **didn't think** she **was telling** the truth.
（我認為她沒有說實話。[＝我不認為她有說實話。]）

4章

英文日記句典

本章收錄日常生活中的各項主題，以及書寫時經常使用到的文句表現。
即使只是照著寫，也能寫出出色的英文日記。

1 天氣・季節

天氣

天氣 的單字

晴朗的	sunny	彩虹	rainbow
澄澈的	clear	強風	windy
陰天的	cloudy	微風	breezy
下雨的	rainy	微風徐徐	nice breeze
小雨	light rain	溫暖的	warm
大雨、豪雨	heavy rain	炎熱的	hot
陣雨	light shower	冷颼颼的	chilly
下雪的	snowy	涼爽的	cool
大雪	heavy snow	寒冷的	cold
細雪	powder snow	乾燥的	dry
起霧的	foggy	潮濕的	humid
冰雹	hail	悶熱的	muggy [`mʌgɪ]
雷、雷聲	thunder	炎熱的	boiling hot
雷、閃電	lightning	冷到要結冰的	freezing cold
颱風	typhoon		
龍捲風	tornado		

晴天

今天是好天氣。 **The weather was nice today.**

今天天氣真的很好。 **It was a really nice day today.**

晴空萬里，一朵雲都沒有。 **There wasn't a single cloud in the clear, blue sky.**

今天天氣很穩定。 **It was a calm day.**

＊calm [kɑm] = 穩定的。

天氣爽朗。	The weather was refreshing.
三天以來初次放晴。	It was the first clear day in three days.
颱風過後的秋日好天氣。	After the typhoon passed, it was a nice autumn day.
真希望明天是好天氣。	I hope the weather is nice tomorrow.

陰天

今天是陰天。	It was cloudy today.
一整天都陰陰的。	It was cloudy all day.
天空烏雲密佈。	It was an overcast day. ＊overcast = 烏雲密佈的。
已經連續好幾天都是陰天了。	It has been cloudy for several days now.
天空佈滿了雲。	The sky was full of clouds. ＊full of ～ = 充滿。
下午變得烏雲密佈。	It got cloudy in the afternoon.

雨天

今天是雨天。	It was rainy today.
今天又下雨了。	It was rainy again today.
已經連下四天雨了。	It has been raining for four days.
一到傍晚就開始下雨。	It started raining early in the evening.
早上下了一場陣雨。	There was a light shower in the morning.
下午下了一場傾盆大雨。	It poured in the afternoon. ＊pour [por] = 雨水傾瀉而下。
雨越下越大。	The rain got heavier and heavier. ＊「越下越小」則是 got lighter and lighter。
外頭正下著毛毛雨。	It's drizzling outside. ＊drizzle = 下毛毛雨。

看起來像隨時都會下雨的樣子。	It looks like it's going to rain any time now.
下午雨就停了。	It stopped raining in the afternoon.
我希望雨趕快停。	I hope it stops raining soon.
最近一直下雨，讓我心情不佳。	It has been raining a lot lately, and I'm feeling down.
下雨了，所以我決定不出門了。	It rained, so I decided not to go out.
難道我真的是雨天使者？	Am I a rain bringer? ＊rain bringer = 一出現就下雨的人。
只有在我沒帶傘的時候才下雨。	It only rains on days when I don't bring my umbrella.
我的腳全溼透了。	My feet were soaking wet. ＊soaking wet = 完全溼透的。
我全身上下都溼了。	My whole body was wet.

雪·雨雪交加

下雪了。	It snowed.
開始下雪了。	It's starting to snow.
下起雨雪了。	It sleeted. ＊sleet = 雨雪齊下。
下起細雪了。	It was powder snow.
雪下得很大。	The snowflakes were really big. ＊snowflake = 雪花、雪片。
下起初雪了。	We had the first snow of the season.
今年的初雪比往年遲了十天。	The first snow of the year was ten days later than normal.
天氣冷到可以下雪了。	It's cold enough to snow.
我起床後，就看到地上積雪了。	When I woke up, there was snow on the ground.
雪都融了。真可惜！	All the snow melted. Too bad! ＊若要表達「真好！（放心了！）」可用Phew! [fju]

雪馬上就融化了。 The snow melted right away.

我把家門前的雪都清掉了。 I cleared away the snow in front of my house.

我滑倒摔跤了兩次。 I slipped and fell twice.
＊slip = 滑倒。fall = 跌倒，過去式為 fell。

這場雪打亂了火車班次。 The snow messed up the train schedule.
＊mess up ～ = 把～弄亂。

風

微風讓人感覺舒爽。 The breeze felt nice.

今天是微風徐徐的天氣。 It was a nice breezy day.

這風真冷。 The wind was cold.
＊若要表達「溫暖的」可用 warm。

今天的風真強。 It was a gusty day.
＊gusty [`gʌstɪ] = （風雨）很猛烈。

我差點被強風吹走了。 I was almost blown away by the strong wind.
＊blown = blow（把～吹走）的過去分詞。

強風把我的傘吹壞了。 The strong wind broke my umbrella.

風太強了，我的傘一點用都沒有。 My umbrella was useless in the strong wind.
＊useless [`juslɪs] = 無用的。

今年春天的第一場強風。 We had our first spring gale of the year.
＊gale = 強風。

豪雨・颱風

我在回家路上遇到一陣雨。 I got caught in a shower on my way home.
＊shower = 陣雨。

下了場大雷雨。 It was a violent thunderstorm.
＊violent = 激烈的、猛烈的。

傍晚突然下了場暴雨。 The cloudburst came early in the evening.
＊cloudburst = 突來的暴雨。

聽說颱風要來了。 I hear there's a typhoon coming.

因為颱風的關係下起了大雨。 It rained heavily because of the typhoon.

聽說今年會有很多颱風。 They say there will be a lot of typhoons this year.

聽起來像狂風怒吼。 It was like a squall.

雨大到像打翻了一桶水。 It was like a bucket of water had been turned over.

＊turn over = 翻倒～。

打雷・冰雹

我聽到打雷聲。 I could hear the thunder.

打雷聲讓我害怕。 The thunder scared me.

＊scare = 受驚嚇。

雷擊中我家附近。 The lightning hit in my neighborhood.

好可怕的聲音。 The sound was incredible.

＊incredible = 不可置信的。

我遠遠地就可以看到閃電。 I could see the lightning in the distance.

出現閃電，轟！ Flash and boom!

＊boom =（雷聲等）轟然作響。

午後下起了冰雹。 It hailed in the afternoon.

＊hail = 下冰雹。

炎熱的

天氣真熱。 It was hot.

天氣很炎熱。 It was boiling hot.

天氣真是又悶又熱。 It was really hot and humid.

＊humid = 潮溼的。

天氣熱到我快死了。 It's so hot that I feel like I'm going to die.

酷暑讓我受不了。 This summer heat makes me sick.

幾乎每天都熱到要燒起來。 It's burning hot almost every day.

＊burning = 著火的。

昨晚悶熱到無法入睡。 It was too muggy to sleep last night.

＊muggy = 悶熱的。

天氣熱到我一步都不想踏出門。	It was so hot that I didn't want to take a step outside.
酷熱已經持續了一個禮拜。	It has been extremely hot for a week.
昨晚又是個悶熱的夜晚。	It was a hot and humid night again yesterday.
氣溫上升到攝氏38度了。	The temperature went up to 38℃.
我要是沒有冷氣，肯定會熱死。	I would die without an air-conditioner.
我試著靠電風扇勉強撐過去。	I'll try to get by with an electric fan. ＊get by = 勉強過活。

寒冷的

天氣好冷。	It was cold.
天氣冷到要結凍了。	It was freezing cold.
我快冷死了。	I'm freezing to death.
這麼冷的天氣到底要持續多久？	I wonder how long it's going to be this cold.
天氣有點冷。	It was a little chilly.
太陽一下山就變冷了。	As soon as the sun went down, it got cold.
天氣早晚都很冷。	It was pretty cold in the morning and at night.
氣溫降到零度以下。	The temperature went down to below zero.
我的手已經凍僵了。	My hands were numb. ＊numb [nʌm] = 麻木沒有感覺。
我的手腳冰冷。	My hands and feet were cold.
我離不開被爐。	It's hard to get out of the kotatsu.
暖暖包是必需品。	Hand warmers are a must-have. ＊「暖暖包」也可以用 hot packs。

溫暖的

真是暖和的一天。	It was a warm day.
天氣開始變暖了。	It's starting to get warm.
今天是和煦的好天氣。	It was nice and warm today.
今天是風和日麗的好天氣。	We had an Indian summer today. ＊Indian summer = 風和日麗、小陽春。
以三月來說算溫暖了。	It was warm for March.

涼爽的

今天真是涼爽。	It was cool.
天氣愈來愈涼了。	It's getting cooler.
天氣變得非常涼爽。	It has cooled down considerably. ＊considerably = 相當地。
一到傍晚就變涼了。	It cooled down early in the evening.
以七月來說算涼了。	It was cool for July.

潮溼的・乾燥的

今天很潮濕。	It was humid today.
空氣很乾燥。	The air was dry.
乾燥的空氣讓我喉嚨痛。	I've got a sore throat because of the dry air. ＊sore [sor] = 疼痛的。throat [θrot] = 喉嚨。
乾燥的空氣讓我的嘴唇裂開。	I got chapped lips because of the dry air. ＊chapped = （皮膚等）裂開。
我的皮膚很乾。	My skin is dry.

氣象預報

氣象預報很準。	The weather forecast was right.
氣象預報不準。	The weather forecast was wrong.
明天將是晴時多雲。	It'll be clear, then cloudy tomorrow.

降雨機率60%。
There's a 60% chance of rain.
＊chance = 機率。

我最好帶雨傘出門。
I'd better take an umbrella with me.

今日最高溫是33度。
Today's high was 33℃.

今日最低溫是-1度。
Today's low was -1℃.

聽說明天會變冷。
They say it's going to be cold tomorrow.
＊若是「變得更冷」，要寫 colder。

聽說明天會變暖和。
They say it's going to be warm tomorrow.
＊若是「變得更暖和」，要寫 warmer。

據說明天起將會更熱。
They say it's going to be hotter from tomorrow.

看來明天好像會下雨。
It looks like it's going to rain tomorrow.

週末不知道會不會放晴。
I wonder if it'll be sunny on the weekend.

真希望這個週末不要下雨。
I hope it doesn't rain this weekend.

氣象

今年的氣候真是異常。
The weather is really strange this year.

或許是因為地球暖化愈來愈嚴重。
Maybe it's because global warming is getting worse.

聽說這是十年來首波寒流。
This is the first cold wave in ten years, I hear.
＊cold wave = 寒流。

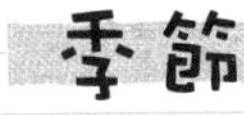

季節

春天

櫻花開了五成。
The cherry trees were at half-bloom.
＊bloom = 開花。

我想這些花下週應該會全部盛開。
I think they'll probably be in full bloom next week.
＊in full bloom = 全部盛開。

櫻花全開了！
The cherry trees were in full bloom!

今天是最適合賞櫻的日子。
It was a perfect day to see the cherry blossoms.

我喜歡春天的新綠。
I like the fresh green leaves in spring.

今天空氣中有很多沙塵。
There was a lot of yellow sand today.

夏天

已經進入梅雨季了嗎？
I wonder if the rainy season has already started.

今年的雨季真長。
The rainy season this year is really long.

真希望雨季快點結束。
I hope the rainy season is over soon.
＊over = 結束。

夏天就快到了。
Summer is just around the corner.

雖然很熱，但我還是喜歡夏天。
It's really hot, but I still like summer.

我要小心不要中暑了。
I need to be careful not to get heat stroke.
＊heat stroke = 中暑。

今年夏天異常地涼爽。
This summer is unusually cool.

秋天

已經秋天了。
It's already fall.

秋天的微風真舒服。
The autumn breeze feels nice.

殘夏的暑熱還是很毒辣。
The lingering summer heat is still severe.
＊lingering = 逗留。severe [sə`vɪr] = 嚴重的。

處處都可以見到楓紅。
We can see the autumn colored leaves everywhere.

我可以聽到蟲鳴。	I can hear the insects.
秋天令我胃口大開。忍不住就吃太多了。	I have a big appetite in the fall. I can't help overeating. ＊appetite [`æpə,taɪt] = 食慾。can't help ～ing = 忍不住、不得不。
秋天吃什麼都好吃。	Everything tastes great in the fall.
秋天是讀書天。	Autumn is the season for reading.
秋天是運動天。	Autumn is the season for sports.
秋天是藝術天。	Autumn is the season to enjoy the arts.
今天的天氣十分適合運動會。	It was a perfect day for a sports festival. ＊「運動會」也可以用 field day。

冬天

屋簷上掛著冰柱。	There were icicles hanging off the eaves. ＊icicle [`aɪsɪkl] = 冰柱。eaves [ivz] = 屋簷。
當我踩在霜雪上，可以聽到它碎裂的劈啪聲。	When I stepped on the frost, I could hear it crackling. ＊frost = 霜。crackle = 發出劈啪聲。
我的手得了凍瘡。	I got chilblains on my hands. ＊chilblains =凍瘡，程度嚴重的叫 frostbite。
我堆了雪人。	I made a snowman.
我蓋了雪屋。	I made a snow house.
打雪仗讓我覺得自己又變成孩子了。	I was in a snowball fight, and felt like a kid again.
今年冬天異常地溫暖。	This winter is unusually warm.

天空・宇宙

晝夜長短

白天愈來愈短。	The days are getting shorter.
白天又更長了。	The days are much longer now.

我出門時已經天黑了。 It was dark when I left my house.

早上5點外面天就亮了。 It was already light outside at 5:00.

晚上7點天還是很亮。 It was still light outside at 7:00.

雲

輕軟的雲點綴著，讓天空看起來很美。 The sky was beautiful with light fleecy clouds.
＊fleecy = 輕軟的。

我看到大量的積雨雲。 I saw big thunderheads.
＊thunderhead = 積雨雲。

雲朵延伸成一直線。 The clouds were stretched out in a line.
＊stretched out = 延伸。

我看到飛機雲。 I saw a contrail.
＊contrail = 飛機雲。

雲移動的很快。 The clouds were moving so fast.

太陽

陽光真耀眼。 The sun was really bright.

旭日東升的景色真美。 The rising sun was beautiful.
＊「夕陽」則是sunset。

夕陽看起來特別大。 The sunset looked enormous.
＊enormous [ɪ`nɔrməs] = 巨大的。

今天有日蝕。 There was a solar eclipse today.
＊solar eclipse [`solɚ ɪ`klɪps] = 日蝕

明天是25年來首次日環蝕。 Tomorrow will be the first annular eclipse in 25 years.
＊annular [`ænjəlɚ]= 環狀的。

因為天氣不好，我們看不到日全蝕。 We couldn't see the total solar eclipse because of the bad weather.

月亮

月色真美。 The moon was beautiful.

月色朦朧。 The moon looked hazy.
＊hazy = 朦朧的。

今天的月亮是新月。 It was a crescent moon.
＊crescent [`krɛsnt] moon = 新月。「半月」是 half moon、「滿月」是 full moon、「新月」則是 new moon。

今晚有月蝕。 There was a lunar eclipse today.
＊lunar eclipse = 月蝕。

我們看到了月全蝕。	**We saw a total lunar eclipse.**

＊「月偏蝕」稱作partial lunar eclipse。

星星

星座 的單字

白羊座	**Aries**	射手座	**Sagittarius** [ˌsædʒɪˋtɛrɪəs]
金牛座	Taurus	摩羯座	Capricorn
雙子座	**Gemini** [ˋdʒɛməˌnaɪ]	水瓶座	**Aquarius**
巨蟹座	Cancer	雙魚座	Pisces [ˋpaɪsiz]
獅子座	**Leo**	獵戶座	**Orion** [oˋraɪən]
處女座	Virgo [ˋvɝgo]	仙后座	Cassiopeia [ˌkæsɪəˋpiə]
天秤座	**Libra**	大熊星座	**Ursa** [ˌɝsə] **Major**
天蠍座	Scorpio	小熊星座	Ursa Minor

星星真美。	**The stars were beautiful.**
我看到了流星。	**I saw a shooting star.**

＊「流星」也可以用 falling star。

它稍縱即逝。	**It was gone in no time.**
我趕快許願。	**I hurried to make a wish.**
我還來不及許願它就消失了。	**It disappeared before I could make a wish.**
我能看見銀河。	**I was able to see the Milky Way.**
我很清楚地看見獵戶座。	**I saw the Orion really clearly.**
我看見獅子座流星雨。	**I saw the Leonids meteor shower.**

＊Leonids meteor shower = 獅子座流星雨。

冬天的夜空十分美麗。	**The winter night sky is beautiful.**

彩虹

雨一停，我就看見彩虹。	**When the rain stopped, I saw a rainbow.**
我已經好久沒看到彩虹了。	**It's been a long time since I last saw a rainbow.**

天氣・季節相關的
英文日記，試著寫寫看！

004 ♪ 試著用英文書寫每天的天氣。

暖洋洋的天氣

It was nice and warm today. I couldn't help nodding off while watching TV.

翻譯

今天真是舒服又暖和。我忍不住邊看電視邊打盹。

POINT 「今天是暖洋洋的天氣」可寫成 nice and warm today，而「忍不住」可用 can't help ～ing 來表示。「打盹」可用 nod off 來呈現，而「一邊…一邊」可用 while～ing。

又是雨天！

It has been raining for five days now. My laundry won't dry and I feel blue. I hope it's sunny tomorrow.

翻譯

已經連續下了五天的雨。我洗的衣服都還沒乾，心情也變得憂鬱起來。真希望明天是個大晴天。

POINT It has been ～ing 是現在完成進行式，用來表示「一直持續著～狀態」之意。My laundry won't dry 的 won't 是 will not 的縮寫，有「無論怎麼樣都不～」之意。I hope it's... 若替換成 I hope it'll be... 也是可以的。

熱死人了！

Today's high was 37.6℃. It was unbelievably hot. This month's electricity bill will probably go through the roof. (Sigh)

翻譯

今天最高溫達到37.6度，真是熱斃了。這個月的電費帳單恐怕又要破表了。（唉～）

POINT 「今天最高溫」是 today's high，反之，「今天最低溫」是 today's low。「熱斃了」除了用 unbelievable hot 來表達之外，還能用 really hot。go through the roof 是指「（價格上）變得非常高」之意。

風好大…

It was really windy today. The headwind pushed against my bike and messed up my hair before I got to school. It was terrible!

翻譯

今天風很大。逆風讓我的腳踏車無法前進，還在到學校前吹亂了我的頭髮。真糟！

POINT 逆風是 headwind，順風則是 tailwind。「因為逆風的關係，讓我的腳踏車無法前進」在英文翻譯上可寫成 The headwind pushed against my bike（逆風推阻我的腳踏車）。mess up ～有「把～弄亂」之意。

2 身體狀況

身體狀況

身體好

我覺得今天身體狀況很好。	I felt great today.
我最近身體狀況不錯。	I've been in good shape lately. ＊in good shape =身體狀況良好。 in bad shape =身體狀況不佳。
我的身體愈來愈好了。	My health is getting better.
我的身體變輕盈了。	My body feels light.
祖父今天看起來精神很好。	Grandpa looked well today.
小崇充滿了活力。	Takashi was full of energy.

身體差

我覺得今天不太舒服。	I didn't feel so good today.
最近我的身體不太好。	I haven't been feeling very good lately.
我一整天都臥病在床。	I was sick in bed all day.
我覺得很冷。	I have the chills. ＊chill = 寒冷。
麻里子看起來好像病了。	Mariko looked sick.
我今天假裝生病。	I faked being sick today. ＊fake = 偽裝。
我的身體大不如前。	I'm not as strong as I used to be.

病症 的單字

感冒	cold
流行性感冒	flu [flu]
頭痛	headache
肚子痛	stomachache
牙痛	toothache
抽筋、經痛	cramps
麻疹	measles [ˋmiz!z]
水痘	chicken pox
腮腺炎	mumps [mʌmps]
氣喘	asthma [ˋæzmə]
對～過敏	allergic to ～
花粉症	allergic to pollen
高血壓	hypertension
低血壓	hypotension
貧血	anemia [əˋnimɪə]
中耳炎	otitis media
外耳炎	external otitis
結膜炎	conjunctivitis
白內障	cataract
青光眼	glaucoma
肺炎	pneumonia [njuˋmonjə]
糖尿病	diabetes [ˌdaɪəˋbitiz]
中風	stroke
癌症	cancer
心臟病	heart attack
胃潰瘍	stomach ulcers
憂鬱症	depression
更年期失調	climacteric disorder

身體各部位 的單字

頭	head
頭髮	hair
額頭	forehead
臉	face
眉毛	eyebrow
睫毛	eyelash
眼瞼	eyelid
眼睛	eye
鼻子	nose
耳朵	ear
臉頰	cheek
嘴巴	mouth
嘴唇	lip
舌頭	tongue [tʌŋ]
臉部毛髮	facial hair
鬍子	mustache [ˋmʌstæʃ]
絡腮鬍	beard [bɪrd]
下巴	chin
脖子	neck
胸膛	chest
乳房	breast
肩膀	shoulder
手臂	arm
手肘	elbow
手	hand
大拇指	thumb [θʌm]
食指	index finger
中指	middle finger
無名指	ring finger
小指	little finger/ pinkie
腳趾	toe
指甲	nail
背	back
腰	lower back
肚子	stomach
肚臍	bellybutton/ navel
臀部	buttocks/ butt
腿	leg
膝蓋	knee [ni]
腳	foot

感冒

我得了輕微的感冒。 I have a slight cold.

我一定是感冒了。 I think I have a cold.

我感冒了。 I have a cold.

我得了重感冒。 I have a bad cold.

我可能是在公司被傳染的。 I might have caught it at work.

我的感冒拖了很久。 I have a persistent cold.
＊persistent = 持續的。

我的感冒痊癒了。 I got over my cold.
＊get over ～ = 病癒。

最近正在流行感冒。 There's a cold going around these days.

我要小心不要感冒。 I need to be careful not to catch a cold.

我打算出門時戴口罩。 I'm going to wear a mask when going out.

我一定要記得洗手和漱口。 I need to remember to wash my hands and gargle.
＊gargle = 漱口。

聽說今年的感冒會波及喉嚨。 I hear this year's cold affects the throat.
＊affect = 對～侵襲。

聽說今年的感冒會持續很久。 I hear this year's cold is persistent.
＊persistent＝持續的。

流行性感冒

最近很多人得到流感。 A lot of people have been coming down with the flu lately.
＊come down with ～ = 得到。flu = 流行性感冒。

聽說香港的A型流感將大規模流行。 I heard the type-A Hong Kong flu is going around this year.
＊go around = （疾病）擴散。

我打了流感預防針。 I got a flu shot.
＊shot = 打針。

我可能得到流感了。 I might be coming down with the flu.

我得到流感了。 I have the flu.

頭痛

我從早上就開始頭痛了。 I've had a headache since this morning.

我頭痛了一整天。 I've had a headache all day.

我的頭昏沈沈的。 My head felt heavy.

我的頭陣陣抽痛。 My head was throbbing.

＊throb [θrɑb] = 抽痛。

我的頭痛到好像被重擊。 I have a pounding headache.

＊pounding =（頭）像被重擊。

我頭痛的厲害。 I have a bad headache.

我的頭還在痛。 My head is still aching.

＊ache [ek] = 疼痛

我最近常偏頭痛。 I've been having migraines.

＊migraine [`maɪgren] = 偏頭痛。

我吃了頭痛藥。 I took medicine for headache.

吃藥後過了一會兒，我的頭痛就好了。 Some time after I took the medicine, my headache was gone.

發燒

我好像有點發燒。 I feel a little feverish. ＊feverish = 發燒的傾向。

我發高燒了。 I had a high fever.

＊「輕微發燒」則是 slight fever。

我發燒到38度。 I had a fever of 38℃.

＊「發燒接近38度」則是 a fever of almost 38℃。

我把冰袋放在額頭上。 I put an ice pack on my forehead.

發燒讓我神智不清。 The fever made me delirious.

＊delirious = 神智不清的、胡言亂語的。

我的燒都降不下來。 My fever won't go down.

我已經退燒了。 My fever is going down.

肚子痛

我突然肚子痛。	I suddenly got a stomachache.
晚餐後肚子痛。	I got a stomachache after dinner.
我因為吃太多而肚子痛。	I got a stomachache from eating too much.
我感到肚子一陣劇痛。	I felt a sharp pain in my stomach.
我的肚子隱隱作痛。	I had a dull pain in my stomach. ＊dull = 鈍的。
我得到諾羅病毒。	I caught the norovirus.
我因為食物中毒而不舒服。	I got sick from food poisoning. ＊food poisoning = 食物中毒。
我吃了胃藥。	I took medicine for stomachache.

拉肚子

我拉肚子。	I have the runs. ＊have the runs = 拉肚子。
我的肚子咕嚕咕嚕叫了一整天。	My stomach has been rumbling all day. ＊rumble =（肚子等）咕嚕咕嚕地響。
我的大便水水的。	My stool was watery. ＊stool [stul] = 糞便。
我衝到廁所好幾百次了。	I dashed to the toilet a hundred times. ＊a hundred times = 數百次。
我吃了止瀉藥。	I took medicine for diarrhea.

便秘

我便秘。	I'm constipated. ＊constipated [ˋkɑnstə,petɪd] = 便秘的。
我最近一直便秘。	I get constipated a lot these days.
我已經三天沒上大號了。	I've been constipated for three days now.
我覺得肚子脹脹的。	My stomach feels tight.

我在廁所待了20分鐘，還是一點動靜都沒有。
I sat on the toilet for 20 minutes, but nothing happened.

我吃了通便劑。
I took medicine for constipation.

噁心

我想吐。
I felt like throwing up.
＊throw up = 嘔吐、反胃。

我快吐了。
I was about to throw up.
＊be about to ～ = 將要、正打算。

我忍住不要嘔吐。
I tried not to throw up.

我還是吐了。
I threw up.
＊threw [θru] = throw 的過去式。

我把吃下去的全吐了出來。
I threw up everything I ate.

胸口灼熱・消化不良

我的胃不舒服。
I had an upset stomach.
＊upset =（胃）不舒服。

我的胃消化不良。
My stomach felt heavy.

我的胃灼熱。
I had heartburn.
＊heartburn = 胃灼熱，俗稱火燒心。

我想我是吃太多油膩的食物了。
I think I ate too much greasy food.
＊greasy＝油膩的。

我想我應該是消化不良。
I think I have indigestion.
＊indigestion [͵ɪndəˋdʒɛstʃən] = 消化不良。

宿醉

我宿醉的很嚴重。
I had a terrible hangover.
＊hangover = 宿醉。

宿醉讓我頭痛。
I had a headache because of my hangover.

生理期・生理痛

我的月經來了。
I'm on my period.
＊period = 月經。

今天是月經的第二天，好難受。
I was on the second day of my period, so it was rough.
＊rough [rʌf] = 難受的、辛苦的。

月經來讓我睏了一整天。
I was sleepy all day because of my period.

我月經來痛的不得了。
I have really bad cramps.
＊cramps = 生理痛。

我吃了經痛的止痛藥。
I took medicine for cramps.

我的月經結束了。
My period is over.

我很擔心月經不規律。
I'm worried about my menstrual irregularity.
＊menstrual = 月經的。irregularity = 不規則。

我的月經提早來了。
My period came early.
＊若要表達「遲到」，可將 early 改成 late。

我的月經遲了一週。
My period is a week late.

我有很嚴重的經前症候群。
I have bad PMS.
＊PMS = premenstrual syndrome（經前症候群）。

胃口佳・沒食慾

我沒胃口。
I don't have an appetite.
＊appetite [ˋæpə,taɪt] = 食慾、胃口。

我最近沒什麼胃口。
I don't have much of an appetite these days.

我今天沒有食慾。
I didn't have an appetite today.

我什麼都不想吃。
I didn't feel like eating anything.

我有食慾了。
I worked up an appetite.

我最近食慾旺盛。
I have a big appetite these days.

貧血・暈眩

我覺得最近好像有貧血的傾向。
I've been feeling anemic recently.
＊anemic [əˋnimɪk] = 貧血的。

我因為貧血暈倒了。
I fainted from anemia.
＊faint = 昏倒。 anemia = 貧血。

我的頭好暈。
My head felt fuzzy.

我覺得頭暈目眩。
I felt dizzy.

當我站起來時，感到一陣暈眩。
I got dizzy when I stood up.

我需要補充鐵質。 I need to get more iron.
＊iron [`aɪɚn] = 鐵質。

疲累

我覺得有點懶。 I feel kind of sluggish.
＊sluggish [`slʌgɪʃ] = 懶散的。

我整天都懶懶的。 I felt sluggish all day.

我覺得身體很笨重。 My body felt heavy.

我覺得疲勞不斷累積。 I think my fatigue is building up.
＊fatigue [fə`tig] = 疲勞。

我累到起不來。 I was too tired to get up.

睡眠不足

我最近睡眠不足。 I haven't been getting enough sleep lately.

睡眠不足讓我頭昏眼花。 The lack of sleep made me light-headed.
＊light-headed = 頭昏眼花的。

睡眠不足讓我無法集中精神。 I couldn't concentrate because I didn't get enough sleep.
＊concentrate = 集中精神。

這陣子我很難入睡。 I've been having a hard time falling asleep.

到半夜了我還醒著。 I keep waking up in the middle of the night.

我昨晚只睡三個小時。 I only slept for three hours last night.

花粉症・過敏

花粉症的季節已經開始了。 The hay fever season has already begun.
＊hay [he] fever = 花粉症。

我可能得了花粉症。 I might have hay fever.

花粉症今年終於找上我了。 Hay fever finally caught up with me this year.

花粉症真是太可怕了。 Hay fever is awful.

今天因為花粉的關係，讓我很難受。
I had a hard time today because of all of the pollen.
＊pollen［`pαlən］＝花粉

今天的花粉較少了，我也舒服了不少。
It was easier today because there wasn't much pollen.

今年的花粉量比預期之中還要多。
The pollen count is expected to be quite high this year.
＊pollen count＝空中飄浮的花粉量。若要表達「少的」，可將 high 改成 low。

今年的花粉量比去年多。
The pollen count is expected to be higher this year than last year.

今年的花粉量和往年差不多。
The pollen count is going to be the usual amount.

我的眼睛很癢。
My eyes were itchy.
＊itchy [`ɪtʃɪ] = 癢的。

我的眼睛發癢流淚。
My eyes were itchy and teary.
＊teary [`tɪrɪ] = 易流淚的。

我的鼻子和嘴巴都好癢。
My nose and ears are itchy.

我一直打噴嚏。
I kept sneezing.

花粉症讓我的皮膚很粗糙。
My skin is rough because of pollen.
＊rough = 粗糙的。

出門在外我總是戴著口罩。
I always wear a mask outside.

我對日本雪松的花粉過敏。
I'm allergic to Japanese cedar pollen.
＊allergic [ə`lɝdʒɪk] to ～ = 對～過敏。cedar [`sidɚ] = 雪松。

我對屋內的灰塵過敏。
I'm allergic to house dust.

我對貓過敏。
I have a cat allergy.
＊allergy [`ælɚdʒɪ] = 過敏症。

眼睛不適

我的左眼好痛。
My left eye hurts.

今天早上起床時，我的眼瞼腫腫的。
When I woke up this morning, my eyelids were swollen.
＊swollen [`swolən] = 浮腫的。

我長針眼了。
I have a sty on my eye.
＊sty [staɪ] = 針眼。

我整天戴著眼罩。	I wore an eye patch all day.
我的眼睛好乾。	My eyes are dry.
我的視力愈來愈差了。	My eyesight is getting worse. ＊eyesight = 視力。
我的視力愈來愈模糊了。	My eyesight has been getting cloudy.
我有近視。	I'm near-sighted. ＊near-sighted = 近視的。
我有遠視。	I'm far-sighted. ＊far-sighted = 遠視的。
我覺得最近閱讀小字很吃力。	I'm having a hard time reading small letters these days.
或許我變遠視跟年紀有關。	Maybe I'm getting far-sighted with age.
我有輕微的散光。	I have slight astigmatism. ＊astigmatism [əˋstɪgmə,tɪzəm] = 亂視、散光。
我的眼睛一戴隱形眼鏡就好痛。	My eyes hurt when I wear contact lenses. ＊contact lenses 也可以寫成 contacts。
我在家時會戴眼鏡。	I'll wear my glasses in the house.
我最近在考慮做雷射手術。	I'm thinking about getting LASIK surgery done. ＊surgery [ˋsɝdʒərɪ] = 手術。

耳朵不適

我的耳朵聽不太到。	I'm finding it hard to hear.
我的耳朵好癢。	My ears are itchy. ＊itchy [ˋɪtʃɪ] = 癢的。
我得了中耳炎。	I got an inner-ear infection. ＊infection = 感染、傳染。「中耳炎」也可以寫成 otitis media。
我得了外耳炎。	I got external otitis. ＊external otitis [oˋtaɪtɪs] = 外耳炎。
我耳鳴了。	My ears are ringing.

鼻子不適

我鼻塞了。	I have a stuffy nose. ＊stuffy = 塞住的。
我流鼻涕。	I have a runny nose.

我的鼻涕流不停。 My nose won't stop running.

我的鼻子好癢。 My nose is itchy.

我有慢性鼻炎。 I have chronic nasal inflammation.

＊chronic = 慢性的。nasal [`nez!]。 inflammation = 鼻炎。

我流鼻血了。 I got a nosebleed.

口腔．牙齒不適

我牙痛。 I have a toothache.

＊toothache [`tuθ,ek] = 牙痛。

我的智齒好痛。 My wisdom tooth hurts.

＊若是多顆智齒，tooth 要改成 teeth。

我拔掉智齒了。 I had a wisdom tooth pulled.

我的牙齒在抽痛。 I have a throbbing toothache.

＊throb[θrɑb] = 陣陣作痛。

喔，不。我覺得我蛀牙了。 Oh, no. I think I have a cavity.

＊cavity = 蛀牙。

我有一顆蛀牙。 I have a cavity.

或許我應該去治療牙齒。 Maybe I should get it fixed.

我有一顆牙齒搖搖晃晃的。 One of my teeth is loose.

＊若要表達「臼齒」，可用 molars 代替 teeth。

我應該清一清我的牙結石。 I need to have the tartar removed from my teeth.

＊tartar = 牙結石。

我很擔心我的口臭。 I'm worried about bad breath.

我的牙齦在刷牙時流血了。 My gums bled when I brushed my teeth.

＊gum = 牙齦。bled = bleed（流血）的過去式。

我可能有牙周病。 I think I have gum disease.

我有口腔潰瘍。 I have a mouth ulcer.

＊mouth ulcer [`ʌlsɚ] = 口腔潰瘍。

我嘴裡的潰瘍好痛。 My mouth ulcer hurts.

我有齒槽膿漏。 I got pyorrhea.

＊pyorrhea [,paɪə`riə] = 齒槽膿漏。

我的牙齒補好了。 I got a filling.

我牙齒裡的填充物掉了。 My filling fell out.

我不喜歡我歪七扭八的牙。 I don't like my crooked teeth.
＊crooked [ˋkrʊkɪd] = 彎的、歪的。

喉嚨不適・咳嗽

我喉嚨痛。 I have a sore throat. ＊sore [sor] = 痛的。

我吞嚥時喉嚨會痛。 My throat hurts when I swallow.

我咳的很厲害。 I have a bad cough. ＊cough = 咳嗽。

我咳了一整晚。 I was coughing all night.
＊cough = 咳嗽。

我的喉嚨癢癢的。 My throat is scratchy.
＊scratchy = （喉嚨）癢的。

我的喉嚨全是痰。 My throat is full of phlegm.
＊phlegm [flɛm] = 痰。

肩頸不適

我的脖子非常僵硬。 My neck is really stiff. ＊stiff = 僵硬的。

我睡覺時扭到脖子了。 I got a crick in my neck while sleeping. ＊crick = 肌肉抽筋。

我把頭向左轉就會痛。 It hurts when I move my head to the left.

我扭傷脖子了。 I have whiplash.
＊whiplash [ˋhwɪplæʃ] = 頸部扭傷。

我的肩膀很僵硬。 My shoulders are stiff.
＊若位置接近頭部，則可寫成 My neck is stiff.。

肩膀痛讓我無法移動右手臂。 I can't move my right arm because of the pain in my shoulder.

皮膚粗糙・被蟲螫咬

我長了面皰。 I got pimples. ＊pimple = 面皰（痘痘、粉刺）。

我的背後長了疹子。 I got a rash on my back.
＊rash = 疹子。

我的兒子長了痱子。 My son got a heat rash.
＊heat rash = 痱子。

我想我被虱子咬了。 I think I got bitten by mites.
＊bite = 咬～，過去分詞為 bitten。mite = 虱子。

被蚊子咬到真癢。 These mosquito bites are so itchy.

*bite = 叮咬。

腿部不適

我的腳麻了。 My feet went numb.

*numb [nʌm] = 麻痺。

我的腿很腫。 My legs are swollen.

*leg 指的是從腳踝到膝蓋，foot 指的是從腳踝到下面，其複數形是 feet。

我的右腿抽筋了。 I got a cramp in my right leg.

*cramp = 肌肉痙攣。

我的腳起水泡了。 I got a blister on my foot.

*blister = 水泡。

我的腳長了一個雞眼。 I got a corn on my foot.

*corn = 雞眼。

身體疼痛

好痛！ Ouch! *也可說成Ow [aʊ]。

我全身上下都痛。 My body ached all over.

*ache [ek] = 疼痛。

我右膝蓋真的好痛。 My right knee hurts really bad.

*hurt = 痛，其過去式也是 hurt。

我右手臂很痛。 My right arm hurts.

我無法忍受疼痛。 I couldn't stand the pain.

*can't stand ～ = 無法忍受～。

背痛‧腰痛

我的腰很痛。 My lower back hurts.

最近我的腰很痛。 I've been having bad lower-back pain recently.

因為我姿勢不良。 It's because I have bad posture.

*posture = 姿勢。

我閃到腰了。 I strained my back.

*strain = 扭傷～。

也許我得了疝氣。 Maybe I have a hernia.

*hernia [`hɝnɪə] 疝氣。

背痛讓我無法彎腰。 I can't bend over because of my back pain.

*bend = 彎曲。

肌肉疼痛

我的肌肉疼痛。	My muscles are sore. ＊sore [sor] = 痛的。
我全身的肌肉都好痛。	I have sore muscles all over.
肌肉痛到我無法走路。	It was hard to walk because my muscles were so sore.

骨頭斷裂 · 瘀青 · 扭傷

我走著走著就跌倒了。	I fell when I was walking.
我從樓梯上跌下來。	I fell on the stairs.
我的左腿斷了。	I broke my left leg.
要花一個月才能完全康復。嗚。	It'll take a month to heal completely. Boo-hoo. ＊boo-hoo [`buhu] = 嗚（泣）。
骨頭裂了。	The bone was cracked. ＊若要表達「腿骨」也可寫 My leg bone was cracked.。
我很幸運骨頭沒有斷掉。	I'm lucky my bone wasn't broken.
我扭到腳踝了。	I sprained my ankle. ＊sprain = 扭傷～。
我的右肩瘀青了。	I bruised my right shoulder. ＊bruise [bruz] = 使瘀青。
我不小心扭傷左手手腕。	I twisted my left wrist.
我扭傷了左手食指。	I sprained my left index finger.
我的左手臂又紅又腫。	My left arm was red and swollen. ＊swollen [`swolən] = 腫脹。
出現瘀青了。	There was a bruise. ＊bruise [bruz] = 傷痕。
我的額頭腫了一個包。	I have a bump on my forehead. ＊bump = 腫塊

切傷 · 擦傷

我的食指被刀切到了。	I cut my index finger with a knife.
我跌倒擦傷了膝蓋。	I fell and grazed my knee. ＊graze = 擦傷。

真央的額頭縫了3針。	**Mao got three stitches on her forehead.**
希望不會留下疤痕。	**I hope it won't leave a scar.**

＊leave = 留下～。 scar = 疤痕。

流血了。	**It was bleeding.**

＊bleed = 流血。

血流不止。	**It wouldn't stop bleeding.**

燒燙傷

我的左手燙傷了。	**I burned my left hand.**

＊burn = 燙傷～。

我用冷水替它降溫。	**I cooled it down with cold water.**
我長水泡了。	**I got a water blister.**

＊water blister = 水泡。

燙傷的地方還會痛。	**It still hurts where it got burned.**

醫院・診所

醫院 的單字

※「～科」的寫法為 department of ～，將下表中的單字帶入即可。
（例如麻醉科 = department of anesthesiology）

內科	internal medicine
外科	surgery
小兒科	pediatrics
婦產科	obstetrics and gynecology
眼科	ophthalmology
牙科	dentistry
耳鼻喉科	ENT（ear, nose, throat 的縮寫）
整形外科	orthopedic surgery
皮膚科	dermatology
精神科	psychiatry
腦神經外科	cerebral surgery
泌尿科	urology
放射科	radiology
麻醉科	anesthesiology
內科醫生	physician
外科醫生	surgeon
皮膚科醫生	skin doctor
牙醫師	dentist
中醫師	herb doctor
藥劑師	pharmacist
手術室	OR（operating room）
急診室	ER（emergency room）
藥局	pharmacy

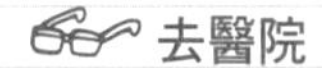

去醫院

我必須去看醫生。	**I need to see a doctor.**

＊see a doctor = 去醫院給醫生診斷。

我明天要去看皮膚科。
I'll see a skin doctor tomorrow.
＊英語中常用「給～科醫生診斷」。

我跟牙醫約明天下午兩點看診。
I have a dentist appointment at 2:00 tomorrow.

我明天一早要去高橋診所。
I went to Takahashi Clinic first thing in the morning.
＊first thing in the morning＝一早。

早上我去做腿部復健。
In the morning, I went to rehab for my leg.
＊rehab是rehabilitation的縮寫。

我必須等三小時。
I had to wait for three hours.

我叫了救護車。
I called an ambulance.
＊ambulance[`æmbjələns]＝救護車。

這是我第一次被救護車送去醫院。
It was my first time to be taken to the hospital by ambulance.

我趕去急救指定醫院。
I rushed to an emergency hospital.

看診

高橋醫生幫我檢查。
Dr. Takahashi examined me.
＊examine [ɪg`zæmɪn] = 檢查～。

檢查大概只花了五分鐘。
The examination was only about five minutes long.
＊examination = 檢查。

徹底的檢查。
It was a thorough examination.
＊thorough [`θɝo] = 徹底的。

只是感冒而已。
It was just a cold.

是流行性感冒。
It was the flu.

我被診斷出是壓力導致的胃炎。
I was diagnosed with stress-related gastritis.
＊be diagnosed [`daɪəgnozt] with ～ = 診斷出～。
gastritis = 胃炎。

為了以防萬一，我去看別的醫生尋求其他意見。
I'll get a second opinion from another doctor just in case.
＊just in case =以防萬一。

健康檢查

我去做健康檢查。
I had a check-up.
＊check-up = 健康檢查。也有 physical 的說法。

我被要求在前一天晚上禁食。	I wasn't allowed to eat anything from the night before.
在我做完健康檢查前不能吃東西。	I can't eat anything until after my check-up.
我很擔心健康檢查的結果。	I'm worried about my check-up results.
我去做癌症檢查。	I was screened for cancer. ＊screen＝檢查～。cancer＝癌症。
我做了婦科檢查。	I had a gynecological exam. ＊gynecological [gaɪnəkə`lɑdʒɪk!] ＝婦科的。
我做了血液檢查。	I had a blood test.
我做了視力檢查。	I had an eye exam.
我左右眼的視力各是1.0和1.2。	My eyesight is 1.2 in the right eye and 1.0 in the left eye.
我兩眼的裸視皆為0.7。	My naked eyesight is 0.7 for both eyes.
我做了聽力檢查。	I had an ear exam.
我做了尿液檢查。	I had a urine test. ＊urine [`jʊrɪn]＝尿液。
我做了糞便檢查。	I had a stool test. ＊stool [stul]＝糞便。
我被告知可能得到代謝症候群。	I was told that I might have metabolic syndrome.
我將來可能會得文明病。	I might have a lifestyle-related disease in the future.
醫生建議我該吃什麼。	The doctor advised me on what to eat.
他們替我量血壓。	They measured my blood pressure.
我的血壓有點高。	My blood pressure was a little high. ＊若要表達「低」，可將 high 改成 low。
我的血壓很正常。	My blood pressure was fine.
我的收縮壓是125、舒張壓是86。	My blood pressure is 125 over 86.

他們從我的鼻子插入胃鏡。 They inserted a gastric camera through my nose. *gastric＝胃的。

照胃鏡很痛。 The gastric camera really hurt.

我吞下鋇劑。 I drank a barium solution. *drank 可替換成swallowed（吞下）。

我做了胸部X光檢查。 I had a chest X-ray. *X-ray = X光。

我必須再做一次檢查。 I have to get checked again.

我被告知必須到大醫院做更進一步的檢查。 I was told that I need to get a detailed exam at a big hospital.

住院

我明天要到醫院報到。 I'm checking into the hospital tomorrow.

我要住院一個禮拜。 I'll be in the hospital for a week.

我到醫院，然後就辦理住院了。 I went to the hospital and ended up being admitted. *be admitted = 住院。

我為了做好幾項檢查而住院。 I was admitted for several exams.

我住進四人房。 It was a room for four people. *「個人房」是 private room。

醫院的食物不好吃。 Hospital food doesn't taste very good.

這家醫院的食物很好吃，真高興！ I'm glad the food at this hospital tastes so good!

手術

我做了盲腸手術。 I had an appendectomy. *appendectomy [ˌæpən`dɛktəmɪ] = 盲腸切除手術。

明天要手術。我好緊張。 I'm having an operation tomorrow. I'm nervous. *operation = 手術。

我希望母親明天的手術順利。 I hope my mother's operation goes well. *go well = 進行地很順利。

一直到手術結束前我都無法放鬆。 I couldn't relax during the operation.

手術很成功。
The operation was successful.

手術進行了約兩個小時。
The operation took about two hours.

出院

我後天就能出院了。
I'll be able to leave the hospital the day after tomorrow.

我想要快點出院。
I want to leave the hospital soon.

我什麼時候才能出院啊。
I wonder when I can leave the hospital.

我今天下午出院了。
I left the hospital this afternoon.

好消息！塞菈出院了！
Good news! Seila was discharged from hospital!
＊discharge = 出院。

整骨・針灸診所

我去整骨。
I went to a seitai clinic.

我去整形外科診所。
I went to an orthopedic clinic.
＊orthopedic [ɔrθə`pidɪk] = 整形外科的。

我去找按摩師。
I went to see a chiropractor.
＊chiropractor = 按摩師。

我去練氣功。
I went for Qigong.
＊Qigong [tʃɪ`kon] = 氣功。

我去針灸診所。
I went to an acupuncture and moxibustion clinic.
＊acupuncture [`ækjʊ,pʌŋktʃɚ] = 針刺療法。
moxibustion [,mɑksɪ`bʌstʃən] = 灸術。

他們進行燒灼術。
They did a cauterization.
＊cauterization [,kɔtəraɪ`zeʃən] = 燒灼術。

我去做背部按摩。
I got a back massage.

它能減輕我的脖子痛。
It eased the pain in my neck.
＊ease = 和緩。

我覺得好多了。
I felt much better.

治療後，我的身體變暖和了。
After the treatment, my body got warmer.

我覺得沒什麼差別。	I didn't really feel the difference.
也許我應該去其他地方。	Maybe I should go somewhere else.
他建議我應該定期去那裡。	He advised me to go there regularly.

藥物・治療

藥物

我拿了一個星期的藥。	I got medicine for one week.
我拿中藥。	I got Chinese medicine.
醫生開了抗生素的處方箋。	The doctor prescribed an antibiotic. ＊prescribe＝開處方。 antibiotic＝抗生素。
我先吃這個藥看看會怎麼樣。	I'll take the medicine and see what happens. ＊see＝確認～。
我吃完飯後吃了藥。	I took the medicine after my meal.
我服用了止頭痛的成藥。	I took over-the-counter headache medicine. ＊over-the-counter＝（藥）市面販賣的、店面販賣的。
我點眼藥水。	I used eye drops.
我用滴鼻液。	I used nose drops.
我用了塞劑。	I used a suppository. ＊suppository [sə`pɑzə,torı]＝塞劑。

傷口・疼痛的治療

我把Band-Aid貼在傷口上。	I put a Band-Aid on the cut. ＊Band-Aid [`bænd,ed]是品牌名稱。
我把軟膏塗在傷口上。	I put ointment on the wound. ＊ointment＝軟膏。 wound [wund]＝傷。
我替傷口消毒。	I disinfected the wound. ＊disinfect＝消毒。
我用毛巾來止血。	I used a towel to stop the bleeding. ＊bleeding＝流血。
我在右手臂綁上繃帶。	I put a bandage on my right arm. ＊bandage＝繃帶。
我在背上敷了塊溼布。	I put a compress on my back. ＊compress＝溼敷布。

身體狀況相關的

英文日記，試著寫寫看！

009 ♪ 試著用英文書寫當天的身體狀況。

氣色不錯

I went to see my father-in-law in the nursing-care facility. He looked well today and recognized me. I was happy.

翻譯

我去探望住在安養院的岳父。他今天看起來氣色很好，還認得出我。我真高興。

POINT 「岳父」為 father-in-law，「岳母」則是 mother-in-law。「安養院」是 nursing-care facility，也可以寫成 assisted living 。「看到～的臉就曉得」、「～知道誰是誰」當中的「曉得、知道」，可用 recognize。

花粉症讓我眼睛癢

My eyes were really itchy because of my hay fever. I don't like this time of the year. I wish I could go out to enjoy the beautiful cherry blossoms.

翻譯

花粉症讓我的眼睛發癢。我不喜歡一年中的這個時候。真希望我能享受外出賞櫻的樂趣。

POINT 「花粉症」的英文是 hay fever。「這個時候」可寫成 this time of the year，但 this season 亦無不可。I wish I could～具有「（實際上無法這麼做）～若能這麼做的話該有多好啊」之意。cherry blossom 是「櫻花」的意思。

閃到腰

I strained my back when I tried to pick up something off the floor. It's really painful and I can't move. Even just lying down in bed is unbearable.

翻譯

當我要撿掉在地上的東西時，閃到了腰。腰痛到我動都不能動。這種痛連躺在床上都很難受。

POINT 「閃到腰」是 strained my back。 strain 是「弄痛～（身體、肌肉）」之意。「正要去撿」的英文是 when I tried to...。lying 是 lie（躺下）的現在進行式。「很難受」可用 unbearable（難以忍受）來表達。

被診斷為支氣管炎

I went to see a doctor because I couldn't stop coughing. I was diagnosed with bronchitis. The doctor prescribed antibiotics for it.

翻譯

我因為咳嗽不止去看了醫生。我被診斷出有支氣管炎。醫生開了抗生素給我。

POINT 「咳嗽不止」可用 couldn't stop coughing 來表示。「被診斷為～」英文為 was diagnosed with<as> ～。「開了抗生素」也可寫作 I got antibiotics.。prescribe 為「開處方～」。

3 活動·事件

節日·活動 的單字

元旦	New Year's Day
成年禮	Coming-of-Age Day
建國紀念日	National Foundation Day
春分	Vernal Equinox Day
昭和日	Showa Day
憲法紀念日	Constitution Day
植樹節	Greenery Day
兒童節	Children's Day
海洋日	Marine Day
敬老節	Respect-for-the Aged Day
秋分	Autumnal Equinox Day
體育節	Health and Sports Day
文化節	Culture Day
勞動感謝日	Labor Thanksgiving Day
天皇誕生日	The Emperor's Birthday
彈性放假	observed holiday
元旦假期	New Year's holiday
新年派對	New Year's Party
春分前一日	Setsubun
情人節	Valentine's Day
女兒節／人偶節	Doll Festival
白色情人節	White Day
賞櫻	cherry blossom viewing
男孩節／兒童節	Boy's Festival
母親節	Mother's Day
父親節	Father's Day
七夕	Star Festival
煙火大會	fireworks show
盂蘭盆假期	Obon holiday
萬聖節	Halloween
七五三節	Shichi-go-san
聖誕夜	Christmas Eve
聖誕節	Christmas
尾牙	year-end-party
除夕夜	New Year's Eve

新年

迎接新年

新年快樂！ Happy New Year!

新的一年開始了。 A new year has started.

希望今年順順利利。 I hope this will be a good year.

希望家人都健康。	I hope my family stays healthy.

過新年

今年的元旦假期我還是在家休息。	I'm spending the New Year's holiday relaxing at home this year again.
元旦我只有回爸媽家而已。	All I did was go to my parents' home for New Year's.
元旦時我去探望祖父。	I went to my grandpa's for a New Year's visit.
我們邊吃年菜邊看電視。	We ate New Year's dishes and watched TV.
在國外渡過新年假期是很棒的事。	It's really great to spend New Year's overseas.
我在元旦假期獲得充分的休息。	I had a good rest during my New Year's holiday.
今天是元旦假期的最後一天了。（唉）	Today is the last day of the New Year's holiday. (Sigh) ＊sigh [saɪ] = 嘆氣。
我還停留在新年的歡樂氣氛中。	I can't get out of the New Year's mood.

賀年卡

我收到三十張賀年卡。	I got 30 New Year's cards. ＊「賀年卡」也可說成 New Year's greeting card。
我收到堤先生寄來的賀年卡。	I got a New Year's card from Tsutsumi.
我立刻就回信給他了。	I wrote him a reply right away.
優子寄來的賀年卡很漂亮。	The New Year's card from Yuko was beautiful.
我從賀年抽獎明信片贏得了三張郵票。	I won three sheets of stamps from the New Year's postcard lottery. ＊lottery = 抽獎。
今年我沒有從賀年抽獎明信片抽中任何獎品。（唉）	I didn't win anything in the New Year's postcard lottery. (Sigh)

新年參拜

我去明治神社做今年的第一次參拜。
I went to Meiji Shrine for my first shrine visit of the year.
＊若要表達「附近的神社」之意，可寫 a shrine nearby。

我把十五元投進捐獻箱。
I put 15 yen in the offering box.
＊offering box = 捐獻箱。

我祈求今年順利。
I prayed for a good year.

我祈求家人身體健康。
I prayed for my family's health.

我祈求由美通過大學入學考試。
I prayed that Yumi will pass the college entrance exam.

我祈求祖父能盡快康復。
I prayed for my grandpa's quick recovery.
＊recovery = 康復。

籤紙上寫著：「大吉！」
The omikuji said, "Great Luck."
＊omikuji 寫成 fortune paper 亦可。

籤紙上寫著：「凶」。真慘！
The omikuji said, "Unlucky." That's the pits!
＊the pits = 真糟、極為悲慘。

我把籤紙繫在神社的樹枝上。
I tied the omikuji to a tree branch at the shrine.
＊tie =繫在。branch = 樹枝。

犯太歲・消災除厄

我今年犯太歲。
This is an unlucky year for me.

今年是我交厄運的前一年。
This is the year before my unlucky year.
＊若是「交厄運的後一年」，要將 before 替換成 after。

也許我該去神社除厄。
Maybe I should get a purification ceremony at the shrine.
＊purification [ˌpjʊrəfəˋkeʃən] = 淨化、洗淨。

我去神社解厄。
I had a rite of purification performed at the shrine.
＊rite = 儀式。

我今年犯太歲，不過我根本不把它放在心上。
This is an unlucky year for me, but I don't mind.
＊mind = 在意～、擔心。

第一道曙光

我去筑波山看今年的第一道曙光。
I went to Mt. Tsukuba to see the first sunrise of the year.

新年的第一道曙光真美。 The first sunrise of the year was beautiful.

天空陰陰的，我無法看到今年的第一道曙光。 It was cloudy, so I couldn't see the first sunrise of the year.

我沒能看到今年的第一道曙光，真是太可惜了。 It's too bad that I didn't get to see the first sunrise of the year.

初夢

我在新年做的第一個夢實在太棒了。 My first dream of the year was great.

我在初夢中夢到富士山。 I dreamed of Mt. Fuji in my first dream of the year!

我的初夢實在很普通。 My first dream of the year was pretty ordinary.
＊ordinary = 尋常的、普通的。

新年吃吃喝喝

我吃了年菜。 I ate New Year's dishes.

我吃了從百貨公司訂的高級的年菜。 I ate fancy New Year's dishes from a department store. ＊fancy = 昂貴的、高級的。

我已經厭倦每天都吃年菜了。 I'm tired of eating New Year's dishes every day.

我吃了佛跳牆。 I ate Buddha jumps over the wall.
＊zoni 也可寫成 rice cakes in soup。

這是以雞湯為湯底的佛跳牆。 The Buddha jumps over the wall was in chicken soup.
＊「用鹽或醬油作底」的話，可寫 clear soup。

甜酒真好喝。 The amazake was delicious.

壓歲錢

我必須準備十個小孩的紅包。 I need to prepare red envelopes for ten children.

我發了很多紅包，所以現在缺錢。 I gave a lot of red envelopes, so I'm low on money. ＊low on ～ = 缺乏～。

今年輪到我發紅包了。 This year, it's my turn to start giving red envelopes.

新年首賣‧福袋

明天是百貨公司的新年特賣！	Department stores are having their New Year's opening sale tomorrow!
我應該去買福袋！	I should go get a lucky bag!
為了買福袋，我從早上8點就開始排隊。	I stood in line at 8:00 in the morning to get a lucky bag.
買到了想要的福袋，真高興！	I'm so happy that I got the lucky bag I wanted!
我的福袋有很多好衣服。	There were lots of nice clothes in my lucky bag.
我不喜歡福袋裡的東西。	I didn't really like the stuff in my lucky bag. ＊stuff [stʌf] = 物品。
我的福袋裡根本沒有裝福氣。	No luck with my lucky bag.
所有的福袋都銷售一空。真是太可惜了！	All the lucky bags were already sold out. Too bad!

各種活動

成年禮

今天是成年禮。	It was Coming-of-Age Day today.
我看到很多女孩穿著長袖和服。	I saw a lot of girls in their long-sleeved kimonos.
我一早去了趟美髮院。	I went to the hair salon early in the morning. ＊hair salon 換成 beauty salon 或 hair dresser's 亦可。
我化了妝、做了頭髮、穿上和服。	I had my makeup and hair done and got dressed in a kimono.
我穿了紅色花朵圖案的和服。	I wore a kimono with a red flowery design. ＊flowery = 多花的。
這是我這輩子第一次穿上長袖和服，我很高興。	I was happy to wear a furisode for the first time in my life.

我參加了成年禮。	I attended the Coming-of-Age ceremony.
見到老同學的感覺真好。	It was really good to see my old classmates.
我女兒穿上和服的樣子真可愛。	My daughter looked adorable in her kimono.

＊adorable [ə`dorəb!] = 可愛的。

立春前一天

今天是立春前一天。	Today was Setsubun.
我們在家裡撒豆招福。	We had a bean-throwing festival at home.
鬼出去！福進來！	Out with the demon! In with good fortune!

＊demon = 惡魔、魔鬼。fortune = 運氣。

我幫忙孩子們做面具。	I helped my kids make masks.
我的先生戴上面具假扮成鬼。	My husband put on a mask and played the role of the demon.
孩子們把豆子撒向魔鬼。	The kids threw beans at the demon.
小百合很怕鬼，所以哭了。	Sayuri was so scared of the demon that she cried.
我吃下跟我年齡一樣多的豆子。	I ate as many beans as my age.
今年的幸運方向是北北西！	This year's lucky direction is north-northwest.

＊direction = 方向。

我面向北北西吃了惠方壽司捲。	I ate my ehomaki sushi roll, facing north-northwest.

情人節

今天是情人節。	Today is Valentine's Day.
也許今年我會自己做巧克力。	Maybe I'll try making homemade chocolate this year.

我在附近的超市買了六人份的義理巧克力。	I bought giri-choco for six people at the nearby supermarket.
我把巧克力送給上司和同事。	I gave chocolate to my boss and three co-workers. ＊co-worker = 同事。
我希望他們能停止在公司內互送義理巧克力的習慣。	I wish they would end the custom of giri-choco in the office. ＊custom = 習慣。
我把巧克力送給先生和秀行。	I gave chocolate to my husband and Hideyuki.
今年不知道會收到多少巧克力。	I wonder how much chocolate I'll get this year.
我今年沒有收到巧克力。	No chocolate for me this year.
我只有收到一盒巧克力。	I only got one box of chocolate.
結夏給了我巧克力。	Yuika gave me chocolate.
我在公司收到八盒巧克力。	I got eight boxes of chocolate at work.
我沒有收到真心巧克力。	No true-love chocolate for me...
我和香苗互送對方「友誼巧克力」。	Kanae and I gave each other "tomo-choco."

人偶節

我們裝飾了雛人形娃娃。	We displayed our hina-dolls.
我們吃了雛米果。	We ate hina-crackers.
我舉辦了雛人形派對。	I threw a doll festival party. ＊threw [θru] = throw（舉辦～）的過去式。
大家一起吃了花壽司。	We ate chirashi-zushi.
我必須快點把人形娃娃收起來。	I need to hurry up and put away the dolls.
不然美奈可能會嫁不出去！	Mina might miss the right time for marriage! ＊日本在女兒節時會擺放雛人形娃娃，據說太晚把人形收起來，會讓女兒很難嫁出去。

白色情人節

回送情人節禮物真是一件痛苦的事。	Giving candy in return for Valentine's chocolate is a real pain.
	＊in return = 作為回報。pain = 痛苦。
我買了十盒餅乾送給辦公室的女同事。	I bought ten boxes of cookies for the women at the office.
我要去買里奈想要的那副耳環。	I'm going to buy Rina the pair of earrings she wanted.
我買了一小束花送給老婆。	I bought my wife a small bouquet.
	＊bouquet [bu`ke] = 花束、一束花。
祐樹在白色情人節送了我餅乾和CD。	Yuki gave me cookies and a CD for White Day.

賞花

我去附近的公園賞櫻花。	I went to the nearby park to see the cherry blossoms.
我們公司今天舉辦了一場賞花派對。	Our office had a cherry-blossom-viewing party today.
櫻花開了七成。	The cherry blossoms were 70 percent out.
櫻花滿開，真是美極了。	The cherry trees in full bloom were gorgeous.
有些櫻花樹已長出新葉。	Some of the cherry trees had leaves sprouting.
	＊sprout [spraʊt] = 發芽。
公園裡滿是賞櫻人潮。	The park was full of cherry blossom viewers.
在櫻花樹下飲酒最棒了。	Drinking under the cherry blossoms is so much fun.

(日本 5 月 5 日的）兒童節

我們在陽台掛上鯉魚旗。	We put up carp streamers on the balcony.
	＊carp = 鯉魚。 streamer = 長條旗。

我們在房間放了整套的盔甲武士。 We put a set of samurai armor on display in our room.

＊armor = 盔甲。

爸媽在兒童節買了一個娃娃給我們。 My parents gave us a doll for the Boy's Festival.

我們吃了粽子和柏餅。 We ate chimaki and kashiwamochi.

我們用報紙摺了一個武士頭盔。 We folded a newspaper into a samurai helmet.

我用菖蒲葉洗澡。 I took a bath with sweet flag blades.

＊sweet flag blade = 菖蒲。

母親節・父親節

我送媽媽康乃馨當母親節禮物。 I gave my mom some carnations for Mother's Day.

我送給媽媽一瓶酒。 I gave my mother a bottle of wine.

忠司送我一束花。 Tadashi sent me a bunch of flowers.

＊a bunch of ～ = 一束～。

我很高興他每年都記得母親節。 I'm happy that he always remembers Mother's Day.

我送爸爸一條領帶作為父親節禮物。 I gave my dad a tie for Father's Day.

＊tie [taɪ] = 領帶。

我在父親節收到一幅我的肖像畫。 I got a portrait of myself for Father's Day.

＊portrait = 肖像、人像。

我感動到幾乎要哭了。 I was so touched that I almost cried.

＊touched = 感動。

七夕

明天是七夕。 Tomorrow is the Star Festival.

我把願望寫在彩色的長條紙上。 I wrote my wishes on strips of colored paper.

＊strip of paper = 長條紙。

我在屋子的走廊替細竹掛上許願短籤做為裝飾。 I put up a bamboo branch on the veranda.

＊veranda = 走廊。

我用摺紙做了一條紙圈圈。	I made a paper chain with origami paper.
商店街上用細竹來做裝飾。	The shopping area was decorated with bamboo branches.
我先生的願望是中樂透。	My husband's wish was to win the lottery.

盂蘭盆節・回老家

我該選哪天回家過盂蘭盆節呢？	What day should I go back home for Obon?
新幹線上座無虛席。	The shinkansen seats were completely full. ＊shinkansen 也可用 bullet [ˋbʊlɪt] train 代替。
沒有地方比爸媽家更放鬆了。	There's nowhere more relaxing than my parents' home.
我在岳父岳母家時很不自在。	I don't feel comfortable at my in-law's home. ＊in-law = 姻親。

暑假

我明天開始放暑假。	My summer vacation starts tomorrow.
明天我要和孩子們一起跳盂蘭盆舞。	My kids and I went bon-dancing.
我在廟會上撈金魚。	I scooped goldfish at the shrine festival. ＊scoop = 舀取。
我很久沒穿浴衣了。	I wore a yukata for the first time in ages. ＊for the first time in ages = 很久沒有。
我幫富美穿浴衣。	I dressed Fumi in a yukata. ＊dress = 給某人穿衣。
我去參加煙火大會。真是美的令人驚豔！	I went to the fireworks show. It was amazing!
雄輔和我一起去抓昆蟲。	Yusuke and I went bug catching. ＊bug = 昆蟲。
我們去捕蟬。	We went to catch cicadas. ＊cicada [sɪˋkadə] = 蟬。

敬老節

我送給祖母一條圍巾作為敬老節禮物。

I gave my grandma a scarf for Respect-for-the-Aged Day.

＊grandma 是 grandmother 的簡稱。

我打電話給祖父。

I called my grandpa.

＊grandpa 是 grandfather 的簡稱。

我替祖父按摩頸部。

I gave my grandpa a neck massage.

＊neck massage 也可說成 neck rub。

希望祖父母長命百歲、健康快樂。

I hope my grandparents live a long and happy life.

萬聖節

我和孩子們一起刻南瓜燈籠。

My kids and I carved a jack-o-lantern out of a pumpkin.

＊carve = 彫刻～。 lantern = 燈籠。

我參加了萬聖節變裝派對。

I participated in the Halloween costume party.

＊participate in ～ = 參加～。

幼兒園舉辦了一場萬聖節派對。

The preschool had a Halloween party.

大輔打扮成科學怪人的模樣。

Daisuke dressed up as Frankenstein.

比奈子變裝成巫婆。

Hinako dressed up as a witch.

我們繞著社區說：「不給糖，就搗蛋」！

We went around the neighborhood saying, "Trick or treat!"

＊Trick or Treat = 「不給糖，就搗蛋」。

我們拿到很多糖果。

We got lots of candy.

七五三節

這是麻里惠第一次過七五三節。

It was the first Shichi-go-san for Marie.

她穿和服的模樣很可愛。

She looked so cute in her kimono.

我們去神社參拜。

We went to the shrine.

我們照了張家族照。

We had a family photo taken.

聖誕節

聖誕快樂！假期快樂！	Merry Christmas! Happy Holidays!
我想和女友一起渡過聖誕夜。	I want to spend Christmas Eve with my girlfriend. *「和男友」則是 with my boyfriend。
今年聖誕節，我又是孤單一人。	I'll be all by myself again this Christmas.
啊，明天就是聖誕節了，我還沒有任何計畫。	Ah... Tomorrow is Christmas, and I have no plans.
我訂了一個聖誕蛋糕。	I ordered a cake for Christmas.
我今年打算烤一個聖誕蛋糕。	I'm going to bake a cake for Christmas this year.
我的聖誕樹幹蛋糕做的很成功。	My yulelog cake turned out really well. *yulelog [ˋjulɔg] cake = 聖誕樹幹蛋糕。
我訂了一隻烤雞。	I ordered a roasted chicken.
聖誕派對在紀子家舉辦。	We had a Christmas party at Noriko's.
孩子們和我一起佈置聖誕樹。	My kids and I decorated our Christmas tree.
我在想到底要送哲史什麼聖誕禮物。	I wonder what I should get Tetsushi for Christmas. *若是「送給孩子們」，可將Tetsushi 改成 my kids。
聽一說他想要一台腳踏車。	Soichi told me he wants a bike.
孩子們很期待收到聖誕老人送的禮物。	The children are looking forward to getting presents from Santa Claus.
我在孩子們的枕頭旁放了禮物。	I left presents for the children by their pillows. *pillow = 枕頭。
我很期待明早看到孩子們的反應。	I'm looking forward to seeing their reactions tomorrow morning.
我拿到的禮物是一個皮夾。	I got a wallet as a present.

歲末

今年只剩三天了。

There are only three days left in the year.

*left = 剩下。

我今天有一場尾牙，明天又有另一場。

I have another year-end-party today. And another one tomorrow.

今天是我們今年最後一次開會。

We had the last meeting of the year today.

今天是今年最後一天上班日。

Today was the last working day of the year.

年終大掃除真痛苦。

Year-end cleaning is a pain.

我完成年終大掃除了，房子現在看起來煥然一新。

I finished my year-end cleaning, so now my house is spick-and-span.

*spic-and-span = 極乾淨的。

我需要準備年菜。

I need to get ready to make New Year's dishes.

今年我打算自己做年菜。

This year, I've decided to cook New Year's dishes myself.

我訂了百貨公司的年菜。

I ordered New Year's dishes at a department store.

我需要寫賀年卡了。

I need to write New Year's greeting cards.

*「賀年卡」也可寫成 New Year's card。

我終於寫完賀年卡了。

I've finally finished writing my New Year's greeting cards.

今年可以提早寄出賀年卡了。

I was able to mail my New Year's greeting cards early this year.

*mail = 郵遞。

我終於寄出賀年卡了。

I've finally sent out my New Year's greeting cards.

*send out ～ = 寄送～，sent 是 send的過去式。

我寄了九十張賀年卡。

I sent 90 New Year's greeting cards.

除夕夜我們吃蕎麥麵。

We ate buckwheat noodles for New Year's Eve.

*buckwheat [ˋbʌk,hwit] = 蕎麥粉。

我們收看電視節目「紅白歌唱大賽」。

We watched Kohaku on TV.

我現在能聽見廟宇的除夕鐘響。	Now I can hear the temple bells ringing on New Year's Eve.
我很高興我們又健康平安地渡過了一年。	I'm glad we made it through another year in health and safety.

＊make it through ～ = 順利渡過。

 生日

生日快樂！	Happy birthday!
今天是我的生日。	Today is my birthday.
到了這個年紀，並不期待有人幫我慶生。	At my age, I don't really expect anyone to celebrate my birthday.
不管幾歲，生日總是特別的。	Birthdays are special no matter how old you are.

＊這裡的 you 指的是「一般人」。

我的生日禮物是一個皮革書衣。	I got a leather book cover for my birthday.
我很高興朋友和家人為我慶生。	I was happy my friends and family celebrated my birthday.
我們在餐廳吃生日晚餐。	We had my birthday dinner at a restaurant.
餐廳的員工為我唱生日快樂歌。	The staff at the restaurant sang happy birthday to me.
雖然有點尷尬，但我很高興。	I was a little embarrassed but happy.
阿宏並沒有打電話祝我生日快樂。	Hiro didn't even call to wish me a happy birthday.
今天是小花的七歲生日。	It was Hana's seventh birthday.
我的兒子已經二十歲了。	My son is already 20.
很多朋友來替友理慶生。	A lot of friends came to celebrate Yuri's birthday.
我替祐也烤了生日蛋糕。	I baked a birthday cake for Yuya.

我送他一份生日禮物。 I gave him a birthday present.

紀念日

今天是我們結婚十五週年紀念日。 Today is our 15th wedding anniversary.

＊anniversary = 紀念日。

明天是我們的結婚紀念日。 Tomorrow is our wedding anniversary.

明天我要記得買花回家。 I should get some flowers on the way home tomorrow.

也許我該和餐廳預約我們的週年紀念晚餐。 Maybe I should make a reservation for our anniversary dinner.

今天是我跟麻友結婚滿一年的紀念日。 Today is my first anniversary with Mayu.

告別式・法事

今天是祖父的葬禮。 Today was Grandpa's funeral.

他享年九十歲。 He was 90 years old.

願他的靈魂得到安息。 May his soul rest in peace.

＊rest = 長眠。

我母親是自然死亡。 My mother died of natural causes.

＊die of ～ = 死於。 cause = 原因。

今天是我祖父的忌日。 Today was the anniversary of my grandfather's death.

今天是我祖母逝世兩週年。 Today was the second anniversary of my grandma's death.

我去幫祖母掃墓。 I visited my grandmother's grave.

＊grave = 墓園。

喝酒小聚・派對

喝酒小聚

我今天有個喝酒小聚。 I had a drinking session today.

我跟平常的那些好朋友一起喝酒小聚。
I had a drinking session with my usual buddies. ＊buddy = 好朋友、夥伴。

我們一直喝到早上。
We drank till dawn. ＊dawn = 黎明。

我和他們去了第三次續攤。
I went along with them to the third drinking session.

我們在末班車之前結束。
We finished before the last train.

我是喝酒小聚的主辦人。
I was the organizer of the drinking session.

卡拉 OK（→請參考 p.530 的「卡拉 OK」）

派對·祝賀

我參加國際交流派對。
I took part in an international exchange party.

那是自助式的派對。
It was a buffet-style party. ＊buffet-style = 自助式的。

那是正式的派對。
It was a formal party.

我們慶祝父親60大壽。
We celebrated my father's 60th birthday.

我們慶祝祖母88歲生日。
We celebrated my grandma's 88th birthday.

家庭宴會

我邀請一些朋友到家裡開派對。
I invited some friends and had a house party.

每個人都帶了一道菜。
Everyone brought one dish.

早瀨帶了一瓶很好的白酒。
Hayase brought a nice bottle of wine.

我受佐藤之邀，參加他的喬遷喜宴。
I was invited to Sato's housewarming party. ＊housewarming（party）= 喬遷喜宴。

我們在祐二家開火鍋派對。
We had a hot-pot party at Yuji's place. ＊hot-pot = 火鍋。

活動·事件相關的

英文日記，試著寫寫看！

013 試著用英文書寫各式各樣的活動或事件吧。

女兒的運動會

Misaki has her sports festival tomorrow. Hope she finishes first in the footrace. I'm looking forward to it!

翻譯

明天是美咲的運動會。希望她在賽跑項目能得第一，我很期待！

POINT 表達未來的事，除了「若能～就好了」之外，也可用 I hope ～（現在式），不過像 I hope (that) she'll finish first 這樣，即使使用 will（縮寫為～'ll）這個字也無妨。此外，像日記這種體裁，大多會省略主詞，因此也會常看到 Hope she ... 等用法。

人偶節快到了

The Doll Festival is just around the corner. The kids helped me set up the hina dolls. We're all set!

翻譯

人偶節就快到了。孩子們幫我一起裝飾雛人形娃娃。一切都準備就緒！

POINT 對於「～快要到了」這種有期限的事，也可以用 ～ is (just) around the corner 來表示。另外若想表達「我請孩子們一起幫忙裝飾雛人形娃娃」，可使用 help ～（人）…（動詞原形）。be all set 有「準備妥當」的意思。

年糕大會

We went to the annual rice-cake pounding and eating event. The rice cakes that had just been pounded were so good! ☺

翻譯

我們家參加了一年一度的年糕大會。剛搗好的年糕超好吃！

POINT 「我們家」可使用 We（我們）當主詞。因為是日記，到底是誰的事情應該很清楚。「每年的慣例」可用 annual 來表示。「年糕大會」具體來說是 rice-cake pounding and eating event（擣年糕和吃年糕）。 pounding 也可以替換成 making。

高中同學會

We had our high school reunion at Hotel Okura. I didn't recognize Nami at first. She looked really beautiful. We had a great time talking about the old days.

翻譯

我們高中的同學會選在大倉飯店舉行。一開始我認不出奈美，因為她看起來很漂亮。我們聊著昔日往事，渡過了美好時光。

POINT 「高中同學會」可寫成 high school reunion。recognize 有「（從外觀或特徵上）可辨識、識別」之意。 Talking about the old days （閒聊往事）這句話，另有「聊天聊得興致高昂」的意涵。

4 人際關係

邂逅

我認識一個叫田中的人。	I got to know a person named Takana.
我認識了 A 公司的吉田。	I got to know Yoshida from A Company.
我在今天的派對上認識很多人。	I met a lot of people at the party today.
一下子認識那麼多人，根本記不得所有人的名字。	I met a lot people at one time, so I couldn't remember all their names.
曾田把她的朋友介紹給我。	Soda introduced her friend to me.
我交了一個新朋友。	I made a new friend.
真高興認識她。	It was nice to get to know her.
真高興能和他聊天。	I'm glad I was able to talk with him.
我從以前就一直想見她。	I've always wanted to meet her.
終於見到她了，真令人高興。	I was happy to finally meet her.
感覺以前就見過她似的。	It didn't feel like my first time to meet her.
我們相處的很融洽，就像老朋友一樣。	We got along great. It was like we were old friends.

他看起來很眼熟。 He looked familiar.

我很想再見到她。 I want to meet her again.

近期之內很想再見到她。 I want to meet her again sometime soon.

真是個偶遇。 It was a chance meeting.

我不擅長和初次見面的人說話。 I'm not good at talking to people when I first meet them.

對方的外貌

身材相貌

她很漂亮。 She's beautiful.

她真是個大美女。 She's a real knockout.

＊knockout = 大美女。

她真可愛。 She's a cute person.

他長得很好看。 He's good-looking.

他好酷。 He's cool.

他長得很帥。 He's handsome.

他是肌肉男。 He's a hunk.

＊hunk [hʌŋk] = 強壯且性感的男人。

她的笑容真甜。 She has a great smile.

她很迷人。 She's charming.

她有一雙大眼睛。 She has big eyes.

她的輪廓很深。 She has clear-cut features.

她的皮膚很細緻光滑。 She has fine, smooth skin.

她的皮膚很漂亮。 She has beautiful skin.

他的皮膚很粗糙。 He has rough skin.

他的膚色很白。	She has fair skin.
她的膚色黝黑。	She's tanned.
他的氣色很差。	He has a poor complexion. ＊complexion [kəm`plɛkʃən] = 氣色。
她看起來很蒼白。	She looks pale.
他很健康。	He's fit.
她有一頭秀髮。	She has beautiful hair.
他有一口貝齒。	He has good teeth.
她有一口爛牙。	She has bad teeth.
她有一頭長髮。	She has long hair.
她有一頭中長髮。	She has medium-length hair.
她留著短髮。	She has short hair.
他留平頭。	He has a crew cut. ＊crew cut = 平頭。
他的頭髮亂七八糟。	He has messy hair.
他的頭髮稀疏。	He's thinning on top. ＊thin [θɪn] = 稀疏的。
他的髮線一直往後退。	He has a receding hairline. ＊recede [rɪ`sid] = 後退。
她妝很濃。	She wore heavy makeup. ＊若要表達淡妝，可將 heavy 改成 light。
她素顏也很漂亮。	She was pretty without makeup.

體型

他的體格中等。	He has a medium build. ＊build = 體格、體型。
她很高。	She's tall.
他很矮。	He's short.
她的塊頭很大。	She's large.
她很胖。	She's full-figured.

她很瘦。	**She's thin.**
他瘦得像皮包骨。	**He's really skinny.**
他的肌肉很結實。	**He has a muscular build.** *muscular = 肌肉發達的。
他的身材很緊實。	**He has a lean body.** *lean [lin] = 精瘦的。
她有曼妙的身材。	**She has a nice figure.** *多用於女性。
他的體格很好。	**He has a nice build.** *多用於男性。

見面給人的印象

他有明星的特質。	**He has a star quality.**
她很有魅力。	**She's glamorous.**
他看起來很樸素。	**He looks plain.**
她有銳利的眼神。	**She's sharp-eyed.**
她看起來很嚴肅。	**She looks serious.**
他看起來很親切。	**He looks kind.**
她看起來很嚴格。	**She looks strict.**
他看起來很精明。	**He looks smart.**
他對流行的事物很敏銳。	**He has a good sense of fashion.**
她穿著很講究。	**She was well-dressed.**
他穿得不體面。	**He didn't look presentable.** *presentable = 漂亮的、體面的。
她的頭髮看起來像剛起床的樣子。	**She had bed hair.**
他有駝背。	**He's hunchbacked.** *hunchbacked = 駝背。
他看起來像個電腦宅男。	**He looks like a computer geek.** *geek [gik] = 宅男。
她看起來很有錢。	**She looks rich.**

他看起來比實際年輕。	He looks younger.
她看不出來已經是一個孩子的媽。	She didn't look like she had a child.
他看起來比實際年齡還要老。	He looks older than he actually is.
她看起來很成熟。	She looks mature.

＊mature [mə`tjʊr] = 成熟的。

對方的性格

個性容易相處

她很有趣。	She's fun.

＊若想表達「非常有趣的人」，則是 a lot of fun。

他是個能一起同樂的人。	He's fun to be with.
她很外向。	She's outgoing.
他很有魅力。	He's charming.
她的個性很引人注意。	She has a magnetic personality.
他很擅於交際。	He's a good mixer.
她很開朗。	She has a cheerful disposition.

＊disposition = 性情、氣質。

他很陽光。	He has a sunny disposition.
她是個活潑的人。	She's an active person.
他很友善。	He's friendly.
她很有幽默感。	She has a good sense of humor.

＊humor [`hjumɚ]。

他很討人喜歡。	He's pleasant.
她很惹人憐愛。	She's lovable.
她純潔的就像個天真的小孩。	She's pure-hearted, like an innocent child.
他總是微笑著。	He's always smiling.

她脾氣很好。 She's good-natured.

他很健談。 He's a good talker.

她是個很好的傾聽者。 She's a good listener.

他是個很好的說話對象。 He's easy to talk to.

她很謙虛。 She's humble. ＊humble = 謙虛的、謙遜的。

他很親切。 He's kind. ＊kind 也可替換成 nice。

她很慷慨。 She's generous.

他的心胸很寬大。 He's big-hearted.

她個性溫和，沒什麼脾氣。 She's mild-tempered.

他對人很慷慨。 He has a generous nature.

她對錢很大方。 She's generous with her money.

他乾脆直爽。 He's refreshingly frank.

她口齒清晰伶俐。 She talks clearly and briskly.
＊briskly = 輕快地。

他是個自然不做作的人。 He's spontaneous.
＊spontaneous [spɑn`tenɪəs] = 自然的。

她是個表裡如一的人。 She's sincere.
＊sincere = 真誠的。

他很坦白。 He's straightforward.
He's frank.

她是個真誠的人。 She's a pure-hearted person.

他很誠實。 He's honest.

她很嚴肅。 She's nice and earnest.
＊earnest 指「不苟言笑般地認真」，隱含有負面印象之意。

他為人正直。 He's dutiful.
＊dutiful [`djutɪfəl] = 正直的、誠實的。

她的個性冷靜沈著。 She's calm and controlled.
＊calm [kɑm] = 沈著的。

他很聰明。 He's bright.

她的反應很快。 She's a quick thinker.

他是個明理的人。 He's a sensible person.

她很有同情心。 She's understanding.

他很有創意。 He's full of new ideas.

＊full of ～＝有很多的～。

她是樂觀的人。 She's a positive person.

他很懂得變通。 He's flexible. ＊flexible＝柔韌的。

她很有企圖心。 She's ambitious.

他很勇敢。 He's brave.

她是個意志堅強的人。 She's strong-willed.

他有很強的責任感。 He has a strong sense of responsibility.

她是個守信用的人。 She's as good as her word.

他很有自信。 He's self-confident.

她值得信賴。 She's reliable.

他做事紮實嚴謹。 He's a well-grounded person.

＊well-grounded = 有充分證據的。

她凡事有自己的判斷力。 She has a good head on her shoulders.

＊have a good head on one's shoulders = 有常識、有判斷力。

他很有禮貌 He's well-mannered.

她為人客氣。 She's polite.

她舉止優雅。 She's graceful.

她很樂意合作。 She's cooperative.

他很守時。 He's punctual.

她很勤奮。 She's hardworking.

個性難相處

他總是堅持己見。 **He's pushy.**
＊pushy [`pʊʃɪ]。

她很粗魯無禮。 **She's rude.**

他很沒禮貌。 **He has no manners.**

她滿口髒話。 **She has a dirty mouth.**

他是個滿口粗話的人。 **He uses foul language.**
＊foul [faʊl] = 粗話。

她喜歡指使別人。 **She's bossy.**

他很自大。 **He's arrogant.**
＊arrogant [`ærəgənt]。

她很專橫。 **She's a tyrant.**
＊tyrant [`taɪrənt] = 暴君。

他真是厚顏無恥。 **He has a lot of nerve.**
＊nerve [nɝv] = 臉皮厚。

她太過自信。 **She's too self-confident.**

他很自負。 **He's self-conceited.**
＊self-conceited [kən`sitɪd]。

她的自我意識太強。 **She's overly self-conscious.**
＊self-conscious [`kɑnʃəs]。

他自命不凡。 **He's snobbish.**

她的脾氣很差。 **She has a bad personality.**

他的個性陰沈。 **He's a gloomy person.**

她很冷淡。 **She's cold.**

他很無情。 **He's heartless.**

她總是負面思考。 **She's a negative person.**

他對人很不友善。 **He's unfriendly.**

她很難取悅。 **She's hard to please.**
＊please = 取悅。

他很不會說話。 **He's hard to talk to.**

她很不擅長跟人交際。 **She's a bad mixer.**

他沒有團隊精神。 **He isn't a team player.**

她很粗魯。 **She's blunt.** *blunt [blʌnt] = 粗魯的。

他是個急性子。 **He has a short-temper.**

她很情緒化。 **She's moody.**

他是個怪咖。 **He's strange.**

她表裡不一。 **She's two-faced.**

他沒說真話。 **He doesn't tell the truth.**
*liar（說謊）用於句子 He's a liar. 是對人很強烈的批評。

她是多疑的人。 **She's a skeptic.**
*skeptic = 懷疑論者。

他很卑鄙。 **He's mean.**

她鬼鬼祟祟的。 **She's sneaky.**

他很狡猾。 **He's a cunning person.**

她是個貪心的人。 **She's greedy.**

他具有侵略性。 **He's an aggressive person.**

她喜歡批評別人。 **She's trigger-happy.**
*trigger-happy = 好戰的。

他說話尖酸刻薄。 **He has a sharp tongue.**
*tongue [tʌŋ] = 說話的能力。

她很自私。 **She's selfish.**

他很固執。 **He's stubborn.** *stubborn [ˋstʌbɚn] = 頑固的。

她真頑固。 **She's bullheaded.**

他太神經質了。 **He's too sensitive.**

她真的很害羞。 **She's really shy.**

他優柔寡斷。 **He's indecisive.**
*indecisive [ˌɪndɪˋsaɪsɪv] = 優柔寡斷。

她的神經很大條。 **She's thick-skinned.**
*thick-skinned =（責難之意）遲鈍的、不敏感的。

他很保守。	He's a stick-in-the-mud. ＊stick-in-the-mud = 墨守成規。
她不可靠。	She's irresponsible.
她是說一套做一套的人。	She's the type of person who says one thing and does another.
他很愛管閒事。	He's a busybody.
她很嘮叨。	She's a nag.
她很囉嗦。	She is a backseat driver. ＊backseat driver = 囉哩叭唆、對人指手畫腳的人。
他不愛說話。	He has one word too many.
她真是喜歡說三道四的人。	She's such a quibbler. ＊quibbler [`kwɪblɚ] = 說三道四者。
他很固執。	He's persistent.
她很小氣。	She's stingy.
他不懂裝懂。	He's a know-it-all.
她有偏見。	She's prejudiced. ＊prejudiced [`prɛdʒədɪst]。
他什麼都不在乎。	He's careless.
她太嚴肅了。	She's too serious.
他很小心眼。	He's narrow-minded.
她很挑剔。	She's picky.
他喜歡吹毛求疵。	He's a nitpicker.
她講話太直了。	She's too outspoken.
他不守時。	He's not punctual. ＊punctual = 準時的。
她很多嘴。	She has a big mouth.
他很愛講話。	He's talkative. ＊talkative = 愛說話的。
她很愛管閒事。	She's nosy.

他是會拍馬屁的人。	**He's an apple polisher.** ＊apple polisher＝討好（巴結）的人。
她不知適可而止。	**She doesn't know when to give up.**

對方的背景

對方的姓名．年齡

她叫大前麻里子。	**Her name is Mariko Osaki.**
他是山口先生。	**His name is Mr. Yamaguchi.**
她42歲。	**She's 42 years old.** ＊years old 可省略。
他大概50幾歲。	**He's probably in his 50s.**
她20幾歲。	**She's in her 20s.**
他30出頭。	**He's in his early 30s.**
她45歲左右。	**She's in her mid-40s.**
他快60歲了。	**He's in his late 50s.**
她跟我是同一個世代。	**She and I are of the same generation.**
他的年紀跟我差不多。	**He's about my age.**
她可能比我再年輕幾歲。	**She's probably a little younger than me.** ＊若要表達「年長」，則是 older。
我好奇他到底幾歲。	**I wonder how old he is.**
你無法從外表猜出她的年紀。	**You can't tell her age from the way she looks.** ＊此處的 you 指的是「一般人」。
我得知我們同年。	**I learned we were the same age.**
他看不出來年紀比我大。	**He didn't look older than me.**
我不敢相信她的年紀居然比我小。	**I couldn't believe she was younger than me.**

對方的家庭成員

家庭成員 的單字

雙親	parents
父親	father / dad
母親	mother / mom
祖父母	grandparents
祖父	grandfather / grandpa
祖母	grandmother / grandma
小孩	child / kid
兒子	son
女兒	daughter [`dɔtɚ]
孫子	grandchild / grandchildren
孫子（男）	grandson
孫子（女）	granddaughter
兄弟	brother
姊妹	sister
兄弟姊妹	sibling
岳父、公公	father-in-law
岳母、婆婆	mother-in-law
夫或妻的兄弟	brother-in-law
夫或妻的姊妹	sister-in-law
叔叔、伯父、姨丈、舅舅	uncle
嬸嬸、伯母、阿姨、舅媽	aunt
堂（表）兄弟姊妹	cousin [`kʌzn]
外甥、姪子	nephew [`nɛfju]
姪女	niece [nis]
丈夫	husband
妻子	wife
未婚夫	fiancé
未婚妻	fiancée
前夫	ex-husband
前妻	ex-wife

他一個人住。	He lives by himself.
他跟太太及岳父母同住。	He lives with his wife and his parents-in-law.
他們是四口之家。	They're a family of four.
她有個大家庭。	She has a large family.
他是獨生子。	He's an only child.
她有兩個姊姊和一個弟弟。	She has two sisters and a brother.
她是三個姊妹中年紀最小的。	She's the youngest of three sisters. ＊「年紀最長」是 the oldest、「中間的」是 the middle。
他有四個兄弟姊妹。	He has four siblings. ＊sibling =（無男女之分）兄弟姊妹。
他有一個雙胞胎妹妹。	He has a twin sister.

她的兒子現在讀國中二年級。	Her son is in the second grade of junior high school.
聽說她兒子明年要考高中入學考試。	I heard her son is going to take the high school exams next year.
聽說他女兒結婚了。	I heard his daughter got married.
聽說他兒子大學畢業了。	I heard his son graduated from college.
聽說她女兒找到工作了。	I heard her daughter found a job.
她比她丈夫大七歲。	She's seven years older than her husband.
他養了一隻狗。	He has a dog.

對方的老家·現居地

國名 的單字

愛爾蘭	Ireland	丹麥	Denmark
美國	America	德國	Germany
英國	Britain	土耳其	Turkey
義大利	Italy	紐西蘭	New Zealand
印度	India	尼泊爾	Nepal
印尼	Indonesia	挪威	Norway
埃及	Egypt	匈牙利	Hungary
澳洲	Australia	菲律賓	the Philippines
奧地利	Austria	芬蘭	Finland
荷蘭	Holland	不丹	Bhutan
加拿大	Canada	巴西	Brazil
南韓	South Korea	法國	France
柬埔寨	Cambodia	越南	Vietnam
希臘	Greece	比利時	Belgium
新加坡	Singapore	波蘭	Poland
瑞士	Switzerland	葡萄牙	Portugal
瑞典	Sweden	馬來西亞	Malaysia
西班牙	Spain	墨西哥	Mexico
泰國	Thailand	摩洛哥	Morocco
中國	China	俄羅斯	Russia

城市 的單字

雅典	Athens [`æθɪnz]	巴黎	Paris
阿姆斯特丹	Amsterdam	溫哥華	Vancouver
維也納	Vienna	曼谷	Bangkok
耶路撒冷	Jerusalem [dʒə`rusələm]	佛羅倫斯	Florence
哥本哈根	Copenhagen	布魯塞爾	Brussels
舊金山	San Francisco	北京	Beijing
西雅圖	Seattle	凡爾賽	Versailles [və`selz]
芝加哥	Chicago	柏林	Berlin [bə`lɪn]
雪梨	Sydney	慕尼黑	Munich [`mjunɪk]
上海	Shanghai	米蘭	Milan
日內瓦	Geneva [dʒə`nivə]	墨爾本	Melbourne
首爾	Seoul	莫斯科	Moscow [`masko]
蘇黎世	Zurich [`zʊrɪk]	里約熱內盧	Rio de Janeiro
德里	Delhi	羅馬	Rome [rom]
那不勒斯	Naples [`nep!z]	洛杉磯	Los Angeles
紐約	New York	倫敦	London

他來自奈良。
He's from Nara.

她在大阪出生，在橫濱長大。
She was born in Osaka and raised in Yokohama.

他住在東京已經八年了。
He has lived in Tokyo for eight years now.

她一直到五年前都住在福岡。
She lived in Fukuoka up until five years ago.

我發現原來我和他來自同一個城鎮。
I found out that he and I come from the same town.

＊find out ～ = 發現～，found 是 find 的過去式。

自從知道我們來自同一個城市後，我覺得和她更親近了。
After finding out we're from the same city, I started to feel closer to her.

他來自加拿大西南部的卡加利。
He's from Calgary, Canada.

她從美國來留學。
She's on an exchange program from America.

她上個月剛來日本。 She just got to Japan last month.

對方的職業

職業 的單字

正式員工	full-time worker	護士	nurse
約聘人員	contract employee	教師	teacher
派遣人員	temporary worker / temp	教授	professor
兼差	part-timer	教保員	preschool teacher
家族企業	family-operated business	護理人員	care worker
總裁	president	編輯	editor
公司董事	company executive	記者	reporter
上班族	company worker / office worker	口譯人員	interpreter
公務員	public employee	翻譯人員	translator
接待員	receptionist	演員	actor
工程師	engineer	歌手	singer
會計	accountant	政治家	politician / statesperson
稅務會計	tax accountant	漁夫	fisherman
律師	lawyer	農夫	farmer
建築師	architect	美容師	hairdresser
醫師	doctor	理髮師	barber
		家庭主婦（夫）	homemaker

她是幼兒園老師。 She's a preschool teacher.

她是家庭主婦。 She's a homemaker.
＊homemaker = 家庭主婦（夫）。

他是上班族。 He's an office worker.
＊「上班族」也可用 company worker 一詞。

他在科技公司上班。 He works for an IT company.

她從事貿易相關工作。 She does trade-related work.

她在食品業待過很長一段時間。 She has been in the food industry for years.
＊for years = 好多年。

他曾待過服裝業。 He used to be in the apparel industry.

他在賣醫療器材。 He sells medical equipment.
＊equipment = 設備。

他擔任會計工作。 He's in charge of accounting.
＊in charge of ～ = 負責。 accounting = 會計。

她在辦公室擔任的是兼職人員。 She does office work part time.
＊part time = 兼職的。

他在健身房當教練。 He works as an instructor at a gym.

他是程式設計的專家。 He's a programming expert.

她是公司總裁。 She's the president of a company.

他經營一家公司。 He runs a business. ＊run = 經營。

她和丈夫經營一家餐廳。 She and her husband run a restaurant.

他是個有經驗的老師。 He's an experienced teacher.

她是小學三年級的老師。 She's a third grade teacher at an elementary school.

他在高中教數學。 He teaches math in high school.

麻生成了配音員。 Asao became a voice actor.

他退休了。 He retired from work.

她最近剛換工作。 She has recently changed jobs.

他是派遣員工。 He's a temp.
＊temp 是 temporary worker（派遣員工）的簡稱。

她是兼職人員。 She works part time.

他是法政大學二年級的學生。 He's a sophomore at Hosei University.
＊sophomore [ˋsɑfmor] =（大學的）二年級學生。

她主修法律。 She majors in law.
＊major in ～ = 主修～。

與人打交道

和朋友・認識的人見面

今天下午我見到優子了。 I met Yuko this afternoon.

我們2點在東京火車站會合。 We met at Tokyo Station at 2:00.

真司和我一起喝咖啡。 Shinji and I had some coffee.

＊some coffee 也可換成 some tea。

我在健身房看到石黑。 I saw Ishiguro at the gym.

我在超市偶遇貝沼。 I ran into Kainuma at the grocery store.

＊grocery [`grosərɪ] store = 生鮮食品店。

我在幼稚園見到小聰的母親。 I met Sou's mom at the preschool.

我在回家途中遇到淺野。 I saw Asano on the way home.

森順路來我家。 Omori dropped by my place.

我到角田家去拜訪。 I visited Kakuta at her house.

我沒有想到會在那裡看到她。 I didn't expect to see her there.

久別重逢

這麼久以來我第一次見到由美子。 I met Yumiko for the first time in ages.

三個月來我第一次和木村見面。 I saw Kimura for the first time in three months.

自去年九月以來，這是我第一次見到片桐。 I met Katagiri for the first time since last September.

四班舉辦同學會。 There was a reunion for Class 4.

我和高中同學見面。 I met some friends from high school.

這麼久以來第一次見到許多同學。 I saw a lot of my classmates for the first time in a long while.

一開始我認不出他來。 I didn't recognize him at first.

這是15年來我第一次見到中島。 I saw Nakajima for the first time in 15 years.

她看起來很有精神。 She looked great.

他們一點都沒變。	**They haven't changed a bit.**
他們說我看起來跟以前一樣。	**They told me that I looked the same.**
他們說我看起來變得很不一樣。	**They told me that I looked very different.**
他說我變漂亮了。	**He told me I had become beautiful.**
她變得非常漂亮。	**She has become really beautiful.**
她看起來變瘦很多。	**She looked like she had lost weight.**
他變胖很多。	**He gained a lot of weight.**
他快禿了。	**He was losing his hair.**
我們兩個看起來又老了一些。	**We both looked older.**
她的白頭髮又更多了。	**She had more gray hair.**
我們兩個閒聊著。	**We caught up with each other.** ＊catch up with ～ =（和久未見面的人）聊天。
我們很開心的聊著國中的往事。	**We had a great time talking about our junior high school days.**
我們約定一定要再聚聚。	**We promised to get together again.**
我們決定要保持聯絡。	**We decided to keep in touch.** ＊keep in touch =聯絡。

與附近的人往來

我拿了些蘋果給住在隔壁的鄰居秋山。	**I gave some apples to my next-door neighbor, Akiyama.**
他回送我一些馬鈴薯。	**I got some potatoes in return.**
我送渡邊一份從加拿大帶回來的禮物。	**I gave Watanabe a gift from Canada.**
我站著和柴田聊天。	**I stood chatting with Shibata.**

我們居委會有個集會。	We had a gathering of our neighborhood association.
我繳交居委會的會費。	I paid the neighborhood association fee.
我參加大樓的住戶委員會。	I attended the condo association meeting. ＊condo 是 condominium 的簡稱。
社區的公告傳回到我這裡了。	The neighborhood bulletin was passed around to me. ＊bulletin [`bʊlətɪn] = 公告。
我把社區公告交給田邊。	I handed the neighborhood bulletin over to Tanabe.
幸田下個月要搬到大阪去了。	Kouda is moving to Osaka next month. ＊move = 搬家。
我會想她的。	I'll miss her. ＊miss = 想念。
我的新鄰居過來向我打招呼。	My new neighbor came to say hi. ＊say hi = 打招呼。
我很高興她看起來人很好。	I'm glad she looked nice.
我要出門時遇到了鄰居，和她打了招呼。	When I was leaving, I saw a neighbor and greeted her. ＊neighbor = 鄰居、住附近的人。
我的鄰居是什麼樣的人呢？	I wonder what kind of neighbors I have.
住在這棟大樓的人彼此不相往來。	People living in my condo don't really associate with each other.

與人道別

019

與人道別

我在5點和她道別。	I said bye to her at 5:00. ＊say bye to ～ = 和～道別，said 是 say 的過去式。
我和小花在火車站道別。	I said bye to Hana at the station.
我為兒子送機。	I saw my son off at the airport. ＊see ～ off = 目送～離開。saw 是 see 的過去式。

我送她到火車站。
I saw her off at the station.

我帶著微笑送他離開。
I saw him off with a smile.

當我目送她離開時，忍不住哭了出來。
I couldn't help crying when I saw her off.
＊can't help ～ing = 忍不住。

我揮手向他道再見。
I waved good-bye to him.
＊wave = 揮手。

與人死別

我的祖父去世了。
My grandfather passed away.
＊pass away = 去世。

我的父親去世時享年77歲。
My dad passed away at the age of 77.

我的祖母安詳的死去，享年97歲。
My grandmother passed away peacefully at 97.

他是猝死的。
He dropped dead.
＊drop dead = 猝死。

她快死了。
She's dying.

我的堂哥因為肝癌過世了。
My cousin passed away from liver cancer.

我的鄰居自殺了。
A neighbor of mine killed himself.
＊若死者為女性，則可將 himself 改為 herself。

我的侄子在車禍中過世了。
My nephew was killed in a car accident.

他實在是英年早逝。
He died too early.

我會常常想起他，並為他禱告。
My thoughts and prayers are with him.
＊thought [θɔt] = 關心。prayer = 祈禱。

對於山田的母親過世一事，我感到十分遺憾。
I'm very sorry to hear about Yamada's mother's death.

我對他的死有種難以言喻的悲傷。
His death has saddened me beyond words.
＊sadden = 使悲傷。

她已經去世十二年了。
It's been 12 years since she passed away.

人際關係相關的

英文日記，試著寫寫看！

020 試著用英文書寫與人際關係有關的事吧。

和朋友吵架

Yohei and I had an argument. I apologized by e-mail, but I haven't gotten a reply yet. Maybe I should've said sorry to him in person.

翻譯

我和洋平吵架了。我用e-mail向他道歉，但還沒有收到回信。或許我該當面和他說對不起。

POINT 「口頭上的爭論」可用 argument 或 quarrel [ˋkwɔrəl] 等字；若是「互相毆打的吵架」或「口頭上爭論的很厲害」，則要用 fight 。 Maybe I should've ～（動詞的過去分詞）有「是不是該～比較好」的意思。 in person 有「（不用電話或 e-mail ）親自」之意。

樓上的腳步聲

The man upstairs makes noise when he walks. I wish I could tell him to walk quietly but I can't as I sometimes run into him in the parking lot.

翻譯

樓上的男人走路很吵。我很想請他走路小聲一點，但因為我偶爾會在停車場遇到他，所以一直都沒講。

POINT 「樓上」的英文是 upstairs、「樓下」是 downstairs。I wish I could ～ 有「做～的話比較好（但實際上沒有做）」之意。文裡的 as ～ 代表「因為～」的意思。run into ～ 是「偶爾會見到～」，而 parking lot 是停車場。

討好別人很累

I don't want to go along with my husband to his parents' home during the Obon holiday. I get so tired trying to be nice to my in-laws.

翻譯

我不想在盂蘭盆假期和我的先生去拜訪公婆。我覺得要討好婆家的人很累。

POINT 「回老家探視公婆」可以寫成 go along with my husband to his parents' home（跟丈夫一起回他的爸媽家）。「婆婆」是 mother-in-law，「小姑」是 sister-in-law，但此文用 in-laws（親戚）來含括全部。

向鄰居致謝

Marina's teacher called me to come pick her up because she had a fever. But I was in a meeting and I couldn't. Ms.Kondo kindly picked her up for me.

翻譯

真理奈的老師打電話給我，跟我說真理奈在發燒，希望我去接她。但我當時在開會，所以無法過去。幸好親切的近藤女士代替我去接她回來。

POINT pick up 有「去接送～」的意思。「對我很親切」用 kindly ～（動詞的過去式）來表示，而此時 kindly 必須放在過去式動詞之前。「代替～」可用 for ～來表示。

5 心情・感想

各種心情

喜歡

我喜歡這個顏色。	I like this color.
我愛這個樂團!	I love this band!
京都是我最喜歡的城市。	Kyoto is my favorite city.
我喜歡巧克力勝過一切。	I love chocolate more than anything. ※more than anything = 勝於一切。

討厭

我不喜歡這個演員。	I don't like this actor.
我不太喜歡喝咖啡。	I don't really like coffee. ＊don't really ～ = 不太～。
我不喜歡坐飛機。	I really don't like flying. ＊fly = 搭飛機。
我恨蟑螂!	I hate cockroaches! ＊cockroach（蟑螂）有時也省略成 roach。

高興・幸福

太好了!我做到了!	Yes! I did it!
我真高興!	I'm so happy!
我真幸福。	I'm really happy.
我再高興不過了。	I couldn't be happier. ＊有「沒有比這個更讓人高興的事了」之意。

我無法用言語表達我有多高興。	I have no words to express how happy I am.
哇，好到令人不敢相信！	Wow, this is too good to be true! ＊too good to be true 有「事情進行得太順利」而令人心生懷疑之意。
我有好消息！	I got some good news!
她看起來很快樂。	She looked really happy.
我為他感到高興。	I'm happy for him.
我是世界上最幸福的人。	I'm the happiest person on earth.
我真是幸運啊。	I'm such a lucky guy. ＊此處的 lucky 有「受眷顧而擁有的幸福」之意。若說話者為女性，則可將 guy 改為 woman。
感覺像夢一樣！	It feels like a dream!
我好幸運！	Lucky me! I'm so lucky!
我的運氣很好。	I'm in luck.
我今天真走運。	I lucked out today.

有趣・好玩

真有趣。	It was fun. I had fun.
真是愉快。	I had a ball. I had a great time. ＊ball = 指很棒的片刻。
實在很有趣。	It's a lot of fun.
真是很棒的一天。	It was a great day. ＊great day 也可置換成 fun day。
出乎意料地好笑。	We didn't expect it, but it WAS funny. ＊WAS 用大寫表示，有強調的意味。
我愛死了！	I love it!
超好笑的！	It cracked me up! ＊crack ～ up = 突然大笑起來。

我大笑出來！ I laughed out loud!

＊loud = 大聲。

我笑到肚子痛。 I laughed until my sides ached.

＊side = 側腹部。ache [ek] = 疼痛。

我笑到流眼淚。 I laughed so hard that I cried.

我每次想到都會笑。 I laugh whenever I remember it.

＊remember = 想起～。

悲傷

我很悲傷。 I'm feeling sad.

我真的很傷心。 I'm really sad.
I'm heartbroken.

我快哭出來了。 I'm close to tears.

＊close [klos] to = 接近～。

我好想哭。 I felt like crying.

我努力試著不讓眼淚流下來。 I tried really hard to hold back my tears.

＊hold back ～ = 壓抑。

我的眼睛充滿淚水。 Tears welled up in my eyes.

＊well up = 湧上（現）。

我忍不住哭了。 I can't stop crying.

真是殘忍！ How cruel!

＊cruel = 殘酷、殘忍。

我的心好痛。 I felt heartbroken.

看到她傷心，我的心好痛。 It broke my heart to see her sad.

寂寞・空虛

我好寂寞。 I'm feeling lonely.

我好想他。 I miss him.

我的心裡好像有個洞。 It's like there's a hole in my heart.

突然間，一陣寂寞向我襲來。 All of a sudden, I was hit by a wave of loneliness.

我好空虛。	I feel empty. ＊low 可換成 blue。depressed 可換成 down。
每天做一樣的事，我覺得好空虛。	I feel empty doing the same thing every day.
這就是人生。	That's the way it is. That's life.

憂鬱・厭煩

我很沮喪。	I'm feeling low. I feel depressed. ＊low 可換成 blue。depressed 可換成 down。
我最近實在沒什麼動力。	I don't have any motivation these days. ＊motivation = 動力。
我什麼都不想做。	I don't feel like doing anything.
我對一切感到厭煩。	I'm sick and tired of everything.
快把我搞瘋了。	It's driving me crazy. ＊drive ～ crazy = 使～發瘋。
沒希望了。	It's hopeless.
我對它感到厭煩。	I'm sick of it.
我真的把一切都搞砸了。	I really messed up everything. ＊mess up ～ = 完蛋、陷入困境。
前方的道路一片漆黑。	The road ahead is pitch-dark. ＊pitch-dark = 漆黑的。
為什麼我總會遇到這種事？	How come this always happens to me?
我對人生感到厭倦。	I'm tired of life.

期待・樂趣

我很期待！	I'm looking forward to it!
我好期待明天（的到來）。	I can't wait for tomorrow. I can hardly wait for tomorrow.
我愈來愈興奮了。	I'm getting excited.
我既興奮又緊張。	I'm excited and nervous.

真希望星期六趕快來。 I wish it were Saturday already.

我興奮到睡不著。 I was too excited to sleep.

我對這部電影有非常大的期待。 I really have high expectations for this movie.

希望它不會讓我失望。 I hope it doesn't disappoint me.

*若是對「人」有期待，可將 it 改成 he / she / they。

沮喪·惋惜

真失望！ What a letdown!

*letdown（失望）也可以用 disappointment 來表示。

我真的對他很失望。 I was really disappointed in him.

看來只要再加把勁就沒問題了。 It looked like it was just about to turn out okay.

*turn out ～ = 變成～。

真教人失望。 It was a letdown.

還差一點。 It was just okay.

*just okay 有「還差一點」的意思。

事情不如我的預期。 It wasn't as good as I expected.

我不該有過多的期待。 I shouldn't have expected so much.

真是太可惜了！ That's too bad!
That's a shame!

*shame = 可惜的事。

無聊

我好無聊。 It's boring.
I'm bored.

真是本無聊的書。 It was a boring book.

真是無聊。 It was a drag.

*drag = 無聊的人或事。

我快無聊死了。 I'm bored to death.

我厭倦每天的生活。 I'm bored of my everyday life.

一點都不有趣。 It wasn't any fun at all.

有沒有發生什麼有趣的事情呢。	I wonder if there's anything exciting going on.
根本是浪費時間。	It was a waste of time.

感動

我很感動。	I was moved. ＊moved 也可替換成 touched。
我深深地被打動。	I was really moved.
我感動到流淚。	I was moved to tears.
我被他的好意感動。	I was moved by his kindness.
我被感動了。	I was inspired.
我發現自己因為同情而哭了。	I found myself weeping in sympathy. ＊sympathy [`sɪmpəθɪ] = 贊同、同情。
他的演說深深打動了我。	I was really impressed with his speech.

發怒

真令人生氣。	This is annoying. ＊annoying [ə`nɔɪɪŋ] = 討厭的、惱人的。
我很不爽。	I'm so pissed off. ＊粗俗的表達方式。
我的怒氣還沒消。	I'm still mad.
想到我又一肚子氣。	Just remembering it made me angry again.
我為微不足道的小事生氣。	I got mad over nothing.
我沒辦法再忍耐下去了。	I couldn't take it any longer. I've lost my patience. ＊take it = 忍耐。patience = 耐心、忍耐。
我氣到全身發抖。	My whole body shook with anger.
我需要發洩心中的怒氣！	I need to let off some steam! ＊let off steam = 發洩怒氣。
我要找個人來出氣。	I want to vent my anger on someone. ＊vent = 發洩（怒氣等）～。

先生成了我的出氣桶。	**I took it out on my hubby.** ＊take it out on ～ = 向～出氣，took 為過去式。hubby = husband（丈夫）。
得了吧！	**Give me a break!** ＊面對令人心煩的話，這句話有「拜託～」、「真是夠了」的言外之意。
別管我。	**Just leave me alone.**
不關他的事。	**It's none of his business.** ＊對方若是女性，則將 his 改為 her。
他的態度讓我心神不寧。	**His attitude got on my nerves.** ＊attitude [ˋætətjud] = 態度。
我和他絕交。	**I'm done with him.** ＊done with ～ = 與～絕交。
我永遠不會原諒他。	**I will never forgive him!**
絕對無法原諒！	**It's absolutely unforgivable!**
我再也不會相信他。	**I won't trust him anymore.**
我絕對不會再跟他說話！	**I will never talk to him again!**
我應該回嘴的。	**I should've said something back to her.**

驚訝

噢，嚇了我一跳。	**Oh, I was surprised.**
我真的嚇了一跳。	**I was really surprised.**
我真不敢相信。	**I just can't believe it.**
不會吧！	**No kidding!**
真是太巧了！	**What a coincidence!** ＊coincidence [koˋɪnsɪdəns] = 巧合。
什麼日子啊！	**What a day!** ＊好的、壞的情況皆可使用。
難以置信！	**Unbelievable!**
到現在我還是無法相信。	**I still can't believe it.**
我真不敢相信竟然發生這種事。	**I can't believe this is really happening.**

真不敢相信我的眼睛。	I couldn't believe my eyes.
她幾乎是對我的心臟揍了一拳。	She almost gave me a heart attack. ＊這句有「對於她的言行感到震驚」之意。用於聽到某件事時，She 要改成 It。
真相比小說來得離奇。	Truth is stranger than fiction.

有自信・缺乏自信

我自信滿滿。	I'm really confident.
我已經準備好了。	I'm all set. Everything is ready. ＊set＝準備萬全。
這是輕而易舉的事。	This is a piece of cake. This is as easy as pie. ＊第一句也可以只寫 Piece of cake。
我有信心可以做好。	I'm confident that I'll do well.
我對自己沒自信。	I'm not confident in myself.
因為某些原因，我不再有自信。	I'm no longer confident for some reason.
我想要更有自信一點。	I want to be more confident in myself.
我應該要相信自己。	I should believe in myself.
我變得愈來愈有自信。	I'm becoming more confident.
我會試著不要過於自信。	I'll try not to be overconfident. ＊overconfident＝過於自信的。
也許我太過自負了。	Maybe I'm overconfident.

不安・緊張

我很擔心。	I'm worried.
我覺得很不安。	I'm feeling really uneasy. ＊uneasy＝不安、擔心。
我太焦慮而整晚睡不著。	I'm too anxious to sleep at night.
我好緊張。	I'm nervous.

我愈來愈緊張。 I'm getting tense. ＊tense = 緊張。

我對明天的演奏會感到很亢奮。 I'm keyed-up about the music performance tomorrow.
＊keyed-up =（重大事情發生前的）興奮、緊張。

我的胃愈來愈痛了。 I'm getting knots in my stomach.
＊knot =（因為不安而引發胃或喉嚨的）壓迫感。

我認為我辦不到。 I don't think I can do it.

我對這件事有不祥的預感。 I have a bad feeling about this.

不知道事情能不能順利進行。 I wonder if it'll go well.
＊go well（順利進行）亦可用 work out。

希望事情進行的很順利。 I hope it goes well.

我好緊張。 I was really nervous.

我的聲音在顫抖。 My voice got shaky.

我的手在發抖。 My hands were shaking.

我的心跳得很快。 My heart was beating fast.

我的腦中一片空白。 My mind went blank.
＊go blank =（腦中）一片空白。

我覺得我的臉都紅了。 I think my face was red.
I think I was flushed. ＊flushed = 臉紅的。

他看起來很不安。 He looked nervous.

安心

我放心了。 I'm relieved.

真是鬆了口氣！ What a relief!

終於完成了，真是太好了。 I'm glad I managed it.
＊manage = 完成～。

我勉強做到了。 I barely made it.
＊barely = 勉強。 make it = 成功。

我終於可以安心睡覺了。 Now I can sleep with an easy mind.

我覺得很放心，因為我有充份的準備。 I feel at ease because I'm fully prepared.

滿意

我非常滿意。	I'm fully satisfied.
我滿意到無話可說。	I'm perfectly satisfied.
我對研討會十分滿意。	I was completely satisfied with the seminar.
大家高興，我就高興。	I was happy that everyone was happy.
我今天過得很充實。	I had a fruitful day. I had a fulfilling day. ＊fruitful = 有意義的。 fulfilling = 充實的。
我努力工作終於獲得回報了。	My hard work paid off. ＊pay off = 得到報酬。paid 是 pay 的過去式。
能做的我都做了。	I did all I could do.

不滿

我一點都不滿意。	I'm not satisfied at all.
我對這件事不太滿意。	I'm not really satisfied with this.
我對這件事有奇怪的感覺。	I have a funny feeling about it. ＊funny = 奇怪的。
我怎麼可能會滿意？	How could I be satisfied with that?
我不是很滿意那家餐廳。	I wasn't satisfied with that restaurant.
我可以到哪裡申訴？	Where should I go to complain?
最近我一直發牢騷。	I'm always griping these days. ＊gripe [graɪp] = 訴苦、發牢騷。
我應該把抱怨的話留給自己。	I should keep my complaints to myself. ＊complaint = 不滿、抱怨。
好了，到此為止。別再抱怨了！	Okay, that's it. No more complaining! ＊complain = 抱怨。

害怕・不愉快

我好害怕。	I'm so scared.

我有一點害怕。	**I'm a little scared.**
我想我快死了。	**I thought I was going to die.**
我再也受不了了。	**I can't take it anymore.** ＊take it = 忍耐。
我不想再經歷一遍了。	**I don't want to go through that again.**
真是令人毛骨悚然的經驗。	**It was a hair-raising experience.**
我的腿一直發抖。	**My legs were trembling.** ＊tremble = 顫抖。
我的臉色變得蒼白。	**I turned white.**
我起了雞皮疙瘩。	**I had goose bumps.** ＊goose bumps = 雞皮疙瘩。
我得了幽閉恐懼症。	**I'm claustrophobic.** ＊claustrophobic [͵klɔstrə`fobɪk]。
我很怕黑。	**I'm afraid of the dark.** ＊若是有懼高症，可將 dark 改成 heights。
挺嚇人的。	**It was creepy.**
真是令人噁心。	**It was so gross.** ＊gross [gros] = 令人噁心的。
我恨蟲子。	**I hate bugs!**
我很怕老婆。	**I'm afraid of my wife.**
我永遠無法習慣坐飛機。	**I'll never get used to flying.** ＊get used to ～ = 習慣～。

後悔

為什麼會變成這樣？	**How did it end up like this?** ＊end up = 結束。
為什麼事情每次都會變成這樣？	**Why do I always end up like this?**
事情本來不該是這個樣子的。	**This wasn't how it was supposed to be.** ＊be supposed to ～ = 認為必須。
我不該那麼做的。	**I shouldn't have done that.**
我做了無法挽回的事。	**I did something I can't undo.** ＊undo = （將已做過的事）回復原狀。

我太粗心了。	It was careless of me.
也許我過分了點。	Maybe I went a bit too far. ＊go too far = 做得太過火。went 是 go 的過去式。
也許我說的太過分了。	I might have said one word too many.
我給朋友添麻煩了。	I caused my friends a lot of trouble. ＊若要表達同事，可將 friends 改為 co-workers。
我應該再更早做的。	I should've done it sooner.
我應該準備更周全的。	I should've been more prepared.
我真後悔。	I really regret it. ＊regret = 後悔～。
我一點都不後悔。	I have no regrets. ＊regret = 後悔。
現在後悔已經太遲了。	It's too late for regrets.
現在說抱歉已經太晚了。	It's too late to be sorry.
我真希望能回到從前。	I wish I could go back to those days.
真希望人生可以重來。	I wish I could redo my life. ＊redo = 重做～。

丟臉

真不好意思。	I was embarrassed.
我真慚愧。	I'm ashamed.
我很害羞。	I'm shy.
我真丟臉。	I was humiliated. ＊humiliated [hju`mɪlɪ,etɪd] 。
大家都笑我。	Everyone laughed at me.
真是爛透了！	It really sucks! ＊suck [sʌk] = 事情很糟糕、低級。
我不想記住它。	I don't want to remember it.
我只想忘掉它。	I just want to forget about it.

我想抹去那些不堪的回憶。 I want to blot out the bad memories.
＊blot out ～ = 清除～。

我真希望能找個洞鑽進去。 I wish I could sink into the floor.
＊sink into ～ = 沈到～裡。

我臉紅了。 I went bright red in the face.
＊go red = 變紅。 went 是 go 的過去式。

我因羞愧而臉發燙。 My face burned with shame.
＊burn = 有（強烈的情緒）。shame = 羞愧。

一想起這件事，就讓我臉紅。 Just remembering it makes me blush.

感謝

香苗，謝謝你。 Thanks, Kanae.

悠斗，真的很謝謝妳。 Thanks so much, Yuto.

我很感激。 I'm grateful.
＊grateful 也可用 thankful 代替。

我很感謝她。 I'm grateful to her.

我對她感激不盡。 I can't thank her enough.
＊此句直譯為「我再怎麼感謝她都不夠」。

我對他的感謝無法言喻。 There are no words to express how grateful I am to him.

明天我會向他表達我的感謝。 I'll show him my gratitude tomorrow.
＊gratitude = 感謝。

我很感謝他們的幫助。 I appreciate their help.
＊appreciate [əˋpriʃɪ,et] = 感謝～。

我因身體健康而心存感激。 I'm thankful for my good health.

今天又平安渡過，我心存感謝。 I'm thankful nothing bad happend today.

道歉

我很抱歉。 I'm sorry.

我真的很對不起。 I'm really sorry.

我想跟他道歉。 I feel terrible for what I did to him.

我想跟大家道歉。	I want to apologize to everyone. ＊apologize [əˋpɑlə,dʒaɪz] = 道歉。
我必須好好跟她道歉。	I need to give her a proper apology. ＊proper = 適當的。apology = 道歉。
明天我會向她道歉。	I'll tell her I'm sorry tomorrow.
我會寫信跟她道歉。	I'll write him a letter of apology.
我不斷道歉。	I kept apologizing.
我帶著禮物去向她賠罪。	I went to see her with an I'm-sorry gift. ＊「賠罪的禮物」也可寫成 apology gift。
希望他能原諒我。	I hope he forgives me.

誇獎

真弓，做的真好！	Good job, Mayumi! ＊Mayumi 可以改成自己的名字。
只要我試著去做，就能做到。	If I try, I can do it!
我要讚美自己。	I want to praise myself. ＊praise [prez] = 讚揚～。
我應該好好犒賞自己。	I should give myself a treat. ＊treat = 樂事。
我想為美紗子鼓掌。	I want to give a big hand to Misako. ＊若是要表達「替自己」鼓掌，則可將 Misako 改成myself。
森田先生真是個好人。	Mr. Morita is truly a great person.
有時我也該讚美一下老公。	I should praise my husband once in a while. ＊once in a while = 有時。
他讚美我英文很好，聽得我很高興。	I was glad he complimented me on my English. ＊compliment ～ on ... = 對～的讚揚。
我受寵若驚。	I was flattered. ＊flattered = （被讚美而）感到高興、心情愉快。
我把它當作是恭維。	I took it as a compliment. ＊compliment = 恭維。

祝賀

恭喜！	Congratulations! ＊亦可用 Congrats!
佳樹，恭喜你！	Congratulations, Yoshiki!

生日快樂！	**Happy birthday!**
恭喜你畢業了！	**Congratulations on your graduation!**
恭喜你找到工作了！	**Congratulations on finding a job!**
恭喜你升官了！	**Congratulations on your promotion!**
恭喜你結婚！	**Congratulations on your marriage!**
恭喜你們家有小寶寶了！	**Congratulations on your new baby!** ＊new baby 不分性別。要寫成 baby boy（男嬰）或 baby girl（女嬰）亦可。
我真為他們高興。	**I'm really happy for them.**
我由衷祝賀他們在新的人生路上快樂幸福。	**I really wish them happiness in their new life.**
為我們的結婚紀念日乾杯！	**Here's a toast to our wedding anniversary!** ＊toast = 舉杯、乾杯。

鼓勵

沒關係。	**It's all right.**
如果我繼續做下去的話就沒問題。	**It'll be okay if I keep doing what I'm doing.**
冷靜下來，真弓。	**Calm down, Mayumi.** ＊Mayumi 可以換成自己的名字。
我絕對做的到。	**I'm sure I can do it.**
相信自己，盡力去做。	**I'll believe in myself and give it my best shot.**
我確定事情會變順利的！	**I'm sure it'll go well!**
最壞也就這樣了。	**I have nothing to lose.** ＊lose = 失去～。
雅弘，加油！	**Hang in there, Masahiro!** ＊hang in there = 堅持下去。
我希望他們全力以赴。	**I want them to do their best.**
我會默默支持她。	**I'm supporting her behind the scenes.** ＊behind the scenes = 暗中、秘密地。

我的努力終究會得到回報。 My efforts will pay off eventually.

＊effort = 努力。pay off = 得到回報。

安慰

別擔心。 Don't worry about it.

這種事每個人都會發生。 It happens to everyone.

人人都會犯錯。 Everybody makes mistakes.

這不是我一個人的責任。 I'm not the only one at fault.

＊fault [fɔlt] = 責任、缺陷。

我的運氣不好。 It just wasn't my day.

下次小心一點。 Just be careful next time.

下回運氣會更好。 Better luck next time.

他的電子郵件鼓勵了我。 His e-mail cheered me up.

＊cheer ～ up = 使振奮。

懷疑

這是真的嗎？ Is it really true?

我很懷疑。 I'm doubtful.

＊doubtful [`daʊtfəl] = 懷疑的。

那種話鬼才相信。 I don't buy that story.

＊buy = 相信～、接受～。

我不相信事情有那麼簡單。 I can't believe it just like that.

我還是覺得很可疑。 I still have my doubts.

＊doubt [daʊt] = 懷疑、不相信。

不要唬弄我。 I'm NOT going to be fooled.

＊fool = 欺騙。

毫無疑問。 No doubt about it.

我懷疑這是謊話。 I wonder if it's a lie.

我覺得她在說謊。 I have a feeling she's lying.

羨慕・嫉妒

不公平。 It's not fair. ＊fair = 公平的。

惠里子真幸運！ Eriko is so lucky!

他的運氣真好。（我真羨慕他） He's really lucky.

＊也可以說 I'm jealous of him。

我想要變成像她一樣的人。 I want to be like her.

由美交了男朋友，我好忌妒。 Yumi got a boyfriend. I'm jealous.

我好忌妒他的公司發放獎金。 I'm jealous. His company gives bonuses.

我忍不住嫉妒他。 I can't help being jealous of him.

＊can't help ～ing = 忍不住。

她老是嫉妒別人。 She's always so envious of others.

＊envious [ˋɛnvɪəs] = 嫉妒的。

贊成

我贊成。 I agree.

我贊成他的意見。 I agree with him.

我大致同意。 I basically agree.

我完全同意。 I completely agree.

我沒有任何異議。 I have no objections whatsoever.

＊objection = 反對。no ～ whatsoever = 一點～都不。whatsoever 是 whatever 的強調形。

我沒有理由反對。 I don't have any reason to disagree.

我舉雙手贊成。 I agree unconditionally.

＊unconditionally = 無條件地。

我認為這是個好主意。 I think it's a good idea.

反對

我反對。 I have to disagree.

我不同意老婆的意見。 I don't agree with my wife.

我不贊成。 I can't agree.

我認為需要重新考慮。 I think it needs to be reconsidered.

＊reconsider = 重新考慮～、重新檢討～。

我不允許。	I can't allow this.
	＊allow = 允許、承認。
我出面表示反對。	I came out against it.

不贊成也不反對

我都可以。	I'm okay either way.
	＊either way = 不管怎樣。
我不會這麼說。	I can't really say.
	＊I can't say 有「我不了解」之意。
我不認為他們有什麼不同。	I don't think they're any different.
無論如何事情都會順利地繼續下去。	It'll be all right either way.
我無法下定決心。	I can't make up my mind.
	＊make up one's mind = 下定決心。
我還沒決定要怎麼做。	I haven't decided what to do.
我需要再好好想一想。	I need a little more time to think.
讓我們遵從大家的意見吧。	Let's go with the general opinion.
	＊general = 一般的、全面的。

放棄

嗯，沒辦法了。	Well, it can't be helped.
是時候該放棄了。	OK, it's time to give this up.
我認為該放棄了。	I think I should just stop.
有時候放棄是最好的選擇。	Sometimes giving up is the best choice.
我決定放棄了。	I decided to give it up.
有些事是無法改變的。	Some things can't be changed.
我最好再找其他方法。	I'd better find another way.
我要把這事忘了。	I'll put this behind me.
	＊put ～ behind = 忘掉～。
我就是無法將它忘懷。	I just can't forget about it.

忍耐

我會再忍耐一下。	I'll be patient just a little longer. ＊patient＝有耐心的
我會請他再有耐心一點。	I'll ask him to be patient just a little longer.
我必須更有耐心。	I have to be more patient.
我的耐心快用完了。	I'm running out of patience. ＊run out of ～ = 用完。patience = 耐心。
我再也忍不住了。	I can't take it anymore. ＊take it = 忍耐。
我再也受不了了。	I couldn't bear it anymore. ＊bear = 忍受～。
我再也受不了他了。	I can't put up with him anymore. ＊put up with ～ = 忍耐～。
那是我忍耐的極限了！	There's a limit to my patience!
為什麼我老是要忍耐？	Why do I always have to take this?
或許我該學著更有耐心。	Maybe I have to learn to be more patient.
她真的很有耐心。	She's really patient.

表達心情的短句

022

太棒了！	Great! Awesome! ＊awesome [`ɔsəm] 。
哇！	Wow!
了不起！	Terrific!
太酷了！	Cool!
幹得好！	Way to go!
讚啦！	Right on!
她真有一套！	Good for her! ＊依據對象不同，her 也可替換成 him / them / us。

拜託！	**Come on!** **Shoot!**
該死！	**Darn it!** **Damn it!** ＊均可省略 it。Damn [dæm] it! 是沒水準的表現。
不行！	**No way!** **That's impossible!**
爛透了！	**This sucks!** **This is terrible!** ＊suck [sʌk] =（事情）爛、令人討厭的。
糟了！	**Oh no!**
呸！	**Yuck!** **Gross!** ＊yuck [jʌk]。gross [gros]。
真令人作嘔！	**Disgusting!** ＊disgusting [dɪs`gʌstɪŋ]。
滾開！	**Go away!**
哇～／（哭泣）	**Boo-hoo.** ＊boo-hoo [ˌbu`hu] 是大聲哭泣的樣子。
天哪。	**Oh my.** **Oh dear.**
沒輒了。	**Oh well.**
慘了。	**Uh-oh.** ＊uh-oh [`ʌˌo]。
唉呀。	**Oops.** ＊oops [ups]。
好痛！	**Ouch!** **Ow!** ＊ouch [`aʊtʃ]。ow [aʊ]。
呼！	**Phew.** **Whew.** ＊phew [fju]。whew [hwju]。
唉…	**Sigh...** ＊sigh [saɪ] = 嘆氣。
唉呀…	**Ah...** ＊ah [ɑ]。
我就知道。	**I knew it.** **No wonder.** ＊no wonder.有「不足為奇」的意涵。

心情·感受相關的
英文日記，試著寫寫看！

023 試著用英文書寫與心情及感受有關的事吧。

考試通過了，真高興！

I passed the intermediate level of the GEPT test at last! I did it! I'm so happy I passed it before graduating from high school.

翻譯

我終於通過全民英檢中級了！太好了！真高興能在高中畢業前通過測驗。

POINT GEPT 是 General English Proficiency Test（全民英檢）的縮寫。I did it!（太好了！）也可用 I made it! 或 Yes! 來表示。「我真的太高興了」用 really 〈extremely〉 happy 來表達亦可。

那兩人分手了

I was shocked to hear Nanako and Atsushi broke up. They were so lovey-dovey with each other. I wonder what happened to them. I just can't believe it.

翻譯

聽到奈奈子和篤史分手的事我非常震驚，因為他們那麼相愛。他們是不是發生什麼事了。真令人不敢相信。

POINT shocked 是「非常震驚、受到衝擊」之意。「（戀人或夫妻）分手、離婚」會使用 break up，而「A和 B 分手」可寫成 A and B broke up 或 A broke up with B。lovey-dovey 是「相愛、情投意合」之意。

粗心大意

When I got home and unlocked the front door, I carelessly left the key in the lock. A passer-by kindly rang the doorbell and let me know. Whew.

翻譯

我回家開門時，不小心把鑰匙留在鎖頭上。好心的路人按門鈴告訴我這件事。呼～。

POINT 「粗心大意」是 carelessly（不注意）。「把鑰匙插在門把」為 left the key in the lock，這裡的 left 是 leave 的過去式。Whew（Phew）是表示「呼～」，安心了的心情。

為什麼只有我？

Mari and I talked during class, and the teacher told me off. Why only me? It's not fair! Just remembering it made me angry again.

翻譯

我和麻里在上課時講話被老師罵了。但為什麼只有我被罵？不公平！只要一想到這件事我就有氣。

POINT tell off 有「斥責」之意，亦可用被動式 I was told off by the teacher 來表現。fair 是「公平」，not fair 是「不公平 = 投機」。made me angry 是「讓我生氣」，用 make～有「讓人～」之意。

6 感覺

味覺

美味的

很美味。	It was good. ＊good 可以換成 tasty。
真的很好吃。	It was really good. It was delicious.
超好吃。	It was absolutely scrumptious. ＊scrumptious 和 delicious 為同義詞，但但較口語化。
口感很豐富。	It had a rich taste. ＊rich = 豐富的、富饒的。
神戶牛肉的味道在我口中擴散開來。	The taste of Kobe beef spread through my mouth. ＊spread = 擴散，其過去式亦為 spread。
這是我吃過最美味的東西。	It was the most delicious thing I had ever had.
不用懷疑，這裡的拉麵最好吃。	Without a doubt, they have the best ramen! ＊亦可用 without doubt [daʊt] 來表示。
他們的餐點好吃到沒話說。	Their food is delicious beyond words. ＊beyond words = 無法言喻。
咖哩放到第二天更好吃。	Curry tastes even better on the second day.
洗完澡後來一瓶冰涼的啤酒最棒了！	A cold beer after a bath is great!
沒有任何料理能勝過媽媽做的菜。	There's nothing like my mom's home cooking.
肚子餓的時候，什麼都好吃。	Everything tastes good when you're hungry. ＊此處的 you 指的是「一般人」。

難吃的

不好吃。 It wasn't good. ＊good 也可替換成 tasty。

不太好吃。 It wasn't very good.

難吃。 It was terrible.
It tasted awful. ＊awful [`ɔfʊl]。

真的很難吃。 It was really awful.
It was horrible.

不合我的胃口。 I didn't like the taste.

吃起來有點酸掉。 It tasted a little rotten.
＊rotten [`rɑtn] = 腐爛的。

這根本不能吃。 It just wasn't edible.
＊edible [`ɛdəb!] = 可食用的。

看起來很難吃。 It looked disgusting.
＊disgusting = 噁心的、令人厭惡的。

吃起來好噁心。 It was yucky.
＊yucky [`jʌkɪ] = 噁心的、令人討厭的。

滋味普通

味道還可以。 It was okay.

說不上好吃或不好吃。 It wasn't good or bad.

味道普普通通。 It was nothing out of the ordinary.
＊out of ～ = 超過～的範圍。ordinary = 普通的、平凡的。

普通就是最好的味道。 Normal is best.

甜的

甜甜的。 It was sweet.

太甜了。 It was too sweet.

甜甜鹹鹹的。 It was sweet and salty.

又甜又酸。 It was sweet and sour.

甜的剛剛好。 It was moderately sweet.

甜甜的，真好吃。	It was sweet and tasty.

鹹的

鹹鹹的。	It was salty.
太鹹了。	It was too salty.

辣的

辣辣的。	It was spicy.
有點辣。	It was a little spicy.
太辣了。	It was too spicy.
我喜歡「中辣」的咖哩。	I like moderately hot curry. ＊hot 和 spicy 可以互換。
我點了一份「大辣」的咖哩。	I ordered really hot curry.
辣到我流汗了。	It was so spicy that I sweated.
辣到我的舌頭好像著火了。	It was so spicy that my tongue was burning. ＊tongue [tʌŋ] = 舌頭。

其他滋味

酸酸的。	It was sour.
苦苦的。	It was bitter.
澀澀的。	It was bitter and sour.
油油的。	It was oily.
味道太濃了。	It was too thick. It tasted a bit too rich. ＊thick = 濃郁的。
味道很淡。	It was light. It had a light taste.
正宗的口味。	It had an authentic flavor. ＊authentic [ɔˋθɛntɪk] = 可靠的、真實的。
它有獨特的風味。	It had a unique flavor.

味道嚐起來很特別。	**It tasted different.**
很奇怪的味道。	**It had a funny taste.**
味道很溫和。	**It had a mild taste.**
味道美味又簡單。	**It tasted nice and simple.**
我的舌頭麻麻的。	**My tongue was tingling.** ＊tingle = 感到刺痛。
味道清淡（美味）。	**It was mild.**
淡而無味（不美味）。	**It was tasteless.** **It was bland.** ＊bland 是指醫院的食物等口味清淡的食物。
味道濃郁。	**It had a strong taste.**
這是淡咖啡。	**It was mild coffee.** ＊mild 和 weak 可互換。
這是重咖啡。	**It was strong coffee.**
這是濃郁的咖啡。	**It was rich coffee.**
這咖啡是酸的。	**The coffee was acidic.** ＊acidic = 酸的。
醇厚的美酒。	**It was a full-bodied wine.**
富含水果風味的酒。	**It was a fruity wine.** ＊fruity = （wine等）富含水果風味。
味道清爽的啤酒。	**It was a refreshing beer.**
乳酪蛋糕的味道很濃厚。	**The cheesecake was rich.**
嚐起來像優格。	**It tasted like yogurt.**

調味

她做的料理，味道總是很淡。	**Her food is always mild.** ＊若是「口味太重」，則可將 mild 改成 too strong。
我女兒說我做菜的口味太重了。	**My daughter said I flavor my food too strongly.** ＊flavor = 調味～。
她做菜的調味正好是我喜歡的。	**She flavors her food exactly the way I like it.** ＊flavor = 調味～。

也許是我年紀大了，現在喜歡吃清淡的食物。	Maybe because I'm getting older, I like mild food now.
味道嚐起來好像少了些什麼。	It tasted like there was something missing.
我想知道他們用哪一種湯頭。	I wonder what kind of stock they used. *stock = 湯汁。
食材有入味。	The nimono had a rich flavor.
我察覺到淡淡的砂糖味。	I noticed the subtle taste of sugar. *subtle [`sʌt!] = 隱約的。
嚐起來有家的味道。	It tastes like home cooking.

有嚼勁

脆脆的，真好吃。	It was nice and crisp.
口感溼潤，真好吃。	It was nice and moist.
鬆鬆軟軟的。	It was fluffy. *fluffy [`flʌfɪ] = 鬆軟的。
乾乾的。	It was dry.
軟軟的，真好吃。	It was nice and soft.
味道濃厚可口。	It was thick and tasty.
這湯水水的。	The soup was watery.
這烏龍麵Q彈有嚼勁。	The udon was nice, with a chewy texture. *chewy [`tʃuɪ] = 耐嚼的、柔軟而粘著的。texture = 質的、結構。
外面脆脆的，裡頭很多汁。	It was crisp outside and juicy inside.
牛肉嫩得像要化掉了。	The beef was meltingly tender. *meltingly = 溶化地。
肉嚼起來跟橡皮筋一樣。	The meat was chewy like rubber.
章魚肉脆脆的。	The octopus was crunchy.
那是烤得熱呼呼的好吃地瓜。	It was a nice, steaming baked sweet potato.

嗅覺

香味

味道很好聞。	It smelled nice.
聞起來就很好吃。	It smelled appetizing. ＊appetizing = 促進食欲的、好吃的。
聞起來香噴噴的。	It had a savory smell. ＊savory [`sevərɪ] = 香噴噴開胃的。
那裡有新鮮咖啡的香氣。	There was an aroma of fresh coffee.
我聞到廚房在烤蛋糕的香味。	I could smell a cake baking in the kitchen.
這種茶聞起來有蘋果的香氣。	The tea had an apple scent. ＊scent [sɛnt] = 幽香。
我喜歡那種香水的味道。	I like the smell of that perfume.
我聞到他身上甜甜的香水味。	I caught a whiff of sweet perfume from him. ＊whiff [hwɪf] = 一陣微弱的氣味。
清原小姐聞起來好香。	Kiyohara smelled nice.
不知道她擦的是什麼香水。	I wonder what perfume she wears.
睡前我應該點哪種香氛呢？	What aroma should I burn before I sleep?
我今天打算用茶樹的。	I'll use tea tree today.
聞起來有柑橘味。	It smelled of citrus. ＊citrus [`sɪtrəs] = 柑橘。
薰衣草的味道能讓我放鬆。	The smell of lavender makes me relax.
葡萄柚有清新的香味。	There was a refreshing fragrance of grapefruit.
我新買的洗髮精很好聞。	My new shampoo smells nice.
香皂聞起來甜甜的。	The soap smelled sweet.

討厭的味道

好臭。	It was smelly. It stank. ＊stink = 發出臭味，其過去式為 stank 或 stunk。
有很可怕的味道。	There was an awful smell. ＊awful [`ɔfʊl] = 極壞的。
有奇怪的味道。	There was a weird smell. ＊weird [wɪrd] = 怪異的。
有刺鼻的味道。	There was a pungent smell. ＊pungent = 刺鼻的。
聞起來像瓦斯味。	It smelled like gas.
有霉味。	There was a moldy smell. ＊moldy = 發霉的。
我聞到燒焦味。	I smelled something burning.
聞起來像煙味。	It smelled like cigarettes.
我的衣服都是煙臭味。	My clothes smelled of cigarette smoke.
我甩不掉烤肉味。	I can't get rid of the yakiniku smell. ＊get rid of ～ = 除去～。
有魚腥味。	Something smelled fishy. ＊fishy = 腥臭的。
我擔心我有狐臭。	I'm worried that my armpits are smelly. ＊armpit = 腋下。
這件T恤聞起來有汗臭味。	The shirt smelled of sweat.
他的嘴巴有蒜味！	He had garlic breath!
我爸有腳臭。	My dad's feet smelled bad.
我隔壁的老人有很嚴重的口臭。	The old man next to me had really bad breath.
我旁邊的人香水味很重。	The person next to me had really strong perfume.
我不自覺捏住鼻子。	I found myself holding my nose. ＊hold = 握住～。
聞起來好可怕。	It smelled awful.

聽覺

好安靜。	It was quiet.
好吵。	It was noisy.
我聽不清楚。	I couldn't hear very well.
我聽到轟的一聲。	I heard a boom. ＊boom = 轟隆隆的巨響。
刺耳的聲音。	It was an unpleasant sound. ＊unpleasant 可替換成 annoying [əˋnɔɪɪŋ]。
我聽到警報器在響。	I heard sirens.
雷聲震耳欲聾。	There was deafening thunder. ＊deafening [ˋdɛfnɪŋ] = 震耳欲聾的。
我聽到某處傳來嬰兒的哭聲。	I heard the sound of a baby crying somewhere.
我不喜歡吵雜的餐廳。	I don't like noisy restaurants.
聲音不只一個。	There wasn't a single sound.
大廳靜悄悄的。	There was silence in the hall. ＊hall 是「會場（建築物）」才有的東西。
我聽到大廳裡有人竊竊私語。	I could hear murmuring in the hall. ＊murmur [ˋmɝmɚ] = 小聲說話。
我聽到風吹的聲音。	I could hear the wind blowing.
音樂非常動聽。	The music was really pleasant.
她的歌聲幫助我放鬆。	Her singing helps me relax.
流水聲使人放鬆。	The sound of the river was relaxing.
她的耳朵很尖。	She has long ears. ＊have long ears＝順風耳
我的聽力沒有以前好。	I don't hear as well as I used to.
我耳鳴了。	My ears were ringing.
也許我該為爸爸買一副助聽器。	Maybe I should buy my dad a hearing aid. ＊hearing aid = 助聽器。

門咖搭一聲的開了。 The door clicked open.
＊click = 發出咖搭聲。

門匡噹一聲的關上了。 The door clanged shut.
＊clang = 發出叮噹聲。

他用力的甩上門。 He slammed the door.
＊slam = 砰的關上。

我打開門時發出軋軋的響聲。 The door makes a squeaking sound when I open it.

有人一直按壓原子筆發出咖搭聲。 Somebody clicked a ballpoint pen continuously.
＊click = 讓～發出卡搭聲。

時鐘滴滴答答的聲音讓我無法專心。 I couldn't concentrate because of the ticktock of the clock.
＊concentrate = 集中注意力。

大輔有把手指關節折出聲的習慣。 Daisuke has a habit of cracking his knuckles.
＊crack = 發出爆裂聲。knuckle = 指關節。

孩子們跳進泳池時濺出好大的聲響。 The kids made big splashes as they dived into the pool.

視覺

027

我看得很清楚。 I could see it clearly.

我看不清楚。 I couldn't see it clearly.

我什麼都看不見。 I couldn't see anything.

我可以清楚地看見富士山。 I was able to see Mt. Fuji clearly.

我看了他一眼。 I took a glance at him.
＊glance = 一瞥。

我的眼淚使他的臉看起來很模糊。 His face looked blurry through my tears.
＊blurry [ˋblɝɪ] = 模糊的。

我閉上眼睛。 I closed my eyes.

被盯著看讓我很不舒服。 I was uncomfortable being stared at.
＊stare at ～ = 凝視～。

我覺得有一雙眼睛在背後盯著我，轉身一看發現是莉莎! I felt someone's eyes on my back and turned around, and there was Lisa!
＊turn around = 轉身。

外面很亮。	It was bright outside.
我電視看太久，眼睛很疲勞。	My eyes are tired from watching TV too long.

觸覺

咖啡是燙的。	The coffee was hot.
湯熱熱的。	The soup was warm.
洗澡水溫溫的。	The bath water was lukewarm. ＊lukewarm [`luk`wɔrm] = 微溫的。
水溫剛剛好。	The water was at the right temperature.
海水是冰的。	The sea water was cold.
好痛。	It hurts.
像嬰兒皮膚般柔軟。	It was soft as a baby's skin.
我的手愈來愈粗了。	My hands got leathery. ＊leathery = 像皮革般強韌的。
棉被很蓬鬆。	The futon got fluffy.
兔毛摸起來毛絨絨的。	The rabbit's fur was fluffy.
這塊布摸起來很粗糙。	The material felt rough.
它的觸感像絲。	It felt like silk.
我的新圍巾刺刺的。	My new scarf is prickly. ＊prickly = 刺刺的。
毛衣被我洗過之後變硬了。	The sweater got stiff when I washed it. ＊stiff = 硬的。
這個瓷器摸起來很光滑。	The china was glossy and smooth. ＊china = 瓷器。
浴室的地板滑滑的。	The bathroom floor was slippery.
桌子黏黏的。	The table was sticky.

6 感覺

感覺相關的

英文日記，試著寫寫看！

029 ♪ 試著用英文書寫與感覺有關的事吧。

新鮮的黑喉魚

Tecchan and I went to Hokuriku to enjoy fresh fish. All the fish were sooooo good but we loved the rich and tender nodoguro best.

翻譯

小鐵和我一起去北陸享用新鮮的魚料理。每一種都超～好吃，我們最愛富含油脂又柔軟的黑喉魚。

POINT 「超～好吃」可以用 sooooo good 來表示。「富含油脂」用 rich，這個字也有「油膩」的意思，因此在後面加上 and tender（而且柔軟），強調是「肉質富有油脂又柔軟」。

用薰香燈放鬆身心

I started to use an aroma lamp and some essential oils about a week ago. Since then, I've been able to relax and sleep better. I'll use lavender tonight.

翻譯

大概一週前，我開始用薰香燈和精油。從此以後，我比較能放鬆，也睡得更好。今晚我打算試試薰衣草的。

POINT aroma lamp 是「薰香燈」，燃燒蠟燭型的稱為 aroma oil burner。sleep well 是指「睡得很好」，sleep better 則是「比起之前，現在睡得更好」，兩者語意有些不同。

警鈴嗡嗡作響

Several police cars and ambulances hurried away with their sirens screaming. I wonder if there has been a big accident.

翻譯

好幾輛鳴著警鈴的警車和救護車急駛而過。我猜是不是發生了重大事故。

POINT 請將第一句拆成幾個部分來看會比較容易理解。several police cars and ambulances（好幾台警車和救護車）、hurried away（急駛而過）、with their sirens screaming（鳴著警鈴）。自問自答「我猜是不是～」可用 I wonder 來表達。

眼鏡度數可能不夠了

I can't see very well these days. Maybe my glasses aren't right for me. I guess I should see an eye doctor one of these days.

翻譯

最近我常看不清楚，也許是我的眼鏡度數不夠。我想這幾天應該去看眼科。

POINT 「最近」是 these days，若是過去式或完成式的句子，則用 recently。表達「眼鏡度數不夠」寫成 my glasses aren't right for me。I guess I should ～（動詞原形）為「我想我該～比較好」。one of these days 為「最近的某一天」。

7 一天的生活

早晨

起床

我7:30起床。	I woke up at 7:30. I got up at 7:30. ＊woke up 是「醒來」，got up 是「從被窩裡爬起來」。
我今天很早起。	I woke up early this morning.
我起的比平常早。	I got up earlier than usual.
早起精神好。	It feels good to wake up early.
早起的鳥兒有蟲吃。	The early bird catches the worm. ＊catches 和 gets可互換。
真是個清新的早晨。	It was a refreshing morning.
早上起床後，我的心情很好。	I got up on the right side of the bed this morning. ＊got up 或 woke up 皆可。把 right 換成 wrong，整句的意思就變成「起床後心情不佳」。
我昨晚睡了個好覺。	I had a good night's sleep. I slept well.
今天要和平常一樣認真工作！	I'm going to work as hard as always! ＊work hard = 辛勤工作、認真讀書。
我有預感，今天將有好事發生。	I have a feeling something nice will happen today.
媽媽叫我起床。	My mom woke me up. ＊wake ～ up = 叫～起床。
真稀奇，我居然自己醒了。	Strangely enough, I woke up by myself.

天氣太冷了，好難離開被窩。	It was so cold that I had trouble getting out of bed.
我用咖啡叫自己起床。	I had coffee to wake me up.
我用淋浴讓自己起床。	I took a shower to wake me up.

早上睡過頭

我今天早上睡過頭了。	I overslept this morning. ＊oversleep＝睡過頭，過去式為 overslept。
我睡過頭三十分鐘。	I overslept half an hour.
今天早上我睡比較晚。	I slept in this morning. ＊sleep in＝睡比較晚。
我本來預定6點起床。	I was supposed to wake up at 6:00.
我7點才起床，所以很匆忙。	I woke up at 7:00, so I was in a rush.
我趕快確認鬧鐘。	I hurriedly checked my alarm. ＊alarm 也可寫成 alarm clock。
看來是我的鬧鐘沒響。	It seems my alarm didn't go off. ＊go off＝（鬧鐘或警報器）響起。
好像是我把鬧鐘按掉的。	It looks like I stopped my alarm.
我真的好睏。	I was really sleepy.
我整個早上都昏昏沉沉。	I was sleepy all morning.
我想多睡一點。	I wanted to sleep a little more.
我對自己說「再五分鐘」，然後又睡著了。	I told myself, "Just five more minutes," and went back to sleep.

早餐

我吃了簡單的早餐。	I had a light breakfast.
我吃了豐盛的早餐。	I had a big breakfast.
我狼吞虎嚥的吃下早餐。	I bolted down my breakfast. ＊bolt down ～＝狼吞虎嚥～，急著吃下。

我匆匆忙忙地吃早餐。 I ate breakfast in a hurry.
＊in a hurry = 匆忙。

我從容的吃早餐。 I took my time eating breakfast.
＊take one's time = 從容進行。

我吃了早午餐。 I had a late breakfast.
I had brunch.

我沒吃早餐。 I skipped breakfast. ＊skip = 省略。

我早餐吃了白飯、味噌湯及只煎一面的荷包蛋。 I had rice, miso soup and eggs sunny side up for breakfast.
＊eggs sunny side up 為「只煎一面，蛋黃朝上」的荷包蛋。

我吃塗了果醬的吐司。 I ate some toast with jelly.
＊jelly = 果醬。

我早餐吃昨晚的剩菜。 I had last night's leftovers for breakfast. ＊leftover = 剩飯。

我早上只喝咖啡。 I only had coffee for breakfast.

我知道不吃早餐對身體不好，但是…。 I know it's not healthy to skip breakfast, but...

早上我沒食欲。 I'm not hungry in the morning.

我邊吃早餐邊看報紙。 I read the newspaper while I had breakfast.

整理服裝儀容

我刷了牙。 I brushed my teeth.

我早上洗了頭。 I shampooed my hair in the morning.

我早上淋浴。 I took a shower in the morning.

我早上洗了澡。 I took a bath in the morning.

我搞不定我的頭髮。 I couldn't set my hair right.

我有一頭亂髮。 I had bad bed hair.
＊bed hair = 剛起床的蓬鬆亂髮。

我無法把妝化好。 I couldn't get my makeup right.

我刮鬍子。 I shaved my face.
＊my face 可省略。

出門前的準備·攜帶物品

我差點就遲到了。	I was almost late. ＊almost = 差一點。
我早上總是慌慌張張的。	I'm always in a hurry in the morning.
我看電視新聞。	I watched the news on TV.
我用 iPhone 看新聞。	I checked the news on my iPhone.
我得等一下，因為我爸在浴室。	I had to wait because my father was in the bathroom.
為了以防萬一，我帶了雨傘。	I had my umbrella with me just in case. ＊just in case = 以防萬一。
我帶了便當。	I took my lunch with me.
我忘了帶手帕。	I forgot my handkerchief.
我忘了帶文件，所以又回家拿。	I forgot my documents, so I went back home to get them.

通勤·上學

我今天搭到比平常早的火車。	I took an earlier train than usual.
9點左右火車就沒那麼擠了。	The train isn't so crowded at around 9:00.
我錯過那班火車。	I missed the train. ☹ ＊miss = 沒趕上～。
我勉強趕上。	I barely made it. ＊barely = 勉強。 make it = 趕上。
我差點錯過火車，還好及時趕上。	I almost missed my train, but I made it just in time. ＊just in time = 正好趕上。
火車太擁擠，導致我等了兩班車才上的去。	The trains were so full that I had to wait for two to pass before I could get on. ＊pass = 通過。
火車上很悶。	It was really humid on the train. ＊humid = 潮溼的。

我在火車上準備多益考試。	I studied for the TOEIC exam on the train.
我用 iPod 聽音樂。	I listened to music on my iPod.
我用 iPod 聽英文單字。	I listened to an English vocabulary CD on my iPod.
有人踩到我的腳。	Someone stepped on my foot.
我把傘忘在火車上了。	I left my umbrella on the train.
那個鐵路平交道口總是要等很久。	That railroad crossing always takes a long time.
鐵路平交道閘門不會開啟。	The railroad crossing gate wouldn't open.
我上班要花40分鐘。	It took 40 minutes to get to work.
我走路15分鐘到學校。	I walked 15 minutes to school.
我覺得快遲到了，所以用跑的去學校。	I thought I was going to be late, so I ran to school.
我早上用跑的，所以現在很累。	I had to run this morning, so I was tired.
我又遲到了。	I was late again.
公車剛開走。	The bus had just left.
公車沒有很擠，所以我有位子坐。	The bus wasn't so crowded, so I got a seat.
公車過了很久還不來，讓我很擔心。	I got really worried when the bus didn't come for a long time.
我在公車上遇到小田。	I met Oda on the bus.
今天早上馬路很塞。	The road was crowded this morning.
我走另一條路。	I took a different route.
我走捷徑。	I took a shortcut. ＊shortcut = 捷徑。

也許我該改騎腳踏車。	Maybe I should go by bike instead.
我騎腳踏車去上班。	I rode my bike to work.
自從我開始騎腳踏車上班，我覺得身體變好了。	I've been feeling better since I started riding my bike to work.
很難在強風中騎腳踏車。	It was really hard pedaling my bike in the strong wind. ＊pedal = 踩（腳踏車的）踏板。
下雨了，所以我不騎腳踏車改搭公車。	It was raining, so I took the bus instead of riding my bike.
今天輪到我指揮交通。	I was on traffic duty today.

白天

031

在家吃午餐（→請參考 p.497 的「做料理」）

我把昨天的剩菜拿來當今天的午餐。	For lunch, I had leftovers from yesterday.
我吃了自己炒的炒麵。	I had fried noodles that I made by myself.
我用冰箱裡的食材做了些簡單的料理。	I made something simple with things in my fridge.
我做了從電視節目上學來的義大利麵。	I made some spaghetti that I learned about on a TV show.
我吃了咖哩調理包。	I had instant curry.
我吃了伊藤麵包店的麵包。	I had some bread from Ito Bakery.
冰箱裡空空的，所以我去買便當。	There wasn't anything in my fridge, so I went and bought a bento lunch.
我點了披薩外送。	I had a pizza delivered.

家事（→請參考 p.364「家事」）

日常採買（→請參考 p.446「購買食材及日用品」）

夜晚

回家

我 7點左右到家。	I got home at around 7:00.
我今天能早點到家。	I was able to get home early today.
有個人在家等我真好。	It's nice to have someone at home waiting for me.
光一 4 點左右到家。	Kouichi got home at around 4:00.
雅美比平常還早到家。	Masami got home earlier than usual.
潤很晚才到家。	Jun got home pretty late.
9:30 太晚了。	9:30 is too late.
我想知道他在哪。	I wonder where he was.
他說他去唱卡拉OK。	He said he had gone to karaoke.
我準時下班。	I left the office on time.
我今天直接回家。	I came straight home today.
我今天加班，很晚才回家。	I had to work overtime and got home late.
我以為可以早點回家。	I thought I would be able to get home earlier.
火車停開，所以我很晚才到家。	The trains had stopped, so I got home late.
我過了半夜才回家。	I came home after midnight.
我搭計程車回家。	I took a taxi home.
我丈夫很晚回家，所以我有點擔心。	My husband came home late, so I was a little worried.

希望他能打個電話給我。 **I wish he had called.**

他可以至少傳個簡訊給我。 **He could have at least sent me a text.**

＊text = 手機簡訊。電腦上發送的郵件稱為 e-mail。

料理（→請參考 p.497 的「做料理」）

晚餐

回家後我準備晚餐。 **I fixed dinner after I got home.**

＊fix = 做、準備。

我在超市買了一些熟食。 **I bought some prepared food at the supermarket.**

我吃完晚餐才回家。 **I went home after eating dinner.**

我一回家就聞到咖哩味。 **When I got home, I smelled curry.**

＊smell = 聞到～的味道。

晚餐吃壽喜燒。 **We had sukiyaki for dinner.**

我獨自吃晚餐。 **I ate dinner alone.**

我等老公回家，再一起吃晚餐。 **I waited for my husband to come home before we had dinner.**

全家人一起吃晚餐。 **All my family had dinner together.**

我們這陣子以來第一次一起吃晚餐。 **We ate dinner together for the first time in a while.**

我們去家庭餐廳吃晚餐。 **We went to a family restaurant for dinner.**

洗澡

我 9 點左右洗澡。 **I took a bath at around 9:00.**

太太幫我放洗澡水。 **My wife ran a bath for me.**

我第一個洗澡。 **I took a bath first.**

＊若是「最後一個」，first 要改為 last。

我和里奈一起洗澡。 **I took a bath with Rina.**

我今天洗了戰鬥澡。 **I took a quick shower today.**

我泡了一小時的澡。

I soaked in the bath for an hour from the waist down.

＊soak in ～ = 浸泡～。

邊泡澡邊看漫畫真是享受。

Reading manga in the bathtub is bliss.

＊bliss = 極樂、幸福。

我在泡澡時打了瞌睡。

I nodded off in the bathtub.

＊nod off = 打盹。

我加了一點沐浴粉來緩解僵硬的脖子。

I added some bath powder to help soothe my stiff neck.

＊soothe [suð] = 緩解。stiff = 僵硬的。

今天我選了櫻花香味的沐浴粉。

Today, I chose the cherry blossom-scented bath powder.

＊～ -scented = 有～香味的。

洗澡水的溫度剛剛好。

The bath was just right.

水溫有點太燙了。

The water was a little too hot.

啊，水溫剛好。

Ah, the water felt great.

啊，我覺得清爽多了。

Ah, I feel refreshed.

我泡澡泡太久了，頭有點暈。

I stayed in the water too long and got dizzy.

我把頭髮吹乾。

I blow-dried my hair.

洗完澡後，我喝了瓶啤酒。

I grabbed a beer after my bath.

＊grab = 喝下（飲料）～。

洗完澡後來一瓶冰涼的啤酒最棒了。

There's nothing better than a cold beer right after a bath!

圍坐進行某項活動

我們看了大河劇。

We watched the Taiga drama.

我爸總是匆匆的切換頻道。

My father always flips through the channels.

＊flip through = 很快地切換（電視頻道）。

我和妹妹為了搶遙控器吵架。

My sister and I fought over the remote control.

＊fight over ～ = 為～爭執。

我和孩子們聊天。

I talked with my children.

我和孩子們玩撲克牌。	**I played cards with my kids.** ＊play cards = 玩撲克牌。
我幫孩子們看作業。	**I helped the kids with their homework.**
我打了大約一個小時的電動。	**I played video games for about an hour.**
健太一直打電動，所以我罵了他。	**Kenta was just playing video games, so I told him off.** ＊tell ～ off = 斥責。tell 的過去式是 told。
我請太太幫我按摩肩膀。	**I gave my wife a neck massage.** ＊此處的 neck 指的是「（接近頭部的）肩膀」。
隆子幫我按摩肩膀。	**Takako massaged my neck.**
我幫爸爸按摩。	**I gave my father a massage.**
我幫媽媽拔白頭髮。	**I pulled out my mother's gray hairs for her.** ＊pull out ～ = 拔掉～。

睡前

我把乳液塗滿全身。	**I rubbed lotion on my whole body.** ＊rub = 擦、塗。
我把明天的東西都準備好了。	**I got my things ready for tomorrow.**
我喝了杯睡前酒。	**I had a nightcap.** ＊nightcap = 睡前酒。
我鋪了棉被。	**I laid out my futon.** ＊lay out = 展開～。lay 的過去式是 laid。
我把鬧鐘設定在6點。	**I set my alarm clock for 6:00.**
今晚我要用什麼香味呢？	**What scent should I use tonight?** ＊scent [sɛnt] = 香味。
想要一夜好眠，我認為薰衣草最棒了。	**I think lavender is the best for a good night's sleep.**
我抱女兒上床睡覺。	**I put my daughter to bed.** ＊put ～ to bed = 抱上床睡覺。
我親了孩子，和他們說晚安。	**I kissed my kids good night.**

就寢・睡覺

已經11點了。	**It's already 11:00.**

我應該趕快去睡覺。 I should hit the sack soon.

＊hit the sack = 就寢，和 go to bed 意思相同。

我要去睡覺。 I need to go to sleep.

我快睡著了。 I'm getting sleepy.

我一直打呵欠。 I can't stop yawning.

＊yawn [jɔn] = 呵欠。

儘管已經 2 點了，我還不睏。 I'm not sleepy, even though it's already 2:00.

算了，我明天休假。 Oh well, I have tomorrow off.

我明天必須早起。 I have to wake up early tomorrow.

記憶枕頭真棒！ Posturepedic pillows are wonderful!

＊posturepedic [pɑstʃə`pɛdɪk] = 回彈速度慢的。

沒有比躺在蓬鬆的棉被裡更棒的事了。 There's nothing better than a fluffy futon.

我因為太熱睡不著。 I couldn't sleep because it was too hot.

我在半夜起來好幾次。 I woke up a couple of times in the middle of the night.

我丈夫昨晚睡覺時發出呻吟聲。 My husband was groaning in his sleep last night.

＊groan [gron] = 呻吟聲。

我丈夫的打呼聲很可怕。 My husband's snoring was awful.

＊snore [snor] = 打呼。

有人告訴我，我睡覺時會說夢話。 I was told that I was talking in my sleep.

我太太告訴我我會磨牙。 My wife told me that I was grinding my teeth.

＊grind [graɪnd] = 磨牙。

我睡覺時流了一身汗。 I sweated in my sleep.

我做了個奇怪的夢。 I had a strange dream.

我不知不覺睡著了。 I fell asleep without knowing it.

我昨晚睡得很好。 I slept well last night.

昨晚我很難入睡。	**I had a hard time falling asleep last night.**
我睡了七個小時。	**I slept for seven hours.**
我只睡了四個小時。	**I only slept for four hours.**
我想睡最少六個小時。	**I want to sleep at least six hours.**

一日回顧

今天我又疲憊不堪。	**I wore myself out again today.** ＊wear out ～ = 筋疲力盡。
今天真是美好的一天。	**Today was a good day.** **I had a good day.**
我今天很忙。	**Today was a busy day.** **I had a busy day.**
今天真是亂糟糟的。	**Today was hectic.** **I had a hectic day.** ＊hectic [`hɛktɪk] = 忙亂的。
我今天很不好過。	**Today was a rough day.** **I had a rough day.** ＊rough [rʌf] = 不好過、難受的。
今天過的很充實。	**I had a fulfilling day.**
今天是很有效率的一天。	**I had a productive day.**
今天做什麼都很順。	**I had a good hair day.** ＊亦有「髮型很好看的一天」的說法。
今天做什麼都不順。	**I had a bad hair day.** ＊亦有「搞不定髮型的一天」的說法。
今天做什麼事都不順心。	**Today was one of those days.** ＊one of those days = 做什麼都不順利。
今天過得真快。	**Today was over so fast.**
結果我今天一事無成。	**I ended up doing nothing all day.**
我很高興平安渡過一天。	**I'm glad I made it through the day okay.** ＊make it through ～ = 順利渡過。
希望明天又是嶄新的一天。	**I hope tomorrow is another good day.**

一天的生活相關的英文日記，試著寫寫看！

033 試著用英文書寫生活中所發生的大小事吧。

從容睡大覺

I slept in this morning since it was my day off. I caught up on my sleep and felt so refreshed.

翻譯

因為我今天放假，所以早上起得比較晚。我補了眠，覺得精神多了。

POINT sleep in 有「（休假日時）睡得比較晚」之意，亦有像 I slept in till 10:00（睡到10點才起床）的用法。catch up on ～ 若用於「取回（工作或睡眠等）的延遲或不足」，則有「彌補睡眠不足」之意。

早上睡過頭

I overslept. I left home in a hurry and dashed to the station. I barely made it for my train. I was all sweaty and embarrassed.

翻譯

我睡過頭了。我匆匆忙忙出門，衝去車站。我勉強趕上了電車。我滿身大汗，樣子很窘。

POINT make it 有「來得及」之意。embarrassed（因失態所造成困窘）是「困窘的」，和 ashamed（因道德上犯錯而生的羞愧）、humiliated（在人前被屈辱的羞辱）及 shy（個性上內向而害羞）意思皆不同，使用時切勿混淆。

雖然做便當很累…

I get up at 5:00 every morning and make four lunch boxes. It's tough, but every time they bring back their boxes empty, I feel happy.

翻譯

我每天早上5點起床做四個便當。雖然很辛苦，但每次只要看到他們把便當吃光光，我就覺得很開心。

POINT get up（起床）或 make（做～）等例行活動，需用現在式表示；若是「只有今天才做的事」，則用過去式。every time ～, ... 是「每次做～的時候…」。they bring back their boxes empty 直譯是「他們把空的便當盒帶回家」。

幫孩子看作業

I was able to come home early, so I helped the kids with their homework. Kaoru's writing is getting better and Tomoki is good with numbers.

翻譯

因為我下班的早，所以就幫孩子看作業。小薰的字寫得愈來愈好，而友樹的算數也很棒。

POINT 「看作業」不只是「看」而已，還包括「教導」、「指出錯誤」等行為，所以用 help 這個字。而「幫助～（人）…」可用 help～（人） with...（物）的句型來表達。「算數」是 numbers，也可用 math 或 arithmetic、figures 等字。

8 交通·外出

電車

電車 的單字

車站	(train) station
閘門	ticket gate
月台	platform
車掌	conductor
站務人員	station employee
車資	fare
IC卡·悠遊卡	IC card ／ EasyCard
車票	ticket
單程車票	one-way ticket
來回車票	round-trip ticket
一日券	one-day pass
定期券	commuter pass
學生票	student commuter pass
電車	train
捷運	MRT
區間車	local train
對號列車	limited express
新幹線（子彈列車）	bullet train
車廂	car
第5車廂	car No. 5
女性專用車廂	women-only car
博愛座	Priority & courtesy seat
首班車	the first train
末班車	the last train
通勤人潮	commuter rush
發車站	starting station
終點站	terminal station
死亡事故	fatal accident
誤點證明	delay certificate
性騷擾者	sexual molester
時刻表	timetable
路線圖	railroad map

車資·車票

我買了悠遊卡。 I bought an EseyCard.

我悠遊卡加值了三千元。 I charged 3,000 dollars to my EseyCard.

到淡水40元。 It cost 40 dollars to get to Tamsui.

我買了一日券。 I bought a one-day pass.

我買了單程票。 I bought a one-way ticket.

＊「來回票」可用 round-trip ticket。

我的車票弄丟了。 I lost my ticket.

搭火車·捷運·高鐵

我搭電車去板橋。 I went to Banciao by train.
I took a train to Banciao.

搭電車要花15分鐘。 It took 15 minutes by train.

我搭區間車。 I took a local train.

我搭對號列車。 I took an express train.

我搭北迴線。 I took the North-Link Line.

我衝上電車。 I made a dash for the train.
＊make a dash = 衝撞（向）。

我坐在第一節車廂。 I got in the first car.

我在月台等了約20分鐘。 I waited on the platform for about 20 minutes.

電車不會來了。 The train didn't come.

我坐過站了。 I missed my stop. ＊stop = 車站。

我搭到了終點站。 I rode to the end of the line.
＊ride = 搭車去，過去式為 rode。line = 路線。

我搭到開往反方向的車了。 I got on the train going in the opposite direction.

我下錯站了。 I got off at the wrong station.

車廂內

冷氣開太強了好冷。 The air conditioner was on too strong, and it was cold.

暖氣開太大了好熱。 The heater was on too high, and it was hot.

好擠。 It was crowded.

好像在擠沙丁魚。 It was packed like sardines.
＊sardine = 沙丁魚。

車上很空。 It wasn't crowded.

我沒有位子坐。 I couldn't get a seat.

我一直站著。 I stood the whole way.

我很幸運有位子坐。 I was lucky to get a seat.

他們挪出位子給我。 They scooted over and made room for me.

＊scoot over = 位子填滿。room = 地方、空間。

我把座位讓給一位老太太。 I gave up my seat to an old lady.

我很喜歡看窗外的風景。 I enjoyed looking at the scenery from the window.

淡水線沿途的景色很美。 The Tamsui Line has a nice view.

我很快就睡著了。 I fell fast asleep.

我旁邊的人把音樂開的太大聲。 The person next to me had his music on too loud.

我希望女性不要在電車上化妝。 I wish women wouldn't put on makeup on the train.

有人亂摸我。好恐怖！ Someone groped me. It was so horrible!

＊grope = 撫摸、猥褻。

有人好像生病了。 There was someone who looked sick.

我叫了站務人員。 I called a station employee.

12 對號列車．高鐵

我買了兩張13:40出發的自由座車票。 I bought two non-reserved, 13:40 train tickets.

我買了兩張到高雄的車票，位置在禁煙區。 I bought two reserved, non-smoking seat tickets to Kaohsiung.

所有的座位都被訂光了。 All the reserved seats were booked.

＊book = 預定～。

我買了頭等車的票。 I bought a first class ticket.

＊economy class = 經濟艙。business class = 商務艙。

自由座車廂十分擁擠。	**The open seating cars were crowded.**
自由座車廂位子很空。	**The open seating cars weren't crowded.**
我很幸運一下就找到位子坐。	**I was lucky to find a seat quickly.**
有人不小心坐到我的位子。	**Someone sat in my seat by mistake.**
我在車站買了便當。	**I bought a bento box at the station.** ＊「便當」也可寫作 boxed meal。
我一上車就開始吃便當。	**I started eating my bento box as soon as I was on the train.**
為什麼在火車上吃便當特別好吃？	**Why do bento boxes taste so good on the train?**
我在火車上把一些工作做完了。	**I got some work done while I was on the train.**

轉車

我在台北車站換區間車。	**I transferred to a local train at Taipei Station.**
從淡水線轉車到文湖線真的很遠。	**The transfer from the Tamsui Line to the Wenhu Line is too far.**
轉車很複雜。	**Changing trains was complicated.**
轉車很麻煩。	**Changing trains was a bother.**
列車班次的銜接真爛。	**It was a bad train connection.**
為了到那裡，我必須轉三次車。	**I had to change trains three times to get there.**

事故・誤點

板南線因為發生事故而誤點。	**The Bannan Line was late because of an accident.**

火車因大雪遲到了。

The train was delayed by heavy snow.

＊delay = 遲到。

我聽說在台北車站發生死亡事故。

I heard there was a fatal accident at Taipei Main Station.

＊「重大事故」也可說成 serious accident。

有人跑進西門站的軌道裡。

Someone apparently got on the tracks at Ximen Station.

＊apparently = 顯然地。

他們說火車上有人突然身體不適。

They said someone on the train suddenly got sick.

我因為很急，所以心浮氣躁的。

It was frustrating because I was in a hurry.

＊frustrating = 心煩的。

火車只在你趕時間時遲到。

Trains are only late when you're in a hurry.

等了好久，火車才重新行駛。

It was a long while before the train service resumed.

＊resume = 重新開始。

我被送去轉乘信義線。

I was transferred to the Xinyi Line.

火車終於在30分鐘後再度出發了。

The train finally started moving again 30 minutes later.

我拿了火車的誤點證明。

I got a train delay certificate.

車

035

公車・客運

我坐公車去醫院。

I took a bus to the hospital.
I went to the hospital by bus.

公車一直不來。

The bus took forever to come.

也許是下雨的關係讓公車遲到了。

Maybe because of the rain, the bus was late.

因為塞車，所以公車開的很慢。

There was a traffic jam, so the bus was very slow.

＊traffic jam = 塞車。

我從來沒看過公車準時到站。	I've never seen a bus arrive on time. ＊on time = 準時。
我在第六站下車。	I got off at the sixth bus stop.
我坐在最後面的位子。	I sat in the very back.
我幾乎每次搭公車都有位子，真高興。	It's nice because I almost always get a seat on the bus.
可以從公車上看到外面的景色是很棒的。	It's nice that you can look outside and see the view from the bus. ＊此處的 you 指的是「一般人」。
車錢一共30元。	It cost 30 dollars.
我從台北搭客運到宜蘭。	I took the highway bus from Taipei to Yilan.
我坐夜車回家。	I came home on the late-night bus.
公車車資在夜間會加倍。	The bus fare doubles late at night.

計程車

我坐計程車去桃園國際機場。	I went to Taoyuan International Airport by taxi. I took a taxi to Taoyuan International Airport.
因為我快遲到了，所以搭計程車。	I took a taxi because I was running late. ＊be running late = 遲到。
我很快就攔到計程車。	It wasn't long before I got a taxi.
我等好久才攔到計程車。	I had to wait a long time to get a taxi.
我把行李放進後車廂。	I put my baggage in the trunk. ＊baggage [ˋbægɪdʒ] = 行李。
我坐在副駕駛座。	I sat in the front passenger seat.
我跟計程車司機小聊了一下。	I made small talk with the taxi driver.
車資是五百元。	It cost 500 dollars.
車資是一千元。	It cost 1,000 dollars.

因為夜間費率，所以車資很貴。
The fare was high because of the late-night rate.

我拿了收據。
I got a receipt.
＊receipt [rɪˋsit] = 收據。

自用車

我們開車去台南。
We drove to Tainan.
We went to Tainan by car.

我走國道一號線花了30分鐘左右。
I went on Route 1 and got there in about 30 minutes.

我在中途迷路了。
I got lost on the way.

多虧了我車上的GPS，我才沒有迷路。
Thanks to my car GPS, I didn't get lost.
＊GPS 是 global positioning system 的縮寫。

我的車子擦撞到電線桿。
I scraped my car on a telephone pole.
＊scraped = 擦傷、刮掉。

我的開車技術很爛。
I'm a terrible driver.

我們停在沿線的休息站。
We stopped at a roadside station.

下班後我去接亞希子。
I picked up Akiko after work.
＊pick up ～ = 開車去接～。

石川到車站接我。
Ishikawa picked me up at the station.

我開車送晴香回家。
I drove Seika home.

我讓秀行在車站下車。
I dropped Hideyuki off at the station.
＊drop ～ off = 讓～下車。

路況

大塞車。
There was a traffic jam.
The traffic was heavy.
＊traffic jam = 交通阻塞。traffic = 交通。

我也被困在車陣中。
I ran into a traffic jam.
＊run into ～ = 撞到。run 的過去式為 ran。

車禍造成塞車。
An accident caused a traffic jam.
＊cause = 引起～。

那裡因為下水道工程而大塞車。
There was a traffic jam because of sewer construction.
*sewer [`suɚ] = 下水道。

交通陷入停滯。
Traffic came to a standstill.
*standstill = 停止。

我被困在返鄉的車陣中。
I got stuck in heavy homebound traffic.
*get stuck = 被困住。homebound = 回家（鄉）的。

高速公路大塞車。
The traffic on the expressway was heavy.

高速公路的交通比我想得還要順暢。
The traffic on the expressway was lighter than I had thought.

我一直被紅燈困住。
I kept getting stuck at red lights.

這條路是單行道。
It was a one-way street.

高速公路

走哪一條比較快，高速公路還是一般道路？
Which is faster, the expressway or the back roads?
*「高速公路」也可以用super-highway 和 thruway。所謂「一般道路」也包括city roads 和 open roads（車或交通號誌較少的鄉間小路）。

選擇高速公路是明智的選擇。
Taking the expressway was the right choice.

我應該選一般道路的。
I should've taken the back roads.

回程我開高速公路。
I came back on the expressway.

2點左右，我在停車區小憩片刻。
I took a break at a parking area at around 2:00.
*take a break = 短暫休息。

我在休息站吃拉麵。
I ate ramen at a rest area.
*「服務區」亦可寫成 rest stop。

加油站

我的汽油好像快用完了。
I was about to run out of gas.
*run out of ～ = 用完。gas [gæs] = 汽油。

我找不到加油站。
I had a hard time finding a gas station.

我到加油站把油加滿。 I filled up at a gas station.

*fill up = 加滿。

汽油愈來愈貴了。（唉） Gas is getting more and more expensive. (Sigh)

*gas [gæs] = 汽油。sigh [saɪ] = 嘆氣。

我要求把高級汽油加滿。 I asked for a full tank of premium.

*premium = 高級汽油。

普通汽油加滿要花九百元。 A full tank of regular gas cost 900 dollars.

我很高興我的車子很省油。 I'm glad that my car is fuel efficient.

*fuel [ˋfjʊəl] efficient = 節省燃料的。

我請服務人員把煙灰缸清空。 I asked the attendant to empty my ashtray.

*empty = 清空。

我去洗車。 I got my car washed.

停車・停車場

我找不到停車場。 I couldn't find a parking lot.

很好找停車場。 It was easy to find a parking lot.

所有的停車場都滿了。 All the parking lots were full.

我把車停在路邊。 I parked on the road.

*park = 停車。

我馬上回到車上，所以沒有收到違規停車的罰單。 I went back to my car right away, so I didn't get a parking ticket.

*parking ticket = 違規停車罰單。

即使我立刻回到車上，還是收到一張違規停車的罰單。 I got a parking ticket even though I went back to my car right away.

我的車子被吊走了。真糟糕！ My car was towed. It was terrible!

*tow = 拖。

我停車技術不佳。 I'm not good at parking.

我只試一次就把車停妥了。 I parked perfectly on my first try.

汽車故障

我的車子故障了。 My car broke down.

我的輪胎沒氣了。 I had a flat tire.

*flat tire = 洩了氣的輪胎。

引擎熄火了。 The engine stalled.
＊stall =（引擎）熄火。

無法發動引擎。 The engine didn't start.

電池沒電了。 The battery was dead.

這是因為我忘了關頭燈。 It was because I forgot to turn off the headlights.

引擎過熱。 The engine overheated.

有煙從引擎室冒出來。 There was smoke coming from the engine compartment.

漏油了。 Oil was leaking. ＊leak = 漏。

我的鑰匙鎖在車裡了。 I locked my key inside the car.

汽車保養

我洗了車。 I washed my car.

輪胎漸漸磨損了。 The tires are getting worn out.
＊worn out = 磨破（損）。

我要快點更換（輪胎）了。 I need to get them replaced soon.

我換了無釘雪胎。 I replaced the tires with studless tires.

差不多是進車廠檢查的時候了。 It's almost time for a car inspection.
＊inspection = 檢查。

我去檢查我的車。 I took my car in for an inspection.

飛機 （→請參考 p.570 的「飛機」）

腳踏車・摩托車

我騎腳踏車去圖書館。 I biked to the library.
I went to the library by bicycle.
＊bike = 騎腳踏車。

我去騎腳踏車。 I went for a bike ride.

最適合騎腳踏車的天氣。 It was perfect weather for cycling.

我騎我的新腳踏車。 I rode my brand-new bicycle.

＊bicycle和bike可互換。

我替輪胎打氣。 I put air in the tires.

前輪沒有氣了。 The front wheel was flat.

＊flat = 洩了氣的、扁平的。

我租了一輛腳踏車。 I rented a bicycle.

我騎摩托車去購物。 I went shopping on my scooter.

我想要一台新的摩托車。 I want a new scooter.

走路

037

我走20分鐘去車站。 I walked 20 minutes to the station.

走路要花30分鐘。 It took 30 minutes on foot.

我快步走。 I walked briskly. ＊briskly = 輕快地、迅速地。

我慢慢地走。 I walked leisurely. ＊leisurely = 從容地。

我走去公園。 I walked to the park.

我沿著河邊走。 I walked along the river.

我繞著社區散步。 I went for a walk around the neighborhood.

黎花和我走路去她的幼兒園。 Rinka and I walked to her preschool.

走太多路讓我的腳很痠。 My legs are tired from walking too much.

迷路・指路

038

迷路

我迷路了。 I got lost.

我真是沒有方向感。 I really have no sense of direction.

我找不到那棟大樓。 I couldn't find the building.

那裡不只一個剪票口，所以我迷路了。	There were more than one ticket gate, so I got lost.
我走錯剪票口了。	I went out through the wrong ticket gate.
我找不到會合的地方。	I couldn't find the meeting place.
我向路人問路。	I asked a passer-by for directions. ＊passer-by [ˋpæsɚˋbaɪ] = 路人。
我去警察局問路。	I asked for directions at a police box.
他們很親切的為我指路。	They kindly gave me directions. ＊give ～ directions = 為～指路。

指路

有位外國人向我問路。	A foreigner asked me for directions.
有位外國人問我怎麼去中正紀念堂。	A foreigner asked me how to get to the Chiang Kai-shek Memorial Hall.
我告訴他走哪些路可以到他的旅館。	I gave him directions to his hotel. I showed him the way to his hotel. ＊第二行是在下面的情況下使用：實際帶著外國人走一遍，或是畫圖告訴對方。
我帶著他到旅館。	I guided him to his hotel.
我也不知道路。	I didn't know the way, either.
我去警察局問路，然後再告訴他。	I asked at a police box, and then I told him.
我對用英文指路感到緊張。	I was nervous about giving directions in English.
我能做出很好的方向指引。	I was able to give directions well.
我設法給予方向指引。	I managed to give directions. ＊manage to ～ = 設法。
他很感謝我的幫忙。	He really appreciated my help. ＊appreciate = 感謝～。
我很高興能幫上忙。	I was happy to help.

交通·外出相關的
英文日記，試著寫寫看！

039 ♪ 試著用英文書寫出門或有關交通工具的事吧。

散步去藝廊

The weather was very nice, so my husband and I walked to the art gallery to see Mrs.Ozaki's paintings. We also enjoyed the cherry blossoms on the way.

翻譯

天氣很好，所以我和丈夫一起散步到藝廊看尾崎的畫。我們還在途中一起欣賞櫻花。

POINT 「走路去～」的說法，walk to ～ 比 go to ～ on foot 更自然。「用畫具畫出來的畫」用 painting；「用鉛筆或筆描繪出來的畫」則用 drawing。這裡的 enjoy 是指「賞花或景色」。on the way 是「（去～的）途中」。

遇到塞車

We had a good time shopping at the outlet mall, but on the way back, we got stuck in a traffic jam. It took over two hours to get home. We were worn out.

翻譯

我們在名牌折扣商場逛得很愉快，但回家的路上遇到塞車。我們花了超過兩小時才回到家，真是累翻了。

POINT on the way back 是指「回家的路上」。「陷在車陣裡」有 get stuck in traffic 或 be caught in a traffic jam 等說法。「花了～時間」可用 It took ～ 來表示。「精疲力盡」亦可用 exhausted 或 really tired 來表示。

搭計程車遊京都

We chartered a taxi for half a day. The driver guided us around Kyoto. He explained the historical background and it was easy to understand.

翻譯

我們包下半天的計程車。司機幫我們導覽京都。他向我們介紹京都的歷史背景，講得很淺顯易懂。

POINT charter 是「包租（交通工具）～」。「請他幫我們導覽」可寫成 The driver guided us（司機幫我們導覽）。「容易理解」為 easy to understand，「難以理解」則是 hard to understand。

轉車真麻煩

Kana and I went to Disneyland by train. At Tokyo Station, we couldn't find the Keiyo Line. People were everywhere. It was a hassle, but Disneyland was great fun!

翻譯

加奈和我坐電車去迪士尼。在東京車站的時候，我們找不到京葉線，而且到處都是人。儘管過程很艱難，不過迪士尼樂園真的很好玩。

POINT 「我們不知道京葉線在哪裡」也可以寫成 we didn't know where the Keiyo Line was。hassle 是「困難」之意。想要強調 fun，可以用 great fun 或 a lot of fun，但絕對不能寫 very fun，請牢記在心。

9 電話·信件

電話・傳真

打電話

我在傍晚時打電話給佐藤。 I called Sato in the evening.

明天務必要打電話給德田先生。 I'll make sure to call Mr. Tokuda tomorrow.

我打電話到他的手機。 I called him on his cellphone.
＊若是「家用電話」則是 on his home phone。

也許我該偶爾給媽媽打個電話。 Maybe I should call my mom sometimes.
＊依對象不同可將 mom 改成 dad、parents。

我在電話答錄機裡留了言。 I reached the answering machine.
＊answering machine = 電話答錄機，也可說成 voice mail。

我留了語音留言。 I left a voice mail.

我打電話跟餐廳預約。 I called the restaurant to make a reservation.

我打電話給餐廳詢問營業時間。 I called the restaurant to ask what time they're open.

我打電話給美髮師並預約了星期天。 I called my hairdresser and made an appointment for Sunday.

我打電話叫披薩。 I ordered a pizza by phone.

我打電話詢問我訂購的東西。 I called them to ask about the stuff I ordered.
＊stuff = 東西。

接電話

我接到友里的電話。 I got a call from Yuri.

亞紀接到某個男生打來的電話。
Aki got a phone call from some boy.

我有兩通來自老爸的未接來電。
I had two missed calls from my dad.
＊missed call = 未接來電。

我有一通未接來電，是我不知道的號碼。
I got a missed call from a number I don't know.

我接到一通沒有顯示號碼的電話。
I got a call from an undisclosed number.
＊undisclosed = 不公開的。

我沒有回電。
I didn't answer the phone.

希望我兒子偶爾能打個電話給我。
I wish my son would call me every once in a while.
＊every once in a while = 偶爾。

我最近常接到打錯的電話。
I often receive wrong calls these days.
＊wrong call = 撥錯電話。

講電話

每次接到孫子的電話我就很開心。
It's always nice to get a call from my grandson.
＊若是孫女，可將 grandson 改為 granddaughter。

聽到淳子的聲音，我就覺得放鬆了。
I feel relaxed when I hear Junko's voice.

光是聽到她的聲音，就讓我很高興。
Her voice alone makes me happy.
＊alone = 單獨、只有。

清美和我講了一個小時的電話。
Kiyomi and I talked on the phone for an hour.

晴美最近常講長途電話。
Harumi is always making long phone calls these days.

她在跟誰講電話？
Who is she talking to?

她好像在跟男朋友講電話。
It seems she's on the phone with her boyfriend.

掛電話

我9點左右掛斷電話。
I hung up at around 9:00.
＊hang up = 掛斷電話。hang 的過去式為 hung。

我掛電話是因為我媽一直碎碎念。
I hung up because my mom was nagging me.
＊nag = 小聲嘮叨。

捨不得掛電話。

It was hard to hang up.

他掛我電話。真沒禮貌！

He hung up on me. How rude!

＊對方若是女性，可將 He 改為 She。

漏接電話

我試著打給山口先生，但都聯絡不上他。

I tried calling Mr. Yamaguchi, but I couldn't reach him.

我打了，但一直忙線中。

I called, but the line was busy.

＊line = 電話線。busy = 忙碌中。

小諒最近都不接電話。

Ryo hardly ever answers his phone these days.

＊hardly ever ～ = 幾乎從不。

我想他是不是很忙。

I wonder if he's busy.

他該不會把我的號碼設為拒接來電吧？

It's not because he has blocked my number, is it?

＊block = 阻擋、封鎖。

電話推銷

今天下午我接到三通推銷電話。真的很煩。

I got three sales calls this afternoon. I'm sick of them.

我最近接到很多通推銷電話。

I'm getting a lot of sales calls these days.

無聲電話·惡作劇電話

我接到一通無聲電話。

I got a silent call.

＊silent call = 無聲電話。

我接到一通惡作劇電話。

I got a prank call.

＊prank call = 惡作劇電話。

讓人很不舒服。

It was uncomfortable.

有人打電話來，我一接起來就掛斷了。

Somebody called and then hung up when I answered.

＊hang up = 掛電話，hang 的過去式是 hung。

電話故障

我聽不清楚他的聲音。

I couldn't hear him well.

＊若對方是女性，則可將 him 改成 her。

他的聲音在電話裡斷斷續續的。

His voice broke up on the phone.

＊若對方是女性，則可將 His 改成 Her。

電話線絞在一起了。	**The lines seemed crossed.** ＊crossed = 交叉。
我覺得電話好像被偷聽了。	**I think my phone is being tapped.** ＊tap = 偷聽（別人的電話）。

電話費

我的電話帳單太貴了。	**My phone bill is too high.** ＊「手機費」的話，可將 phone 換成 cellphone。
我很怕看到這個月的電話帳單。	**I'm afraid to find out my phone bill for this month.**
我的天啊！我這個月的電話費竟然要兩萬元。	**My gosh! My phone bill for this month is 20,000 dollars!** ＊My gosh! = 我的天啊。
我會試著長話短説。	**I'll try not to have long phone chats.** ＊chat = 聊天。
我要叫她電話不要打太久。	**I have to tell her not to make long calls.**
我這個月的電話費沒有這麼高了。呼。	**My phone bill wasn't so high this month. Phew!** ＊Phew 和 Whew 同義。
我想把電話費控制在六千元以下。	**I want to keep my phone bill below 6,000 dollars.**
我會請他們修改我的資費方案。	**I'll ask them to revise my payment plan.** ＊revise = 修改。

國際電話

我打電話給人在加拿大的瑪莉。	**I called Mary in Canada.**
我接到在澳洲的麥可的來電。	**I got a phone call from Michael in Australia.**
我早上8點打過去，對方的時間是下午5點。	**I called at 8:00 in the morning, and it was 5:00 in the evening on the other end.**
因為時差的關係，我很難跟艾咪通電話。	**It's hard to call Amy because of the time difference.** ＊time difference = 時差。

我不知道手機也可以打國際電話。 | I didn't know you could make international calls from a cellphone.

蘇珊在我生日那天從國外打電話給我。 | Susan called me from abroad on my birthday.

Skype・網路電話

我用Skype打電話給人在德國的今井。 | I called Imai in Germany using Skype.

我用Skype跟夏洛特視訊聊天。 | I had a video chat with Charlotte on Skype.
＊chat = 聊天。

聊天時可以看到彼此的臉，真是令人驚訝。 | It's amazing that we can see each other's faces when we're talking.

感覺就像人與人的距離很近。 | It feels like the person is really close.

Skype是免費的。 | Skype is free.

現在是便利的時代。 | This is the age of convenience.

傳真

我把申請書傳真過去。 | I faxed in the application.
＊fax in ～ = 傳真過去。

他們把商店地圖傳真給我。 | They faxed the store map to me.

我最近收到很多錯誤的傳真。 | I've been getting a lot of missent faxes lately.
＊missend = 傳錯，過去分詞為 missent。

浪費紙！ | It's a waste of paper!

傳真紙用完了。 | I ran out of fax paper.
＊run out of ～ = 用完，run 的過去式為 ran。

手機・智慧型手機

綁約・解約

我辦了一支手機。 | I got a cellphone.
I signed a contract for a cellphone.
＊sign a contract = 訂定契約。

我幫媽媽辦了一支手機。	**I got my mom a cellphone.**
我考慮換另一家電信業者。	**I'm thinking of changing to another cellphone carrier.**
我從 au 換到 Softbank。	**I moved from au to Softbank.**
我覺得應該多辦一支手機。	**I think I should get an extra cellphone.**
我把手機解約了。	**I canceled my cellphone.**
我把兩隻手機中的其中一支解約了。	**I canceled one of my two cellphones.**
正值活動期間，所以我不用付解約金。	**There was a campaign, so I didn't have to pay the cancellation fee.**

買新手機・換手機

我打算換一支手機。	**I'm thinking of getting a new cellphone.**
我換了一支新手機。	**I got a new cellphone.**
也許我的舊機使用上比較簡單。	**My old cellphone was easier to use, I guess.**
最近推出的手機機種好酷喔。	**The latest cellphone model is so cool.**
我想要一支紅色的手機。	**I want a red cellphone.**
手機沒有現貨，我必須等一個月。	**The phone is out of stock, so I have to wait for a month.** ＊out of stock = 沒有庫存。
手機一直推陳出新，我跟不上流行了。	**New cellphones keep coming out and I can't keep up with them.** ＊keep up with ～ = 追的上（流行）。

各種手續

我換了不同的資費方案。	**I got a different payment plan.**
我請他們把我換成更便宜的資費方案。	**I asked them to put me on a cheaper payment plan.**

我得到家庭優惠。
I got the family discount.

正值活動期間，所以不用手續費。
There was a campaign, so there was no handling fee.
＊handling fee = 手續費。

正值活動期間，所以我省了五千元。
There was a campaign, so I saved 5,000 dollars.

我請他們幫我修手機。
I asked them to fix my phone.
＊fix = 修理。

我拿到一支替代手機。
I got a temporary replacement.
＊temporary = 暫時的。replacement = 替代品。

服務台很擠。
The service counter was crowded.

因為要排隊，所以我等很久
I waited for a long time for my turn.
＊turn = 順序。

手機簡訊

我傳簡訊給玲子。
I texted Reiko.
＊ text = 指的是發送手機簡訊或手機郵件。

我收到小秀的簡訊。
I got a text from Hide.
＊「手機簡訊」指的是 text 或 text message。

老媽用簡訊把採買清單傳給我。
My mom texted me the shopping list.

我寄了一張圖片附檔給真希。
I sent Maki a picture attachment.
＊attachment = 附件。

我用手機把商店連結寄給小紀。
I sent Nori the store link by phone.

我收到很多垃圾信。
I'm getting a lot of spam.

垃圾郵件真的很煩。
The spam is really annoying.
＊annoying = 惱人的。

也許我該換個電子郵件地址。
Maybe I should change my e-mail address.

我換了新的手機郵件地址。
I changed my text messaging address.

手機故障

我的手機不見了。
I lost my cellphone.

我不知道我可能把它掉在哪。	I have no idea where I might have dropped it. ＊have no idea = 完全沒有頭緒。
我可能把它留在計程車上了。	I might have left it in the taxi.
沒有手機真不方便。	Not having a cellphone is such an inconvenience.
有人把它送去警察局。謝天謝地！	Someone took it to the police. Thank goodness!
我的手機掉進馬桶了。	I dropped my cellphone in the toilet!
我的手機壞了。	My cellphone broke.
螢幕無法正常顯示。	The display isn't working well.
無法開機。我該怎麼辦？	It won't turn on. What should I do? ＊turn on = 開機。
我可能會遺失所有資料。	I might have lost all the data.
我現在無法聯絡任何人！	Now I can't contact anyone! ＊contact = 和～取得連繫。
幸好我有備份。	Good thing I had a backup.
我的手機在電車上響起，嚇了我一跳。	I was surprised when my phone rang on the train.
我忘記把它關靜音了。	I forgot to set it to silent mode.

收訊不良

他似乎在收訊很不好的地方。	He seemed to be in a place with bad reception. ＊reception = （電波的）接收效果。
電話因為收訊很差所以斷掉了。	The call ended because of poor reception.
我不能打電話，因為收訊很差。	I couldn't call because of the terrible reception.
公司的收訊很差。真的很苦惱。	The reception at work is terrible. It's such a pain. ＊pain = 苦惱。

我要他們快點解決訊號問題。

I want them to fix the signal problem quickly.
＊fix = 解決（問題）。

電池 · 充電

電池的續電力不佳。

The battery doesn't last long.
＊last long = 持久。

電池沒電了。

The battery died.
＊die = （電池）耗盡。

我衝進店裡幫電池充電。

I hurried to a shop to charge the battery.

我在便利商店買手機充電器。

I bought a cellphone charger at a convenience store.

智慧型手機

我訂了一支 iPhone。

I ordered an iPhone.

我拿到 iPhone 了。

I got my iPhone.

我想要一支 Android 的手機。

I want an Android cellphone.

智慧型手機方便嗎？

Are smartphones convenient?

我辦智慧型手機有一週了。

It's been a week since I got my smartphone.

我還無法用的很順。

I still can't use it well.

我漸漸習慣它了。

I'm gradually getting used to it.
＊get used to ～ = 習慣～。

一旦習慣了智慧型手機，就會覺得很方便。

Smartphones are convenient once you get used to them.
＊此處的 you 指的是「一般人」。

應用程式 · 來電鈴聲

我下載了一款很受歡迎的遊戲程式。

I downloaded a popular game application.

我最近一直嘗試不同的 app。

I've been trying different apps recently.
＊app 是 application 的縮寫。

即使是免費的 app 也很好玩。

Even the free apps are really fun.

我下載了一首鈴聲。 | **I downloaded a ringtone.**

＊ringtone = 鈴聲。

郵件・宅配

郵件・宅配 的單字

郵票	stamp
紀念郵票	commemorative stamp
明信片	Postcard
賀年卡	New Year's greeting card / New Year's card
夏日問候	summer greeting
冬日問候	winter greeting
聖誕卡	Christmas card
信	letter
信封	envelope
信紙	letter paper
地址	address
寄件人	sender
郵筒	mailbox
掛號信	by registered mail
快遞	by express mail
航空信	by airmail
海運	by surface mail
包裹	package
冷藏運送	refrigerated delivery
冷凍運送	frozen delivery
先付款再交貨	send ～ through prepaid shipping
貨到付款	send ～ by COD

寄信

我把信投到最近的郵筒。
I put the letters in a nearby mailbox.

我又忘記去寄信了。
I forgot to mail the letter again.

我匆忙趕去寄信。
I rushed to mail it.
＊rush to ～ = 慌張去～。

我用掛號信寄了五萬元給爸爸。
I sent my father 50,000 dollars by registered mail.
＊registered mail = 掛號信。

我用快遞把發票寄出。
I sent the invoice by express mail.
＊invoice = 發票。express mail = 快遞。

我寫了封信給艾莉。
I wrote a letter to Allie.
＊a letter 省略亦可。

我從佛羅倫斯寄了張明信片給家人。
I sent a postcard to my family from Florence.
＊Florence = 佛羅倫斯。

我在郵局買了二十張八十元的郵票。	I bought twenty 80-dollar stamps at the post office.
我買了好幾張紀念郵票。	I bought some commemorative stamps. ＊commemorative stamp = 紀念郵票。

收信

我收到幾封郵件。	I got some mail. ＊mail = 郵件。
我收到渡邊先生的信。	I got a letter from Mr. Watanabe.
我收到電話帳單。	I got my phone bill. ＊phone bill = 電話帳單。
我收到兒子寄來的掛號信。	I got registered mail from my son. ＊registered mail = 掛號信。
我收到五十三張賀年卡。	I got 53 New Year's greeting cards. ＊「賀年卡」亦可寫作 New Year's cards。
我收到夏洛特的聖誕卡。	I got a Christmas card from Charlotte.
我收到井澤寄的漂亮的夏日問候卡。	I got a beautiful summer greeting card from Izawa.
我收到木村先生的感謝函。	I got a thank-you letter from Mr. Kimura.
我收到用快遞寄送的旅行手冊。	A travel brochure was sent to me by express mail. ＊brochure [broˋʃʊr] = 小冊子。
我的信箱裡有好多傳單。	There were a lot of flyers in my mailbox. ＊flyer = 傳單，亦可寫作 flier。
我一封信都沒有收到，這很不尋常。	I didn't receive any mail, which was unusual.
東西應該要寄到了。我猜是不是發生了什麼事。	It should have been here by now. I wonder what happened.

寄送宅配

我寄了兩個包裹。	I sent two packages.
兩件一共是一千四百元。	It cost 1,400 dollars for two.

我在郵局寄包裹。 | I sent a package at the post office.

我寄了一個包裹給外甥女。 | I sent a package to my niece.

我去便利商店寄包裹。 | I went to the convenience store to send a package.

我透過包裹遞送服務寄送文件。 | I sent some documents through a package delivery service.

明天應該會到。 | It should arrive tomorrow.

我寄的東西預定在星期四的12點到2點間送達。 | I set the delivery for Thursday between 12:00 and 14:00.

我用冷凍的方式寄送螃蟹。 | I sent crab by frozen delivery.
＊frozen delivery = 冷凍運送。

我用冷藏的方式寄送蛋糕。 | I sent cake by refrigerated delivery.
＊refrigerated delivery = 冷藏運送。

我用貨到付款寄了一個包裹。 | I sent a package by COD.
＊COD 是 cash on delivery（貨到付款）的縮寫。

我請他們到我家拿包裹。 | I asked them to pick up the package at my house.

收到宅配

我在下午收到包裹。 | I received a package in the afternoon.

我訂購的衣服已經寄來了。 | The clothes I ordered were delivered.
＊deliver = 送達～、抵達。

這本書是從海外寄來的。 | The book arrived from overseas.

小瞳寄蘋果給我。 | Hitomi sent me apples.

我發現一張無法投遞通知單。 | I found a missed-delivery notice.
＊missed-delivery notice = 無法投遞通知單。

因為沒化妝，頭髮又亂，所以我假裝不在家。 | I pretended to be out because I didn't have my makeup on and my hair was messy.
＊pretend to ～ = 假裝～。messy = 散亂的。

我需要請求重新寄送。 | I need to ask for a redelivery.
＊redelivery = 重新寄送。

我要求今天早上重新寄送。 | I had it redelivered this morning.
＊redeliver = 重新寄送～。

電話‧信件相關的英文日記，試著寫寫看！

043 試著用英文書寫電話、信件或宅配方面的事吧。

和千代子長談

Chiyoko called me for the first time in about five years. We just talked and talked about our school days. It was nice talking with her.

翻譯

這是五年來千代子第一次打電話給我。我們一直聊學生時代的往事。跟她聊天真開心。

POINT 「經過了（時間）～」可用 for the first time in～（時間）的句型來表示。若想表達「好久不見」，則可用 ages 或 a long time（兩者皆有「很長一段時間」之意）。just talked and talked 是「聊著單一話題」，也可以用 we talked away。

電話費很貴

Miku's phone bill is really high these days. If her grades don't improve by the end of this term, I'll make her pay her own bill.

翻譯

最近未久的電話費很貴。如果她的成績在學期結束之前還是沒有進步，我就要讓她自己付電話費。

POINT 「電話費」的英文是 phone<telephone> bill。不管是電話費、水費或瓦斯費，費用「很貴」所使用的單字不是 expensive，而是 high 這個字。成績「提升」是 improve，「往下掉」則是 drop。make ～（人）…（原形動詞）的句型有「讓～（人）做某事」之意」

聖誕卡

I got a Christmas card from Deanna. She sounded really excited about becoming a grandmother in April. I'll send her a New Year's greeting card, too.

翻譯

我收到迪安娜寄來的聖誕卡。她似乎對於四月即將成為祖母這件事非常興奮。我也要回寄賀年卡給她。

POINT 「收到～」也可以用 I received ～。書寫「好像～」的情況，若讀信時有感而發就用 sounded，看著照片則是 looked。「成為祖母」亦可寫成 being a grandma。

想試試食材配送

Aiko told me that she has food delivered every week. It comes with the recipe, so you don't need to think hard about what to cook. I want to try it, too.

翻譯

愛子告訴我，她每星期都會讓食材配送到府。食材寄來時會附上食譜，就不用思考要煮什麼。我也想試試。

POINT 「請～為我～」可用 have ～（人或事）…（動詞的過去分詞）來表示。此處用的是 she has food delivered。come with ～ 是「附上～過來」。think hard 是「認真思考」。what to cook 有「要煮什麼菜＝菜單」之意。

10 家事

洗碗

洗碗

晚飯後我洗碗。
I did the dishes after dinner.
＊do the dishes = 洗碗盤，和 wash the dishes 同義。

小友幫我洗碗。
Tomo did the dishes for me.

我洗完碗後，小友把它們擦乾。
I washed the dishes and Tomo wiped them.

小友幫我洗碗，真是幫了我一個大忙。
Tomo gave me a hand with the dishes, and he was a great help.
＊give ～ a hand = 幫～的忙。

我希望他有時也能幫我洗碗。
I wish he could help with washing the dishes sometimes.

廚房裡的髒碗盤堆得像山一樣。
The dirty dishes in the kitchen were piling up.
＊pile up = 堆積如山。

洗碗花了一個多小時。
It took more than an hour to wash them.

我把抹布泡在漂白水裡。
I soaked the dishcloth in bleach.
＊soak ～ in...= 把～浸泡在…。

油污不易去除。
The grease didn't come off easily.
＊grease = 油脂。

茶杯上有茶漬。
The teacup was stained.
＊stained = 染色。

我的雙手因為清潔劑而龜裂。
My hands got chapped from the detergent.
＊get chapped = 龜裂的。

我打破另一個碗了。
I broke another rice bowl.

我打破了心愛的盤子。嚇！
I broke my favorite plate. What a shock!

廚房乾乾淨淨的感覺真好。
It feels nice when the kitchen is clean.
＊clean 和 spick-and-span 可互換。

洗碗機

我想要一台洗碗機。
I want a dishwasher.
＊dishwasher = 洗碗機。

也許我該買一台洗碗機。
Maybe I should buy a dishwasher.

我需要去買洗碗機的清潔劑。
I need to get dishwasher detergent.

我把碗盤放進洗碗機。
I put the dishes in the dishwasher.

買了洗碗機之後，洗碗變得好輕鬆。
Washing dishes got really easy after I bought the dishwasher.

碗盤放不進洗碗機。
The dishes wouldn't fit in the dishwasher.

還是用手洗碗比較快。
It's faster to do the dishes by hand.

洗衣・衣服的保養

洗衣服

我在上午洗衣服。
I did the laundry in the morning.
＊do the laundry = 洗衣服。

我洗了兩次衣服。
I did two loads of laundry.
＊load = 一次的裝載量。laundry = 要洗的衣服。

要洗的衣服堆積如山。
The laundry has really piled up.
＊pile up = 堆積如山。

我把有顏色的和白色的分開洗。
I washed the colors and the whites separately.

我使用手洗模式。
I used the hand-wash setting.

我這陣子以來頭一次洗床單。
I washed my sheets for the first time in a while.

我用手洗內衣褲。
I hand-washed my underwear.
＊hand-wash = 手洗。

毛衣縮水了。 The sweater shrunk.
＊shrink = 縮水，過去式為 shrunk。

T恤褪色了。 The T-shirt faded.
＊fade = 褪色。

牛仔褲的顏色染到白襯衫上了。 The color from the jeans stained the white shirt!
＊stain = 染色。

我的白襯衫變成淺藍色。 My white shirt turned light blue!
＊turn ～ = 變成～。

直樹回到家時，全身又沾滿了泥巴。 Naoki came home with his clothes all muddy again.
＊muddy = 泥濘的。

他應該考慮幫他洗衣服的人的心情。 He should think about the person that has to wash his clothes.

晾衣服・收衣服

我把衣服晾乾。 I hung up the laundry.
＊hang up ～ = 晾乾，hang 的過去式是 hung。

我把衣服晾在裡面。 I hung up the laundry inside.

我把毛衣晾在陰涼處。 I hung up my sweater in the shade.
＊shade = 陰涼處。

我收衣服。 I brought in the laundry.
＊bring in ～ = 放到裡面，bring 的過去式是 brought。

我摺衣服。 I folded the laundry.
＊fold = 摺疊。

衣服被雨淋濕了。 The laundry got wet in the rain.

最近一直下雨，所以衣服都乾不了。 It has been raining all the time, so the laundry won't dry.

牛仔褲還只有半乾。 The jeans were still half dry.

它們聞起來溼氣很重。 They smelled damp. ＊damp = 潮濕的。

我必須把它們再洗一次。 I need to wash them again.

清潔劑

我換了清潔劑。 I used a different detergent.
＊detergent [dɪˋtɝdʒənt] = 清潔劑。

我很喜歡新的清潔劑的味道。 I really like the smell of the new detergent.

清潔劑最近都做成小包裝。	**Detergent these days is really compact.**
我把柔軟精用完了。	**I ran out of softener.** ＊run out of ～ = 用完。run 的過去式為 ran。 softener [`sɔfənɚ] = 柔軟精。
我不知不覺中用了添加螢光劑的漂白水。	**I used fluorescent bleach without knowing it.** ＊fluorescent [fluə`rɛsnt] = 螢光的。

燙衣服

我熨了我的手帕。	**I ironed my handkerchief.** ＊handkerchief 有時會說成 hanky。
我不太會燙衣服。	**I'm not good at ironing.**
我被熨斗燙傷了。	**I burned myself with the iron.**
要把襯衫燙平真難。	**It's really difficult to iron shirts.**
我用壓力式蒸氣熨斗燙西裝褲。	**I used a press iron on my suit trousers.**
燙衣服好麻煩。	**Ironing is a bother.** ＊bother = 麻煩。
免熨襯衫很好整理。	**Non-iron shirts are easy to take care of.** ＊take care of ～ = 整理。

洗衣店

我把套裝送去洗衣店。	**I took my suit to the cleaners.** ＊cleaners = 洗衣店。
我很高興污垢不見了。	**I'm glad the stain came out.** ＊stain = 污垢。
我去洗衣店拿連身洋裝。	**I picked up the dress from the cleaners.**
乾洗的費用很貴。	**Dry cleaning can be quite expensive.**
每次都要將需要特別處理的衣物送去洗衣店真麻煩。	**It's a hassle to take delicates to the cleaners every time.** ＊hassle = 麻煩事。delicates = 要特別細心處理的衣服。

可機洗的衣服最棒了。
Machine washable clothes are the best.

毛衣可以在家洗。
Sweaters can be washed at home.

衣服的保養

我除去衣服上的污點。
I removed the stains from the clothes.

我除去衣服上的毛球。
I removed the fluff balls from the clothes.
＊fluff ball = 毛球。

我補毛衣上的破洞。
I stitched up the hole in my sweater.
＊stitch up ～ = 縫合。

我把祖母的和服收進束口袋。
I made my grandmother's kimono into drawstring pouches.
＊drawstring pouch = 束口袋。

我把牛仔褲改短。
I had the hem taken up on my jeans.
＊hem = 縫邊。

我把牛仔褲褶起來。
I hemmed up my jeans.
＊hem up ～ = 褶起來。

我把脫落的鈕扣縫上去。
I sewed on a button that came off.
＊sew on ～ = 縫上。

我把衣櫥換成夏季的（服裝）。
I changed my wardrobe for the summer.
＊若是「冬裝」，要將 summer 改成 winter。

收拾・打掃

046

收拾

房間亂七八糟的。
The room is messy.
＊messy = 混亂的。

我最好整理一下。
I'd better tidy up.
＊tidy up = 收拾、整理。

我把不需要的東西全扔了。
I threw away everything that I didn't need.
＊throw away ～ = 丟掉，throw 的過去式為 threw。

我把被爐收進壁櫥。
I put the kotatsu in the closet.

我把書架上的書排整齊。
I arranged the books on the shelf.
＊arrange = 排列整齊。

我把舊書賣給二手書店。 I sold my old books to a secondhand bookstore.

＊secondhand = 二手的。

打掃

我整理了房間。 I cleaned up my room.

我掃了廁所。 I cleaned the toilet.

我打掃了整間房子。 I cleaned the entire house.

我做了大掃除。 I cleaned up everything.

我用吸塵器清掃。 I vacuumed.

＊vacuum [`vækjʊəm] = 使用吸塵器清掃。

我用溼抹布擦地板。 I wiped the floor with a wet cloth.

＊若是「乾抹布」，則將 wet cloth 改成 dry cloth。

我擦了桌子。 I wiped the table.

＊wipe = 擦拭。

我擦了窗戶。 I wiped the windows.

我清洗了紗門。 I cleaned the screen door.

我掃了大門。 I swept the entrance.

＊sweep = 打掃，過去式為 swept。

我把傢俱上的灰塵擦掉。 I dusted the furniture.

＊dust = 拂去灰塵。

我為地板上蠟。 I waxed the floor.

我清洗了冷氣的濾網。 I cleaned the air-conditioner filter.

浴室的水槽裡有霉。 There was mold in the bathroom sink.

一切變乾淨的感覺真好。 It feels great when everything is clean.

＊clean 可和 spick-and-span 互換。

其他家事

我澆了花。 I watered the flowers.

＊water = 澆水。

我把洗髮精的瓶子重新裝滿。 I refilled the shampoo bottle.

走廊的燈泡燒掉了。	The hall light burned out. ＊burn out = 燒掉。
我換了浴室的燈泡。	I replaced the bathroom light bulbs. ＊light bulb = 電燈泡。
我曬了我的棉被。	I aired out my futon. ＊air out ～ = 晾曬。

垃圾・非生活必需品

垃圾 的單字

可燃垃圾	burnable garbage
不可燃垃圾	non-burnable garbage
廚餘	kitchen garbage
回收垃圾	recyclable garbage
大型垃圾	oversized waste
罐子	can
玻璃瓶	glass bottle
塑膠瓶	plastic bottle
塑膠	plastic
玻璃	glass
厚紙板	cardboard
廢紙	wastepaper
牛奶盒	milk carton
舊衣服	used clothes
電池	battery
垃圾桶	garbage can
垃圾袋	garbage bag
垃圾集中場	garbage collection point
垃圾車	garbage truck

倒垃圾

明天早上我要記得把垃圾拿去倒。	I have to remember to take out the garbage tomorrow morning. ＊garbage [ˋgɑrbɪdʒ] = 垃圾。
今天只收不可燃垃圾。	It was collection day for non-burnable garbage today.
我去倒可燃垃圾。	I took out the burnable garbage.
我把厚紙板放在資源回收垃圾。	I took out the cardboard as recyclable garbage. ＊cardboard = 厚紙板。
今天早上我忘了倒垃圾。	I forgot to take out the garbage this morning.
垃圾分類很麻煩。	It's a hassle to separate the garbage. ＊hassle = 麻煩事。

有些人不遵守倒垃圾的規矩。 Some people don't follow the rules for taking out their garbage.
＊follow = 遵循。

垃圾怎麼這麼多。 It's an awful a lot of garbage.
＊awfully = 十分、很。

我在想為什麼我們有這麼多垃圾。 I wonder why we have so much garbage.

我打電話請人載走大型垃圾。 I called to arrange pickup for the oversized waste.

收垃圾的日子是兩週後的星期四。 The collection date is the Thursday two weeks from now.

資源回收

我把還能用的傢俱拿去二手店。 I'll take the reusable furniture to a secondhand shop.
＊reusable = 可再利用的。furniture = 傢俱。

我會把不需要的餐具賣掉。 I'll sell the tableware I don't need.

木村打算接收我的桌子。 Kimura is going to take my desk.

日常採買（→請參考 p.446「購買食材及日用品採買」）

整理花園（→請參考 p.534「園藝」）

剷雪

我把雪鏟除。 I shoveled the snow.
＊shovel = 剷除。

我清了門前小徑的雪。 I cleared the snow from the front walk.
＊clear = 清理、整頓。

伊藤幫我剷雪。 Ito helped me clear the snow.

我把屋頂上的雪清掉。 I cleared the snow from the roof.

今年的雪真多，清理起來很辛苦。 There has been a lot of snow this year, so clearing it is hard work.

我清了剷雪車沒剷到的雪。 I cleaned up the snow left by the snowplow.
＊snowplow = 剷雪車。

家事相關的

英文日記，試著寫寫看！

050 試著用英文書寫每天要做的家事吧。

洗碗機是我的好幫手！

I bought a dishwasher. Now I can save some time. It was a bit expensive, but I think it's worth it.

翻譯

我買了一台洗碗機。這麼一來我能省下些時間。它有點貴，但我覺得很值得。

POINT 「這麼一來我能省下些時間」的「這麼一來」可用 Now 來表示。而「我能省下些時間」可用 I can save some time。「有點貴」的「有點」可換成 a little。「有那個價值」用 it's worth it 來表示。

小蘇打的威力

Eriko told me she uses baking soda for cleaning, so I cleaned the kitchen sink with it. It made it spotless and sparkly. It also got rid of the bad smell. It was great!

翻譯

惠理子告訴我她用小蘇打來清潔，所以我也用它來清理廚房的流理台。小蘇打不僅讓廚房一點油垢也沒有，也去除了怪味，真棒！

POINT 「從惠里子那裡聽到～」可以想成「惠里子告訴我」，如此一來便可寫成 Eriko told me（that）～，惠里子很明顯地是情報的來源。「閃閃發亮」是 spotless（沒有污垢），和 sparkly（亮晶晶）一起使用時有強調的意思。

清潔抽風機很麻煩

The ventilation fan got really greasy, but it's a pain in the neck to take it off and wash it.

翻譯

抽風機變得非常油膩，但把它拆下來清洗是一件麻煩事。

POINT 「抽風機」的英文是 ventilation fan。「抽風機變得很油膩」是把 get greasy（變得油膩）和really（非常）組合在一起，整句話變成 The ventilation fan got really greasy。「很麻煩」寫成 a pain in the neck，其中 in the neck 可以省略。

毛衣縮水了

I dried a sweater in the dryer by mistake and it shrunk. I just bought it yesterday... I'm too careless.

翻譯

我把毛衣誤放進烘衣機烘乾，結果它就縮水了。我昨天才買的…我太粗心了。

POINT 「把～放進烘衣機」可寫成 put ～ in the dryer，但這樣只是描述放進去的動作，如果是放進去烘乾而導致縮水，就不能只寫 put（把～放進去），應該用 dry（把～烘乾）。「縮水」的英文是 shrink，過去式是 shrunk 或 shrank。

11 工作

工作點滴

對工作的熱情

我要更努力工作！ I'm going to work harder!

我想快點適應我的工作。 I want to get used to my job soon.

＊get used to ～ = 習慣於～。

我應該專心致力於我的工作。 I should focus and buckle down to my job.

＊buckle down to ～ = 傾全力。

我想獲得客戶的信任。 I want to gain the trust of the customers.

我想開發好的商品。 I want to develop good products.

＊develop = 開發～。

我的目標是成為頂尖業務員。 I will aim for top sales.

＊aim [em] for = 以～為目標。

工作情況

最近工作很順利。 Work has been going well lately.

最近我處於巔峰狀況。 I'm in top condition these days.

最近我處於低潮。 I'm in a slump these days.

我的工作愈做愈好。 I've been getting better and better at my job.

我有一堆事要處理。 I have a pile of work to take care of.

＊take care of ～ = 處理～。
a pile of ～ = 堆積如山。

我今天完成了好多事。 I got a lot of work done today.

我今天工作很有效率。
I worked efficiently today.
＊efficiently = 有效率地。

我今天辦事效率不佳。
I think I'm inefficient.
＊inefficient = 沒有效率地。

工作上的煩惱・麻煩

我的工作太多了。
I have too much work.

我在工作上犯了一個很大的錯誤。
I made a huge mistake at work.

我因為過勞快撐不下去了。
I'm going to break down from overwork.
＊break down = 倒下、崩潰。

我覺得自己好像愈來愈沮喪。
I feel like I'm getting depressed.
＊get depressed = 變得沮喪。

我自認不適合這份工作。
I don't think I'm cut out for this job.
＊cut out for ～ = 適合～。

這家公司不適合我。
This company doesn't suit me.
＊suit = 適合～。

我們公司裡的人際關係很難應對。
Interpersonal relationships at our office are really awkward.
＊awkward = 笨拙的、尷尬的。

我和同事吵架。
I had an argument with a co-worker.
＊argument = 爭論。

我的一個下屬常打電話請病假。
A subordinate of mine often calls in sick.
＊subordinate = 下屬。call in sick = 打電話請病假。

我的下屬都不聽我的。
My subordinates won't listen to me.

深井先生的騷擾讓我很不舒服。
Mr. Fukai's harassment makes me feel uncomfortable.

真田先生說了很多不恰當的話。
Mr. Sanada says a lot of things that are inappropriate.
＊inappropriate（不適當的）指的是包含「有違倫理道德」的事，暗指性騷擾。

我夾在上司和下屬之間很為難。
I'm torn between my boss and subordinate.
＊torn between ～ and... = 夾在～之間左右為難。

沒幹勁

啊，明天是憂鬱的星期一。
Aw, tomorrow is blue Monday.
＊blue Monday = 憂鬱的星期一。

我不想去上班。 I don't want to go to work.

我最近沒什麼動力。 I haven't had any motivation lately.

＊motivation = 動力。

也許我得了所謂的「五月病」。 Maybe I'm having the so-called "May depression."

＊so-called = 所謂的。depression = 沮喪。

我對現在的工作沒有熱情。 I just can't get excited about my current job.

＊current = 現在的。

忙碌

我今天忙翻了。 I was extremely busy today.

今天異常地忙。 It was awfully hectic today.

＊awfully = 非常地。hectic = 忙亂的。

我認為這禮拜將會非常忙碌。 I think this week is going to be busy.

現在是忙碌期，我們都快瘋了。 It's a busy period and we're going crazy.

＊period = 期間。go crazy = 發瘋。

現在是會計期間，所以非常忙碌。 It's an accounting period, so it's really busy.

＊accounting period = 會計期。

我想，窮人是沒有空的。 There's no leisure for the poor, I guess.

＊leisure [ˋliʒɚ] = 閒暇、空閒。

工作讓我忙得不可開交。 I'm swamped with work.

＊swamped with ～ = 忙到不可開交。

我正忙著新的專案。 I'm busy with the new project.

我正忙著寫最後的報告。 I'm busy writing the final report.

人手不足

我們人手不足！ We don't have enough manpower!

我們需要更多人才。 We need more human resources.

我們部門人手漸漸不足。 Our department is chronically understaffed.

＊chronically = 慢性地。understaffed = 人員不足。

我們需要更多人來幫忙。 We need all the help we can get.

太多人辭職了。
There are too many people quitting.
＊quit [kwɪt] = 辭職。

我在想我們是否會找新員工。
I wonder if we'll get any new employees.

我希望他們可以考慮僱用兼職人員。
I wish they would consider hiring some part-timers.
＊consider ～ing = 考慮。

日常工作 052

通勤 （請參照 p.325「通勤・上學」）

進公司

我8點半到公司。
I got to work at 8:30.

我8點到公司，比平常還要早。
I got to work at 8:00, earlier than usual.

還沒有人來。
No one had come yet.

我可以趁公司沒有人的時候完成很多事。
I can get a lot of things done when there's no one else in the office.

橫田女士已經到公司了。
Ms. Yokota was already at work.

我睡過頭，到公司已經11點了。
I overslept and got to work at 11:00.
＊oversleep = 睡過頭，過去式為 overslept。

今天的晨間會議我遲到了。
I was late for the morning meeting.

我進公司前去了 A 公司。
I stopped by A Company before I went to work.

我在上班途中去了趟醫院。
I stopped by the hospital on my way to work.

工作上的電話

今天我接到很多通電話。
I got a lot of calls today.

我一整天都在接電話，沒有完成太多工作。
I spent all day answering phones and didn't get much work done.

我和高野女士講了兩個小時的電話。	I talked with Ms. Takano on the phone for two hours.
我接到一通詢問我們公司商品的電話。	I got a call about one of our products.
我接到一通客訴電話。	I got a complaint call. ＊complaint = 抱怨。
我把時間都花在接客訴電話。	I spent all my time answering complaint calls.
公司用的手機壞了。	My company cellphone broke.

書面報告・資料

今天下午我寫了兩份報告。	I wrote two reports this afternoon.
我用 PowerPoint 做了會議要用的資料。	I made the materials for the meeting using PowerPoint. ＊material = 資料。
我把報告交給加藤先生。	I submitted a report to Mr. Kato. ＊submit = 提交。
我忙著弄這份報告。	I couldn't get around to the report.
我明天必須將這份報告定案。	I have to finalize my report tomorrow. ＊finalize = 使結束。
寫報告很累。	Writing the report is a struggle. ＊struggle = 辛苦。
我即時把資料準備好。	I got the materials ready just in time.
大倉女士的文件做得很好。	Ms. Okura's documents were really well done. ＊well done = 做得很好。

開會

會議10點開始。	There was a meeting starting at 10:00.
明天早上9點有個會要開。	There's a meeting tomorrow at 9:00.
我們談論了新事業的方向。	We talked about the direction of the new business.

大家踴躍地交換意見。	**Everyone excitedly traded their opinions.** ＊trade = 交換～。
也有一些很不中聽的意見。	**There were some pretty harsh opinions, too.** ＊harsh = 嚴厲的。
結論保留到下次會議。	**The conclusion was carried over to the next meeting.** ＊carry over ～ = 保留。
這是一個很難的問題。	**It was a difficult issue.** ＊issue = 議題、問題。
我需要時間思考。	**I need time to think.**
我想要正面地看待事情。	**I want to consider things positively.** ＊consider = 考慮。
那是個有意義的會議。	**That was a worthwhile meeting.** ＊worthwhile = 有價值的。
那是個沒有意義的會議。	**That was a meaningless meeting.**
我在開會時打瞌睡。	**I dozed off during the meeting.** ＊doze off = 打瞌睡。
我們公司的會議太多了。	**We have too many meetings at work.**
我們公司的會議時間太長了！我感到很厭煩。	**Our meetings are too long! I'm sick and tired of them.**
我們的會議太多了，導致我工作都做不完。	**We have so many meetings that I can't get any work done.**

上台報告

我必須準備上台報告。	**I have to prepare for my presentation.**
我準備好了上台報告。	**I prepared for my presentation.**
今天下午我做了有關新計畫的報告。	**I made a presentation about our new project this afternoon.**
報告進行的很順利。	**The presentation went well.** ＊go well = 進行地很順利。
報告做得不是很好。	**The presentation wasn't done so well.**

我很緊張，但還是撐過來了。	I was nervous, but I made it through somehow.
	＊make it through = 渡過難關。
我想説得更有自信。	I want to be able to speak more confidently.
有很多人提出問題。	There were a lot of questions.
時間不夠了。	There wasn't enough time.

外勤

我整個下午不在公司。	I was out of the office all afternoon.
我迷路了，到 B 公司赴約時已經遲到了。	I got lost on my way and was late for my appointment at B company.
我有個空檔，所以在咖啡店休息一下。	I had some free time, so I relaxed at a café.

簽約・額度

我簽下合約了！太好了！	I sealed a deal! All right!
	＊seal a deal = 交易定案。
我總算設法簽下合約了。	I somehow managed to get a contract done.
	＊manage to ～ = 設法。
我得到一份大合約。	I got a big contract.
看來我可以達成這個月的額度。	It looks like I'll be able to fill my quota this month.
	＊fill = 滿足（要求）。quota [`kwotə] = 配額、限額。
我可能無法達成這個月的額度。	I might not be able to fill my quota this month.
我還是想要達到我的額度。	I want to fill my quota somehow.
能夠達到我的額度，令我鬆了一口氣。	I was relieved that I was able to fill my quota okay. ＊okay = 順利地、很好地。
我無法達到我的額度。	I couldn't fill my quota.

電腦（請參照 p.680「電腦・網路」）

辦公設備

我不知道如何使用新的影印機。
I don't really know how to use the new copier.
＊copier [`kɑpɪɚ] = 影印機。

我們需要一台掃描器。
We need a scanner.

影印機不動了。
The copier wasn't working.

印表機又出問題了。
The printer was on the blink again.
＊on the blink = （機器）出毛病。

印表機卡紙了。
The printer got jammed.
＊get jammed = （紙）卡住，get 的過去式是 got。

傳真機沒紙了。
The fax ran out of paper.
＊run out of ～ = 用完，run 的過去式是 ran。

名片

我跟A公司的人交換名片。
I exchanged business cards with people from A company.

不巧的是我的名片用完了。
Unfortunately, I was all out of business cards.
＊out of ～ = 沒有～。

我訂了兩百張名片。
I ordered 200 business cards.

打掃辦公室．環境整理

今天輪到我打掃辦公室。
It was my turn to clean the office.
＊turn = 順序。

我用吸塵器清掃辦公室。
I vacuumed the office.
＊vacuum [`vækjʊəm] = 用吸塵器清掃。

我清潔辦公室的廚房。
I cleaned the office kitchen.

我們公司今天大掃除。
We had major cleaning at work.

清出好多不曾用過的東西。
There were a lot of things that weren't being used.

我桌子上的文件堆得像山一樣。
Documents were piled up on my desk.
＊piled up = 堆積如山。

我整理了桌子。
I organized my desk.
＊organize = 整理～。

我覺得神清氣爽，也完成了許多工作。
I felt refreshed and got a lot of work done.

加班

我今天又要加班了。

I had to work overtime again today.
＊work overtime = 加班。

我今天加了四個小時的班。
I worked overtime for four hours today.

我加了整晚的班。
I worked throughout the night.

最近我經常加班。
Recently, I've been working overtime regularly.

今天我盡可能不加班就完成工作。
I managed to finish today without having to work overtime.
＊manage to ～ = 設法。

上個月我加班六十個小時。
I worked 60 hours of overtime last month.
＊overtime = 加班。

我今天又加沒薪水的班了。
I worked off the clock again today.
＊work off the clock = 無酬加班。

我把工作帶回家。
I brought my work home with me.

我明天一定要準時回家！
Tomorrow I'm definitely going home on time!

至少我拿到了加班費，我很感激。
At least I get paid for overtime, and I appreciate that.
＊appreciate = 感激。

我拿不到加班費？！
I'm not getting paid for overtime?!

接待

我們以盛宴款待 A 公司的人。
We wined and dined the people from A Company.
＊wine and dine ～ = 以美酒佳餚款待。

我們舉行了一場很有意義的會議。
We had a very worthwhile meeting.
＊worthwhile = 有價值的。

我很高興能和 A 公司的人暢所欲言地談話。
I was glad we were able to talk openly and freely with the people from A Company.

安藤先生喝太多了造成困擾。 **Mr. Ando drank too much and caused problems.**
*cause = 引起～。

我今天要和一些客戶打高爾夫球。 **I went golfing with some customers today.**

我希望至少能在僅有的休假中睡一下。 **I wish I could at least get some sleep on these rare days off.**
*rare = 稀有的。day off = 休假。

這是展現我在高爾夫球練習場成果的大好機會！ **This is a chance to show what I've been doing on the driving range!**
*driving range = （高爾夫球）練習場。

出差（請參照p.338「特快車·新幹線」、p.570「飛機」）

明天我要去福岡出差。 **I'm going on a business trip to Fukuoka tomorrow.**

明天我要到很久沒去的大阪出差。 **I'm going on my first business trip to Osaka in ages tomorrow.**

我預定了一家位在車站附近的商業旅館。 **I made a reservation at a business hotel right by the station.**

我一直在出差。 **I've been making a lot of business trips.**

我今天出差到青森，而且是當天來回。 **I had a one-day business trip to Aomori today.**

我到名古屋進行兩天一夜的出差。 **I made an overnight business trip to Nagoya.**

這次我坐飛機過去。 **I flew there this time.**
*fly = 坐飛機，過去式為 flew [flu]。

出差最棒的就是可以吃到當地的名產。 **The best part of business trips is trying out the local cuisine.**
*try out ～ = 試吃～。
cuisine [kwiˋzin] = 菜餚。

研習·研討會

我們舉辦了一場 IT 研習會。 **We had IT training today.**

下禮拜我們有一場新進人員訓練。	We have new employee training next week.
我們有商用英語的研習會。	There was a training session for business English.
我們到店鋪做現場訓練。	We went to a store for on-site training. ＊on-site = 現場的。
有一場關於著作權的講座。	There was a seminar on copyrights. ＊copyright = 著作權。
真的很實用。	It was really useful.
講師真的很棒。	The lecturer was really good.
沒有太多可學習的。	There wasn't much to learn.
我在研討會中睡著了。	I got sleepy during the seminar.

公司英語化

下個月開始，我們要用英文開會。	Starting next month, we're going to have our meetings in English!
我在想是不是每個人都會說英文。	I wonder if everyone speaks English.
要我們用英文開會，那是不可能的事。	There's no way we'll be able to hold a meeting in English.
我必須用英文跟大家報告。這該怎麼辦才好？	I have to give a presentation in English. What am I going to do?
從明年開始，接受多益測驗是必備的。	Starting next year, taking the TOEIC will become a requirement. ＊requirement = 必備條件。
我們的分數似乎會反映在員工的評價。	It seems our scores will reflect on our employee assessments. ＊reflect on ～ = 反映出～。assessment = 評價。
我們公司僱用愈來愈多不同國家的員工。	Our company is hiring more employees from other countries. ＊hire = 僱用～。
我們公司愈來愈全球化了。	Our company is globalizing more and more.

我們公司必需邁向全球化。	Our company needs to become more global.
和來自不同國家的員工説英文真有趣。	It's fun to speak English with employees from other countries.

公司的活動

我們今天替山田先生辦了迎新派對。	We had Mr. Yamada's welcoming party today. ＊也可以寫 welcome party。
我們替新進員工舉辦了迎新派對。	We had a welcome party for our new employees.
本週五我們要替山田先生舉辦歡送會。	This Friday we're going to have Ms. Tashiro's farewell party. ＊「歡送會」也可以用 going-away party 或 send-off。
我們舉辦了迎新和送舊派對。	We had a welcome and going-away party.
我們舉辦了入社儀式。	We had a new-employee ceremony.
明天我們要去員工旅遊。	We're going on a company trip tomorrow.
我們的員工旅遊去了伊豆。	We went to Izu on a company trip.
我們公司舉辦了保齡球大賽。	We had a company bowling event.
我們公司舉辦了健康檢查。	We had a company physical check-up.
我們搬到了新的辦公大樓。	We moved to a new office building.
我們公司舉辦了50週年的紀念派對。	Our company had a 50th anniversary party.

午餐・和同事喝一杯

午餐（→請參照 p.489「外食」）

我今天在員工餐廳吃飯。	I ate at the company cafeteria today. ＊company cafeteria = 員工餐廳。

真高興我們員工餐廳的食物很好吃。 I'm glad our company cafeteria has such good food.

我們員工餐廳的食物還好而已。 The food at our company cafeteria is just okay.

很棒的是我們員工餐廳的價錢合理。 It's great that our company cafeteria has reasonable prices.

我在便利商店買飯糰。 I bought rice balls at a convenience store.

我邊工作邊吃麵包。 I ate some bread while working.

我訂了便當。 I had a bento delivered.

＊deliver = 外送～。

我吃了幕之內便當 I had a makunouchi bento.

我自備午餐。 I carried my lunch.

我在會議室吃午餐。 I ate my lunch in the meeting room.

我吃太太幫我做的午餐。 I ate the lunch my wife made for me.

我和黑部有個午餐會報。 I had a lunch meeting with Kurobe.

我忙到沒時間吃午餐。 I was so busy that I didn't have time to eat lunch.

我終於在4點左右吃午餐。 I finally got to eat lunch at around 4:00.

和同事喝一杯（→請參照 p.500「酒」）

下班後我和細井先生去喝一杯。 I had a drink with Hosoi after work.

我們去了老地方。 We went to the usual spot.

我們去了五反田的ABC酒吧。 We went to ABC Bar in Gotanda.

經理帶我去他最愛的店。 My manager took me to his favorite restaurant.

＊「店」可視情況用 restaurant 或 bar 等字。

山本先生請客。	Mr. Yamamoto treated me. ＊treat = 請客。
我替年輕人買單。	I footed the bill for the younger guys. ＊foot the bill = 付帳。
我們辦了慶功宴。	We had a good-job party today.
我們一起去了卡拉OK。	We all went to karaoke together.
偶爾狂歡一下也不錯。	It's good to cut loose every now and then. ＊cut loose = 狂歡。

人事・待遇・休假

人事

我提出到業務部的轉調申請。	I submitted a transfer request to the sales department. ＊transfer = 轉調。
人事異動明天會宣佈。	Changes in personnel will be announced tomorrow. ＊personnel = 人事。
下星期我將轉調至企畫部。	I'll be moving to the planning department next week.
下星期我將轉調至成田先生那組。	I'll be transferring to Mr. Narita's team next week. ＊transfer to ～ = 轉調～。
終於，我轉調到公關部了。	Finally, I got transferred to the PR department. ＊get transferred to ～ = 轉調去～。PR 是 public relations 的簡稱。
我很高興我的轉調申請通過了。	I'm happy my transfer request went through.
我對這次的職務異動很不高興。	I'm not happy with my new post.
有傳言說田村小姐將被調到公關部。	Rumor has it that Ms. Tamura will be transferring to the PR department. ＊rumor has it that ～ = 有～的傳言。

升遷

我升部門經理了。	I've been promoted to department manager. ＊promote = 升遷。

希望我能快點升遷。
I hope I get promoted soon.

太好了！我下個月就升遷了！
Yeees! I've got a promotion coming next month!
＊promotion = 升遷。

我對升遷沒什麼興趣。
I'm not really interested in a promotion.

升遷只意味著更多的責任。
Being promoted just means more responsibility.

輪調

他們決定四月份將我轉調到大阪。
They decided to transfer me to Osaka in April.
＊transfer = 使輪調。

我的轉調可能會維持兩年左右。
My transfer will probably last about two years.
＊transfer = 輪調。

我不知道會在那裡待多久。
I don't know how long I'll be over there.

看來我不能帶家人跟我一起去。
It looks like I won't be able to take my family with me.

我計畫帶著家人跟我一起去。
I'm planning on bringing my family with me.

這份工作需要常常輪調，這也是沒辦法的事。
This job calls for a lot of transfers, so it can't be helped.
＊call for ～ = 需要。

組織調整．裁員

組織重組聽起來真可怕。
Restructuring sounds scary.
＊restructuring = 組織調整。

有謠言說我們公司考慮要組織重組。
Rumor has it that our company is thinking about restructuring.
＊rumor has it that ～ = 有～的謠言。

我因為組織重組被裁員了。
I got laid off due to the restructuring.
＊lay off ～ = 解僱，lay 的過去分詞是 laid。

我被炒魷魚了。
I got fired.
＊fire = 開除。

辭職

我告訴老闆我想辭職的事。	**I told my supervisor about my intention to quit.** ＊supervisor = 上司。quit [kw t] = 辭職。
我遞交了一封辭職信給老闆。	**I submitted a letter of resignation to my supervisor.** ＊resignation = 辭職。
公司問大家有沒有提早退休的意願。	**My company is asking everyone if they want to retire early.**
提早退休不見得是壞事。	**Early retirement might not be so bad.**
木下先生試圖慰留我。	**Mr. Kinoshita tried to make me stay.**
他了解我想辭職的事。	**He was understanding about my leaving.**
他祝我新工作順利。	**He wished me good luck at my new job.**
我準備跟代理人做交接。	**I'm going to give my replacement a proper handover.** ＊proper = 適當的。handover = 交接。
須田女士接手我的工作。	**Ms. Suda took over my old post.** ＊take over ～ = 接收。take 的過去式是 took。
我想趁離職前把我的特休假用掉。	**I want to use all of my paid vacation time before I leave my job.**
今天是我離開公司的日子。	**This is the day that I finally leave the company.**
今天是我離開公司的日子。	**Today was the day that I finally left the company.**
今天是我最後一天上班。	**Today was my last day at work.**
我的下屬們為我辦了一個派對。	**My subordinates threw me a party.** ＊throw ～ a party = 為了～原因舉行派對。
我要放鬆一下。	**I'm going to relax for a while.**
我要把時間用來養育孩子。	**I'm going to dedicate my time to raising my child.** ＊dedicate ～ to... = 致力於。

我預定明年9月回去上班。	I'm planning to return to work next September.
太田先生只做到這個月。我會想念他的。	Mr. Oda is quitting this month. I'll miss him.

薪水

太好了！今天是發薪日！	All right! Today is payday! ＊payday = 發薪日。
我對目前的薪水很滿意。	I'm happy with my current salary. ＊current = 現在的。salary = 薪水。
我對目前的薪水不滿意。	I'm not happy with my current salary.
這個月的薪水一如往常的少。	This month's salary is low, as always.
我希望薪水能再多一點。	I wish I could get paid more.
薪水扣稅之後低於二十萬元，根本不夠。	A salary of less than 200,000 dollars after taxes isn't enough at all.
按件計酬的工作很辛苦。	Being paid by the job is tough. ＊pay ～ by the job = 按件計酬的工作。
光靠我先生一個人的薪水根本不能活。	We can't live on my husband's salary alone.
薪水雖少，卻是份有意義的工作。	The pay is low, but it's a rewarding job. ＊rewarding = 有意義的。

獎金

我不知道能不能拿到獎金。	I wonder if I'll get a bonus. ＊在美國，獎金的發放依業績而定。
太好了！我拿到獎金了！	Yes! I got a bonus!
我拿到扣稅後四十五萬元的獎金。	I got a 450,000-dollar bonus after taxes.
我拿到兩個月的獎金。	I got a bonus of two month's pay.
獎金太少了。	The bonus was really small.
該拿我的獎金來買什麼呢？	What should I buy with my bonus?

我應該把所有獎金存起來。 I should put all of my bonus into my savings.
*savings = 存款。

該死，沒有獎金。 Darn, no bonus. ☹
*darn 是表達生氣或不滿之語。

休假

我向公司請了一天假。 I took a day off from work.
*take a day off = 休假1天。

下禮拜我要請補休。 I'm going to take a make-up day off next week.
*make-up day = 補休。

我請半天假去醫院。 I took a half day off and went to the hospital.

我累積了很多特休。 I have a lot of paid vacation days saved up.
*save up ～ = 貯存。paid vacation = 特休假。

我今天請了一天特休。 I took a paid vacation day today.

我想休長假。 I want to take a long vacation.

黃金週我可以休九天假。 I have nine days off for Golden Week.

我不認為我可以放暑假。 I don't think I'll be able to get a summer vacation.

我決定在10月放自己一個遲來的暑假。 I decided to take a late summer vacation in October.

看來我可以悠閒的渡過元旦假期了。 It looks like I'll be able to take it easy over the New Year's holiday.
*take it easy = 從容。

上司・同事・下屬

上司

渡邊先生是我很尊敬的老闆。 Ms. Watanabe is a boss I can look up to.
*look up to ～ = 尊敬～。

他人總是很好，而且會給我建議。 He's always really nice and ready to give advice.

任何事我都可以和她談。 I can talk to her about anything.

他很受下屬信任。 He's well trusted by his people.
＊用 one's people 有「～的下屬」之意。

我去找目黑先生給我工作上的建議。 I went to Mr. Meguro for advice about my job.

他給我適當的建議。 He gave me appropriate advice.

河原先生對我大聲斥責。 Mr. Kawahara bawled me out.
＊bawl ～ out = 大聲斥責。

我覺得他對下屬太嚴格了。 I think he's too strict with his people.
＊strict = 嚴格的。

我和太田部長合不來。 I don't get along with my manager, Mr. Oda.
＊get along with ～ = 合的來。

同事

我很幸運能有這種同事。 I'm blessed to have such co-workers.
＊blessed = 受眷顧。co-worker = 同事。

我很高興有能夠信任的同事。 I'm so glad to have co-workers I can trust.

我聽說田端先生下個月要結婚了。 I hear Mr. Tabata is getting married next month.

西田女士下個月開始請產假。 Ms. Nishida will be on maternity leave starting next month.
＊maternity leave = 產假。

下屬

黑木女士是個值得信賴的下屬。 Ms. Kuroki is a reliable subordinate.
＊subordiante = 下屬。

她總是快速完成被交付的事。 She always quickly finishes what she's asked to do.

高橋先生真的很積極。 Mr. Takahashi is really motivated.
＊motivated = 積極的。

我很期待佐佐木女士的表現。 I'm counting on Ms. Sasaki.
＊count on ～ = 依賴。

我不太指望吉野。 I can't really count on Yoshino.

新來的平井先生不是個能幹的人。 The newcomer, Mr. Hirai, isn't very efficient.
＊efficient = 能幹的。

創業・自由業

創業

這個月銷售額很好。 Sales were good this month.

這個月銷售額不佳。 Sales were bad this month.

我們今天有很多客人。 We had a lot of customers today.

今天蕃茄賣得不好。 Tomatoes didn't sell very well today.

比上個月少了10%。 It's down 10% from last month.

比去年增加20%。 It's up 20% from last year.

我們明天必須盤點庫存。 We have to take stock tomorrow.
＊take stock = 盤點庫存。

也許我該僱用更多兼職人員。 Maybe I should hire more part-time workers.

也許我該改裝店舖。 Maybe I should remodel the store.
＊remodel = 改建、改裝。

我要多做點宣傳。 I need to advertise more.
＊advertise = 宣傳。

自由業

我趕不上截稿日交稿了。 I'm not going to have the manuscript ready by the deadline!
＊manuscript = 手稿。

高野先生打電話催我交稿。 Mr. Takano called me to tell me to turn in my manuscript.
＊turn in ～ = 交出去。

我假裝不在家。 I pretended not to be home.
＊pretend to ～ = 假裝。

我必須接更多工作。	I need to get more work.
我有堆積如山的工作。	I've got a lot of work piled up. ＊piled up = 堆積如山。
我今天必須徹夜工作。	I'll need to work through the night today.
也許我明天應該請假。	Maybe I should take tomorrow off. ＊take ～ off = 請假。

報稅（請參照 p.459「稅金」）

我記在帳簿上。	I made an entry into the account book. ＊make an entry = 登記。account book = 帳簿。
我必須快點申報所得稅。	I need to file my income taxes soon. ＊file = 提出（申請書等）。
將收據分類真是困難。	Sorting receipts is such a hassle. ＊sort = 分類。
我請了一個稅務會計。	I had a tax accountant come by. ＊tax accountant = 稅務會計。
我把收據交給稅務會計。	I gave my receipts to my tax accountant.
我完成了薪資申報。	I finished filing my income taxes.
我把文件寄去稅捐機關。	I sent the documents to the tax office.

打工・兼差

我需要找一份兼差。	I need to find a part-time job. ＊美國並沒有區分「正職」、「兼職」、「打工」，因此寫 find a job 亦可。
我必須找一份夜間的工作。	I should look for a job working the night shift.
我上網找兼職工作的資訊。	I looked for part-time job information on the Internet.
我家附近的便利商店在找兼職人員。	A nearby convenience store was hiring part-timers.

我打電話給那家公司。	I called that company.
我設法得到明天的面試。	I managed to get an interview for tomorrow. *manage to ～ = 設法。
我明天開始上班。	I start working tomorrow.
我決定每週上班三天。	I decided to work three days a week.
我決定只有週六和週日上班。	I decided to work only on Saturdays and Sundays.
我的時薪是八百元。	I get 800 dollars an hour.
如果我可以加薪就好了。	It would be nice if I could get a raise. *raise [rez] = 加薪。
太好了！我的時薪多了五十元！	Great! My hourly wage went up 50 dollars!
我想去找個時薪更高的工作會不會比較好。	I wonder if it's better to look for a job with a higher hourly wage.
我這個月兼職的薪水是六萬五千元。	I got 65,000 dollars from my part-time job this month.
或許下個月我該排更多班。	Maybe I should take more shifts next month.
兼差的同事們都是好人。	All my co-workers at my part-time job are great people.
我的雙腿因為久站而發腫。	My legs swelled up from all the standing. *swell up = 腫起來。
我辭掉了兼職的工作。	I quit my part-time job. *quit [kwɪt] = 辭職，過去式為 quit。

求職・換工作

求職

差不多該開始找工作了。	It's about time I started looking for a job.

我去大學的職涯中心諮詢。 I went to the career center at my college for advice.

我買了一套求職用的西裝。 I bought a job-hunting suit.

＊job-hunting = 求職活動。

我穿不慣這套求職用的西裝。 I'm not used to this job-hunting suit.

＊be used to ～ = 習慣。

我在想我是不是能得到工作。 I really wonder if I can get a job.

雖然沒有把握，但我不想放棄自己的夢想。 The odds are against me, but I don't want to give up on my dream.

＊odds are against ～ = 沒有把握、希望渺小。

我在想我到底要留在老家找工作，還是留在東京。 I wonder if I should get a job in my hometown or stay here in Tokyo.

一家公司的規模對我來說並不重要。 The size of the company doesn't matter to me.

我想在一家可以做想做的事的公司上班。 I want to work at a company where I can do what I want to do.

我聽說 D 公司開始了為期一年的徵人計畫。 I heard that D Company started a year-round recruitment policy.

＊year-round = 整年的。recruitment = 徵人。

我想愈快開始上班愈好。 I want to start working as soon as possible.

我不想去工作。 I don't want to start working.

真希望我可以當一輩子的學生。 I wish I could be a student forever.

轉職

我要找另一份工作。 I want to find another job.

或許我該找另一份工作。 Maybe I should find another job.

我決定找另一份工作。 I decided to find another job.

我想要一份薪水更高的工作。 I want a job that pays better.

我想在讓我做想做的事的公司上班。 I want to work at a company that lets me do the work I want to do.

我在找能善用我的經驗的工作。	**I'll look for a job that lets me make the most of my experience.** ＊make the most of ～ = 做最大的運用。
我找不到喜歡的工作。	**I can't find any jobs I like.**
有好的職缺嗎？	**Aren't there any good job offers around?** ＊job offer = 提供工作。
我總算找到了內心期待的職務空缺。	**I finally found the job opening I was hoping for!** ＊job opening = 職務空缺。
A公司正在找有經驗的員工。	**A Company is looking for experienced employees.** ＊experienced = 有經驗的。employee = 員工。
人員招募的截止日是13號。	**The application deadline is the 13th.** ＊application = 招募。deadline = 截止日期。

就業說明會

明天早上10點在梅田有G公司的就業說明會。	**G Company is having a job fair tomorrow at 10:00 in Umeda.**
我去參加就業博覽會。	**I attended a joint job fair.**
我去參加 TM 公司的就業說明會。	**I went to a job fair for TM Company.**
我去參加 I T 公司的聯合就業博覽會。	**I went to a job fair put on by IT companies.**
我在前往就業說明會的途中迷了路。	**I got lost on the way to the job fair.**
這場說明會讓我更確定想在這裡工作。	**The seminar made me even more sure that I wanted to work there.**
這和我內心所想像的企業不太一樣。	**I think it's different from what I had in mind.**
我和來自 A 銀行的後藤先生談話。	**I spoke to Mr. Goto from A Bank.**
對於這份工作我得到清楚的描繪。	**I was able to get a clear picture of what the job is about.** ＊clear picture = 清晰的圖像。
這份工作聽起來很難，卻也很有意義。	**The job sounds tough, but it also sounds fulfilling.** ＊tough [tʌf] = 棘手的、難苦的。fulfilling = 充實自我的。

招募文件·求職申請表

這個週末前我必須提交求職申請表給A公司。	I've got to hand in my application to A Company by this weekend. ＊hand in ～ = 提交。application = 招募（文件）。
我去拍證件要用的照片。	I got my ID photo taken.
我填寫A公司的求職申請表。	I filled out the entry sheet for A Company. ＊fill out ～ = 填寫。英文沒有「entry sheet」的講法，不過日記上可以這樣寫，此外也可以寫成 application form（求職表）。
填寫D公司的履歷表就花了我三個小時。	It took me three hours to fill in the entry sheet for D Company. ＊fill in ～ = 填寫。
我決定從自我分析開始。	I decided to start with a self analysis. ＊analysis [ə`næləsɪs] = 分析。
我的優點是什麼？	What are my strengths? ＊strength [strɛŋθ] = 長處。
我認為合群是我其中的一個優點。	I think one of my strengths is that I'm cooperative.
我請森前輩幫我看一下求職申請表。	I asked Mori to take a look at my entry sheet. ＊take a look at ～ = 看一看。

筆試·面試

太好了！我通過筆試了！	Yes! I passed the written test! ＊pass = 通過。
喔，不！我在書面審查時被淘汰了。	Oh no! I failed the application screening. ＊application screening = 招募審查、書面篩選。
我下週要和 B 公司面試。	I have an interview with B Company next week.
我應該事先看一下 B 公司的事業狀況。	I should look up B Company's business beforehand. ＊beforehand = 事先。
我明天有一場模擬面試。	I had a mock interview. ＊mock interview = 模擬面試。
這是我和 A 公司的第一場面試。	I had the first interview with A Company.

這是我的第一場面試，所以真的很緊張。	**It was my first interview, so I was really nervous.**
我太過緊張，以致回答的不好。	**I was so nervous that I couldn't answer the questions very well.**
我自認有好好表達自己的想法。	**I think I expressed myself well.**
希望我能過關。	**I hope I passed.**

錄取

我希望盡快找到工作。	**I want to get a job as soon as possible.**
我還沒拿到任何一家的聘用通知。我該怎麼辦？	**I haven't received any job offers yet. What should I do?** ＊job offer = 聘用通知。嚴格來說，「錄取」指的是 unofficial job offer（非正式的聘用通知）。
太好了！我拿到 A 公司的聘用通知了。	**Yes! I got a job offer from A Company!**
我對 B 公司已經不抱期望了，所以很興奮。	**I had already given up hope on B Company, so I was thrilled.** ＊thrilled [θrɪl] = 興奮。
阿弘已經拿到兩家公司的聘用通知了。	**Hiro has already received two job offers.**
景子也拿到聘用通知了。真是太好了。	**Keiko also got a job offer. That's really good for her!**
如果我能得到第一志願 G 公司的聘用通知，就太棒了。	**It would be great if I also got a job offer from my first choice, G Company.**
其他人都拿到聘用通知了，讓我很擔心。	**I'm worried because everyone else is getting job offers.**
最壞的情況就是在大學裡再待一年。	**In the worst case, maybe I should spend another year at university.** ＊in the worst case = 最壞的情況。
我很感謝幫助我的人，也跟他們報告了我的工作情況。	**I thanked the people who helped me and told them about my job.**
大家都很為我高興。	**They were all really happy for me.**

工作相關的

英文日記，試著寫寫看！

059 試著用英文書寫和工作相關的事情吧！

高爾夫球招待

I'm playing golf with clients tomorrow. I need to get up early and keep pleasing them... Oh, I wish I didn't have to.

翻譯

明天我要和客戶打高爾夫球。想到我要很早起床，又要取悅他們…喔，真希望可以不要去。

POINT 「高爾夫球招待」寫成 play golf with clients（和客戶打高爾夫球）。「取悅」可以想成「讓客戶一直很高興」，於是英文就可寫作（I need to） keep pleasing them。很難直接轉換成英文的說法，讀者要試著臨機應變，換個方式思考。

過著回家等於睡覺的日子

I've been extremely busy. No matter how hard I work, I can't get my work done. All I do at home is just sleep.

翻譯

最近我真的忙到不行，不管我多麼努力工作，就是沒辦法把事情做完。我回家唯一能做的事就是睡覺。

POINT 「忙到一個極限」的英文可寫成 super busy。No matter how hard I work 有「不論我多麼努力工作」之意，因此後面必須接努力沒有得到回報的句子才能繼續下去。用 get ～（人．事．物）…（形容詞、動詞的過去分詞）的句型有「讓～處於～的狀態」之意。done 有「完成」的意思。

新老闆

My new boss came to our office today. I heard he was really stern, but actually, he seemed like an ideal boss with a good balance of strictness and kindness. (Whew)

翻譯

新老闆今天來我們辦公室。我聽說他很嚴格，不過事實上他似乎是個完美的老闆，在嚴格和仁慈之中取得很好的平衡。（呼～）

POINT stern 有「沒有人情味、無法和人親近的嚴格」之意，而 strict 則是「謹守教養或規則的嚴格」，皆是形容詞；至於「嚴格」的名詞可用 sternness/ strictness 來表示。「有某種印象」可用 seemed like～（被認為像～）來表示。

怎麼還沒錄取

I've had 11 job interviews, but I haven't received any job offers yet. I'm getting really worried, depressed and tired.

翻譯

我已經參加了十一家公司的面試，但還沒有拿到聘用通知。我開始擔心、沮喪了起來，覺得好累。

POINT 「工作面試」的英文是 job interview。「決定錄取」的英文是 receive a job offer（接受工作的申請）。worried（不安）、depressed（沮喪）、 tired（疲憊）和 be getting 放在一起時，有「有漸漸變成這種狀態」的意味。

12 校園生活

校園生活

國小・國中・高中 學年的單字

國小一年級	the first grade
國小二年級	the second grade
國小三年級	the third grade
國小四年級	the fourth grade
國小五年級	the fifth grade
國小六年級	the sixth grade
國中一年級	the seventh grade
國中二年級	the eighth grade
國中三年級	the ninth grade
高中一年級	sophomore [ˋsɑfmor]
高中二年級	junior
高中三年級	senior [ˋsinjɚ]

※「國中一年級<二年級／三年級>」的英文也可用 the first <second / third> grade of junior high school 來表示，而「高中一年級<二年級／三年級>」的英文也可用 the first <second / third>grade of high school 來表示。至於大學的年級表示方法，請參照 p.426。

入學・升學

我很快就要升上國中二年級。	**I'll be in the second grade of junior high school pretty soon.**
我的兒子已經高中三年級了。	**My son started the third grade of high school.**
時光飛逝。	**Time flies.**
我很期待也很不安。	**I have a lot of expectations and worries.** ＊expectation = 期待。
我女兒十分期待去上小學。	**My daughter is looking forward to going to elementary school.**

入學準備

媽媽幫我女兒買了一個書包。	My mother bought my daughter a school backpack.
	＊school backpack= 書包。
我兒子選了一個淺藍色書包。	My son chose a light blue school backpack.
小真試揹他的書包。	Ma-kun tried carrying his school backpack.
大大的書包揹在他身上看起來很滑稽。	He looked funny with his big school backpack.
我替兒子買了運動服和室內鞋。	I bought gym clothes and indoor shoes for my son.
	＊gym clothes [kloz] = 運動服。

制服

我去量制服的尺寸。	I had my measurements taken for my school uniform.
	＊measurement = 測量、尺寸。uniform = 制服。
ABC 高中的制服看起來很漂亮。	ABC High School's uniform looks awesome. ＊awesome [ˋɔsəm] = 棒極了。
XYZ 高中的制服看起來很普通。	XYZ High School's uniform doesn't look so good.
我們學校的夏季制服很可愛。	Our summer uniforms are cute.
裙子太長了。	The skirt is too long.
我想把裙子改短一點。	I want to shorten my skirt.
	＊shorten = 變短。

分班

我和小友同班。太好了！	I got in the same class as Tomo. Great!
高橋和我不同班。	Takahashi and I are in different classes.
我在五班。	I'm in Class 5.

這堂課看起來很有趣。 The class looks like a lot of fun.

希望我能和班上同學和睦相處。 I hope I can get along with everyone in the class.
＊get along with ～ = 與（人）和睦相處。

我想回去以前的班級。 I want to go back to my previous class.
＊previous = 以前的。

上學（請參照 p.325「通勤・上學」）

出席・缺席

今年到目前為止，我都沒有缺席。 I haven't missed a day of school this year so far.
＊miss = 缺席。so far = 到目前為止。

我的目標是全勤獎！ I'm aiming for the perfect attendance award!
＊aim for ～ = 以～為目標。attendance = 出席。

我今天沒有去上學。 I missed school today.

我明天不用去上學。 I don't have any classes tomorrow.

健二翹課了。 Kenji cut class.
＊cut class = 翹課。

亮因為感冒請假在家。 Akira stayed home with a cold.

因為流行性感冒的關係，學校停課。 Classes are suspended due to the flu.
＊suspend = 暫停。flu = 流行性感冒。

學校放假到12號。 Our school is closed until the 12th.

遲到・早退

我又遲到了。 I was late again.

我差一點就遲到了。 I was almost late.

我要小心明天不要遲到。 I'm going to be careful not to be late tomorrow.

看樣子幸子又遲到了。 It looks like Sachiko was late again.

第2節下課後，我就回家了。 I went home after the second class.

小秀提早離開學校。 Shu left school early.

我在保健室休息。	**I took a rest in the nurse's office.** ＊nurse's office = 保健室。

喜歡上學．討厭上學

我喜歡上學。	**I enjoy school.**
我不喜歡上學。	**I don't like school.**
我不想去上學。	**I don't want to go to school.**
看來我兒子對學校生活樂在其中。	**It looks like my son enjoys his school life.**

老師

我很高興兒子的級任老師又是石井女士。	**I'm glad Mr. Ishii is my son's homeroom teacher again.** ＊homeroom teacher = 級任老師。
我比較喜歡之前的級任老師。	**I liked my previous homeroom teacher better.**
我喜歡石原老師。	**I like Mr. Ishihara.**
我不喜歡石原老師。	**I don't like Mr. Ishihara.**
白井老師太嚴格了。	**Mr. Shirai is too strict.**
吉田老師上課好好玩。	**Ms. Yoshida's class is fun.**
野村老師是個好老師。	**Ms. Nomura is a good teacher.**
我在村上老師的課堂上睡著了。	**I get sleepy in Mr. Murakami's class.**
小田老師警告我不准再遲到了。	**Ms. Ota warned me not to be late again.** ＊warn [wɔrn] = 警告。
我被叫到教師辦公室。	**I was called to the teacher's room.**
久保野老師即將轉去其他學校。	**Ms. Kubono is going to transfer to another school.**
我明年也想給她教。	**I wanted to take her class again next year.**

鈴木老師將從下個月開始請產假。 Ms. Suzuki is taking maternity leave from next month.

＊maternity leave = 產假。

有個實習老師來我們班。 A student teacher came to our class.

社團活動

社團活動 的單字

～社	～ club	格鬥	wrestling
棒球	baseball	拳擊	boxing
壘球	softball	舞蹈	dance
足球	soccer	流行音樂	pop music
美式橄欖球	American football	銅管樂隊	brass band
橄欖球	rugby	管弦樂隊	orchestra
田徑運動	track-and-field	合唱	chorus
體操	gymnastics	藝術	art
游泳	swimming	戲劇	drama
網球	tennis	書法	calligraphy
羽毛球	badminton	茶道	tea ceremony
桌球	table tennis	插花	flower arranging
排球	volleyball	攝影	photography
籃球	basketball	校刊	school newspaper
滑雪	skiing	烹飪	cooking
溜冰	ice skating	象棋	shogi
劍道	kendo	圍棋	go
柔道	judo	電影	movie
相撲	sumo	科學	science
劍術	fencing		
箭術	archery		
長曲棍球	lacrosse		

我該參加什麼社團才好。 I wonder what club I should join.

我加入籃球社。 I joined the basketball club.

我們每天早上都要練習。 We have to practice every morning.

跑步和肌肉訓練很累人。 The running and muscle training are tough.

＊muscle [`mʌsl] = 肌肉。

連週末也要社團練習。	There's practice on the weekends, too.
今天沒有社團活動。	There was no club practice today.
距離校際運動會只剩下一個月。	There's just one month before the interscholastic meet. ＊interscholastic meet = 校際運動會。
銅管樂隊比賽快到了。	The brass band contest is coming up soon.
我的目標是至少要進入預賽。	I want to at least pass the preliminaries. ＊make it to ～ = 到達某地。preliminary = 預賽。
我的目標是在聯賽中奪得金牌。	I'm going for the gold in the tournament!
我的目標是進入關西聯賽。	I'm going to make it to the Kansai tournament!
我希望自己全力以赴，不要有任何遺憾。	I want to do my best and have no regrets. ＊regret = 後悔。
我們學校即將前往甲子園！	Our school is going to Koshien!
她在銅管樂隊似乎過得很快樂。	It looks like she's having a good time in the brass club.
籃球社的練習似乎很辛苦。	It looks like the baseball practice is really hard.

午餐・便當

今天的午餐是漢堡排和炒青菜。	Today's lunch was hamburger steak and stir-fried vegetables.
今天的午餐是咖哩。	We had curry for lunch.
我在學校的福利社買了些點心。	I bought some pastries at the school shop. ＊pastry = 糕點、點心。
我在第一節下課時間提早吃午餐。	I had an early lunch during my first recess. ＊recess [rɪˋsɛs] = 課間休息。

我做了一個米老鼠造型的便當。	**I made a lunch box with a Mickey Mouse character on it.**
由紀喜歡吃可樂餅，所以今天我就放了一些在她的便當裡。	**Yuki loves croquettes, so I put some in her lunch box today.**

＊croquette [kro`kɛt] = 可樂餅。

放假

明天開始就是春假了！	**Spring break starts tomorrow!**
暑假期間我要悠悠哉哉的過。	**I'm not doing anything during the summer vacation.**
暑假快結束了。	**Summer vacation is almost over.**
寒假再過一天就結束了。	**There's only one day left in the winter break.**
我等不及跟朋友見面了。	**I can't wait to see my friends.**
我寒假唯一的計畫只有寒假輔導。	**My only plans for the winter break are a winter session class.**
放假期間，孩子們總是圍繞在附近吵吵鬧鬧，讓人快發瘋了。	**During vacations, it's really crazy with the kids around all the time.**

學生會

有學生會的選舉。	**There was a student council election.**

＊student council = 學生會。

增田競選學生會會長。	**Masuda ran for student council president.**

＊run for ～ = 競選，run 的過去式為 ran。
president = ～長。

高木當選學生會會長。	**Takagi was chosen as the student council president.**

其他

他被學校休學了。	**He got suspended from school.**

＊suspend = 使休學。

他被學校退學了。	**He was kicked out of school.**

＊kick out ～ = 使退學。

我的學校的校規很嚴格。	**The rules at my school are too strict.**

＊strict = 嚴格的。

我被分配到打掃工作，真是煩人。
I have the cleaning assignment. It's such a pain.
＊assignment = 分配、任務。

惠美老是忘東忘西。
Emi is always forgetting things.

校園活動

校園活動 的單字

入學典禮	entrance ceremony
開學典禮	opening ceremony
健康檢查	physical checkup
朝會	morning assembly
全校集會	school assembly
遠足	school outing
現場體驗教學	field trip
校外教學	school trip
夏令營	open-air school
海邊夏令營	seaside school
運動會／體育活動	sports festival / field day
運動競賽	sports competition
校園劇	school play
校慶	cultural festival / school festival
合唱比賽	choir [kwaɪr] contest
馬拉松比賽	marathon
畢業典禮	graduation ceremony
結業式	closing ceremony
謝師宴	thank-you party for the teachers
家長會	parents meeting
家長日	parents' day
親師生三方會談	parent-teacher-student meeting
社團活動	club activities
練習賽	practice game / practice match
集訓	training camp

入學典禮

今天舉行入學典禮。
We had our entrance ceremony today.

今天是隼人的入學典禮。
Today was Hayato's entrance ceremony.

入學典禮上我很緊張。
I got nervous at the entrance ceremony.

校長的演講太冗長了。
The speech by the principal was too long.

合唱比賽

我們班決定要在合唱比賽演唱「大地讚頌」。	We decided to sing "Daichi Sansho" in the choir contest.
我很高興選了一首我喜歡的歌。	I'm glad we chose a song I like.
很難唱的一首歌。	It's a really hard song.
好戲明天要上場了！	Tomorrow is the big show!
我們的努力終於有回報了。我們贏了！	Our hard work paid off. We won! ＊pay off＝得到回報
我們很認真地練習，但只有拿到第三名。	We practiced really hard, but we just got third place.

運動比賽

今天有班際體育競賽。	We had an inter-class sports competition today.
不用上課真開心！	I was so glad there weren't any classes!
我有打排球。	I played volleyball.
佐佐木在運動比賽中很引人注意。	Sasaki was the star.
我們班是全年級中的第二名。	Our class was second in our grade. ＊此處的 grade 指的是「年級」。

運動會．體育活動

我將出賽100公尺短跑及障礙賽跑。	I'm going to be in the 100-meter race and the obstacle race. ＊obstacle = 障礙物。
我被選為接力賽的一員。	I was chosen to be a member of the relay team.
我加油加到聲音沙啞。	I cheered so much that my voice went hoarse. ＊hoarse [hors] = 嗓子粗啞的。
今天有體育活動。	Today we had the sports festival. ＊在美國，也有學校不舉辦運動會或體育活動。sports festival 也可說成 field day。

因為下雨而延期到下禮拜。
It was postponed until next week because of the rain.
＊postpone = 延期。

媽媽來為我加油。
My mom came to cheer for me.
＊cheer for ～ = 為～歡呼。

我有參加投籃和推倒竹竿的比賽。
I was in put-the-balls-in-the-basket and pull-the-pole-down.

男孩子們的騎馬打仗真的很刺激。
The boys' mock cavalry was really exciting.
＊mock cavalry [ˋkævḷrɪ] = 騎馬打仗。

我早起為體育活動做便當。
I got up early and made lunch for the sports festival.

我帶著便當去為體育活動加油。
I packed her lunch and went for the sports festival.

校慶

我們班決定成立咖啡店。
Our class decided to set up a coffee shop.

我們在下課後準備校慶活動。
We prepared for the cultural festival after school.
＊「文化活動」亦可說成 school festival。

我們做相同圖案的班服。
We made identical T-shirts for the class.
＊identical = 相同的。

我們在攝影社展示了我們所拍的照片。
We exhibited our photos at the photography club.
＊exhibit [ɪgˋzɪbɪt] = 陳列、展示。

意外的大受好評。
Surprisingly, it was a big success.

我們要表演「生物股長」的歌。
We played Ikimonogakari songs.

佐藤的樂團真是太酷了。
Sato's band was really cool.

我去參加ABC高中的校慶。
I went to the school festival at ABC High.

遠足・體驗教學

我們今天去遠足。
We went on a school outing today.

我們今天有現場體驗教學。 We had a field trip today.

＊field trip = 現場體驗教學。

我們爬了高尾山。 We climbed Mt. Takao.

＊climb [klaɪm]。

我們參加越野定向競賽。 We went orienteering.

我們參觀了工廠。 We went on a factory tour.

我們參觀了鋼琴製造過程。 We saw how they make pianos.

我們去捏陶。 We got to try to make our own ceramics.

＊ceramic = 陶器。

校外教學

我們明天要去校外教學。 We're going on a school trip tomorrow.

＊school trip = 校外教學。

我們要去京都和奈良。 We're going to Kyoto and Nara.

我們校外教學的目的地是日本。 We're going to Japan on a school trip.

導遊的解説很有趣。 The guide's comments were really interesting.

晚上，我們分享彼此的戀愛故事。 At night, we shared our love stories.

我們很擔心老師會從旁邊經過。 We were worried that our teacher would come by.

實在太有趣了，我幾乎沒什麼睡。 I had so much fun that I could hardly sleep.

麻里子今天要去校外教學。 Mariko is leaving on her school trip today.

＊若是已經出發的話，就要用過去式 Mariko left...。

夏令營・集訓

8月2日到6日我們去參加夏令營。 We went to an open-air school from August 2 to 6.

我們去蓼科。 We went to Tateshina.

那座山很難爬。	The mountain climbing was tough.
這是我第一次海泳。	I swam in the ocean for the first time.
我們在晚上升營火。	We made a camp fire at night.
升火煮飯真有趣。	It was fun to cook rice on a fire.
我從滑雪營回來了。	I came back from the ski camp.

家長參與活動

我們今天有家長日的活動。	We had parents' day today.
媽媽來看我們上課。	My mom came to see the class.
我去學校參加家長日的活動。	I went for parents' day.
我和美紀的媽媽聊天。	I chatted with Miki mother.
我和爸媽聊了好多，真好玩。	It was interesting to talk with the moms and dads.
有一場親師會談。	There was a parent-teacher meeting.
有一場親師生的三方會談。	There was a parent-student-teacher meeting.

結業式‧畢業典禮

我們今天舉辦結業式。	We had the closing ceremony today.
還有三個月我就畢業了。	I'll be graduating in three months.
三年的時光稍縱即逝。	These three years went by like a flash. *like a flash = 稍縱即逝。
我的高中生涯過得很開心。	I really had a good time in high school.
真不想畢業。	I don't want to graduate.
我不想跟朋友說再見。	I don't want to say goodbye to my friends.

我們今天舉辦畢業典禮。	Today we had our graduation ceremony.
我忍不住一直哭。	I couldn't stop crying.
當我們抱在一起的時候我哭了。	We cried as we hugged.
我們約定要保持連絡。	We promised to keep in touch.
	＊keep in touch = 保持連絡。
發放畢業紀念冊和畢業文集。	Year books and graduation messages were handed out.
	＊year book = 畢業紀念冊。hand out ～ = 分發。
我們在每個人的畢業紀念冊上留言。	We wrote messages in each other's year books.
我們幫每個人拍了很多照片。	We took lots of pictures of everyone.

念書・成績

上課

科目 的單字

～課	～ class
日文	Japanese
當代日文	contemporary Japanese
古典文學	classical literature
中國古典文學	Chinese classics
英語	English
數學	math
社會	social studies
歷史	history
世界史	world history
日本史	Japanese history
地理	geography
政治與經濟	politics and economics
公民	civics
理科	science
物理	physics [`fɪzɪks]
化學	chemistry
科學	science
地球科學	geoscience
體育	physical education / PE
健康教育	health and physical education
音樂	music
手工藝	arts and crafts
美術	art
家政	home economics
倫理與道德	ethics [`ɛθɪks]
宗教	religion

我的英文很好。 **I'm good at English.**

我對化學不在行。 **I'm not good at chemistry.**

今天我有四節課。 **I had four classes today.**

我們班的第三節課是體育課。 **Our third class was PE.**
＊PE（體育）是 physical education 的簡稱。

亞洲歷史這堂課很有趣。 **Asian history class was interesting.**

數學課好無聊。 **Math class was boring.**

古典文學讓人覺得時間過得很慢。 **The classical literature class felt long.**

上游泳課很冷。 **It was cold during the swimming lesson.**

我忘記帶我的物理課本了。 **I forgot my physics textbook.**

我請小綾讓我跟她一起看課本。 **I asked Aya to share her textbook with me.**
＊share = 共有、分享。

我忘記帶運動服了。 **I forgot my gym clothes.**

我得向奈緒借。 **I had to borrow Nao's.**

我跟不上課堂的進度。 **I can't keep up with the class.**
＊keep up with ～ = 跟上～。

上課時我在打瞌睡。 **I dozed off during class.**
＊doze off = 打瞌睡。

上課時我的肚子咕嚕咕嚕叫。 **My stomach rumbled during class.**
＊rumble = （空腹）肚子咕嚕咕嚕叫。

作業・功課

我有好多生物作業要做。 **I have a lot of biology homework to do.**

我有好多暑假作業。 **I got a lot of summer homework.**

我喜歡放春假，因為不會有太多作業。 **I like spring break because I don't have much homework.**

今天沒有作業，唷呼！ **No homework today. Hurray!**

我的作業連碰都沒碰。 I haven't even touched my homework!

我最好現在開始寫作業。 I'd better start doing my homework now.

我總要設法將功課完成。 I somehow managed to finish my homework.
＊manage to ～ = 設法。

我和由紀一起寫作業。 I did my homework with Yuki.

我把古典文學的作業交出去。 I turned in my classical literature homework.
＊turn in ～ = 交出去。

小花不知道有沒有把功課做完。 I wonder if Hana did her homework.

念書

高中的學科很難。 High school studies are difficult.

最近我讀書讀的很高興。 I've come to enjoy studying recently.

為什麼我非讀書不可？ I wonder why I have to study.

我很擅長英文拼字。 I'm good at spelling English words.

那些公式我無論如何都記不起來。 I simply can't remember the formulas.
＊simply = （置於否定詞之前）無論如何。formula = 公式。

我昨天晚上熬夜念書。 I stayed up studying last night.
＊stay up = 熬夜。

為了考試，我今天硬背了四個小時的書。 I crammed for exams for four hours today.
＊cram = 死記硬背功課。

我在家無法專心讀書，於是就去圖書館。 I can't concentrate at home, so I went to the library.

我邊聽收音機邊念書，準備考試。 I studied for exams while listening to the radio.

我忙於社團活動，根本就沒時間準備考試。 I'm busy with club activities and don't have time to study for exams.

他最近看起來很用功。 It looks like he's studying hard these days.

她看起來完全沒有在讀書的樣子。	**She doesn't seem to be studying at all.**
考試快到了，所以他很用功。	**He's studying hard now because exams are coming up.**
雖然下禮拜有考試，但她甚至還沒開始念書。	**She has exams next week, but she hasn't even started to study.**

考試

考試 的單字

入學考試	entrance exam	滿分	perfect score
國家考試	national entrance exam	平均分數	average score
模擬考	practice test	標準分數	standard score
小考	quiz	不及格	fail mark / failing grade
隨堂測驗	pop quiz	落榜	fail
期中考	mid-term exam / mid-term	學分	credit
期末考	final exam / final	不及格	fail in ～
學力測驗	academic aptitude test	作弊	cheat on ～
補考	make-up exam		

我們有個隨堂測驗。	**We had a pop quiz.** ＊pop quiz = 隨堂測驗。
期末考從明天開始。	**The finals start tomorrow.** ＊finals = final exams（期末考）。
今天開始是考試週。	**Exam week starts today.**
我痛恨考試。	**I hate exams.**
我對英文很有自信。	**I'm confident in English.**
我很擔心社會和化學。	**I'm worried about social studies and chemistry.**
明天是考試的最後一天。	**Tomorrow is the last day of exams. Whoopee!**
考試終於結束了！	**My exams are finally over!**

我終於得到解放了！	**I finally feel free!**
今天我要好好的睡一覺！	**I'm going to get a good night's sleep tonight!**
明天開始我可以去玩了。	**I'm going to have fun tomorrow!**

考試結果

真的很難。	**It was really hard.**
並沒有我想的那麼難。	**It wasn't as hard as I thought.**
我想不出所有的答案。	**I couldn't work out all the answers.** ＊work out ～＝解決（問題）～。
太簡單了！	**It was a piece of cake!**
我歷史考93分。	**I got 93 on my history exam.**
真教人不敢相信，我的英文居然拿滿分。	**I couldn't believe it, but I got a perfect score in English.**
我的分數比期中考時進步20分。	**My score went up 20 points from the mid-terms.** ＊mid- term＝mid-term exam（期中考）。
我的分數比上次考試下降30分。	**My score dropped by 30 points from the previous exam.** ＊drop＝落下、下降。previous＝先前的。
英文考試的平均分數是68。	**The average score on the English exam was 68.** ＊average score＝平均分數。
我的數學需要補考。	**I need to take a make-up exam in math.** ＊make-up exam＝補考。
我在及格邊緣。	**I was really close to failing.** ＊close to ～＝ 離～很近。failing＝不及格。
我已經有三科不及格。	**I've already failed three tests.** ＊fail＝（考試）不及格。
我在全年級的排名是83名。	**I was 83rd in my grade.** ＊此處的 grade 指的是「全年級」。
我整晚拼命地死記硬背，結果得到很高的分數。	**I crammed all night, so I got a pretty good score.** ＊cram＝死記硬背功課。
考試前一晚我拼命死記，但一點用也沒有。	**I crammed for the test the night before, but it didn't help.**

下次我要早點開始念書。 Next time, I'm going to start studying sooner.

成績

我的數學成績有進步。 My math grade improved.
＊若是「下降」，可將 improved 改成 dropped。

和第一學期相比，我的成績退步了。 My grades dropped from the first term.
＊grade = 成績。term = 學期。

我把成績給媽媽看。 I showed my grades to my mom.

她因我的成績有進步而誇獎我。 She complimented me because my grades went up.
＊compliment = 稱讚。

她不斷地對我叨唸，因為我的成績退步了。 She nagged me because my grades went down.
＊nag = 不斷嘮叨。

她最近的成績都不及格。 Her grades have fallen recently.
＊fall = 不及格，過去分詞為 fallen。

我應該送她去補習班嗎？ Should I send her to a cram school?
＊cram school = 補習班。

或許我該為他找家教。 Maybe I should hire a tutor for him.
＊tutor [`tjutə] = 家教。

如果他的成績再沒有進步，我就要扣他的零用錢。 If his grades don't go up, I'll cut his allowance.
＊allowance = 零用錢。

我拿到成績單了。 I got my report card.

小聰帶著第一學期的成績單回來。 Sou came back with his first term report card.

有三個A。 There were three As.
＊A 代表最好的成績。

沒有不及格。 There weren't any Fs.
＊F 是 fail（不及格）第一個字母，代表「不及格」。

補習班·家教·重考班

我開始去上補習班。 I started going to cram school.
＊cram school = 補習班。

我一個星期去三次。 I have to go three times a week.

我一個禮拜上八堂課。 I take eight classes a week.

我上補習班的寒假輔導課。 I took the winter course at the cram school.

去補習班上課很不簡單。 It's not easy to go to cram school.

我在補習班的自修室念書。 I studied in the study room at the cram school.

重考班真的很辛苦。 Preparatory school classes are really hard.
＊preparatory school = 重考班。

我請了家教來教我。 I'm going to have a tutor come and teach me.
＊tutor [`tjutə] = 家教。

今天是我第一次上課。 I had my first lesson today.

富田老師的教法很容易懂。 Ms. Tomita's teaching is easy to follow.
＊follow = 理解。

前途・應試

063

關於出路

我想當英文老師。 I want to be an English teacher.

畢業後我想去加拿大念書。 After graduating, I hope to study in Canada.

我想去職校念平面設計。 I want to learn graphic design at a vocational school.
＊vocational school = 職業學校。

我大學想讀法律。 I want to study law at university.

我還沒決定將來要做什麼。 I haven't decided what I want to do yet.

我不知道未來想做什麼。 I don't know what I want to do in the future.

我和父母談論我的未來。 I talked to my parents about what I'm going to do.

他們要我做自己想做的。 They told me to do what I want.

我們在討論他的未來。
We talked about his future.

我認為他應該做他想做的事。
I think he should do what he wants to do.

就業（請參照 p.395「就業．換工作」）

志願學校

我必須決定要進哪一所學校。
I really need to decide which school I want to go to.

我想念 ABC 大學。
I really want to go to ABC University.

媽媽說 XYZ 大學比較好。
My mom says XYZ University is better.

為了安全起見，或許我也會參加 EFG 大學的考試。
Just to be on the safe side, maybe I'll also take the EFG University exams.
＊on the safe side = 安全起見。

我去參加 ABC 大學的公開說明會。
I went to an open-campus event at ABC University.

我越來越想去念那所大學。
I started to feel more and more like going to that university.

他說想去讀 ABC 大學。
He says he wants to go on to ABC University.

可以的話，我希望他去念國立大學。
I want him to go to a national university if possible.

我希望他高中畢業後可以直接念大學。
I hope he can go to college right out of high school.

我希望他不用浪費一年去上重考班。
I hope he doesn't have to spend another year in cram school.
＊cram school = 重考班、補習班。

應試準備

今天我有模擬考。
I had a practice test today.

模擬考的結果出來了。
I got the results of the practice test.

英文的標準分數是50分。 | The standard score for English was 50. *standard score = 標準分數。

我的分數比ABC大學的標準分數低10分。 | My score is 10 points lower than ABC University's standard score.

以我的成績應該可以進第一志願。 | I think I can get in my first choice school with this score.

我被 ABC 大學排在 A 段。太好了! | I was ranked A for ABC University. Yay! *rank ～ = 把～排在～位置。

XYZ 大學我還在 D 段。 | I'm still ranked D for XYZ University.

還沒結束呢! | I'm not going to make it! *make it = 成功、完成。

我有買 ABC 大學入學考試的考古題。 | I bought a book with previous exam questions from the ABC University entrance exam. *make it = 成功、完成。

這是我最後一次念書的機會。 | It's my last chance to study.

再撐一下。加油。 | Just a little longer. I can do it.

應試

我向 ABC 大學索取申請表。 | I requested an application form from ABC University. *application form = 申請表格。

我向 XYZ 大學提出申請。 | I submitted an application to XYZ University. *submit = 提出～。

初試在2月25和26日。 | The first round is on February 25 and 26. *first round = 初試,若是「複試」則可改為 second round。

考試日期是3月10日。 | The exam is on March 10.

我今天來參加 ABC 大學的入學考試。 | I had the entrance exam for ABC University today.

我們今天有國家考試。 | We had the national entrance exam today.

我們的考試會場在 ABC 大學。	**We took the exams at ABC University.**
考試時我很鎮靜。	**I took the exams with a calm mind.** ＊calm [kɑm] = 沈著的。
總之我盡力了。	**Well, I did all I could.**
我看著解答並核對自己的答案。	**I looked at the preliminary answers and checked my own answers.** ＊preliminary = 預備的。
我表現的比預期好。	**I did better than I expected.**
我每個科目的成績都低於平均分數。	**I got a below-average score in every subject.**
我通過ABC大學的第一場考試。	**I passed the first exam for ABC University.**

考上‧落榜

我考上 ABC 大學了！	**I got into ABC University!**
我沒有考上 XYZ 大學。	**I didn't get into XYZ University.**
看來我今年沒法當大學生了。	**It looks like I'm not going to university this year.**
我在 ABC 大學的候補名單裡。	**I'm on the waiting list for ABC University.**
我希望守能被錄取。	**I hope Mamoru gets accepted to the school.** ＊get accepted＝被錄取。
守被ABC 大學錄取了！真是太好了！	**Mamoru got into ABC University! Good for him!**
他真的很努力。	**He really did try hard.**
很不幸地，我女兒沒考上 XYZ 大學。	**Unfortunately, my daughter didn't get into XYZ University.**
小綾決定去讀 ABC 大學。	**Aya decided to go to ABC University.**

校園生活相關的

英文日記，試著寫寫看！

064 試著用英文書寫和校園生活相關的事情吧！

烹飪實習

We cooked sweet-and-sour pork in cooking class today. It was delicious and surprisingly easy. I love cooking class!

翻譯

今天我們在烹飪課做了糖醋肉，不但很好吃，而且意外地簡單。我愛烹飪課！

POINT 「糖醋肉」是 sweet-and-sour pork，而「烹飪課」是 cooking class。「家政」的英文是 home economics，除了 cooking class，尚有 sewing class（縫紉課）、parenting class（育兒課）等，因此用這些字表達亦可。「意外地」可用 surprisingly（驚訝地）。

若是再遲到的話

Mr. Sato said if I'm late again, he won't write a recommendation to the college I want to go to. I MUST get to school in time from now on.

翻譯

佐藤老師告訴我，如果我再遲到的話，他就不幫我寫推薦信給我想去念的大學。今後我必須準時到校。

POINT 此處的「大學」指的是「我想去念的大學」，如此一來，便可將句子寫成 the college I want to go to。「不能遲到」可以用 get to school in time（在時間內到校）來表示。將 must（必須）全用大寫有強調之意。

社團慶功宴

Our club is having a party at a karaoke club next week. I'm excited, but I don't have a nice outfit to wear. What should I do?

翻譯

我們社團下禮拜要在卡拉OK舉辦慶功宴，我雖然很興奮，但卻沒有適合的服裝。我該怎麼辦？

POINT 由於英語中並沒有「慶功宴」這個字，因此用 party。「沒有適合的衣服」英文可用 I don't have a nice outfit（沒有好看的衣服），後面加上 to wear（可穿）以示繼續。為了表示「搭配的服裝（一整套）」，比起 clothes，用 outfit 會更為貼切。

再不決定未來出路的話

There was a parent-student-teacher meeting today. I still can't decide what I want to do after I graduate. I've started feeling really worried.

翻譯

今天有一場三方會談。我還是無法決定畢業後要做什麼。我開始覺得很焦慮。

POINT 「三方會談」的英文是 parent-student-teacher meeting。「未來的出路」指的是「畢業後想做的事情」，若想得更具體，可寫成 what I want to do after I graduate。「開始覺得焦慮」可以用 I've started feeling ～（開始覺得～）來表達。

13 大專院校

系．學科．學年 的單字

～系．～學科	the ～ department / the department of ～
文學	literature
日本文學	Japanese literature
英國文學	English literature
外語	foreign languages
英語	English
法語	French
西班牙語	Spanish
德語	German
韓語	Korean
中文	Chinese
語言學	linguistics
社會學	sociology
文化人類學	cultural anthropology
法學	law
商學	commerce
企管	business administration
哲學	philosophy
歷史	history
政治學	politics
經濟學	economics
政治經濟學	politics and economics
教育學	education
體育學	physical education
醫學	medicine
藥學	pharmacy
牙科醫學	dentistry
理工學	science and technology
工程	engineering
數學	mathematics / math
理學	science
物理學	physics [`fɪzɪks]
化學	chemistry
科學	science
建築學	architecture
機械學	mechanics
農學	agriculture
生物學	biology
環境學	environmentology
跨文化傳播	cross-culture studies
資訊科學	computer science
神學	theology [θɪ`ɑlədʒɪ]
校園	campus
圖書館	library
禮堂	auditorium
學生餐廳	cafeteria
大學新鮮人	freshman
大學二年級生	sophomore [`sɑfmor]
大學三年級生	junior
大學四年級生	senior [`sinjɚ]

各領域專科學校 的單字

專科學校	vocational school
藝術	art
雕刻	sculpture
攝影	photography
設計	design
網頁設計	web design
電腦繪圖設計	CG design
IT 工程師	IT engineer
動畫	animation
動畫繪製者	animator
漫畫家	cartoonist
配音員	voice actor
播音員	announcer
室內設計	interior design
髮型師	hairstylist / hairdresser
理髮師	barber
美容師	groomer / trimmer
料理	cooking
糕餅製造	confectionery
護士	nurse
幼兒園教師	nursery school teacher
護理人員	care worker
針灸師	acupuncturist and moxa-cauterizer
營養	nutrition
建築	architecture
祕書	secretary
牙齒保健	dental hygiene
簿記	bookkeeping
法律	law
稅務	tax accounting
會計	accounting
醫療事務	medical coding
翻譯	translation
口譯	interpretation
婚禮顧問	wedding planner
空服員	flight attendant

入學

我們今天開學典禮。
We had the entrance ceremony today.

今天是我第一次穿西裝。
It was my first time to wear a suit.

我被偌大的禮堂征服了。
I was overwhelmed by the size of the auditorium.
＊overwhelmed = 壓倒。auditorium = 禮堂。

光是文學系的學生就有四千人。
The literature department alone has 4,000 students.
＊literature = 文學。

有針對新生開設的學生指導會。
There was a guidance session for new students.
＊guidance = 學生指導。

校園裡到處都是學生。
The campus was full of students.

我們沒有固定的教室，所以我很擔心是否能交到朋友。	We don't have fixed classes, so I don't know if I'll be able to make friends. ＊fixed = 固定的。
我跟坐在我旁邊的女孩講話，她叫北島。	I talked to Kitajima, a girl who sat next to me.
社團很努力的想吸引新成員。	The clubs were trying really hard to attract new members. ＊attract = 吸引。

開課

我還沒決定要選什麼課。	I still haven't decided what classes to take.
我不知道要如何選課。	I don't quite understand how to register for classes. ＊not quite ～ = 不太～。register = 登記。
我一星期有十五堂必修課。	I have 15 required classes a week. ＊required = 必須的。
我一定要修國際關係這門課。	I'm definitely taking International Relations. ＊definitely = 絕對地。
文化人類學聽起來很有趣。	Cultural Anthropology sounds interesting. ＊anthropology [ˌænθrə`pɑlədʒɪ] = 人類學。
我選擇法語為我的第二外語。	I'll take French for my second foreign language.
不知道有沒有什麼課很好拿學分。	I wonder if there are any classes with easy credits. ＊credit = 學分。
我聽說那堂課只要有出席就能拿到學分。	I heard that you can earn credits for that class by just attending. ＊earn = 取得。attend = 出席。
我睡過頭了，以致無法趕上第一堂課。	I overslept, so I couldn't make it to the first class.
我請美紀代我出席。	I asked Miki to take attendance for me. ＊attendance = 出席。
西語課取消了。	Spanish class was cancelled.

下禮拜開始我一定會去聽講課。	I'll make sure to start attending lectures next week. ＊lecture = 講課。
必修課程有點難。	Required classes are kind of difficult. ＊required = 必須的。
今天的講課很有意思。	Today's lecture was really interesting.
每次上這堂課前的預習份量都很多，好累。	It's tough because there's always so much studying to do before the class.
小薰借我看我沒有去上課的筆記。	Kaoru showed me her notes from the class I missed.
我有一場研討會的報告。	I gave a presentation for my seminar class.
我必須準備報告。	I have to prepare my presentation.

主題・實習

我必須在星期五之前完成草圖。	I have to complete the draft by Friday. ＊draft = 草圖。
我以圖畫為基礎做了一個模型。	I created a model based on the drawing.
我盡力去完成。	I managed to do quite a job. ＊manage to ～ = 設法～。quite a ～ = 相當、非常。
我製作了一個插畫作品集。	I made a portfolio with my illustrations.
我正在做人物設計的作業。	I'm working on a character design assignment. ＊assignment = 作業。
人物的動畫製作對我來說很難。	I'm having a hard time animating the characters. ＊have a hard time ～ing = 很辛苦、非常難。
程式語言的作業很簡單。	The programming assignment was easy.
我無法決定作品主題。	I can't decide on the production theme. ＊theme [θim] = 主題。

今天我繼續忙著服裝設計。
I continued to work on the dress design today.

金田女士的創意成果很棒。
Ms. Kaneda's creation turned out really well.
＊turn out ～ = 結果變成。

我今天練習的是蔬菜雕刻。
I practiced carving vegetables today.
＊carve = 雕刻。

我練習替動畫配旁白。
I practiced doing animation voice-over.
＊voice ～ over = 旁白。

我練習幫小狗整理毛髮。
I practiced grooming dogs.
＊groom = 整理、打扮。

我今天開始在醫院護理實習。
I started my nursing practice at the hospital today.

明天開始我將在幼兒園實習，我好期待。
I'm going to start my training at the preschool tomorrow. I'm looking forward to it.
＊preschool = 幼兒園。

我要仔細寫下我該反省的地方。
I'm going to carefully write down my self-evaluation at training.
＊self-evaluation = 自我評量。

實習讓我了解有些事從教科書上學不到。
Practical training has helped me realize that you can't learn some things just from the textbook.
＊realize = 了解。

我們現在已經決定小組的成員了。
We now have groups for group work.

小組裡的每個人都在準備上台報告的事。
Our group worked together to prepare a presentation.

考試・報告

考試週快到了。
Exam week is coming up.

這次的心理學考試涵蓋的主題很多。
The psychology exam covers a lot of topics.
＊psychology [saɪˋkɑlədʒɪ] = 心理學。

這次的教育學考試可以帶教科書進去。
The education exam was open-book.
＊open-book = 可帶教科書進場。

這次的社會學考試不能帶書進去。
The sociology exam was closed-book.
＊closed-book = 不可帶教科書進場。

我在學校圖書館念書。	**I studied in the college library.**
影印機前大排長龍。	**There was a line in front of the copy machine.** ＊「影印機」亦可說成 photo copier 或 copier。
我們只要交英語文學課的報告。	**We only need to submit a report for the literature class.** ＊submit = 提交。
下星期之前我必須完成一份報告。	**I have to write a report by next week.**
星期五之前我必須繳交三篇報告。	**I have three reports to turn in by Friday.** ＊turn in ～ = 繳交～。
我勉強在天亮時寫完報告。	**I barely managed to finish writing the report at dawn.** ＊barely = 勉強地。manage to ～ = 設法～。
我根本連碰都還沒碰。我慘了。	**I haven't even touched it yet. I'm screwed!** ＊screwed [skrud] = 陷入困境。

考試結果（請參照 p.418「考試結果」）

成績・學分

成績單已經寄來了。	**My report card arrived.**
謝天謝地，我把所有的學分都拿到了。	**Thankfully, I got full credits for all my classes.** ＊credit = 學分。
我的成績全部都是 A。	**I got straight As.**
我有一半的成績是 A，其餘的是 B。	**About half my scores were As and the rest were Bs.**
我有一科必修被當了。	**I failed one required class!** ＊required = 必須的。fail = 不及格、落榜。
我必須留級一年，該怎麼辦才好？	**I have to repeat one year. What am I going to do?**
或許我該求一下教授。	**Maybe I should beg the professor.** ＊beg = 懇求。
我的學分夠了。	**I had enough credits.**
我很高興能順利地升上一個年級。	**I'm glad I made it to the next grade.** ＊make it to ～ = 到達某地。

學生餐廳‧自助餐

我在學生餐廳吃午餐。
I had lunch at the cafeteria.
＊cafeteria =（學校等的）餐廳。

我很高興他們的價錢合理。
I'm just happy that they have reasonable prices.

學生餐廳裡擠滿了人。
The cafeteria was packed.
＊packed = 擁擠的。

我們學校的學生餐廳很美味，真令人高興。
I'm glad we have good food at our cafeteria.

我們學校的學生餐廳不怎麼好吃。
Our cafeteria food is not so good.

第三堂課後，我和紀子在學生餐廳聊天。
After the third period, I chatted with Noriko at the cafeteria.

我在大學合作社買午餐。
I bought lunch at the university co-op.
＊co-op [ko`ɑp] = 合作社。

社團活動

我在考慮要加入什麼社團。
I'm wondering what club to join.
＊「社團」的英文不是 circle，請讀者注意。

或許我會參加兩個社團。
Maybe I'll join two clubs.

我去網球社看看。
I checked out the tennis club.
＊check out ～ = 參觀。

我決定參加流行音樂社。
I decided to join the pop music club.

我不想加入整天瞎混的社團。
I don't want to join a club that just messes around.
＊mess around = 瞎混、鬧著玩。

有為新社員舉辦的迎新會。
There was a welcome party for new club members.
＊welcome party = 迎新會。

町田前輩請我吃晚餐。
Machida bought me dinner.
＊buy ～ = 請～人吃（喝）…。

我在社團辦公室待了一下午。
I was in the club room all afternoon.

我們社團的派對持續整晚。
Our club party lasted all night.
＊last = 持續。

我們每週開一次社團會議。
We had a weekly club meeting.

我想參加社團集訓。 I went to a club training camp.

和校友及其他大學的學生聊天，有助拓展我的世界觀。 Talking to alumni and students from other universities helps me widen my world view.

＊alumni [əˋlʌmnaɪ] = 校友。widen = 變寬。

真高興能加入這個社團。 I'm really glad I joined this club.

校慶．校系博覽會

我們社團決定擺攤賣黑輪。 Our club decided to set up an oden stall.

＊stall = 攤子。

我們其中一些人決定擺攤賣章魚燒。 Some of us got together and decided to set up a takoyaki stall.

藝術社團將有展覽。 The art club will have an exhibition.

我們很認真的準備校慶的展示。 We're working really hard on our display for the campus festival.

我們製作傳單。 We made fliers.

＊flier（傳單）也可以寫 flyer。

有傳言美雪打算參加選美比賽。 Rumor has it that Miyuki will compete in the beauty contest.

＊rumor has it that ～ = 有～的謠言。

今年的校草是經濟系三年級的學生。 This year's Mr. University was a third year economics major.

＊economics = 經濟學。～ major = 專攻～的學生。

客人比我想像的多。 There were more visitors than we expected.

因為雨的關係，人潮沒有很多。 It was rainy, so there weren't so many people.

我們沒有達到營業目標。 We didn't reach our sales target.

材料太快用完讓我們感到驚慌。 We panicked when we ran out of ingredients too soon.

＊run out of ～ = 用完。ingredient = 材料、食材。

炸雞在3點前就賣光了。 The deep-fried chicken sold out by 3:00.

每個攤位的東西我都吃了一點。 I ate a little bit of everything from the stalls.
＊a little bit = 一點點。

有搞笑二人組的表演。 A comedy duo came to perform.

觀眾的情緒很激動。 The audience was really fired up.
＊fired up = 激動的。

錢・打工

我申請了獎學金。 I applied for a scholarship.
＊apply for ～ = 申請～。scholarship = 獎學金。

我拿到獎學金了。 I got a scholarship.

我花了很多錢買教科書。 I spent a lot on textbooks.

我考慮去補習班打工。 I wonder if I should work at a cram school.
＊cram school = 補習班。

我最近打工太多，以致於缺了很多堂課。 I've been working too much lately, so I've been missing classes.
＊miss = 缺席。

長假

兩個月的暑假太長了。 A two-month summer vacation is pretty long.

我不知道暑假要做什麼。 There's nothing to do during summer vacation!

我想在暑假考駕照。 I'm going to get my driver's license during summer vacation.

我想去旅行，但是錢不夠。 I want to travel, but I don't have enough money.

我打算把暑假用來打工。 I have to spend my summer vacation working part time.

我想回家好好休息。 I'm thinking about going back home and taking it easy.
＊take it easy = 放輕鬆。

媽媽看到我一定會很高興。我好久沒有回家了。 My mom was really happy to see me. It's been a long time.

就業活動（請參照 p.395「就業．換工作」）

畢業論文

我還沒決定畢業論文的主題。
I haven't decided what my graduation thesis should be about.
＊thesis [`θisɪs] = 論文。

我終於決定畢業論文的主題了。
I've finally decided what my graduation thesis should be about.

我的指導老師是田邊先生。
My instructor is Mr. Tanabe.

畢業論文的截止日快到了。
My thesis deadline is coming up.

我不知道能否準時完成畢業論文。
I wonder if I'll be able to finish my thesis on time.
＊on time = 準時。

畢業

我快畢業了。
I'm graduating soon.

今天舉行畢業典禮。
We had the graduation ceremony today.

四年過得真快。
The four years went by so fast.

我很高興能在四年內畢業。
I'm glad I was able to graduate in four years.

畢業的時候我想穿袴（和服的一種）。
I want to wear a hakama to my graduation.

我已經訂好畢業典禮時要穿的袴了。
I reserved the hakama I'll wear to my graduation.

我試穿好多件袴。
I tried on some hakamas.

我喜歡紅色的袴。
I liked a red hakama.

畢業典禮後，我的學弟妹為我舉行歡送會。
After the graduation ceremony, my juniors held a farewell party for me.
＊junior = 學弟妹。farewell party = 歡送會。

我們的畢業旅行要去澳洲。
We're going to Australia for our graduation trip.

大專院校相關的英文日記，試著寫寫看！

066 試著用英文書寫在大學或專門學校所發生的事情吧！

展開大學生活

This is my ninth day in Tokyo, and I'm a little homesick. We have the entrance ceremony the day after tomorrow. Hope I can make friends soon.

翻譯

今天是我去東京的第九天，我開始有點想家了。後天我們要參加入學典禮，希望我可以很快交到朋友。

POINT 「今天是我來東京的第9天」也可以寫 It's been nine days since I moved to Tokyo，用現在完成式表達。「後天」用 the day after tomorrow。「希望～」雖然可用 I hope ～ 來表示，但 Hope ～ 的表達方式較為常見。

雖說是方言，但我喜歡

I've become good friends with Keiko and Norika. Keiko's Kumamoto accent is cute and Norika's Kyoto dialect is kind of relaxing. I love the way they talk.

翻譯

我和景子及紀香變成好朋友。景子的熊本腔很可愛，而紀香的京都方言聽了讓人很放鬆。我很愛她們講話的調調。

POINT 「關係變密切」可以想成「變成好朋友」，於是英文就寫成 become good friends。accent 是「口音」，而 dialect 則是「方言」的意思。文章最後寫的 the way they talk（她們的說話方式）指的是「前面說的口音和方言」。

校慶大成功！

We had a college festival today.
Our class ran a Korean food stall.
Our food was so popular that we
ran out of the ingredients by 3:00!

翻譯

學校今天舉辦校慶，我們班經營一個賣韓國料理的攤子。因為食物太受歡迎，所以3點之前我們的食材就賣完了。

POINT 「擺攤」可以用 run（過去式為 ran）這個字。此處的 run 有「掌管（店面）～」的意思。so ～ that... 有「因為～，以致於～」之意。「～沒有了、用盡～」的英文是 run out of ～。由此可見，run 的用法有很多。

是否該減少打工呢

Oh no, I failed one required class...
Maybe I should cut down on the
amount of time I work. I don't
want to do another year.

翻譯

喔，不！我有一科必修課被當了。或許我該減少打工的時數。我實在不想再重來一年。

POINT 「必修課」的英文是 required class。「或許做～會比較好吧」可用 Maybe I should ～（動詞原形）來表達。「減少打工」可以想成「減少工作時間」，所以讀者可以把它寫成 cut down on the amount of time（that）I work。「打工」的英文亦可用work。

14 購物

買東西

去買東西

我去澀谷買東西。	I went shopping in Shibuya.
我在不同的店裡逛來逛去。	I looked at the stores. I went around the stores.
我去逛街。	I went window-shopping.
我去逛名牌折扣商場。	I did some shopping at the outlet mall.
我去買套裝。	I went shopping for a suit. ＊go shopping for ～ = 去買～。
我去位在三樓的兒童服飾區。	I went to the children's clothing section on the third floor.
我花了快一個小時買東西。	I shopped for about an hour.
我花了很多時間在買東西。	I spent a lot of time shopping.
我發現好多東西我都想買。	I found a lot of things that I wanted.

買到了

我買了四樣東西，裡頭包括襯衫。	I bought four items, including shirts. ＊item = 項目。
我買了一支手電筒和幾顆電池。	I bought a flashlight and some batteries. ＊flashlight = 手電筒。
我一時衝動買了些東西。	I did some impulse buying. ＊impulse buying = 衝動購物。

我一時衝動買了台按摩椅。	I bought a massage chair on impulse. ＊on impulse = 一時衝動。
我最近花太多錢買東西了。	I think I've been shopping too much lately.
我花了將近三萬元。	I spent about 30,000 dollars.

沒有買

我沒看到想買的東西。	I couldn't find what I wanted.
我沒有想買的東西。	I couldn't find anything I wanted.
我考慮很多，結果決定一樣都不買。	I thought about it a lot, and I decided not to buy it.
我再考慮要不要買。	I'll think about whether to buy it.

買到東西的感覺

真高興被我買到了。	I'm glad I bought it.
是特價品。	It was a real bargain. ＊bargain = 特價品。
真划算。	It was a good buy.
我非常滿意。	I'm totally satisfied.
我等不及要向朋友炫耀一番了。	I can't wait to show it off to my friends. ＊show ～ off = 炫耀。
我不應該買的。	I shouldn't have bought it.
結果我花了太多錢。	I ended up spending too much money. ＊end up ～ing = 結果～做了某事。
為什麼我會買這樣的東西呢？	Why did I buy something like this?

價格・付錢

價格

好便宜。	It was cheap. ＊cheap 另有「低價質劣」之意。

好貴。	It was expensive.
價錢合理。	It was a reasonable price.
負擔得起的價格。	It was an affordable price.
（相較品質而言）不貴。	It was inexpensive.
是特價品。	It was a bargain. ＊bargain = 特價品。
這是便宜貨。	It was a steal. ＊steal = 便宜貨。
我享有折扣。	I got a discount.
我無法享折扣。	I couldn't get a discount.
兩樣只賣九千八百元。	It was 9,800 dollars for two.
我買了三樣東西只要兩樣的錢。	I bought three for the price of two.
運費很貴。	The delivery charge was high. ＊delivery = 配送、運送。
免運費。	There was no delivery charge.

折扣

店內所有物品一律五折。	Everything in the store was 50% off.
有限時折扣，所以我買到八折優惠價。	There was a limited-time discount, so I got an additional 20% off. ＊additional = 額外的。
夏季折扣快要開始了。	The summer sale is starting soon.
促銷期間，我必須盡可能的一次買足。	I should do most of my shopping during the sale season.
折扣僅限會員。	The sale was for members only.
促銷時我買了一雙鞋子。	I bought a pair of shoes at a sale.
他們在舉辦清倉拍賣。	They were having a clearance sale.
那家店在做打烊促銷，我非去不可。	I really should go to their going-out-of-business sale. ＊going-out-business = 打烊。

結帳櫃台

結帳櫃台前大排長龍。 There was a long line at the checkout counter.

＊checkout counter = 結帳櫃台。

店員的動作很快。 The clerk was really speedy.

我請他們幫我配送物品。 I asked them to deliver my purchase.

＊purchase = 購買品。

付錢

我付現金。 I paid in cash.

我用一千元紙鈔付款。 I paid with 1,000-dollar bill.

＊bill = 紙鈔。

找錯零錢了。 I got the wrong change.

＊change = 零錢。

我用信用卡付錢。 I paid with a credit card.

我一次付清款項。 I paid in one payment.

我用分期付款購買。 I paid in installments.

＊installment = 分期付款，若是「分三期付款」，則是 three installments。

我用月繳的方式付款。 I paid in monthly installments.

集點卡

我拿到一張集點卡。 I got a point card.

每花100元就能得到1點。 You get one point for every 100 dollars you spend.

結帳金額的10%會變成點數。 Ten percent of the price you pay is converted to points.

＊convert ～ to ... = 轉換成。

累積500點，就能折抵500元。 You get a 500-dollar discount for 500 points.

集滿15個章，就能得到一個禮物。 You can get a present after collecting 15 stamps.

今天有點數雙倍。 Today was double-point day.

＊若是「點數變三倍」，可將 double 換成 triple。

今天的點數變五倍。
Today was quintuple-point day.
＊quintuple = 五倍的。

我用點數折抵一千元。
I paid 1,000 dollars in points.

我用點數來付費。
I paid for everything with my points.

我的點數卡太多了，它們漸漸變成一種負擔。
I have too many point cards. They're becoming a bother.
＊bother = 麻煩。

在店裡

店‧店員

這家店的客人很多。
The store was crowded.

這家店生意很冷清。
The store was empty.

店員很親切。
The clerk was kind.

店員很沒有禮貌。
The clerk was rude.
＊rude = 失禮。

店員有點纏人。
The clerk was a bit pushy.
＊pushy = 強迫性、纏人的。

我真的不喜歡店員來跟我搭話。
I don't really like it when clerks come to talk to me.

缺貨

賣光了。真是太可惜了！
It was sold out. Too bad!

還是沒有現貨。
It's still out of stock.
It's been sold out for a long time.
＊out of stock = 賣光。

他們說下週就會到貨了。
They said that the new stock will arrive next week.
＊stock = 庫存。

他們不知道什麼時候會再進貨。
They don't know when they have more coming in.

一到貨，他們就會通知我。
They'll call me when it comes in.

(因為已經缺貨，所以)我請他們寄給我。	I back-ordered it. ＊back-order = 寄送訂購貨品。
我下訂了。	I ordered it.

退貨．換貨

我把褲子拿去退掉。	I returned the pair of pants.
因為尺寸不合，我想退貨。	I want to return it because it doesn't fit me. ＊fit = 合身、適合。
我問店家是否能退貨。	I asked the store if I could return it.
因為東西有瑕疵，我把它拿去退。	I took it back to the store because it was defective. ＊defective = 有瑕疵的。
因為是特價品，所以不能退貨。	It was a sale item, so I can't return it.
我自付運費把它退回去。	I returned the item and paid for delivery myself. ＊delivery = 配送、運送。
我用貨到付款的方式把東西退回去。	I returned the item and sent it by COD. ＊COD = cash on delivery（貨到付款）的縮寫。
我把尺寸換成9號。	I had it exchanged for a size 9.

購買服飾．配件 （請參照 p.578「時裝」）

購買電子產品

電腦 （請參照 p.680「電腦」）

數位相機

我想要一台微單眼相機。	I want a MILC. ＊MILC = mirrorless interchangeable-lens camera 的縮寫
我想要一台小型的數位相機。	I want a compact digital camera. ＊很多時候只寫 camera 就有「數位相機」之意。
店員拿了很多台數位相機給我看。	The clerk showed me several digital cameras.

那台數位相機看起來很迷你，而且很容易上手。	That digital camera looked small and easy to use.
我聽説這款是很受歡迎的機種。	I heard that it's a really popular model.
他們説我可以用舊的相機折抵五千元。	They said I can trade in my old camera for 5,000 dollars.

＊trade in ～ = 抵價購物。

家電用品

家電用品 的單字

電視	television / TV
平面電視	flat-screen TV
液晶電視	LCD TV
電漿電視	plasma display panel TV
DVD 錄放影機	DVD recorder
藍光錄放影機	blue-ray recorder
洗衣機	washing machine / laundry machine
洗衣烘衣兩用機	washer-dryer
滾筒式洗烘衣機	drum-type washer-dryer
烘衣機	dryer / drying machine
真空吸塵器	vacuum cleaner
加溼器	humidifier
除溼機	dehumidifier
空氣清淨機	air cleaner
冰箱	fridge / refrigerator
洗碗機	dishwasher
電鍋	rice cooker
微波爐	microwave（oven）
烤箱	oven
瓦斯爐	gas cooker / stove
烤麵包機	toaster
咖啡機	coffee machine
製麵包機	bread-making machine
鐵板	hot plate
攪拌機	blender
冷氣	air conditioner
電風扇	electric fan
電暖器	electric heater
葉片式電暖器	oil heater
暖風扇	oil fan heater
電毯	electric blanket
被爐	kotatsu
電話	telephone
手機	cell phone
智慧型手機	smartphone
傳真機	fax machine
電子辭典	electronic dictionary
數位相機	（digital）camera
攝影機	camcorder
CD 播放器	CD player
立體音響	stereo
收音機	radio
按摩椅	massage chair
吹風機	hairdryer
熨斗	iron
電動刮鬍刀	electric shaver
電動牙刷	electric toothbrush

我買了一台新的微波爐。	**I bought a new microwave.** ＊「微波爐」也可以寫 microwave oven。
我想要一台洗碗機。	**I want a dishwasher.**
最近的洗碗機愈做愈小台。	**Dishwashers are smaller these days.**
我想要一台安靜的洗衣機。	**I want a noiseless washing machine.**
我買了一台滾筒式的洗衣烘衣機。	**I bought a drum-type washer-dryer.**
我最近買的這台洗衣機很安靜。	**The washing machine I recently bought is quiet.**
老婆說她想要買一台新的洗衣機。	**My wife says she wants to buy a new washing machine.**
那台還可以用。	**We can still use it.**
我想要一台無聲的吸塵器。	**I want a noiseless vacuum cleaner.**
我想要一台更輕巧的吸塵器。	**I want a lighter vacuum cleaner.**
我在想若有掃地機器人的話不知會有多方便。	**I wonder how handy cleaning robots are.**
我買了一台冷氣，它可放在十張榻榻米大小的房間。	**I bought an air conditioner for a 10-tatami room.**
在節省能源上，它是第一名。	**It got first prize for energy saving.**
我買了一台更大的電視。	**I bought a TV one size larger.**
我想要一台按摩椅，但沒有地方放。	**I want a massage chair, but I don't have a place to put it.**
我買了一台急難用的手電筒收音機。	**I bought a radio with a flashlight for emergencies.** ＊flashlight = 手電筒。
去看看最新的家電很有趣。	**It's fun to just look at the latest household appliances.** ＊household appliance = 家電。

購買室內用品 （請參照 p.464「室內用品」）

購買食材

食品 的單字

蔬菜	vegetable
甘藍菜	cabbage
萵苣	lettuce
菠菜	spinach
小松菜	Japanese mustard spinach
白菜	Chinese cabbage
紅蘿蔔	carrot
馬鈴薯	potato
地瓜	sweet potato
南瓜	pumpkin
白蘿蔔	daikon radish
蕃茄	tomato
小黃瓜	cucumber
茄子	eggplant
青椒	green pepper
香菇	shiitake mushroom
洋蔥	onion
蔥	leek
肉	meat
牛肉	beef
豬肉	pork
雞肉	chicken
絞肉	ground meat
魚	fish
生魚片	raw fish / sashimi
鮭魚	salmon
竹莢魚	horse mackerel
鯖魚	mackerel
鰤魚	yellow tail
秋刀魚	saury [ˋsɔrɪ]
鮪魚	tuna [ˋtunə]
烏賊	squid [skwɪd]
章魚	octopus
蝦子	shrimp
貝類	shellfish
小圓蛤	littleneck clam
蛤蜊	clam
海藻	wakame seaweed
大蒜	garlic
薑	ginger
橘子	tangerine
香蕉	banana
柳丁	orange
草莓	strawberry
甜瓜	melon
西瓜	watermelon
葡萄	grape
奇異果	kiwi fruit
鳳梨	pineapple
雞蛋	egg
牛奶	milk
鮮奶油	fresh cream
奶油	butter
起司	cheese
優格	yogurt [ˋjogɚt]
米	rice
清酒 / 米酒	sake / rice wine
醬油	soy sauce
糖	sugar
鹽巴	salt
麵粉	flour [flaʊr]
味噌	miso
美奶滋	mayonnaise
蕃茄醬	ketchup
冷凍食品	frozen food

我去買食品雜貨。	I did grocery shopping.
	＊grocery shopping = 購買食品雜貨。
我傍晚時去超市。	I went to the supermarket in the evening.
我買些吃的當晚餐。	I bought some food for dinner.
	＊若是「明天的便當」，則可改成 for tomorrow's lunch。
今天是蔬菜特價日。	It was a bargain day for vegetables.
我買了一袋橘子。	I bought one bag of tangerines.
我買了300公克的豬肉。	I bought 300g of pork.
今天雞蛋很便宜。	Eggs were really cheap today.
奶油賣完了。	Butter was sold out.
我帶環保袋去。	I took my own bag with me.
	＊「環保袋」也可以寫 eco bag。
我忘了帶環保袋去。	I forgot to take my own bag.
A店的東西比較新鮮。	A Store has fresher food.
B店便宜一點。	B Store is a little less expensive.
我在三家超市買東西。	I shopped at three supermarkets.

購買日用品

日用品 的單字

垃圾袋	garbage bag
保鮮膜	plastic wrap
鋁箔紙	aluminum foil
洗碗精	dishwashing detergent
海綿	sponge
洗衣精	laundry detergent
衣物柔軟精	fabric softener
曬衣夾	clothespin
衣架	(clothes) hanger
牙刷	toothbrush
牙膏	toothpaste
洗髮精	shampoo
潤絲精	conditioner
沐浴乳	body wash
肥皂	soap
衛生紙	toilet paper
面紙	Kleenex / tissue
生理用品	sanitary items
棉花棒	Q-tip / cotton swab
電池	battery
燈泡	light bulb

我在藥妝店買生活必須品。
I bought some daily necessities at the drugstore.
＊daily necessities = 生活必須品。

我買了兩支100瓦的燈泡。
I bought two 100-watt light bulbs.
＊light bulb = 燈泡。

廁所的衛生紙好像快被我用完了。
It looks like I'm running out of toilet paper.
＊run out of ～ = 用完。

我明天一定要記得去買一些。
I'll make sure to buy some tomorrow.

我幫客人買牙刷。
I bought toothbrushes for guests.

我買了一些備用牙刷。
I bought some spare toothbrushes.

我買了急難用的罐頭食品。
I bought preserved food for emergencies.
＊preserved food = 保存食品。

回家的路上，我順便買了鋁箔紙。
I picked up aluminum foil on the way home.
＊pick up ～ = （順手）買～。

我從花店買了一束雛菊。
I bought a bouquet of daisy from the florist's.
＊bouquet [bu`ke] = 花束、一束花。

我忘記買棉花棒了。
I forgot to get Q-tips!
＊Q-tips（棉花棒）原是商品名稱，後泛指此類商品。

買禮物 072

我要買什麼生日禮物送給美咲？
What should I get Misaki for her birthday?

我認為送她皮包她應該會很高興。
I think a wallet would make her happy.

我想媽媽不知是否會喜歡那種顏色。
I wonder if my mom likes that kind of color.

希望她喜歡。
I hope she likes it.

挑禮物真是件難事。
It's hard to select presents.

選禮物的時候，我的心噗通噗通地跳。
I get excited when choosing presents.

我買了條圍巾當作禮物。	I went to buy a scarf for a present.
我請他們把禮物包起來。	I had it gift wrapped.
我選了紅色的包裝紙和一條黃絲帶。	I picked out red wrapping paper and a yellow ribbon. ＊pick out ～ = 挑選。
我請他們用包裝紙把禮物包起來。	I had the gift wrapped with a noshi.
我跟他們要了一張卡片。	I asked for a message card.
我買了一組杯盤組作為結婚賀禮。	I bought them a cup-and-saucer set for a wedding present. ＊saucer [`sɔsə] = 茶托、淺碟。
我認為室內盆栽是很棒的喬遷禮。	I guess a house plant would be a good housewarming present. ＊housewarming present = 喬遷之禮。
如果我買太貴的禮物，反而會讓他們不好意思。	If my present is too expensive, it might make them uncomfortable.

郵購・網購

我喜歡看郵購目錄。	I like looking at mail-order catalogs.
我郵購了一條蛋糕捲。	I mail-ordered a roll cake. ＊roll cake 也可以寫 Swiss roll。
我從電視購物節目那裡買了一台吸塵器。	I bought a vacuum cleaner from a TV shopping show.
我在網路上買背包。	I bought a backpack online.
這是我第一次網購。	It was my first time to shop online.
網購真的很方便。	Online shopping is really convenient.
我不放心在網路上輸入信用卡的資訊。	I'm not comfortable giving my credit card information online. ＊comfortable = 放心。
我期待東西趕快寄來。	I'm looking forward to getting the package.
訂購的隔天我就收到東西了！真快！	I received the package the day after I ordered it! That's fast!

購物相關的英文日記，試著寫寫看！

074 試著用英文書寫日常採買吧！

到底要買哪一種呢

I went to check out some washing machines. I couldn't decide which to buy, a regular type or a drum type.

翻譯

我去看洗衣機，結果無法決定到底要買普通的還是滾筒式的好。

POINT check out ～ 有「研究、試看看」之意，可能是對價格或功能的確認，又或者是多種商品間的相互比較。「無法決定」可寫成 I couldn't decide。which to buy 是「要買哪一種」。

真希望沒看見

In a newspaper insert, I saw the same down jacket as mine, but it was 5,000 dollars cheaper. I was disappointed! I wish I hadn't seen it.

翻譯

我在報紙的廣告夾頁裡看到和我一模一樣的羽絨衣，但便宜了五千元。我好沮喪！真希望沒看到這則廣告。

POINT insert 指的是「（報紙等的）摺頁廣告」。順帶一提，flier / flyer 指的是「廣告傳單」，而 ad/advertisement 則是「廣告」。I wish I hadn't seen it 的語意是「（實際上已經看到，但）希望沒看到」。

想趕快看到她驚訝的表情

I found the very necklace Chiko has always wanted! I got it for her birthday without thinking twice. I can hardly wait to see her look of surprise.

翻譯

我終於找到千子一直很想要的項鍊。我毫不猶豫地買下來，當她的生日禮物。我等不及要看她臉上驚訝的表情了。

POINT 「千子一直很想要的項鍊」可寫成 the very necklace（that）Chiko has always wanted，關係代名詞來表示。這裡的 very 有強調「正是這條」之意。「毫不猶豫」的英文為 without～（沒有～）加上 think twice（考慮很多）的組合。

忍不住就…

Ayu and I went to the outlet mall. When I saw a pair of Cazal sunglasses at 70% off, I couldn't resist them. I ended up spending quite a bit of money. But I'm happy!

翻譯

小步和我一起去逛名牌折扣商場。我看到一付卡加爾的太陽眼鏡在打3折就忍耐不住了。最後我花了不少錢，但很開心。

POINT 「太陽眼鏡」的數法是 a pair of sunglasses、two pairs of sunglass。resist 有「忍耐、壓抑」之意。end up ～ing 有「結果變成～」之意，此處對於買到意想不到的高價品有反省的意味。

15 金錢

家計

 開支

各種費用 的單字

公用事業費	public utilities charges
電費	electric bill
水費	water bill
瓦斯費	gas bill
網路費	internet bill
報費	newspaper bill
電話費	phone bill
手機費	cell phone bill
健保費	national health insurance fee
保險費	insurance premium
學費	admission fee
午餐費	school lunch fee
學費	tuition
每個月的指導費	tuition / lesson fee
房租	rent
住宿費	room rate
停車費	parking fee
腳踏車停車費	bicycle parking fee
車資	fare
單程車資	one-way fare
來回車資	round-trip fare
機票費用	air fare
公車車資	bus fare
計程車資	taxi fare
醫療費	medical bill
住院費	hospital charges
入場費	entrance fee
運費	shipping fee
手續費	handling fee

我付了手機帳單。 **I paid my cell phone bill.**
＊cell phone = 手機。

我在便利商店繳水費帳單。 **I paid the water bill at a convenience store.**

電費帳單已經過了繳費期限。 **The electric bill was past due.**
＊due [dju] = 到期的。

每天寄來的都是帳單。 **All I get every day is bills.**

健保費很貴。 The national health insurance payment is really high.

我用銀行轉帳繳房租。 I paid my rent by bank transfer.
＊bank transfer = 銀行轉帳。

我忘了轉房租。 I forgot to transfer my rent.
＊transfer = 轉帳。

我用線上轉帳。 I transferred online.

家計管理

晚餐後我記帳。 After dinner, I did my household accounts.
＊household account = 家計簿。

我從這個月開始記帳。 I started keeping my household accounts this month.

我決定用電腦記帳。 I decided to keep my household accounts on my PC.

我們這個月入不敷出。 We're in the red this month.
＊in the red = 赤字的。

這個月我們有多餘的錢。 We have a little extra money this month.
＊extra = 多餘的。

我們的手頭很緊。 We're very hard up.
＊hard up = 手頭拮据的。

汽泡酒對家庭開銷的影響較小。 Low-malt beer is good for the household budget.
＊malt = 麥芽。汽泡酒比較便宜。

我想讓固定開銷降到最低。 I want to keep my fixed costs as low as possible.
＊fixed = 固定的。

亂花錢

我最近花太多錢了。 I've been spending too much money lately.

一不注意我的信用卡就刷爆了。 I had overused my credit card before I knew it.

我花太多錢了。 I spent too much money.

我沒錢了。 I'm broke.
＊broke = 破產、沒有錢。

我沒什麼錢。	**I'm low on cash.** ＊cash = 錢、現金。
這個月我又沒錢了。	**I'm short of cash this month again.**
我應該改改花錢的習慣。	**I ought to do something about my spending habits.** ＊ought to ～ = 必須。habit = 習慣。

節省

我應該節省一點。	**I ought to save some money.**
我要減少在食物上的花費。	**I'll cut down on my food expenses.** ＊expense = 支出、費用。
我不該經常外食。	**I shouldn't eat out so often.** ＊eat out = 外食。
我想降低電費。	**I want to reduce my electric bill.** ＊reduce = 減少。
我買了一台節能冷氣。	**I bought an energy-saving air conditioner.**
開電風扇應該會比冷氣好。	**I might as well use an electric fan, not an air conditioner.** ＊might as well ～ = ～的話似乎比較好。
這個月我省了830元的電費。	**I saved 830 dollars on the electric bill this month.**

存錢

我想存一萬元。	**I want to save up one million dollars.**
沒有存款真的很糟！	**Having no savings is bad, seriously!**
六個月內我要存五十萬元！	**I will save 500,000 dollars in six months!**
我要存兩百萬元出國念書。	**I'm going to save two million dollars to study abroad.**
我要存點錢以備不時之需。	**I just want to put money away for the future.** ＊put money away = 存錢
我要存些養老金。	**I want to put money away for when I get older.**

我要定期存錢，就算每次只有一點點。	**I'll save steadily even just a little bit at a time.**
我已經開始存五十元的硬幣了。	**I've started to save 50-dollar coins.**
我從今天將開始存錢。	**I'm going to start my savings today.**
我預留三千元當酒錢。	**I set aside 3,000 dollars which I would have spent drinking.** ＊set aside ～ = 挪～（錢等）預作他用。
我是省錢高手。	**I'm doing pretty well on saving money.**
省錢好難。	**It's hard to save up money.**
我開始了以美元計價的外幣儲蓄計畫。	**I started a dollar-based currency savings plan.** ＊dollar-based = 以美元換算。currency = 流通、貨幣。
現在日元走強，我的機會來了。	**The yen is strong, so now is my chance.**
我要每個月存三萬元進戶頭。	**I'm going to put 30,000 dollars in my account every month.** ＊account = 帳戶。
我定存了五十萬元。	**I made a time deposit of 500,000 dollars.** ＊time deposit = 定存、零存整取儲蓄。
定存期滿前我就解約了。	**I withdrew the time deposit before maturity.** ＊withdraw = 收回，過去式為 withdrew。withdrew 和 canceled 亦可通用。maturity = 到期。
以我現在的薪水還沒有辦法存錢。	**With my current salary, I don't have enough for any savings.**

借錢

我身上只剩兩千元。	**I only had 2,000 dollars with me.**
我向雅借了五千元。	**I borrowed 5,000 dollars from Masa.**
我忘記把錢還給小野。	**I forgot to pay Ono back!** ＊pay ～ back = 還錢給～（人）。
我明天必須還給她。	**I must pay her back tomorrow.**

我下次見到她時會還她。 I'll pay her back next time I see her.

春樹還我之前向我借的5千元。 Haruki paid me back the 5,000 dollars I lent him the other day.
＊lend ～ = 向～借…，過去式為lent。

智子不還錢給我。 Satoko won't pay me back.

阿弘什麼時候才打算把錢還給我呢？ I wonder when Hiro is going to pay me back.

我立下借據。 I wrote an IOU.
＊IOU = 借用證明，從 I owe you.（我向你借）而來。

非必要我不想有金錢上的借貸。 I don't want to borrow or lend money if I don't have to.

銀行

078

銀行帳戶

我在 A 銀行開戶。 I opened an account in A bank.
＊account = 帳戶。

我想定存對我是不是較有利。 I wonder if the time deposit is better for me.
＊time deposit = 定存、零存整取儲蓄。

我向網路銀行申請帳戶。 I applied for an account with an online bank.
＊apply for ～ = 申請～。

我取消了 B 銀行的帳戶。 I canceled my account with B Bank.

帳戶餘額

我確認帳戶餘額。 I checked my balance.

我的薪水進帳了，太好了！ My salary was deposited into my bank account. Great!
＊deposit = 存款～。

我的戶頭只剩下三萬元。 I only have 30,000 dollars in my bank account.

卡費是我的痛處。 My credit card payment is a real pain.
＊pain = 痛苦、疼痛。

我去刷了存摺。 I updated my bank book.
＊update = 更新。

ATM

我在便利商店的ATM領錢。
I withdrew some money from a convenience store ATM.
＊「銀行的ATM」則是 bank ATM。

我存了十萬元。
I deposited 100,000 dollars.
＊deposit = 存款～。

手續費是105元。
The fee was 105 dollars.
＊fee = 手續費。

角落的ATM有人在排隊。
There was a line at the ATM corner.

有可能是因為放假前的關係。
It's probably because it's right before the holidays.

附近一台ATM都沒有，讓我有點火大。
There weren't any ATMs nearby, so I was a little irritated.
＊irritated = 惱怒的、焦急的。

股票・投資

股票・投資

我在銀行開了一個證券戶頭。
I opened a bank account for trading stocks.
＊trade = 買賣～。stock = 股票。

我聽說荒井從股市裡賺了兩百萬。
I heard that Arai made two million dollars in the stock market.
＊stock market = 股票市場，亦可說成 on the stock market。

我買了一千股 XYZ 的股票。
I bought 1,000 XYZ shares.
＊share = 股份、股票。

我賣出XYZ的股票。
I sold my XYZ shares.

銀行建議我投資共同基金。
The bank advised me to invest in a mutual fund.
＊invest in ～ = 投資～。mutual fund = 共同基金。

我的薪水沒有漲，所以需要投資增加資產。
I'm not getting a raise, so I have to build my assets.
＊raise = 加薪。build = 開發。assets = 資產。

股價上漲

XYZ的股價上漲。
The value of XYZ is rising.
＊value = 價格、面額。

XYZ的股價一路狂飆。
The value of XYZ is skyrocketing.
＊skyrocket [`skaɪ,rɑkɪt] = 猛漲。

真希望昨天我有買它。
I wish I had bought it yesterday.

XYZ的股價漲了20元！
The value of XYZ rose by 20 dollars!

自從我買了XYZ的股票後，它的股價已經漲了30%。
The value of XYZ has increased by 30% since I bought it.

我所有的股票都漲了。
All my stocks went up.
＊stock = 股票。

我未實現的資本獲利超過一百萬元。
My unrealized capital gains are over a million dollars.
＊unrealized = 未實現的。capital gain = 資本利潤。

股價下跌

ABC的股價暴跌。
The value of ABC is plummeting.
＊plummet = 暴跌。

ABC的股價大幅跌至低點。
The value of ABC dropped sharply and hit the limit.
＊hit the limit = 達到極限。

我昨天應該賣掉它的。
I should've sold it yesterday.

也許現在是好的買點。
Maybe now is a good time to buy.

ABC股票的未實現資本損失正在擴大。
The unrealized capital losses on ABC are increasing.
＊unrealized = 未實現的。capital loss = 資本損失。

我想我會長期持有這些股票…
I guess I'll have to keep these shares for the long-term...

匯率・換鈔

外匯

日元走強。
The yen is getting stronger.

日元升值來到1美元兑換80元。
The yen has risen to 80 yen to the dollar.

人民幣的匯率來到1元人民幣兑換13日元。
The yuan is at 13 yen to the yuan.
＊yuan [jʊˋɑn] = 人民幣。

如果你要去旅行，現在時機正好。
If you're going to travel, now is a good time.

我很擔心對製造業所產生的衝擊。	I'm worried about the impact on the manufacturing industry.

換鈔

我把一千元舊鈔換成新鈔。	I exchanged my old 1,000-dollar bills for new ones.
我把一千元的紙鈔換成五百日元的。	I exchanged the 1,000-dollar bill for 500-dollar bills.
我要求將一百元紙鈔換成硬幣。	I asked to change a 100-dollar bill to coins.
我換了五萬日元的美金。	I exchanged 50,000 yen for US dollars.
我在機場把錢換成歐元。	I exchanged money for euros at the airport.
一萬日元可以換到125美元。	I got 125 us dollars for 10,000 yen.
日元兑美元的匯率是1美元兌換79.54日元。	The rate was 79.54 yen to the us dollar.
手續費是2美元。	The fee was two dollars.

稅金（請參照 p.394「申報」）

稅金 的單字

所得稅	income tax
居民稅	resident tax
縣民稅／都民稅／府民稅	prefectural tax
市民稅／鎮民稅／村民稅	municipal tax
區民稅	ward tax
消費稅	consumption tax
財產稅	property tax
公司所得稅	corporate tax
營業稅	business tax
煙稅	tabacco tax
酒稅	liquor tax
贈予稅	gift tax
遺產稅	inheritance tax
汽車稅	automobile tax
輕型車輛稅	light vehicle tax
汽油稅	gasoline tax
地方稅	local tax
公共浴池泡湯稅	bathing tax

15 金錢

我必須繳稅。 I have to pay my taxes.

我已經繳完稅了。 I finished paying my taxes.

財產稅對家計是一筆很大的負擔。 The property tax is a big burden on my household budget.
＊burden = 負擔、重擔。household budget = 家計。

報稅期到了。 It's time to file my taxes.
＊file = 提出。

我必須申請扣除醫療費用。 I have to apply for a tax deduction for medical expenses .
＊expense = 費用。deduction = 扣除。

退稅存進了我的帳戶。 The tax refund was deposited into my account.
＊refund = 退還。deposit = 存款。

也許我該從明年開始用藍色退稅。 Maybe I should file a blue return from next year.
＊blue return = 藍色退稅。

為了要藍色退稅，我買了軟體。 I bought a software for the blue return.

希望他們不要再浪費稅金了。 I just wish they would stop wasting tax money.

保險 082

我打算重新考慮保險的事。 I'm going to reconsider my insurance.
＊reconsider = 重新考慮～。

保費太高了，對家計而言是沈重的負擔。 The insurance premium is too high, and it's hurting the household budget.
＊premium = 保險費。hurt = 使～傷害。

車險太貴了。 The car insurance is too high.

我需要醫療保險。 I need to get medical insurance.

保險業務員到我家拜訪。 An insurance salesperson came to my house.

我不知道哪一種保險對我比較有利。 I have no idea which insurance is good for me.

武藤推薦 A 公司的保險。 Muto recommended A Company's insurance.

我向好幾家保險公司要了一些小冊子。	I requested some brochures from several insurance companies. ＊brochure [bro`ʃʊr] = 小冊子。
我拿了一份醫療保險的手冊。	I got a brochure for medical insurance.
我跟財務顧問談論我該買什麼保險。	I talked with a financial planner about what insurance I should buy.
我在考慮是否要取消我的壽險。	I'm wondering if I should cancel my life insurance.

貸款（請參照 p.477「房屋貸款」）

083

我打算付五百萬元作為訂金。	I'm thinking about making a deposit of about five million dollars. ＊deposit = 訂金。
我在模擬貸款償還的情況。	I made a simulation for loan repayment. ＊repayment = 償還。
我打算用獎金早日還完貸款。	I'm going to use my bonus to pay back my loan early.
太棒了！我的貸款通過了。	Great! My loan has gotten approved! ＊approve = 認可～。
我的貸款審查沒有通過。	My loan didn't get approved.
我終於把貸款還清了。	I've finally paid off my loan! ＊pay off ～ = 付清。
我用貸款買了一部車。	I bought a car with a loan.
我們貸的是二十年的貸款。	We took out a 20-year loan.
到底是機動利率好？還是固定利率好？	Which one is better, an adjustable rate or a fixed rate? ＊adjustable = 可調整的。fixed = 固定的。
因為利率很低，現在是貸款的好時機。	To take out a loan, now is a good time because of the low-interest rate. ＊take out ～ = 接受～（申請）。low-interest rate = 低利率。
我大部分的薪水都拿來支付房貸和車貸。	Most of my salary goes to my mortgage and car payments. ＊mortgage [`mɔrgɪdʒ] = 房屋貸款。

金錢相關的英文日記，試著寫寫看！

084 ♪ 試著用英文書寫跟錢有關的各種事情吧！

發現一千元！

I came across 1,000 dollars in my old wallet when I was cleaning my room! Lucky me!

翻譯

我在打掃房間時，發現舊皮夾裡有一千元！我真是太幸運了！

POINT come across 後面若直接接物品，有「不經意發現～」之意；但若直接接人，則有「和～不期而遇」之意。「我真幸運」的英文並非 Lucky!，而是 Lucky me!，I was lucky! 或 How lucky! 的用法也很常見。

雖然是喜事，不過…

I've been invited to two weddings this month. They're happy events, but my wallet feels light.

翻譯

這個月我受邀參加兩場喜宴。雖說是喜事，不過卻讓我的手頭很緊。

POINT 「我受邀參加兩場喜宴」也可以寫 I have two weddings to attend（我有兩場喜宴必須出席）。「手頭緊」可以寫成 my wallet feels light，或寫成 I'm short of money（我沒錢）也不錯。

我想預借零用錢

I'm dying to go to the Arashi concert, but I don't have enough money... I'll ask Mom if I can get next month's allowance in advance.

翻譯

我超想去聽嵐的演唱會，但是我沒有錢…。我會問媽媽能不能讓我預支下個月的零用錢。

POINT 「很渴望去～」的英文是 be dying to ～（動詞原形），dying 是 die（死）的-ing 形態，整句有「死也要去～」的意味。ask ～ if ...是「拜託～能否…」。 allowance 是「零用錢」，而 in advance 是「事先」的意思。

想讓兒子去念大學

My son said he wants to go on to college. I'll need at least two million dollars. OK, I'll cancel the time deposit.

翻譯

我兒子說他想念大學。這樣至少要花兩百萬元。好，我去把定存解約。

POINT 「去念～」的英文也可以寫 go（on）to ～。at least 有「至少、最少」之意。「定存」的英文可用 time deposit 來表示。cancel 有「取消～」的意思，而 cancel the time deposit 意味著「把定存解約」。

16 居住

居住

室內

室內用品 的單字

家具	furniture
架子	shelf
碗櫃	cupboard
壁櫥	closet
帶鏡衣櫃	dresser
桌子	table
餐桌	dining table
摺疊桌	folding table
邊桌	side table
咖啡桌	coffee table
書桌	desk
椅子	chair
搖椅	rocking chair
躺椅	reclining chair
凳子	stool
沙發	sofa / couch
兩人座沙發	love seat
坐墊	cushion
床	bed
單人床	single bed
雙人床	double bed
沙發床	sofa bed
地毯	carpet
小地毯	rug
窗簾	curtain
捲簾	shade
隔板	partition
壁紙	wallpaper
照明	lighting
立燈	standing lamp / lamp
檯燈	lamp
梳妝台	dressing table
全身鏡	full-length mirror
鐘	clock

我買了捲軸式窗簾。 **I bought shade curtains.**

＊shade = 捲簾。

我買了古董梳妝台。 **I bought an antique dressing table.**

我訂購了一張半客製化的地毯。
I placed an order for a semi-custom-made carpet.
＊place an order for ～ = 訂購。

我到處看看二手家具店。
I looked around used furniture stores.
＊used = 二手的。furniture = 家具。

我在二手店買了一張餐桌。
I bought a dining table at a secondhand shop.
＊secondhand = 二手的。

我確定那張咖啡桌跟我的沙發很搭。
I'm sure that coffee table would match my sofa.

那盞檯燈很時髦。
That lamp was so stylish!

我認為那張沙發會讓我家看起來很棒。
I think that sofa would make my house look really nice.

它的優點是價格便宜，但我得自己組裝。
It's nice that it's cheap, but I have to put it together myself.
＊put ～ together = 組裝。

看起來很難組裝的樣子。
It looks difficult to assemble.
＊assemble = 組裝。

我自己組裝的起來嗎？
I wonder if I can assemble it myself.

我先生很會組裝東西。
My husband did a good job putting it together.

重新佈置

我想要重新佈置房間。
I want to redecorate my room.
＊redecorate 和 rearrange 可互換。

榻榻米的草席舊了。
The tatami mats are getting old.

我想要買張新的地毯。
I want to get a new carpet.

我想要把這個房間改裝得更可愛。
I want to redo this room and make it cuter.
＊redo [riˋdu] = 重做、改裝。

亞洲風的房間比較好。
An Asian-style room would be ideal.
＊ideal [aɪˋdiəl] = 理想的。

我想要簡單的裝飾。
I want simple décor.
＊décor = 裝飾，也可以寫 decor。

我的東西太多了。
I have too many things.

我把客廳重新佈置一下。
I redecorated my living room.

我把家具搬來搬去。 I moved the furniture around.
*move ～ around = 搬來搬去。furniture = 家具。

只要稍微移動一下家具，真的創造了不同的感覺。 Just moving the furniture around really creates a different feel.
*feel = 感覺、氣氛。

我在房屋的角落放了一盆多葉盆栽。 I put a leafy plant in the corner of the room.
*「室內盆栽」也可以寫 foliage plant 或 houseplant。

居住遇到的麻煩

馬桶堵住了。 The toilet got clogged.
*clog = 堵塞。

馬桶無法沖水。 The toilet water wouldn't flush.
*flush = （馬桶的水）流出來。

水槽底下會漏水。 There's water leaking from the bottom of the sink. *leak = 滲漏。

浴室的通風不好。 The ventilation in the bathroom isn't very good. *ventilation = 通風。

熱水器壞了。 The water heater isn't working very well.

客廳的大門安裝的很差。 The living room door is poorly built.

浴室的門吱吱作響。 The bathroom door is squeaky.
*squeaky = 吱吱響的。

或許我應該幫它上點油。 Maybe I should oil it.
*oil = 塗一點油。

臥房的天花板會漏水。 The bedroom ceiling has a leak.
*ceiling [ˋsilɪŋ] = 天花板。leak = 漏水。

我得趕快找人修一修。 I'd better have someone fix it.
*fix = 修理。

我必須把屋頂修理一下。 I have to repair the roof.
*repair = 修理。

我發現牆上有施工的瑕疵。 I found a defect in the wall.
*defect = 瑕疵、缺陷。

我把鑰匙弄丟了。 I've lost my keys.

斷路器掉下來了。 The breaker blew a fuse.
*blow = 燒斷～（保險絲），過去式為 blew [blu]。

新大樓把陽光遮去大半。 We don't get much sunlight because of the new apartment building.

改造

我想重新改建我的廚房。	**I want to remodel my kitchen.** ＊remodel = 改建。
我要一個免治馬桶。	**I want to get a toilet with a built-in bidet.** ＊built-in = 嵌入的。bidet [bɪˋde] = 坐浴盆。
我想要把壁紙換掉。	**I feel like changing the wallpaper.**
我想重新油漆天花板。	**I want to repaint the ceiling.**
我想安裝樓梯扶手。	**I want to install a stair rail.** ＊install = 安裝。rail = 扶手。
我想在廚房安裝ABC公司的系統產品。	**I want to get an ABC integrated kitchen installed.** ＊integrated = 整合。install = 安裝。
我應該將浴室地板整平。	**I should get the bathroom floor evened out.** ＊even out ～ = 使平坦。
我想要附設乾燥機的成套浴室。	**I feel like making it a unit bathroom with a room dryer.**
我想清洗外牆。	**I want to clean up the exterior walls.** ＊exterior = 外部的。
我要更多的收納空間。	**I want more storage space.**
我要讓家裡變無障礙空間。	**I want to make my house barrier-free.**
我考慮要做太陽能板。	**I'm thinking about getting solar panels.**
或許我會讓房子電氣化。	**Maybe I'll make my house completely electric.**
我很擔心房子的耐震度會出事。	**I'm worried about what will happen to my house in an earthquake.** ＊earthquake = 地震。
我考慮強化房子的耐震度。	**I'm considering having my house reinforced for earthquakes.** ＊reinforce = 加強、補充。
我請營造商報價。	**I asked the builder for an estimate.** ＊builder = 營造商。estimate = 報價。
我向三家公司詢價。	**I got estimates from three companies.**

超過我的預算了。	It went over my budget. ＊budget = 預算。
我要修改我的計畫。	I'm going to change my plans.

朋友的住處

朋友的住處

他到底住在哪裡。	I wonder where he lives.
他住在我家附近。	He lives in my neighborhood. ＊neighborhood = 鄰近。
他和我住在同一個鎮。	He lives in the same town.
他住在神奈川縣橫濱市。	He lives in Yokohama, Kanagawa.
她在琵琶湖畔有棟渡假別墅。	She has a vacation home by Lake Biwa.
她住在獨棟的房子。	She lives in a house.
她住在公寓。	She lives in an apartment. ＊若是大樓分租的話，可將 apartment 改成 condo。mansion 有「官邸、豪宅」之意，請讀者注意。
她住在豪華公寓。	She lives in a gorgeous apartment.
她住在大廈的27樓。	She lives on the 27th floor of a high-rise apartment.
他住在三層樓的公寓。	He lives in a three-story apartment. ＊story = 層樓。
他住的那棟房子已經傳到第二代了。	He lives in a two-family home.
聽說他在郊區買了房子。	I heard he bought a house in the suburbs. ＊suburb = 郊區。

居家印象

那是間很大、很高級的豪宅。	It was a big, fancy house. ＊fancy = 高級的、精美的。
那是間很傳統的日式房子。	It was a traditional Japanese house.
那是棟很雅緻的房子。	It was a nice house with a great atmosphere. ＊atmosphere [`ætməs,fɪr] = 氣氛。

那是間寬敞的房子。 It was a spacious house.
＊spacious [`speʃəs] = 寬敞的。

房子雖小卻很舒適。 It was a small but comfortable house.

真的很小。 It was pretty small.

這是間裝飾得很時髦的公寓。 It was a fashionable apartment.

它的室內裝潢很華麗。 It had a fancy interior décor.
＊décor = 裝飾，也可以寫 decor。

很像電視劇裡的房間。 It was like a room in a TV drama.

家具看起來很貴。 The furniture looked expensive.
＊furniture = 家具。

很舒適的房間。 It was a cozy room.
＊cozy（舒適的）也可以寫 snug [snʌg]。

收拾的很整齊乾淨。 It was neat and tidy.
＊neat = 整齊的。tidy [`taɪdɪ] = 井然有序的。

亂成一團。 It was messy.
＊messy = 散亂的。

空蕩蕩的房間。 It was a very bare room.
＊bare [bɛr] = 沒有裝飾、裸露的。

居家條件 087

地點

我想要一個方便通勤的地方。 I want a place that's convenient for the commute.
＊commute = 通勤。

我要找一個在中央線沿線近中野站的地方。 I'll get a place near Nakano Station on the Chuo Line.

東西線上的地點會比較好。 A place on the Tozai Line would be nice.

從火車站走一下就會到。 It's a short walk from the train station.
＊train可省略。

走路大約6分鐘可以到車站。 It's about six minutes on foot to the station.

距離車站有一小段路。

It's a little ways away from the station.

從車站搭公車大約要15分鐘。

It's about 15 minutes by bus from the train station.

從車站開始全是上坡。

It's uphill all the way from the station.

＊uphill = 上坡的。

那條路的車流量很大。

The traffic is heavy on that road.

＊traffic = 車流量。

配置

我想要2DK（兩房兩廳）。

I want two bedrooms, a dining room and a kitchen.

＊「2DK」雖然不是正式英文，但日記這麼寫無妨。

這是3LDK（三房三廳）。

It has three bedrooms, a living room, a dining room and a kitchen.

＊日記上可以寫「3DK」。

它有一間六張榻榻米大的和室，以及一間西式的房間。

It has a 6-tatami Japanese-style room and a Western-style room.

它有一間六張榻榻米大，以及一間四點五張榻榻米大的西式房間。

It has a 6-tatami and a 4.5-tatami Western room.

LDK加起來約十張榻榻米大。

The living room, the dining room and the kitchen are 10 tatami mats altogether.

＊日記上可以寫「LDK」。

從平面圖看來真的很方便。

That floor plan looks really convenient.

這間房間的位置朝南而且在角落。

It's a corner room facing the south.

設備

我想要衛浴分離。

I want a separate toilet and bathroom.

大一點的陽台比較好。

A large balcony would be nice.

我需要安裝保全系統。

I need to have a security system.

我要全天有管理員的大樓。

I want an apartment with a full-time building manager.

我需要停車位。	I need a parking space.
	＊parking space 也可以寫 parking lot。
我喜歡它寬敞的單車停車位。	I like the spacious bike parking lot.
那裡沒有電梯。	There's no elevator.
空間真的很小，不過有花園。	It's really tiny, but it has a garden.

建築物的樓高・屋齡

這是棟十層樓的建築物。	It's a ten-story apartment building.
	＊story＝樓層。
這是棟二層樓的公寓建築。	It's a two-story apartment building.
這是棟二層樓的房子。	It's a two-story house.
它位在五層樓建築物的三樓。	It's on the third floor of a five-story building.
因為在一樓，我很擔心會遭小偷。	It's on the first floor, so I'm worried about getting burglarized.
	＊get burglarized＝被盜賊入侵。
這是棟屋齡十五年的建築物。	It's a 15-year-old building.
這是棟新的公寓大樓。	It's a new apartment building.

週邊環境

我要一個安靜的地方。	I want a quiet place.
我想要一個位置便利的地方。	I want a place in a convenient location.
那是個既棒又安靜的環境。	It's in a nice and quiet environment.
前面正好有公園。	There's a park right in front of it.
	＊right＝正好。
離便利商店很近。	It's really close to a convenience store.
我們附近有三家超市。	There are three supermarkets in the neighborhood.
	＊「超市」也可以寫成 grocery store。
騎腳踏車去圖書館要花五分鐘。	It takes five minutes to get to the library by bicycle.
	＊bicycle 也可以寫 bike。

附近有幼兒園和小學。

There is a preschool and an elementary school nearby.

＊a(n) ～ and a(n) 的句型意在表達「有～和～」，英文的寫法上要記住不是 There are...，而是 There is。

因為面對大馬路，噪音會干擾到我。

It faces a busy street, so the noise bothers me.

＊busy street = 車輛往來頻繁的路段。bother = 打擾。

遠離大馬路的地點會比較好。

A place off the main street would be nice.

＊off = 遠離。

因為離鐵道很近，我可以聽到火車的聲音。

It's near the railroad tracks, so I can hear the trains.

＊track = 鐵道。

車流量很大，所以有點危險。

The traffic is quite heavy, so it's kind of dangerous.

周圍的路燈不夠，這點讓我很擔心。

There aren't many streetlights around, and that worries me.

＊worry = 讓～擔心。

晚上的話可能會太暗。

It might be too dark at night.

租房子

088

租屋條件

我在找新房子。

I'm looking for a new place.

＊此處的 place 指的是「（居住的）房子」。

什麼樣的房子比較好呢？

What kind of place should I get?

我要把我想要的條件寫下來。

I'm going to write down everything I want.

只要通勤方便，其他的細節都無所謂。

I don't mind the details as long as the commute is convenient.

＊detail = 細節。commute = 通勤。

我寧可租房子，因為負擔比較輕。

I prefer leasing because it's less of a commitment.

＊lease = 出租。commitment = 責任、義務。

我一直很嚮往住在超高大樓。

Living in a high-rise condo is my dream.

＊condon 是 condominium（大樓分租）的簡稱。

我希望可以住在獨棟的房子。

I hope to live in a house with a yard.

客廳必須安裝地板暖氣。
The living room has to have floor heating.
＊floor heating = 地板暖氣。

有開放式大衣櫥的話更好。
It would be nice to have a walk-in closet.

有中島設計的廚房比較理想。
An island kitchen design would be ideal.
＊ideal [aɪˋdiəl] = 理想的。

尋找物件

我在網路上尋找房屋出租的物件。
I looked for a place to rent on the Net.
＊the Net = the Internet。

我去找房仲業者。
I went to a real estate agency.
＊real estate agency = 房仲業者。

他們給我看了好幾個物件。
They showed me several places.

他們給我看房間配置圖。
They showed me some room layouts.
＊room layout = 房間配置（圖）。

我找到理想的房子了。
I found the perfect place.

我找不到可以滿足我的條件的房子。
I couldn't find a place that met my conditions.
＊meet = 滿足～（希望等）。condition = 條件。

我打算問他們是不是有大一點的房子。
I'm going to ask if there's a bigger place.

我打算換另一家房仲業者。
I'm going to try another real estate agency.

房租．初期費用

我考慮的租金在五到六萬元之間。
I'm thinking of somewhere between 50,000 and 60,000 dollars for rent.
＊range = 價格（範圍）。

租金十萬元以下我比較能接受。
I want to stay under 100,000 dollars for rent.
＊stay ～ = 保持～的狀態。

租金是十萬元。
The rent is 100,000 dollars.

這麼好的地方這個價格很便宜。
That's a great price for such a nice place.

我想盡可能地壓低初期費用。
I want to hold down the initial costs as low as possible.
＊hold down = 壓縮。initial cost = 初期費用。

我要付兩個月的押金和兩個月的禮金。
I'll need to pay a two-month deposit and a two-month key money.
＊deposit = 押金。key money = 禮金。

傭金為一個月的租金。
The commission is one month's rent.
＊commission = 傭金。

到頭來搬家也花了一百萬元。
It'll cost about a million dollars for the move after all.
＊move = 搬家。after all = 終究。

合約更新費用是一個月的租金。
The contract renewal fee is one month's rent.
＊contract = 契約。renewal = 更新。

參觀室內

今天我去參觀室內。
I went to check out the inside today.

我看了兩間房子。
I looked at two places.

它的光線充足。
It gets a lot of sunshine.

它的光線很不好。
It doesn't get much sunshine.

下午的日照太強了。
The late afternoon sun might be too bright.

它很通風。
It was well-ventilated.
＊ventilated = 使通風。

它的通風不好。
It was poorly ventilated.

它有很多收納空間。
It had plenty of storage space.
＊storage = 收納。

它沒有足夠的收納空間。
It didn't have enough storage space.

廚房剛改建過，看起來很不錯。
The kitchen was just remodeled and looked really nice.
＊remodel = 改建。

客廳很寬敞。
The living room was spacious.
＊spacious = 寬敞的。

我擔心牆不夠厚。
I was worried the walls might be a little thin.

室內參觀後

它是間很好的房子。	**It was a pretty good place.**
它比我預期的還要好。	**It was better than I expected.**
確實是我想要的房子。	**It was exactly what I wanted.**
它有點破舊。	**It was a little run-down.** ＊run-down = 荒廢的。
我很失望。	**I was disappointed.**
我決定選那間房子。	**I'm going to decide on that place.**
我打算再看久一點。	**I'm going to look a little longer.** ＊look = 尋找、調查。
我很高興找到好房子。	**I'm glad I found a good place.**
很難找到理想中的房子。	**It's hard to find the perfect place.**

租賃契約

我在房地產公司簽約。	**I signed a contract at the real estate office.** ＊sign a contract = 簽合約。
我的仲介人很親切。	**My agent was really nice.** ＊agent = 仲介業者。
我向房東打招呼。	**I said hi to my landlord.** ＊say hi to ～ = 向～打招呼。landlord = （男性的）房東，女性房東稱 landlady。
我等不及想搬了。	**I can't wait to move.** ＊move = 搬家。

購屋

尋找物件

我去房仲業者那裡找二手屋。	**I looked for a used house at a real estate agency.** ＊real estate agency = 房屋仲業業者。
我打算找一間距離公司不到50分鐘的大樓。	**I'm going to look for a new condo within 50 minutes from my workplace.** ＊condo 是 condominium（大樓分租）的簡稱。

16 居住

也許我多花點錢買間3LDK的房子。

Maybe I'll spend a little more and get a 3LDK place.

＊「3LDK」雖然不是正式的英文，但日記這樣寫無妨。

55平方公尺的2LDK開價兩千五百萬元。

It's 25-million dollars for a $55m^2$ 2LDK.

＊m2 = square meter（平方公尺）。

參觀樣品屋

我去樣品屋展示會。

I went to a model home exhibition.

＊exhibition = 展示。

我去參觀報紙折頁廣告上的新房子。

I went to see the new condo I saw in the newspaper insert.

＊insert =（報紙等的）折頁廣告。

我參觀了B公司的樣品屋。

I took a tour of a showroom made by B company.

我們聽銷售人員的解說。

We listened to the sales pitch.

＊sales pitch = 推銷的說詞。

地點真是棒透了。

The location is perfect.

我喜歡周圍的環境。

I like the surrounding environment.

預定明年2月完工。

It's scheduled to be completed next February.

雖然它是中古屋，但就像新的一樣。

It's a used condo, but it's just as good as new. ＊as good as new = 就像新的一樣。

我真的很喜歡它的設計和採光。

I really liked the layout and the lighting. ＊layout = 設計、配置。

我愛上它寬敞的廚房了。

I fell in love with the spacious kitchen.

這是一棟配有隔音及隔熱機能的高氣密住宅。

It's a well-sealed place with nice soundproofing and insulation.

＊well-sealed = 高氣密的。soundproofing = 隔音的。insulation = 隔熱。

它具有環保機能。

It's really eco-friendly.

物件比較・討論

B公司的大樓設計較佳。

B Company's condo has a nicer layout.

＊condo 是 condominium 的簡稱。

或許A公司的大樓未來幾年不會跌價。	Maybe the value of A Company's condos won't drop in the future.
這房子太豪華了，不太適合我。	It's a little too luxurious, so maybe it's not for me. ＊luxurious [lʌg`ʒʊrɪəs] = 奢侈的、豪華的。
沒有必要那麼大間。	It doesn't have to be that spacious.
A公司的房子每坪單價都太高。	A Company's house was too expensive per tsubo. ＊per ～ = 每一～。
B公司的房子有點太便宜。	B Company's house was a little too cheap.
明天我打算去詢價。	I'm going to ask for an estimate tomorrow. ＊estimate = 報價。
我和父母親討論後，決定選擇B公司。	I talked with my parents and decided to go with B Company's plan. ＊go with ～ = 同意～、決定～。
考慮到將來變更房子的配置，所以我決定選擇C公司。	I might want to change the floor plan someday, so I'll go with C Company's plan.
我必須有耐心地等下去，直到我找到真正喜歡的房子。	I should wait patiently until I find something I really like. ＊patiently = 有耐心地。

房屋貸款

週末我去聽房貸說明會。	I went to a housing loan seminar on the weekend.
將來我每個月要付十萬元，連繳三十年。	I'll be paying back 100,000 dollars a month for 30 years.
我選擇三十五年的房貸。	I took out a 35-year loan. ＊take out ～ = 接受～（申請）。
我會努力在十五年之內還清。	I'm going to try hard to repay it in 15 years. ＊repay = 償還～。
我在想是否該用獎金來支付。	I wonder if I should make bonus payments.

我收到夫婦三十五年期本息均攤的貸款。
I got a 35-year husband-and-wife couple loan with principal and interest equal repayment.
＊principal = 本金。interest = 利息。

我必須付一百五十萬元的頭期款。
I need to pay a 1.5-million-dollar deposit.
＊deposit = 頭期款。

我向銀行提出貸款申請書。
I submitted the loan application to the bank.
＊submit = 提出～。

我拜託哥哥當保證人。
I asked my brother to cosign the loan.
＊cosign [ˌkoˋsaɪn] = 連署。

希望我的貸款會通過。
I hope my loan gets approved.
＊approve = 批准。

A銀行拒絕貸款給我。
I got a rejection notice from A Bank.
＊rejection = 拒絕。 notice = 通知。

我的貸款通過了！太好了！
My loan has gotten approved! Great!

貸款的壓力好大。
The loan is a lot of pressure.

只要想到這件事就令我全身發抖。
It makes me shiver just to think about it.
＊shiver = 顫抖。

從現在開始我要賺更多的錢。
I have to make more money from now on.

如果我不能付清貸款，我會把房子賣掉。
If I can't pay back the loan, I'll just sell the place.

我應該先把全部的獎金先拿來付部分房貸。
I should put my entire bonus towards paying some of my mortgage in advance.
＊mortgage [ˋmɔrgɪdʒ] = 房屋貸款。

購屋契約

最後我告訴A公司我選擇和他們簽約。
In the end, I told A Company that I was going to go with them.
＊go with ～ = 同意～、決定～。

我在合約上用印。
I put my official seal on the contract.
＊seal = 印章。

我給房仲業者十萬元的訂金。
I gave the real estate agent a 100,000-dollar deposit.

我們把寫好的購買申請書寄給房仲業者。	**We sent a written intent-to-buy to the real estate agent.** ＊intent-to-buy = 有意購買、購買申請書。
我需要準備居住文件以及印鑑證明。	**I need to prepare a proof-of-residence document and a seal certificate.** ＊proof-of-residence = 住民票。certificate = 證明書。
我總算買了自己的房子。	**I finally got a house of my own.**

蓋房子

找地

首先我必須找到土地。	**I should find land first.**
我最少需要五十坪。	**I need at least 50 tsubos.**
每坪五十萬元太貴了。	**500,000 dollars per tsubo is expensive.** ＊per ～ = 每一～。
這個地方以一坪二十二萬元來說，感覺還不錯。	**At 220,000 dollars a tsubo, this place looks all right.**
我買了七十坪的地。	**I bought a plot of 70 tsubos.** ＊plot = 小塊土地。
我不知道要選擇空間大的，或是位置佳的。	**I don't know if I should go for size or location.** ＊go for ～ = 支持～、贊成～。
我去看了兩塊地。	**I checked out two plots of land.**
我很高興，因為這裡是岩層，所以地基很穩固。	**I'm glad the ground here is really stable since it's bedrock.** ＊stable = 穩定的、平穩的。bedrock = 岩層。
我鬆一口氣了，因為它不在活動斷層上。	**I'm relieved it's not on an active fault.** ＊active fault = 活動斷層。
我喜歡斜坡，不過我還是會擔心地震。	**It's nice that it's on a slope, but I'm worried about earthquakes.** ＊slope = 斜坡。
或許我該做個土地調查。	**Maybe I should have the land inspected.** ＊inspect = 檢查～。
因為是商業區，所以不太適合居住。	**Since it's a commercial area, it might not be a good place to live.**

我找到一塊位在角落，條件很好的土地。

I found a corner lot with the right terms. *lot = 土地。terms = 條件。

我可以在這裡蓋一棟L形的房子。

Here, I can build an L-shaped house.

建案

今天我和建商開會。

I had a meeting with the builders today. *builder = 建商。

建蔽率是50%。

The building-to-land ratio is 50%. *building-to-land ratio = 建蔽率。

因為沒有建蔽率的限制，所以我可以自由使用。

Since there's no limit on the building-to-land ratio, it looks like I'll be able to use it however I like.

日式房屋比較理想。

A Japanese-style house would be ideal. *ideal [aɪˋdiəl] = 理想的。

或許我該讓自己享受一下，蓋棟平房。

Maybe I should indulge and build a one-story house. *indulge [ɪnˋdʌldʒ] = 讓自己享受一下。story = 樓層。

我想蓋三層樓的房子，不過這樣會增加總面積。

I want to make it three stories, but that would increase the total area. *increase = 增加。

200%的容積率應該沒關係吧。

The 200% floor-area ratio should be fine. *floor-area ratio = 容積率。

我對加拿大式的房子設計很感興趣。

I'm also interested in the Canadian house design.

我考慮用防火的鋼筋混凝土。

I'm thinking about reinforced concrete because it's fire resistant. *reinforced concrete = 鋼筋混凝土。fire resistant = 防火的。

如果是木造的會很暖很不錯。

It would be nice and warm if it was made out of wood. *made（out）of～ = 用～做的。

如果屋頂有露台，肯定會很棒。

It would be great to have a rooftop terrace.

我絕對要鋪地板暖氣。

I'm definitely getting floor heating.

或許我該把書房設在二樓。
Maybe I should put the study on the second floor.
＊study = 書房，也可以寫 office。

如果我弄了座閣樓，想必孫子們一定會很開心。
I think my grandchildren would be happy if I had an attic made.
＊attic = 閣樓。

我決定用檜木浴缸。
I've decided to go with a hinoki bathtub.
＊go with ～ = 同意、決定～。

我不知道有蒸汽浴室這種東西。
I didn't know there's something called a mist sauna bath.

建造工程

地基終於打好了。
The foundation is finally finished.
＊foundation = 地基、基礎。

現在我們將開始主要的工程。
Now we're about to start the main construction.

明天我們將舉行上樑儀式。
We have the ridgepole-raising ceremony tomorrow.
＊ridgepole = 房屋的樑。

慢慢開始成形了。
It's gradually starting to take shape.
＊gradually = 漸漸地。take shape = 成形。

我的新家下個月就會完工了！
My new place is finally going to be finished next month!

搬家

搬家前的準備

我已經決定要在4月29日搬家。
I've decided to move on April 29.

這是我第五次搬家。
This is my fifth move.

一直搬家讓我很窮。
Moving all the time has made me poor.

我的東西不多，所以我想我可以自己來。
I don't have many things, so I think I can do it myself.

我必須把瓦斯、水、電等服務移轉到新家去。
I have to transfer all the utilities to my new place.
＊utilities = （瓦斯、自來水、電等的）公共服務。

我必須去辦理信件的轉寄。	I need to have my mail forwarded. ＊forward = 轉寄。
我必須把搬家通知寄出去。	I need to send out a notice that I've moved.
要跟住了很久的地方道別，我真捨不得。	It's sad to say good-bye to this place where I've lived so long.
可憐的賢志必須轉到其他學校。	Poor Masashi has to transfer to another school. ＊transfer = 轉學。
要跟所有的朋友道別，我相信他一定很難過。	I'm sure he's sad that he has to say good-bye to all his friends.

搬家費用

我請A公司報價給我。	I asked A Company for an estimate. ＊estimate = 報價。
我請A公司和B公司來報價。	I had A Company and B Company come and give me their estimates.
A 公司說他們只要四萬五千元，而 B 公司說他們要六萬元。	A Company said they could do it for 45,000 dollars and B Company said 60,000 dollars.
我覺得 A 公司較值得信賴。	I feel A Company is more dependable. ＊dependable = 值得信賴的。
我選擇A公司。	I chose A Company.

打包行李

我們試著自己打包。	We're trying to do our own packing.
我們有七十箱的東西要搬。	We've got 70 boxes of stuff to move. ＊stuff = 物品。
東西太多了。	That's too much stuff.
我應該趁這個機會把一些東西處理掉。	I should take this opportunity to get rid of some of my stuff. ＊get rid of ～ = 處理～。
我打算從現在開始慢慢打包。	I'm going to do the packing little by little starting now. ＊little by little = 漸漸地。

我打算請搬家公司包辦所有的事。
I'm going to have the movers take care of everything. ＊mover＝搬家公司。

打包不是件容易的事。
Packing isn't so easy.

我希望老公可以在打包上多幫我一點。
I wish my husband would help more with the packing.

搬家當天

搬家公司約九點就到了。
The movers came at around 9:00.

我們下午就搬完了。
We finished moving in the early evening.

不愧是搬家公司！他們真的很有效率。
The movers were great! They were really efficient. ＊efficient＝能勝任的。

我們必須爬樓梯才能到我的新家，所以對他們來說很辛苦。
We had to climb the stairs to my new place, so it was hard for them.
＊climb [klaɪm] 。

我幫忙拿東西。
I helped carry things.

物品歸位

我的新家到處都是硬紙箱。
My new place is full of cardboard boxes. ＊cardboard box＝紙箱。

拆箱整理真是件苦差事。
Unpacking is a pain.
＊unpacking＝拆箱。a pain＝痛苦。

我把所有書都放到書架上。
I put all the books in the bookshelf.

我把所有盤子都放進櫥櫃。
I put away all the dishes in the cupboard. ＊put away ～＝整理～。

我把洗衣機放置妥當。
I set up the washing machine.

我把衣服放進衣櫃。
I put the clothes in the closet.

我不記得哪個箱子放了什麼東西。
I don't remember what I put in each box.

我要花一輩子才有辦法把房間整理好，真是討厭！
It's taking forever to organize my room. What a pain!

居住相關的

英文日記，試著寫寫看！

092 試著用英文書寫跟居住有關的各種事情吧！

找房子吧

I have too many things and my apartment is too small for them. I need a bigger place. OK, I'll go see a real estate agent tomorrow.

翻譯

我有太多東西，房子又太小，容納不下它們。我需要一間大一點的房子。好吧，我明天就去找房仲業者。

POINT 「東西太多」也可以寫成 have too much stuff。 thing 是可數名詞，而 stuff 是不可數名詞。「房子」若是公寓大樓，可用 apartment 表示，用 place（住處）亦可。「狹小」可用 small 表示，至於 narrow 指的是「（道路等細長物）狹窄的」之意。

浴室改建

We remodeled our bathroom. A bigger bathtub with a Jacuzzi, a tiled floor and walls... It looks totally different. We love it!

翻譯

我們改建了浴室。我們換了一個更大的按摩浴缸、地板和牆壁貼上磁磚…看起來完全不一樣。我們好愛！

POINT 「改建～」可用 remodel 來表示；而 reform 這個字有「革新～、使悔改～」之意，請讀者留意。考慮到「氣氛突然改變」有「（相較於從前）看起來全然不同」之意，因此可以用 It looks totally different 來簡單表示。

決定買房子

We've decided to buy a house! We want a new house if we can afford one. If not, a used one is OK. We're really excited to own a house in the near future!

翻譯

我們決定買房子了！我們想要一間負擔得起的新家。但如果負擔不起，中古屋也可以。對於不久的將來就能擁有自己的家，我們真的很興奮。

POINT 「我的家」可以用 a house 或 a home，但若要明確表達，則可以用 a house of one's own（某人的家）。can afford ～ 是指「有～（金錢或時間上）餘裕」；若 afford 之後接 to ～（動詞原形），則有「有做～的餘裕」之意。

重新佈置房間

I rearranged my room for a change. I wiped the windows and furniture, too. It feels really refreshing! Maybe I should change the curtains as well.

翻譯

為求變化，我重新佈置了我的房間。我把窗戶和家具都擦過了，感覺煥然一新。或許我該順便把窗簾換一下。

POINT 「改變房間的樣子」可以說成 rearrange my room 或 redecorate my room。「轉換心情」的英文是 for a change，而「煥然一新的」是 refreshing。「順便」這個詞在英文表達上沒有完全相對應的字，可以用 as well（也、又）來表達。

17 飲食

吃東西

093

食物 的單字

漢堡排	hamburger steak
義大利麵	spaghetti
培根蛋麵	carbonara
辣椒義大利麵	peperoncino
披薩	pizza
西班牙燉飯	paella
馬賽魚湯	bouillabaisse
焗烤	gratin
可樂餅	croquette [kroˋkɛt]
蛋包飯	rice omelet
高麗菜捲	stuffed cabbage
炸蝦	fried shrimp
烤牛肉	roast beef
燉煮的食物	stew [stju]
咖哩飯	curry and rice
飯	rice
糙米飯	brown rice
炒飯	fried rice
年糕	rice cake
味噌湯	miso soup
納豆	natto
醃漬物	pickles
烤魚	grilled fish
蒲燒鰻魚	broiled eel
炸雞	fried chicken
馬鈴薯燉肉	stewed meat and potatoes
御好燒	Japanese pizza
火鍋	hot pot
牛丼	beef bowl
涼拌豆腐	cold tofu
煎餃	potsticker
春捲	spring roll
麻婆豆腐	mabo-dofu
回鍋肉	twice cooked pork
泰國米粉菜	pad thai
河粉	pho
泰式酸辣湯	tom yam kung
拉麵	ramen noodles
炒麵	fried noodles
麵包	bread
一條麵包	a loaf of bread
吐司	toast
酥皮點心	pastry
法式長棍麵包	baguette
可頌麵包	croissant
三明治	sandwich
貝果	bagel
豆沙麵包	bread with bean paste
咖哩麵包	bread with curry

食慾（請參照 p.232「胃口佳・沒食慾」）

（請參照 p.232「胃口佳・沒食慾」）

肚子很飽・肚子餓

我餓扁了。	**I was starving.** ＊亦可說成 starved。
我快餓死了。	**I was starved to death.**
我不太餓。	**I wasn't too hungry.**
我吃飽了。	**I was full.** ＊若是「我現在肚子很飽」則可換成 I'm full。
我的肚子好像快要撐破了。	**My stomach felt like it was about to burst.** ＊burst = 破裂。
我好飽。	**I was stuffed.** ＊stuffed = 滿滿的、滿肚子的。
吃飯八分飽最剛好。	**Eating moderately is the best.** ＊moderately = 適度地。
甜點真的是另一個胃。	**It's really true that you always have room for dessert.** ＊room = 多餘的空間。

吃過了

我吃太多了。	**I ate too much.**
我吃太多不能動了。	**I ate too much and couldn't move.**
我只吃一點點。	**I only ate a little.**
我吃飽了。	**I ate my fill.** ＊eat one's fill = 吃飽。
我一口也吃不下了。	**I wasn't able to have another bite.** ＊bite = 一口。

營養均衡

我很偏食。	**My diet is out of balance.** ＊diet = 飲食、飲食習慣。
我必須注意飲食均衡。	**I need to be careful to have a balanced diet.**
我的午餐營養均衡。	**I had a well-balanced lunch.**

今天的晚餐是營養均衡的一餐。 Tonight's dinner is a perfectly balanced meal.

我青菜吃得不夠多。 I'm not getting enough veggies.
＊veggies = vegetables（青菜）。

我要吃肉，不能只吃青菜。 I need to eat meat, not just vegetables.

我有輕微貧血，最好吃菠菜。 I have slight anemia, so I'd better eat spinach.
＊slight = 輕微的。anemia [əˋnimɪə] = 貧血。

我缺乏維生素。 I don't get enough vitamins.
＊vitamin [ˋvaɪtəmɪn] 。

我可能吃下太多卡路里了。 I might have eaten too many calories.

食物的好惡·過敏

我喜歡吃泰國菜。 I love Thai food.

我老公喜歡拉麵勝過其他食物。 My husband loves ramen noodles more than anything.

孩子們不喜歡吃蕃茄。 The kids don't like tomatoes.

只有芹菜我不吃。 Celery is one thing I can't eat.

它裡面有摻豬肉，所以我不能吃。 It had pork in it, so I couldn't eat it.

我對食物的好惡常常在變。 My likes and dislikes about food are changing.
＊likes and dislikes = 好惡。

最近我覺得肉類在我的胃裡難以消化。 Meat feels really heavy in my stomach these days.

或許是因為我年紀大了。 Maybe it's because I'm getting old.

她真的很挑食。 She's really picky about food.
＊picky =（對食物）挑剔的。

我很高興孩子們不太挑食。 I'm glad my kids aren't too picky.

美穗對乳製品過敏。 Miho is allergic to dairy products.
＊allergic [əˋlɝdʒɪk] to ～ = 對～過敏。

我吃蕎麥麵會長疹子。 I get a rash when I eat soba.
＊rash = 疹子。

外食

向餐廳預約

我預約了星期六晚上 7 點兩個人的位子。	I booked a table for two at 7:00 on Saturday evening. ＊book = 預約～。
這禮拜六已經客滿了，所以我預約了下禮拜六。	This Saturday was full, so I made a reservation for next Saturday. ＊full = 客滿的。
他們三個月之內的訂位都滿了。真意外！	They're booked for the next three months. What a surprise!
我訂了一個靠窗的位子。	I reserved a table by the window. ＊reserve = 預約～。
我訂了一個包廂。	I reserved a private room.
我們訂了四千元的套餐。	We ordered 4,000-dollar full-course meals.

外食

我週末或許會在外面吃飯。	Maybe I'll eat out on the weekend. ＊eat out = 外食。
這是我這麼久以來第一次在外面吃飯。	It was the first time I had eaten out in a long time.
我去雜誌上看到的那家餐廳吃飯。	I went to one of the restaurants I saw in a magazine.
我和半田先生一起去義大利餐廳。	I went to an Italian restaurant with Mr. Yoneda.
佳樹帶我去高級餐廳。	Yoshiki took me to an upscale restaurant. ＊upscale = 高級的。
我去偶爾會經過的拉麵店用餐。	I ate at a ramen shop I passed by. ＊pass by = 經過。
我最近經常在外面吃飯，實在不太好。	I've been eating out too often lately, and that's not good.
自從我經常在外面吃飯後就變胖了。	I've gained weight from eating out so much. ＊gain weight = 變胖。

在餐廳

這家餐廳的氣氛很好。	The restaurant had a nice atmosphere. *atmosphere [`ætməs,fɪr] = 氣氛。
不愧是米其林兩顆星的餐廳。	It is indeed a two-Michelin-star restaurant. *indeed = 真的、確實。
這是一家休閒餐廳。	It was a casual restaurant.
我們不用等就有座位。	We got a table without waiting.
我們排了三十分鐘。	We had to stand in line for 30 minutes. *stand in line = 排隊。
這家很擠，所以我們換別家餐廳。	It was crowded, so we went to another restaurant.
這家餐廳被電視報導過，變得很受歡迎。	It was featured on a TV show and became really popular. *feature = 有～特色。
我們要求了坐在非吸煙區的位子。	We asked for a non-smoking table.
我們坐在露台。	We sat on the terrace.
我們訂了有榻榻米的包廂。	We had a private room with a tatami.
我們請服務生來推薦餐點。	We asked the waiter what they recommended. *若是女性店員，則可將 waiter 改為 waitress。
我和他點一樣的。	I ordered the same thing he ordered.
我把剩下的食物打包回家。	I took home the leftovers. *leftovers = 剩飯。

結帳

一共是一萬兩千元。	The bill was 12,000 dollars. *bill = 帳單。
包含了小費。	It included a tip. *tip = 小費。
那樣的食物只要這種價錢，真的很划算。	That price for that food is a pretty good deal. *good deal = 特價品。
這是很划算的套餐。	It was a great combo meal.

東西很貴，份量卻很少。
It was expensive, but the portions were small.
＊portion =（食物的）一份。

東西很貴，味道卻很普通。
It was expensive, but the taste was average.
＊average = 平均的。

帳單弄錯了。好險！
The bill was wrong. That was close!
＊close [kloz] = 靠近的。

優惠券

我用優惠券，所以打九折。
I got 10% off with a coupon.

我用優惠券，所以第一杯免費。
I had a coupon, so the first drink was free.

我用優惠券買漢堡只要一百元。
I bought a hamburger for 100 dollars with a coupon.

我拿到下回消費可以折抵兩千元的優惠券。
I got a coupon for 2,000 dollars off the next time I go there.

我忘記帶優惠券了。
I forgot to bring the coupon.

我收集了好幾個章，所以得到一杯免費飲料。
I saved up some stamps, so I got a free drink.
＊save up ～ = 貯存。

西餐

我吃了培根蛋麵。
I had spaghetti carbonara.

我們選了開胃菜、湯以及主餐。
We chose an appetizer, a soup and a main dish.
＊appetizer = 開胃菜。

我依照菜單點菜。
I ordered à la carte.
＊à la carte = 依據菜單點菜。

我點了一份沙拉和一碗南瓜濃湯。
I ordered a salad and pumpkin soup.

我們合吃一碗馬賽魚湯。
We shared a bouillabaisse.

吃完正餐後，我點了一份甜點。
After the meal, I ordered a dessert.

我們點了兩杯咖啡。
We ordered two coffees.
＊two coffees = two cups of coffee。

日式料理

我點了本日推薦套餐。 I ordered the recommended combo meal of the day.

我點了秋刀魚定食。 I had a saury combo meal.

＊saury [`sɔrɪ] = 秋刀魚。

我點了大碗飯。 I had a large serving of rice.

＊serving = 一人份。若要表達「小份的」則是 small serving。

我點了油豆腐烏龍麵。 I had a kitsune udon.

炸的脆脆的天婦羅最好吃。 The crispy tempura was the best.

＊crispy = 脆的。

鮪魚肉在我嘴裡溶化。 The fatty tuna melted in my mouth!

＊fatty = 富含脂肪的。melt = 溶化。

日式料理真的很健康。 Japanese food is really healthy.

御好燒在鐵板上滋滋作響。 The okonomiyaki was sizzling on the iron plate.

＊sizzle = （油煎食物時）滋滋作響。

吃飽後，我喝了日本茶。 After eating, I had Japanese tea.

中華料理．異國風味

煎餃的外皮脆脆的，很好吃。 The skins for the potstickers were nice and crispy.

麻婆豆腐不辣就不是麻婆豆腐了。 If mabo-dofu isn't spicy, it isn't mabo-dofu!

我不喜歡吃香菜。 I really don't like coriander.

＊coriander = 芫荽。

泰式酸辣海鮮湯我怎麼樣都吃不膩。 I never get tired of tom yam kung.

＊get tired of ～ = 厭煩～。

我吃了期間限定的印度咖哩。 I had the limited-time-only Indian curry.

咖哩和印度烤餅都很好吃。 Both the curry and the naan were good.

那真的很辣。 It was really spicy.

它比我想像得還要辣。 It was hotter than I thought.

越南菜對身體有益，我好愛。 Vietnamese food is so healthy. I love it.

拉麵

我在小攤子吃拉麵。 I ate at a ramen stall.

麵條好吃有嚼勁。 The noodles were nice and chewy.

＊chewy =（麵等）耐嚼的、有嚼勁。

這碗湯很有味道。 The soup was really flavorful.

＊flavorful = 有風味的、充滿～味道的。

湯裡的材料很豐富。 The soup was really rich.

上面放著一顆調過味的蛋。 I got a flavored egg on top.

＊flavored = 調味過的。

我把上面全都鋪滿了。 I got all the toppings.

我點了今日午餐。 I ordered the lunch-of-the-day.

孝介吃了兒童餐。 Kosuke had the kid's plate.

家庭式餐廳

我吃了巧克力甜點杯。 I had a chocolate parfait.

我們點了兩杯自助式的飲料。 We ordered self-serve soft drinks for two.

＊self-serve = 自助式的。

我們在那裡待了很久。 We stayed there for a long time.

速食

我在儂特利吃午餐。 I had lunch at Lotteria.

我在速食店快速地吃午餐。 I had a quick lunch at a fast-food restaurant.

我外帶回家。 I took it home.

我們在店裡吃。 We ate in the restaurant.

我點了一份起司漢堡加薯條。 I ordered a cheese burger with French fries.

＊「炸薯條」的英文也常用 fries 這個字。

我點了可口可樂。	I had a Coke.
新推出的鮭魚漢堡看起來很美味。	The new salmon burger looked really delicious.
下次我會試試看。	I'll try it next time.
有時候我就是特別想吃薯條。	Sometimes, I just crave French fries. ＊crave = 渴望得到。
我知道每天吃速食對身體不好。	I know fast food every day isn't good for me.
我在得來速點漢堡和薯條。	I got a hamburger and French fries at a drive-through.

外送

我訂了披薩。	I ordered a pizza.
我訂了一個中等尺寸的拿波里披薩。	I ordered a medium-sized Napoli pizza.
我請他們把玉米穀片撒在上面。	I had corn topping.
他們在三十分鐘內送達。	They delivered it within 30 minutes.
我等了兩個小時。	I waited for two hours.
我點了一碗炸天婦羅烏龍麵和一碗親子蓋飯。	I ordered a tanuki udon and an oyako-don.
我點了三人份的中式便當。	I ordered Chinese lunches for three people.
可以在網路上訂外送，真的很方便。	You can order delivery on the Internet, so it's really convenient now.

便當

我買了便當才回家	I bought a boxed meal before going home.

我今天又是吃便利商店的便當。	**I had a convenience-store bento today again.**
他們的便當很好吃。	**Their bentos are pretty good.**
我在百貨公司的熟食店買些現成的菜。	**I got some ready-to-eat food from the department store deli.** ＊deli＝delicatessen 的簡稱。
所有現成的菜只要半價。	**All the ready-made dishes were at half price.** ＊ready-made＝現成的。
買外面的便當有可能比自己在家煮還要便宜。	**It might be cheaper to buy a bento than to cook at home.**

甜點・咖啡

甜點 的單字

水果蛋糕	shortcake
巧克力蛋糕	chocolate cake
乳酪蛋糕	cheesecake
生乳酪蛋糕	rare cheesecake
戚風蛋糕	chiffon cake / tube cake
蛋糕捲／瑞士捲	roll cake / Swiss roll
蒙布朗蛋糕	Mont Blanc
蘋果派	apple pie
塔	tart [tɑrt]
馬德蓮蛋糕	madeleine
餅乾	cookie
奶油泡芙	cream puff
果凍	jelly / Jell-o
布丁	pudding

飲料 的單字

熱的	hot
冷的	iced
咖啡	coffee
淡味咖啡	mild coffee
冰咖啡	iced coffee
濃縮咖啡	espresso
咖啡歐蕾	café au lait
咖啡拿鐵	café latte
卡布奇諾	cappuccino
紅茶	tea
鮮奶茶	tea with milk
檸檬茶	tea with lemon
烏龍茶	oolong tea
綠茶	green tea
碳酸飲料	pop / soda / soda pop
可樂	cola / Coke
薑汁汽水	ginger ale
柳橙汁	orange juice / OJ
蘋果汁	apple juice

我點了一組蛋糕。	I ordered a cake set.
本日蛋糕是巧克力蛋糕。	The cake of the day was chocolate cake.
每一種蛋糕看起來都很好吃。	All the cake looked really good.
我很難抉擇要吃哪一種蛋糕。	I had a hard time deciding what cake I wanted.
戚風蛋糕真的非常好吃。	The chiffon cake was so good.
拿鐵拉花真是可愛。	The latte cream art was really cute.
我喝了期間限定的柚子蘇打。	I had the limited-time yuzu squash.

零食・點心 098

零食・點心 的單字

點心	snacks
洋芋片	potato chips
仙貝	rice cracker
薄餅	cracker
巧克力	chocolate
餅乾	cookie
口香糖	gum
糖果	candy
牛奶糖	caramel candy
布丁	pudding
優格	yogurt [`jogɚt]
果凍	jelly / Jell-o
杏仁豆腐	almond jelly
冰淇淋	ice cream
雪酪	sherbet
奶油泡芙	cream puff
蛋糕捲／瑞士捲	roll cake / Swiss roll
閃電泡芙	éclair
日本饅頭／豆沙包	steamed bean-jam bun

我的點心是布丁。	I had pudding for a snack. ＊snack = 點心。
喔，不！我已經吃掉兩片蛋糕了！	Oh no, I had two pieces of cake for a snack!
Cozy Corner 的奶油泡芙很大，我好愛。	Cozy Corner's cream puffs are big. I love them. ＊cream puff = 奶油泡芙。
那家店的閃電泡芙最好吃。	That place has the best éclair!

車站附近新開的甜點店的蒙布朗蛋糕意外的好吃。
The Mont Blanc at the new pastry shop near the station was surprisingly good.
＊pastry = 酥皮點心。

我吃了半包洋芋片。
I ate half a bag of potato chips.

我在便利商店發現新款的巧克力。
I found a new kind of chocolate at the convenience store.

便利商店的蛋糕捲真美味。
The convenience store roll cake was delicious.
＊「蛋糕捲」也可以寫 Swiss roll。

最近便利商店賣的點心愈來愈有甜點店的水準了。
The desserts at convenience stores these days are like those made by pastry chefs.

我狂吃點心。
I binged on snacks.
＊binge [bɪndʒ] on ～ = 狂吃。

一到半夜我就忍不住想吃點心。
I couldn't help eating snacks in the middle of the night.
＊can't help ～ing = 忍不住～。

做料理

料理方式 的單字

為～服務	serve ～
烹調～	cook ～ / fix ～
切～	cut ～
將～切成丁	dice ～
剁碎	chop ～
把～切絲	shred ～
把～切成長條形	cut ～ into rectangles
削～的皮	peel ～
磨碎	grate ～
煮～	boil ～
燉～	simmer ～
煎、炒～	fry ～
炸～	deep-fry ～
蒸～	steam ～
（直接）烘烤～	broil ～
（在網架上）烤～	grill ～
烤～（麵包等）	bake ～
把～和…混合	mix ～ and ...
攪拌～	whip ～
使變涼	cool ～
冷凍	freeze ～
解凍	thaw [θɔ] ～
用…把～包起來	wrap ～ in ...
微波～	microwave ～

自己做飯

我經常要自己開伙。	**I need to cook for myself a little more often.**
這禮拜我每天晚上自己開伙。	**I cooked for myself every night this week.**
回到家後，我趕快煮晚餐。	**After getting home, I hurried and cooked dinner.**
自從我開始在家吃飯後瘦了兩公斤。	**I lost 2kg after I started to eat at home.**
我蛋煎得剛剛好。	**I fried the egg just right.**
我的家人都很喜歡。	**My family really liked it.**
我煮太多馬鈴薯燉肉了。	**I made too much stewed meat and potatoes.**
我的焗烤做的沒那麼好。	**My gratin wasn't that good.**
我想一定是哪裡弄錯了。	**I guess I made a mistake somewhere.**
我想念媽媽煮的菜。	**I miss my mom's cooking.**
玲子是一個很棒的廚師。	**Reiko is a great cook.**
不管我煮什麼他幾乎都吃。	**He eats just about anything I cook for him.** ＊just about =（強調）幾乎。
和老公一起做菜真的很好玩。	**It's really fun to cook with my husband.**

食譜・配方

我買了傑米・奧利佛的食譜書。	**I bought a recipe book by Jamie Oliver.**
我在網路上找食譜。	**I looked for a recipe on the Internet.**
做法很簡單，味道嚐起來卻像大廚做的。	**It was simple and easy, but it tasted like a pro made it.** ＊pro = professional。

我的拿手菜愈來愈多了。	The number of dishes I can cook well has increased.

做點心

我烤了一些餅乾。	I baked some cookies.
我試著做生乳酪蛋糕。	I tried making rare cheesecake.
料理方式很簡單一只要攪拌和烤一烤。	It was an easy recipe — just stir and bake. ＊stir [stɝ] = 攪拌。
我為里美烤了一個生日蛋糕。	I baked a birthday cake for Satomi.
手工小點心最好吃。	Homemade snacks are the best.
那種樸實的味道很好吃。	It had a nice and simple flavor.
他說味道吃起來跟甜點店的一樣。	He said it tasted like something you would get at a pastry shop. ＊pastry shop = 糕餅店。
有點烤焦了。	It was a little overcooked. ＊overcooked = 烤得過熟、烤焦。
它變硬了。	It got hard.
沒有烤熟。	It was half-baked.
它已經乾掉了。	It was all dried out.
這個海綿蛋糕沒有膨脹到該有的程度，為什麼？	The sponge cake didn't rise like it's supposed to. How come? ＊rise = 膨脹。

做麵包

我來挑戰做麵包。	I tried my hand at making bread. ＊try one's hand at ～ = 挑戰～。
我烤了些蛋糕捲。	I baked some rolls.
我用天然酵母烤麵包。	I baked bread using natural yeast. ＊yeast [jist] = 酵母。
剛出爐熱騰騰的麵包真好吃。	Hot and fresh home-baked bread tastes so good!
它沒有發酵到很蓬鬆。	It didn't rise very much.

也許第一次發酵不夠。	Maybe the first fermentation wasn't enough. ＊fermentation = 發酵。
做麵包並不簡單。	It's not easy to make bread.
我用製麵包機來烤麵包。	I baked bread using a bread-baking machine. ＊「製麵包機」的說法有 bread maker 或 bread machine。
要做出好吃的麵包只要把所有的材料放進去，再按下開始鍵就可以了。	All I need to do to make good bread is put in the ingredients and press the start button. ＊ingredient = 材料。

酒

酒 的單字

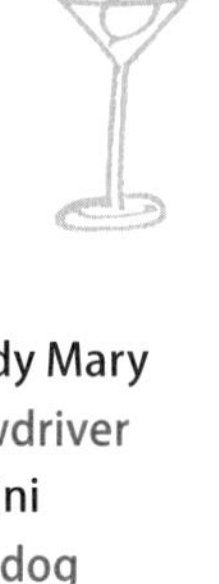

啤酒	beer
手工釀造的啤酒	craft beer
日本清酒	sake / rice wine
吟釀酒	ginjo-shu
純米酒	junmai-shu
紅酒	red wine
白酒	white wine
汽泡酒	sparkling wine
波爾多紅酒	Bordeaux wine
夏多內白酒	chardonnay
香檳	champagne
燒酒	shochu / distilled spirit
伏特加	vodka [`vɑdkə]
萊姆酒	rum
梨花酒	makkoli
雞尾酒	cocktail
高球（烈酒加碳酸飲料和冰塊）	highball
威士忌加水	whiskey and water
加冰塊	on the rocks
莫斯科騾子	Moscow mule
血腥瑪麗	bloody Mary
螺絲起子	screwdriver
馬丁尼	martini
鹹狗	salty dog
瑪格莉特	margarita
琴湯尼	gin and tonic
黑醋栗蘇打	cassis soda
金巴利蘇打	Campari soda
藍色夏威夷	blue Hawaii
鳳梨椰汁甜酒	pina colada
薄荷調酒	mojito
龍舌蘭酒	tequila
龍舌蘭日出	tequila sunrise
戴克瑞酒	daiquiri
百加得	Bacardi
琴蕾	gimlet
不含酒精的	non-alcoholic

去喝酒

下班後我和田中去喝一杯。 I went for a drink with Tanaka after work.
*go for a drink = 去喝酒。

我最近都沒去喝了。 I haven't been out for a drink lately.

我喝了點酒，所以請朋友代為開車。 I had some drinks, so I asked for a designated driver.
*designated [`dɛzɪg,netɪd] driver = 指定司機。

喝醉酒

我今天很快就醉了。 I got drunk pretty quickly today.

或許是因為我空腹喝酒的關係。 Maybe it was because I drank on an empty stomach.

她的酒量很好。 She can really hold her alcohol.
*hold one's alcohol = （某人）酒量很好。

我的酒量很差。 I can't handle much alcohol.
*handle = 處理。

今晚我喝醉了。 I got drunk tonight.

我醉了，而且很不舒服。 I got drunk and felt awful.
*awful [`ɔfʊl] = 可怕的。

我敢説我明天一定會宿醉。 I bet I'll have a hangover tomorrow.
*I bet ～ = 我敢說。hangover = 宿醉。

他是個酒品很差的人。 He's a nasty drunk.
*nasty drunk = 酒品很差的人。

我先生渾身酒臭。 My husband reeked of alcohol!
*reek of ～ = 散發臭氣。

我先生爛醉如泥地回家。 My husband came home dead drunk.
*dead drunk = 爛醉如泥。

我最近喝太多了。 I've been drinking too much lately.

我打算一個星期不喝超過兩次。 I'm not going to drink more than twice a week.

啤酒·汽泡酒

我們從啤酒開始點起。 We ordered beers to start off with.
*start off with ～ = 從～先開始。

毛豆和啤酒很搭！ Edamame goes great with beer.
*go great with ～ = 和～很搭。

生啤酒是最讚的！	Draft beer is the best of all!
我喝了手工釀造的啤酒。	I had a craft beer.
我在家喝罐裝啤酒。	I had canned beer at home.
我最近只喝低麥啤酒。	I've been drinking only low-malt beer lately.
我點了不含酒精的啤酒。	I ordered a nab. ＊nab 是 non-alcoholic beer 的簡稱。
最近的無酒精啤酒很好喝。	Recent nabs taste pretty good.

葡萄酒

我喝了紅酒。	I had red wine.
我請他們推薦葡萄酒。	I asked them to recommend a wine.
我喝了兩杯紅酒。	I had two glasses of red wine.
我喝了白酒。	I had white wine.
吃飯前我喝了一些汽泡酒。	I had some sparkling wine before eating.
我喝了智利產的酒。	I had Chilean wine. ＊Chilean = 智利的。
我嚐過各種不同的葡萄酒，我還是最喜歡波爾多紅酒。	I've tried various wines, and I definitely like Bordeaux the best. ＊definitely = 肯定是。
它有水果香味，很好喝。	It was nice and fruity.
它有點太甜。	It was a little too sweet.
很清爽的味道。	It had a refreshing taste.
我們喝了兩瓶。	We drank two bottles.
薄酒萊新酒明天開賣。	Beaujolais Nouveau goes on sale tomorrow! ＊go on sale = 販售。

日本酒

我了一杯日本清酒。
I had one cup of sake.
＊若是使用玻璃杯，則為 one glass of sake。

我試喝新潟的酒，名字叫作「越後武士」。
I tried a local sake from Niigata called Echigosamurai.

日本清酒喝起來好辣。
The sake was really strong.

日本清酒喝起來有種淡淡的甜味，很容易入口。
The sake had a mild sweet flavor and it was easy to drink.

日本清酒喝完後有一種清爽的餘韻。
The sake left a clean aftertaste.
＊clean = 純粹的、乾淨的。

其他種類的酒

我喝了燒酒加熱開水。
I had shochu with hot water.

我喝了梅酒蘇打。
I had plum wine with soda.

我喝加了冰塊的威士忌。
I had whiskey on the rocks.

居酒屋・酒吧

大家一起去居酒屋。
We all went to an izakaya.

我們去一家日式懷舊風格的酒吧。
We went to a bar that looked like an old Japanese-style house.

這是我第一次在飯店的酒吧喝酒。
It was my first time to drink at a hotel bar.

他們提供很多獨創性的雞尾酒。
They had a lot of original cocktails.

這家酒吧可以看到很漂亮的夜景。
The bar had a beautiful night view.

酒保的技藝真是令人讚嘆。
The bartender's tricks were amazing.
＊trick = 技藝。

所有的飲料半價。
All drinks were half price.

我點了幾樣點心。
I ordered a couple of snacks.

我們點了喝到飽的套餐，一共是一千五百元。
We got the all-you-can-drink course for 1,500 dollars.
＊all-you-can-drink = 喝到飽。

飲食相關的 英文日記，試著寫寫看！

101 ♪ 試著用英文書寫跟吃吃喝喝有關的各種事情吧！

再這樣下去會變胖

I've been eating too many snacks lately. I'd better stop it, or I'm going to get fat for sure...

翻譯

我最近吃太多點心了。我想我最好停下來，不然我一定會變胖。

POINT 「吃點心」的英文是 eat snacks，或者 eat snack foods。此處的事情因為持續性在進行，因此用 I've been eating 的現在完成進行式來表示。第二行的 or 有「不這麼做的話就⋯」之意。「一定」可以寫成 for sure。

剛烤好的麵包最棒了

I got a bread-making machine today and tried baking bread right away. It tasted so good! I'll bake bread for breakfast from now on.

翻譯

今天我拿到一台麵包機，馬上就試著烤烤看。味道嚐起來很棒！我打算從今以後早餐都要烤麵包。

POINT 「麵包機」的英文是 bread-making machine。「馬上」的英文是 right away（立刻）。「從今以後」若有「以後一直都這樣做」的意涵，則可用 from now on；若只有「從現在開始」的意思時，用 now 即可。

不習慣高級餐廳

Yoshiki took me to an upscale restaurant. Everything was delicious, but I guess I feel more comfortable in casual restaurants.

翻譯

佳樹帶我去一家高級餐廳。雖然每一道菜都很好吃，不過我想我還是在休閒餐廳會比較輕鬆愉快。

POINT upscale 有「針對上流階級的、高消費的」。「非常好吃」可以用 delicious 來表示，若想要更為強調，則可以加上 really 或 so，但我們不說 very delicious，請讀者留意。I guess 之後可也以說 casual restaurants are just fine with me。

要吃夠本

We went to an all-you-can-eat restaurant. We were already full, but we went back to get some more just to get our money's worth. We're so greedy.

翻譯

我們去一家吃到飽的餐廳。明明我們都很飽了，卻為了值回票價再去拿食物。我們好貪心。

POINT 「吃到飽」的英文是 all-you-can-eat，而「（酒）喝到飽」則是用 all-you-can-drink 來表示。「值回票價」是 get one's money's worth（得到應有的價值）。「貪心」和 greedy 的意思很貼切，有「執意要吃、什麼都想要」之意。

18 看·閱讀·聽

電影

電影 的單字

外國片	foreign movie	劇情片	fiction
日本片	Japanese movie	非劇情片	nonfiction
動作片	action movie	記錄片	documentary
愛情片	love story	音樂劇	musical
懸疑片	suspense	卡通／動畫	cartoon / anime
恐怖片	horror	怪獸電影	monster movie
科幻片	science fiction	西部片	Western movie
喜劇片	comedy	配音的	dubbed
戰爭片	war movie	加上字幕	subtitled

去電影院

我在電影院看「去年夏天」。
I saw "Last Summer" at the movie theater.

我自己一個人去看電影。
I went to the movies by myself.
＊go to the movies = 看電影。

我和女朋友一起去看電影。
My girlfriend and I went to see a movie.

我在售票處買到便宜的預售票。
I bought a cheap advance ticket at a ticket shop.
＊advance ticket = 預售票 。

我事先預約了座位。
I reserved my seat in advance.
＊in advance = 事先。

今天是淑女日，所以只要一千元。我真幸運！
It was ladies' day, so it was just 1,000 dollars. Lucky me!

我坐在後面的位子。
I sat in the back.

電影院滿滿的都是人。	The movie theater was packed. ＊packed = 擁擠的、滿座。
電影院很空。	The movie theater wasn't crowded.
有些人用站的。	Some people had to stand.
在電影院看電影不能沒有爆米花和可樂。	You can't watch a movie at a theater without popcorn and a cola. ＊cola = 可樂。
那家電影院的音響很好。	That theater has great acoustics. ＊acoustics = 音響效果。
在大銀幕上看的視覺震撼更大。	Watching it on a big screen gives it more of an impact. ＊impact = 影響、衝擊。
這是我第一次看 3D 電影。	I saw a movie in 3D for the first time.
畫面飛出來衝向你讓人印象深刻。	It was really impressive the way the images jump out at you! ＊impressive = 給人深刻印象的。
眼鏡戴起來有點不舒服。	The glasses were a little uncomfortable.

觀賞 DVD

我看「黑天鵝」的 DVD。	I saw "Black Swan" on DVD.
有很多幕後花絮。	There were a lot of bonus features.
電影的影像製作很迷人。	The "making of the movie" was really fascinating. ＊"making of" 是 making of ～（～的製作）的簡稱，指的是影像製作的全部。fascinating = 令人著迷的。
我很高興能看到導演訪談。	I'm glad I was able to see the interview with the director.

租 DVD

我在加賀屋租了三片 DVD。	I rented three DVDs at Kagaya.
五部電影總共一千元。	It was 1,000 dollars for five movies.
我要等新片變便宜的時候再租。	I'll rent the new ones when they get cheaper.

我想看「愛無止盡」，但是它們缺貨。 I wanted to see "Head-On," but they didn't have it in stock.

*have ～ in stock = 有庫存。

所有的「慾望師奶」都被租光了。 All the copies of "Desperate Housewives" had already been rented.

我必須在星期六之前歸還。 I need to return them by Saturday.

喔，不！DVD 的歸還日期是今天！ Oh no! The DVD is due back today!

*be due back = 歸還日期。

DVD 過期了。可惡。 The DVD is overdue. Oh, shoot.

*overdue = 過期的。

電影觀後感

影片很好看，一點都不覺得冗長。 It was really good, so it didn't feel so long.

電影很無聊，讓人覺得片子太長了。 It was so boring that it felt really long.

*boring = 無聊的。

我在看電影的時候打瞌睡。 I nodded off during the movie.

*nod off = 打瞌睡。

茱麗亞羅勃茲的演技真棒。 Julia Roberts's performance was great.

配音員的聲音和角色很搭。 The dubbed-in voices suited the characters.

*dubbed-in voice = 配音。suit = 適合～。

配音員的聲音並不適合這些人物。 The dubbed-in voices didn't suit the characters.

我想它需要多一點延伸。 I think it needed a little more of a twist.

*twist = 意外的延伸。

影片就如同影評說的一樣好。 It was as good as the review.

*review = 評論。

這是部刺激的電影。 It was such an exciting movie.

這是部賺人熱淚的電影。 It was a tearjerker.

*tearjerker = 賺人熱淚的電影。

我喜歡小說勝過電影。 I liked the novel better than the movie.

電視

電視節目 的單字

新聞	news
戲劇	drama
益智節目	quiz show
肥皂劇	soap opera
記錄片	documentary
綜藝節目	variety show
喜劇節目	comedy show
體育節目	sports program
訪談節目	interview program
脫口秀	talk show
音樂節目	music program
語言節目	language program
教育節目	educational program
烹飪節目	cooking show
美食節目	gourmet program
電影	movie
卡通／動畫	cartoon / anime

看電視

我看了約兩小時的電視。
I watched TV for about two hours.

我打扮時看了「早安新聞」。
I watched "Good Morning News" while getting dressed.

這部戲好像很有趣，所以我就看了。
The drama looked interesting, so I watched it.

這是「陰屍路」最後一集。
It was the final episode of "The Walking Dead."

我錯過最後一集。
I missed the final episode.

我從九點開始看益智節目。
I watched a quiz show from 9:00.

我看了預錄的 NHK 記錄片。
I watched an NHK documentary I had recorded.

我錄下了「康熙來了」。
I recorded "Kangxi Coming."

今天的來賓是 S.H.E。
Today's guest was S.H.E.

我在偶爾看的電視節目上看到強尼戴普。
I saw Johnny Depp on a TV show I just happened to be watching.

＊happen to ～ = 湊巧。

我想看的節目又在重播了。 The shows I wanted to watch were on at the same time.

今天都沒有我想看的節目。 There were no shows I wanted to watch today.

不管哪個節目都只有搞笑藝人。 There's nothing but comedians on TV.
＊nothing but ～ = 只～。

我先生只會看電視。 All my husband does is watch TV.

電視觀後感

我等不及要看下一集了。 I can't wait to see what happens next!

我錯過最後一集了。太可惡了！ I missed the final episode. This sucks!
＊suck = 可惡。

這個節目是目前所有戲劇節目中收視率最高的。 This show has the highest viewer rating of all the current dramas.
＊viewer rating = 收視率。current = 現在的。

我聽說它的收視率超過 25%！ I heard it got a viewer rating of over 25%!

我認為它的劇本很好。 I think it has a good script.
＊script = 劇本。

演員們的演技真是太好了。 They're amazing actors.

這齣戲真是眾星雲集。 The drama has a star-studded cast.
＊star-studded = 明星眾多。cast = 演員陣容。

她是一個天才童星。 she is such a talented child actor.
＊talented = 有天賦的。

那個女星真的是三流演員。 She really is a bad actress.
＊ham actor = 三流演員。

這齣連續劇不如我想像的有趣。 This series isn't as good as I thought it would be.
＊series = 連續劇。

錄電視節目

我回家會看預錄的電視節目。 When I got home, I watched the TV show I had recorded.

我忙到沒時間看預錄的電視節目。 I'm so busy that I don't have time to watch the TV shows I've recorded.

我錄下的電視節目越積越多。 All the TV shows I've recorded are starting to pile up.

＊pile up = 堆積如山。

我沒有錄到，該死！ I didn't record it right. Darn it!

廣播・播客

廣播

我收聽了一個英語的廣播節目。 I listened to an English language program on the radio.

我錯過了英語會話節目。 I missed the English conversation program.

我聽 ICRT。 I listened to ICRT.

我喜歡一首從廣播聽來的歌，所以搜尋了一下。 I liked a song I heard on the radio, so I looked it up.

＊look ～ up = 查詢。

收音機裡播了一首老歌，讓我回想起了高中時代。 An oldie came on the radio and it took me back to my high school days.

＊oldie = 老歌。
take ～ back to ... = 讓～回想起⋯。

播客

我在想有沒有好的英語教學播客。 I wonder if there are any good English learning podcasts.

我收聽的播客是山木推薦的。 I listened to a podcast that Yamaki recommended.

這是 iTunes 語言學習類中最受歡迎的播客。 It was the most popular podcast in the language section on iTunes.

我搭電車時聽托福考試的播客。 I listened to a TOEFL podcast on the train.

播客的好處是可以隨時聽想聽的東西。 The good thing about podcasts is you can listen to them whenever you want.

書 的單字

虛構的故事	fiction
寫實文學	nonfiction
文庫本	pocket edition / paperback
精裝書	hardcover
平裝書	paperback
小說	novel
短篇小說	short story
歷史小說	historical novel
愛情小說	love story
推理小說	mystery
散文、隨筆	essay
商業書籍	business book
傳記	biography
繪本	picture book
英語學習書	English textbook
～的解決手冊	～ book / book about ～
～的練習題	workbook for ～
寫真集	photo collection
～的旅遊指南	guidebook for ～ / ～ guidebook
旅遊書	travel book

書

我買了 J.K. 羅琳的新書。	I bought J.K. Rowling's new book.
我開始讀「1Q84」。	I started reading "1Q84."
我在讀賈伯斯的傳記。	I'm reading Steve Jobs's biography. ＊biography = 傳記。
我希望 J.K. 羅琳的新書快點出版。	I hope J.K. Rowling's new book comes out soon.
希望有一天我能讀阿嘉莎・克莉斯蒂的原文書。	Someday, I want to be able to read Agatha Christie in the original English.
這個月我讀了六本書。	I read six books this month.

電子書

我用 iPhone 下載了一本電子書。	I downloaded an e-book on my iPhone. ＊e-book = 電子書。

電子書很方便，因為可以一次帶很多書。 E-books are convenient because you can carry a lot of books at once.

＊at once = 一次。

不知道 Kindle 是不是很容易上手？ I wonder if the Kindle is easy to use.

電子書是不錯，但我寧可讀真正的書。 E-books are okay, but I would rather read actual books.

＊would rather ～ = 寧願。

漫畫

明天會販售最新一期的《Spirits》。 The new "Spirits" goes on sale tomorrow.

＊go on sale = 販售。

我買了最新一期的《航海王》。 I bought the latest issue of "One Piece."

＊latest issue = 最新一期。

《羅馬浴場》真的很有趣。 "Thermae Romae" is really good.

我現在有看以前有名的漫畫的心情。 I'm in the mood to read old manga masterpieces.

＊in the mood to ～ = 有～的心情。

今天報紙上的四格漫畫很有趣。 Today's newspaper comic strip was funny.

＊comic strip = 四格漫畫。

閱讀及讀後感

我才剛開始看而已。 I just started reading it.

我現在看到一半。 I'm halfway through it now.

＊halfway through ～ = 一半的～。

我終於看到這本書高潮的地方。 I'm finally at the climax of the book.

我快把它看完了。 I'm almost done reading it.

＊be done ～ing = 做完～。

我沒辦法把它放下。 I couldn't put it down.

＊put ～ down = 放下。

這是今年到目前為止我看過最好的小說。 It's the best novel I've read so far this year.

＊so far = 到目前為止。

它讓我哭了。 It had me in tears.

＊have ～ in tears = 使哭泣。

它實在太難過了，於是我放棄了。 It was way too hard, so I gave up.

＊way = 一直、遙遠地。

它寫得很無聊，所以我就不看了。 It was boring, so I put it down.

我應該把它借給小友。
I should lend it to Tomo.

這個已經愈來愈不有趣了。
It has gotten less and less interesting.

雜誌

雜誌 的單字

月刊	monthly magazine
週刊	weekly magazine
時尚雜誌	fashion magazine
體育雜誌	sports magazine
商業雜誌	business magazine
娛樂雜誌	entertainment magazine
電影雜誌	movie magazine
演藝明星雜誌	show-biz magazine
文學雜誌	literary magazine
漫畫雜誌	comic magazine
科學雜誌	science magazine
釣魚雜誌	fishing magazine
高爾夫球雜誌	golf magazine

最新一期的《Hanako》做的是溫泉特集。
The latest "Hanako" is a special issue on hot springs.
＊latest = 最新的。hot spring = 溫泉。

《Pen》這個月的特集好像很有趣。
This month's "Pen" feature looks really interesting.
＊feature = 特集。

我覺得這個月的《Oggi》好像比平常厚一些。
I feel this month's "Oggi" is a little thicker than usual.
＊thick = 厚的。

這個月的特集沒什麼特別。
This month's feature didn't really impress me.
＊impress = 使有印象、讓～感動。

或許我該訂購這本雜誌。
Maybe I should subscribe to this magazine.
＊subscribe to ～ = 訂閱。

附錄的小包包好可愛。
The pouch that came with it was really cute.

女性雜誌最近都會送很多額外的贈品。
Women's magazines these days sure do come with a lot of amazing extras.
＊extra = 附帶的贈品。

書店

我去 G 書店。
I went to G Bookstore.

我去二手書店。	**I went to a used bookstore.**
在二手書店裡到處看看是一件很有趣的事。	**Walking around used bookstores is fun.**
我在書店快速瀏覽十分鐘的書。	**I thumbed through books in the bookstore for about 10 minutes.** ＊thumb [θʌm] through ～ = 迅速翻閱。
我買了兩本小說和一本雜誌。	**I bought two novels and a magazine.**
我買了兩本 550 元的平裝書。	**I bought two 550-dollar paperbacks.**
所有的外文書都半價。	**All foreign books were at half price.** ＊foreign = 外國的。
我買到一本作者的簽名書。	**I bought a book signed by the author.**
我去參加 J.K. 羅琳的簽書會。	**I went to J.K. Rowling's signing.**
能夠見到心儀的作家，我好興奮。	**I was so excited to meet the author I admire!** ＊admire = 欣賞、欽佩。
我去參加日野原重明的脫口秀。	**I went to Shigeaki Hinohara's talk show.**

圖書館

我預約了 J.K. 羅琳的新書。	**I reserved a copy of J.K. Rowling's new book.** ＊reserve = 預約～。
預約名單上有八十個人。	**There's a waiting list of 80 people.**
什麼時候才輪到我看呢？	**I wonder how long I'll have to wait to read it.**
我借了一本西班牙的旅遊書。	**I borrowed a guidebook for Spain.**
我讀了幾本最新的雜誌。	**I read a few of the latest magazines.** ＊latest = 最新的。
我借了五本書。	**I borrowed five books.**
我把之前借的書拿來還。	**I returned the book I had borrowed.**
我借的書過期了。	**My book was overdue.** ＊overdue = 過期的。

我完全忘記圖書館今天休館。	I totally forgot it was closed today.
我必須盡快把這些書還掉。	I have to return the books soon.

漫畫店

我去漫畫店。	I went to a manga café.
我總共在那裡待了四個小時。	I was there for four hours.
我得到三小時的優惠。	I got the three-hour special.
我坐在禁煙區。	I sat in the non-smoking section.
我坐在沙發上。	I sat on a sofa.
我一口氣看了十五集的《航海王》。	I read up to Volume 15 of "One Piece " in one sitting. ＊up to ～ = 達到～。in one sitting = 一口氣，亦可說成at one sitting。
霜淇淋免費。	The ice cream cones were free.
我很訝異最近的漫畫店居然有淋浴間。	I'm amazed that manga café s have showers these days.

音樂

106

音樂 的單字

古典樂	classical music	雷鬼音樂	reggae
搖滾	rock	嘻哈音樂	hip-hop
流行音樂	pop music	饒舌歌曲	rap
演歌	enka	電子音樂	techno
爵士	jazz	民謠	folk music
靈魂音樂	soul music	鄉村歌曲	country music
聖歌	gospel	節奏藍調	rhythm and blues / R&B
藍調	blues		

音樂

我聽了莎黛的 CD。	I listened to a Sade CD.

我用我的 iPod 聽音樂。	I listened to music on my iPod.
我去爵士咖啡館。	I went to a jazz café.
我買了瑪丹娜的新專輯。	I bought Madonna's new album.
我從 iTunes 下載了 Lady Gaga 的新專輯。	I downloaded Lady Gaga's new release from iTunes.
賈斯汀的最新單曲的銷售量已超過一百萬張。	Justin's new single has sold over a million copies.
這支 MV 拍的真好。	The music video was really good.
這首歌讓我淚流滿面。	This song really makes me cry.
這首歌讓我想起我的大學生活。	This song reminds me of my college days. ＊remind ～ of ... = 讓～想起⋯。
我想要完美詮釋這首歌的舞蹈。	I want to be able to dance the choreography for this song perfectly! ＊choreography = 編舞。
古典音樂適合在秋天的漫漫長夜聆聽。	Classical music is just right for long autumn nights.

演唱會・音樂會

我買不到五月天演唱會的票。	I couldn't get a ticket for the Mayday concert.
這個週末就是我期待已久 Lady Gaga 演唱會了。	This weekend is the Lady Gaga concert I've been waiting for.
我的位子視野很棒，真是超幸運的！	I got seats with a great view. I was so lucky!
我的位子在舞台前方。	I got a spot in front of the stage. ＊spot = 場所、地點。
今天的演唱會太精彩了。	Today's concert was also awesome. ＊awesome [`ɔsəm] = 了不起的、精彩的。
我們一起大合唱，真是讓人情緒激動。	We all sang together. It was really exciting.
我去聽古典音樂會。	I went to a classical concert.

這是一場很棒的表演。	**It was an amazing performance.**
最後的結尾受到熱烈的喝采。	**There was a standing ovation at the end.**
我去爵士樂酒吧。	**I went to a jazz club.**
總有一天我要去紐約的 Blue Note。	**Someday, I want to go to the Blue Note in New York.**
我去聽川井郁子的小提琴音樂會。	**I went to Ikuko Kawai's violin concert.**
小林香織的薩克斯風演出很有力量，棒極了。	**Kaori Kobayashi's sax performance was powerful and fantastic.**
我要去參加這週末的富士搖滾節。	**I'm going to the Fuji Rock Festival this weekend.**
嗆辣紅椒和電台司令的表演時間一樣。	**The Red Hot Chili Peppers and Radiohead are playing at the same time!**
我該參加哪一場？	**Which should I see?**
沒有什麼比在戶外邊聽音樂邊喝啤酒更棒的了。	**Nothing beats listening to music while drinking beer outdoors.** ＊beat = 打敗～。

美術館・博物館

去美術館・博物館

我在台北市立美術館看米勒的畫展。	**I saw Millet's paintings at the Taipei Fine Arts Museum.** ＊painting = 繪畫。
名古屋波士頓美術館有雷諾瓦的展。	**There's a Renoir exhibit at the Nagoya/Boston Museum of Fine Arts.** ＊exhibit = 展覽會、展示。
我去看葛世北齋的浮世繪。	**I saw Hokusai Katsushika's ukiyoes.**
我帶孩子去科學博物館看恐龍展。	**I took my kids to the dinosaur exhibit at the science museum.** ＊dinosaur = 恐龍。

我去看尾崎先生的攝影展。 **I went to see Mr. Ozaki's photo exhibit.**

門票是一千五百元。 **The admission was 1,500 dollars.**
＊admission = 入場費。

我必須等一小時才能進場。 **I had to wait for an hour to get in.**

我買了一本作品集。 **I bought an art book.**

允許拍照。 **We were allowed to take pictures.**
＊allow ～ to... = 允許～做…。

只要不使用閃光燈，拍照是被允許的。 **We were allowed to take pictures as long as we didn't use a flash.**
＊as long as ～ = 只要～。

美術館·博物館觀後感

真的很棒。 **It was really good.**

沒有什麼比得上真跡。 **There's nothing like the real thing.**
＊there's nothing like ～ = 沒有什麼能像～一樣好。

真是令人讚賞不已。 **It was breathtaking.**
＊breathtaking = 令人讚嘆的。

我真的不知道它好在哪裡。 **I didn't really understand what was so good about it.**

當代藝術讓人很難理解。 **Contemporary art is hard to appreciate.**
＊contemporary = 同時的。appreciate = 鑒賞、賞識。

那幅繡球花的畫讓我留下最深的印象。 **A painting of hydrangeas left the biggest impression on me.**
＊hydrangea = 繡球花。impression = 印象。

我去看歌川國芳的展覽。 **I went to see the Kuniyoshi Utagawa exhibition.**

我從沒想過浮世繪藝術會這麼迷人。 **I never thought ukiyoe art was this fascinating.**
＊this = 如此的。

我在想為什麼他們會用這麼深的顏色呢。 **I wonder how they get such deep hues.**
＊hue [hju] = 顏色、色調。

那些照片真的傳達出戰爭的悲劇。 **Those photos really conveyed the tragedy of war.**
＊convey = 傳達～。tragedy = 悲劇。

這些雕刻看起來像真的。	The sculptures looked real. ＊sculpture = 雕刻。

舞台劇・笑料

戲劇

我去看三谷幸喜最新的舞台劇。	I went to see Koki Mitani's new play. ＊went to see 也可以寫 saw。
我去看四季劇團的「獅子王」。	I went and saw the Shiki Theater Company's "Lion King."
主要演員們的演唱實在很迷人。	The main actor's singing was fascinating. ＊fascinating = 迷人的。
他的歌聲很好聽。	He had a great voice.
女主角的表演實在太精湛了。	The female lead's performance was really impressive. ＊lead = 主角。impressive = 精湛。
總有一天我要去看寶塚歌劇團。	Someday, I want to see the Takarazuka Theater Company.
這個劇團現在十分引人注意。	This theater company is currently in the limelight. ＊in the limelight = 受到注目。
我很想看到他們下次的演出。	I would love to see their next performance. ＊would love to ～ = 很想要～。

芭蕾舞

我去看波修瓦芭蕾舞團的公演。	I went to see a public performance of the Bolshoi Ballet.
他們演出的是「天鵝湖」。	They performed "Swan Lake."
她的舞蹈真的很優雅。	Her dancing was really elegant. ＊elegant = 雅緻的、優雅的。
我陶醉在他們優雅的舞蹈裡。	I was enchanted by their graceful dancing. ＊enchanted = 著了魔的。graceful = 優雅的。
後半段的團體舞蹈是整場演出最精彩的部分。	The group dance in the second half was the highlight of the performance. ＊highlight = 精彩部分。

他們看起來跳的很快。 **They seemed really fast.**

托舉的動作好美。 **The high lifts were really beautiful.**
＊lift =（芭蕾舞的）托舉。

單口相聲

我去淺草看歌舞雜耍表演。 **I saw a vaudeville show in Asakusa.**
＊vaudeville [ˋvodə,vɪl] = 歌舞雜耍表演。

我去看春風亭小朝的單口相聲。 **I went to see a rakugo performance by Shunputei Koasa.**

今天講的故事是「芝濱」。 **Today's story was "Shibahama."**

是一個很感人的故事。 **It was a heartwarming story.**

我大笑出來。 **I laughed so hard.**

他巧妙地一人分飾好多角色。 **He played a lot of characters skillfully.**
＊skillfully = 巧妙地、技術好地。

立川志輔新推出的單口相聲表演真的很有趣。 **Shinosuke Tatekawa's new rakugo performance was really funny.**

笑料

我在難波大花月劇場看吉本新喜劇。 **I went to see the Yoshimoto New Comedy Troupe at Namba Grand Kagetsu.**
＊troupe [trup] = 一班、（演員等的）一團。

我去看黑色美乃滋的喜劇表演。 **I went to see the Black Mayonnaise comedy show.**

我看中川家的相聲。 **I saw Nakagawake's manzai.**

我笑到肚子痛。 **I laughed so hard that my stomach hurt.**

老實說，他們的演出有點無聊。 **Honestly, they were kind of lame.**
＊lame = 無趣的、沒有說服力的。

他們演出新的笑料。 **They performed some new jokes.**

這個梗我之前就看過了。 **I've seen it before.**

看·閱讀·聽相關的

英文日記，試著寫寫看！

109 試著用英文書寫跟電視、書本、音樂有關的各種事情吧！

人氣新書

I went to the library to borrow J.K. Rowling's latest book. I was surprised that there was a waiting list of 47 people! I've decided to buy one instead.

翻譯

我去圖書館借J.K.羅琳最新出版的書。令我訝異的是居然有47個人在等這本書。我決定還是去買書。

POINT 若是免費出借，可用borrow，若付錢租借，則使用 rent。「預約等待的人居然有47位」配合 I was surprised 的時態要用 there was ～。instead 有「代替」的意味。

兒子寫的作文

I read a composition Hisashi wrote in class for Mother's Day. He wrote that he was thankful for me and loved me. It brought tears to my eyes.

翻譯

我讀到一篇久志在課堂上為了母親節而寫的作文。他寫說他很感謝我，而且很愛我。這讓我的眼淚奪眶而出。

POINT 「在學校的功課」可以寫作 in class。第二行的 He wrote ～ 因為句子是過去式，所以 he was thankful 及（he） loved me，時態皆需使用過去式。「因為～之故，眼淚奪眶而出」的英文是 ～ bring tears to my eyes。

最近的電影院

Aki asked me out to the movies, so we went. I didn't know that theaters nowadays have wide, comfortable reclining seats and great acoustics.

翻譯

小秋約我去看電影，所以我們就一起去了。我不知道最近的電影院有寬敞舒適的斜躺式座位，連音響也很棒。

POINT 讀者可以把「受小秋的邀約」想成「小秋邀我」，於是寫成 Aki asked me (out)。「去看電影」是 to the movies，「去吃晚餐」是 to dinner 或 for dinner。nowadays 有「(跟以前比較)最近」之意。「音響」可以用 acoustics 來表示。

信被電台念出來

I e-mailed a request for a Toni Braxton song, and it was read on the radio today! I was so excited that I couldn't help telling Kanae about it.

翻譯

我寫電子郵件要求播放唐妮・布蕾斯頓的歌，結果今天居然被電台念出來了！我太興奮了，忍不住就把這件事告訴香苗。

POINT 「～的請求」英文是 request for ～。e-mailed（用信件寄送～）亦可用 sent（寄送～，現在式是 send）這個字代替。so ～ that ... 的意思是「因為～所以…」。can't help ～ing 有「忍不住～」之意。

19 興趣·才藝

興趣·才藝

才藝 的單字

語言學	language study
樂器	musical instrument
卡拉 OK	karaoke
舞蹈	dance
佛朗明哥舞	flamenco
爵士舞	jazz dance
嘻哈舞	hip-hop dance
交際舞	social dance
繪畫	drawing / painting
油畫	oil painting
水彩畫	watercolor painting
風景畫	landscape painting
水墨畫	ink-wash painting
攝影	photography
穿和服	kimono dressing
茶道	tea ceremony
插花	flower arranging
書法	calligraphy
烹飪	cooking
劍道	kendo
柔道	judo
珠算	abacus

我想要學點新的東西。 I feel like learning something new.

我已經決定從下星期開始上茶道課。 I've decided to start taking tea ceremony lessons next week.

每個月的學費是一萬五千元。 The tuition is 15,000 dollars per month.

＊tuition [tju`ɪʃən] = 學費。

地點是在本市的社區活動中心。 It's at the city's community center.

今天教我們的是橋本老師。 Ms. Hashimoto taught us today.

上她的課很有趣。 Her classes are fun.

總共有六個學生。 There were six students.

我和同學們一起喝茶。	**I had tea with my classmates.**
美惠子有很多嗜好。	**Mieko has a lot of hobbies.**
愛子的彩繪有專家級的水準。	**Aiko's tole paintings are just like a pro's.** ＊pro = professional。
我受到美和子的影響開始種菜。	**Miwako influenced me to start growing vegetables.** ＊influence = 對～產生影響。
我的卡拉 OK 唱的不好，不過我不在意。	**I'm not good at karaoke, but I don't care.**

語言

語言 的單字

英語	English
韓語	Korean
中文	Chinese
法語	French
德語	German
西班牙語	Spanish
義大利語	Italian
葡萄牙語	Portuguese
俄羅斯語	Russian
泰語	Thai
越語	Vietnamese
會話	conversation
作文	composition
聽力	listening comprehension

英語

我去上英語會話課。	**I attended an English conversation class.** ＊attend = 出席。
我和凱西老師閒聊。	**I had a free-conversation session with Cathy.**
我和布朗老師在咖啡廳上課。	**I had a lesson with Mr. Brown at a café.**
我在全班面前發表我的英語作文。	**I presented my English composition in front of the class.** ＊present = 發表～。composition = 作文。
我學到「玩得很開心」的表達方法。	**I learned the expression, "We had a ball."** ＊We had a ball = 玩得很開心。

冠詞好難。 | The articles are difficult.
*article = 冠詞。

我今天念了兩小時的多益。 | I studied for TOEIC for two hours today.

我試著看英語繪本。 | I tried reading an English picture book.

我可以讀完整本書！ | I was able to read the whole book!
*whole = 全體的、全部的。

我已經決定從今天開始用英文寫日記。 | I've decided to write in my diary in English starting today.

我已經決定用英文寫部落格。 | I've decided to write my blog in English.

我已經決定用英文寫推文。 | I've decided to tweet in English.
*tweet = （用twitter寫）推文。

圭吾說英文好像在說母語。 | Keigo speaks English like a native speaker.

英語學習目標

我想講一口流利的英語。 | I want to be fluent in English.
*fluent [`fluənt] = 流利的。

當我出國旅行時，希望我的英文程度足以幫我渡過難關。 | I want to speak enough English to get by when I travel abroad.
*abroad = 到國外。get by = 過得去。

我想要能夠跟外國人暢所欲言。 | I want to be able to enjoy talking with people from other countries.

我希望可以不仰賴字幕，好好享受電影。 | I hope to be able to enjoy movies without relying on subtitles.
*rely on ～ = 依賴。subtitles = 字幕。

我想要能夠毫無困難地閱讀英文資料。 | I want to be able to read English materials without difficulty.
*material = 資料。

我想像玲子一樣講一口漂亮的英語。 | I want to be able to speak beautiful English like Reiko.

總有一天我要出國念書。 | I want to study abroad someday.

我要用英語寫日記至少一年！ | I will keep a diary in English at least for a year!
*at least = 反正、至少。

為了通過全民英檢中級，我會全力以赴！	I will do my best to pass the Intermediate Level of the GEPT test!
我想讓多益分數進步 200 分。	I want to increase my TOEIC score by 200 points. ＊increase = 增加、提升。
我要在半年內讓的多益成績超過 700 分。	I will get over 700 on the TOEIC test within six months!
目標 730 分！	Go for 730! ＊go for ～ = 努力獲取～。

英語有進步．沒有進步

我上英語會話課已經三年了。	It has been three years since I started taking English conversation lessons.
我用英文寫日記到今天已經三個月了。	It has been three months today since I started keeping a diary in English.
我想我的英文是否有進步呢。	I wonder if my English is getting better.
我覺得我有一點一點在進步。	I feel that I'm improving little by little. ＊improve = 進步。
我的英語說得比以前更好了。	I've become better at speaking English than I was before. ＊become better at ～ = 變得更擅長～。
時至今日我已經可以講很多了，我很滿意！	I was able to speak a lot today. I'm satisfied!
我進步很慢。	My progress is slow. ＊progress = 進步。
只要我樂在其中，我並不在乎我的英文進步與否。	I don't care if my English isn't improving as long as I enjoy myself. ＊as long as ～ = 只要。
我在退步。	I'm in a slump. ＊slump = 退步。
我想要把自己從退步中拉出來。	I want to pull myself out of my slump.
我對英文發音很不在行。	I have a hard time pronouncing English words. ＊pronounce = 發音。

我的聽力還是很弱。 | I'm still not good at listening.

我很沮喪，因為我無法好好表達出我的想法。 | I was frustrated because I couldn't express my thoughts well.

＊frustrated = 沮喪的。thought [θɔt] = 想法。

說英語時，有些字就是無法立刻說出來。 | When I speak English, words don't come easily to me.

英文單字我都記不住。 | I have a hard time memorizing English words.

其他外語

我開始學韓語。 | I started studying Korean.

或許我會學日文。 | Maybe I'll study Japanese.

我今天開始聽廣播學日文。 | I started studying Japanese on the radio today.

我想用用看之前學過的韓文。 | I want to use the Korean I've learned.

如果我會講法語，應該會很酷。 | I would look so good if I could speak French.

學語言很有趣。 | It's fun to study languages.

樂器

112

學樂器

我希望自己會彈奏樂器。 | I want to be able to play a musical instrument.

＊musical instrument = 樂器。

我想學電子琴。 | I want to learn to play the electronic keyboard.

我想試彈特雷門琴。 | I want to try the theremin.

＊theremin [ˋθɛrəmɪn] 。

我開始學吉他。 | I took up guitar lessons.

＊take up ～ = 開始～（當成興趣）。

我去上十三弦古箏的課。 | I took a koto lesson.

＊took可以換成had。

我可以彈奏出好聽的聲音。	I was able to play well.
我終於抓到訣竅了。	I'm finally getting it. ＊get it = 抓到訣竅。
我們都上了音樂課。	We had a music session.
我沒有辦法演奏出美妙的聲音。	I'm having a hard time making a nice sound.
看懂樂譜是一件很難的事。	It's difficult to read music. ＊read music = 看樂譜。
我沒有辦法把琴弦按的很好。	I can't hold the strings down well. ＊hold = 按住。string = 琴弦。

樂器 的單字

鋼琴	piano	大提琴	cello
吉他	guitar	長笛	flute
烏克麗麗	ukulele [jukə`lelɪ]	喇叭	trumpet
電子吉他	electric guitar	伸縮喇叭	trombone
木吉他	acoustic guitar	薩克斯風	saxophone / sax
古典吉他	classical guitar	手風琴	accordion
民謠吉他	folk guitar	豎笛	clarinet
鼓	drum	三味線	shamisen
小提琴	violin	二胡	erhu [ɝ'hu]
中提琴	viola		

成果發表會・競賽

下個月我有烏克麗麗的成果發表會。	I have a ukulele recital next month. ＊recital = 獨奏會、發表會。
第一次獨奏，我好緊張。	I'm nervous about my first recital.
我參加鋼琴比賽。	I played in a piano contest.
我在比賽中贏得最大獎。	I won the highest award in the contest. ＊win = 獲得～，過去式為 won [wʌn]。
能在觀眾面前演奏是一件很棒的事。	It feels great to perform before an audience. ＊audience = 觀眾、聽眾。
和大家一起演奏真的很有趣。	It's fun to play with other people.

卡拉 OK

小綾和我去卡拉 OK。	Aya and I went to a karaoke place.
我們一連唱了三小時。	We sang for three hours non-stop.
我去唱「一人卡拉」。	I went for karaoke alone. ＊「一人卡拉」即「一人卡拉OK」。
我唱的大多是五月天的歌。	I sang mostly Mayday songs.
我唱的多半是老歌。	I sang a lot of old songs. ＊「新歌」是new songs。
我不太知道新歌。	I don't really know many new songs.
我和她在選歌方面很契合。	I like her taste in music. ＊taste = 愛好。
阿弘把 Glay 的歌詮釋的很好。	Hiro did a good job singing Glay songs.
還是 80 年代的歌最好聽！	Songs from the 80's are the best!
阿妹的歌很難唱。	A-mei songs are so hard.
我藉由唱歌和跳舞擺脫壓力！	I got rid of stress by singing and dancing! ＊get rid of ～ = 除去～。

舞蹈

我想學爵士舞。	I want to learn jazz dance.
草裙舞比看起來難！	The hula is harder than it looks!
我跟不上老師的動作。	I have a hard time following the teacher.
我必須先舒展筋骨。	I need to limber up first. ＊limber up = 把（身體）～變柔軟。
今天跳舞時我專注在指尖的動作。	I focused on my finger tips when dancing today. ＊focus on ～ = 集中～。tip = 前端。

我跳了一小時的舞，感覺好棒！	**I danced for an hour, and it felt great!**
我有一個佛朗明哥舞的發表會。	**I had a flamenco dance recital.**
當我穿上舞衣，我覺得我像個專業舞者。	**When I'm in a dance dress, I feel like a professional dancer.**

繪畫

我去上繪畫課。	**I went to a painting class.**
我開始畫水彩。	**I took up water painting.** ＊take up ～ = 開始～（作為興趣）。
我想嘗試油畫。	**I want to try oil painting.**
我開始學水墨畫。	**I started studying ink-wash painting.** ＊ink-wash painting = 水墨畫。
我畫了一幅人像。	**I drew a portrait.** ＊draw [drɔ] = 畫，過去式為drew [dru]。portrait = 肖像畫。
我在公園寫生。	**I did some sketching in the park.**
我畫了幾幅風景畫。	**I painted a few landscapes.** ＊landscape = 風景畫。
我畫了女兒的人像畫。	**I'm painting a portrait of my daughter.**
我畫不出想畫的。	**I'm having a hard time painting what I want.**
或許我慢慢在進步。	**Maybe I'm getting better.**
我畫了一遍又一遍。	**I drew it over and over again.**
我的畫快完成了。	**My painting is nearly done.** ＊done = 完成、結束。
我即將在繪畫教室的展示會上展出我的畫作。	**I'm going to show my painting at the painting class exhibition.**
我的作品在縣的繪畫競賽中得到佳作。	**I received an honorable mention in a prefectural painting contest.** ＊honorable mention = 佳作。prefectural = 縣立的。

攝影

 照相

我開始上攝影課。	I started taking a photography class.
我想學會如何拍風景照。	I want to learn how to take landscape photos. ＊landscape = 風景。
我去高尾山拍春天的野花。	I went to Mt. Takao to photograph wild spring flowers. ＊photograph = 拍（照）下～。
我和攝影社的朋友一起去外拍。	I went out to take photos with some friends from the photo club.
我在小鎮邊散步邊拍照。	I took some pictures as I walked around town.
我去模特兒攝影會拍照。	I went to a photo shoot with some models. ＊photo shoot = 攝影會。
我拍下富士山的照片。	I took pictures of Mt. Fuji.
我拍下新宿的夜景。	I took pictures of the night skyline in Shinjuku.
我用搖攝來拍火車。	I took panning shots of trains. ＊pan = 搖晃鏡頭。

照好了

我還是可以拍到幾張好照片的。	I was able to take a few great pictures.
我捕捉到很棒的表情。	I was able to capture some great expressions. ＊capture = 捕捉。expression = 表情。
森田真的很上相。	Morita is quite photogenic. ＊photogenic = 上相的。
我對自己拍的那些照片很不滿意。	I wasn't happy with the pictures I took.
我的照片看起來總是那麼普通。	My pictures always look so ordinary. ＊ordinary = 普通的、平凡的。

因為逆光很難拍。	It was hard to take photos against the sun.
這張照片很模糊。	The picture came out blurred. ＊blurred = 模糊不清的。
焦距沒有對準。	It was out of focus. ＊out of focus = 失焦。
我要去參加攝影比賽。	I'm going to enter a photo contest.

和服

我去上和服課。	I took a kimono dressing lesson.
我希望可以自己穿和服。	I want to be able to wear a kimono on my own.
我一面看鏡子一面練習穿和服。	I practiced putting on a kimono in front of a mirror.
我穿著半正式的和服出門。	I went out in a semi-formal kimono.
我穿和服去參加幸太的幼稚園畢業典禮。	I wore a kimono for Kouta's preschool graduation.
我幫史蒂芬妮穿和服。	I helped Stephanie get dressed in a kimono.
我買了一套新的和服。	I bought a new kimono.
差不多該買一套正式和服了。	Maybe it's about time to get a formal kimono.

茶道

我今天上了茶道課。	I had a tea ceremony class today.
我泡抹茶喝。	I made green tea and drank it.
真好喝。	It was great.
茶點真好吃。	The tea sweets were good.
我準備了糕餅以及水果。	I had dry confectionery and fruit. ＊confectionery = 糕餅。

今天的茶點看起來很像櫻花。
Today's tea sweets looked like cherry blossoms.
＊cherry blossom = 櫻花。

我的腳麻了。
My feet went numb.
＊go numb [nʌm] = 麻痺，亦可說 go to sleep。

書法

我去上書法課。
I went to a calligraphy class.

我的字寫得愈來愈好了。
I made some great brush strokes.
＊brush stroke = 筆觸、運筆。

今天我的字寫得不順。
My brush strokes weren't very good today.

好的毛筆一定可以幫助我寫出漂亮的字。
Good brushes sure help me write nice characters.
＊character = 文字。

老師稱讚我寫的字很有活力。
The teacher complimented me on my vibrant characters.
＊compliment = 稱讚～。vibrant = 充滿活力的。

園藝

花草 的單字

牽牛花	morning glory
桔梗花	balloon flower
菊花	chrysanthemum
水田芥	watercress
仙客來	cyclamen
香豌豆	sweet pea
水仙花	narcissus
鈴蘭	lily of the valley
紫羅蘭	violet
百里香	thyme
蒲公英	dandelion
鬱金香	tulip
石竹	dianthus
香草植物	herb
羅勒	basil
玫瑰花	rose
三色紫羅蘭	pansy
向日葵	sunflower
百日草	zinnia
風信子	hyacinth
金盞花	marigold
薄荷	mint
百合花	lily
薰衣草	lavender

播種·種球莖植物

我有種鬱金香的球莖。	I planted tulip bulbs. ＊bulb = 球莖。
我種下苦瓜的幼苗。	I planted bitter gourd seedlings. ＊seedling = 幼苗。
我種了好多香草植物。	I planted several herbs.
我把好多種植物種在同一個盆子裡。	I planted various plants together in a pot.
我移植了鐵線蓮。	I transplanted the clematis. ＊transplant = 移植（植物）。
我很期待它發芽。	I'm looking forward to the budding. ＊budding = 發芽。
希望它能開出漂亮的花。	I hope that there will be beautiful flowers.
我打算今年來種種看蕃茄。	I'm going to try growing tomatoes this year.

照顧花花草草

我幫堇菜換盆。	I transplanted the violas into a planter. ＊transplant = 移植（植物）。
我修剪了薰衣草。	I trimmed the lavender. ＊trim = 修剪。
我替草皮澆水。	I watered the lawn. ＊water = 澆水～。lawn [lɔn] = 草皮。
我替菜園犁地。	I plowed the vegetable patch. ＊plow = 耕地。patch = 小塊土地。
我換了新的土。	I changed the soil. ＊soil = 土壤。
我替花園施肥。	I put fertilizer in the garden. ＊fertilizer [`fɝtl,aɪzɚ] = 肥料。
我噴灑農藥。	I sprayed pesticide. ＊pesticide [`pɛstɪ,saɪd] = 殺蟲劑、農藥。
我把花園的雜草拔掉。	I weeded the garden. ＊weed = 除草。
花園裡的植物長得太過茂盛。	The garden was really overgrown. ＊overgrown = （葉子等）生長過大的。
我修剪了那棵樹的枝幹。	I pruned the tree. ＊prune [prun] = 修剪（枝幹等）。

我已經請花匠過來了。 I had the gardener come.

我請人來修剪庭院的樹。 I had the trees in the garden pruned.
＊prune [prun] = 修剪（枝幹等）。

花草的生長

牡丹發芽了！ The peonies are budding!
＊peony [`piənɪ] = 牡丹。bud = 發芽。

玫瑰花苞長得愈來愈大了。 The rose buds are getting bigger.
＊bud = 芽、花蕾。

再過幾天花就會開了。 The flowers are nearly bloomed.

魯冰花的幼苗正在成長。 The lupine seedlings are growing.
＊lupine [`lupaɪn] = 羽扇豆。seedling = 幼苗。

蟹爪蘭開得美極了。 The Christmas cactuses are blooming beautifully.
＊Christmas cactus = 蟹爪蘭。bloom = 開花。

烹飪 （請參照 p.497「做料理」）

車・摩托車 （請參照 p.565「開車」）

我想該是換部新車的時候了。 I guess it's time to change cars.

我考慮下次換部 Toyota 的車。 I'm thinking about getting a Toyota next.

我買了一部 1972 年的愛快羅密歐。 I bought a 1972 Alfa Romeo.

我的夢想是擁有一台 BMW 的車。 My dream is to own a BMW.
＊own = 擁有～。

我想買一台露營車。 I want a camper.
＊camper = 露營車。

我想買新的備胎蓋。 I want to get new wheel covers.

我打算下次休假時換疝氣燈。 I'm going to change to a Xenon Light on my next day off.

我覺得懸吊系統很硬。 The suspension feels stiff. ＊stiff = 僵硬的。

我洗了車。 I washed my car.
I had my car washed.
＊上面那一句是自己洗車，下面這句是請別人洗車。

下個月就要車檢了！ The car inspection is coming up next month!
＊inspection = 檢查。

哲史和我一起騎摩托車旅行。 Tetsushi and I went on a motorcycle ride.
＊go on a motorcycle ride = 騎摩托車去旅行。

我們一起騎摩托車。 We rode his motorcycle together.
＊ride（騎～）的過去式是 rode。

釣魚

122

我們去宇和島釣魚。 We went fishing off Uwajima Island.
＊off ～ = 離開～。

我們去天龍川釣蝦虎魚。 We went goby fishing on the Tenryu River.
＊goby = 蝦虎魚。

我們很享受在溪邊釣魚。 We enjoyed mountain stream fishing.
＊stream = 小河、水流。

我們大約八點半抵達釣魚的地點。 We arrived at the fishing spot at around 8:30.

水約莫有五公尺深。 The water was about five meters deep.

我的目標是黑色的石狗公。 I went mostly for black rockfish.
＊go for ～ = 想得到～。mostly = 主要。

我把小魚放回水裡。 I released the small fish back into the water.

遺憾的是我沒有釣到大魚。 Unfortunately, I couldn't get a big fish.

我釣到一條長約 45 公分的大魚！ I caught a big one measuring 45cm!
＊measure = （尺寸）大小。

回到家後，我把它做成生魚片。 I made it into sashimi after I got home.

因為海面波動的很劇烈，我們就放棄釣魚了。 We gave up fishing because the sea was rough.
＊rough [rʌf] = 劇烈的。

旅行 （請參照 p.567「旅行」）

興趣·學才藝相關的英文日記，試著寫寫看！

123 試著用英文書寫跟興趣或才藝學習有關的各種事情吧！

手工蛋糕

Naoko and Ayako came over, so I served them my homemade earl grey chiffon cake. They both said it was delicious. I was so happy.

翻譯

直子和綾子來我家玩，所以我就招待她們自製的伯爵戚風蛋糕。她們倆都說很好吃，我很高興。

POINT 「來玩」的英文是 came over（to my house）或 came to see me。「拿～招待A」是 serve ～（人）…（物），或者是 entertain ～（人）with...（物）。「手工的」是 homemade。「誇獎」可用 They both said ～（兩人都說～）。

編織方面很厲害

I used to be able to knit only scarves, but now I can knit caps and socks. I want to be able to knit sweaters soon.

翻譯

以前我只會打圍巾，現在我也會織帽子和襪子了。再過不久我就會織毛衣了。

POINT used to ～（動詞原形）代表「以前做過～」。be able to ～（動詞原形）有「會做～」的意思。「圍巾」的英文是 scarf，scarves 是它的複數。

新來的英語會話老師

We had a lesson with our new teacher, David, today. His English was very clear and his way of teaching was easy to understand. We had a great lesson.

翻譯

今天課堂上來了一位新老師，大衛。他不但發音清楚，而且教法淺顯易懂。我們渡過了愉快的課堂時光。

POINT 「～老師」在表達上雖是 Mr./ Ms. + 姓氏，但如果是像 David 這樣的名字，前面毋須再加上 Mr./ Ms.。「很容易理解」的英文是 easy to understand。

書法體驗課

I had a one-time calligraphy lesson at the culture hall today. I wrote pretty well. I'm thinking of taking lessons regularly.

翻譯

今天我在文化會館參加一日書法體驗課。我的字寫的不錯。我在考慮是否要定期去上這堂課。

POINT 「一日體驗課」的英文是 one-time lesson（一次的課程），若寫 trial lesson 亦可。「考慮中」的英文是 I'm thinking of ～ing（考慮要不要～）。「真正去上課」可用 take lessons regularly（定期去上課）來表示。

20 運動

運動

最近我愈來愈懶散。	I've been feeling sluggish lately. ＊sluggish [ˋslʌgɪʃ] = （行動等）懶散的、緩慢的。
我缺少運動。我必須做點什麼。	I don't get enough exercise. I really have to do something.
我想要有好的體態。	I want to have a nice posture. ＊posture = 姿勢。
我想訓練我的深層肌肉。	I want to train my inner muscles.
我需要訓練我身體的核心肌群。	I need to train my body core muscles. ＊core = 中心部位、核心。
出一身的汗讓我整個人清爽起來。	It felt refreshing to work up a sweat. ＊work up a sweat = 出一身汗。
我全身都是汗。	I was covered in sweat. ＊covered in ～ = 覆蓋著～。
我想我至少消耗了 100 卡。	I guess I burned at least 100kcal. ＊burn = 燃燒～。
我打算明天繼續鍛練。	I'm going to work out again tomorrow. ＊work out = 訓練。
明天我的肌肉一定會很痛。	I'm going to have sore muscles tomorrow. ＊sore [sor] = 痛的。
希望我有減掉一些贅肉。	Hopefully I've lost a little flab. ＊flab = 脂肪、贅肉。
我做了很多運動，不知道為什麼體重還是減不下來。	I'm doing a lot of exercise, but I don't know why I can't lose weight. ＊lose weight = 減輕體重。
我的肌群增加了，太棒了！	My muscle mass has increased. Great! ＊muscle mass = 肌群。

擁有個人健身教練好像真的不一樣。 It seems having a personal trainer really makes a difference.

輕度運動

不管在車站或辦公室，我都會試著爬樓梯。 I try to use the stairs at the train station and at work. ＊stairs = 階梯。

今天早上我從這一站走到下一站。 I walked from one station to another this morning.

我從新宿走到原宿。 I walked from Shinjuku to Harajuku.

我踮著腳等火車。 I stand on tiptoe while waiting for the train. ＊tiptoe [ˋtɪp,to] = 腳尖。

我開始騎腳踏車通勤。 I've started to commute by bike. ＊commute = 通勤。bike = 腳踏車。

我開始騎腳踏車通勤，已經一個星期了。 It has been a week since I started to bike to work. ＊bike = 騎腳踏車。

對我來說，遛狗也是一種很好的運動。 Walking the dog is good exercise for me, too. ＊walk = 陪～散步。

散步

今天早上我走了 30 分鐘。 I walked for 30 minutes this morning.

早晨散步讓人覺得很舒服。 It feels good to go for a walk early in the morning. ＊go for a walk = 去散步。

我每天都試著走一萬步以上。 I try to walk more than 10,000 steps a day. ＊step = 一步。

走五千步並不容易。 It's not easy to walk 5,000 steps.

或許我該買個計步器。 Maybe I should buy a pedometer. ＊pedometer = 計步器。

我在散步的時候用 iPod 聽音樂。 I listened to music on my iPod as I walked.

下雨了，所以我沒去散步。 It was raining, so I didn't go walking.

慢跑・馬拉松

慢跑

我在公園舒展筋骨。
I stretched in the park.

我 5 點起床，然後跑了大約 10 公里。
I woke up at 5:00 and ran for about 10km.

我繞著皇居四周跑步。
I ran around the Imperial Palace.

我用每公里 7 分鐘的速度跑步。
I ran at a pace of about seven minutes per kilometer.
＊per ～ = 每～。

我來回跑多摩川。
I ran to and from the Tama River.

我加入了皇居的跑步團體。
I joined a running group at the Imperial Palace.

我在公園和加奈會合，然後我們一起慢跑了一小時。
I met Kana in the park and then we jogged for an hour.

我和山口在社區附近慢跑。
I went jogging around the neighborhood with Yamaguchi.

這陣子以來我第一次跑步，就覺得無法呼吸。
I went jogging for the first time in a while and I got out of breath.
＊get out of breath = 無法呼吸。

慢跑後去公共浴池洗個澡真舒服！
The public bath after jogging feels great!

我在30分鐘內跑了5公里，還不賴。
I ran 5km in 30 minutes. Not bad.
＊Not bad = 還不錯。

我跑步的速度最近一直往下掉。
My running speed has been dropping recently.
＊drop = 下降。

我想加快跑步的速度。
I want to increase my running speed.
＊increase = 提高。

我需要重新思考跑步的方法。
I need to reconsider my running form.
＊reconsider = 重新考慮、再思考。

我的膝蓋因為慢跑而受傷。
I hurt my knees from jogging.
＊hurt = 受傷，過去式同為 hurt。knee [ni] = 膝蓋。

自從我開始慢跑後，我身上的脂肪少了 5%。	**Since I started jogging, my body fat has dropped by five percent.** ＊fat = 脂肪。

馬拉松

明年我想挑戰東京馬拉松。	**I want to be in the Tokyo Marathon next year.**
我沒有抽到東京馬拉松（的資格）。	**I lost in the lottery to be in the Tokyo Marathon.**
我去為參加福岡國際馬拉松的選手加油。	**I went to cheer for the runners at the Fukuoka International Marathon.**
馬拉松選手跑得真快！	**Marathon runners are so fast!**
我參加當地的馬拉松。	**I ran in a local marathon.**
總有一天我要參加檀香山馬拉松。	**I want to run the Honolulu Marathon someday.**
跑完馬拉松全程（全馬）對我來說根本是不可能的事。	**A full marathon is absolutely impossible for me.**
或許我可以設法跑完半程馬拉松（半馬）。	**Maybe I can manage to complete a half marathon.** ＊manage to = 設法～。
再四天就要比賽了！	**Four more days before the race!**
我的目標是要在 5 個小時內跑完。	**My goal is to finish within five hours.** ＊goal = 目標。
我在 4 小時又 26 分的時候跑完了！目標達成！	**I finished in 4 hours and 26 minutes! I achieved my goal!**
我沒有達到 5 小時內跑完的目標。	**I couldn't achieve my goal of finishing within five hours.** ＊achieve = 達成～。
因為超過時間限制，所以我失去資格。	**I was disqualified because I didn't finish within the time limit.** ＊disqualify = 資格不符。
我總算跑完了。	**I somehow managed to finish.** ＊somehow = 不知怎麼的。

跑完後我覺得很有成就感。
After finishing, I had a great feeling of accomplishment.
＊accomplishment = 完成。

因為腳踝的傷，使我必須在 30 公里處放棄比賽。
Because of the pain in my ankle, I had to give up at 30km.
＊pain = 疼痛。ankle = 腳踝。

痛到我受不了。
It was so painful.

我在中途放棄，改用走的。
I gave up partway through and just walked.
＊partway through = 中途。

公路接力賽

我很好奇下一屆的箱根公路接力賽將會由哪一所大學贏得冠軍。
I wonder which university will win the next Hakone Ekiden.

我在路旁替所有的選手歡呼。
I cheered for the runners from the side of the road.

我加入歡呼的行列。
I really got into the cheering.
＊got into ～ = 進入～。

真是一場勢均力敵的比賽。
It was a really close race.
＊close [kloz] = 勢均力敵的。

前半場比賽，東洋大學不但領先而且創下新記錄。
In the first half of the race, Toyo University won and set a new record.
＊win = 贏，過去式為 won [wʌn]。set = 創造～（新記錄）。

第五區創下了新的記錄。
A new record was set in the fifth section.

早稻田大學在第四區追上來了。
Waseda caught up in the fourth section of the race.
＊catch up = 追上，catch 的過去式是 caught [kɔt]。

東海大學一躍成為領先者。
Tokai University moved into the lead.
＊lead = 領先。

柏原跑步真的很精彩。
Kashiwabara's running was just incredible.
＊incredible = 驚人的。

順天堂大學逆轉勝。
Juntendo University had a come-from-behind victory.
＊come-from-behind = 逆轉的。

衣服・鞋子

我想要一些新的跑步服。
I want some new running clothes.
＊clothes [kloz] = 衣服。

我很享受穿著新的跑步服跑步的感覺。	I enjoyed running in my new running clothes.
我的鞋子不合腳，讓我的腳好痛。	My shoes didn't fit, so my feet hurt. ＊feet = foot（腳）的複數。hurt = 疼痛，過去式為 hurt。
我的新鞋跑起來很輕。	My new shoes feel really light to run in.
我買了新的慢跑緊身褲。	I got new running tights.
我找到了很可愛的慢跑裙！	I found a cute running skirt!
我買了有計算距離功能的運動錶。	I bought a running watch with a distance meter. ＊distance = 距離。

體操・鍛練

體操・肌力訓練 的單字

教練	instructor／coach
個人健身教練	personal trainer
運動	work out
做暖身操	do a warm-up
跑跑步機	run on a treadmill
做仰臥起坐	do sit-ups
做伏地挺身	do push-ups
做引體向上	do chin-ups
蹲坐	do squats
伸展肢體	stretch ～
加強～	strengthen ～
二頭肌	biceps [`baɪsɛps]
大腿肌肉	thigh [θaɪ] muscle
肩胛骨	shoulder blade
肌肉痠痛	have sore muscles

體操・肌力訓練

我開始上健身房。	I started going to the gym.
下班後我去健身房。	I went to the gym after work.
我跑了一小時的跑步機。	I ran for an hour on a treadmill.
我做了 3 組 20 下的仰臥起坐。	I did three sets of 20 sit-ups.
我做了 20 下伏地挺身。	I did 20 push-ups.

我做了每次 10 下，共 3 組 65 公斤後勾腿重量訓練。	I did three sets of 10 leg curls with 65kg weights.
我用啞鈴運動來鍛練我的手臂。	I gave my arms a workout using dumbbells.

運動

我買了運動 DVD。	I bought an exercise DVD.
我邊看 DVD 邊做運動，持續了 30 分鐘。	I exercised for 30 minutes to a DVD.
真的很辛苦！	It was pretty tough!
電視節目上播出緊實臀部的運動。	A TV program showed an exercise for building firm buttocks. ＊firm = 變得結實。buttock = 屁股。
我買了一顆抗力球。	I bought a stability ball. ＊stability = 穩定。
我又買了健身器材，哎。	I bought new fitness equipment again. Oh well. ＊equipment = 器材。
我從沒用過之前買的健身器材。	I never use the fitness equipment I bought a while ago.
我去參加加壓訓練。	I went for KAATSU training.
我參加早上的有氧課。	I joined an aerobics class in the morning.
我去參加水中有氧運動的課程。	I took an aqua-aerobics lesson.
我聽說它能有效地對抗老化。	I hear it's very effective for anti-aging. ＊effective for ～ = 有效地。
這項運動讓我的身體變輕盈了。	This exercise makes my body feel light.
它的確能幫我鍛練身體。	It definitely helped tone my body. ＊definitely = 確實地。tone = 使～（身體、肌肉）更健壯、緊實。
幸虧有這項訓練，我的身體年輕了十歲。	Thanks to this training, my body is ten years younger.

我的血液循環有改善。 It has improved my blood circulation.
＊improve = 改善。circulation = 循環、流通。

我跟今天的教練很合得來。 I got along great with my trainer today.
＊got along with ～ = 合得來、相處愉快。

下次我還是打算指定他。 I'm going to choose him again the next time.

30 分鐘四千兩百元。 It was 4,200 dollars for 30 minutes.

舞蹈 （請參照 p.530「舞蹈」）

瑜伽・皮拉提斯

我最近開始做瑜伽。 I've started doing yoga recently.
＊do yoga（做瑜伽）也可以說practice yoga。

我在車站前的瑜伽教室上體驗課。 I took a trial lesson at the yoga studio in front of the train station.

我最近迷上了皮拉提斯。 I've been hooked on Pilates recently.
＊be hooked on ～ = 迷上～。

我買了皮拉提斯的 DVD。 I bought a Pilates DVD.

我在家邊看皮拉提斯DVD，邊跟著做。 I did Pilates at home to a DVD.

做瑜伽時，我的心就會平靜下來。 While doing yoga, my mind is calm.
＊calm [kɑm] = 平靜的。

做瑜伽時，慢慢呼吸很重要。 In yoga, breathing slowly is important.
＊breathe [brið] = 呼吸。

我慢慢學習瑜伽呼吸法。 I'm slowly starting to learn how to do yoga breathing.

瑜伽的姿勢很難做。 I have a hard time doing yoga poses.

皮拉提斯可以幫我把骨架挺直。 Doing Pilates helped straighten my frame.
＊straighten [`stretn] = 使挺直。

游泳・游泳池

我在游泳池游了400 公尺。 I swam 400m in the pool.

我用自由式游了 500 公尺。	I swam the crawl for 500m. ＊crawl = 自由式。
我用仰式游了 200 公尺。	I swam the backstroke for 200m. ＊backstroke = 仰式。
我的蝶式游的不好看。	My butterfly form doesn't look good.
我抓著浮板練習用小腿打水。	I practiced doing flutter kicks on the kickboard. ＊flutter kick = 打水。
我最多可以游 25 公尺。	I can swim 25m at the most. ＊at the most = 至多。
我希望可以游到 100 公尺。	I want to be able to swim 100m.
我游蛙式都前進不了。	When swimming the breaststroke, I don't go forward. ＊breaststroke = 蛙式。
我在游泳池裡走 300 公尺。	I walked in the swimming pool for 300m.
游完泳後我去洗三溫暖。	I took a sauna after swimming.

棒球

職棒

我看電視轉播巨人隊和阪神隊的比賽。	I watched the Giants and Tigers game on TV.
我去神宮球場看樂天隊和日本火腿隊的比賽。	I went to Jingu Stadium and saw a game between Rakuten and Nichihamu.
阪神隊以 3 比 2 輸球。	The Tigers lost 3-2. ＊3-2讀作 three to two。
西武隊以 5 比 2 贏球。	Seibu won 5-2.
完封勝！	Shutout victory! ＊shutout = 完封。
比賽延到第 11 局。	The game went into the 11th inning before being decided. ＊inning =（棒球的）一局。
比賽進入第 12 局，結果比成平手。	The game went into the 12th inning and ended in a draw. ＊draw [drɔ] = 平手。

龍隊今天也沒有得分。	**The Dragons didn't get a point today, either.**
高橋打了一支再見全壘打。	**Takahashi got a game-winning homerun.** *「再見全壘打」的另一種說法為 game-ending homerun。
和田在這個球季的表現不佳。	**Wada isn't having a good season.**
澤村今天投得很棒。	**Sawamura pitched really well today.** *pitch = 投。
我不贊成野田教練的戰略。	**I can't agree with Coach Noda's strategy.** *strategy = 戰略。
秋山教練的戰略很精彩。	**Coach Akiyama's strategy is great.**
達比修也去大聯盟了。	**Darvish moved to the Majors, too.**

高中棒球

春季的高中棒球聯賽已經開始了。	**The spring high school baseball tournament has started.**
福島的聖光學院對上京都的鳥羽高中。	**Fukushima's Seiko High played against Kyoto's Toba High.** *high = high school（高中）。
聖光學院以2比0取得勝利。恭喜！	**Seiko High won 2-0. Congratulations!** *2-0讀作 two to zero。
東北高中，加油！	**Go for it, Tohoku High School!**
橫濱高中的當家投手投得很精彩！	**Yokohama High School's ace pitched really well.**
真的是一場很棒的比賽。	**It was a great game.**
比賽結束後，浦和學院的球員們全都哭了。	**The players of Urawa-Gakuin all broke down in tears after the game.** *break down into tears = 忍不住哭泣。
大阪桐蔭高中的球員們高興的抱在一起。	**The players of Osaka-Toin High School all embraced in joy.** *embrace = 擁抱。joy = 喜悅、歡喜。
看到他們我也哭了。	**Just watching them made me cry, too.**

球員們的宣誓讓我激動不已。

The reading of the player's oath gave me a warm feeling inside.

＊oath [oθ] = 宣誓。

高中棒球充滿了熱情！

High school baseball is full of passion!

你永遠不知道高中棒球會發生什麼事。

You never know what will happen with high school baseball.

球員們的專注讓人感動。

The dedication of the players is inspiring.

＊dedication = 專心致力。inspiring = 使感動。

業餘棒球

我在市立運動場參加業餘棒球比賽。

I played in an amateur baseball game on the city field.

＊amateur = 業餘從事者、素人。

我和公司的業餘棒球隊一起練習。

I practiced with my company's amateur baseball team.

和我們對戰的是 T 印刷隊。

We played against T Printing.

明天是業餘棒球的聯盟冠軍爭奪賽。

We have an amateur league championship tomorrow!

我們贏得聯賽冠軍。太棒了！

We won the league championship. Yes!

我們在 A 組排名第二。

We were second in the A Group.

我們排名墊底。太可惜了。

We were at the bottom. Too bad.

＊Too bad. = 很可惜。

聰一明天有一場棒球比賽。

Soichi has a baseball game tomorrow.

足球

足球

我去看名古屋鯨魚隊和新潟天鵝隊的對戰。

I went to see a game between Grampus and Albirex.

我去觀摩柏雷素爾隊的練習。

I went and saw Kashiwa Reysol's practice.

大宮松鼠隊以 2 比 1 獲勝。	**Omiya Ardija won 2-1.** ＊2-1 讀作two to one。
鳥棲砂岩隊被升到J1，太棒了！	**Sagan Tosu got promoted to J1. Excellent!** ＊get promoted to ～ = 被升上～。
福岡黃蜂隊被降到J2，太慘了…	**Avispa Fukuoka got demoted to J2. Too bad...** ＊get demoted to ～ = 被降到～。
明天比賽的對手是烏茲別克隊。	**There's a game against Uzbekistan tomorrow.**
太棒了！日本隊通過亞洲盃的預賽了。	**Great! Japan passed the Asian Cup preliminaries!** ＊preliminary = 預賽。
取得世界盃亞洲賽 3 回合的資格，日本隊被分配到 C 組。	**Japan is in Group C of the World Cup Asian third round qualifier.** ＊qualifier = 合格者。
我們的下個對手是實力最強的巴西隊。	**Our next opponent is Brazil, the powerhouse.** ＊opponent = 對手。powerhouse = 勁敵。
阿曼很難對付。	**Oman is formidable.** ＊formidable = （對手等）強大的。
射門得分！	**Goal!**
守門員擋的好！	**The goalie did a good job!** ＊goalie = 守門員。
他是日本隊的守護神！	**He's the savior of the Japanese team!** ＊savior = 救星。
他們從 2 比 0 的狀態追了上來。	**They came back from being behind 2-0!** ＊2-0 讀作two to zero。
日本隊以 2 比 1 贏了。	**Japan won 2-1.**
球賽進行到 PK 戰了。	**It came down to a penalty shoot-out.** ＊come down to ～ = 擴及到～。
長友的助攻真是太精彩了。	**Nagatomo's assist was incredible.** ＊incredible = 精彩的。
栗原被驅逐出場。	**Kurihara got ejected.** ＊get ejected = 被逐出場。
我們原本可以贏球的。	**We could have won that game.**
他們在最後一刻降低警戒。	**They let down their guard at the last moment.** ＊let down ～ = 降低～。guard = 防衛、警戒。

另一隊犯規很多次。 The other team made a lot of fouls.

青少年足球

我去看小崇的青少年足球比賽。 I went and saw Toshi's boys' soccer game.

小崇射門成功！ Toshi's goal went in!
＊go in = 進入。

富士見野聯盟在地區聯賽中獲得優勝！ Fujimino FC won the district tournament!
＊district = 地區、區域。

高爾夫球

133

下班後，我會在回家途中去高爾夫練習場打球。 I stopped at a driving range on my way home from work.
＊driving range = 高爾夫球練習場。

我參加高爾夫球比賽。 I was in a golf tournament.

我和客戶一起打高爾夫球。 I played golf with some clients.

我 7 點左右去上高爾夫球課。 I got to the golf course at around 7:00.

漂亮的擊球！ Nice shot!

一桿進洞！ Hole in one!

我的球陷入沙坑了。 I got caught in a bunker.
＊get caught in ～ = 陷入～。

我把球打進池塘裡了。 I hit it into the pond.
＊pond = 池塘。

第二洞時我打的比標準桿多一桿。 The second hole was a bogey.
＊bogey = 比標準桿多1桿。

哇，我打了三次博蒂。 Oh wow, I got three birdies!
＊birdie = 博蒂（低於標準桿1桿）。

上半場結束，我的成績是 53 分。 At the halfway point, my score was 53.

我的分數是 53 + 50 = 103 My score was 53 + 50 = 103.

這是我打過最好的成績！ It was my personal best!

我沒有進步太多。 I'm not improving much.
＊improve = 改善。

或許是我的姿勢有問題。 Maybe there's something wrong with my form.

小舅子把他的高爾夫球桿送給我。 I got some golf clubs from my brother-in-law.

＊brother-in-law = 夫或妻的兄弟。

我看電視轉播的美國高爾夫公開賽。 I watched the U.S. Open on TV.

小諒，加油！ Good luck, Ryo!

他以低於標準桿三桿的成績取得資格。 He qualified with a 3-under-par.

＊qualify = 有資格。

今年贏得最多獎金的人是曾雅妮。 This year's top earner was Tseng Ya-Ni.

＊earner = 賺錢者。

滑雪・滑雪板

134 ♪

我滑了將近五個小時的雪。 I skied for about five hours.

我在初級班裡練習。 I practiced on the beginners' course.

我跌倒了好多次。 I fell a lot of times.

＊fall = 跌倒，過去式為 fell。

我教美奈滑雪。 I taught Mina how to ski.

我學會了八字滑降轉彎。 I learned how to do a snowplow turn.

＊snowplow = 八字滑降。turn = 轉彎、改變方向。

我學會如何轉彎。 I learned how to turn.

坐吊椅很恐怖。 It was scary to ride the lift.

＊scary = （事物等）很恐怖、可怕的。

從吊椅上看到的景色很美。 The view from the lift was fantastic.

斜坡很陡。 The slope was really steep.

＊steep = 陡峭的。

下細雪了，真棒！ Powder snow is the best!

＊powder snow 亦可只寫 powder。

有好多滑冰的地方。 There were a lot of icy spots.

＊icy = 像冰一樣滑的。

夜間滑雪一樣很好玩。 Night skiing was also great fun.

＊若是玩滑雪板，則可將 skiing 換成 snow boarding。

玩滑雪板之後去泡溫泉最棒了。 Nothing beats taking a hot-spring bath after snowboarding♪

＊nothing beats ～ = 沒有～可以勝過、～是最棒的。

登山

今天我去爬筑波山。	**I climbed Mt. Tsukuba today.** ＊climb [klaɪm] 。
下週我打算挑戰高尾山。	**I'm going to climb Mt. Takao next week.**
總有一天我會去爬槍岳。	**I want to climb Yarigatake someday.**
今年到目前為止我爬了十座山。	**I've climbed ten mountains so far this year.** ＊so far = 到目前為止。
適合登山的好日子。	**It was a perfect day for mountain climbing.**
空氣很好。	**The air was great.**
我們朝著山頂前進。	**We climbed towards the summit.** ＊summit = 頂點。
我們拿著登山杖從容的爬山。	**We took our time climbing while using climbing sticks.** ＊take one's time ～ = （不急不徐）從容做～。
爬到八合目附近時，我的頭開始痛起來。	**My head started to hurt at about 80 percent up the mountain.** ＊hurt = 疼痛，過去式亦是 hurt。
我想我得了高山症。	**I think I got altitude sickness.** ＊altitude sickness = 高山症。
我們在山上的休憩所小歇。	**We took a little break in a mountain hut.** ＊hut = 小屋、山上休憩所。
我們終於登頂了！	**We finally reached the top!**
景色十分壯觀！	**The view was spectacular!** ＊spectacular = 壯觀的。
下山比上山還要難。	**Coming down was harder than going up.**
我的腳長水泡。	**I got some blisters on my feet.** ＊blister = 水泡。
我很喜歡看到各式各樣的高山植物。	**I enjoyed seeing various kinds of alpine plants.** ＊various = 各式各樣的。
我買了新的登山服。	**I bought new mountain climbing clothes.** ＊clothes [kloz] = 服裝。

我想要一個很酷的背包。	I want a cool backpack.

拳擊・格鬥

我去橫濱巨蛋看格鬥比賽。	I went to see a martial arts contest at Yokohama Arena. ＊martial art = 武術、技 。contest = 比賽。
我去看龜田和馬納卡內的對戰。	I saw the match between Kameda and Manakane.
這是他第四次的防衛戰。	It was his fourth defense of his title. ＊defense = 防衛。
他決定加上一記右直拳。	He got in a right-straight punch. ＊get in ～ = 加上～（一 等）。
他的出拳力道有點弱。	His punches were a little weak. ＊weak = （力量等）很弱。
鈴聲響了，比賽結束。	The bell rang and the game ended.
比賽三回合都是以 TKO 贏的！	It was a three-round TKO!
他比了二回合就被 KO 掉了。	He lost in a two-round KO.
裁判判定青木贏了。	Aoki got a decision win. ＊decision win = 判定勝利。
3-0 判定園田輸了。	Sonoda lost by a 3-0 decision. ＊3-0讀作 three to zero。
我不同意那個判定。	I can't agree with that decision.
他第四度防衛成功。	It was his fifth successful defense of his title.
新的冠軍產生了。	A new champion was born.

其他的運動

我打羽毛球。	I played badminton.
我和佐野一起打桌球。	I played table tennis with Sano.
我和同事玩五人制足球。	I played futsal with some co-workers. ＊futsal 也可以說成 five-a-side football。
我參加市運動會。	I participated in a city sports event. ＊participate in ～ = 參加～。

運動相關的

英文日記，試著寫寫看！

138 ♪ 試著用英文書寫跟動動身體有關的各種事情吧！

開始步行

I bought a pedometer and an iPod. Now, I'm ready to take up walking tomorrow. I will stick to it!

翻譯

我買了一個計步器和iPod，因此我準備從明天開始步行。我會堅持下去的。

POINT 此處的 Now 有「因此」、「好了」之意。take up ～ 是「開始從事～（興趣）」。「我會堅持下去」的英文可以用 I will stick to it 來表示，stick to ～ 有「（下定決心，即使遇到挫折還是會）繼續～」的意思。

檀香山馬拉松

Naoto completed the Honolulu Marathon and came back to Japan today. He said his legs were killing him, but he wanted to try a triathlon next. He's amazing!

翻譯

直人剛跑完檀香山馬拉松，今天回到日本。他說他的腿快痛死了，但是他下次想挑戰鐵人三項比賽。他真是太令人驚訝了！

POINT 「跑完馬拉松」的英文是 complete a marathon，「參加馬拉松」則是 run a marathon。此處的 kill 有「無法忍受～（疼痛、驚訝等）」之意，通常會用 his legs were killing him 這樣的進行式來表示。「挑戰～」可用 try 表示。

好久沒打羽毛球

I found the badminton set in the storeroom while cleaning. So, my sister and I played badminton for the first time in about 15 years. We both worked up a sweat.

翻譯

我在打掃儲藏室時發現了羽毛球組。所以我和姊姊打了羽毛球，這還是十五年來第一次。我們玩得滿身大汗。

POINT 「儲藏室」是 storeroom。「十五年來第一次」是 for the first time in about 15 years。「流了一身汗」是 work up a sweat，亦可用 work up a good sweat（流了滿身大汗）或 work up a sweat all over one's body（大汗淋漓）來表示。

被高中棒球感動

Sakushin-Gakuin and Naruto played a close game. They went into extra innings and Naruto won 5-4. The players' tears made me cry, too. I love high school baseball!

翻譯

作新學院和鳴門激戰，最後兩校進入延長賽，鳴門以 5 比 4 獲勝。選手們的眼淚讓我也跟著哭了。我愛高中棒球！

POINT 比賽中的「～和～」除了and 之外，還可以用vs.來表示。「激戰」是 close [kloz] game 。「（棒球）進入延長賽」的英文是 go into extra inning(s)。 「讓我也哭了」可用 ～ made me cry, too 來表示。

21 休閒・旅行

娛樂場所

遊樂園

我去迪士尼樂園。	I went to Tokyo Disneyland.
這是我第十五次去那裡。	It was my 15th visit.
這是我第一次去日本環球影城。	I went to USJ for the first time.
門票是一千元，一日券是三千元。	It cost 1,000 yen to get in, and a one-day pass was 3,000 yen.
我們在那裡玩了一整天。	We enjoyed the whole day there.
我坐上雲霄飛車。	I got on a roller coaster. ＊roller coaster = 雲霄飛車。
它開的很快。	It was really fast.
我因為害怕而尖叫。	I was so scared that I screamed. ＊scared = （人）害怕的。
白色龍捲風真的很可怕。	The White Cyclone was really scary. ＊scary = （事情）可怕的。
小夏和美奈很愛坐咖啡杯。	Natsu and Mina enjoyed riding the coffee cups.
孩子們坐上旋轉木馬。	The kids got on the Merry-Go-Round.
摩天輪真的很高。	The Ferris wheel was quite high. ＊Ferris wheel = 摩天輪。
因為風的關係搖晃的很厲害。	It was swaying a lot because of the wind. ＊sway = 搖晃。
我們走進鬼屋。	We entered the haunted house. ＊haunted house = 鬼屋。

那很真實又很恐怖。 It was quite realistic and scary.

我們必須等兩小時才能坐雲霄飛車。 We had to wait for two hours to get on the roller coaster.

人不多，所以我們不用等太久。 It wasn't so crowded, so we didn't have to wait long.

我們和米老鼠照相。 We took a picture with Mickey Mouse.

我拍了很多照片。 I took lots of pictures.

*lots of = a lot of（很多）。

小花看到米老鼠真的很開心。 Hana looked really happy to meet Mickey Mouse.

紀念品店裡擠得像沙丁魚一樣。 The gift shops were packed like sardines.

*packed like sardines =（像沙丁魚罐頭似的）擁擠。

夜間遊行很精彩。 The night parade was stunning.

*stunning = 極好的、吃驚的。

我們預留了一個黃昏時可以好好坐下來的位置。 We saved a place to sit in the late afternoon.

*save = 預約～（座位等）。

那個地方很棒，而且風景絕佳。 We had a pretty good spot and a nice view.

像是夢裡才有的場景。 It was a dreamlike scene.

動物園

動物 的單字

貓熊	panda
熊	bear
北極熊	white bear / polar bear
長頸鹿	giraffe
大象	elephant
犀牛	rhinoceros [raɪˋnɑsərəs] / rhino [ˋraɪno]
河馬	hippopotamus [ˌhɪpəˋpɑtəməs] / hippo
斑馬	zebra [ˋzibrə]
獅子	lion
老虎	tiger
黑猩猩	chimpanzee
猩猩	orangutan
無尾熊	koala [koˋɑlə]
袋鼠	kangaroo
鱷魚	alligator / crocodile

我們去台北動物園。	We went to Taipei Zoo.
我們看到熊寶寶。	We saw a bear cub.
	*cub [kʌb] = （熊等的）幼獸、小孩。
牠真的好可愛。	It was really cute.
	*動物的性別不明時，可用 it。
牠在睡覺。	It was sleeping.
牠在吃竹葉。	It was eating bamboo leaves.
	*leaf = 葉子，複數為 leaves。
距離太遠了看不清楚。	It was too far to see clearly.
斑馬寶寶好可愛。	The baby zebra was cute.
我的兒子看到大象很興奮。	My son was excited to see an elephant.
我把兔子抱起來。	I held a rabbit.
	*hold = 抱～，過去式為 held。
我們去看企鵝散步。	We watched the penguins walking.
我們很幸運可以看到北極熊。	We were lucky to see polar bears.
獅子在籠子裡睡覺。	The lions were sleeping in the cage.
	*cage = 籠子。
牠們的眼睛好可愛。	They had cute eyes.

水族館

水族館生物 的單字

海豚	dolphin	海馬	sea horse
海豹	seal	裸海蝶	clione / sea angel
海獅	sea lion	水母	Jellyfish
海獺	sea otter	海龜／陸龜	turtle / tortoise [`tɔrtəs]
殺人鯨	killer whale	熱帶魚	tropical fish
企鵝	penguin	深海魚	deep-sea fish
魟魚	ray		
鯊魚	shark		
鯨鯊	whale shark		
蠑螈	salamander		

我們去國立海洋生物博物館。	**We went to the National Museum of Marine Biology and Aquarium.**
海遊館的照明做的很好。	**The illuminated Kaiyukan Aquarium was really nice.** ＊illuminated = 照明的。
熱帶魚好美。	**The tropical fish were beautiful.** ＊fish 的複數還是fish。
鯨鯊看起來很有力氣。	**The whale shark looked powerful.** ＊whale shark = 鯨鯊。
深海魚的形狀很奇怪。	**Deep-sea fish have strange shapes.**
裸海蝶很可愛。	**The cliones were cute.** ＊「裸海蝶」也可稱作sea angel。
我很訝異水獺怎麼可以游得這麼快。	**I was surprised how fast the otters swam.** ＊otter = 水獺。
我們穿過水底隧道。	**We walked through a water tunnel.**
我們從下面看魚群游泳。	**We watched the swimming fish from below.**
海豚表演秀很有趣。	**The dolphin show was fun.**
我們被浪打到了。	**We were caught in the spray.** ＊caught in ～ = 捲入～。
雅子嚇了一大跳。	**Masako was startled.** ＊startled = 受到驚嚇的。
海豚真的很聰明。	**Dolphins are really smart.**
牠們怎麼有辦法跳得這麼高？	**How do they jump so high?**

游泳池・海

去游泳池・海邊

我們去 YMCA 的游泳池。	**We went to the swimming pool at the YMCA.**
我去公共游泳池游泳。	**I went swimming in the public swimming pool.**
我們在河裡游泳。	**We swam in the river pool.**
我們玩滑水道。	**We got on the water slide.**

游泳池很擠。

The swimming pool was really crowded.

我去福隆海水浴場游泳。

I went to Fulong Beach for a swim.

我已經很久沒有海泳了。

I haven't swum in the sea in a long time.

＊swim（游泳）的過去分詞是 swum。

我坐在游泳圈上任水漂來漂去。

I floated in the water on my float.

＊float = 漂浮／游泳圈。

我覺得在天空下沈浸在海裡漂浮是一件很棒的事。

It felt great to float in the sea under the big sky.

我太久沒有游泳了，所以游得特別開心。

I had a good time swimming for the first time in ages.

我游得太累了。今晚肯定會睡死。

I got exhausted from swimming. I'm sure I can sleep like a log tonight.

＊sleep like a log = 睡得很熟。

沙灘

我躺在沙灘上。

I lay down on the beach.

＊lie down = 躺下，lie [laɪ] 的過去式是 lay [le]。

沒有什麼比在沙灘喝啤酒更棒了！

Nothing beats a beer on the beach!

＊nothing beats ～ = 沒有什麼比的上～、～是最棒的。

我們玩沙灘排球。

We played beach volleyball.

我們玩切西瓜遊戲。

We played a game of split-the-watermelon.

＊split = 切。watermelon = 西瓜。

我在陽傘底下看書。

I read a book under a parasol.

我在沙灘販賣部吃炒麵、喝啤酒。

We had yakisoba and some beers at a beach shop.

我們在沙灘上玩。

We played on the beach.

曬太陽

我擦上防曬油。

I put on sunscreen.

＊sunscreen = 防曬油。

我忘了擦防曬油。

I forgot to put on sunscreen.

我抹上防曬乳。
I put on suntan lotion.
＊suntan = 曬黑。

（健康的）我曬黑了。
I got suntanned.
＊get suntanned = 黝黑的。

（過度曝曬）我曬傷了。
I got sunburned.

我全身都有刺痛感。
My body is stinging all over.
＊sting = （身體的某部分）感覺刺痛的。

我的臉被曬得紅紅的。
My face was sunburned red.

曬一下太陽有益健康。
I got a nice suntan.

我的皮膚曬成我想要的金黃色了♪
My skin has a golden color, just the way I like it ♪

挖蛤蜊

我們去挖蛤蜊。
We went clamming.
＊clam = 挖蛤蜊。

我們挖到好多小圓蛤。
We got a lot of littleneck clams.
＊littleneck clam = 小圓蛤。

我們一開始挖的地方沒有很多。
There weren't many in the first place we dug.
＊dig = 挖，過去式為 dug。

我們換地方之後就挖到很多蛤蜊了。
We got a lot of clams when we tried different places.
＊clam = 蛤蜊。

我們總共挖到六公斤！
We gathered 6kg in total!
＊gather = 收集。

我們撿到二十顆蛤蜊。
We gathered 20 clams.

我在家裡用酒清蒸蛤蜊。
I steamed the clams in sake at home.
＊steam = 蒸～。

戶外活動・兜風

河川・湖泊

我和大學同學在河邊烤肉野炊。
I had a BBQ at the riverside with friends from college.
＊BBQ = barbeque（室外燒烤）。

我們去淡水河釣魚。
We went fishing in the Tamsui River.

我們乘船從冬山河的下游去。	**We went on a boat ride down the Dongshan River.**
我在秀姑巒溪挑戰乘筏。	**I tried rafting on the Xiuguluan River.**
我划獨木舟往河的下游去。	**I canoed down the river.** ＊canoe = 划獨木舟。
我們坐觀光船遊湖。	**We went around the lake on a sightseeing boat.**

野餐

我們去六甲山野餐。	**We went for a picnic at Mt. Rokko.**
我們有帶便當。	**We brought packed lunches.**
我們和藤井家以及山口家一起去。	**We went with the Fujiis and the Yamaguchis.** ＊the + 姓氏s = ～家的家人。
我們各自帶食物和飲料。	**We had a potluck lunch.** ＊potluck = 各自帶來的。
我們坐在野餐墊上吃東西。	**We sat and ate on a picnic blanket.** ＊picnic blanket = 野餐墊。
為什麼在戶外吃東西感覺特別美味？	**Why does food taste so good outside?**
孩子們在草地上四處跑來跑去。	**The children ran around on the grass.**
那裡有好多花。	**There were a lot of flowers.**

露營

週末連休三天，我帶家人去露營。	**On the three-day weekend, I went camping with my family.** ＊three-day weekend = 指從星期五開始的三天假期，或從星期六一直持續到星期一的三連休。
我們搭了帳篷。	**We set up a tent.**
我們睡在睡袋裡。	**We slept in sleeping bags.**
我們有烤肉。	**We had a barbecue.** ＊barbecue 也可說成 BBQ。
晚上的時候天氣變得很冷。	**It got pretty cold at night.**

星星好美。	**The stars were beautiful.**

兜風

我和家人去兜風。	**I went for a drive with my family.**
真是適合開車兜風的好天氣。	**It was a perfect day for a drive.**
我們帶波奇一起去。	**We took Pochi with us.**
我們穿過關渡大橋。	**We crossed the Guandu Bridge.**
孩子們在後座很快就睡著了。	**The kids were fast asleep on the drive back.** ＊fast asleep = 很快睡著。
我們被困在車陣裡。真是糟糕。	**We got caught in a traffic jam. It was terrible.** ＊traffic jam = 交通堵塞。
景子說她想上廁所，我們不知該怎麼辦。	**We didn't know what to do when Keiko said she wanted to go to the restroom.**
我請她等我們抵達休息區時再去上廁所。	**I had her wait until we got to a rest area.**
我們即時抵達！	**We made it just in time!**

其他休閒活動

我去植物園。	**I went to the botanical garden.** ＊botanical garden = 植物園。
我去公園溜達。	**I strolled in the park.** ＊stroll = 漫步。
我和兒子在公園玩傳球遊戲。	**I played catch with my son in the park.** ＊play catch = 傳球。
我們去陽明山健行。	**We went hiking on Mount Yangming.**
我們去參觀幾個洞穴。	**We went to see some caves.** ＊cave = 洞穴。
洞穴裡頭很涼爽。	**It was nice and cool inside the cave.**
我在阿里山欣賞美麗的櫻花。	**I enjoyed looking at beautiful cherry blossoms at Mount Ali.** ＊cherry blossom = 櫻花。

我和家人一起去奧萬大欣賞秋天的楓紅。 I went to see autumn colored leaves at Aowanda with my family.

＊leaf = 葉子，複數為 leaves。

溫泉

去泡溫泉

我們去知本溫泉住三天兩夜。 We went to Chihpen Hot Spring for two nights and three days.

＊hot spring = 溫泉。

我們順道去泡溫泉。 We went to a "stop-by-hot-spring."

＊stop by = 順便去。

那裡有好幾種不同的浴池。 There were several different baths.

我們把它包下來一起泡溫泉。 We had a bath all to ourselves.

＊have ～ all to oneself = 包下來給～用。

我們一邊泡溫泉一邊欣賞雪景。 We looked at the snow as we soaked in the bath.

＊soak in ～ = 浸泡～。

我們繞了好多家溫泉渡假勝地。 We went around to several hot spring resorts.

那天我們泡了三次溫泉。 We took three hot spring baths that day.

露天溫泉真的很舒服。 Open-air baths really feel great!

我的身體從裡到外暖和起來了。 My body was warmed to the core.

＊core = 核心、果核。

我的皮膚變得很光滑！ My skin became so smooth!

泡在水裡太久讓我感到暈眩。 I got dizzy from staying in the water too long.

＊get dizzy = 暈眩的、眼花撩亂的。

泡在水裡太久讓我有點疲累。 I got tired from staying too long in the water.

＊get tired = 疲累。

關於溫泉

水溫剛剛好。 The water temperature was just right.

水溫太燙了。 The water temperature was too hot.

＊若是「變溫了」則可以改成 wasn't hot enough。

它是流動式的溫泉。	It was a flow-through hot spring.
它是碳酸泉。	It was a carbonated spring. ＊carbonated = 含碳酸的。
溫泉的水質會刺激皮膚。	The water was a little irritating to the skin. ＊irritating = 刺激的。
溫泉水感覺起來很滑溜。	The water felt really soft.
他們說溫泉對治療神經痛很有效。	They say the hot spring is good for neuralgia. ＊neuralgia [njʊˋrældʒə] = 神經痛。

在溫泉街

我們穿著浴衣在溫泉街散步。	We walked around the town in yukatas.
街上到處都有可以泡腳的溫泉。	There were footbaths everywhere on the street.
聞起來有硫磺味。	It smelled of sulfur. ＊sulfur [ˋsʌlfɚ] = 硫磺。
我們吃了溫泉蛋。	We ate hot spring eggs.
我們吃了溫泉饅頭。	We ate hot spring manju.

旅遊計畫（請參照 p.278「國名的單字」、p.279「城市的單字」）

我想去國外旅行。	I want to travel abroad.
我想去柬埔寨。	I want to visit Cambodia.
我想坐 JR 的夜車。	I feel like riding the Blue Train. ＊feel like ～ing = 想要～。
香苗和我打算明天去首爾旅行。	Kanae and I are going on a trip to Seoul tomorrow.
這是我第一次去美國旅行。	It's my first trip to America.
我會好好享受下週起在倫敦的日子☆	I'll be enjoying myself in London this time next week ☆

暑假時我想出國旅行。	**I want to travel abroad during this summer vacation.**
或許我應該帶爸媽一起去哪兒旅行。	**Maybe I should take my parents on a trip somewhere.**
我想親眼見識尼加拉的瀑布。	**I want to see Niagara Falls with my own eyes.**
我想知道是否可以用英語溝通無礙。	**I want to see if I can make myself understood in English.**

旅行的準備

我在旅行社拿了一些手冊。	**I got some brochures at a travel agency.** ＊brochure [bro`ʃʊr] = 小冊子。 travel agency = 旅行社。
我向旅行社訂了一個旅遊行程。	**I booked a trip at a travel agency.** ＊book = 預約～。
我用網路買機票。	**I bought plane tickets online.**
我終於拿到機票了！	**I've finally gotten plane tickets!**
我拿到旅遊行程表了。	**I received my itinerary.** ＊itinerary [aɪ`tɪnə,rɛrɪ] = 旅遊行程表。
我在打包。	**I did the packing.**
我的行李箱滿了。	**My suitcase is full.**
我決定只要帶背包去就好了。	**I decided to take just my backpack.**
如果我需要什麼東西，在當地買就行了。	**If there's something I need, I'll get it when I'm there.**

護照・簽證

我申請了護照。	**I applied for a passport.** ＊apply for ～ = 申請。
我必須更新我的護照。	**I have to renew my passport.** ＊renew = 更新～。
我總算拿到護照了。	**I've finally gotten my passport.**

我去大使館拿簽證。 I went to the embassy and got a visa.
＊embassy = 大使館。

我請旅行社代拿簽證。 I had the travel agent get my visa.

在機場

機場 的單字

機場	airport
報到櫃台	check-in counter
行李檢查	baggage inspection
安全檢查	security checks
入出國審查	immigration
入境卡	immigration card
大廳	concourse
登機門	boarding gate
登機證	boarding card
登機時間	boarding time
免稅店	duty-free shop
海關	customs
觀景台	viewing deck
外幣兌換櫃台	currency exchange counter
紀念品店	souvenir shop / gift shop
美食街	food court

我太早到機場了。 I got to the airport too early.

我快要遲到了，所以很擔心 I was worried because I was almost late.

機場非常漂亮。 The airport was really nice.

我在機場吃拉麵。 We ate ramen noodles at the airport.

報到櫃台前排了好多人。 There were a lot of people in line at the check-in counter.

我選了一個靠窗的位子。 I got a window seat.

只剩下靠走道的位子了。 Only aisle seats were available.
＊aisle [aɪl] = 走道。available = 有空的。

我的行李超重！好驚訝！ My baggage was over the weight limit! What a shock!
＊baggage = 行李。

我把錢換成外幣。 I exchanged my money.

我在出境審查耽擱了很多時間。 It took a long time at immigration.
＊immigration = 出入國管理。

我在免稅店幫媽媽買了一些化妝品。 I bought some cosmetics for my mother at a duty-free shop.

我在入境審查時很緊張。 I got nervous at the immigration check.

轉機要等四個小時。 I had a four-hour layover.

＊layover = 臨時滯留。

我很不安，因為我覺得會錯過轉機的航班。 I panicked because I thought I would miss my connecting flight.

＊connecting = 轉乘的。

飛機

飛機 的單字

國際線	international flight	靠走道座位	aisle [aɪl] seat
國內線	domestic flight	靠窗座位	window seat
直飛	direct flight	機內販售	in-flight shopping
轉機航班	connecting flight	亂流	turbulence
起飛	take off	機長	captain
著陸	land	空服人員	flight attendant
當地時間	local time	逃生口	escape hatch
經濟艙	economy class	飛機餐	in-flight meal
商務艙	business class		
頭等艙	first class		

飛機誤點一個小時。 The plane was an hour late.

班機客滿了。 My flight was full.

飛機上幾乎沒什麼人。 My flight was almost empty.

因為亂流的關係，飛機搖晃的很厲害。 The plane shook a lot due to turbulence.

＊turbulence [ˋtɝbjələns] = 亂流。

我暈機了。 I got airsick.

＊get airsick = 暈機。

從東京到倫敦要飛十三個小時左右。 It took about 13 hours from Tokyo to London.

感覺要飛很久。 The flight felt really long.

飛機咻一下就到了。	The flight was over before I knew it.
座位很小。	The seat was cramped. ＊cramped = 狹窄的。
我想坐頭等艙去旅行，就算只有一次也好。	I want to travel in first class even just once.
飛機餐很好吃。	The in-flight meal was good. ＊in-flight meal = 飛機餐。
飛機餐一點都不好吃。	The in-flight meal wasn't really good.
我喝了葡萄酒。	I had wine.
空服員很親切。	The flight attendants were nice.
我在機上翻閱一些資料。	I looked over the material in the airplane.
我們在機上做了一次簡短的會談。	We had a brief meeting on the plane. ＊brief = 短暫的。
我在機上買了香水。	I bought some perfume on the plane.
商務艙真的很舒服。	Business class was really comfortable.
我看了兩部電影。	I watched two movies.
我在打電玩。	I played computer games.
我很快就睡著了。	I fell fast asleep. ＊fall fast asleep = 很快睡著。
我很難入睡。	I could hardly sleep.
我們在當地時間晚上 8 點抵達。	We arrived at 8:00 at night, local time.
飛機晚了一小時才抵達。	The flight arrived an hour late.
當地氣溫是 23 度。	The local temperature was 23℃.

飯店・旅館

我很高興飯店乾淨整潔。	I'm glad the hotel was nice and clean.

飯店的房間太小了。 My hotel room was too small.

房間雖然沒有很大，但不是問題。 It wasn't very big, but it wasn't a problem.

房間又大又舒服。 It was really big and comfortable.

我們住的是套房。 We stayed in a suite.

真是一棟雅致的旅館。 It was a nice and quaint inn.

＊quaint＝古色古香的。inn＝旅館。

是一間有露天浴池的房間。 It was a room with an open-air bath.

是下次還會想住的旅館。 It's the kind of inn I want to stay at again.

房間很棒，所以我進去時歡呼了一聲。 It was such a nice room that I let out a shout of joy as I walked in.

＊let out～＝發出～（聲）

從窗戶看出去的風景很棒。 The view from the window was great.

流水聲真讓人放鬆。 The sound of the river was really relaxing.

迎賓飲料是香檳！ The welcome drink was champagne!

我們可以選擇自己喜歡的浴衣圖案。 We could choose the yukata pattern we wanted.

我們在晚上 10 點到旅館辦理登記。 I checked in at the hotel at 10 p.m.

我們 9 點左右退房。 We checked out at around 9:00.

我請他們保管行李到下午。 I asked them to keep my bags until evening.

下次我還想住那裡。 I want to stay there again.

在飯店・旅館遇到麻煩

蓮蓬頭的水出不來。 The shower didn't work.

＊work＝正常運作。

浴室沒有熱水。 There was no hot water in the bathroom.

馬桶堵塞了。	The toilet got clogged. ＊clog = 阻塞。
隔壁房的客人好吵。	The people in the next room were noisy.

觀光

我在遊客服務中心拿到街道的地圖。	I got a map of the city at the tourist information center.
我請他們推薦一家餐廳。	I asked them to recommend a restaurant.
我請他們推薦一部音樂劇。	I asked them to recommend a musical.
紐約真的是一座很刺激的城市。	New York is a really exciting city.
我看到吳哥窟時被感動了。	I was moved when I saw Angkor Wat. ＊move = 感動。
景色非常壯觀。	It was a magnificent sight. ＊magnificent = 壯麗的。
我拿了地下鐵的路線圖。	I got a subway map.
我搭計程車去美術館。	I took a taxi to the art museum.

在飯店・旅館用餐

我在飯店吃水果和鬆餅當早餐。	I had pancakes and fruit at the hotel for breakfast.
我們在大廳用早餐。	We ate breakfast in the hall.
我們在房間吃懷石料理。	We had a kaiseki dinner in our room.
旅館的餐點十分豪華。	The meal at the inn was incredible.
我超愛旅館的早餐！	I love the breakfast at the inn!
我們在一家很受歡迎的餐廳吃飯。	We ate at a popular restaurant.
我們吃的是那種當地人才會去的餐廳。	We ate at the kind of restaurant that locals go to. ＊local = 當地人。

餐點是用當地食材料理而成的。

The meal was made using local ingredients. ＊ingredient = 材料、食材。

來下關，一定要吃河豚！

You can't leave Shimonoseki without eating blowfish! ＊blowfish = 河豚魚。

我在市場吃螃蟹。

I had crab at the market.

買紀念品

我在中途看一些紀念品。

I checked out some souvenirs on the way. ＊souvenir [ˋsuvə,nɪr] = 紀念品。

我在免稅店買東西。

I shopped at a duty-free shop. ＊shop = 購物。

在這裡買 Prada 的手提包比在日本還要便宜。

Prada purses were less expensive there than they were in Japan. ＊purse = 手提包。

我買了一個可愛的鑰匙圈給麻里子。

I got Mariko a cute key ring.

我買了一條漂亮的項鍊給媽媽。

I bought a beautiful necklace for my mother.

他們告訴我那是傳統的手工藝品。

I was told that it's a traditional handicraft. ＊handicraft = 手工藝品。

我在超市買了很多當地的點心。

I bought a lot of local snacks at the supermarket.

我買了一些東西給所有同事。

I bought some things for all my co-workers. ＊co-worker = 同事。

拍紀念照

我請附近的人幫我們拍照。

I asked someone near me to take our picture.

我幫一對夫妻照相。

I took a photo for a couple.

我拍了很多照片。

I took a lot of pictures.

我拍了很多很棒的相片。

I took a lot of nice photos.

 旅途中的交流

我和從韓國來的旅人變成朋友。	I made friends with a Korean tourist. ＊make friends with ～ = 交朋友。
我和旅館主人變成朋友。	I made friends with the inn owner.
坐在我旁邊的人用中文跟我說話。	The person sitting next to me spoke to me in Chinese.
她的中文很好。	Her Chinese was really good.
我們一起吃晚餐。	We had dinner together.
我們一起拍照。	We took some pictures together.
我們交換電子郵件地址。	We exchanged e-mail addresses.
我們約定如果她來台灣的話要見面。	We agreed to meet if she ever visits Taiwan. ＊ever = 在任何時候。

 結束旅程返鄉

一個禮拜一下子就過去了。	The week was over before I knew it.
愉快的旅行一下子就結束了。	The fun trip was over in an instant. ＊in an instant = 一瞬間。
我玩得很快樂。	I had a great time.
我們不斷在移動，好累啊。	We had to move around a lot, and that was tiring. ＊tiring = 令人疲憊的、累人的。
我和木村在旅途中大吵一架。真是糟透了。	I had a big fight with Kimura during the trip. It was terrible.
我會整理照片。	I'll sort out the pictures. ＊sort out ～ = 分類～。
很棒的一段回憶。	It's a nice memory.
我永遠不會忘記。	I'll never forget it.
下次我還要去那裡。	I want to go there again.
下次我要去哪裡呢？	Where should I go next?

休閒·旅行相關的
英文日記，試著寫寫看！

144 試著用英文書寫出遊和旅行時所發生的事情吧！

旅遊計畫

I'm making plans for a trip to Hiraizumi. There are many places I want to visit, like Chuson-ji, Motsu-ji, Jodo Pure Land Garden, Mt. Kinkeizan, etc. I'm getting excited.

翻譯

我在擬訂去平泉旅行的計畫。有好多地方我都想去參觀，例如中尊寺、毛越寺、淨土庭園或金雞山等。我愈來愈興奮了。

POINT 「擬訂～的計畫」可用 be making plans for ～（名詞）、或 be making plans to ～（動詞）來表示。「想去的地方」英文是 places （that） I want to visit。I'm getting excited. 表示愈來愈興奮的狀態。

孩子的看法

We went to the zoo. When Daigo looked at a giraffe, he said, "Wow, long legs!" We adults would say "a long neck." Kids have a pretty interesting point of view.

翻譯

我們去動物園。當大悟看到長頸鹿時，他說：「哇！好長的腳！」。而我們大人說的卻是：「好長的脖子！」。孩子的看法真的很有趣。

POINT 「我們大人的話會～」的英文可用 We adults would ～（動詞原形）來表示。這裡的 would 隱含有「若是…就做～」的假設之意。「看法」的英文是 point of view。此處的 pretty 有「很、非常」之意。

盡情享受美容滿檔的韓國之旅

Yukiko, Ikumi and I went to Korea. We indulged in authentic Korean food, facials, body scrubs, etc. and bought loads of Korean cosmetics. We had a great trip!

翻譯

我和由紀子、育美一起去韓國。我們盡情享受正宗的韓國食物、臉部按摩及身體去角質，還買了一堆韓國的化妝品。真是非常愉快的旅行。

POINT 「盡情享受～」可以用 indulge in ～（沈迷於～）來表示。「正宗地」英文是 authentic。(Korean) body scrub 是「（韓式的）身體去角質」。loads of ～ 是「很多」的意思，和 a load of ～ 相同。

騎摩托車出遊

My girlfriend and I went for a motorcycle ride to Ashinoko Skyline. We rode my motorcycle together for the first time in ages. It was refreshing!

翻譯

我和女朋友騎摩托車去蘆之湖地平線。我們已經很久不曾一起騎車了。真不賴！

POINT 「騎摩托車出遊」時可說 go for a motorcycle ride 或 go on a motorcycle trip<tour>。「兩人騎一部摩托車」寫成 ride one's motorcycle together 亦可。for the first time in ages 有「很久～」之意。

22 流行

流行

時裝

我想要一件春季款的開襟羊毛衫。	**I want a spring cardigan.**
差不多是買新套裝的時候了。	**Maybe it's about time I got a new suit.**
我想要我在雜誌上看到的那件襯衫。	**I want the shirt I saw in the magazine.**
我穿連身洋裝出門。	**I went out in a dress.** ＊dress = 連身洋裝。
結果我總是買一樣的衣服。	**I always end up buying clothes similar to what I already have.** ＊end up ～ing = 以～收尾。similar to ～ = 和～相似。
我穿新買的夾克。	**I wore my brand-new jacket.** ＊brand-new = 剛買的、嶄新的。
我選了一件條紋襯衫和米黃色的褲子。	**I chose a striped shirt and beige pants.**
我選了一件灰色的針織衫和粉紅色的圍巾。	**I chose a gray cut-and-sewn top and a pink scarf.**
我的衣櫃裡有很多灰黑色的衣服。	**I have a lot of gray and black clothes in my closet.**
或許我該試試亮色系的衣服。	**Maybe I'll try wearing clothes with brighter colors.** ＊bright = （顏色）明亮的。
到目前為止我總共花了多少錢在服裝上？	**How much money have I spent on clothes so far?** ＊so far = 到目前為止。
我等不及要穿今天買的那套衣服出門。	**I can't wait to go out in the outfit I bought today.** ＊outfit 指的是「套裝」。

服裝 的單字

襯衫	shirt	牛仔褲	jeans
白襯衫	business shirt	短褲	shorts
T 恤	T-shirt	裙子	skirt
背心	tank top	褲裙	culottes
polo 衫	polo shirt	洋裝	dress
女襯衫	blouse	燕尾服	cocktail dress
針織上衣	cut-and-sewn top	睡衣	pajamas
毛衣	sweater	女性睡袍	nightie
針織毛衣	knitted sweater	內衣褲	underwear
開襟羊毛衫	cardigan	胸罩	brassiere / bra
運動衫	sweatshirt	短內褲	briefs
連帽派克外套	parka	四腳褲	boxer shorts
套裝	suit	短袖的	short-sleeved
男士晚禮服	tuxedo / tux	長袖的	long-sleeved
夾克	jacket	無袖的	sleeveless
風衣	windbreaker	高領毛衣	turtleneck
褲子	pants		

圖案・材質 的單字

素色的	plain	亞麻	linen
格紋的	checkered	羊毛	wool
蘇格蘭紋的	tartan / tartan-checkered	絲	silk
格紋棉布的	gingham / gingham-checkered	尼龍	nylon
條紋的	striped	丙烯酸的	acrylic
橫條紋的	horizontal-striped	聚酯	polyester
圓點花樣的	polka-dot	聚氨酯	polyurethane
碎花的	floral-print	人造纖維	rayon
豹紋的	leopard-print	燈芯絨	corduroy
幾何圖案的	geometric-pattern	羊毛	fleece
花邊的	lacy	天鵝絨	velvet
棉	cotton	丹寧布	denim

試穿

我站在鏡子前看個仔細。 **I checked myself out in the mirror.**

＊check ～ out = 確認～、看仔細。

我試穿看看。 I tried it on.

＊try ～ on = 試穿～，try 的過去式是 tried。

我試穿襯衫和褲子。 I tried on a shirt and a pair of pants.

我試穿了三件衣服。 I tried on three pieces of clothes.

我要等一下才能用試衣間。 I had to wait a little to use the fitting room.

＊fitting room = 試衣間。

我請太太幫我看看。 I asked my wife how I looked.

裙子對我而言太緊了，我好失望。 I was disappointed that the skirt was too tight for me. ☹

＊tight = 緊的。

試穿衣服好麻煩。 It's a bother to try clothes on.

＊bother = 打擾、麻煩。

我沒有試穿就買了。 I bought it without trying it on.

適合．不適合

愛馬仕的圍巾披在我身上不知道好不好看。 I wonder if a Hermés scarf would look good on me.

＊Hermès 的發音為「`hɝmiz」。

我很高興它穿在我身上意外地好看。 I was happy because it looked surprisingly good on me.

不太適合我。 It didn't look so good on me.

我丈夫說它不適合我。 My husband told me that it wasn't for me.

我覺得我穿起來很好看。 I thought I looked good in it.

紅色好像不太適合我。 I don't look good in red.

與其買流行的款式，我寧願買適合我的。 Rather than buy what's in fashion, I want to buy clothes that suit me.

＊in fashion = 流行。suit = 適合。

尺寸

穿起來有點緊。 It was a bit too tight.

比我想像的還要大件。 It was bigger than I thought.

我的上臂有點緊。	It was tight around my upper arms. ＊upper arm = 上臂。
我請他們拿大一點的尺寸。	I asked for a larger size.
我請他們拿小一點的尺寸。	I asked for a smaller size.
大尺寸的已經沒貨了。	The larger size was out of stock. ＊out of stock = 沒有庫存。
或許我該拿 9 號的。	Maybe I should've gotten a size 9.

設計

它真的很可愛。	It was really cute.
它真的很酷。	It was really cool.
或許太花俏了點。	Maybe it's too flashy. ＊flashy = 華麗的、花俏的。
我想會不會太素了。	I wonder if it's too plain. ＊plain = 樸素的。
它會不會讓我看起來很胖。	I wonder if it makes me look fat.
基本款的設計是最好的。	A basic design would be best. ＊basic 可以用 simple 代替。
蘇格蘭紋是冬季的標準款。	Tartan is standard in winter.
這是很容易混搭的設計。	It's a design that's easy to mix-and-match. ＊mix-and-match = 混搭。
這樣的設計最近似乎很流行。	It seems such designs are popular these days.
這種連身洋裝展露出我身體的曲線。	It's the kind of dress that shows my body shape.
衣服穿起來好不好看，取決於穿衣服的人。	Whether it looks great or not depends on who's wearing it. ＊whether ～ or not = 是否～。
這件連身洋裝讓我整個人煥然一新。	This dress could give me a whole new look.
我喜歡可以修飾身材的套裝。	I liked the figure-flattering suit. ＊figure-flattering = 修飾身材的。

材質

棉布很舒服。
Cotton is really comfortable.

我喜歡亞麻的觸感。
I like the feel of linen. ＊linen = 亞麻。

它是由精緻的布料做成的。
It's made from delicate material.
＊material = 原料。

看起來像是高級的布料。
It seems like high-quality material.

布料光滑，摸起來很舒服。
The material was silky and smooth.
＊silky = 觸感很好的。 smooth = 光滑的。

美雖美，不過不好洗的樣子。
It's beautiful, but it looks like it would be a pain to wash.
＊pain = 辛苦、麻煩。

彈性布料做的褲子穿起來最舒服。
Pants made from a stretchy material are the most comfortable.

這件毛衣有點刺刺的。
The sweater was a little scratchy.
＊scratchy = 刺痛的。

顏色

顏色 的單字

白色	white
黑色	black
紅色	red
藍色	blue
黃色	yellow
綠色	green
棕色	brown
米黃色	beige
灰色	gray
淺藍色	light blue
粉紅色	pink
橘色	orange
卡其色	khaki
黃綠色	yellow green
深咖啡色	dark brown
紫色	purple
淡紫色	lilac
海軍藍	navy
金色	gold
銀色	silver

顏色很好看。
It was a nice color.

白色有污點會更醒目。
I think spots will stand out more on white. ＊spot = 斑點、污漬。stand out = 引人注目。

我在淺藍色和橘色之間無法抉擇。	**I couldn't choose between light blue and orange.**
那顏色不適合我。	**It wasn't my color.**
綠色不適合我。	**Green isn't my color.**
粉紅色賣完了。	**Pink was sold out.**
還有其他顏色—粉紅色、米黃色和灰色。	**There were other colors too — pink, beige and gray.**
我想要一件顏色柔和的針織毛衣。	**I want a pastel-colored knitted sweater.**
我買了一件不同顏色的。	**I bought one in a different color.**
我買了和姊姊不一樣的顏色。	**I bought a different color from my sister's.**

流行

今年似乎很流行雪紡裙。	**Chiffon skirts seem to be in fashion this year.** ＊in fashion = 流行。
今年春天很流行粉嫩的顏色。	**Pastel colors are in fashion this spring.**
這些褲子是不是已經過時了。	**I wonder if these pants are already out of fashion.** ＊out of fashion = 過時的。
看樣子很流行六、七分褲。	**It looks like Sabrina pants are in fashion.** ＊Sabrina pants 是六、七分褲。
我不知道這種設計明年還會不會流行。	**I don't know if this design will still be popular next year.**
我寧願買基本款也不要買流行服飾。	**I would rather buy standard clothes than fashionable clothes.** ＊would rather ～ than ... = 寧可～也不願～。
年輕人對流行很敏感。	**Young people are sensitive to trends.** ＊sensitive to ～ = 對～很敏感。
我會穿適合我年紀的服裝。	**I'll dress in clothes suitable for my age.** ＊dress in ～ = 穿～。suitable for ～ = 適合的。

服裝搭配・打扮

我花了很久才決定要穿什麼。
It took a long time for me to decide what to wear.

我在鏡子前試穿了一個小時的衣服。
I spent an hour trying out clothes in front of the mirror.
＊try out ～ = 試試。

我不知道這一季該穿什麼才好。
I don't know what I should wear during this season.

我想我不夠時尚。
I don't think my fashion is chic enough.
＊chic [`ʃik] = 雅致的、時髦的。

田中真的很有型。
Tanaka really has style.
＊have style = 高雅的、雅致的。

我想知道如何變有型。
I want to know how to be stylish.

有一些朋友稱讚我今天穿的衣服。
Quite a few friends complimented me on my outfit today.
＊compliment = 稱讚。

我幾天前買的針織衫竟然和麻里的一模一樣！
The knitwear I bought the other day was the same as Mari's!

町田先生說他很喜歡我的鞋子。
Mr. Machida liked my shoes.

縫補衣褲

我的毛衣破了一個洞。
There was a hole in my sweater.

我把開襟羊毛衫的洞補起來。
I fixed the hole in my cardigan.
＊fix = 修補～。

我的牛仔褲愈來愈破舊了。
My jeans are getting worn out.
＊worn out = 磨破了的。

我從裡面縫了一個補丁。
I sewed on a patch from the inside.
＊sew [so] on ～ = 縫上。

我把牛仔褲改短。
I shortened my jeans.
＊shorten = 改短。

我把裙子的褶邊改短五公分。
I had the hem of the skirt taken up 5cm.
＊hem = （裙子或褲子的）褶邊。

我在店裡時就把褲子改短。
I got my pants shortened at the store.

大概花了三十分鐘。
It took about 30 minutes.

我的襯衫鈕扣鬆了。	**A button on my shirt was loose.** ＊loose [lus] = 鬆的。
我的開襟羊毛衫的扣子脱落了。	**A button on my cardigan came off.** ＊come off = 從～掉下、脱落。
我把鈕扣縫上去。	**I put a button on it.**
我把洋裝拿去送洗。	**I took my dress to the cleaners.** ＊cleaners = 洗衣店。
我在靴子上噴防水劑。	**I sprayed my boots with water repellent.** ＊water repellent = 防水劑。
我把毛衣上起的毛球弄掉。	**I removed the fuzz balls from my sweater.** ＊remove = 拿掉～。fuzz ball = 毛球。

手提包・錢包

手提包・錢包 的單字

手提包	purse	小型手提袋	pochette
托特包	tote bag	行李箱	suitcase
女用手拿包	clutch bag	有滾輪的包包	roller bag
波士頓包	Boston bag	公事包	briefcase
側背包	shoulder bag	皮夾	wallet
後背包	backpack	皮製的皮夾	leather purse
腰包	fanny pack	零錢包	coin purse

很不錯的包包。	**It was a nice bag.**
看起來很好用。	**It looked easy to use.**
袋子很大，所以可以放很多東西。	**It's big, so I can carry a lot of things in it.**
袋子裡有很多口袋，所以看起來很方便。	**It looked handy because it had a lot of pockets.** ＊handy = 便利的、靈巧的。
它很可愛，但我不認為它能裝很多東西。	**It was cute, but I don't think it can carry very many things in it.**
它應該是個很好的通勤包吧。	**It would make a good commuting bag.** ＊commuting = 通勤。

我想要一個長夾。	I want a long wallet.
擁有那個品牌的皮夾應該很棒。	It would be nice to own a wallet from that brand. ＊own = 擁有～。
這個皮夾可以放很多卡片。	I can fit a lot of cards in this wallet. ＊fit = 收納～、放進。
那個皮革的顏色很好看。	The leather had a nice color.
愈用愈有味道。	The more you use it, the better it feels.
他們說是西班牙科爾多瓦皮做的。	They say it's cordovan.

鞋子

鞋子 的單字

運動鞋	sneakers	夾腳拖鞋	flip flops
包鞋	pumps	厚底鞋	platform shoes
平底休閒鞋	loafers	無後跟鞋	mules
高跟鞋	high heels	運動鞋	sports shoes
低跟鞋	kitten heels ／ low heels	健走鞋	walking shoes
靴子	boots	跑步鞋	running shoes
皮鞋	leather shoes	登山鞋	hiking boots
涼鞋	sandals	雨靴	rain boots

鞋子的種類

我想要一雙跑步鞋。	I want running shoes.
我真的很想要這雙運動鞋。	I really wanted these sneakers.
那雙鞋子好可愛。	Those shoes were really cute.
這是最新款。	It's the latest design. ＊latest = 最新的。
冬天我喜歡穿靴子。	I like wearing boots in the winter.
天氣愈來愈熱了，我想要一雙涼鞋。	Now that it's getting hot, I want sandals.

今年流行那種涼鞋。	**Those sandals are in fashion this year.** ＊in fashion = 流行。
義大利的鞋子真流行。	**Italian shoes are really stylish.**
棕色似乎很好搭各種衣服。	**Brown is probably easier to match with various clothes.** ＊match with ～ = 和～搭配。
鞋跟似乎有點太高了。	**These heels might be a bit too high.** ＊a bit = 有一點。
我想要低跟鞋。	**I want kitten heels.** ＊kitten heels = 低跟鞋。
我順便買了鞋油。	**I bought shoe polish, too.** ＊shoe polish = 鞋油。

修補鞋子

我擦了鞋子。	**I shined my shoes.** ＊shine = 擦亮～。
我請人修理鞋跟。	**I had the heel fixed.** ＊fix = 修理～。
我拿破洞的靴子去修理。	**I went to get the hole in my boot fixed.**
我請人換鞋跟的皮。	**I had the leather on my heels replaced.** ＊replace = 以～代替。

試穿鞋子

我試穿看看。	**I tried them on.** ＊try ～ on = 試穿～。
鞋子有點鬆。	**They were a bit loose.** ＊loose [lus] = 鬆的。
鞋子有點緊。	**They were a bit tight.** ＊tight = 緊的。
它們很合腳。	**They fit my feet just right.**
腳趾的地方還有空間。	**There was space at the toes.** ＊toe = 腳趾。
腳趾附近很緊。	**They were tight around the toes.**
我的腳趾有點痛。	**My toes hurt a little.** ＊hurt = 疼痛，過去式也是 hurt。
我的後腳跟附近很痛。	**They hurt around my heels.** ＊heel = 後腳跟。

這雙鞋子有點難走。	The shoes were a bit difficult to walk in.
它們可能會讓我起水泡。	They might give me blisters. ＊blister = 水泡、鞋子磨腳造成的破皮。
它們穿起來很舒服。	They were really comfortable to wear.
我請他們給我再小一號的鞋。	I asked for one size smaller.
回到家後，我加了一塊鞋墊。	I added an insole when I got home.

服飾雜貨

服飾雜貨 的單字

傘	umbrella	襪子	socks
陽傘	parasol	褲襪	pantyhose
折傘	folding umbrella	緊身褲	leggings
手錶	watch	圍巾	muffler
帽子	hat	圍巾、領巾	scarf
草帽	straw hat	女用披肩	stole
棒球帽	baseball cap	手帕	handkerchief / hankie
毛帽	knit cap	皮帶	belt
太陽眼鏡	sunglasses	領帶	necktie / tie
手套	gloves	領帶夾	tiepin

我想要一頂夏天的帽子。	I want a summer hat.
我想要一條亞麻披肩。	I want a linen stole. ＊linen = 亞麻。
或許我該買一條香奈兒的領巾犒賞自己。	Maybe I should just treat myself and buy a Chanel scarf. ＊treat = 招待。
這條圍巾搭配我的衣服會很出色。	This scarf will be a nice accent when coordinating my clothes.
那支手錶看起來很酷。	That was a cool-looking watch.
今年冬天我想買新的手套。	I should get new gloves this winter.

戴上這付太陽眼鏡，我覺得自己像電影明星。	I feel like a movie star when I put these sunglasses on.
我買了三雙一千元的襪子。	I bought three pairs of socks for 1,000 dollars.

飾品配件

飾品配件 的單字

戒指	ring	踝鍊	anklet
項鍊	necklace	胸針	brooch / pin
墜子	pendant	胸花	corsage
耳環	earrings	（大腸）髮圈	scrunchie
穿洞式耳環	pierced earrings	髮夾	barrette / hair clip
手鐲	bracelet	袖扣	cuffs

我買了一個墜子。	I bought a pendant.
小巧的耳環真可愛。	The little earrings were cute.
我買了一條項鍊和一對相稱的耳環。	I bought a necklace and a matching ring. ＊matching = 匹配的。
這個戒指的設計很精美。	The ring had a really elaborate design. ＊elaborate = 精細的。
店員説它們是天然珍珠。	The clerk said they're natural pearls. ＊clerk = 店員。
我在想那枚鑽戒到底幾克拉？	I wonder how many carats that diamond is.
店員説那是 1.38 克拉！	The clerk said that it's 1.38 carats!
我請人清潔戒指。	I had my ring cleaned.
我請人測量戒指尺寸。	I had my ring size measured. ＊measure = 測量～。
我請人修改戒指尺寸	I had the ring size adjusted. ＊adjust = 調整～。
應該五天內可以完成。	It should be done in five days. ＊done = 完成。

流行相關的

英文日記，試著寫寫看！

150 ♪ 試著用英文書寫和服裝或打扮有關的事情吧！

買一件發熱衣看看

I'm interested in "Heattech." Kayo and Tomo said it's thin but really warm. Maybe I should buy one.

翻譯

我對「發熱衣」很感興趣。佳代和小友都說它雖然很薄，但穿起來十分暖和。或許我該買一件試試。

POINT 這裡的「對～很注意」用 interested in ～（對～有興趣）較為貼切。「試著做～」可用 Maybe I should ～來表示。buy one 的 one 此處指的是 Heattech（skirt）。

必須在穿著上多留意

I bumped into Misa at Omotesando Hills. She looked really sophisticated. I mean, she always dresses nicely. I should pay more attention to what I wear.

翻譯

我在表參道之丘巧遇美紗。她看起來非常優雅。我是說她的穿著總是十分合宜。或許我該在穿著上多注意一下。

POINT bump into ～是「和～偶遇」。look sophisticated 是「看起來很優雅 = 很優雅的樣子」。I mean 是用來表示補充或修正前面的敘述，有「怎麼說呢」、「也就是說」之意。

特賣會的戰利品

I went shopping in Umeda. They were having a summer sale, so it was really crowded. I got the dress that I had always wanted at half price. Lucky me ♪

翻譯

我去梅田購物。他們在做夏季特賣，所以人潮擁擠。我用半價買了夢寐以求的洋裝。我真幸運♪

POINT 「去～買東西」的英文可用 went shopping in ～（地名），或 went shopping at ～（店名）來表示。at half price 是「半價」之意，「打七折」，則是 at a 30% discount。Lucky me.（我真幸運）在會話上很常用。

Cool Biz

We've started the "Cool Biz" at work. It feels comfortable without a jacket. Seeing Mr. Matsui in a Hawaiian shirt took everyone in the office by surprise.

翻譯

我們公司開始實施「Cool Biz」。不用穿外套上班感覺真舒服。不過當大家看到松井先生穿著夏威夷襯衫來辦公室，還是嚇了一跳。

POINT Mr. Matsui in a Hawaiian shirt 的意思是「松井先生穿著夏威夷襯衫」。take ～ by surprise 有「讓人吃驚」之意。

23 美容‧身體保養

減肥

減肥的決心

我必須減肥了。	**I have to go on a diet.**
這次我一定要做到！	**I will do it this time!**
我的腰部多了些贅肉。	**I'm putting on some flab around the waist.** ＊put on ～ = 增加～（脂肪等）。flab = 贅肉。
我必須想辦法對付上手臂和腹部的脂肪。	**I have to do something about the fat on my upper arms and belly.** ＊fat = 脂肪。belly = 腹部。
我想減五公斤。	**I want to lose 5kg.**
我打算減三公斤。	**I will try to lose 3kg!**
我想要在三個月內減四公斤。	**I want to lose 4kg in three months.**
我想要讓腰變細五公分以上。	**I want to lose five more centimeters off my waist.**
我想要把體脂肪減到 20% 以下。	**I want to have less than 20% body fat.**
我想穿進九號的裙子。	**I want to be able to fit into a size 9 skirt.** ＊fit into ～ = 符合、適應。
我想要可以穿比基尼的身材！	**I'm going to have a bikini body!**
我打算一直持續下去，直到我穿的下那條褲子。	**I'm going to keep at it until I can fit into those pants.** ＊keep at ～ = 繼續。
我打算每天走三公里。	**I'm going to walk 3km every day.**

我打算每天慢跑三十分鐘。 I'll jog for 30 minutes every day.

我打算騎腳踏車去上班。 I'll bike to work. ＊bike = 騎腳踏車。

我打算走路去上班。 I'll walk to work.

減肥法

我在想減肥食品是否真的有效。 I wonder if that weight-loss food really works.
＊weight-loss food = 減肥食品。work = 有效。

我不妨試試看。 I may as well try it.
＊may as well ～ = 最好～、不妨～。

我開始寫飲食日誌。 I started keeping a diet journal.
＊journal = 日記。

要做的只有每天早晚量體重，並且記錄下來。 All you need to do is just weigh yourself and record your weight in the morning and at night.
＊weigh = 量體重。weight = 體重。

我從電視上學到蕃茄減肥法。 I learned about a tomato diet on TV.

它真的有效嗎？ Does it really work?

這個方法顯然對很多人有效。 This method has apparently worked for a lot of people.
＊apparently = 顯然地。

不可太過依賴營養補給品。 It's not good to rely on supplements too much. ＊rely on ～ = 依賴。

最好的方法就是適量的飲食，適度的運動！ The best way is definitely moderate meals and moderate exercise!
＊definitely = 確實地。moderate = 適度的。

飲食控制

我要試著吃八分飽。 I'll try to eat moderately.
＊moderately = 適度地。

我要試試每次咀嚼三十下。 I'll try to chew 30 times.
＊chew = 咀嚼。

我不吃油膩的食物！ No oily foods for me!

我不吃點心！ No snacks for me!

我從現在起不碰甜食！ No more sweets from now on!

我會試著飲食均衡。 I'll try eating a balanced diet.
＊diet = 日常食物、飲食。

我會注意晚上不要吃太多。 I'll try not to eat too much at night.

睡前兩小時我不會再進食。 I won't eat anything two hours before bed.

我會試著在 8 點前吃完晚餐。 I'll try to finish my dinner before 8:00.

晚餐我只吃了減肥食品。 I only had diet food for dinner.

那根本不夠。 That wasn't enough.

我餓死了。 I'm starved.

我好餓，但是我必須忍耐。 I'm hungry, but I have to control myself.

我在睡覺前吃了一些點心，但是我不該… I ate some snacks before bed, but I shouldn't have...

我抗拒不了甜食。 I can't resist sweets.
＊resist = 抵抗。

運動（請參照 p.540「運動」）

減肥成功

我的減肥進行得很順利。 My diet is going well.
＊go well = 順利進行。

太好了！我減了兩公斤！ Yes! I've lost 2kg!

跟兩個月前相比，我瘦了三公斤。 I weigh 3kg less than I did two months ago.
＊weigh = 量體重。

我的腰圍小了四公分。 My waist is smaller by 4cm.

我想我的胃已經縮小了。 I think my stomach has shrunk.
＊shrink = 變小、縮小，過去分詞是 shrunk。

我的身體變得更結實了。 My body feels firmer.
＊firm = 結實的。

我的褲子變鬆了。 My pants have gotten loose.
＊loose [lus] = 寬鬆的。

我現在又穿的下以前的衣服了。 I can now wear my old clothes again.

我覺得我的臉變小了。 I think my face has gotten smaller.

朋友對於我減肥成功的事感到驚訝。 My friends were surprised that I had lost weight.

篤史說我看起來更漂亮了。 Atsushi told me that I looked more beautiful.

減肥失敗

減肥失敗！ The diet didn't work!
＊work＝順利。

我沒辦法持之以恆。 I can't stick to anything.
＊stick to ～＝堅持到底。

我又復胖了。 I've gained weight again.
＊gain＝增加～。

我這麼努力減肥，結果卻… I tried so hard to lose weight, but...

我胖了一公斤，為什麼？ I gained 1kg. Why?!

不管我怎麼做，就是瘦不下來。 No matter what I do, I can't lose weight.
＊no matter ～＝不論。

也許是我的方法錯誤。 Maybe I'm using the wrong weight-loss method.
＊method＝方法。

現在要瘦下來比以前更難了。 It's harder to lose weight now than it was before.

我猜是我的新陳代謝比較慢吧。 I suppose my metabolism is slower.
＊metabolism＝新陳代謝。

皮膚

152

皮膚狀況

最近我的皮膚很健康。 My skin is healthy these days.
＊healthy＝健康的、正常的。

我的皮膚最近變得比較好。 My skin is in better condition these days.

我做了肌膚年齡測試。	I had a skin age test.
太好了！我的肌膚年齡是 25 歲！	Yes! I have the skin of a 25-year-old!
我的肌膚年齡是 42 歲。	My skin age was 42 years old.
比我實際的年齡還要老五歲！	That's five years older than my actual age! ＊actual = 實際的。
比我實際的年齡還要年輕五歲♪	That's five years younger than my actual age♪
跟我實際的年齡差不多。	It's about the same as my actual age.
有人說我的皮膚很漂亮。	I was told that I have beautiful skin.
涼子的皮膚很緊實。	Ryoko has youthful skin. ＊youthful = 年輕的。
惠理子的皮膚好美，我好羨慕。	I envy Eriko's beautiful skin. ＊envy = 羨慕。
希望我的皮膚像松田小姐一樣美。	I wish I had beautiful skin like Ms. Matsuda's.

皮膚的保養

洗澡後，我膜面敷。	I put on a facial mask after my bath. ＊put on ～ = 貼在～上、塗～。
睡前我會敷美白面膜。	I'll wear a skin lightening facial mask before going to bed. ＊lightening = 變亮。facial = 臉的。
我嘗試了大家強力推薦的臉部按摩。	I tried the face massage everyone's raving about. ＊rave about ～ = 極力讚賞、成為流行話題。
我打算每天晚上持續下去。	I'll try to do it every night.
希望我的臉再小一點。	I hope my face gets smaller.
我感覺到我的血液循環有變好。	I feel like my blood circulation has improved. ＊circulation = 循環。improve = 改善～。
我用臉部按摩器幫自己做臉部保養。	I used a facial massager to give myself a facial. ＊give oneself a facial = 幫～進行臉部保養。

我的皮膚現在變得比較光滑了。	**My skin is smoother now.** ＊smooth = 平滑的、光滑的。
這個滾輪器真的能讓臉變小嗎？	**Will this roller really make my face smaller?**
我把臉上的汗毛刮掉。	**I shaved my facial hair.** ＊shave = 刮。

對抗紫外線

我可能曬黑了。	**I think I got tanned.** ＊get tanned = 曬黑的，另一說法為 get suntanned。
我曬黑了。	**I got tanned.**
我必須讓自己遠離紫外線。	**I have to protect myself from UV rays.** ＊protect = 保護。UV ray = 紫外線。
所有能避免陽光的保護措施我都做了。	**I've done all I need to do for protection from the sun.** ＊protection = 保護。
我買了 SPF50 的防曬霜。	**I bought some SPF 50 sunblock.** ＊sunblock = 防曬霜。
我忘記擦防曬油了。	**I forgot to put on the sunscreen.** ＊put on ～ = 貼在～上、塗～。sunscreen = 防曬油。
我應該要塗點防曬油。	**I should've put on some sunscreen.**
我有塗防曬油，但還是曬黑了。	**I put on sunscreen, but I still got tanned.**

皮膚的煩惱

最近我的皮膚狀況欠佳。	**My skin isn't doing so well these days.**
今天我妝化的不好。	**I had a bad makeup day today.** ＊makeup = 化妝。
最近我的皮膚很粗糙。	**My skin is rough these days.** ＊rough = 粗糙的。
最近我的皮膚很乾。	**My skin is dry these days.**
我的 T 字部位很油。	**My T-zone is oily.**
我想讓皮膚變得亮白。	**I want to lighten my skin.** ＊lighten = 變亮。
我想要改善皮膚的觸感。	**I want to improve my skin texture.** ＊texture = 觸感。

我想讓皮膚變年輕。 I want to make my skin younger.

我不喜歡我的魚尾紋。 I don't like my crow's feet.
＊crow's feet = 魚尾紋。

我想除掉嘴角附近的法令紋。 I want to get rid of the wrinkles next to my mouth.
＊get rid of ～ = 除去。

我希望能除去這些斑點。 I hope I can get rid of these spots.
＊spot = 斑點。

我很在意下垂的臉部線條。 I'm worried about my sagging face lines.
＊sagging = 下垂的。

我的面皰長出來了。 My skin broke out.
＊break out = （面皰等）長出來。

面皰清乾淨了。 The pimples cleared.
＊pimple = 面皰。clear = 清除、變乾淨。

我把面皰擠出來。 I popped the pimple.
＊pop = 碰的一聲爆裂。

我的臉上長疹子了。 A rash broke out on my face.
＊rash = 疹子。

我應該小心保養皮膚。 I should take better care of my skin.

我是不是應該換掉現在正在用的皮膚保養品？ I wonder if I should change the skin care products I use.

整理儀容 153

整理儀容

我清耳朵。 I cleaned my ears.

我拔鼻毛。 I pulled out my nose hairs.

我修剪鼻毛。 I cut my nose hairs.

多餘的毛髮

我做了腋下雷射除毛。 I got laser hair removal on my underarms.
＊removal = 除去。

我除去多餘的毛髮。 I removed my unwanted hair.
＊remove = 除去。unwanted = 多餘的。

我刮除腿毛。 I shaved my legs.
＊shave = 刮。

化妝

化妝品 的單字

粉底霜	foundation
遮瑕膏	concealer
腮紅	blush / blusher
睫毛膏	mascara
睫毛夾	eyelash curler
假睫毛	false eyelashes
眼線	eyeliner
眼線筆	pencil eyeliner
眼線液	liquid eyeliner
眼影	eye shadow
口紅	lipstick
唇膏	lip balm
皮膚保養品	skin care products
化妝水	skin toner
乳液	face cream
美容液	beauty essence
指甲油	nail polish
修腳指甲	pedicure
防曬霜	sunscreen / sunblock
吸油面紙	facial oil blotting paper

化妝

我的妝化的很完美。 **I did my makeup perfectly.**
＊makeup = 化妝。

約會前，我調整一下臉上的妝。 **I fixed my makeup before my date.**
＊fix = 調整。

我的妝化得有點濃。 **My makeup was a bit heavy.**
＊a bit = 有一點。heavy = 濃的。

我的粉底霜不持久。 **My foundation didn't stay on.**
＊stay on = 保持下去。

我想知道如何化出自然的妝容。 **I want to know how to put on makeup for a natural look.**

我沒有化妝就出門了。 **I went out without makeup.**

我打算去燙睫毛。 **I'll get my eyelashes permed.**
＊eyelash = 睫毛。perm [pɝm] = 燙。

或許我該試試接睫毛。 **Maybe I should try those eyelash extensions.**

化妝品

我在雜誌上看到蘭蔻新推出的睫毛膏。 **I saw the new Lancôme mascara in a magazine.**

這個眼影很顯色。

This eye shadow spreads well.

＊spread = 展開、塗上薄薄一層。

今年春季推出的口紅顏色都很可愛！

All the new lipstick colors this spring are so cute!

不知道有沒有好用的遮瑕膏可以遮住我的斑點。

I wonder if there's a good concealer that can hide my spots.

＊concealer = 遮瑕膏。spot = 斑點。

我想買沒有含添加物的化妝品。

I want to use makeup that doesn't have additives.

＊additive = 添加物。

我又買了新的化妝品。

I bought new makeup again.

我買了添加酵素 Q10 的美容液。

I bought beauty essence with coenzyme Q10.

指甲

155

指甲的保養

我修剪指甲。

I clipped my nails.

＊clip = 修剪～（指甲等）。

我把指甲修整齊。

I filed my nails.

＊file = 把～銼平。

我把指甲剪得太短了。

I cut my nails too short.

我把外皮去掉。

I removed my cuticles.

＊cuticle = 外皮。

我擦上指甲油。

I painted my nails.

我替腳擦上指甲油。

I painted my toenails.

我自己擦的指甲油很漂亮。

I did my nails myself and they turned out well.

＊turn out ～ = 結果是～。

這個指甲油的顏色很漂亮。

This nail polish has a beautiful color.

＊nail polish = 指甲油。

美甲沙龍

我今天去做指甲。

I had my nails done today.

兩隻手共花了八千四百元。

It cost 8,400 dollars for both hands.

它們好美，我非常滿意。	I'm totally satisfied with how pretty they are.
我請美甲師在我的指甲上做花朵設計。	I asked the nail artist to put flower designs on my nails.
我做了粉紅底的法式指甲。	I got a French manicure with a pink base coat.
我做了茶花的指甲彩繪來搭配我的和服。	I got camellia nail art to go with my kimono. ＊camellia = 茶花。go with ～ = 與～搭配。
我去做水鑽指甲。	I got rhinestones on my nails.
凝膠脫落了。	The gel is peeling off. ＊peel off = 脫落。
我請人把凝膠去掉。	I had the gel removed.

美髮沙龍

髮型 的單字

短髮	short hair	捲髮	curly hair
及肩的長髮	shoulder-length hair	辮子	braids
長髮	long hair	馬尾	ponytail
鮑伯頭	bob	高髻	updo
平頭	crew cut	直的	straight
剃光頭	shaven head	燙頭髮的	permed
爆炸頭	Afro	染色的	colored / dyed [daɪ]
龐克頭	Mohawk [`mohɔk]		

跟美髮沙龍預約

我的頭髮變長了。	My hair has grown too long. ＊grow = （頭髮或指甲）變長，過去分詞是 grown。
明天我要跟美髮沙龍預約。	I have to make an appointment at the beauty salon tomorrow. ＊beauty salon = 美髮沙龍。
我向美髮沙龍預約 8 月 12 日 10 點。	I made an appointment at the beauty salon for 10:00 on August 12.

我已經有四個月沒有去美髮沙龍了。	I haven't been to the beauty salon for four months!
我不知道該不該燙頭髮。	I don't know if I should get a perm. ＊perm [pɝm] = 燙頭髮。

在美髮沙龍

我去美髮沙龍。	I went to the hair salon. ＊hair salon = 髮型沙龍。
我帶雜誌的剪報一起去。	I took some magazine clippings with me. ＊clipping = 剪報。
我剪了頭髮，還染了髮。	I got a haircut and had my hair dyed. ＊dye [daɪ] = 染色。
我理了平頭。	I got a crew cut. ＊crew cut = 平頭。
我去修頭髮。	I had my hair trimmed. ＊trim = 修剪。
我只有修頭髮而已。	I just got a trim. ＊trim = 修剪頭髮。
我請他們幫我把頭髮打薄、變輕。	I had my hair thinned and lightened. ＊thin = 變薄。lighten = 變輕。
我請他們幫我把頭髮剪得乾淨俐落。	I told them to just cut off my hair.
我燙了頭髮。	I got a perm.
我做了離子燙。	I got a straight perm.
我把頭髮燙直了。	I had my hair straightened. ＊straighten = 把～變直。
被洗頭的感覺真舒服。	It felt nice when my hair was being shampooed.
我還做了頭部按摩。	I got a head massage, too.
實在太舒服了！	It felt awesome! ＊awesome [`ɔsəm] = 太棒了。
剪髮加燙髮，總共是一萬一千元。	It was 11,000 dollars for a haircut and a perm.
小林先生很擅長剪頭髮。	Mr. Kobayashi is really good at giving haircuts.
我去的這家美髮沙龍技術並不熟練。	The hair salon I go to isn't very good.

或許我應該換另一家美髮沙龍。	Maybe I should find another hair salon.
沒人發現我去過美髮沙龍。	No one noticed that I had been to the hairdresser. ＊hairdresser = 美髮沙龍。

髮型

我想要大改造。	I want a makeover. ＊makeover = 大改造。
我想要適合春天的髮型。	I want a hairstyle that's good for spring.
我想要跟蔡依林一樣的髮型。	I want a hairstyle like Jolin's.
我想要容易整理的髮型。	I want a hairstyle that's easy to maintain. ＊maintain = 維持～。
我想要頭髮長長一點。	I want to grow my hair out. ＊grow = （頭髮等）長長。
我喜歡自己的直長髮。	I like my hair long and straight.
平頭最好整理了。	A crew cut is the easiest to take care of. ＊take care of～ = 保養。
我喜歡我的新髮型。	I like my new hairstyle.
我不喜歡我的新髮型。	I don't like my new hairstyle.
我自己剪瀏海。	I trimmed my bangs. ＊trim = 修剪。bang = 瀏海。
我不習慣我的新髮型。	I'm not used to my new hairstyle. ＊used to～ = 習慣～。
我的頭髮好像剪得太短了。	I feel my hair was cut a bit too short.
這次的燙髮完全不適合我！	This permed hair doesn't look good on me at all!

染髮．染掉白頭髮

栗褐色似乎是今年秋天的流行色。	Chestnut brown seems to be a popular color this fall.
我想把頭髮染成亮一點的顏色。	I want to dye my hair a lighter color. ＊dye [daɪ] = 染色。

我想我的頭髮染的太亮了。 I think I dyed my hair too light.

我把頭髮染成深咖啡色。 I had my hair dyed dark brown.

我請人幫我做紫色挑染。 I got purple highlights.

我的頭髮又變回黑色了。 I went back to having black hair.

我的白頭髮愈來愈多了。 My hair is going gray.

＊go gray = 變成白髮。

我要把白頭髮染掉。 I have to dye my gray hair.

＊gray hair = 白頭髮。

我把白頭髮染色了。 I dyed my gray hair.

爸爸的頭髮變白了。 Dad's hair has turned white.

梳理頭髮

我把頭髮綁到後面。 I tied my hair back. ＊tie = 打結。

今天我把頭髮放下來。 I let my hair down today.

＊let one's hair down = 把頭髮放下來。

我把頭髮綁起來。 I put my hair up.

我在頭髮上插了髮簪。 I put a hairpin in my hair.

我使用電棒捲。 I used a curling iron.

我綁辮子。 I braided my hair.

＊braid [bred] = 辮子。

我吹了一個飛機頭。 I made a pompadour.

我梳了一個包頭。 I wore my hair in an evening party roll.

三千煩惱絲

最近我的頭髮很乾。 My hair is dry these days.

我的頭髮不聽話。 My hair won't stay put.

＊stay put = 趨於一致。

每到下雨天，我的頭髮就變毛躁。 My hair gets frizzy on rainy days.

＊frizzy = 捲曲的。

每天早上，我的頭髮都亂七八糟。 I get terrible bed hair in the morning.

＊bed hair = 剛起床的蓬鬆亂髮。

我今天的頭髮糟透了。
I had a bad hair day.

我的頭髮分叉的嚴重。
I have a lot of split ends.
＊split end = 頭髮分叉。

我的頭髮很稀疏。
My hair is thinning.
＊thin = 使稀少。

或許我應該要去做植髮。
Maybe I need to get hair implants.
＊implant = 移植。

我不願意戴假髮。
I'm reluctant about wearing a wig.
＊reluctant = 不情願的。wig = 假髮。

美體沙龍・按摩

去美體沙龍

我想去美體沙龍。
I want to go to a beauty treatment salon.

我去美體沙龍。
I went to the beauty treatment salon.

我做了 60 分鐘的美顏保養。
I got a 60-minute facial.
＊facial = 美容保養。

我做了瘦身療程。
I got a slimming treatment.

我做了 90 分鐘的全身療程。
I got a 90-minute full-body treatment.

我報名了六堂減重課。
I signed on for a six-session weight loss course.
＊sign on = 報名（某課程）。

去按摩

下班後，我去按摩。
I saw a massage therapist after work.
＊see a massage therapist = 接受按摩。

我的腰痛得厲害，所以我去按摩。
I had a terrible backache, so I saw a massage therapist.
＊backache = 腰痛。

我做了全身按摩。
I got a full-body massage.

我去做腿部穴位按摩。
I got the pressure points on my legs massaged.
＊pressure point = 施壓點（皮膚對壓力最敏感之處）。

我做了傳統的泰式按摩。
I got a traditional Thai massage.

我做了骨盆按摩。	I got a pelvic massage. *pelvic = 骨盆的。
他們用芳香按摩精油。	They used aroma oil for the massage.
60 分鐘的課程要價五千元。	The course was 5,000 dollars for 60 minutes.
他們幫我按摩全身。	They massaged my entire body.
他們說我的肩膀真的很硬。	They said I had a really stiff lower neck. *stiff = 僵硬的。lower neck 亦可作 neck。
我把按摩時間延長了 15 分鐘。	I extended the massage for 15 minutes. *extend = 延長。

去美體沙龍和按摩的感想

真的好舒服。	It felt really good.
太舒服了，以致於我睡著了。	It felt so good that I fell asleep.
有一點痛。	It hurt a little.
我的身體好像更痛了。	It seems like my body actually hurts more now.
真的很放鬆。	It was very relaxing.
我的身體變輕了。	My body feels lighter.
好奢侈的感覺。	It felt really luxurious. *luxurious = 奢侈的。
偶爾去美體沙龍還不錯。	It's nice to go to a beauty treatment salon once in a while. *once in a while = 有時。
我的小腿肚變結實了。	My calves have gotten firmer. *calf = 小腿肚，複數為 calves。firm = 結實的。
我覺得我的臉變小一點了。	I feel my face has gotten a bit smaller. *a bit = 有點。
我的皮膚變柔軟了。	My skin has gotten softner.
我很驚訝我的腰變細了。	I was surprised that my waist got smaller.

這個按摩師的手法很純熟。 The therapist was really good.

這個按摩師的手法很生硬。 The therapist wasn't very good.

三溫暖・水療會館・公共浴池

我去家附近的公共浴池。 I went to a public bath near my house.
＊public bath = 公共浴池。

我去附近的水療會館。 I went to a health spa nearby.

有十種不同種類的浴池。 There were 10 different types of baths.

水有點太燙。 The water was a bit too hot.

公共浴池裡人好多。 The bath house was crowded.

我在澡堂入口處買泡澡的套票。 I bought a bath set at the attendant's booth.
＊attendant = 接待人員、服務員。

我喜歡牛奶浴。 I like milk baths.

我洗了一個冷水澡。 I took a cold-water bath.

洗露天浴池讓人覺得很舒服。 The open-air bath felt so good.

有菖蒲浴池。 There were sweet flag blades in the bath.
＊sweet flag blade = 菖蒲的葉子。

因為是冬至，所以要泡柚子澡。 They put yuzu in the bath because it's the winter solstice.
＊the winter solstice [ˋsɑlstɪs] = 冬至。

洗大浴池的感覺果然很舒服。 For sure, big baths feel really good.
＊for sure = 確定。

我去洗三溫暖。 I went to a sauna.

我去做岩盤浴。 I took a bedrock bath.
＊bedrock = 岩層。

流那麼多汗之後，我又恢復精神了。 I felt refreshed after all that sweating.
＊all that ～ = 到那種程度。sweat = 流汗

泡完澡後來一杯咖啡牛奶最棒了。 Coffee with milk after a bath is the best!

美容·身體保養相關的英文日記，試著寫寫看！

159 ♪ 試著用英文書寫和美容或身體保養相關的事情吧！

體重減不下來

I've been eating less, avoiding sweets and fatty foods, but I'm not losing weight at all. How come?

翻譯

我一直有少吃、避免甜食以及高油脂的食物，卻一點都沒有變瘦。怎麼會這樣呢？

POINT eat less 是「少吃」。avoid 是「避免～」。 I've been eating less 或（I've been）avoiding 這兩句用現在完成進行式表達某個動作「一直以持續進行」。How come? 是 Why?（為什麼?）的另一種說法。

臉色暗沈

I've been worried about the dullness of my skin, so I splurged on a bottle of expensive beauty essence. I feel my skin tone is getting lighter. Is it my imagination?

翻譯

我最近很擔心我的臉色暗沈，所以花了一大筆錢買美容液。我覺得膚色好像有變比較明亮。一切都是我的想像嗎？

POINT 此處的「擔心」用 worried about ～（為～煩惱）較好。「我最近一直很擔心」的持續的狀態，要用現在完成進行式來表示。「暗沈」的英文是 dullness。「亂花錢在～上」的英文是 splurge on ～。「想像」的英文可用 imagination。

按摩讓我放鬆

I went and got a massage. I was told my neck and lower back were really stiff. The therapist was really good and now my neck and lower back feel relaxed!

翻譯

我去按摩。我被說頸部和腰部都很僵硬。按摩師的手藝很好，我的頸部和腰部放鬆了不少！

POINT 「～告訴我」可用 I was told （that）～ 來表示，至於告訴的內容可填在～裡面。「頸部很硬」所指的「頸部」若是靠近頭部，要用neck（頸部），shoulder 指的是「（包含肩胛骨的胸部上半部）肩膀」。

新髮型

I went to the beauty salon today. I asked my hairdresser for advice and decided on a lightly permed short bob. I'm happy that it looks pretty good! ☺

翻譯

今天我去美髮沙龍。我和美髮師討論後決定要燙成微捲的短髮。我很高興燙起來很好看！☺

POINT asked my hairdresser for advice 直譯為「請美髮師給建議」，但此處有「討論」的涵意。decided on ～ 有「（從眾多選項中）決定～」之意。permed [pɝmd] 是「燙頭髮」。

24 戀愛

相遇

相遇

原田把我介紹給田澤。

Harada introduced me to Tazawa.

＊introduce ～ to... = 把～介紹給…。

我在跨業的聚會裡遇到谷口。

I met Taniguchi at the cross-industry get-together.

＊cross-industry = 跨業的。get-together = 聚集。

我在今天的聚會遇到一些好人。

I met some nice people at the get-together today.

研討會上我碰巧坐在他隔壁。

I happened to sit next to him at the seminar.

＊happen to ～ = 偶然。

明天我要去相親。

I have a blind date tomorrow.

＊blind date = 跟（熟人介紹的）不認識的人約會。

相遇的瞬間，我覺得他就是我的真命天子。

As soon as I met him, I felt that he was the one for me.

追求

我們一起去追女生。

We went out looking for girls.

在酒吧裡，我們跟坐在旁邊的女孩們講話。

We spoke to a couple of girls sitting next to us at the bar.

我鼓起勇氣跟她說話。

I got up my courage and talked to her.

＊get up one's courage [ˌkɝɪdʒ] = 鼓起勇氣。

我一點收穫也沒有。

I didn't have any luck.

有一個人給我她的電話號碼，我太幸運了！	**One girl gave me her number. Lucky me!** ＊（phone） number = 電話號碼。
我提不起勇氣跟任何人講話。	**I didn't have the courage to talk to anyone.** ＊courage = 勇氣。

被追求

車站前有人想跟我搭訕。	**Someone tried to pick me up in front of the train station.** ＊pick ～ up = 交上～（新男友或女友）。
我不理他繼續往前走。	**I ignored him and moved on.** ＊ignore = 不理會。
我給他我的電話號碼。	**I gave him my number.**
最近都沒有人要追我。	**No one tries to pick me up these days.**
希望偶爾有人來追我。	**I wish someone would try to pick me up sometimes.**

聯誼

我去聯誼。	**I went to a mixer.** ＊mixer = 喝東西聊天的聚會。
總共四男四女。	**There were four men and four women.**
大多數的女生都很可愛。	**Most of the girls were cute.**
他們都是可愛的男生。	**They were all cute guys.**
右邊數來第二個男生長得很好看。	**The second guy from the right was good-looking.**
最左邊的是我喜歡的類型。	**The one on the far left was my type.** ＊far left = 最左邊的。
今天的聚會很普通。	**Today's mixer was not so good.**
我們合不來。	**We didn't hit it off.** ＊hit it off = 合得來。
他們之中沒有人是我喜歡的類型。	**No one there was my type.**
我們去卡拉 OK 續攤。	**We went to karaoke for the after-party.**

當然，我們見了一次面之後就分開了。
Of course, we parted after the first party.
＊part = 使分開。

伊田走路送我去車站。
Ida walked me to the station.
＊walk ～ to the station = 走路送～去車站。

喜歡的類型

他是我喜歡的類型。
Yeah, he's my type.

他不是我喜歡的類型。
He's not my type.

他的長相不是我喜歡的類型。
His face is not my type.

我也不清楚自己喜歡什麼類型。
I don't know what my type is.

會和我談戀愛的人就是我喜歡的類型。
The person I fall in love with is my type.

我上哪找跟林志玲一樣的女人呢？
I wonder where I can find a woman like Lin Chi-Ling.

希望我可以和布萊德彼特交往。
I wish I could go out with Brad Pitt.
＊go out with ～ = 交往。

是不是我的理想太高了？
Is my ideal too high?
＊ideal [aɪˋdiəl] = 理想的。

對方的印象

她很有女人味。
She was really feminine.
＊feminine = 女性的。

他很有男子氣概。
He was masculine.
＊masculine [ˋmæskjəlɪn] = 男性的。

她很害羞很可愛。
She was shy and sweet.

他看起來很有錢。
He seems well off.
＊well off = 富裕的。

他看起來很酷，實際上是個相當輕浮的人。
He seemed cool, but he was pretty careless.
＊pretty = 相當。

我喜歡他外表和內心的差距。
I like the gap between how he looks and how he really is.

我對她的第一印象是她的笑容很燦爛。
My first impression was that she had a beautiful smile.

她長得很像安海瑟薇。
She looks like Anne Hathaway.

他長得很像基奴李維和湯姆克魯斯。
He looks like a combination of Keanu Reeves and Tom Cruise.
＊combine = 結合。divide = 除法。

他好像對我很有興趣。
He seemed interested in me.

我們話不投機。
We spoke a different language.
＊speak a different language = 話不投機。

跟她講話很無聊。
The conversation with her was kind of boring.
＊boring = 無聊的。

她很漂亮，但是個性不吸引我。
She's good-looking, but her personality doesn't impress me.
＊good-looking = （指女性）漂亮、（男性）帥氣。impress = 使～有印象。

他看起來遊手好閒。
He looks like he's a player.
＊player = 遊手好閒的人（男人）。

他只聊自己的事。
He only talked about himself.

我不能忍受別人吃飯狼吞虎嚥。
I can't stand people with piggish table manners.
＊stand = 忍耐～。piggish table number = 狼吞虎嚥。

我聽說他離過一次婚。
I heard he has been divorced once.
＊divorced = 離婚的。

不過對我來說那不重要。
It doesn't matter to me, though.
＊matter = 重要。

交換連絡方式

我和田端小姐要電話。
I asked Ms. Tabata for her number.
＊(phone) number = 電話號碼。

高橋和我要電話。
Takahashi asked me for my number.

我們交換電話號碼。
We exchanged numbers.

我們交換電子郵件地址。
We exchanged e-mail addresses.

我給她我的電話號碼和電子郵件地址。

I gave her my phone number and e-mail address.

我打算下次跟吉田要田代的電話號碼。

I'm going to ask Yoshida for Tashiro number the next time we meet.

期待再相會

我想再見到她。

I want to see her again.

我們約好下次單獨見面。

We agreed to meet just the two of us next time.

他跟我說還想再見我。

He told me he wanted to see me again.

我好開心！

I'm so happy! ☺

幾分鐘前我收到他的電子郵件。

I got his e-mail a few minutes ago.

它寫著：「我能再見你嗎？」。

It said, "Can I see you again?"

我馬上回覆他的電子郵件。

I replied to his e-mail right away.

＊right away = 立刻。

我發送 OK 的電子郵件給他。

I e-mailed him my okay.

＊e-mail = 向～發送電子郵件。

或許我會發訊息給他。

Maybe I'll text him.

＊text = 用手機發送文字郵件。

希望他會打電話給我。

I hope he'll call me.

謝謝再連絡

我不想再見到她。

I don't feel like seeing her again.

我想不會再有下一次。

I don't think there will be a next time.

最糟的就是他打電話來。

If he called, it would be the worst thing.

＊worst thing = 最糟的是。

呃！他居然寄電子郵件給我。

Ugh! He e-mailed me.

＊ugh [ʌg] = （表嫌惡、輕蔑、恐怖的感嘆聲）呃。

我打算假裝沒看到他的電子郵件。

I'll ignore his e-mail.

＊ignore = 忽視～。

他約我共進晚餐。 He asked me out for dinner.

＊ask ～ out = 邀約～。

我不知道該說些什麼。 I don't know what to say.

我用電子郵件拒絕他的邀約。 I e-mailed him and turned down the invitation.

＊turn down ～ = 拒絕。invitation = 邀請。

告白

喜歡

我一直把她放在心上。 She's on my mind.

＊be on one's mind = 放在心上。

我喜歡他嗎？ Do I like him?

我開始愛上他了。 I'm beginning to love him.

也許我愛上她了。 Maybe I'm falling for her.

＊fall for ～ = 迷戀。

我喜歡她。 I like her.

我真的很喜歡他。 I really like him.

我喜歡他的一切。 I like everything about him.

這是一見鍾情。 It was love at first sight.

＊love at first sight = 一見鍾情。

打從我第一次遇見她就喜歡上她了。 I've always liked her since I first met her.

從學生時期我就一直喜歡他。 I've been in love with him since we were students.

只要一想到他，我的心就痛一下。 My heart aches when I think of him.

＊ache [ek] = 疼痛。

我每天都想見到她。 I could see her every day.

我太喜歡他了，以致於無法想其他事。 I like him so much that I can't think of anything else...

我從沒這麼愛一個人像愛她一樣。 I've never loved anyone as much as I love her.

跟他在一起讓我覺得很舒服。 | I feel so comfortable when I'm with him.
*feel comfortable = 覺得舒服。

跟她在一起讓我可以做自己。 | I can be myself when I'm with her.
*be oneself = 做自己。

希望她也喜歡我。 | I hope she likes me, too.

希望我的想法可以被他了解。 | I hope my thoughts reach him.
*thought [θɔt] = 想法。

無法如願的戀愛

我只是單戀而已。 | My love is one-sided.
*one-sided = 單方面的。

單戀是很痛苦的。 | One-way love is painful.
*one-way = 單向的。

我的愛不會有回報的。 | My love was never returned.

我愛上千惠的男朋友了。我該怎麼辦？ | I have a crush on Chie's boyfriend. What should I do?
*have a crush on ～ = 愛上～、迷戀～。

不，我決不能愛上他。 | No, I mustn't fall in love with him.
*mustn't [`mʌsnt] 。

告白前心噗通噗通地跳

我想和她約會。 | I want to go out with her.
*go out with ～ = 和～約會。

不知道她對我的看法如何。 | I wonder what she thinks about me.

不知道她有沒有喜歡的人。 | I wonder if she likes someone else.

不知道她有沒有正在交往的對象。 | I wonder if she's seeing someone.
*see = 和～交往。

我不想被她拒絕。 | I don't want her to reject me.
*reject = 拒絕～。

我沒有勇氣向她告白。 | I don't have the courage to confess my love.
*courage [ˌkɝɪdʒ] = 勇氣。confess = 告白～。

我應該提起勇氣向她告白。 | I should get up my courage and tell her that I like her.
*get up one's courage [ˌkɝɪdʒ] = 鼓起勇氣。

好吧，我打算跟她說我喜歡她！ | Okay, I'm going to tell her that I like her!
*如果愛的感覺很強烈，可將 like 替換成 love。

我豁出去了！
Just go for broke!
＊go for broke = 孤注一擲。

告白

野田告訴我他很喜歡我。
Noda told me that he was in love with me.

我在回家途中向她告白。
I told her on our way back that I loved her.
＊on one's way back = 在～回家途中。

我告訴他我一直很喜歡他。
I told him that I had always been in love with him.

她寫電子郵件向我告白。
She e-mailed me to confess her love to me.

他說他想和我交往。
He told me that he wanted to date me.
＊date = 和～約會。

他說他想以結婚為前提和我交往。
He said he wanted to go out with me and that he was serious.
＊go out with ～ = 和～交往。serious（認真地）有「以結婚為前提」的意涵。

告白後的回應：OK

我當然說我願意！
Of course I said okay!

我告訴他我也喜歡他。
I told him that I liked him, too.

她跟我說好！萬歲！
She said yes. Hooray!

我沒有想到他會答應我。
I didn't think he would say yes.

我終於贏得她的芳心。
I finally managed to win her heart.

告白後的回應：NO

她拒絕我。
She turned me down.
I was turned down.
＊turn down = 拒絕～。

我被拒絕了。
He rejected me.
I was rejected.
＊reject = 拒絕～。

我雖然有料想到，但還是很震驚。
I expected it, but it was still a shock.
＊expect = 預期～。

她說她有喜歡的人了。
She told me she liked someone else.

她說她有交往的對象。
She says she's seeing someone.

他說他現在不想談戀愛。
He says he doesn't feel like seeing anyone now.
＊see = 和～交往。

她說她現在只想專心在資格考試。
She says she wants to focus on studying for her certification exam now.
＊focus on ～ = 專心在～上。
certification exam = 資格考試。

我只想和他做朋友。
I just want to stay friends with him.

我不能想像和她交往會是什麼樣子。
I can't imagine being in a relationship with her.
＊be in a relationship with ～ = 和～交往。

我不知道他已經結婚了。真讓人驚訝！
Oh, I didn't know he was married. What a shock!

交往

交往

我從昨天開始和他約會。
I started dating him yesterday.
＊date = 和～約會。

我們開始交往到現在已經一個月了。
It has been a month since we started going out.
＊go out = 交往。

我們每天通電子郵件。
We e-mail each other every day.

晚上我會打電話給他。
I call him at night.

計畫約會

這個週末我們要去哪兒呢？
Where should we go this weekend?

她不知道有沒有特別想去哪裡？
I wonder where she wants to go.

只要和他在一起，不管去哪裡我都開心。
I'm happy wherever I go as long as I'm with him.
＊as long as ～ = 只要。

因為我有兩張電影票，所以就邀他和我一起去。
Since I had two movie tickets, I asked him to go with me.

我們去遊樂園或美術館吧。	Maybe we'll go to an amusement park or an art museum. ＊amusement park = 遊樂園。
只有在家約會也不錯吧。	Just hanging out at home would also be nice. ＊hang out = 打發時間。
晚餐我們要去哪吃呢？	Where should we go for dinner?
明天我有約會。感覺真棒♪	I have a date tomorrow. What a great feeling♪
我要穿什麼呢？	What should I wear?
為了約會，我要好好打扮一番。	I'm going to dress up for my date.
我想要跟她來個過夜旅行。	I want to go on an overnight trip with her.

約會

我們去兜風。	We went for a drive.
我們手牽手散步。	We walked holding hands. ＊hold hands = 牽手。
我們在附近散步。	We walked around the neighborhood. ＊neighborhood = 附近。
夜景真美。	The night view was beautiful.
我去他家。	I went to his house.
我請他進來家裡。	I invited him in. ＊invite ～ in = 請～進入房屋（間）。
在家悠悠哉哉很好。	It was nice to hang out at home.
我不想回家。	I didn't want to go home.
我不想讓她離開。	I didn't want her to leave.
我錯過了最後一班電車。	I missed the last train. ＊miss = 錯過。
我故意讓最後一班電車跑掉。（嘿嘿）	I missed the last train on purpose. (hehe) ＊on purpose = 故意。
我想再和他約會。	I want to go out with him again. ＊go out with ～ = 和～約會。

做愛

我跟她一起去旅館。
I went to a hotel with her.

我跟她第一次做愛。
I made love to her for the first time.

我好緊張。
I was nervous.

持續了好一會兒，所以我們很興奮。
It had been a while, so we were really excited.

我們在他的車內激吻。
We were making out in his car.

我們每一次見面的時候都會做愛♡
We do it every time we see each other ♡

我們在床上挺合的。
We seem to be compatible in bed.
＊compatible = 諧調的。

他的床上功夫很差。
He's not so great in bed.

或許他只是對我的肉體有興趣而已。
Maybe he's only interested in my body.

或許她不喜歡做愛。
Maybe she doesn't like making love.

我今天不想做愛。
I didn't feel like making love today.

我們沒有戴保險套就做愛，這讓我有點擔心。
We made love without a condom. I'm a little worried.

今天我生理期，所以我們沒有做愛。
I was on my period today, so we didn't make love.
＊period = 生理期。

深愛對方

我愛她。
I love her.

我想要跟她共渡餘生。
I want to be with her for the rest of my life.
＊the rest of ～ = 殘餘的～。

我不能沒有他。
I can't live without him.

我從沒有過這種感覺。
I've never felt like this before.

我覺得她是我的真命天女。	I felt like she was my destiny. ＊destiny = 命運。
跟他在一起我真的很幸福。	I'm really happy when I'm with him.
只要跟他在一起就讓我的每一天看起來充滿希望。	Just being with him makes every day seem rose-colored.
只要可以讓她開心，任何事我都願意做。	I would do anything to make her happy.
我不做會讓他傷心的事。	I wouldn't do anything to make him sad.
我想要和她一起變老。	I want to grow old with her.
即使我們很老了，我還是想要和他手牽手散步。	I want to walk with him hand-in-hand even when we're old. ＊hand-in-hand = 手牽手。

甜蜜蜜

我們的眼裡只有對方。	We're lovey-dovey with each other ♡ ＊lovey-dovey [ˋlʌvɪˋdʌvɪ] = 多情的。
每天都過得很開心。	Every day is so much fun.
我每天都想見到他。	I want to see him every day.
我真不敢相信自己會這麼幸福。	I can't believe how happy I am.
我們都是愛情的傻子。	We're fools in love. ＊fool = 笨蛋。
我們很速配。	We make a great couple.
我們從不吵架。	We never fight.
我們彼此很合得來。	We have great chemistry with each other. ＊have great chemistry [ˋkɛmɪstrɪ] = 合得來。
他是我的夢中情人。	He's the man of my dreams.

相處出現問題

我們最近相處得不融洽。	He and I haven't been getting along very well lately. ＊get along well = 順利進行。

我跟她相處得不融洽。 **Things haven't been going so smoothly with her.**
＊smoothly [smuðlı] = 順利地。

我感覺到他對我愈來愈冷淡。 **I sense that he's growing colder toward me.**
＊grow ～ = 慢慢變成～的狀態。

或許他對我已經感到厭倦。 **I wonder if he's tired of me.**
＊tired of ～ = 厭倦～。

他真的愛我嗎？ **Does he really love me?**

她最近很冷淡。 **She has been kind of cold.**

我不了解她。 **I don't understand her.**

他的自私快把我逼瘋了。 **He's so selfish. It drives me crazy.**
＊drive ～ crazy＝使～發瘋。

她很會吃醋。 **She's really jealous.**
＊jealous [`dʒɛləs] = 嫉妒的。

或許我們本來就不適合。 **Maybe we're not made for each other.**
＊be made for each other = 天生一對。

或許我對他的感情已經冷卻了。 **Maybe I don't love him so much anymore.**

她對我來說是種負擔。 **She's too much for me.**

我對她愈來愈厭煩。 **I'm getting bored with her.**
＊bored with ～ = 對～感到厭煩、覺得無聊。

吵架

我跟她吵架。 **I had a fight with her.**

我們起了點口角。 **We had an argument.**
＊argument = 論點、口角。

我真的對他很生氣！ **I'm really upset with him!**
＊be upset with ～ = 對～生氣。

我暫時不想見到他。 **I don't want to see him for a while.**

我甚至不想看到他的臉。 **I don't even want to see his face.**

我假裝沒看到他的電子郵件。 **I'm ignoring e-mails from him.**
＊ignore = 不理會～。

我不接他的電話。 **I'm ignoring his calls.**

我真的不想再和他吵了。 I really don't want to fight with him.

最近我們為了小事吵個不停。 We've been fighting over little things lately.

我們一見面就吵架。 We have a fight every time we see each other.

我不敢相信他竟然看了我的手機。 I can't believe that he actually looked at my cellphone. ＊actually = 實際上。

她完全誤會我了。 She's got it all wrong. ＊get ～ wrong = 誤會～。

為什麼她不相信我？ Why doesn't she believe me?

我痛恨謊言。 I hate lies. ＊lie [laɪ] = 謊言。

我不想聽任何藉口。 I don't want to hear any excuses. ＊excuse = 藉口。

我希望他離開。 I want him to leave.

我告訴他不要再來了。 I told him not to come back.

和好

我先道歉。 I apologized first. ＊apologize = 道歉、陪罪。

他向我道歉。 He apologized to me.

我們不知不覺和好了。 We found ourselves getting back together. ＊find oneself ～ = 不知不覺～。gett back together = 言歸於好。

事情後來就不了了之。 We never dealt with the issue. ＊deal with ～ = 處理～，過去式為dealt [dɛlt]。issue = 論點、爭點。

我很高興我們和好了。 I'm so glad we got back together.

我向他保證下次絕不再說謊。 I promised him that I would never lie again. ＊lie [laɪ] = 說謊。

吵過架後，我們變得比以前更親密了。 After the fight, we became closer than ever.

我再也不想吵架了。 I don't want to fight anymore.

遠距離戀愛

他要去美國留學一年。
He's going to be away for a year while he studies in America.

她即將被轉調到福岡。
She's going to be transferred to Fukuoka.
＊be transferred to ～ = 轉調到～。

我們四月就要開始談遠距離戀愛了。
We'll be starting a long-distance relationship in April.
＊long-distance relationship = 遠距離戀愛。

對於這段遠距離戀愛，我覺得很不安。
I feel uneasy about this long-distance relationship.
＊uneasy = 不安的。

我不太有自信。
I'm not all that confident.
＊confident = 有自信。

我知道我們一定可以克服難關。
I know we can overcome the challenge.
＊overcome = 克服～、跨越～。

要經常見面不太容易。
It's hard not to be able to see each other that often.

我希望我們可以更常見面。
I wish we could see each other more often.

我希望我們的距離可以更近一點。
I wish we were a little closer.

我再兩個星期就可以見到他了。
I can see him in two weeks!

我們不常見面，所以我們的關係可以常保新鮮。
We don't see each other that often, so our relationship always seems fresh.

同居

也許我們應該一起生活。
Maybe we should move in together.
＊move in =（與人）住在一起。

我想以結婚為前提和他住在一起。
I want to move in with him with marriage in mind.
＊with ～ in mind = 以～為前提。

結婚前住在一起不是比較好嗎？
It's better to live together before getting married, isn't it?

我們決定找地方住在一起。
We've decided to look for a place to live together.

她的爸媽反對我們住在一起。	Her parents are against us moving in together.
自從我們開始同居後，我更了解他了。	There are things that I've learned about him since we started living together.

劈腿

她發現我劈腿。	She knows I'm cheating. She found out I was cheating on her. ＊cheat（on～）＝（背叛～）搞外遇。
阿弘撞見小隆。	Hiroshi and Takashi ran into each other. ＊run into ～＝偶遇，run 的過去式為 ran。
我跟別人往來的電子郵件被她發現了。	She saw some e-mails I exchanged with someone else.
那根本不代表什麼。	It didn't mean anything.
她叫我做出決定。	She told me I had to make a choice.
事情亂成一團。	It was a mess. ＊mess＝混亂、混戰。
我不會再劈腿了。	I will never cheat again.
我是不是天生的情場浪子？	Am I a flirt by nature? ＊flirt [flɝt]＝情場浪子。by nature＝天生地。

被劈腿

我覺得他和別人在交往。	I have a feeling he's seeing someone else. ＊see＝和～交往。
這是女人的直覺。	It's a woman's intuition. ＊intuition＝直覺。
我現在才知道她一直對我不忠。	I know now that she hasn't been faithful to me. ＊faithful＝不易變心的、忠貞的。
聽說他和別的女人一起散步。	I heard that he was walking with another woman.
我不敢相信她居然有外遇。	I can't believe she's having an affair. ＊have a affair＝有外遇。
我不敢相信他居然瞞著我腳踏兩條船！	I can't believe he was two-timing me! ＊two-time＝欺瞞～搞外遇。

那個混蛋！	That jerk!
	*jerk [dʒɝk] = 混蛋。
我覺得最近怪怪的。	I felt like something wasn't right recently.
我和那個劈腿的人已經沒有關係了。	I have no business with someone unfaithful.
	*have no business with ～ = 和～沒有關係。 unfaithful = 不忠的、外遇。

外遇

我知道外遇是不對的，但我就是忍不住。	I know having an affair is wrong, but I can't help it.
	*have an affair = 外遇。
我最好盡快做個了斷。	I had better end this right away.
一次劈腿兩個的風險太高了。	Having a double affair is too much of a risk.
我不能拿太太和她比。	I can't compare my wife with her.
	*compare ～ with... = 拿～和…相比。
和丈夫在一起感覺很自在，但跟他在一起卻很刺激。	I feel comfortable with my husband, but being with him is so exciting.
即使結婚了，我還是想談戀愛。	I want to be in love, even after I get married.
不論發生什麼事，家人對我而言都是最重要的。	No matter what happens, my family is the most important thing to me.
	*no matter what happens = 不論發生什麼事。

分手

我再也無法和他一起生活。	I can't be with him any longer.
我們最好各走各的。	It's better that we go separate ways.
	*separate = 各自的。
我不想和他分手。	I don't want to break up with him.
	*break up with ～ = 和～分手。
我想再試一次。	I want to try one more time.
我想分手。	I want to break up.
我們分手了。	We broke up.

他提出分手。	**He suggested that we break up.** ＊suggest（that）～＝提議～。
她把我甩了。	**She left me.** ＊leave＝離開，過去式為 left。
我甩了他。	**I dumped him.** ＊dump [dʌmp]＝拋棄。
我想分手，可是他不肯。	**I want to end it, but he won't let me.**
我們是不是還能做好朋友呢？	**I wonder if we can remain good friends.** ＊remain＝依然。
時間會解決一切。	**Time will solve this.** ＊solve＝解決～。
時間是最好的解藥。	**Time is a great healer.** ＊healer＝治療物、藥。
我忘不了她。	**I can't forget her.**
不論要花多久時間，我都打算等他。	**I'm going to wait for him no matter how long it will take.**
再也不能看到他實在太痛苦了。	**Not being able to see him is too hard.**
希望下個人會更好。	**I hope to meet someone kinder next time.**
她跟我說想重新開始。	**She told me that she wanted to start over.** ＊start over＝重新開始。
我暫時不想談戀愛。	**I don't want to be in love again for a while.** ＊for a while＝暫時。
我很感謝他給我的美好時光。	**I'm grateful to him for the good times.** ＊grateful＝感謝的。
單身很寂寞。	**Being single is lonely.**
還是一個人輕鬆。	**It's so much easier being on my own.** ＊on one's own＝自己一個人。
我不後悔。	**I have no regrets.** ＊regret＝後悔。
其他的人要多少有多少！	**There are plenty more fish in the sea!** ＊plenty＝很多的。
去找下一個吧！	**On to the next one!**

戀愛相關的

英文日記，試著寫寫看！

163 ♪ 試著用英文書寫和戀愛或喜歡的人相關的事情吧！

今年也打算送巧克力

This year, I'm going to give chocolate to Okura in person no matter what. Oh, just thinking about it makes me so nervous.

翻譯

不論會怎樣，今年我都要把巧克力親手交給大倉。喔，只要一想到這件事就讓我好緊張。

POINT no matter what 是「無論什麼」之意，而 I'm going to ～ no matter what 有「絕對要做～」的意涵。give ～ in person 是「把～親手交出去」。「讓我很緊張」可用 make me so nervous 。

去家電用品量販店約會

Yusuke always takes me to electrical appliance shops when we go out. To tell the truth, it's no fun. I want to go to an outlet mall or an amusement park.

翻譯

每次出去約會，雄輔總是帶我去家電用品店。老實說，那裡一點都不好玩，我比較想去名牌折扣商場或遊樂園。

POINT 「家電用品量販店」的英文是 electrical appliance shop<store>。「只去家店用品量販店」在寫法上可以把 when we go out（我們出去約會的時候）跟 always（總是）結合起來表現。to tell the truth 有「說真心話」之意，是一種開場白。

或許分手比較好

Rina and I have been fighting over little things lately. She gets angry easily and always argues just for the sake of arguing. Maybe it's better we just end it.

翻譯

里奈和我最近常為了一些小事吵個不停。她動不動就生氣，而且總是強詞奪理。或許分手對我們比較好。

POINT 「為了小事」可寫成 over little things。「強詞奪理」可用 argue just for the sake of arguing（為了爭辯而爭辯）來表示。arguing 亦可用 it 來代替。for the sake of ～為「（僅僅）為了～的緣故」之意。

交往至今已經三年

It's been three years today since Tim and I started seeing each other. He's really sweet and fun to be with. I'm really happy he's my boyfriend.

翻譯

提姆和我已經交往三年了。他真的很溫柔體貼，我們在一起也很開心。有提姆當男朋友真幸福。

POINT 「做～已經過了…年」可用 it's been...（數字）years since ～（過去式的文體）來表示。「和～交往」可用 see ～或 go out with ～。sweet 有「溫柔體貼」之意，而 fun to be with 是「在一起很開心」。

25 結婚・離婚

婚前準備

結婚

富樫是戀愛結婚的。	Togashi has a love-based marriage.
他們是相親結婚的。	Theirs is an arranged marriage.
小郁好像是奉子成婚的。	I hear that Iku had a shotgun wedding. ＊shotgun wedding = 奉子承婚。
聽說由香辭職結婚去了。	I hear Yuka is quitting her job to get married. ＊quit [kwɪt] = 辭職。
為了婚禮，我必須存錢。	I have to save money for my wedding.
我不想貿然踏入婚姻。	I don't want to rush into marriage.
單身也未嘗不可。	Remaining single is also a choice. ＊remain ～ = 依然。
異國婚姻也不錯。	An international marriage would be nice.
我們解除婚約了。	We broke off our engagement. ＊break off ～ = 解除～（婚約等），break 的過去式為 broke。

婚前聯誼

我正在找對象。	I'm looking for a spouse. ＊spouse [spaʊz] = 配偶。
或許我該開始找對象了。	Maybe I should start my spouse hunting. ＊spouse hunting = 找對象。

我打算去登記相親。	I'll register with a dating service. ＊register with ～ = 登記。
我去參加相親聯誼。	I attended a match-making party. ＊match-making = 相親、婚姻仲介。
我想在三十五歲之前結婚。	I want to get married by the time I'm 35.
好男人都已經結婚了。	The men I'm interested in are all married. ＊女人則可以把 men 改成 woman。
老媽一直催我結婚。	Mom keeps bugging me to get married. ＊bug ～ to... = 對～催促去做…。
希望有人肯娶我女兒。	I wish someone would marry my daughter.
我兒子不知道什麼時候才要結婚。	I wonder when my son is going to get married.

想結婚

我想跟她結婚。	I want to marry her.
我想永遠跟他在一起。	I want to be with him forever.
我想我們可以攜手創造幸福的家庭。	I think we can make a happy home together. ＊home 換成 family 亦可。
他是我的真命天子。	He's my destiny. He's my Mr. Right. ＊destiny = 命運，也就是 Mr. Right，若對方是女性，則可用 Ms. Right 代替。
不論發生什麼事，我都會讓她幸福。	I'm going to make her happy no matter what. ＊no matter what = 不論發生什麼事。
我們會同心協力，打造一個幸福的家。	We're going to work together to build a happy home.

求婚

他怎麼還不向我求婚。	I've been waiting a long time for him to propose.
我還在等（他的求婚）。	I'm still waiting.

或許應該由我來求婚。 Maybe I should propose instead.
＊instead = 作為代替。

我打算明天求婚。 I'm going to propose tomorrow.

我跟她求婚。 I proposed to her.

他向我求婚了。 He proposed.

他總算求婚了。 He finally proposed.

我答應了。 I said yes.
I accepted his proposal.

我拒絕了。 I said no.
I turned down his proposal.
＊turn down ～ = 拒絕～。

他說：「我們結婚吧」。 His proposal was, "Let's get married."

他說他願意跟我共渡餘生。 He said that he wants to spend the rest of his life with me.
＊spend = 渡過。the rest of ～ = 剩下的～。

我覺得「你願意跟我結婚嗎？」是最簡單卻也最棒的一句話。 "Will you marry me?" is simple but the best, I think.

訂婚戒指．結婚戒指

再也沒有比收到訂婚戒指更令我高興的了。 I got an engagement ring and I couldn't be happier.
＊engagement ring = 訂婚戒指。

我們一起去看婚戒。 We went to check out wedding rings together.

我們試戴了一些戒指。 We tried on a couple of rings.

有一個很適合我的戒指。 There was a ring that suited me.
＊suit = 和～速配。

我們決定買白金戒指。 We decided to get platinum rings.

我喜歡鋪滿碎鑽的戒指。 I liked the pave diamond ring.
＊pave [pev] ring = 鋪滿碎鑽的戒指。

我們決定在戒指上刻下名字。 We decided to have our names engraved.
＊engrave = 刻上。

我們請人把藍寶石鑲在裡面。 We had them embed sapphire on the inside.
＊embed = 使嵌入。

訂婚戒指和結婚戒指兩個加起來要價不斐。 The engagement ring and wedding ring together cost quite a lot.

她顯然想要氣派的戒指。 She apparently wants a lavish ring.
＊apparently = 顯然的。lavish = 浪費的、豪華的。

我們不需要買這麼貴的戒指。 We don't need such expensive rings.

我們決定不買訂婚戒指，改買對錶。 We decided to get matching watches instead of engagement rings.
＊matching = 對錶。

去對方家打招呼

我去她家見她的爸媽。 I went to her home to meet her parents.

我把男友介紹給爸媽。 I introduced him to my parents.
＊introduce ～ to ... = 把～介紹給…。

我告訴他們我想跟亞美結婚。 I told them I want to marry Ami.

他們要我好好照顧她。 They told me to take good care of her.

我非常緊張。 I had butterflies in my stomach.
＊have butterflies in one's stomach = 非常緊張。

我太緊張了，根本不記得說了什麼。 I was so nervous that I don't remember what I said.

他看起來很緊張。 He looked really nervous.

氣氛很輕鬆。 The atmosphere was relaxing.
＊atmosphere [ˋætməs,fɪr] = 氣氛。

她的爸媽看起來很嚴厲。 Her parents looked stern.
＊stern = 嚴格的、嚴厲的。

我覺得她的爸媽和我會合得來。 I think her parents and I can get along.
＊get along = 合得來。

我的丈夫看起來很焦躁不安。 My husband looked restless.
＊用在兒子或女兒將結婚對象帶來的情況。

希望他爸媽喜歡我。 I hope his parents liked me.
＊此乃見面後的說法。見面前的用法是 will like me。

他的家人看起來都是好人。 His family all seemed nice.

我的雙親反對我們結婚。 My parents are against me marrying him.

＊be against ～ ... = ～反對…。

希望爸媽能為我們高興。 I want my parents to be happy for us.

老爸一句話都不跟他說。 My father didn't say a word to him.

雙方家長見面．訂婚禮

我們去吃晚餐，這麼一來雙方家長就能互相認識對方。 We went out to dinner so the parents on both sides could get to know each other.

我們預訂了飯店的餐廳。 We made a reservation at a hotel restaurant.

我們預訂了日式餐廳的包廂。 We booked a private room at a Japanese-style restaurant.

＊book = 預訂～。

事情在輕鬆的氣氛下進行。 Everything went on in a relaxed atmosphere.

晚餐順利過關。 The dinner went smoothly.

＊smoothly 可用 well 代替。

我們的爸媽聊得很盡興。 Our parents all enjoyed the conversation.

我們交換了訂婚禮物。 We exchanged marriage gifts.

志保穿和服的樣子很漂亮。 Shiho looked beautiful in a kimono.

登記結婚

我們明天要登記結婚。 We are registering our marriage tomorrow.

＊register = 登記註冊。

我們在市政府登記結婚。 We registered our marriage at the city hall.

我們在結婚登記表上簽名。 We signed our marriage registration form.

因為文件準備不夠齊全，所以他們不受理。	They didn't accept our documents because they weren't complete.
我們必須再跑一趟市政府。	We need to make another trip to the city hall. ＊trip＝（有要事）前往。

婚禮準備

我們決定要在明年四月舉行婚禮。	We've decided to have our wedding in April next year.
我們應該在哪裡舉行結婚典禮呢？	Where should we hold our ceremony? ＊hold＝舉行～（儀式）。
我想要採神道教的儀式。	I want a Shinto wedding.
我渴望在教堂舉辦婚禮。	I have a longing for a church wedding. ＊longing＝渴望的。
我想要公證結婚。	I want a civil wedding.
在國外舉辦婚禮應該不錯！	It would be nice to get married abroad!
我想要在夏威夷結婚。	I want to get married in Hawaii.
我不想要舉辦婚禮，只想要拍紀念照。	I don't want a ceremony. I just want to take pictures.
我應該要邀請誰？	Who should I invite? ＊「兩人共同的客人」，可將 I 改成 we。
或許我應該邀請部長來參加。	Maybe I ought to invite my manager. ＊ought to ～＝應該～。
我們應該要邀請多少客人？	How many people should we invite?
我想邀請大約兩百人，舉辦一場盛大的婚禮。	I want to invite about 200 people and have a big wedding.
我想要一個只有家人和好友參加的小型婚禮。	I want a small wedding with family and close friends. ＊close [kloz]＝親近的。
我們想看看 A 飯店的會場。	We went to check out the venue at A Hotel. ＊venue＝會場、舉辦的場所。
我向 B 飯店拿了一些小冊子。	I asked B Hotel for some brochures. ＊brochure [broˋʃʊr]＝小冊子。

教堂的氣氛很棒。	The atmosphere at the church was wonderful.
我喜歡 A 飯店，但是他似乎更喜歡 B 飯店。	I like A Hotel, but it seems he prefers B Hotel. ＊prefer = 更喜歡。
我們終於決定婚禮的會場了。	We finally decided on the venue. ＊venue = 會場、舉辦的場所。
策畫婚禮真難。	It's really hard to plan a wedding.
我們必須準備邀請函。	We have to prepare the invitations.

結婚

165

自己的婚禮

今天總算要結婚了。	We're finally having our wedding today. ＊若是要寫一天的回顧，則可以換成 We finally had...。
化妝和穿禮服就花了很多時間。	It took a long time to do makeup and get dressed.
我的禮服太緊了，好不舒服。	My clothes were tight, so it was really uncomfortable.
我很擔心會搞砸。	I was worried about tripping. ＊trip = 使失敗。
我很開心能穿上結婚禮服。	I was so happy that I got to wear a wedding dress.
他穿燕尾服的樣子看起來很完美。	He looked fabulous in his tux. ＊tux = tuxedo（男士的燕尾服）的簡稱。
她穿和服的樣子看起來很美。	She looked pretty nice in her kimono.
他說我看起來很漂亮。	He told me I looked beautiful.
交換戒指時我才想到，我們已經成為對方的丈夫和妻子了。	When we exchanged rings, it hit me that we had become husband and wife. ＊hit = 突然想到～。
我在婚禮上哭了。	I cried at the wedding.
他在婚禮上哭了。	He cried at the wedding.

能收到這麼多人的祝福，我們真的很開心。	We were really happy to receive best wishes from so many people.
大家都為我們祝福。	Everybody congratulated us.
我們跟大家拍了很多照。	We took a lot of pictures with everyone.
喜宴進行得很順利。	The reception went smoothly. ＊reception = 接待、喜宴。
麻衣子的演講讓我哭了。	Maiko's speech made me cry.
當我唸寫給母親的信時，我哭了。	I cried as I read the letter to my mother.
婚禮續攤也非常有趣。	The after-party was also really fun. ＊after-party = 續攤。
每個人都很興奮地在玩賓果遊戲。	Everybody got excited playing the bingo game.
我很開心這是一場很棒的婚禮。	I'm glad the wedding turned out great. ＊turn out ～ = 結果變成～。

家人· 朋友的婚禮

今天是敦子的婚禮。	Today was Atsuko's wedding.
很棒的婚禮。	It was a nice ceremony.
婚禮辦得很令人感動。	It was a moving ceremony. ＊moving = 讓人感動。
當我看到她穿著美麗的結婚禮服時，我發現我哭了。	I found myself crying when I saw her in her beautiful wedding dress. ＊find oneself = 發覺自己～。
惠美穿上純白的結婚和服時，模樣美極了。	Emi was beautiful in her white wedding kimono.
她穿上結婚禮服時看起來也很美。	She looked great in her wedding dress, too.
她讓我也想結婚了。	She made me want to get married, too.
演講的時候我超緊張的。	I was really nervous when giving my speech.

我接到新娘捧花。	**I caught the bouquet.** ＊bouquet [bu`ke] = 一束花。
或許下一個結婚的就是我。	**Maybe I'll be the next to marry.**
真是一個豪華的婚宴。	**It was a lavish reception.** ＊lavish = 浪費的、豪華的。
餐點很棒。	**The food was really good.**
我包了三萬元。	**I gave them 30,000 dollars as a gift.**
我們拿到的回禮是一套茶具。	**We got a tea set as a wedding souvenir.** ＊souvenir [`suvə,nɪr] = 紀念品。
我也去了續攤。	**I went to the after-party, too.** ＊after-party = 續攤。
我只有去參加續攤。	**I only went to the after-party.**
玩賓果遊戲讓我贏得一台 Wii！	**I won a Wii from the bingo game!**

蜜月旅行

我們要去哪裡渡蜜月呢？	**Where should we go for our honeymoon?** ＊for 亦可用 on 代替。
我想去巴黎。	**I want to go to Paris.**
她說想去普吉島。	**She says she wants to go to Phuket.**
我們決定去西班牙和義大利蜜月旅行。	**We decided to tour Spain and Italy on our honeymoon.**
我們去馬爾地夫蜜月旅行。	**We went to the Maldives for our honeymoon.** ＊for 亦可用 on 代替。
我覺得我們花太多錢在蜜月旅行了。	**I think we spent too much on our honeymoon.**
我們的蜜月旅行暫時沒辦法成行。	**I don't think we can go for our honeymoon anytime soon.**
我們不介意在國內蜜月旅行。	**We don't mind going somewhere in Japan for our honeymoon.** ＊mind ～ing = 介意～。

婚姻生活

嫁給他讓我覺得很幸福。	**I'm so happy I married him.**
婚姻生活很有趣。	**Married life is fun.**
明天是我們結婚三週年紀念日。	**Tomorrow is our third wedding anniversary.**
我們一起下廚。	**We cooked together.**
我們一起泡澡。	**We took a bath together.**
我會請他一起分擔家事。	**I'll ask him to share the housework.**
他負責洗碗，我負責洗衣服。	**He does the dishes and I do the laundry.**
我希望他能多做一點家事。	**I want him to do more housework.**
我們應該一起分擔家事。	**We're trying to share the housework.**
我們應該一起合作。	**Yeah, we have to cooperate.**
他很跋扈。	**He's domineering.** ＊domineering = 跋扈的。
我們家的事由太太做主。	**My wife wears the pants in our house.** ＊wear the pants = （妻子）有主導權。
她指使我做這做那。	**She bosses me around.** ＊boss ～ around = 指使～。
他們夫妻鶼鰈情深。	**They're lovebirds.** **They're a happily-married, loving couple.** ＊lovebird = 情侶。

離婚・再婚

不滿婚姻生活

結婚前，我不知道他會這個樣子。	**Before I married him, I didn't know he was like this.**
婚前她對我很溫柔。	**She used to be kind before we got married.** ＊used to ～ = 以前是～。

我們在教養孩子上看法不同。	We have different ideas about raising kids. *raise = 養育。
我再也無法忍受丈夫的虐待。	I can't take my husband's abuse anymore. *abuse [ə`bjuz] = 虐待、暴力相向。
我無法忍受妻子對我吼叫。	I can't stand my wife's shouting. *stand = 忍受。shout = 吼叫。
我們個性不合。	Our personalities don't match.
我再也不相信他。	I don't trust him anymore.
我們經常吵架。	We fight all the time.
他總是以工作為優先。	He always puts his work first.
他都不幫忙做家事。	He doesn't do anything to help around the house.
他只會把照顧婆婆的工作丟給我。	He doesn't help me take care of his own mother.
她經常回娘家。	She's always going to her parents' home.
我絕對不想跟公婆同住。	I absolutely do not want to live with my in-laws. *in-law = 姻親。

外遇（請參照 p.626「外遇」）

分房

我們雖然同住一個屋簷下，但已經不同房了。	We have separate lives under the same roof.
我們只是假裝在一起。	We're only together for appearances. *appearance = 外表、姿勢。
我們已經一個禮拜沒說話了。	We haven't spoken in a week. *in和for均可用。
家裡的氣氛很尷尬。	The atmosphere in the house is awkward. *awkward [`ɔkwɚd] = 僵硬的。
我要回娘家！	I'm going to my parents' home!

他說：「隨便妳！」。	**He told me to suit myself.** ＊suit [sut] oneself = 照自己的心意行事
他叫我立刻滾出去。	**I was told to leave immediately.**

考慮離婚

我想離婚。	**I want a divorce.** ＊divorce = 離婚。
我想跟他離婚。	**I want him to divorce me.** ＊此處的 divorce 是指「和～離婚」，為動詞。
我在考慮離婚的事。	**I'm thinking about getting a divorce.**
我們再也無法一起生活了。	**We can't live together anymore.**
我想離婚對我們倆個都好。	**I think a divorce would be best for both of us.**
我想離婚，但是他不肯。	**I want a divorce, but he doesn't.**
我不能跟她離婚。	**I'm having a hard time getting a divorce from her.**

想重新開始

我希望我們再談一次。	**I want us to talk about it one more time.**
希望我們可以重新開始。	**I want us to start all over.** ＊start over = 重新開始。
我想我們真的需要坐下來好好談一談。	**I think we really need to sit down and talk.** ＊sit down and talk = 坐下來好好談。
我認為我們應該冷靜一下。	**I think we should both cool off.**
我錯了。	**I was wrong.**
如果還有機會，我想再試一次。	**I want to try again if there's a chance.**

離婚

老婆突然要跟我離婚。	**My wife suddenly asked for a divorce.** ＊ask for ～ = 要求～。

沒有照顧好家人是我不對。 It was my fault for not taking good care of my family.
*fault [fɔlt] = 責任、過錯。

一切都是因為我太自私。 It's because of my selfishness.

這是我們共同的決定。 It was a mutual decision.
*mutual = 互相的。

我和丈夫離婚了。 I divorced my husband.
*若是「和妻子」，則可將 husband 改成 wife。

今天我把離婚的文件送出去了。 I filed divorce papers today.
*file = 提出（文件）。

我們終於離婚了。 We finally got a divorce.

結婚十五年之後我們離婚了。 We split after 15 years of marriage.
*split = 分開，過去式也是 split。

這就是所謂的中年離婚。 It's a so-called late-life divorce.
*so-called = 所謂的。late-life divorce = 中年離婚。

我終於可以自己一個人了。 I can finally be alone.

我受夠婚姻了。 I've had enough of marriage.
*have enough of ～ = ～已經太多了。

現在我知道擁有家庭是一件多麼美好的事了。 Now I know how good it is to have a family.

我考慮提出離婚訴訟。 I'm thinking about filing for divorce.
*file for ～ = 提起訴訟。

我打算要他付贍養費。 I'm going to make him pay alimony.
*alimony = 贍養費。

我必須支付兩百萬元的贍養費。 I was ordered to pay two million dollars in alimony.

孩子的事

孩子的事我們要怎麼辦？ What do we do about the kids?

我認為孩子們好像知道發生了什麼事。 I think the kids have an idea of what's happening.

我不想讓孩子們看到他們的爸媽吵架。 I don't want them to see their parents fighting.

我打算獨自撫養孩子。 I'll raise the kids myself.
*raise [rez] = 撫養～。

幸運的是我還有一些存款。 Luckily, I have some savings.

我沒有獨自撫養孩子長大的信心。	**I'm not confident that I can raise the children alone.**
只要一想到孩子，我就下不了離婚的決定。	**When I think of the kids, I can't decide on a divorce.**
即使我們分開，她依然是孩子的母親。	**Even if we split, she's still their mother.** ＊split = 分開。
我想確定我可以隨時見到孩子。	**I want to make sure I can see the kids whenever I want.**
每個月他必須支付孩子的教養費。	**He's going to pay child support every month.** ＊child support = 教養費。
這個月他還沒有付孩子的教養費。	**He hasn't paid this month's child support yet.**

再婚

我想再婚。	**I want to get married again.**
我想找個好對象再婚。	**I want to meet a good person to remarry.** ＊remarry = 再婚。
我暫時不會考慮再婚。	**It'll be a while before I start thinking of remarrying.**
鈴木把我介紹給一位女士。	**Suzuki introduced me to a lady.** ＊introduce ～ to ... = 把～介紹給…認識。
她也離過婚。	**She's also divorced.**
聽說他的太太去世了。	**I heard that his wife passed away.** ＊pass away = 去世。
他沒有孩子。	**He doesn't have any kids.**
孩子們不知道會不會介意我再婚。	**I wonder if my kids will mind me getting remarried.** ＊mind ～ ...ing = 介意～。
我打算再婚。	**I'm getting married again.**
這次我很確定，我要一個幸福的婚姻。	**This time for sure, I want to have a happy marriage.** ＊for sure = 確定。

結婚·離婚相關的

英文日記，試著寫寫看！

167 ♪ 試著用英文書寫和結婚或離婚相關的事情吧！

辭職結婚去

Mari told me that she's quitting her job at the end of April to get married. I'm happy for her, but I'll miss her.

翻譯

麻里說她要在四月底辭職結婚。我雖然為她感到高興，不過我還是會想她。

POINT 由於沒有單字可以傳達「辭職結婚去」，因此用 quit one's job to get married（為了結婚而辭去工作）來加以說明。「聽到～」可用～ told me ...（～告訴我…）或 I heard ～（聽說～）均可。「四月底」的英文是 at the end of April。

婚前準備

I bought two wedding magazines today. Just imagining our wedding makes me smile from ear to ear. I couldn't be happier!

翻譯

今天我買了兩本婚禮雜誌。光是想像我們的婚禮就讓我笑得合不攏嘴。我太幸福了！

POINT Just ～ing 是「僅僅～」之意，和後面的 imagine（想像～）一詞組合在一起，就成了「光是想像～」。smile from ear to ear 有「開懷大笑」之意，傳達出微笑到兩耳、臉頰上揚。

結婚的壓力

Dad and Mom keep bugging me to get married. It's like, I KNOW! I don't want them to put pressure on me.

翻譯

爸媽一直催我結婚，讓我覺得很煩。我回說我已經知道了啦！不要給我壓力了嘛！

POINT 「一直叫我趕快結婚，說得我很煩」可用 keep bugging me to get married 來表示。「好了啦！我已經知道了啦！」的英文是 I KNOW!，這裡全部用大寫來表示有強調自己情緒的意思。It's like, ～ 有「我覺得～」之意。

該離婚嗎？

My husband and I keep arguing. I want to get a divorce, but when I think about the kids, I shouldn't make the decision easily. What should I do?

翻譯

我和丈夫一直爭吵不休。我想跟他離婚，可是只要想到孩子，我就無法輕易地下決定。我該怎麼做？

POINT keep arguing 是「爭吵的狀態一直持續」，此處有「一直以來都沒有改變，我們之間只剩吵架而已」的意思。把「沒有做～的道理」想成「不應該做～」，用 shouldn't 來呈現，或是想成「無法～」，用 can't ～ 來表現也沒問題。

26 生產・育兒

懷孕・生產

懷孕

我想生小孩。	I want to start a family. ＊start a family = 生（第一個）小孩。
我想生兩個小孩。	I want two kids.
我應該測量基礎體溫。	Maybe I should take my basal body temperature. ＊basal = 基礎的。
我可能懷孕了。	Maybe I'm pregnant. ＊pregnant = 懷孕的。
我的月經遲到了。	My period is late. ＊period = 生理期。
我應該驗孕嗎？	Should I do a home pregnancy test? ＊pregnancy = 懷孕。
我去醫院檢查是否懷孕。	I went to the hospital for a pregnancy test.
我懷孕了。	I'm pregnant. I'm expecting. ＊be expecting = 懷孕的。
我高興得不得了。	I couldn't be happier.
我的爸媽很高興。	My parents were really happy.
現在我們要奉子成婚了。	Now we're having a shotgun marriage. ＊shotgun marriage = 奉子成婚。
我懷有十週的身孕。	I'm ten weeks pregnant. ＊「懷孕四個月」的英文是 four months pregnant。
我現在進入穩定期。	I'm in my stable period. ＊stable period = 穩定期。
我的肚子開始大起來。	My bump is starting to show. ＊bump = 鼓起來。

預產期快到了。	**My baby is due soon.** ＊due =（胎兒的）出生預定的。
我已經足月了。	**I'm in my last month of pregnancy.**
我的預產期是明年 1 月 5 日。	**I'm due January 5 next year.** **My baby is due January 5 next year.**
我決定從 12 月開始請產假。	**I've decided to take maternity leave from December.** ＊maternity leave = 產假。
是男孩還是女孩？	**Is it a boy or a girl?**
我想生女孩。	**I want a girl.**
男孩、女孩都不要緊。	**It doesn't matter whether it's a boy or a girl.** ＊matter = 要緊。

孕期的健康管理

我孕吐的很嚴重。	**I have awful morning sickness.** ＊awful [`ɔfʊl] = 可怕的。morning sickness = 孕吐。
我幾乎沒有孕吐。	**I don't really have morning sickness.**
明天我要做例行檢查。	**I'm having a routine checkup tomorrow.** ＊routine [ru`tin] = 例行的、定期的。
寶寶和我都很好。	**Both the baby and I are doing fine.**
我看到超音波的照片。	**I saw the ultrasound photo.** ＊ultrasound = 超音波。
我可以清楚地看到手臂。	**I could clearly see an arm.**
寶寶在動。	**The baby was moving.**
寶寶在踢（我的肚子）。	**The baby was kicking.**
我必須照顧好自己的健康，才不會流產。	**I'm going to take care of my health so that I won't miscarry.** ＊miscarry = 流產。

生產

希望我能順產。	**I'm hoping for an easy delivery.** ＊delivery = 生產。
我想做無痛分娩。	**I want to have a painless delivery.** ＊painless = 無痛的。

預產期愈來愈近了。	The delivery date is getting closer. ＊delivery = 生產。
我大概在五點左右開始陣痛。	I went into labor at around 5:00. ＊go into labor = 開始陣痛。
寶寶在我進了產房十個小時後才出生。	The baby was born ten hours after I went into the delivery room.
生產很順利。	It was an easy delivery. ＊It was 亦可換成 I had。
我生產的過程很不順利。	I had a difficult delivery. ＊I had 亦可換成 It was。
我是剖腹產。	I had a C-section. ＊C-section = Caesarean section（剖腹產）的簡稱。
寶寶提早三週來報到。	The baby was three weeks early. ＊若是「晚了三週」可寫作 three weeks late。
我以為我會痛到死掉。	I thought I would die of pain. ＊die of ～ = 死於～。
他的體重是 3275 公克。	He weighed 3,275g. ＊weigh [we] = 稱～的重量。
他是個健康的男孩。	He's a healthy boy.
寶寶出生時我在場。	I was there for the birth.
我來不及看到寶寶出生。	I couldn't make it for the delivery. ＊make it for ～ = 趕上～。
陪老婆生產讓我了解生孩子的確不容易。	Staying with my wife during delivery made me realize how tough it is.
我很高興由紀子順順利利地出生了。	I'm glad Yukiko gave birth without any problems.
美咲，謝謝妳努力為我做的一切。	Thank you for everything you done, Misaki.
我終於當爸爸了。	I'm finally a father.
第一個孫子很可愛。	The first grandchild is so adorable. ＊adorable = 可愛的。
寶寶出生時我好感動。	The moment my baby was born, I was moved. ＊moved = 感動的。
第一次抱著他時，我哭了出來。	I cried the first time I held him. ＊hold = 抱住，過去式為 held。
謝謝你來當我們的小孩。	Thank you for being our child.

我們還沒決定要取什麼名字。	We haven't decided on a name yet.
我們決定給她取名叫櫻。	We decided to name her Sakura.

照顧嬰兒

逗弄

我把美穗抱在懷中哄著。	I cradled Miho in my arms. ＊cradled = 抱著～逗弄。
他喜歡被抱著。	He might be addicted to being held. ＊addicted to ～ = ～成癮。
我輕拍女兒的背。	I patted her on the back. ＊pat = 輕拍。
我撫摸兒子的頭髮。	I stroked his hair. ＊stroke = 撫摸。
我跟她玩躲貓貓時，總能引她發笑。	She really laughed when I played peekaboo with her. ＊play peekaboo = 躲貓貓。
愛琉喜歡我把她舉得高高的。	Airu loves it when I hold her up in the air.
小空在哭，所以我趕快安撫他。	I hushed Sora when he cried. ＊hush = 使安靜。
我把女兒揹在背上。	I gave my daughter a piggyback ride. ＊piggyback ride = 揹在背上，ride 可省略。
孩子的爸讓兒子坐在他的肩膀上。	Daddy carried him on his shoulders.

餵奶

我餵女兒喝母奶。	I breast-fed her. ＊breast-feed = 餵母奶，過去式為 breast-fed。
我給兒子喝牛奶。	I gave him milk.
孩子的爸為女兒泡牛奶。	Daddy prepared some milk for her. ＊prepare = 製作～・準備。
她今天不太喝牛奶。	She didn't drink much milk today.
她在喝母奶的時候睡著了。	She fell asleep while being breast-fed. ＊fall asleep = 睡著。
最近她一定要喝完母奶才肯睡覺。	Lately, she doesn't sleep unless she's breast-fed.

女兒喝完牛奶後，我幫她拍嗝。 I burped her after she had milk.

*burp = 使～打嗝。

兒子打不出嗝。 He wouldn't burp.

*burp = 打嗝。

我想該是他戒母奶的時候了。 I think it's time I stopped breast-feeding him.

兒子斷奶已經三天了。 It has been three days since I started weaning him.

*wean [win] = 使斷奶。

副食品・吃飯

我必須盡快讓她斷奶。 I have to start weaning her soon.

*wean [win] = 使斷奶。

我今天開始做副食品！ I started with baby food today!

我為女兒做副食品。 I made her baby food.

我多做了一些副食品。 I prepared extra baby food.

*prepare = 製作～、準備。extra = 多餘的。

我開始餵她副食品已經六天了。 It has been six days since I started giving her baby food.

我第一次餵她吃起司。 I fed her cheese for the first time.

*feed = 餵食～，過去式為 fed。

我做了南瓜泥。 I made pumpkin purée.

我做了紅蘿蔔蛋糕。 I made carrot cake.

兒子的挑食是個問題。 His fussy eating is a problem.

*fussy = 挑食的。

女兒不怎麼挑食。 She's not a picky eater.

*picky eater = 挑食的人。

我希望兒子可以多吃點肉。 I wish he would eat more meat.

孩子們喜歡吃我做的熊貓造型飯糰。 The kids loved the panda-shaped rice balls I made.

她看起來很餓。 It looks like she was hungry.

他吃得不多。 He doesn't eat much.

女兒看起來小小的，卻很會吃！ She's small, but she eats a lot!

我盡量不讓兒子吃點心或甜食。	I'm trying not to give him snacks or sweets.

尿布・廁所

我幫女兒換尿布。	I changed her diaper. ＊diaper [`daɪəpɚ] = 尿布。
孩子的爸幫女兒換尿布。	Daddy changed her diaper.
女兒尿了很多。	She had peed a lot. ＊pee = 尿尿。
我就知道兒子大便了。	Just as I thought, he had pooped. ＊poop = 糞便。
女兒的大便比之前更成形了。	Her poop is getting more solid than it was before. ＊solid = 固體的。
我打開他的尿布時，兒子正好尿了出來。（不···）	He peed the moment I opened his diaper. (Oh no)
馬桶訓練真是個挑戰。	Toilet training is quite a challenge.
現在他會自己尿尿了。	Now he can pee on his own. ＊on one's own = 獨立地。
女兒已經不用再包尿布了。	She doesn't need to wear diapers anymore.
我希望她能在三歲前戒尿布。	I hope she can be out of diapers before she's three years old.

洗澡・刷牙

我幫繪麻洗澡。	I gave Ema a bath.
孩子的爸幫結衣洗澡。	Daddy gave Yui a bath.
他從外面回來後，我幫他洗澡。	I gave him a bath after he played outside.
偶爾讓自己從容的洗個澡也挺不錯的。	It would be nice to have a leisurely bath by myself once in a while. ＊leisurely = 悠閒的、從容的。
我幫兒子刷牙。	I brushed his teeth.
他會自己刷牙了！	He can brush his teeth on his own now! ＊on one's own = 獨立地。

上床睡覺

9 點左右我讓孩子去睡覺。	I put the kids to bed at around 9:00. ＊put ～ to bed = 讓～睡覺。
哄小真睡覺就像打了兩個小時的仗。	Getting Ma-kun to sleep was a two-hour battle. ＊get ～ to sleep = 讓～睡覺。
送孩子上床後，我也睡著了。	I fell asleep after putting the kids to bed. ＊fall asleep = 睡著，fall 的過去式為 fell。
兒子一個晚上會起來三次。	He woke up three times in the night.
女兒晚上大概 11 點睡，然後一覺睡到早上 8 點才起床。	She went to sleep at around 11:00 and didn't wake up till 8:00 in the morning.
她很難入睡。	She had a hard time falling asleep.
這個小不點終於睡午覺了！	The little one finally took an afternoon nap! ＊nap = 午睡。
小拓居然會睡午覺，這對他來說實在是太不尋常了。	Ta-kun slept during the day, which is unusual for him. ＊unusual = 少見的。
或許兒子是玩到太累了。	Maybe he was tired out from playing. ＊tired out = 疲倦。
她在打呵欠。	She was yawning. ＊yawn [jɔn] = 打哈欠。
女兒親了爸爸，跟他說晚安。	She kissed her dad good night.

孩子的身體狀況

今天我帶兒子去做滿月的健康檢查。	I took him for his one-month checkup today. ＊checkup = 健康檢查。
他打了流行性感冒的預防針。	He got a flu shot. ＊flu [flu] = 流行性感冒。shot = 打針。
晚上他突然發燒。	At night, he suddenly came down with a fever. ＊come down with ～ = 染上、得到（疾病）。
兒子好像在發燒，所以我急忙送他去醫院。	It seemed like he had a fever, so I took him to the hospital in a rush. ＊in a rush = 急急忙忙。

我馬上請醫生來看診。	I was able to get a doctor to see him right away. ＊get ～ to ... = 請～來…。
他好像得到麻疹。	It seems he caught the measles. ＊measles [`miz!z] = 麻疹。
雄太滑倒在地上。	Yuta slipped and fell on the floor.
因為他撞到頭，所以我有點慌張。	He hit his head, so I was a little panicked.
他看起來還好，但我還是很擔心。	He seems OK, but I'm still worried.
我擔心到心都快碎了。	I was so worried that I thought my heart was going to break.
兒子好像有點拉肚子，但是他沒有發燒，胃口也很好。	My son seems to have diarrhea, but he has no fever and he still has an appetite. ＊diarrhea [,daɪə`riə] = 拉肚子。appetite = 食慾。
我會再觀察看看。	I'll wait and see.

孩子的事

170

孩子的個性

洋太真的被寵壞了。	Yota is really spoiled. ＊spoiled = 寵壞的。
她最近表現得很棒。	She's quite well behaved these days. ＊well behaved = 行為端正的。
她是個聰明的孩子，我不需要特別管教。	She's a bright child. I don't have any trouble with her. ＊bright = 聰明的。
百合是個乖巧的女孩。	Yuri is such a good girl.
她是個溫柔體貼的孩子。	She's a thoughtful, kind child. ＊thoughtful = 體貼的。
慶太總是精力旺盛。	Keita is always full of energy.
他很自私。	He's selfish.
她開始害怕陌生人。	She has started being afraid of strangers. ＊stranger = 陌生人、別人。
他今天的表現壞透了。	He behaved badly today. ＊behave = 行為表現。

長得很像・長得不像

她的眼睛像媽媽，嘴巴像我。 | Her eyes are her mother's, and her mouth looks like mine.

我看過孩子的爸小時候的照片，看起來就和隼人一模一樣！ | I saw a picture of Daddy when he was a baby – he looked just like Hayato!

她愈看愈像媽媽。 | She's looking more and more like her mom.

她的頭髮和她爸爸一樣有自然捲。 | She has naturally curly hair like her dad.

太一的近視是遺傳，這也沒有辦法。 | Taichi's short-sightedness is genetic, so it can't be helped.

＊short-sightedness = 近視。genetic = 遺傳的。

對孩子的感情

我愛耕太。 | I love Kouta.

我們的孩子真可愛！ | Our kids are so cute!

我們的孩子絕對是最可愛的！ | Our kids are definitely the cutest!

＊definitely = 無疑地。

他是我的寶貝。 | He's the apple of my eye.

＊apple of one's eye = 極珍愛之人或物、自傲的。

我為孩子操太多心了嗎？ | Am I too much of a doting parent?

＊doting parent = 為子女煩惱的父母。

他的臉頰是如此柔嫩光滑。 | His cheeks are so soft and smooth.

＊smooth [smuð] = 光滑的。

他熟睡的臉龐就像天使一般。 | He has an angelic sleeping face.

＊angelic = 天使般的。

我的孩子可能是天才。 | My child just might be a genius.

我的女兒可能有繪畫的天賦。 | My daughter might have a gift for drawing.

＊gift = 天賦。

兄弟姊妹

他似乎對剛出生的妹妹很好奇。 | He seems to be really curious about his newborn little sister.

＊curious = 好奇的。

她溫柔地摸弟弟的頭。	She gently stroked her little brother on the head. *stroke = 撫摸。
自從麻里出生後，小真似乎有一點孤單。	Ever since Mari was born, Ma-kun seems a little lonely.
我應該對小真再表現多一點的愛。	I should show Ma-kun a little more affection. *affection = 感情。
小美很會幫忙照顧大紀。	Mi-chan has been a big help taking care of Taiki.
孩子們又吵架了。	The kids fought again. *fight = 吵架，過去式 fought [fɔt]。
孩子們總是和睦地玩在一起。	Our kids always play nicely together.
小友看起來很尊敬他的哥哥。	It looks like Tomo looks up to his big brother. *look up to ～ = 尊敬～。

成長記錄

171

身體的成長

他今天剛滿一個月。	He's one month old today.
他的體重是 7.4 公斤。	He weighs 7.4kg. *weigh = 稱重。
她的身高是 80.3 公分。	She's 80.3cm tall.
他愈長愈大了。	He has gotten so big.
我再也沒辦法單手抱她了。	I can't hold her in one arm anymore. *hold = 抱住～。
他有辦法把脖子撐起來了。	He can now hold his head up. *hold = 支撐～。
他總算可以穩穩地把脖子撐起來了。	He can finally hold his head up steadily. *steadily = 穩定地。
他開始長牙了。	His teeth are starting to grow. *grow = 生長。tooth = 牙齒，複數為 teeth。
他的乳牙長齊了。	He has all his milk teeth now. *milk tooth = 乳牙。

學會的事

她第一次睡覺時翻身。	She rolled over in her sleep for the first time. *rolled over = 翻身。
現在她會自己坐下了。	She can sit on her own now. *on one's own = 獨自。
他很努力地在爬。	He tried his best to crawl. *crawl = 爬行。
唯人現在已經很會爬了。	Yuito is now able to crawl with no problem.
美穗抓住東西然後站起來了！	Miho grabbed onto something and stood up!
今天小拓會自己走了！太令人驚訝了！	Ta-kun walked today! It was amazing!
她現在可以自己玩。	She can play on her own now.
他會發出「啊～」和「歐～」的音。	He can say "aah" and "ooh."
今天是他第一次會叫「媽媽」。	He said "mama" for the first time today.
有人問她「妳叫什麼名字」的時候，現在她會回答「小千」。	When people ask her, "What's your name?" she can now answer, "Chi-chan!"
他會簡單的對話。	He can have a simple conversation.
她會自己扣扣子。	She can do up her buttons on her own. *do up ～ = 扣上（衣服的鈕扣）。
他會自己解開鈕扣。	He can undo his buttons on his own. *undo = （衣服的鈕扣）鬆開。
我想奈美很快就會騎腳踏車了。	I think Nami will be able to ride her bike soon. *bike = 腳踏車。
孩子每天長大一點點。	Children grow a little every day. *grow = 成長。
我很驚訝孩子怎麼長得這麼快。	I'm surprised by how fast children grow.

感覺突然間他們就長大許多。
I feel like they'll be grown before we know it.
＊grow（成長）的過去分詞為 grown。before we know it = 轉瞬間。

 孩子的生日

今天是彩名一歲 生日。
Today is Ayana's first birthday.

我們聚在一起慶祝。
We all got together to celebrate.

兒子把一升餅背在身上。
Our son carried the "isshou mochi" on his back.
＊一升餅有一生不愁吃穿之意。

我們邀請朋友來參加他的慶生會。
We invited friends over for his birthday party.
＊invite ～ over = 邀請～過來。

我為他烤生日蛋糕。
I baked a birthday cake for him.

我在附近的蛋糕店為他訂生日蛋糕。
I ordered a birthday cake at the nearby pastry shop.
＊nearby = 附近的。pastry shop = 蛋糕店。

小拓不太會吹蠟燭。
Ta-kun was having trouble blowing out the candles.
＊blow out ～ = 吹熄～。

我們一起為她唱生日快樂歌。
We sang "Happy Birthday to You" together.

我們送她光之美少女的玩具作為生日禮物。
We gave her a Precure toy as a birthday gift.

幼兒園為她舉辦慶生會。
They threw her a birthday party at the preschool.
＊throw a party = 舉辦派對。

照片·影片

我在公園替宗佑拍了很多照片。
I took many pictures of Sosuke at the park.

我把照片拿去沖洗。
I had the pictures developed.
＊have ～ developed = 拿去沖洗。

真希喜歡看自己的照片。
Maki likes looking at pictures of herself.

當她面對相機的時候一臉嚴肅。	She puts on a straight face when she faces the camera.

＊straight face = 緊繃著臉。face = 朝著～的方向。

因為她是我們第一個小孩，結果就拍了很多照片。	We end up taking a lot of pictures because she's our first child.

＊end up ～ing = 結果變成～。

我們在攝影工作室拍照。	We had pictures taken at the photo studio.
她打扮成白雪公主。	She dressed up as Snow White.
她看起來很可愛。	She looked adorable.

＊adorable [ə`dorəbl] = 可愛的。

我拍下影片。	I took a video.
我會把她的畢業典禮做成 DVD。	I'll make a DVD of her graduation.

＊graduation = 畢業。

嬰兒用品・服飾

嬰兒用品 的單字

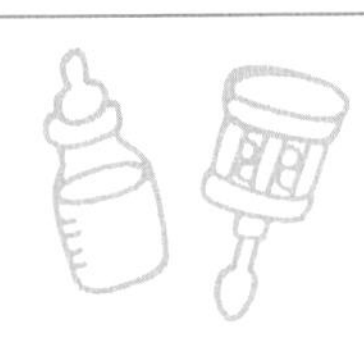

奶瓶	feeding bottle
奶粉	powdered milk
奶嘴	pacifier
圍兜	bib
波浪鼓	rattle
嬰兒床	crib
尿布	diaper [`daɪəpɚ]
紙尿布	disposable diaper
布尿布	cloth diaper
嬰兒溼巾	baby wipe
嬰兒車	stroller
嬰兒揹巾	baby sling
嬰兒服	baby ware / baby clothes
嬰兒用品	baby goods
嬰兒食品	baby food

童裝

我們買不起那個牌子的童裝。	We can't afford children's clothes from that brand.

＊can afford ～ = 負擔得起（昂貴的服裝）。

對小孩子來說，穿便宜的衣服就可以了。	As for children, cheap clothes do just fine.

＊as for ～ = 對～來說。do = 足夠、夠用。

反正他們很快就會穿不下了。	They'll grow out of them soon anyway.

不知不覺中，衣服就穿不下了。	**The clothes will be too small before you know it.**
	＊before you know it = 一瞬間、不知不覺。
麻里子給我一些穿過的童裝。	**Mariko gave me some hand-me-down children's clothes.**
	＊hand-me-down = 別人用過的。
我把美紀的舊衣服送給山下。	**I gave Yamashita Miki's old clothes.**
我在網拍買了一件 Mikihouse 的運動衫。	**I won a bid in an online auction and got a Mikihouse sweatshirt.**
	＊bid = （拍賣時的）出價。
我在二手商店幫兒子買了一些衣服。	**I bought some clothes for my son at the thrift shop.**
	＊thrift [θrɪft] shop = 二手商店。
最近白天愈來愈暖，很難決定要幫他穿什麼。	**It gets really warm during the day these days, so it's hard to decide what to put on him.**
看來麻子很喜歡奶奶送給她的雨鞋。	**Asako's favorite seems to be the rain boots Grandma gave her.**

嬰兒車

姊夫把他們的嬰兒車給我們。	**My brother-in-law gave us their stroller.** ＊stroller = 嬰兒車。
我們到底要選哪台嬰兒車？A 或 B？	**Which stroller should we choose, A or B?**
寶寶乖乖地坐在嬰兒車裡，真是太好了。	**I'm glad the baby stays quiet when she's in the stroller.**
帶著嬰兒車坐電車一點都不輕鬆。	**I don't feel comfortable taking a train with the stroller.**

繪本

我在睡覺時間唸繪本給他聽。	**I read him a picture book at bedtime.**
	＊read ～ ... = 唸…給～聽。
她很開心地聽我為她唸繪本。	**She was happy to listen to me read the picture book.**
我讓他自己選兩本喜歡的繪本。	**I let him choose two of his favorite picture books.**

小類選了《古利和古拉》以及《丹丹早安》。
Rui chose "Guri to Gura" and "Nontan Ohayo."

他纏著我為他一遍又一遍地唸同一本書。
He pesters me to read him the same picture book over and over again.
＊pester ～ to... = 纏著～做…。

老姊給我十本舊的繪本。
My sister gave me ten old picture books.

和孩子出門

出門

我參加本市舉辦的育兒課。
I participated in the parenting class held by the city.
＊hold = 舉辦（會議等）。

我們參加寶寶瑜伽課。
We took a class on baby yoga.

我把小守留給媽媽照顧，然後出門去了。
I left Mamoru with my mother and went out.

我和「媽媽朋友」一起去吃午餐吃到飽。
I had a buffet lunch with my "mommy friends"♪
＊要解釋「媽媽朋友」可以說成 a friend I met through my son/ daughter（透過兒子或女兒認識的朋友）。

我帶初音去直子阿姨家。
I took Hatsune to Auntie Naoko's house.
＊auntie 是 aunt（伯母、阿姨、嬸嬸、姑姑）的暱稱。

我們和藤井家去露營。
We went camping with the Fujiis.
＊the + 姓氏s = ～一家人。

我們和姊姊一家人帶著午餐去附近的公園。
We brought our lunch to the nearby park with my older sister's family.

我去橫濱的 LaLaport 幫孩子買衣服。
I went shopping for kids' wear at the LaLaport Yokohama.

店員和他一起玩。
The shop staff played with him.

我很感謝他們提供兒童座椅。
I appreciated that they had a high chair.
＊appreciate = 感謝～。

電車上有人讓座給我，我很高興。
I was glad that someone offered me a seat on the train.
＊offer ～ ... = 提供～…。

第一次去公園

我和結衣第一次去公園。 I went to the park with Yui for the first time.

我和住在附近的媽媽們變成朋友。 I became friends with the mothers in the neighborhood.

要打進媽媽們的小團體不容易。 It wasn't easy getting into the mothers group.

有一個媽媽推著嬰兒車經過，所以我就跟她聊起天來。 A mother with a stroller passed by, so I spoke to her.

＊stroller = 嬰兒車。pass by = 經過身邊。

小真交到一個朋友。 Ma-kun made a friend.

小學生很喜歡我兒子。 The elementary school kids adored my son.

＊adore = 非常喜愛～。

玩樂

遊樂器材・玩樂 的單字

球	ball	丟球和接球	play catch
鞦韆	swing	跳跳繩	skip rope / jump rope
溜滑梯	slide	扮家家酒	play house
翹翹板	teeter-totter	裝扮遊戲	play make-believe
攀爬柱	climbing bar	玩沙	play in the sand
單槓	horizontal bar	玩盪鞦韆	play on the swing
猴架	monkey bars	玩紙飛機	fly a paper plane
沙坑	sandbox	放風箏	fly a kite
立體方格鐵架	jungle gym		
玩捉迷藏	play hide-and-seek		
玩鬼抓人	play tag		
賽跑	run around		

到外面玩

我們去公園玩。 We went to the park to play.

一整個下午她都和孩子的爸在公園玩。	She spent the afternoon playing with Daddy in the park.
小學的操場今天有對外開放，所以我們去那裡玩。	The elementary school's playground was open to the public today, so we went to play. ＊public = 大眾的。
女兒似乎很喜歡玩溜滑梯。	Our daughter seemed to enjoy the slide.
我們在立體方格鐵架那裡玩。	We played on the jungle gym.
我們在運動場的跑道上玩。	We played on the obstacle course. ＊obstacle [ˋɑbstək!] course = 運動場的跑道。
美紀和小麻一起騎腳踏車在附近繞。	Miki and Asa were riding around on their bicycles together.
他們的衣服又沾滿泥巴。	Their clothes got all muddy again. ＊muddy = 泥濘的。
好吧，孩子的工作就是盡情玩耍。	Oh well. A child's job is to have fun.

在家裡玩

畫畫很好，但我希望她不要把衣服弄髒。	Drawing is fine, but I wish she wouldn't dirty her clothes. ＊dirty = 弄髒。
他拿我的口紅亂畫！	He was drawing with my lipstick!
孩子們最近沈溺於電視遊樂器。	The kids are always playing video games these days.
我希望他們更常到外面玩。	I want them to play outside more often.
女兒一直玩我的手機，真困擾。	My daughter keeps playing with my phone. It's a little annoying. ＊annoying = 困擾的。
兒子最近喜歡拿我的 iPhone 來拍照。	My son enjoys taking pictures with my iPhone these days.
我讓他用我的 iPad，令我感到驚訝的是他很快就上手了！	I let him use my iPad and was amazed by how fast he got used to it! ＊get used to ～ = 習慣於～。

玩具

我在玩具反斗城買新玩具。
I bought new toys at Toys“R”Us.

我想買木製玩具給他。
I want to get him wooden toys.

他的玩具太多了，讓我沒辦法整理房子。
I can’t clean the house because he has so many toys!
＊clean = 整理～。

我要把他的舊玩具送人。
I’ll give away his old toys.
＊give away ～ = 送給別人～。

他甚至不玩我們買給他的昂貴玩具。
He won’t even play with the expensive toys we buy.

手作玩具似乎最讓她開心。
Handmade toys seem to amuse her the most.
＊amuse = 使發笑。

他最喜歡奶奶給他的湯瑪士玩具。
He likes the Thomas toy he got from his grandmother the best.

育兒的辛苦

夜啼

最近到了晚上她哭個不停。
She has been crying a lot in the night lately.

他每天晚上都哭，我根本沒辦法好好睡覺。
He cries every night, so I haven’t been getting enough sleep.

昨晚我睡得很好，因為直樹沒有哭。
I slept well last night because Naoki didn’t cry.

心情不好・煩躁

他今天心情不好。
He wasn’t in a good mood today.
＊good mood = 心情好。

不管我多麼努力讓他高興，他的心情還是好不起來。
No matter how hard I tried to make him happy, he was stuck in a bad mood.
＊stuck in ～ = 陷入～。bad mood = 心情不好。

他發起脾氣來，一直說：「我不想走了」。
He got cranky and kept saying, “I don’t want to walk.”
＊cranky = 脾氣壞的。

他在電車上鬧脾氣，真是糟透了。

It was tough that he made a terrible fuss on the train.

＊make a fuss = 鬧脾氣。

從幼兒園走回家的路上，他任性的躺在地上。

On the way home from preschool, he got very crabby and lay on the ground.

＊crabby = 易怒的。lie [laɪ] = 躺下，過去式為 lay [le] 。

當我帶小智回家時，他激動地想掙脫我的手。

Satoshi tried to wriggle out of my arms while I carried him home.

＊wriggle = 全身激動地扭動、掙扎。

他大哭。太可怕了。

He cried a lot. It was terrible.

我花了很久的時間才讓他停止哭泣。

It took a long time for him to stop crying.

我抱住他，然後他就不哭了。

I held him in my arms and he stopped crying.

＊hold = 抱住～，過去式為held。

反抗期

健太現在正值兩歲反抗期的巔峰。

Kenta is right in the middle of his terrible twos.

＊in the middle of ～ = 在～之中。terrible two = （小孩）兩歲的反抗期。

最近健太總是說「不要」。

Kenta always says "no" these days.

他對每件事都說「不要」。

He says "no" to everything.

他最近很任性。

He's so selfish lately.

我猜他是不是進入了反抗期？

I wonder if this is his rebellious phase.

＊rebellious [rɪˋbɛljəs] phase = 反抗期。

我希望這段反抗期快點結束。

I hope this rebellious phase will end soon.

育兒的煩惱

有了小孩，就沒什麼自己的時間了。

When you are raising a child, you don't get much time for yourself.

＊raise = 養育～。

養育孩子讓我有點受不了。

I might be getting a bit tired from parenting.

＊parenting = 養育子女。

很難兼顧帶小孩和工作。	**It's not easy to raise a child and have a job at the same time.**
我又對大兒子吼了。我真不應該那麼做的。	**I yelled at my older son again. I shouldn't have done that.**
	＊yell at ～ = 向～吼叫。
我不能被打敗！	**I should quit being frustrated!**
	＊quit = 停止。
與其注意他哪裡做的不好，我反倒會注意他能做到的事。	**Instead of focusing on what he can't do, I'll focus on what he can do.**
	＊focus on ～ = 集中～、注意～。
教養小孩快把我搞到精神崩潰了。	**I'm going to have a nervous breakdown over child-raising.**
	＊nervous breakdown = 精神崩潰。
我把育兒的困擾跟媽媽說。	**I talked to my mother about my parenting problems.**

幼兒園・入學準備

入學準備

我希望兒子四月可以去讀幼兒園。	**I hope my son can get into preschool in April.** ＊preschool = 幼兒園。
附近的幼兒園好像沒有多的名額。	**It doesn't look like the neighborhood preschool has any openings.**
	＊opening = 空缺。
我希望幼兒園的等待入園問題可以解決。	**I hope something is done about the waiting-list problem for preschools.**
有 48 個小孩在等 A 幼兒園的入園許可。	**There are 48 children on the waiting list for A Preschool.**
走路到 B 幼兒園有點遠。	**It's a little too far to walk to B Preschool.**
希望我們能獲得 C 幼兒園的入園許可。	**I hope we get the OK to get into C Preschool.**
我很高興幼兒園的老師很可靠。	**I'm glad that the preschool teachers are reliable.** ＊reliable = 可靠的。
他們連假日都能幫忙照顧孩童，真是幫了大忙。	**They look after children even on holidays, so it's a big help.**
	＊look after ～ = 照顧～。

他終於進去那間我們想要的幼兒園了。 He got a place at the preschool we wanted!
*preschool = 幼兒園。

在幼兒園裡

大約五點左右，我去幼兒園接她。 I picked her up from preschool at around 5:00.
*pick up = 接送。

阿嬤送小幸去幼兒園。 Granny took Sachi to preschool.
*granny = 阿嬤。

我去接女兒的時候遲到了，我想這讓她覺得很孤單。 I was late picking up my daughter, so I think it made her sad.

我覺得她在幼兒園過得很開心。 I think she had a good time at preschool.

從連絡簿看來，他今天表現得很棒。 According to the daily report, he was a good boy today.

雄太好像喜歡美紀。 It seems that Yuta likes Miki.

他又欺負真帆了。 He was mean to Maho again.
*mean to ～ = 卑鄙的、心地不好的。

幼兒園的孩子們今天有表演。 The preschool children put on a performance today.
*put on ～ = 演出～（戲劇）。

孩子們又唱又跳表演麵包超人的歌。 The kids sang and danced to an Anpanman song.

我很驚訝他們跳得這麼好。 I was surprised by how well they danced.

小美說她想成為歌手。 Mi-chan said she wants to be a singer.

才藝練習

我在想我是不是該讓他去學鋼琴？ I wonder if I should make him take piano lessons.

我想讓她學樂器。 I want her to learn a musical instrument.
*musical instrument = 樂器。

兒子說他想學空手道。
My son says he wants to learn karate.

我讓他盡早開始學英文。
I want him to start learning English early on.
＊early on = 盡早開始。

我已經決定讓她去上繪畫課。
I've decided to let her take a drawing class.
＊let ～ ... = （依～的期望）讓～做…。

我已經決定要讓他去上游泳課。
I've decided to make him take swimming lessons.
＊make ～ ... = （強迫）讓～做…。

兒子在游泳比賽中拿到冠軍！真是太厲害了！
He came in first place in the swimming competition! Amazing!

我很高興他喜歡上游泳課。
I'm glad he's enjoying swimming class.

他說他再也不想去上書法課了。
He said that he doesn't want to go to calligraphy class anymore.
＊calligraphy = 習字、書法。

她根本沒有練鋼琴。
She doesn't practice playing piano at all.

她一點都沒有進步。
She's not getting any better.
＊get better = 愈變愈好。

最近他突然開始進步了。
He suddenly started getting better recently.

明天他有一場鋼琴發表會！
He has a piano recital tomorrow!

入學準備

我在考慮要不要讓她參加入學考試。
I wonder if we should have her take entrance exams.

小吉打算考進有名的小學。
Yoshi is going to try to get into a prestigious elementary school.
＊prestigious [prɛsˋtɪdʒɪəs] = 一流的、有名望的。

A 小學採取的是自由的教育方針。
A Elementary School has a liberal education policy.
＊liberal = 自由的。

在我看來，唸當地的小學就可以了。
In my opinion, a local elementary school is good enough.

生產·育兒相關的

英文日記，試著寫寫看！

177 試著用英文書寫和懷孕、生產或育兒相關的事情吧！

如願以償

I just found out that I'm pregnant! I've been waiting for this moment for a long time. I'm sooooo happy! I can't wait to tell my husband about it.

翻譯

我剛剛才知道自己懷孕了！我期待這一刻的到來已經很久了。我等不及要把這個消息告訴老公了。

POINT found out ～是 find out ～（知道～）的過去式。I've been waiting 用的是現在完成進行式，代表「一直以來持續～」的狀態。I can't wait to ～（動詞原形）有「想快點～、等不及要～」之意。

每晚哭不停，我累壞了

Marina cries and wakes up every couple of hours almost every night. I'm exhausted☹ Just sleep all night, for Pete's sake!

翻譯

真理奈幾乎每天晚上每隔幾個鐘頭就會起來哭。我實在累壞了☹求求妳，一覺到天亮吧！

POINT 「每隔幾個鐘頭」的英文是 every couple of hours，或 every few hours。exhausted 有「精疲力盡的」之意。心煩的時候用「算我拜託妳」或「求求妳」，英文可寫成 for Pete's sake 或 for Heaven's sake。

健康長大

I took Reika to her three-month checkup. Her doctor said she was perfectly healthy. What a relief!

翻譯

我帶麗香去做滿三個月的健兒門診。醫生說她很健康，聽了之後讓我大大地鬆了一口氣！

POINT 「滿三個月的健兒門診」是 three-month checkup。通常「三個月」寫成 three months，以複數的方式表示；但此處的三個月是形容詞，因此用單數表示，並以連字號把 three-month 連在一起。What a relief! 有「鬆了一口氣、安心」之意。

紅蘿蔔口味的鬆餅

I tried making pancakes with grated carrots mixed in. Saki said it was yummy, and she wanted another one. YEEEES!

翻譯

我嘗試把磨碎的紅蘿蔔加進鬆餅裡一起烤。小咲說吃起來很美味，而且她還想再來一份。非常成功！

POINT 「嘗試做～」可用 try ～ing 來表示。「試做看看」亦可寫成 tried baking。grated carrots 裡的 grated 是「磨碎」之意，而 yummy 有「非常可口」的意思。「非常成功！」用大寫的 YEEEES! 來表示，透露出高興的心情。

27 寵物

寵物

寵物 的單字

狗	dog
小狗	puppy
貓	cat
小貓	kitten
倉鼠	hamster
天竺鼠	guinea [`gɪnɪ] pig
刺蝟	hedgehog
白鼬	ferret
兔子	rabbit
鸚鵡	parakeet
文鳥	java sparrow
九官鳥	mynah [`maɪnə]
金絲雀	canary
十姊妹	bengalese finch
小雞	chick
雞	chicken
陸龜	tortoise [`tɔrtəs]
青蛙	frog
蜥蜴	lizard
蛇	snake
綠鬣蜥	iguana
變色龍	chameleon
美西螈	axolotl [`æksəˌlɑt!]
金魚	goldfish
花鱂	killifish
孔雀魚	guppy
熱帶魚	tropical fish
水母	jellyfish
海星	starfish
小龍蝦	crayfish
鍬形蟲	stag beetle
甲蟲	beetle
螳螂	mantis/ praying mantis
鈴蟲	bell cricket
蟋蟀	cricket
蝸牛	snail

養寵物

我想要寵物。 I want to have a pet.

這星期我要去寵物店。 I'll go to a pet shop this weekend.

我想養狗。 I want a dog.

我在公園看到一隻野貓。 I saw a stray cat in the park.

我好想養牠喔。	I want to get it.
我必須說服老公。	I need to convince my husband. ＊convince = 說服～。
我們的大樓禁止養寵物。	We can't keep pets in our apartment building.
我想搬到可以養寵物的大樓。	I want to move to an apartment where I can keep pets.
動物醫院的獸醫在替小狗找新家。	The vet was looking for a home for a puppy. ＊vet [vɛt] = veterinarian（獸醫）的縮寫。
川口的貓生小貓咪了。	Kawaguchi cat had kittens. ＊kitten = 小貓。
他們在找願意認養小貓的人。	They're looking for people to adopt the kittens. ＊adopt = 收養～。
我想養一隻。	I want to get one.
我去看小貓們。	I went to see the kittens.

照顧寵物

不知道我能不能把牠照顧好。	I wonder if I can take care of it.
我會好好照顧牠的。	I'll take good care of it.
牠很可愛，但是照顧起來也很麻煩。	It's cute, but it's also a lot of work.
我替強泥洗澡。	I gave Johnny a bath.
我幫小玉剪指甲。	I clipped Tama's nails. ＊clip one's nails = 剪～的指甲。
我帶強尼去做寵物美容。	I took Johnny to the grooming salon. ＊grooming = 打扮、使整潔。
我替波奇打扮。	I did Pochi's grooming.
我六點餵牠吃晚餐。	I gave him his dinner at 6:00.
強尼吃得很高興。	Johnny was happy with his food.
他好像不太喜歡新的飼料。	He doesn't seem to like the new food. ＊「貓食」為 cat food，「鳥飼料」為 bird food。

訓練寵物

我必須好好訓練牠。 I have to train him well.
＊train = 訓練～。

我該怎麼訓練牠呢？ How should I train him?

強尼上廁所時還是會出錯。 Johnny still has a lot of toilet accidents.
＊toilet accident = 出差錯。

牠快要學會上廁所了。 He's almost fully toilet trained.
＊toilet train = 如廁訓練。

牠上廁所的訓練已經完成了。 He's fully toilet trained.

和寵物一起生活

小玉今天滿三歲。 Tama turned three today.
＊turn = 變成～。

強尼今年十歲了。 Johnny is turning ten this year.

小玉是我們家的一份子。 Tama is a member of our family.

我是個不折不扣的愛貓族。 I'm definitely a cat person.
＊「愛狗族」可寫成 dog person。

小玉睡得很熟。 Tama was deep asleep.
＊deep asleep = 熟睡。

狗睡覺時發出聲音。 The dog was dreaming and barking in its sleep.

有些貓在睡覺時也會發出聲音。 Some cats meow when they are dreaming, too.

強尼喜歡坐車兜風。 Johnny likes riding in the car.

寵物生產

莉子今天早上生了五隻小狗。 Riko had five puppies this morning.

生產過程真的很令人感動。 The birth was really moving.
＊moving = 感動的。

生產很辛苦。 The birth was really difficult.

莉子，做的好！ Good job, Riko!

小貓咪好可愛。 Kittens are so cute.

牠們的眼睛還看不見。 They still can't see.

牠們走起路來歪歪斜斜的。 **They toddled as they walked.**
＊toddle＝走路歪歪斜斜。

我們必須找人來收養這些小狗。 **We have to look for people to adopt the puppies.**
＊adopt＝收養～。

小谷女士說她想要養一隻。 **Ms. Otani told me that she wants one.**

寵物生病・出問題

最近牠看起來很虛弱。 **He seems weaker these days.**
＊weak＝虛弱的。

我猜牠是不是病了。 **I wonder if he's sick.**

最近牠的胃口不好。 **He doesn't have an appetite these days.**
＊appetite [`æpə,taɪt]＝食慾。

最近牠的腳好像愈來愈無力。 **His legs seem weaker these days.**

最近牠整天都在睡覺。 **She sleeps all day these days.**

牠的視力在退化。 **His eyesight has declined.**
＊eyesight＝視力。decline＝衰退、下降。

牠愈來愈健康了。 **She's getting better.**

牠現在比較吃得下了。 **She's eating well now.**

我希望牠趕快好起來。 **I hope he gets better soon.**

小玉得了癌症。 **Tama got cancer.**
＊cancer＝癌症。

我知道牠很痛苦。 **I can tell she's in pain.**
＊can tell ～＝知道～。in pain＝痛苦。

我不忍心看到這樣。 **I can't bear seeing it.**
＊bear＝忍受～。

牠遇到車禍。 **He was involved in a car accident.**
＊involved in ～＝捲入～。

牠的左後腳斷掉了。 **His left hind leg got broken.**
＊hind leg＝後腳。

我們不知道牠在哪裡。 **We don't know where she is.**

牠安然無恙地回來！真是謝天謝地！ **She's back safe and sound! Thank goodness!**
＊safe and sound＝安然無恙。Thank goodness＝謝天謝地。

動物醫院

或許我該帶牠去動物醫院看看。
Maybe I should take him to the vet.
＊vet [vɛt] = veterinarian（獸醫）的簡稱。

該是替牠做結紮的時候了。
It's time we had him neutered.
＊have ～ neutered = 替～做結紮手術。

該是替牠做避孕的時候了。
It's time we had her spayed.
＊have ～ spayed = 替～做避孕手術。

我們必須帶牠去打針。
We have to take her for her shot.
＊shot = 打針。

下午我帶小玉去動物醫院。
I took Tama to the vet in the afternoon.

強尼是個乖孩子。
Johnny was a good boy.

牠很焦躁不安，讓人很難處理。
He was restless and hard to handle.
＊restless = 焦躁不安的。handle = 處理～。

需要三個人抓住小玉才能讓牠躺下。
Three people had to hold Tama down.

他們做了血液檢查。
They did a blood test.

牠被打了一針。
He got an injection. ＊injection = 打針。

牠有吃藥。
He got some medicine.

保險不包含這個，所以費用很貴。
Our insurance doesn't cover it, so it was quite expensive.
＊cover = 涵括～。

寵物死亡

小玉今天走了。
Tama died today.
＊動物死亡多用 die，而人多用 pass away。

我們請寵物殯葬業者過來。
We called a pet undertaker.
＊undertaker = 殯葬業者。

廟方替我們把牠埋葬了。
The temple buried her for us.
＊bury [`bɛrɪ] = 埋葬～。

我們把牠喜歡的玩具放到棺材裡。
We put her favorite toy in her casket.
＊casket = 棺材、靈柩。

和小玉在一起的時光真的很快樂。
We really enjoyed the time we shared with Tama.

小玉，謝謝你。
Thank you, Tama.

我不敢相信小玉已經不在了。	**I can't believe that Tama is not around anymore.** ＊around = 存在。
真的很難承受。	**It's so hard to take it.** ＊take it = 忍耐。
我必須振作起來。	**I have to take heart and be strong.** ＊take heart = 堅強、振作。

狗

狗的種類 的單字

秋田犬	Akita	杜賓犬	Doberman
阿富汗獵犬	Afghan hound	哈巴狗	pug
柯基犬	corgi	蝴蝶犬	papillion
黃金獵犬	golden retriever	米格魯	beagle
牧羊犬	collie	貴賓狗	poodle
西施犬	shih tzu	牛頭犬	bulldog
德國狼犬	German shepherd	博美狗	Pomeranian
柴犬	Shiba dog	馬爾濟斯	Maltese
西伯利亞哈士奇	Siberian husky	約克夏	Yorkshire terrier
絨毛犬	spitz	拉布拉多犬	Labrador retriever
雪納瑞	Saint Bernard	混種狗	mixed breed
臘腸狗	dachshund		
大麥町	dalmatian		
吉娃娃	Chihuahua		
土佐犬	Tosa dog		

我想養吉娃娃。	**I want a Chihuahua.**
還是養柴犬最好。	**Shiba dogs are the best!**
我把牠取名強尼。	**I named him Johnny.**
牠是混種狗。	**He's a mixed breed.** ＊mixed breed = 混種。
牠有血統證明。	**He's a certified breed.** ＊certified = 有附證明書。breed = 品種。
我替牠做了間狗屋。	**I made a dog house for him.**
我喜歡狗是因為牠們很善良。	**I like dogs because they're friendly.**

強尼在搖尾巴。	Johnny was wagging his tail.
	＊wag = 搖擺。tail = 尾巴。
我帶強尼去散步。	I walked Johnny.
	＊walk = 帶～（狗等）去散步。
我們讓牠在狗狗專屬運動區玩。	We let him play in the dog run.
牠很快樂地跑來跑去。	He was running around happily.
我們一起玩球。	We played with a ball.
強尼會亂叫是個大問題。	Johnny's barking was a big problem.
	＊bark = 吠。
我想訓練牠不要亂叫。	I want to teach him not to bark so much.
我要訓練牠不要咬人。	I have to teach him not to bite people.
	＊bite = 咬～。
我教強尼握手。	I taught Johnny to shake hands.
	＊shake hands = 握手。
強尼學會坐下了。	Johnny has learned to sit.
牠還聽不懂躺下的命令。	He still can't lie down on command.
	＊on command = 聽命。

貓

180

貓的種類 的單字

美國短毛貓	American shorthair
阿比西尼亞貓	Abyssinian
安哥拉貓	Angora
暹羅貓	Siamese
蘇格蘭折耳貓	Scottish fold
緬甸貓	Burmese
峇里貓	Balinese
喜馬拉雅貓	Himalayan
英國短毛貓	British shorthair
波斯貓	Persian
孟加拉貓	Bengal
曼島貓	Manx
緬因貓	Maine coon
俄羅斯藍貓	Russian blue
三色貓	calico [`kælə͵ko]
黑貓	black cat
虎斑貓	tabby
褐色虎斑貓	brown tabby
混種貓	mixed breed

貓真是善變的動物。 Cats are really moody.
＊moody = 善變的。

我就是喜歡貓的變化莫測。 I like the way cats are capricious.
＊capricious = 善變的、任性的。

我的貓飼料好像用完了。 I'm running out of cat food.
＊run out of ～ = 沒有～、～用完。

我給牠一些柴魚片。 I gave her some bonito shavings.
＊bonito shavings = 柴魚片。

我在煮魚的時候，小玉就會跑進廚房。 Tama came into the kitchen when I was cooking fish.

明天我會去買貓砂。 I'll go buy some cat litter tomorrow.
＊litter = 貓砂。

牠用磨爪器磨指甲的樣子，讓我印象深刻。 I'm impressed that she uses the claw sharpener.
＊claw sharpener = 磨爪器。

貓咪把我的窗簾撕破了。（嗚～） My cat tore up my curtains. (Boo-hoo)
＊tear [tɛr] up ～ = 撕破～，tear 的過去式為 tore。

她怎麼有辦法爬到那麼高？ How does she get up so high?

小玉昨晚爬上我的床。 Tama climbed into my bed last night.
＊climb into ～ = 爬進來～。

其他寵物

181

我從今天開始養倉鼠。 I got a hamster today.

牠一直不停地轉動輪子。 It was turning its wheel round and round.
＊round and round = 轉不停。

牠吃東西的樣子好可愛。 It looks cute when it's eating.

鸚鵡不知道好不好養？ I wonder if parakeets are easy to take care of.
＊parakeet [`pærə,kit] = 鸚鵡。

我在廟會撈到一隻金魚。 I got a goldfish when I tried goldfish scooping at the fair.
＊scoop = 舀取～。fair = 廟會。

我想買大一點的魚缸。 I want a big aquarium.
＊aquarium [ə`kwɛrɪəm] = 魚缸。

我對熱帶魚很著迷。 I'm really into tropical fish.
＊be into ～ = 熱衷～、入迷。

我們抓到兩隻小龍蝦。 We caught two crayfish.
＊crayfish = 小龍蝦。

寵物相關的

英文日記，試著寫寫看！

182 試著用英文書寫和寵物一起生活的事情吧！

養小狗

Kiyomi's dog, Maru, had five puppies. I got one of them and named her Pon-pon. She's so cuddly!

翻譯

清美家的狗小丸生了五隻小狗。我認養了一隻，取名叫澎澎。牠好可愛喔！

POINT puppy 是「小狗」的意思，而「小貓」的英文則是 kitten。「替～取…名字」可用 name ～ ... 來表示。cuddly 有「想緊緊抱入懷裡般的可愛」之意，本句亦可寫成 She's so cute. 或 She's so adorable.。adorable 有「可愛的」之意。

流浪貓

I found a stray cat on the way from school. As soon as I got home, I asked Mom if we could keep it. As I expected, she said no.

翻譯

我在放學回家途中發現了一隻流浪貓。我一回家就問媽媽可不可以養貓。答案和我想的一樣，媽媽說不行。

POINT 「流浪貓」是 stray cat（迷路的貓、走失的貓）。on the way from school 是「放學回家的路上」。ask ～（人）if ...（句子）有「拜託～讓我做…」之意。As I expected 直譯為「跟我想得一樣」，有「果然」的意味。

倉鼠

Hamu is getting used to playing with me. He likes turning the wheel round and round. He's really fun to watch.

翻譯

哈姆愈來愈習慣跟我玩了。牠喜歡一直轉動輪子。牠好有趣，讓我看都看不膩。

POINT get used to ～ 有「漸漸習慣～（事）」，若是早已經習慣的情況，那麼會用 be used to ～（習慣～）；不管是哪一個，「～」都要放名詞或動詞 -ing。「看不膩」可用 fun to watch（光是看就覺得有趣）來表示。

和瑞奇分離

Riki died of old age today. It's too sad. I still can't stop crying. His last weak howl sounded like he was saying thank you. No, thank YOU, Riki.

翻譯

瑞奇今天因為年紀大而死了。我忍不住一直哭。他最後發出的微弱叫聲，好像是在對我說謝謝。不，我才要謝謝你呢，瑞奇。

POINT 「老死、因年老體衰而死亡」的英文是 die of old age。「（狗或狼的）號叫」的英文可用 howl [haʊl] 來表示。thank you 雖然有「謝謝」的意思，但此處的 thank YOU 卻隱含著「應該是我向你道謝」或「我才應該對你說謝謝」之意。

28 電腦・網路

電腦

183

電腦・網路 的單字

電腦	computer / PC	USB	USB
桌上型電腦	desktop computer / desktop PC	電源變壓器	power adapter
筆記型電腦	laptop	壓縮	compress
平板電腦	tablet computer / tablet PC	解壓縮	decompress
當機	freeze	病毒	virus [ˋvaɪrəs]
重新啟動	restart	防毒軟體	antivirus software
安裝	install	軟體更新	upgrade the software
解除安裝	uninstall ～	中毒	have a virus
登入	log in	網路	the Internet / the Net
登出	log out	連上網	access the Internet
關閉	shut down	伺服器	server
強制關閉～	force ～ to shutdown	LAN cable	LAN cable
螢幕	monitor	無線網路	wireless LAN/ wireless Interbet
滑鼠	mouse	網站	website
鍵盤	keyboard	BBS ／告示板	bulletin board / BBS
數字鍵	numerical keypad	部落格	blog
外接式硬碟	external hard disk drive	社群網站	SNS(Social Network Service)
光碟機	CD-ROM		

買電腦

我買了一台新電腦。 **I bought a new computer.**

＊computer 亦可換作 PC。

我想買一台新電腦。 **I want to get a new computer.**

我想我應該會買 VAIO 或 dynabook。	**I think I'll buy either a VAIO or a dynabook.**
現在電腦的價格比過去便宜很多。	**Computers are much cheaper now than they were in the past.**
最近電腦愈來愈輕薄了。	**Computers are really small these days.**
我應該買桌上型電腦？還是筆記型電腦？	**Which should I get, a desktop or a laptop?** ＊laptop = 筆記型電腦。
如果我有一台筆記型電腦，我在任何地方都可以工作。	**If I have a laptop, I can work anywhere.**
我想我應該買桌上型電腦，因為我不需要帶著它到處跑。	**I think I should get a desktop because I don't need to carry it around.**
我新買的電腦真的很好用。	**My new PC is really easy to use.**
它很輕，所以帶著它不成問題。	**It's light, so carrying it won't be a problem.**
長效型的電池真讚！	**This long-lasting battery is great!** ＊long-lasting = 持久的。

設定・客製化

我把舊電腦的資料移轉。	**I transferred data from my old computer.** ＊transfer = 移轉～（資料）。
設定電腦要花很多時間。	**It took a lot of time to set up my computer.**
我和電腦設定奮鬥中。	**I struggled with the computer settings.** ＊struggle with ～ = 和～戰鬥。
當我照 CD 說明書去做，安裝電腦變得簡單許多。	**It was easy to set up my computer when I followed the CD manual.**
客服人員來幫我設定電腦。	**A customer service employee came to set up my computer.** ＊employee = 員工。

使用電腦

我開機了。
I turned it on.

我對電腦進行初始化。
I initialized it.
＊initialize = 初始化～。

我關機了。
I turned it off.

我強迫電腦關機。
I forced it to shutdown.
＊force ～ to shutdown = 強制關機。

我安裝軟體。
I installed software.

我安裝了防毒軟體。
I installed antivirus software.
＊antivirus [æntɪˋvaɪrəs] = 防毒。

我把資料做了備份，以防萬一。
I backed up my data just in case.
＊just in case = 以防萬一。

我用電腦工作了大概三個小時。
I worked on my computer for about three hours.

我終於習慣用 Excel 了。
I'm finally getting used to Excel.
＊get used to ～ = 習慣於～。

我不太會用 PowerPoint。
I'm not good at using PowerPoint.

我把檔案進行壓縮。
I compressed the file.
＊compress = 壓縮～。

列印・掃瞄

我把餐廳的地圖列印出來。
I printed out the map to the restaurant.

我很快就要買墨水了。
I'll have to buy ink soon.

我把賀年卡印出來。
I printed out my New Year's greeting cards.

我把地址印出來。
I printed out the addresses.

我把在箱根拍的照片列印出來。
I printed out the pictures I took in Hakone.

我掃瞄雅史的畫。
I scanned Masashi's drawing.
＊drawing = 圖畫、製圖。

我的印表機又卡紙了。
My printer got jammed again.
＊get jammed = 卡住。

電腦出問題

我的電腦最近一直出狀況。
My computer has been acting up lately.
＊act up = （機器等）出毛病。

它跑得很慢。
It's slow.

它最近很常當機。
It has been freezing a lot.
＊freeze = 當機。

電腦當機了。
It's frozen.
＊frozen = 當機。

最近開機都要很久。
It takes long to boot these days.
＊boot = 開機。

電腦開不了機。
It won't start.

我才剛買沒多久，怎麼會壞掉呢？
How can it be broken when I've just bought it?

我的硬碟已經滿了。
My disc space is full.

我把咖啡灑在電腦上了！
I spilled coffee on my computer!

我的重要資料都不見了。
I lost important data.
＊lose [luz] = 失去～，過去式為 lost。

我的資料都不見了！太糟了！
I lost all my data! This is terrible!

電腦可能中毒了。
It might have a virus.
＊virus [`vaɪrəs] = 病毒。

修理

我打算把電腦拿去送修。
I'll take it to be fixed.
＊fix = 修理～。

我把電腦拿去送修了。
I took my computer for repairs.
＊repair = 修理。

他們說大概要兩個星期才會修好。
They said it would take about two weeks to fix.

我的電腦送修回來了。
My computer is back from repairs.

他們說有些零件需要更換。
They said they had to replace the parts.
＊replace = 取代～。

維修中心的人很好，又樂於助人。 The repair center staff were nice and helpful.

因為還在保固期內，所以維修不用錢。 It was within the warranty period, so it was free.

＊warranty = 保證。period = 期間。

我必須付維修費。 I had to pay for repairs.

他們說維修費可能會到五萬元。 They said that it would cost up to 50,000 dollars for repairs.

＊up to ～ = 達到～。

如果是那樣，我不如買一台新的。 If that's the case, I might as well buy a new one.

＊might as well ～ = 不如～還比較好。

網路

網路

我大概上網一個小時。 I was online for about an hour.

我快速地瀏覽新聞網站。 I skimmed through the news websites.

＊skim = 瀏覽～。

我藉由看外國的新聞網站練習英文。 I practiced my English by reading foreign news websites.

我在網路上訂了一本書。 I ordered a book online.

我下載了西野加奈的新歌。 I downloaded Kana Nishino's new song.

老公沈迷於網路。 My husband is addicted to the Net.

＊addicted to ～ = 沈迷於～。

健二一有空就上網。 Kenji surfs the Internet whenever he has free time.

＊surf = 在電腦網路上快速連續地看。

還好我還有 Wi-Fi 可以用。 I'm glad I have Wi-Fi now.

我連不上網路。 I lost my Internet connection.

＊connection = 連接。

我找不到原因。 I couldn't figure out why.

＊figure out = 理解～。

網路搜尋

我用網路查東西。
I did some research on the Net.

我用 google 查英文單字。
I googled an English word.
＊google = 用 google 來搜尋～。

我用網路搜尋義大利餐廳。
I looked up Italian restaurants on the Internet.
＊look up ～ = 查詢～。

我找了一些評價不錯的餐廳。
I looked for restaurants with good reviews.

我上網找那款數位相機的最低價格。
I surfed the Net to find out the lowest price of that digital camera.

網購（請參照 p.449「郵購 · 網購」）

網拍

我在網拍買了一個包包。
I bought a bag in an online auction.

得標價是九千兩百元。
The highest bid was 9,200 dollars.
＊bid = 出價。

有很多人競標，所以我沒有得標。
There were many bidders, so I couldn't bid successfully.
＊bidder = 投標者。

我把家裡的雙人沙發拿到網拍去賣。
I put up my love seat for auction online.
＊put up ～ = 把～拿出來賣。love seat = 情侶沙發。

我希望可以高價賣出。
I hope it goes for a high price.
＊go for ～ = 以～的價錢賣出。

太好了！我以一萬三千元賣出去了！
Yay! I sold it for 13,000 dollars!

居然沒有人要買。該死！
I couldn't get a buyer. Darn it!
＊Darn it! = 該死！、可惡！

部落格

她的部落格真的很有趣。
Her blog is really interesting.

我常看出國留學的人寫的部落格。
I looked at blogs written by people studying abroad.

我想經營部落格。
I'm thinking of starting a blog.

我架了一個部落格。 I set up a blog.

我打算用英文來寫。 I'll write it in English.

我打算努力持續下去。 I'll do my best to stick with it for a long time.
＊stick with ～ = 持續～。

我打算每天發表些什麼。 I'll try to post something new every day.
＊post = 發表～、張貼～。

我更新了部落格。 I updated my blog.

我寫了關於溫泉旅行的事。 I blogged about my trip to a hot spring.
＊此處的 blog 有「寫部落格」之意，為動詞。

我貼了很多張照片。 I posted several photos.

很多人在我的部落格留言。 There were many comments on my blog.

我在他的部落格留言。 I posted a comment on his blog.

我回應了那則留言。 I responded to the comment.

我的部落格有很多負面的留言。 My blog got a lot of negative comments.
＊negative = 負面的、反對的。

我把部落格關了。 I shut down my blog.
＊shut down ～ = 關閉～，shut 的過去式亦是 shut。

Facebook・社群網站

我在 Facebook 上放了一些我去京都旅行的照片。 I uploaded photos from my trip to Kyoto on Facebook.
＊upload = 上傳～。

我在 Facebook 上找到小學同學。 I reconnected with an elementary school classmate on Facebook.
＊reconnect with ～ = 和～再連絡。

因為 Facebook 的關係，讓我和許多老朋友得以連絡。 I've gotten in touch with many old friends on Facebook.
＊get in touch with ～ = 和～連絡。

我很高興這麼多年後，我還能夠和他們連絡上。 I'm happy that I could get in touch with them after so long.

我和在旅行中認識的人成為 Facebook 好友。 I became Facebook friends with someone I met on a trip.

藉此知道朋友的近況很有趣。 **It's fun knowing what your friends are up to.**
＊up to ～＝忙於～。

我申請了 Facebook 的帳號，卻不知道要怎麼用。 **I got a Facebook account, but I don't know how to use it.**

我的老闆傳送了 Facebook 好友邀請，我該怎麼做？ **My boss sent me a friend request on Facebook. What should I do?**

我在 Facebook 開了一個社團。 **I started a group on Facebook.**

Skype・網路電話（請參照 p.354「Skype・網路電話」）

Twitter

Twitter 的單字

推文	tweet	我的最愛	favorites
回覆～	reply to ～	發送私訊給～	DM ～ / send a DM to ～
轉載推文～	retweet / RT	封鎖～	block ～
跟隨者	follower	把～加入名單	add ～ to the list
跟隨者人數	the number of followers	申請 Twitter 帳號	open a Twitter account
關注～	follow		
～關注我	～ follow me		
取消關注～	unfollow		

最近我很迷 Twitter。 **I'm into Twitter these days.**
＊into ～＝著迷於～。

最近使用 Twitter 的人數一直在增加。 **There are more people on Twitter these days.**

我已經註冊 Twitter 了。 **I signed up for Twitter.**
＊sign up for ～＝註冊～。

我在電車上查看 Twitter。 **I checked Twitter on the train.**

潤的推文總是很有趣。 **Jun's tweets are always interesting.**

我在 Twitter 上關注芭莉絲・希爾頓。 **I'm following Paris Hilton on Twitter.**

有吉回覆我，我好興奮！	I was so excited when Ariyoshi replied to me!
我的一則推文被轉載超過一百次。	One of my tweets has been retweeted over 100 times.
今天我收到很多回覆。	I had many replies today.
我收到一個讓我很不舒服的怪回覆。	I got a weird reply that made me uncomfortable. ＊weird [wɪrd] = 怪異的。
我發送私訊給 loveEng。	I DM-ed loveEng. ＊DM = 發送私訊（Direct Message）。
我收到 Yossie 傳來的私訊。	I got a DM from yossie.
我取消對他的關注。	I unfollowed him.
我把她封鎖了。	I blocked her.
我打算每天至少用英文寫一次推文。	I'll tweet in English at least once a day.
用英文寫 140 個字真的不算多。	140 characters in English really isn't much. ＊character = 文字。
和不同國家的人用英文寫推文真的很有趣。	Tweeting in English with people from other countries is fun.
我交到外國朋友了！	I made foreign friends!
克雷格寫的英文推文真的很容易懂。	Craig's tweets in English are easy to understand.

E-mail

我會 e-mail 給齊藤。	I e-mailed Saito. ＊e-mail = 發送電子郵件給～。
我 cc 給姊姊。	I cc'd my sister. ＊cc = 發送電子郵件的副本給～。
我回信給篠田。	I replied to Shinoda.
我收到高山的 e-mail。	I got an e-mail from Takayama.

我希望能用英語寫 e-mail。	**I want to be able to write e-mails in English.**
我附上一張慶生會的照片。	**I attached a photo from the birthday party.** ＊attach = 附加～。
我 e-mail 了一個問題給旅行社。	**I e-mailed an inquiry to the travel agency.** ＊inquiry = 問題。
我更換了 e-mail。	**I changed my e-mail address.**
我讓大家知道我換了新的 e-mail。	**I let everyone know that I changed my e-mail address.**
我收到一張用 PDF 做的地圖。	**I received a PDF map.**
這封 e-mail 變成亂碼，我沒辦法讀。	**The e-mail was garbled, so I couldn't read it.** ＊garbled = 變成亂碼。
優子的訊息變成亂碼。	**Yuko's text message was garbled.**
檔案太大了，導致我收到錯誤訊息。	**The file was too big, so I got an error message.**
真希給我她的 e-mail。	**Maki gave me her e-mail address.**
我收到太多垃圾郵件了。或許我該換個新的 e-mail。	**I get so much spam. Maybe I should change my e-mail address.** ＊spam = 垃圾郵件。

E-mail 的單字

檢查 e-mail	check one's e-mail
收到 e-mail	receive an e-mail / get an e-mail
發送 e-mail 給～	e-mail ～
回信給～	reply to ～ / e-mail ～ back
發送簡訊給～	text ～
附加～	attach ～
垃圾信	spam
e-mail 地址	e-mail address
變成亂碼	garbled
附件	attachment / attached file
圖畫文字	pictogram
表情文字	emoticon / smiley

電腦・網路相關的英文日記，試著寫寫看！

186 試著用英文書寫和電腦或網路相關的事情吧！

換新電腦

My PC is acting up. Come to think of it, I've been using it for five years now. Maybe it's about time to get a new one.

翻譯

我的電腦一直出毛病。仔細想一想，這台電腦我也用了五年。或許是時候換台新的了。

POINT act up 是「（機器等）跑不太動」。Come to think of it 有「這才發覺、仔細想一想」之意。「差不多是～的時候了」用 Maybe it's about time to ～，「～」可放入動詞原形。

用英文寫推文

Starting today, I've decided to tweet in English at least once a day. 140 letters isn't much, so I think I can do it. I'm going to continue doing it!

翻譯

從今天開始，我決定每天至少要用英文寫一則推文。140個字並不算多，所以我想我可以做到。我一定要堅持下去！

POINT 「已經決定～」可用 I've decided to ～ 或 I decided to ～來表示，「～」中可放動詞原形。tweet 是「推文」。「我一定可以做到」的英文可用 I think I can do it.（我自認可以做到）。

心情很複雜

I found Yamashita on Facebook. I got mixed feelings when I saw how old he looked in his picture....

翻譯

我在Facebook上發現了山下前輩。當我看到他變老很多的照片時，心情很複雜。

POINT 「在Facebook上」的英文可寫作 on Facebook；若是「在Twitter上」，則是 on Twitter；若是「在網路上」，則可寫成 on the Net 或 on the Internet。「心情變得很複雜」是 got mixed feelings。

澳洲來的信

I got an e-mail from Cathie in Australia. She attached a picture of her family. Her son is very cute! I want to visit her during summer vacation.

翻譯

我收到凱西從澳洲寄來的電子郵件，她還附上一張家庭照。她的兒子很可愛！暑假時我想去拜訪她。

POINT got an e-mail from ～ 有「從～寄電子郵件」之意。「收到」也可用 received 來代替 got。此處的「附上一張照片給我」用 attach（附上～）來表示。

29 災害・事件・事故

天災

187

災害・警戒 的單字

地震	earthquake
餘震	aftershock
地震強度	intensity
地震級數	magnitude
震央	epicenter
閃電	lightning
颱風	typhoon
洪水	flood
（河水）氾濫	overflow
海嘯	tsunami
豪雨	downpour
大雪	heavy snow
龍捲風	tornado
山崩	landslide
雪崩	avalanche
森林大火	forest fire
（火山）爆發	eruption
地震快報	earthquake early warning
強風大浪警報	severe storm and high surf warning

防災策略

我要做好防災準備。
I need to get ready for a disaster.
*disaster = 災害。

我檢查防災用品。
I checked my emergency supplies.
*emergency supplies = 防災用品。

我準備了三天份的應急食物和水。
I got three days worth of emergency food and water.
*worth = 量、價值。

手電筒的電池需要換了。
The flashlight batteries needed replacing.
*flashlight = 手電筒。replacing = 替換。

我要多買些電池預備著。
I'll stock up on batteries.
*stock up on ～ = 儲備～。

我要將浴缸裡隨時都儲滿水。
I'll keep the bathtub filled with water.

我把傢俱固定在牆上。
I've secured the furniture to the walls.
*secure = 把～弄牢。

我打算讓房子施作防震工程。 I'll make my house earthquake-proof.
＊earthquake-proof = 耐震的。

我參加社區的避難訓練。 I participated in an emergency drill in our community.
＊participate in ～ = 參加～。
emergency drill = 避難訓練。

我確認社區的避難場所。 I checked the evacuation site in our area.
＊evacuation site = 避難場所。

我們談到在緊急情況下要如何與家人連絡。 We talked about how to contact other family members in emergency situations.
＊contact = 和～連絡。

地震

今天下午三點半左右發生地震。 There was an earthquake at about 3:30 this afternoon.

我聽説半夜發生地震。 I hear that there was an earthquake in the middle of the night.

是很大的地震。 It was a pretty big one.

搖了很久。 It shook for a long time.
＊shake = 搖晃，過去式為 shook [ʃʊk]。

我沒有注意到，因為我在外面。 I didn't notice it at all because I was outside.
＊notice = 注意～。

我沒有注意到，因為我在睡覺。 I didn't notice it because I was asleep.

我在二十五樓覺得搖晃得很厲害。 It shook a lot on the 25th floor of the building where I was.

震央在千葉縣附近的海底。 The epicenter was in the ocean off the coast of Chiba.
＊epicenter = 震央。off the coast of ～ = 沿海的。

地震強度小於5。 The intensity of the earthquake was a little lower than 5.
＊intensity = 強度。

震級4.5。 The magnitude was 4.5.

最近很多地震。 There have been a number of earthquakes lately.
＊a number of ～ = 許多的。

今天還有餘震。 We had an aftershock today, too.

＊aftershock = 餘震。

我好害怕。 I was really scared.

當我聽到地震快報時覺得好恐怖。 I feel frightened when I hear the earthquake early warning.

海嘯

據說海嘯沒有危險。 They said there was no danger of a tsunami. ＊danger = 危險性。

報導說海嘯有二十公分高。 A 20cm tsunami was reported.

我們先確認逃生路線，以防海嘯來襲。 We checked the escape route in case of a tsunami.

為了嚴防海嘯來襲，建造了新的海堤。 New seawalls were built to protect us from tsunamis. ＊seawall = 海堤。

即使是小規模的海嘯，我們也不能掉以輕心。 We shouldn't take tsunamis lightly, even small ones.

海嘯來得比預期的早。 The tsunami arrived earlier than expected.

颱風．豪雨

15 號颱風正在接近中。 Typhoon No.15 is approaching.

＊approach = 接近。

看樣子 15 號颱風明天將在東海地區登陸。 It looks like Typhoon No.15 is going to hit the Tokai area tomorrow.

＊hit = （颱風等）來襲～。

這個地區會受颱風直接襲擊。 This area got hit directly by the typhoon.

寸步難行。 It was hard to walk.

我看到商店的招牌被吹走。 I saw a store sign being blown away.

＊blow away = 吹走～。

我的傘壞了。 My umbrella broke.

我把百葉窗緊緊關上。 I closed the shutters tight.

屋頂漏雨了。 The roof leaked. ＊leak = 滲漏。

我們遇到很強的暴風雨。 **We had torrential rainstorms.**

＊torrential = 猛烈的。rainstorm = 暴風雨。

針對市區發出大雨特報。 **There was a storm warning for the city.**

打雷

我聽到打雷聲。 **I heard thunder.**

最近一直打雷。 **It has been thundering a lot.**

昨夜打雷打了很多次。 **It thundered a lot last night.**

有一道好可怕的閃電。 **There was a bright bolt of lightning.**

＊bright = 發亮的。a bolt of lightning = （一道）閃電。

它擊中我家附近。 **It hit somewhere near my house.**

＊此處的 hit 為過去式。

我把電腦裡的資料儲存，以防停電。 **I saved the data in my PC in case the lights went out.**

＊go out = （光線）消失，go 的過去式為 went。

閃電導致停電。 **Lightning caused a blackout.**

＊blackout = 停電。

大雪

光是今天就下了四十公分厚的雪。 **It snowed 40cm just today.**

田中在屋頂清除積雪時，從上面跌落而受傷。 **Tanaka got hurt when he fell from the roof while clearing snow.**

＊get hurt = 受傷。clear = 清除～。

新聞報導說有五個人因為雪崩而死亡。 **According to the news, five people were killed in an avalanche.**

＊be killed = （因為事故而）死亡。avalanche = 雪崩。

洪水·淹水

河水氾濫。 **The river overflowed.**

＊overflow = 氾濫。

洪水把橋沖走。 **The flood washed the bridge away.**

＊flood = 洪水。

大部份的傢俱都因為泡水而報銷了。 **Most of the furniture got ruined by the flood and was totally useless.**

＊ruin = 破壞～。useless = 無用的。

神田川的水位暴漲。 The water level of the Kandagawa River has risen a lot.

＊rise = 上升，過去分詞為 risen。

很多房子都淹水了。 A lot of houses got flooded.

＊flood =（土地或房子）被水淹。

水位已經漲到輪胎的一半了。 Water came up to the middle of the wheels.

河流因為洪水而暴漲。 The river was flood-swollen.

＊flood-swollen = 因為洪水而水位暴漲。

氣候異常

聽說歐洲有破記錄的寒流。 I hear Europe is having a record-breaking cold wave.

＊record-breaking = 破記錄的。

涼爽的夏天對農作物有很大的影響。 The cool summer is having a huge impact on crops.

＊impact = 影響。crops = 農作物、收成。

農產品的價格可能因乾旱而上漲。 Crop prices are likely to go up because of the drought.

＊drought [draʊt] = 乾旱。

乾旱導致嚴重缺水。 The water shortage caused by the long dry spell is serious.

＊shortage = 缺乏。spell = 持續一段時間。

我很擔心地球暖化。 I'm concerned about global warming.

其他災害

山崩阻斷了縣道的通行。 The prefectural highway got cut off by landslides.

＊prefectural = 縣的。landslide = 山崩。

山崩讓村莊和外界隔絕了。 The village is isolated because of landslides.

＊isolated = 孤立的。

市區發生一起龍捲風。 There was a tornado in the city.

新燃岳還在噴火。 Mt. Shinmoe is still erupting.

＊erupt = 爆發。

對交通的影響

閃電導致電車停駛三個小時。 The trains stopped for three hours due to the lightning.

＊due to ～ = 由於～的原因、起因於～。

三個小時後，電車再度啟動。	**The trains started to move again after three hours.**
我們在新幹線裡被困了兩個小時。	**We were stuck in the Shinkansen for two hours.** ＊stuck = 困住。
我花了三個小時從辦公室走路回家。	**It took me three hours to walk home from work.**
人行道擠滿了要回家的人潮。	**The pathway was crowded with people walking home.** ＊pathway = 人行道。
我在辦公室過夜。	**I spent the night at the office.** ＊spend = 渡過～，過去式為 spent。
公車終點站排滿了很長的隊伍。	**There were long lines of people at the bus terminal.**
一定是叫不到計程車的。	**Of course, there were no taxis available.** ＊available = 可供使用。
高速公路因為暴風雪而封閉。	**The expressway was closed due to a blizzard.** ＊blizzard = 暴風雪。
大雪癱瘓了交通。	**The heavy snow paralyzed traffic.** ＊paralyze = 癱瘓～。
所有的航班似乎要被迫取消了。	**All flights seem to have been cancelled.**
航班全數被取消了。	**All flights were cancelled.**

看新聞

好可怕的意外！	**What a terrible accident!**
多麼折磨人的意外！	**What a harrowing accident!** ＊harrowing = 痛苦的。
真殘忍！	**How cruel!** ＊cruel = 殘忍的、凶狠的。
有些人就是會做出可惡的事。	**Some people do terrible things.**
那個犯人罪不可赦。	**That criminal is unforgivable.** ＊criminal = 罪犯。unforgivable = 不可原諒的。

他們逮捕了嫌犯。 They arrested the suspect.
＊suspect = 嫌疑犯。

我很高興嫌犯抓到了。 I'm glad they caught the suspect.

外面的世界紛紛擾擾。 It's a rough world out there.
＊rough [rʌf] = 喧鬧的、紛擾的。out there = 外面。

我也應該要小心點。 I should be careful, too.

我想知道審判進行的怎麼樣了。 I want to know how the trial goes.
＊trial = 審判。

判定無罪。 The verdict was "not guilty."
＊verdict = 判決。guilty = 有罪的。

他被判決服刑一年，緩刑三年。 He was sentenced to one year in prison and three years of probation.
＊be sentenced to ～ = 被宣判～。probation = 緩刑。

報案・警察

我打給 110。 I called 110.

我打給 119。 I called 119.

我打電話叫救護車。 I called for an ambulance.
＊ambulance = 救護車。

我向警察報案，以防萬一。 I reported it to the police just in case.
＊just in case = 以防萬一。

我去附近的警察局。 I went to the local police box.

一位員警立刻過來。 A police officer came right away.

他們說會加強巡邏。 They said they're going to increase patrols.
＊increase = 增加～、擴大～。

我提交失竊申請書。 I turned in a theft report.
＊turn in ～ = 提交～。theft = 偷竊。

搶奪・失竊

佐藤家好像被闖空門。 It seems Sato house was broken into.
＊break into ～ = 潛入～。

聽說他放在家裡的錢被偷了。 I hear the money he kept in his house was stolen.
＊steal = 竊盜～，過去分詞為 stolen。

好像沒有東西被偷。	**It seems nothing was actually stolen.**
聽說第二街的便利商店有強盜。	**I hear there was a robbery at the convenience store on the second block.** ＊robbery = 強盜。
最近這個地區的汽車竊盜案頻傳。	**Lately, car break-ins have been happening one after another in this area.** ＊car break-in = 偷走車上的錢或物品。
我要看緊皮包以免被搶。	**I need to watch out for purse snatchers.** ＊purse = 皮包。snatcher = 搶奪賊。
我的錢有可能被扒走。	**I may have been pickpocketed.** ＊pickpocket = 從人身上偷～（錢等）。

火災

離這裡三條街的地方發生火災了。	**There was a fire in the third block.**
聽說這附近的城鎮已經發生三起縱火案了。	**I heard there were three cases of arson in a nearby town.** ＊arson [`ɑrsn] = 縱火。
黑煙冒出來了。	**There was black smoke rising.**
有很多人圍觀。	**There were a lot of onlookers.** ＊onlooker = 旁觀者。
有很多消防車在那裡。	**There were several fire trucks there.**
房子被燒個精光。	**A house completely burned down.** ＊burn down = 燒毀。
火勢沒那麼容易減弱。	**The fire wouldn't die down easily.** ＊die down = （火勢等）減弱。
大家都平安無事。	**Everyone was all right.**
我們必須小心防範火災。	**We have to be careful to prevent fires.** ＊prevent = 預防～。
還好只是一場小火災，我鬆了一口氣。	**I'm relieved it ended in a small fire.**

詐騙

聽說小川女士上了轉帳騙錢的當。	**I hear Ms. Ogawa fell for a money transfer scam.** ＊fall for ～ = 上～的當，fall 的過去式為 fell。transfer = 轉帳。scam = 騙局。

她說她已經把五百萬元轉出去了。

She said she had transferred five million dollars.

＊transfer = 轉帳。

大伯的朋友上了假結婚真詐騙的當。

My brother-in-law's friend fell for a marriage fraud.

＊fall for ～ = 上～的當。fraud [frɔd] = 詐騙。

聽說多田先生被迫買了十八萬元的印章。

Mr. Tada was forced to buy a name seal for 180,000 dollars.

＊force ～ to... = 強迫～去做…。name seal = 印章。

他好像遇到投資詐騙。

It looks like he has been conned in an investment fraud.

＊con = 欺騙～。investment = 投資。

大家到底為什麼會被騙呢？

I wonder how people get tricked by these scams.

＊scam = 騙局。

天下沒有白吃的午餐。

There's no such thing as a free lunch.

我遇到網路詐騙了。

I got tricked by an Internet scam.

＊get tricked = 被騙。

我從沒想過自己也會被騙。

I never thought I would fall for something like this.

交通事故

起霧造成九輛車相撞。

Due to the fog, there was a nine-car collision.

＊due to ～ = 由於～的原因、起因於～。collision [kə`lɪʒən] = 相撞。

好像有汽車和摩托車在十字路口相撞。

It seems there was a collision at a crossing between a car and a motorcycle.

我看到汽車撞上腳踏車。

I saw a bike run into a car.

＊run into ～ = 撞到～。

我出車禍了。

I had a car accident.

肇事者逃逸了！

I was in a hit-and-run accident!

＊hit-and-run = 肇事逃逸。

我的車從後面被撞了。

My car got rear-ended.

＊get rear-ended = （被車子）從後面撞上。

對方的車似乎因為下雨而打滑。

The other person's car seems to have slid because of the rain.

＊slide = 滑行，過去分詞為 slid。

司機說他邊開車邊打瞌睡。	The driver said he had dozed off at the wheel. * doze off = 打瞌睡。at the wheel = 行進中。
司機似乎闖紅燈。	It seems the driver ran a red light. * run = 衝過～。
肇事原因似乎是司機沒有注意到前方。	It was caused by the driver not paying attention to where he was going. * pay attention to ～ = 注意～。
我的保險桿凹下去了。	The bumper was dented. * dent = 使～凹陷。
修理費可能要八萬元。真討厭。	It'll cost 80,000 dollars for repairs. This is terrible. * repair = 修理。
剛剛真的好驚險。	That was a close call. * close call = 千鈞一髮。
我好不容易免除一場意外。	I just barely avoided an accident. * barely = 僅僅、勉強。avoid = 避免。
國道因為發生車禍而封閉。	The expressway was closed due to a car accident.
好消息是沒有人受傷。	Good thing no one was hurt. * hurt = 受傷，過去分詞亦是 hurt。

其他事件・事故

我在通勤電車上遇到色狼。	I was groped on the commuter train. * grope = 撫摸～（女性的）身體。commuter = 通勤者。
這附近好像有暴露狂。	I hear there's a flasher around here. * flasher = 暴露狂。
有一個女人在附近被隨意殺人者攻擊。	A woman was attacked by a random killer in the neighborhood. * random killer = 隨意殺人者。
我的電話被竊聽。	My phone was being tapped. * tap = 竊聽～。
我覺得自己好像被跟蹤了。	I feel like I'm being stalked. * stalk = 偷偷跟蹤～。
鄰近的小鎮裡發生槍擊事件。	There was a shooting incident in a nearby town. * incident = 事件。
一想到那些被虐待的孩子，我就心痛。	My heart aches for those abused children. * ache [ek] = 疼痛。abused = 受到虐待。
全家自殺的新聞讓我很震驚。	The family suicide news crushed me. * suicide = 自殺。crush = 壓碎～。

災害·事件·事故相關的英文日記，試著寫寫看！

189 試著用英文書寫和災害·事件·事故有關的事情吧！

颱風來了

Typhoon No. 7 will close in tomorrow afternoon. I hope it doesn't cause a lot of damage...

翻譯

第7號颱風明天下午將會逼近，希望它不會造成太大的傷害…

POINT close in 有「逼近、襲來」之意。「希望～才好」的英文可用 I hope ～（句子）來表示，後面若接未來發生的事，用現在式（it doesn't ～）或未來式（it won't ～）均可。

餘震不斷

There have been aftershocks almost every day. With so many earthquakes, I got so used to them that intensity three doesn't scare me anymore.

翻譯

最近幾乎每天都有餘震。發生這麼多地震，我反倒變得很習慣了，地震強度3的地震已經嚇不倒我了。

POINT 「地震」的英文是 earthquake，不過口語上會說 shake 或 quake。「餘震」的英文是 aftershock。get used to ～ 有「習慣於～」之意，而「～」可放名詞或動詞 -ing。scare 有「使～恐懼、使驚嚇～」之意。

車子發生擦撞

I scraped my car on a telephone pole. I feel terrible.

翻譯

我的車和電線桿發生擦撞。真是討厭。

POINT 「車子發生擦撞」為 scrape a car。「電線桿」可用（telephone） pole 來表示。若是「車子撞上電線桿」，則可寫成 I crashed my car into a pole，或 I hit a pole with my car。terrible 有「不愉快、討厭」之意。

遇到扒手

I went shopping, and when I chose something and was ready to pay, I realized that my wallet was gone. I must've been pickpocketed. I should've been more careful.

翻譯

我去買東西。正當我選好物品準備要付錢的時候才發現錢包不見了。我一定是遇到扒手了。我應該要更小心一點。

POINT gone 是「不見了」。be pickpocketed 是「遇到扒手」。must've ～（動詞的過去分詞）指的是針對過去的事情「一定是～」，而 should've ～（動詞的過去分詞）指的是「當初應該即早做～」。～'ve 是 have 的縮寫。

30 志工

各種志工

加入志工行列

我想當志工。 I want to volunteer.
＊volunteer＝自願服務。

他們在招募志工。 They're asking for volunteers.
＊volunteer＝志工。

我申請了當志工。 I applied to be a volunteer.
＊apply＝申請。

我買了志工保險。 I bought volunteer insurance.

有志工說明會。 There was a volunteer meeting.

我參加三天兩夜的志工旅遊。 I joined a three-day volunteer tour.

我參加鎮上的志工活動。 I joined in the volunteer activities in the town.

來當志工的人很多。 Many people came to volunteer.

美化環境

我參加市內的撿垃圾活動。 I participated in the city cleanup.
＊participate in ～＝參加～。

我們打掃了公園。 We cleaned up the park.

我們沿著荒川的堤防撿拾空罐。 We picked up cans along the Arakawa River.

我把花種在公園的花圃。 I planted flowers in the park's flower bed.
＊plant＝種植～。flower bed＝花圃。

我幫忙種植山毛櫸。 I helped plant a beech tree.
＊beech tree＝山毛櫸。

我清除附近人行道上的雜草。
I did some weeding at the neighborhood pedestrian path.
＊weeding = 除草。pedestrian path = 人行道。

我幫忙清除商店街鐵捲門上的塗鴉。
I helped clean up the graffiti-covered shutters on the shopping street.
＊graffiti = 塗鴉。

參訪安養中心

我去參訪安養中心。
I visited an assisted-living center.
＊assisted-living center = 安養中心。

我們一起唱歌。
We all sang together.

我彈奏烏克麗麗。
I played the ukulele.
＊ukulele [jukə`lelɪ] = 烏克麗麗。

他們快樂，我就快樂。
I was happy that they were happy.

和老人家聊天真有趣。
It was fun to talk with the elderly people.
＊elderly = 年長的。

他們的笑容讓我覺得很安慰。
Their smiles made me feel comforted.
＊comforted = 安慰。

他們待我就像自己的孫子一樣。
They treated me like their own grandchild.
＊treat = 對待。

他們教我怎麼做沙包。
They taught me otedama.

我們一起著色。
We did coloring together.
＊do coloring = 著色。

他們好像都很喜歡唱童謠。
It seems they all like to sing children's songs.

他們要求我唱美空雲雀的歌。
They asked me to sing a Hibari Misora song.

捐血・捐贈者

有一輛捐血車在外面。
There was a bloodmobile outside.
＊bloodmobile = 捐血車。

我去捐血。
I went to donate blood.
＊donate = 捐贈～。

這是我生平第一次捐血。
I gave blood for the first time in my life.

我捐了四百毫升的血。 I gave 400ml of blood.

我的血壓太低了，所以不能捐血。 I couldn't donate blood because I had low blood pressure.

＊donate = 捐贈～。blood pressure = 血壓。

我的捐血集點卡已經滿了，所以他們給我禮券。 My blood donor's card was filled up, so they gave me gift certificates.

＊gift certificate = 禮券。

我登記成為骨髓捐贈者。 I registered as a bone marrow donor.

＊bone marrow donor = 骨髓捐贈者。

募款·捐錢

火車站前有一場募款活動。 They had a fund-raising campaign in front of the train station.

＊fund-raising = 募款活動。

我幫忙募集資金。 I helped with fund-raising.

我參與年底的慈善活動。 I worked on a year-end charity drive.

＊charity drive = 慈善活動，drive 是「（慈善等的）活動」。

我捐了一千元。 I donated 1,000 dollars.

＊donate = 捐贈～。

我捐了五千元給非營利組織。 I donated 5,000 dollars to an NPO.

我捐出一些用過的印章。 I donated used stamps.

我捐出一些玩具。 I donated some toys.

我捐了兩個書包給鎮上的兒童福利機構。 I donated two school backpacks to the children's institution in town.

＊school backpack = 書包。institution = 機構。

我捐給母校價值十萬元的運動用品。 I donated sporting goods worth 100,000 dollars to my alma mater.

＊worth ～ = 有～的價值。

alma mater[`ælmə,metɚ] = 母校。

我捐了五十本書給圖書館。 I donated about 50 books to the library.

我們的工作就是募款。 We raised money at work.

＊raise = 籌款。

目前我們已經收到九萬兩千三百元 We've collected 92,300 dollars so far.

國際交流

我協助國際交流活動。 I helped with an international event.

或許我該加入國際交流俱樂部。
Maybe I should join the international club.

我協助外國人進行茶道體驗活動。
I helped at a tea ceremony event for people from abroad.

我教外國人日文。
I taught Japanese to people from abroad.

我跟外國人用中文交談。
I talked with people from abroad in Chinese.

我教他們做台灣料理。
I taught them how to make some Chinese dishes.

我教折紙。
I taught paper folding.

我用英文導覽東京。
I gave a guided tour of Tokyo in English.

其他的志工

我去災區做志工。
I went to volunteer in the disaster-affected area.
＊disaster-affected = 受災的。

我幫忙煮菜給受災戶吃。
I helped cook food for disaster victims.
＊disaster = 災害。victim = 犧牲者、被害者。

我剷了雪。
I shoveled snow.

我剷除泥巴。
I shoveled mud.
＊shovel = 用鏟子鏟起～。mud = 泥。

我輸入資料。
I entered data.
＊enter = 輸入～。

我製作公司文宣。
I made a company brochure.
＊brochure [broˋʃʊr] = 小冊子。

我幫忙做活動的接待。
I helped at the reception desk of the event.
＊reception = 接待。

我協助小學三年級的小朋友學習。
I helped in a third grade classroom.

我翻譯手語。
I interpreted sign language.
＊interpret = 口譯～。sign language = 手語。

志工相關的

英文日記，試著寫寫看！

191 ♪ 試著用英文書寫和志工有關的事情吧！

協助地方上的夏日祭典

We had a local summer festival today. I was in charge of bingo. Some kids looked excited, and some looked disappointed. It was a lot of fun.

翻譯

我們今天舉行地方上的夏日祭典。我負責的是賓果遊戲。有些孩子看起來很興奮，有些則面露失望的表情，真有趣。

POINT local 是「當地的」、be in charged of ～ 是「～的負責人、擔任～」。excited 是「興奮的」、disappointed 是「沮喪的」、be a lot of fun 有「很好玩」之意。fun 不是形容詞，而是名詞，因此讀者應避免使用 very fun。

清理河川

We cleaned up the river a week ago, but it was already littered with some plastic bags and cans. Whoever did it must not be very nice!

翻譯

大家一週前去清理了河川，沒想到現在空罐和塑膠袋早已被丟的到處都是。雖然不知道是誰幹的，但一定不是好東西！

POINT litter 有「亂丟（垃圾）」之意，此處 it was littered with ～（河川裡有～被亂丟）是用被動式來表示。whoever did it 若直譯是「不管是誰做的」，有「雖然不知道是誰做的」的意涵。

用料理做國際交流

At the International Center, we invited some people from overseas and taught them how to make "temakizushi." We were happy they enjoyed it.

翻譯

我們邀請一些外國人來國際中心，並教他們做手捲。很高興他們都樂在其中。

POINT 或許很多人都記得「外國人 = foreigner」，但它有一點外地人的感覺在裡面，因此表達上 people from overseas 或 people from abroad 會比較好。enjoyed it（享受）的 it 這個字，請讀者特別注意，寫的時候不要忘記了。

歲末聯合募款

There were people working on a year-end charity drive in front of the train station. I donated 5,000 dollars and I was thankful I had a healthy and happy year.

翻譯

有人在火車站前舉辦歲末慈善活動，我捐出五千元，並感謝這一年來我不僅身體健康，而且幸福快樂。

POINT there were people ~ing 指的是「有很多人在做~」。「歲末聯合募款活動」可用 year-end charity drive ，此處的 drive 指的是「（為達某種目的而做的）運動、活動」。「捐贈~、募款」可用 donate 來表示。

31 想寫下來的話

夢想・目標

夢想

我希望有一天能去美國留學。
I hope to study in the U.S. someday.

我想講流利的英文。
I want to be able to speak English well.

我想住大房子。
I want to live in a big house.

我想中三億元的樂透。
I want to win 300 million dollars in the lottery.
＊win = 贏得～。lottery ～ = 樂透。

若是在伊豆有一棟別墅該有多好啊。
It would be nice to have a vacation house in Izu.
＊vacation house = 別墅。

我想當美髮師。
I want to be a hairdresser.

我想開餐廳。
I hope to run a restaurant.
＊run = 經營～。

我希望能健健康康地活著。
I hope to live a long healthy life.

我想去世界遺產看看。
I want to go around visiting world heritage sites.
＊world heritage = 世界遺產。site = 地點。

退休後我想住在馬來西亞。
I want to live in Malaysia after I retire.

我真想見布萊得彼特一面。
I really want to meet Brad Pitt just once.

目標

我打算寫一年的英文日記。
I will keep a diary in English for one year.

我的多益一定要拿 620 分！
I will score 620 points on the TOEIC test!
＊score = 得分。

我一定要通過考試。
I will pass the exam!

我打算一個禮拜去健身房三次。
I will go to the gym three times a week.

我要開始學佛朗明哥舞！
I will take up flamenco!
＊take up ～ = 開始～（當成興趣）。

我打算一個禮拜最少開伙三次。
I will cook for myself at least three times a week.

這一次我確定會戒煙！
I will quit smoking this time for sure!
＊quit [kwɪt] = 放棄～。for sure = 確實。

我打算找更好的工作！
I'm going to get a better job!

我打算買車！
I'm going to buy a car!

我打算存一百萬！
I'm going to save one million dollars!

我打算花更多時間陪孩子。
I will try to spend more time with the kids.

我打算一星期讀一本書。
I will read one book a week.

我打算日行一善。
I will do a good deed every day.
＊good deed = 善行。

心有所感的話

自我勉勵

沒關係，我一定可以的。
Don't worry. I can do it.

別輕言放棄。
Don't give up too easily.

振作一點！
Cheer up!

下次一定會更順利。
Better luck next time.

有機會值得一試。
There's a chance.

試一下不會有什麼損失。
It won't hurt to try.
＊hurt = 損失、害處。

相信奇蹟。	Believe in miracles.
幸福終將降臨。	Happiness will surely come your way.
不要守株待兔。用自己的方式尋找幸福。	Don't just wait; search for your own happiness.
不需要當第一名，做自己就好了。	You don't need to be No.1; just be the only one.
要對自己有信心。	Be confident in yourself. ＊be confident in ～ = 對～有信心。
為自己感到驕傲。	Be proud of yourself.
遵循你的心。	Follow your heart. ＊follow = 跟隨～。
相信你的直覺。	Follow your instincts. ＊instinct = 直覺、本能。
相信自己的觀點。	Trust your own point of view. ＊own = 自己的。point of view = 看法。
失敗了笑一笑就好。	Laugh off your failure. ＊laugh off ～ = 一笑置之。failure = 失敗。
失敗為成功之母。	Success comes after much failure.
失敗沒什麼大不了的。繼續試就對了。	It's OK to fail. Just keep on trying. ＊fail = 失敗。
人生沒有無用的經驗。	No experience is useless in life. ＊useless = 無效的。
任何經驗都會幫助我們成長。	Every single experience helps us grow. ＊grow = 成長。

為自己加油打氣

現在不做，更待何時？	If you don't do it now, when will you do it?
今日事，今日畢。	Don't put off what you can do today. ＊put off ～ = 暫緩～．延期。
不要說「可是」，去試就對了。	No "buts." Just try it.
逃離困境很容易，但不會幫助你成長。	Running away from my troubles is easy, but I know it won't help me mature. ＊mature = 成長。

人生過得好不好，全都操之在自己。

Whether life is better or bitter, it's totally up to you. ＊up to ～ = ～的責任。

只有你能讓自己幸福。

No one can make you happy except you. ＊except ～ = 除了～以外。

現在重新開始還不算遲。

It's never too late to start over. ＊start over = 重新開始。

實現夢想

夢想一定會成真。

Dreams will come true.

繼續追求夢想。

Keep pursuing your dreams. ＊pursue [pɚ`su] = 追求～。

成功沒有捷徑。

There is no shortcut to success.

永不放棄是成功之鑰。

The key to success is to never quit. ＊quit [kwɪt] = 放棄。

夢想能不能成真，取決於你的努力。

Whether or not your dream comes true depends on your efforts. ＊depend on ～ = 取決於～。

邁向成功最重要的就是相信自己會成功。

The most important step toward success is to believe that you can succeed. ＊succeed = 成功。

成功的人永不停止努力。

Successful people never cease to strive. ＊cease to ～ = 停止～。strive = 努力。

成功的第一步就是熱愛你的工作。

To be successful, the first thing to do is love your work.

難過的時候

別把自己逼得太緊。

Don't push yourself too hard. ＊push oneself = 鞭策自己。

你會不會對自己太嚴格了點？

Aren't you a bit too tough on yourself? ＊tough [tʌf] = 嚴格的。

冬天來了，春天就不遠了。

Spring always follows winter. ＊follow = 跟隨～。

黑夜之後就是黎明，而你的辛苦也有結束的時候。

There are no dawnless nights; your darkness will end, too. ＊dawnless = 沒有黎明。darkness = 黑暗。

人生啊，不可能總是順順利利。

Well, life isn't always easy.

我們總會有起起落落，那就是人生。

We all have our ups and downs. That's life.

＊ups and downs = 浮沈、盛衰榮辱。

不要藉由和別人比較來評斷自己人生是否成功。

Don't measure your success in life by comparing with others'.

＊measure = 評價～、權衡～。

不幸有時也會為人生帶來幫助。

Misfortune can sometimes be useful in life.

＊misfortune = 不幸。

不要悲傷，這不是世界末日。

Don't be so sad. It's not the end of the world.

不要擔心，沒有看不到出口的隧道。

Don't worry. Every tunnel has an exit.

別擔心，有時候只是要多花點時間。

Don't worry. It just takes time sometimes.

向前衝

正面看待人生。

Be positive about your life.

＊positive = 積極的。

試著說「我可以」，而非「我不行」。

Learn to say "I can," instead of "I can't."

＊learn to ～ = 學會。

不要留戀過去，要迎向未來。

Don't look back on the past; look toward the future.

＊past = 過去。

比起那些晦暗，人生的美好事物更值得關注。

Focus on the good things in life, not on the bad.

＊focus on ～ = 集中在～。

人生苦短，何不積極地過每一天。

Life is short. Why not spend every day positively?

逝者已矣，無法改變，但未來卻有無限可能。

The past is over and it can't be changed, but the future can be altered.

＊alter = 改變、修改。

打開門，你會發現新的自己。

Open the door. You may find a new you.

嘆氣的人無法得到幸福。

Sighing just keeps happiness away.

＊sigh [saɪ] = 嘆氣。

友情‧對朋友的感謝

謝謝你一直以來的支持。	**Thank you for your continuous support.** ＊continuous = 不間斷的。
很高與和你做朋友。	**I'm so glad we are friends.**
我很驕傲有你這樣的朋友。	**I'm proud of having a friend like you.**
你的幸福就是我的幸福。	**Your happiness is my happiness.**
謝謝你和我分享你的幸福。	**Thank you for sharing your happiness with me.**
我很難用言語表達出對你的感謝。	**It's hard to find the words to express my gratitude to you.** ＊gratitude = 感謝。
我很感謝那些啟發我的朋友們。	**I'm grateful for having friends who inspire me.** ＊grateful for ～ = 感謝～。inspire = 啟發～。
能夠認識你是我這輩子遇到最棒的事。	**Meeting you is the best thing that ever happened to me.**
友情無價。	**Nothing is more priceless than true friendship.** ＊priceless = 無價的。
我寧願只有一個真心的朋友，也不要一百個酒肉朋友。	**I would rather have one true friend than 100 superficial friends.** ＊would rather ～ = 寧願～。superficial = 表面的、外表的。

愛的小語

你是我的全部。	**You're my one and only.**
我愛你直到世界盡頭。	**I love you and I always will.**
有你在，凡事都變得特別。	**With you around, everything is special.**
只要在你身邊就很幸福。	**I'm happy just to be near you.**
因為有你，我的人生才有意義。	**Because you're here, my life has meaning.**

我們雖然不能在一起，但心靈相通。	We're physically apart but emotionally together. ＊physically = 身體上、物理上。emotionally = 情感上。
我們注定要在一起。	We're meant to be together. ＊meant [mɛnt] to = 注定。
我想陪你到老。	I want to grow old with you.
沒有什麼比愛更有力量。	Love is more powerful than anything.

諺語．信念

對於平凡的每一天都要心懷感恩。	Be thankful for the ordinary life that you have. ＊ordinary = 普通的。
所謂的幸福就是接受事物原本的樣貌，並且心存感激。	Happiness is accepting and appreciating what is. ＊accept = 接受～。appreciate = 感謝～。
你的努力終將得到回報。	Your efforts won't betray you. ＊betray = 背叛～。
微笑是最好的化妝品。	A smile is the best makeup.
遲做總比不做好。	Better late than never.
學習沒有捷徑。	There's no royal road to learning. ＊royal road = 捷徑。
不要忘了感謝那些在背後支持你的人。	Do not forget to thank those who've supported you behind the scenes. ＊behind the scenes = 暗中。
原諒並遺忘。	Forgive and forget. ＊forgive = 原諒。
我無法決定自己的感受，卻可以決定應對之道。	I can't choose how I feel, but I can choose what I do about it.
不入虎穴，焉得虎子。	No pain, no gain. ＊pain = 辛苦、疼痛。
經驗是最好的老師。	Experience is the best teacher.
忍耐終將成功。	Perseverance pays off. ＊perseverance = 忍耐。pay off = 成功。
坐而言不如起而行。	Actions speak louder than words.
歲月不待人。	Time and tide wait for no man. ＊tide = 潮汐。
若你散佈幸福，那麼你終將得到幸福。	If you spread happiness, you will receive it back.

失敗為成功之母。

Every failure is a stepping-stone to success.

*failure = 失敗。stepping -stone = 墊腳石。

誠實為上策。

Honesty is the best policy.

*policy = 政策、手段。

永保初學者的熱情和謙虛。

Always maintain a beginner's first-time enthusiasm and humility.

*maintain = 維持～。enthusiasm = 狂熱、熱心。humility = 謙遜、謙虛。

取得信任要花很長的時間，卻能毀於一旦。

It takes time to earn trust, but it can be lost in an instant.

*in an instant = 轉眼間。

珍惜每次相遇。

Treasure each encounter.

*encounter = 遇見。

如果你覺得做得到，那就能做到；如果你覺得做不到，就真的做不到。

If you think you can, you can. If you think you can't, you can't.

堅持下去也是一種才能。

Continuous effort is a talent, too.

*continuous = 繼續的。

所有的專家都是從新手開始。

All experts were beginners at one time.

*at one time = 曾經。

煩惱分擔出去就會減半，快樂分享出去就會加倍。

A trouble shared is halved, and a joy shared is doubled.

*halve [hæv] = 將～減半。double = 將～加倍。

杯子裡有半杯水和有一半是空的，基本上都是一樣的，端看你怎麼看它。

A half-full glass and a half-empty glass are basically the same. It just depends on how you look at it.

從他人的愚蠢中得到智慧。

Gain wisdom from the follies of others.

*wisdom = 智慧、學識。folly = 愚蠢。

覆水難收。

It is no use crying over spilt milk.

*no use ～ing = 即使做～也沒有幫助。spilt [spɪlt] = 使溢出。

每天都要過的充實。

Live every day to the fullest.

*to the fullest = 詳盡地、盡情地。

患難見真情。

A friend in need is a friend indeed.

當你心中充滿勇氣，才能勇敢行動。

Act bravely until you really feel brave.

*bravely = 勇敢地。brave = 勇敢的。

有志者，事竟成。

Where there's a will, there's a way.

*will = 意志。

想寫下的話相關的

英文日記，試著寫寫看！

194♪ 把留在心頭的字句或加些諺語進去，試著用英文寫下來吧！

應該對自己更有信心

I'm not confident in myself these days. Running away from my troubles is easy, but I know it won't help me mature. I need to believe in myself.

最近我對自己很沒信心。逃避困境固然容易，但我知道這麼做不會幫助我成長。我必須相信自己。

POINT confident 是「有自信的」，「對自己有信心」可寫作 confident in myself。running away from ～ 指的是「從～逃出來」。mature 是「成長」、believe in myself 有「相信自己」之意。

成功人士的共通點

I read an article about successful people. Successful people never cease to strive.

翻譯

我讀了一篇有關成功人士的文章。成功的人永不停止努力。

POINT successful 是形容詞，有「成功的、有成就的」之意，它的名詞是 success（成功、成功人士）、動詞是 succeed（成功、獲得成效）。cease to ～（動詞原形）有「停止做～」之意，而 strive 是「努力」的意思。

光說不練

That guy is all talk, but no action. I wanna teach him the saying, "Actions speak louder than words."

翻譯

那個人總是光說不練。我很想教他那句諺語：「坐而言不如起而行」。

POINT That guy is all talk, but no action. 指的是「那個人只會耍嘴皮，不付諸行動」。wanna [ˋwɑnə] 是 want to 的口語用法。「諺語」的英文可用 saying 或 proverb 來表示。

對好友的感謝

Something unpleasant happened to me. Kanae came to comfort me even though it was late at night and she was tired. I realized nothing is more priceless than true friendship.

翻譯

我發生了不愉快的事。但即使是半夜，香苗也很累了，她還是來安慰我。我了解到沒有什麼比真摯的友情還要可貴。

POINT something unpleasant 指的是「討厭的事」，像這樣 something ～（形容詞）有「～的事」之意。「雖然～」的英文是 even though～，或 although。comfort 是「安慰～」，而 priceless 有「（價值無法計算的程度）寶貴的」之意。

ㄅ

ㄆ

ㄎ

ㄏ

ㄕ

ㄖ

國家圖書館出版品預行編目資料

英文日記寫作句典：31生活主題+13000實用短句 / 石原真弓著；林曉盈翻譯. -- 初版. -- 臺北市：笛藤, 2014.02 面； 公分
ISBN 978-957-710-623-0(平裝附光碟片)
1.英語 2.句法 3.寫作法
805.17
103000451

First published in Japan 2012 by Gakken Education Publishing Co., Ltd, Tokyo.

英文日記寫作句典：
31生活主題+13000實用短句（附MP3）

2014年 7月18日 初版 第2刷 定價 480元
著 者：石原真弓
翻 譯：林曉盈
總 編 輯：賴巧凌
編 輯：林子鈺
封面設計：徐一巧
發 行 人：林建仲
發 行 所：笛藤出版圖書有限公司
地 址：台北市萬華區中華路一段104號5樓
電 話：(02)2388-7636
傳 真：(02)2388-7639
總 經 銷：聯合發行股份有限公司
地 址：新北市新店區寶橋路235巷6弄6號2樓
電 話：(02)2917-8022 · (02)2917-8042
製 版 廠：造極彩色印刷製版股份有限公司
地 址：新北市中和區中山路2段340巷36號
電 話：(02)2240-0333 · (02)2248-3904
訂書劃撥帳戶：八方出版股份有限公司
訂書劃撥帳號：19809050